U0569177

启笛 智慧有回声

觉醒之路

和曼德拉一起战斗的日子

[南非] 桑迪·西贾克（Sandi Sijake）著　张文奕 译

北京大学出版社
PEKING UNIVERSITY PRESS

谨以此书献给那些光荣而有尊严地战斗过的人

以及那些仍在我身边的人

致　谢

谨以此书献给那些光荣而有尊严地战斗过的人们，以及那些一直陪伴在我身边的人。我经历的历史时期，是我的国家、非洲乃至全球发生翻天覆地变革的时期。尽管地处偏远，但我们的社区也为这些巨大的变革所触动。我首先要感谢我的父母，他们不仅赋予我生命，更教我养成坚忍不拔的精神。正是这种精神，支撑我在这个动荡不安的环境中勇往直前，冲破了无数挑战。同时，我也要感谢更广泛的乡村社区。是它们培育了我的人文价值观，使我能在时代的洪流中稳住方向，不至偏航。

我投身于解放运动，离开家乡，一去数十年。在这期间，奥利弗·坦博（Oliver Tambo）带领下的解放运动领导集体，就如我的父母一般，给予我无尽的关怀与指导。我向他们致以最深的敬意。我衷心地感谢他们，感谢他们是真正值得敬佩的人，感谢他们在艰难的环境中展现出了卓越的政治智慧。是他们给了我机会，使我能够亲身参与这场波澜壮阔的运动，把南非从殖民主义枷锁中解放出来。同样，我也要感谢从1964年开始，聚集在坦桑尼亚孔瓦（Kongwa）营地的非洲人国民大会（ANC）、西南非洲人民组织（SWAPO）、莫桑比克解放阵线（FRELIMO）、安哥拉人民解放运动（MPLA）和津巴布韦非洲人民联盟（ZAPU）的自由战士们。

我向非洲统一组织（OAU）的所有成员国，以及坦桑尼亚孔瓦市集里的老人们致敬。他们是我的良师益友，让我坚定了为人民的反殖民斗争贡献力量的本土信念。

在20世纪，众多勇敢的人为南非消除殖民主义制度做出了杰出的贡献。在这里，我特别要感谢雷（Ray）和杰克·西蒙斯（Jack Simons）及其家人，他们对南非未来的坚定承诺让我深感敬佩。同时，我也要特别感谢两人的女儿坦尼娅·巴本（Tanya Barben），她提供了宝贵的非洲文学资料，为我的写作增光添彩。

　　身为罗本岛政治犯大家庭的一员，我由衷地感激那些在我服刑期间陪伴我共渡难关的 B 区同仁。他们对我的思想政治觉悟和个人成长产生了深远影响，为我提供了极大的助力。我向他们致以最崇高的敬意，并感激他们为我们的共同事业所作出的无私奉献。同时，我也要向监狱全体工作人员表达感谢，随着时间的推移，他们的观念逐渐转变，开始将我们这些政治犯视为潜在的友人。

　　最后，我深感荣幸，能有机会继续与南非国防军国防情报部门的同仁并肩作战，共同为南非贡献力量。在全球安全环境瞬息万变的今天，我尤为珍视在此过程中所学到的如何捍卫一个多元化国家的宝贵知识与经验。这些知识将指引我继续前行，为南非的未来贡献力量。

　　在创作的闲暇之余，我有幸拜访了身体保健医生罗达·弗雷德里克斯（Rhoda Fredericks）。她以无私的关怀，精心调整我的身体状态，而我则以每周口述南非解放历史的方式为回报。这种将历史与治疗相融合的独特做法令我由衷钦佩，借助于我们共同的兴趣，她关心和维护了我的健康。

　　我衷心感谢我的孩子天佑（Luyolo）和隆吉萨（Lungisa），他们的存在为我的生命带来了无尽的欢乐和意义。同时，我也要向诺邦克（Nobonke）以及我父辈和母辈的大家族表达深深的谢意。在我入狱期间，他们始终给予我温暖的支持，伴我度过了那段艰难时光。

　　我非常感谢约翰·卡特赖特（John Cartwright）的深厚友谊。他饶有兴趣地阅读了本书的部分内容，并给予了高度的赞赏。这份鼓励激发了我对细节的追求，对质量的坚持，以及对故事深度的挖掘。

　　此外，我要向马里尼克斯·雷斯·里奇曼和克洛森伯格（Mallinicks Ress Richman and Closenberg）律师事务所的迈克·埃文斯（Mike Evans）表示感谢。在我即将出狱之时，他为我提供了专业的法律服务，并在我获释后依然与我保持着深厚的友谊。

致　谢

　　同时，我也要感谢那些在我获释之后，接纳我成为他们一员的各地方和国际非政府机构。他们为我提供了一个充满希望的工作环境，让我有机会在社区中实现自己的理想。

　　我要向休·麦克米伦（Hugh Macmillan）表达诚挚的感谢，他慷慨地提供了1968年版的《卢萨卡备忘录》（*Lusaka Memorandum*）。

　　非常感谢我的编辑托马斯·卡特赖特（Thomas Cartwright），他总是那样关注这些故事的内容及其表现形式，无可挑剔。

　　诺邦克，谢谢你的矢志不渝，记录下我人生的故事。

桑迪·西贾克

目 录
CONTENTS

第一部分　投身政治解放运动 / 001

第 1 章　早年经历 / 003

第 2 章　早期政治 / 020

第 3 章　觉醒——非洲人国民大会 / 026

第 4 章　圣约翰学院和非国大青年团 / 033

第 5 章　开普敦 / 048

第 6 章　民族之矛成立 / 058

第 7 章　国外军事训练 / 067

第二部分　磨砺民族之矛 / 077

第 8 章　通往坦噶尼喀之路 / 079

第 9 章　卢图里营区 / 089

第 10 章　通往埃及之路 / 098

第 11 章　孔瓦营区 / 118

第 12 章　苏　联 / 143

第 13 章　返回孔瓦营区 / 167

第 14 章　莫桑比克解放阵线行动区 / 176

第 15 章　赞比亚 / 185

第 16 章　南罗得西亚 / 196

第 17 章　西波利洛的津巴布韦非洲人民联盟 / 民族之矛游击根据地 / 199

第 18 章　万基和西波利洛行动之后 / 227

第 19 章　坦桑尼亚 / 232

第 20 章　卢萨卡 / 238

第 21 章　备忘录 / 253

第 22 章　莫罗戈罗协商大会 / 258

第 23 章　回到苏联 / 273

第 24 章　阿文图拉号 / 285

第 25 章　回　家 / 293

第 26 章　特兰斯凯 / 303

第三部分　写在墙上的字 / 315

第 27 章　逮捕和审判 / 317

第 28 章　罗本岛监狱 / 333

第 29 章　从罗本岛获释 / 354

第 30 章　纳米比亚 / 362

第 31 章　南　非 / 381

第 32 章　民主选举 / 391

第 33 章　南非国防军 / 397

第 34 章　"卢图里支队" / 417

第 35 章　西开普省 / 419

第 36 章　非国大退伍军人联盟 / 423

第 37 章　违反章程的撤职 / 433

后　记 / 434

第一部分
投身政治解放运动

学校建筑
东开普省 Quidlana 小学，建于 1910 年
照片拍摄于 2015 年

第 1 章　早年经历

我出生于 1945 年 10 月 5 日，彼时，家人给我取名为"桑迪"（Sandi）。在恩古尼（Nguni）语中，这个名字通常意味着"巨大的影响力"。我的家族相信，我会秉承先祖们的遗志，为南非和南非人民的解放而奋斗。我母亲诺帕拉（Nompahla）和父亲昆贤（Kwengxa）带我进入的，就是这样一个世界。从孩提时代起，我的时间和我的生命，就服务于南非人民，服务于全人类。我 6 个月大时，在被称作卫理公会的教堂接受了洗礼，并多出了加德纳（Gardener）这样一个名字。这样一来，我就能通过入学资格审查了。我父亲曾受雇于一位加德纳先生，在给我起英文名时，他可能回想起了这段关系。

从小，我就被教导要熟记本部族的族谱。身为部族的一部分，本家族的谱系与部族族谱紧密相连，且在很大程度上受其影响。族谱以部族领袖们的名字为根基，在此，我仅举其中几个名字：贝克瓦（Bekwa），库布拉舍（Qubulashe），姆邦瓦（Mbongwa），伍舍（Wushe），诺尼那（Nonina）和姆乔利（Mjoli）。在过去的数个世纪里，我们的先辈通过口耳相传，保留了这一部分历史。

按照长辈们的说法，我的血统可追溯至贡乃玛（Gonnema）望族。贡乃玛是一位科乔夸（Cochoqua）酋长，很多地区的科乔夸社区都在他的治下，这些地区包括今天的斯泰伦博斯（Stellenbosch）、帕尔（Paarl）、德拉肯斯泰因（Drakenstein）和开普敦（Cape Town）。这位酋长与殖民者进行了长达 5 年的斗争，为的是反抗他们对非洲文化的异化，但到了 1678 年，他还是被击败了。1686 年他去世时，只是个普普通通的老人。科伊桑（Khoisan）人曾在特兰斯凯（Transkei）和我所在的克维德拉纳（Qwidlana）村周边活动，在这些地方发现了他们的画作。令我印象深刻的是，在那些日子里，我们的社区生活必须仰仗人们的紧密合作和相互支持，男人和女人、年轻人和长辈们分担着各项任务和社会职能。不论年轻或年老，每个人都要为社区的日常生计做出贡献，人们要放牧，采集水果，种植并收获蔬菜，还要狩猎，如此这般。

科乔夸的生活方式终结于殖民者的持续攻击。荷兰航海家扬·范·里贝克（Jan van Riebeeck）带来了本地人并不熟悉的作战方式，其继任者们亦奉行他的做法。范·里贝克是建立起开普敦的殖民行政长官。开普敦周边以及更远的地区被称为荷兰开普殖民地，由荷兰东印度公司负责管理。随着殖民者在战场上的优势日益显现，一部分科乔夸人选择离开自己的家园，退居到这个国家的内陆地区，我那些生活在18世纪的祖先也在其中。他们辗转数年，历经坎坷，终于到达了今天的奥兰治河（Orange River），并开始与一些讲索托（Sotho）语和科萨（Xhosa）语的社区接触，与科伊桑的成员们也有往来。

我渐渐长大，发现在那些被称为当地人的人们所讲的语言中，大多数的动词都以字母"a"结尾：boa, thetha, noa, sela, utloa, yiva, yiza, 等等。我的姓氏来源于索托语，"-jaka"，这个词根的意思是流离失所或背井离乡的人。"Jakile"就是指一个或多个流离失所者。索托语中的前缀"se"，有时等同于"不要"的意思。因此，索托语中的"西贾克"Sejake——以及科萨语中写作Sijaka或Sijake的词——意味着"那些不会流离失所的人"。

听我这个社区的长辈们说，在我们那些18世纪的祖先中，有一位叫作西贾卡/西贾克（Sijaka/Sijake）。他的子嗣随后将这一名字保留了下来，作为我们的姓氏。在那个年代，如果一位领袖有两个以上同父异母的儿子，社区便会鼓励其中一个儿子组建起他自己的社区。新组建的社区有时就会使用新领袖的名字，来标记自己的身份。尽管如此，像这样的新社区依然会保留他们脱离出的那个社区的族谱。通过这种方式，部族开枝散叶，每个分支都有自己的名称和旁支，就渐渐枝繁叶茂，演化成更大、更多样化的社区。

我的社区加入了一支科伊桑小队，从奥兰治河谷出发，向东迁徙，后来与一支巴卡人（amaBhaca, ama- 是科萨语中代表复数含义的前缀）的队伍比邻而居，安顿了下来。然而几年后，他们的定居点遭到一群拓荒者的袭击。在长久的反击之后，他们开始向西南迁移，沿途过着居无定所的日子。他们分头行动，走到了蒂纳河（Tina River）的源头，又沿着河两岸行进，抵达了今天的弗莱彻山（Mount Fletcher）、昆布（Qumbu）和弗雷尔山（Mount Frere）地区。他们与姆戈坎贝（Mgcambe）酋长领导下的姆蓬多米兹人（amaMpondomise）部落建立起了联系——姆戈坎贝有一个儿子，叫作姆耶齐（Myeki）。之后，又与姆布莱罗（Mbulelo）酋长领导下的一个更大的巴卡社区产生了关联，这位酋长是姆乔利酋长的后裔——姆乔利，作为我们部族的最终命名，一直被沿用至今。那些依旧生活在弗雷尔山区的人们，依然以这个名字为荣。

我父亲和社区中的其他长辈，总是热情洋溢地谈论着姆龙特罗（Mhlontlo）酋长，他是姆耶齐酋长的后人，后来成为曼波多米兹人的大国王。长辈们告诉我们，昆布的治安法官汉密尔顿·霍普（Hamilton Hoop）试图迫使姆龙特罗酋长加入一场针对弗莱彻山和马塔蒂埃莱（Matatiele）一带索托语社区的袭击。然而，当霍普于1880年10月抵达姆龙特罗治下的卡拉尔（Kraal）村时，两支队伍间爆发了一场战斗，霍普被杀。

英国殖民政府采取的报复行动简短但严酷。它导致许多家族被英国人迁置去了邻近的一处区域，那里被叫作马姆蓬多米兹尼（maMpondomiseni）。其余家族则越过蒂纳河，逃进了弗雷尔山，它们中的一些在姆布莱罗酋长的领导下，定居在了克维德拉纳。另有一群人逃到了弗莱彻山和马塔蒂埃莱。殖民政权分割了姆龙特罗酋长的土地，把它们划给了酋长的弟弟姆赞特西（Mzantsi）和鲁蒂蒂（Ludidi）酋长领导的赫鲁比（amaHlubi）部落。在反抗殖民主义斗争的大背景下，我们的父母谈论说，姆龙特罗和霍普事件导致许多非洲社区失去了土地或自由。我得知我的曾祖父就战死于姆龙特罗酋长麾下。他的儿子马巴扎纳（Mabazana），也就是我的祖父，亦死于这场冲突。这一地区的黑人，就这样被征服了。

到了19世纪末、20世纪初，教堂和学校在我出生并成长的特兰斯凯的许多地方建立了起来。书写和阅读进入了寻常人家，一些家族开始在传教士和政府官员的指导下，记录起他们的祖先世系来。然而，除了政府或教会人员记载的那些以外，这些记录局限于家族内部，并没有上升到社区谱系的层面。书面记录的引入，使我们这一代人大多知晓自己父母双方的直系长辈——父母辈、祖父母辈和曾祖父母辈的情况——但我们的家谱并不能追溯到很多代以前。

尽管通过对本地人进行西式教育，教会和殖民政府做出了很大贡献，但它们也给本地语言的发展带来了不利影响。书写，将许多部落和部族的方言，科萨语、巴卡语、姆蓬多米兹语、姆蓬多（Mpondo）语、赫鲁比语和楔西贝（Xesibe）语等，纽合在一起，形成了一种单一的书面语。科萨语（isiXhosa）成了南非最主要的语言之一，科萨语文化也就成了南非文化中最为丰富的一支，很多别的群体也以其为母语。

这些群体大多由小部落、落单的社区或个人组成，他们要么为了逃离殖民势力的欺压，要么为了躲避强大部落的吞并而开始流亡。生存的一般法则规定：失去祖地的群体需要和平地融入新的环境。入乡随俗，意味着他们得学习新的共同语，并以既有社区的文化传统为自己的传统。在南非，我们这个地区上一次有记录的大规模社区流徙，发生在19世纪的第二个十年，被称为"埃马非卡尼"（iMfecane），在南非当地语言中，它的意思就是强制分散、被迫迁徙，也就是"大流散"。当时，殖民进程蔓延到了现如今的南非的各个角落，迅速而戏剧性地改变了这些地区的面貌，也改变了它们的历史。

在克维德拉纳，姆布莱罗酋长的统治持续了大约38年。1910年，他把一块土地交托给了卫理公会教堂，用来建立教堂和学校。我自小就在那里上学，在克维德拉纳山谷绵延起伏的丘陵和深深的峡谷中，牲畜也在那里吃草。

我的祖父马巴扎纳娶了一个在弗雷尔山区姆蓬多米兹山脊长大的女孩子，她的名字叫作马库鲁·马恩齐帕齐（Makhulu maNziphazi）。二人育有1个女孩和3个男孩：长子西卢姆科（Silumko）、女儿盖比塞尼（Gabiseni）、二儿子昆贤（我的父亲）和最小的儿子马克克（Makeke）。祖父马巴扎纳去世时，孩子们尚处幼年。此后，祖母马库鲁·马恩齐帕齐以一己之力，将4个孩子抚养成人。在我父亲的记忆中，父亲的样貌只是几道模糊的残影。

我的外祖父帕西·诺希基拉（Pasi Notshikila）和他的第一任妻子育有9个子女，我母亲是其中之一。我们都以图腾名来称呼外祖母，叫她马盖梅泽（maGamedze）。传统上，已婚妇女不以闺名来称呼。1952年，外祖母去世后，外祖父继娶了来自恩塔班库鲁（Ntabankulu）的马黛伊（maDeyi），并与她共育了5个孩子。我时常与母亲的亲人们共处，这消磨掉我很多的时光，因为他们很爱我，经常坚持挽留我。

父母总是记下我们的生日，却忽略他们自己的。我们被告知，孩子是由上帝送来交给其父母的礼物，但把新生儿介绍给部族其他成员的那一次仪式却称为

"爱姆必来客"(imbeleko),在科萨语里,它的意思是"子宫"。这个仪式要在孩子出生后的几天、几周或几个月内举行,是最为重要的一项社区活动。

家庭环境

我父亲有 9 个孩子:4 个女孩和 5 个男孩。其中 3 个男孩和 1 个女孩与我同父异母。他们是斯卡恩杜罗(Siqandulo)、齐博奈勒(Zibonele)、恩晓塔(Ngxotha)和诺姆绍米(Nomtshomi),诺姆绍米就是那个女孩。我母亲育有 5 个子女,依次是长女塔恩达尼(Thandani),我,我的妹妹芙卡齐(Vukazi)和霍勒卡(Kholeka),还有我的小弟弟姆普梅勒罗(Mpumelelo)。塔恩达尼和斯卡恩杜罗同龄。按照传统惯例,斯卡恩杜罗就是我的长兄。我母亲对自己小家庭和整个大家庭的所有成员都一视同仁,所有重要的家庭活动,我们都会参加。

我母亲有几个还在念书的兄妹——她的两个妹妹,恩托比乍奈勒(Ntombizanele)和恩托本特勒(Ntombentle),以及两个兄弟,法扎马(Phazama)和戴卢姆扎(Delumza)——曾和我们一起住了 3 年多,因为他们的家离克维德拉纳的学校有大约 8 千米,而我们家离学校大约 300 米。有许多孩子要步行超过 10 千米才能到学校上课。

我们所在的克维德拉纳地区被称为"邦巴内"(Bumbane),这是一个南非祖鲁语名字,意思是"交汇"。这片交汇地东接库坎卡(Qukanca),西邻曼德莱尼(Mandleni)。克维德拉纳河和蒂纳河在它的南边交汇,北边则是德拉巴奈尼(Dlabaneni)。再远处,绵延着层峦叠翠的山脉,自然森林将它们装点得美如玉带。东北部有两峰高耸,它们是姆彻乌拉(Mchewula)和拉迪阔克(LadyKok)。以我的家乡为起点,山脉沿着拉迪阔克,来到弗莱彻山,再经过麦克莱尔(Maclear),抵达了远方的昆布,一路蜿蜒不绝。在这绵延起伏的美景之中,繁衍生息着一个优秀的社区。克维德拉纳的百货商店距离弗雷尔山大约 48 千米,距弗莱彻山还要更近些。

我们的园子坐落于学校和我家之间,面积相当于两个足球场。不仅如此,我父亲在距离此地大约 8 千米的艾姆芒温尼(Emmangweni)还拥有一块相当于 3 个足球场大小的土地。我父亲和母亲能够获得这块地,得益于乔纳斯·姆拜杜

（Jonas Mbedu）大伯（tatomdala）的关系，他是酋长委员会的机要秘书。我们的新土地紧挨着一条名叫库坎卡的小河。

夏季的雨水在10月或11月如期而至，我们便着手开始犁田的工作。在繁忙的耕作季节里，家中的长辈们总是在清晨4点就唤醒我们。我们会为牛套上撬，撬上再拉着犁，然后走大约一小时的路程，去往田地。当时间来到中午12点，我们会卸下牛身上的撬，引导牛群至库坎卡河边饮水。在牛儿们悠闲地在岸边吃草的同时，我们也会坐下来享用干豆饭（mngqusho）——这是由干玉米粒和豆类混合制成的南非特色美食。为了更好地品尝这顿午餐，我们还会配以小米汤（marewu），这是一种由本土手指小米发酵而成的传统南非饮品，清爽而宜人。14点，我们再次投入到耕作中，这样的劳作会一直持续到傍晚。在这个社区，犁地、除草、收割不仅是农活的必需，更是我们重要的季节性社交活动。

本地有一种顶上覆盖着茅草的圆形屋子，称作"荣达维尔"（rondavel），也就是"窿屋"。我父母用黏土建起了5座窿屋，组成了我们的家。每一座窿屋都有特定的用途。第一座是我们的厨房，它的中心是一个火炉，放着些水桶和三脚锅，还有用来放置锅碗瓢勺的泥砌架子，刀和其他厨具则装点着弧形的棕色墙壁。厨房入口的右侧是一个内置的泥土长凳。它有大约半米高。男人们论资排辈，依序坐在长凳上，年纪最长的人座位左手边紧挨着木门。妇女们则坐在入口左侧的草编垫子上。男孩和女孩们散坐在门两侧的地板上，地板是用泥土夯成的，并用牛粪打磨光滑。

第二座窿屋被用作粮仓，里面存放着谷物、豆类和南瓜。我们会把多余的玉米倒入牛栏上方的一个特定洞穴中，并使用一块石头将洞口严密封住。这样做不仅能阻断空气流通，还能有效防水。经过数月的自然发酵，玉米会变得更加美味。这种经过发酵的玉米，其独特风味能让白蚁避而远之。族中的长辈们坚信，经过这样的处理，玉米的营养价值也会得到显著提升。另外，我们会把干豆装入袋子，然后放在特意架高的木台上来防潮；而南瓜则会被悬挂在屋顶的架子上，这样的储存方式能让南瓜保持更长久的新鲜，远胜于把它们简单地堆放在仓库里。

第三座窿屋是我父母的卧室，也是他们收藏贵重物品的地方。这间窿屋的门总是掩上的，但并不落锁。这里放着赞美诗集、《圣经》、南非特有的细柄标枪（assegais）、打棍，还有成袋成袋的糖和果酱，有一个木制的橱柜，里面不仅放着衣物，还放着我们从未使用过的盘子、杯子和勺子。只有当父亲或母亲召唤时，我们才会走进这座窿屋。第四座窿屋是女孩们的卧室，里面堆放着我的姐妹、堂姐妹和侄女们的衣物和被褥；男孩们则都睡在厨房里。至于第五座窿屋，那是为远道而来的客人准备的，虽然我们这些男孩也会把校服放在那里。

在那个年代，我们的生活条件艰苦，家中并没有厕所设施，也没有使用大桶或小提桶来作为临时的解决方案。无论天气如何变化，白天或黑夜，每当我们需要方便时，都必须走到户外，远离我们的窿屋。女孩们通常选择在窿屋的后方解决小便，而男孩们则习惯于在牛车旁进行。这样的生活方式让我们从小就意识到了性别的不同。这种性别的差异也体现在我们的饮食习惯上。虽然大家都使用锡制的马克杯来喝水或牛奶，但在用餐时，女孩和男孩的食物是分开享用的。这主要是因为男孩子们需要迅速地吃完饭。在他们用餐的时候，家里的牛会被放开，可以自由活动。因此，男孩子们必须尽快吃完食物，以便能够及时追上牛群，防止它们闯入邻居的园子或玉米田中。相比之下，女孩子们就没有这样的负担，她们可以悠然地享用食物。在那个时代，只有我们的父母和社区的长辈们才能享用茶或者咖啡，小孩子们则只能喝一种由"酷爱"（Kool Aid）粉冲泡成的冷饮。我常常会背着父母，偷偷地在饮料中加糖，使它变得更为甜美。

我通过母亲与家族之外的人们建立起了联系。在我刚出生的头十个月里，我显然是依靠母乳喂养的。随着我逐渐长大，牛奶成为我的辅食。最开始，牛奶需要用烧开的热水稀释后，才能喂给我喝。由于当时商店里没有奶嘴和婴儿奶瓶出售，在我学会从捧起的手中喝水之前，母亲只能用嘴对嘴的方式喂我水和稀粥，并教我如何吞咽。随后，我又学会了使用杯子来喝水。当母亲或其他妇女在玉米地里劳作、从河里取水，或是在离家大约16千米的森林里劈凿木材时，我会被她们背在背上。在这样的生活环境中，我学会了在母亲和她朋友们的背上自如地爬上爬下。她们不仅照顾我，还传授给我一些生活中的基本技能，比如该如何在草原上蹲下，以回应自然的召唤。

母亲会指着衬衫上的污渍给我看，教我如何清洗和熨烫衣物。她把我的衬衫浸在水里，在衣领上涂上肥皂，然后用力揉搓。我很喜欢这个过程，并热衷于模仿她的动作。母亲是我语言学习的启蒙老师，我们之间有过许多有趣的对话。我仍然清晰地记得，当我无法完成一些应由我来承担的任务时，她曾表达过对我的不满。

在我们几兄妹长大成人的过程中，母亲担负起了主要的责任。直到1963年我离开南非，前往国外接受军事训练前，都蒙她照料。她既富爱心又有耐心，对我们总是谆谆教诲，而不会贸然就抽出皮带来纠正我们的错误，打得我们听话。我从未听她冒犯过任何人，无论对方年长抑或年少，甚至对事物亦是如此。我们从其他孩子或是成年人那里听到些粗鄙调笑的词句，学舌起来，母亲听到了便会严厉警告我们，不许我们再像那样讲话。她为我打下了基础，使我明白尊重他人的重要性，使我明白既不该容忍他人的凌辱，自己也不该成为一个霸凌者。她教导我们要有原则，既有容人之雅量，又要自尊自爱，己所不欲勿施于人。她是一位很称职的母亲。

母亲有一些兄弟姐妹和我们住在一起，我听到他们叫她"茜茜"（Sisi），叫我的父亲"布提"（Buti），便也这样称呼他们。对我而言，与父母的这种相处方式从未改变过。

在我的记忆里，那时，家中的大孩子们担当着我们的守护者，确保我们这些年幼的孩子不会受到周围其他孩子的欺负。我们之间总是互帮互助，共同分担日常琐事。我们会一起收集木柴和干牛粪，以便在户外生火做饭，还会在清晨准备好温水以供洗漱。周末在河里洗澡或是在草原上放牧时，我们这些男孩子会用光滑平坦的石头互相为对方搓背，然后涂抹上油脂，来滋润皮肤。我们还共用一个搪瓷洗手盆来洗衣服。在克维德拉纳的生活如同置身天堂，白天我们尽情玩耍，分享糖果和美食，晚上则聚在一起听睡前故事。乡村生活蕴含着一种特别的力量，将我们这个大家族与社区的其他成员紧密联结在一起。在这里，每个父母都把所有的孩子当作自己的孩子来呵护，我也深感社区中的每个人都是我家庭的一部分。因此，我们这些孩子也学会了像尊敬自己的父母一样，尊敬每一位成年人。

我们的一些邻居没有奶牛，因此，我们每天都会与他们共享新鲜的牛奶。我曾向一位祖父询问，为何我们要将牛奶分享给其他家庭，他解释说，因为这些邻居无法获取牛奶。当我进一步追问他们为何没有奶牛，祖父告诉我，是政府导致了这些家庭的贫困。我好奇地询问政府是何方神圣，又身居何处，祖父回答道，政府就是居住在比勒陀利亚（Pretoria）的一个身材魁梧的白人，他的腰间悬挂着一条巨大的腰带，上面挂满了数不清的巨大钥匙。我纳闷一个人如何能成为政府，祖父则解释说，这是他努力工作的结果。

这种解释对我与其他孩子的早期互动起到了导向作用。在玩游戏时，我总会选择扮演"政府"这个角色。其他孩子们会帮我把一块旧抹布绑在腰间，并在上面挂上一些摇摆的小棍子，它们就代表着"钥匙"。在游戏中，有些孩子会扮演没有奶牛的家庭，而我则用我的"钥匙"打开想象中的"机缘之门"，用棍子指向他们，并迅速转动手腕，象征性地赋予他们奶牛。

尽管我对于"努力工作"的真正含义还懵懵懂懂，但我已下定决心，长大后一定要勤奋工作，以便能够定居在比勒陀利亚，并成为"政府"。我渴望成为最仁慈的"政府"。无论我身处何地，我总是留心倾听，希望了解更多关于如何成为"政府"的知识。每当学校放假时，我便会寻访住在开普敦和约翰内斯堡的伯父们，希望能从他们那里获取更多的信息和指导。

大约8岁时，我对自我和自身人格的认知愈发清晰起来，我的血脉开始觉醒，开始意识到自己与社区之间的联系，自己在周边世界中的位置。如此一来，出于我自身发展的需求，父亲的角色变得重要起来，到最后，父亲的形象跟母亲之于我的经验之间达成了一种平衡。父亲成为我生活中活跃的一部分，给我造成了深远的影响，直至如今。

在我心中，父亲是一个极有原则的人。他从不轻信空洞的诺言，我也曾听闻人们希望我能秉承他的价值观成长。他若不打算真心推动某件事情，就绝不会轻易许下承诺，对于那些不走正道的人，他也从不给予好脸色。家中的长辈们常说，父亲是个正直无私的人，他珍视并践行着人类最为崇高的价值观、规范和原则。他不仅爱自己，也深爱着他人，不分亲疏远近，因此无论他走到哪里，都能结交到一生挚友。父亲热爱骑马，他还与村里的长辈一起组织本地的赛马活动。父亲和叔伯们不仅教导我们政治、传统、家规和族规，还传授给我们实用的知识技能，例如如何修补篱笆和畜栏。我还学会了耕种，以及如何帮助那些没有牛的人们。

每年收获季节结束后，父亲都会将粮食送到姆乔利酋长那里，好确保村里的每个人都能吃饱饭、喝上小米汤，并解决生活中的各种问题。父亲总是鼓励我们的酋长保持独立思考，以更好地为社区服务。我逐渐明白，酋长这一角色反映了其所在社区的内在精神——姆乔利酋长正是由一个倡导正直和奉献的长老委员会推荐就任的。

我们非常尊敬去世的亲人，认为他们无论年龄大小，都已与祖先团聚。这标志着人类与动物之间的本质区别：人类是离去，而动物则是死去。这种深刻的观念揭示了一套本土的信仰体系，帮助我理解了生活。过去、现在和未来的人们构成了一个连续的社会链条，在这个链条中，我们理解并体验着生活。祖先们对后代的福祉负有责任，因此现世的人们常常会祈求祖先的庇佑和干预。无论贫富，我们都会发出这样的祈求。我们相信逝去的亲人是我们的守护者，而社区中的长辈则被视为桥梁，一头联结着祖先，另一头联结着我们。

自幼年起，家庭和社区就教会了我分享的意义。父母和长辈们常常会为我们购买糖果——那些我们最爱的、硬币般大小的坚硬糖果，上面印着我们尚不理解的英文字样。我们会用牙齿小心地将糖果咬碎，然后分给彼此品尝。每当得到糖果、水果、玉米、肉类或饼干时，我们总会乐于每日进行分享。这成为我们日常生活中的一大乐趣，它不仅增进了我的食欲，更让分享的所有食物显得格外珍贵。此外，这些共同的活动也加深了我们的联系，让我们更加了解和珍视彼此共同的人性。

在家里，唯有父母能够享受床铺的舒适。尽管为客人准备的篷屋里也配备了两张床铺，但我们这些孩子都是睡在兽皮或草编织的垫子上，衣服则作为我们的枕头。由于我小时候有尿床的习惯，所以常常需要在阳光下晾晒我的垫子和毯子。在夏季烈日的照耀下，它们能迅速干燥，尿液的气味也会随之消散。然而在冬季，我却不得不将它们放在火堆旁烘烤。为了帮助我克服尿床的问题，长辈们建议我到附近的河里捕捉一种特殊的水虫，再把虫子生吞下去。我坚信他们的建议是有效的，因为几周后，我便能在夜间及时醒来排尿了。自那以后，我也像其他家人一样，开始享受到干燥的床上用品带来的舒适。

凛冽的冬日，我们围挤在厨房的火堆旁。不幸的是，这会妨碍空气流通，导致篷屋里充满大量的烟雾。我们坐在那里，直到眼睛发红，鼻涕横流，偶尔也会把鼻涕抹到脸颊上，因为我们没有手帕或纸巾可以用来揩它们。有时候，我会走出篷屋，在严寒中跺几分钟脚，放放风，再回到屋里。多么充实的生活。

我们社区的每个家庭都至少拥有两个畜栏，其中一个是牛栏，另一个给绵羊、小牛犊和山羊用。田园里种植着玉米、高粱、蔬菜和果树，那里还会有一道犁沟，在它的顶上种着芦荟，以防止动物闯进来。

除了牲口，家里还饲养一定数量的狗、鸡和猪。狗和猪是很好的伙伴，它们是保持卫生的关键。我们解完手，狗和猪就会帮助清理环境，最大限度地减少传染病发生的可能。尽管它们整天都护卫着家庭的安全，我们爱它们如爱家庭的一部分一般，但本社区的成员从不亲吻狗，这就是原因之一所在。

猪还有着其他贡献，对我们社区所有家庭的生活都很重要。当我们决定要屠宰一头猪时，会先把它关在围栏里两周，这样可以彻底清除掉杂质。每年冬天，我们宰杀一两头肥猪，每一块肉都得到了很好的利用。常见的做法是煎猪肉，并将熬好的猪油先储存在5加仑的罐子里。随后，这些猪油会被分装进3个不同大小的容器里——大部分用于制造肥皂，其次用来吃，最后一小部分储存在瓶子中，它们跟凡士林一样，可以用来护肤。

我母亲用一个3条腿的大锅来做肥皂。她用一定量的小苏打（碳酸氢钠）烹制猪油，等到混合物冷却凝固后，再切成条。等肥皂条干燥后，我们就用它们来洗澡，或者在河边清洗衣物和毯子。长辈们声称肥皂的味道可以驱走虱子，但我们仍被鼓励留短发，尤其是在夏季。

我们生活在天地之间，与大自然往来密切。我们尊重环境，它为我们，也为动物们提供源源不断的新鲜空气、蔬食和无尽的河水。然而，在夏季的几个月里，闪电和冰雹成为一种致命的威胁，我害怕它们，超过了其余一切。到了冬天，呼啸的风不仅撕开屋顶铺设的茅草，还会驱动野火，摧毁南非的草原和家园。雪和霜冻撕咬我们，钻进我们的身体，它们也杀死牲畜，使许多家庭陷入贫困。

我们这里没有医生，没人来进行诊断或对我们得病的原因做出解释，因此，凡有人生病，就要依据神话和传统信仰来解决，林林总总的疾病被归因于巫术。传统治疗师以前被称作"巫医"，主要由他们来宣称社区中的某个成员是女巫。大多数时候，那些被贴上女巫标签的人是老年妇女。传说女巫会用已逝社区成员的骨头建造"飞艇"，在如我一样的其他人睡觉时，她们就乘着这些飞艇飞行。传言还说，女巫们饲养并驯使不同类型的动物，比如"托科洛希"（Tokoloshe），这是一种水中精灵，还有狒狒和蛇。这些说法搅动着社区里人们的心神，扰乱了大家平静的生活。

只有在矿山工作的工人患上肺结核时，人们才不会将其归因为巫术；然而，如果有人未曾在矿井工作却患病，由于我们当时并不知道结核病是可以传染的，因此人们仍然会将其归结为巫术的作用。迷信观念根深蒂固，很容易被接受，部分原因是没人能反驳这些说法。

教育

尽管旧的信仰仍在，我所在社区的所有成员都对学校教育制度感到满意，大家认为这是一种消除文盲的手段，为我们能在社区经济中发挥更好的作用作好了准备。启蒙班被称为 Sub-A，接着是 Sub-B，然后就到了标准一年级。在我们大多数的小学里，上完标准六年级，就毕业了。没有严格的入学年龄限制——主要的目的是让每个孩子都有上学的机会。因此，所有儿童，甚至包括 10 岁以后入学的儿童，都能接受初等教育。

我去上的第一所学校，是位于措洛（Tsolo）区的恩坎贝勒（Ncambele），那时我刚 6 岁。我发现学校像家一样温暖，热情欢迎我们的到来。我们的老师恩托扎（Ntoza）小姐，并非我们自己人，却很有爱心，又富于母性。她对我们一视同仁，绝不偏袒任何人，因此，我们每个人都感受到了同等的关注和重视，没有人觉得自己被冷落。每当上学日来临，恩托扎小姐总是会细心地检查我们的衣着是否整洁，观察我们是否用正确的方式清洁了自己。她对我们的个人卫生非常看重，尤其重视耳后的清洁情况。她总是随身携带一把梳子，为那些头发凌乱的孩子提供方便，同时也仔细检查我们的头发里是否藏有虱子。然而，她在给我们梳头时并不十分温柔，甚至有些许严厉，显得缺乏母爱。我们因此会提醒父母，在家里就要帮我们梳好头。

两年后，我和家人们搬到了弗雷尔山区克维德拉纳。我在克维德拉纳小学找到了另一种温暖而热情的氛围。我们的老师是恩赞布·查巴拉拉（Ndzambu Tshabalala）女士，一个爱与狂暴的结合体，我们叫她"太太"（Mistress）。在寒冷的冬天，她会仔细检查，确保我们的毯子牢牢地裹住了身体，或者已经在床脚固定好，这样可以抵御从德拉肯斯堡（Drakensberg）山脉刮来的烈风和凛冽的寒气。极个别时候，如果我们忘了她之前课堂上的教诲，她也会以棍棒或尺子作为提醒，催促我们完成作业。除此之外，她还是合唱团的助理指挥，以她的善良、宽容和爱心，耐心地建立起每一位合唱团成员的自信。在女性长辈的关怀与教诲下，学校对我而言，就如同第二个家一般温馨。

升入高年级后，我们的教师队伍变得多元化，既有男性教师，也有女性教师。我们的校长是尊敬的恩琼圭（Njongwe）先生，他来自美丽的昆布区村庄哈兰科莫（Khalankomo）。他身材适中，总是穿着整洁得体的服装，居住在学校大约1.6千米外的地方。恩琼圭先生特地从一棵被称为伊奎皮勒（iKwepile），即四月树的黄木上，挑选了一根小树枝，做成"教鞭"。他以一种克制的手法，拿这根教鞭敲打我们的手掌，鞭策我们记住那些教学内容。不曾有人受过怒气冲冲的或侮辱性的殴打。每位老师都要教授不止一门课，其中包括科萨语、英语、历史、算术、地理、园艺和缝纫等。

缝纫、手工、园艺和体育是克维德拉纳的学校的必修课。在手工课上，我们巧妙地利用现成的天然材料，比如用柔韧的草编织成实用的草帽、垫子和筛子；我们将坚韧的剑麻植物巧妙地挽成绳索，再精心编织出栩栩如生的鸟和其他动物形状；我们还用牛角、绵羊角和山羊角打磨制作出精美的鞋拔和勺子。此外，我们也用黏土塑造出各式各样的盘子、碗和生动的动物形象。园艺课上，我们在学校的园子里精心种植了胡萝卜、豌豆、卷心菜和萝卜等蔬菜。当冬天来临时，园艺工作可以暂时搁置，让我们得到一些休息。在这个过程中，我们学会了制作堆肥、移栽小树苗、合理浇水、有效除草以及轮耕等重要的园艺技能。当男孩们在园子里辛勤劳作时，女孩们则专注于细致的针线活。至于体育课，虽然起初只是单调地绕着学校操场进行各种距离的跑步训练，但后来，我父亲和其他几位热心的家长教会了我们打板球。我们用的球比成年人用的稍软一些，这样的球会更适合我们的力量和技巧。在赛场上，我们尽情挥洒汗水，享受每分每秒。

身体健全的男性大多外出工作去了，妇女们就肩负起更多的责任，她们在家庭中同时扮演着父母双方的角色。她们不仅要确保所有学童都能按时到校上课，还要监督他们不逃学、不在外闲逛。除此之外，妇女们还耐心地教导我们生活中的各种细节，包括如何照顾牲畜等。当男人们结束务工，返乡归来时，也会在这些方面予妇女们以支持。

学校系统为我展现了一种截然不同的文化和对基本事务的全新处理方式。在这里，我不能再像过去一样任意行动，而是要遵循一定的规章制度，来维护教学秩序。这些规范包括但不限于：在未经老师允许的情况下，任何学生都不得擅自离开教室。人有三急，当我想回应大自然的这种召唤时，就用科萨语说："老师，请让我去方便。"这让我感到非常尴尬和不自在，然而对老师们来说，这个程序没有任何商量的余地。他们甚至还要求我把话说得更清楚一些，方才批准我离开教室。我是少数几个无法理解这种要求的学生之一。

除了离开教室前需要请求老师的准许，我们还被教育在何时以及如何通过说出"恩阔西"（enkosi），也就是谢谢，来表达感激之情。我们的班主任提出了一项坚决的要求：学生们在发言时必须起立，并保持身姿挺拔。在我求学的初期，这些要求对我来说似乎不可理喻，难以理解。然而，随着时间的推移，我逐渐意识到，这些规定实际上在帮助我建立起自信、自尊，并培养出一种全新的自我表达方式。

我上小学时，学校并没有图书馆。当课本不足时，我们两三个学生就需要共用一本书来学习。老师会大声地朗读课本内容，确保全班同学都能听到并理解。每当一堂课结束后，老师会认真收好所有的书籍，以妥善保管。我们的学习内容完全遵循教学大纲的要求。虽然我们没有练习本和钢笔等学习工具，但每个学生都有一块石板和一支花岗石笔。这两样东西成为我们每堂课的必备学习工具。当课程转换，无论是同一位老师还是另一位老师接手，我们都会迅速地用唾液和衬衫袖子将石板擦拭干净，为接下来的新课程做好充分的准备。我们必须牢牢记住老师们所传授的知识，没有对这些知识质疑的余地。

生活理念

四年级时，我们的科萨语老师是图拉玛哈什·查兰（Thulamahashe Tshalane）先生，他是所有男老师中最年轻的一位。我们上他的课那会儿，是他毕业后来到克维德拉纳成为一名教师的第二年。查兰先生偶尔会读故事给我们听，其中有一则关于女士与猪的奇妙故事。

在这个故事中，一位女士在人行道上漫步时，发现了一枚银币。她拾起银币，发现竟是一枚三便士硬币。于是，她决定去附近的市场用这枚硬币买一头猪带回家。女士和猪一路上欢快地走着，直到他们来到了一扇门前，猪却突然停下脚步，无论女士如何劝说，它都拒绝前行。这让女士的耐心经受了严峻考验，原本愉快的心情也变得沉重。

就在她回家要经过的这条繁忙小路上，她陷入了困境。这时，一只狗走了过来。她试图让狗去咬猪，好让猪穿过那扇大门，但狗却拒绝了。随后，一根棍子走了过来，她想让棍子去打狗，从而使得狗去咬猪，进而让猪穿过那扇门。然而，棍子也回绝了她。

这时，火走了过来。她想让火焚烧棍子，因为棍子不打狗，狗不咬猪，猪也不穿过门。但火同样拒绝了她。紧接着，水出现了。她求水去灭火，因为火不烧棍子，棍子不打狗，狗不咬猪，猪也不肯穿过门。可是，水也无动于衷。

随后，一头犍牛走了过来。她想让犍牛去喝水，因为水不灭火，火不烧棍，棍不打狗，狗不咬猪，猪不穿门。但犍牛同样没有应承她。接着，一根绳子走了过来。她想让绳子拴住犍牛，因为犍牛不喝水，水不灭火，火不烧棍子，棍子不打狗，狗不咬猪，猪也不肯穿过那扇门。然而，绳子也拒绝了她。

就在她束手无策之际，一只老鼠走了过来。她想让老鼠去咬那根不肯拴犍牛的绳子，因为绳子不拴犍牛，犍牛不喝水，水不灭火，火不烧棍子，棍子不打狗，狗也不去咬那头不肯穿过大门的猪。但老鼠对她的请求置若罔闻。

幸运的是，一只猫走了过来。她恳求猫吃掉老鼠，以便她能在天黑前回家。因为老鼠不去咬那根绳子，而绳子不去拴犍牛，犍牛不喝水，水不灭火，火不烧棍子，棍子也不去打狗，狗更不愿意去咬猪。此时，猫提出了一个条件——要喝牛奶。

女士迅速取来了牛奶。猫喝完牛奶后，便立刻行动起来。老鼠在猫的追逐下去找绳子，绳子在老鼠的撕咬下去找犍牛，犍牛在绳子的牵引下去找水，水在犍牛的触碰下涌向火，火在水的浇灌下扑向棍子，棍子在火的焚烧下挥向狗，狗在棍子的驱赶下去咬猪，而猪则在狗的追赶下冲过了那扇大门。最终，女士和她的猪在天黑之前顺利回到了家。

通过解读这个故事，查兰先生告诉我们，在引入金钱之前，本社区的人们一直过着共同分享和彼此支持的生活方式。他们必须清楚各项手段该如何组合起来，才能应对每一项挑战。社区成员同情彼此的遭遇，互相提供支持，且不求任何回报。然而，这种相互支持伴随着金钱的到来而逐步瓦解——例如，现在，邻居提供一袋豆子，就可能会要求以货币偿还。随后，我们丢失了针对每项挑战的专门解决方案。

尽管金钱的引入给我们的社区带来了一定的变化，但我们依旧共同经历着自然灾害、死亡、疾病、事故和牲畜损失等带来的喜悦与悲伤。社区的传统活动、丰年、学校竞赛和找到工作等事件，仍然是大家要欢聚在一起、共同庆祝的欢乐时刻。

查兰先生表示，我们的社区接受金钱，违背了科萨先知恩齐卡纳（Ntsikana）先生的建议。恩齐卡纳先生向科萨语社区传达了一个重要信息：一个外来国家，其特征是民众留着长直如玉米须的发型，他们携带着一本书和金钱来到我们的土地。他鼓励社区接纳那本书，即《圣经》，但同时警惕金钱的侵蚀。查兰先生也强调，金钱正逐渐瓦解我们的传统价值观和规范，市场价值取而代之，成为新的行为准则。他进一步指出，社区中许多身强力壮的男性为了参与市场经济，签订了工作合同，这些合同使他们远离了故土和家人。为了更深入地融入市场，他们用劳动所得购买衣物、糖和茶叶，并支付房屋和牲畜的税款。甚至，连理发这样原本属于朋友或兄弟间的互助行为，如今也变成了一项金钱交易。许多矿工、城市和农场工人被外地的财富所吸引，选择留在那些繁荣的地方，而不是回到家人身边，这导致了许多家庭失去了父亲的角色。更为严重的是，有些人，特别是在金矿和煤矿中工作的人，会在劳动过程中不幸丧生。

在那些年里，时间仿佛变得特别漫长。每当课程内容枯燥乏味时，我的思绪就会不由自主地飘荡，渴望假期的到来或是周末的放松。学校生活给我一种束缚感，除了体育课、园艺活动或木工课能提供些许解脱外，大部分时间我都觉得受限颇多。相比之下，户外工作给予了我更多的自由空间，让我能够随心所欲地行动。

在冬天，我们会把猪油涂抹在身上，特别是脚上，以抵御严寒。当雪花纷飞或霜降大地时，我们会用破旧的毯子将脚包裹起来，这样做是为了避免脚部直接与冰雪接触。然而，这些毯子由于浸满了油脂而变得十分沉重，有的还散发着浓烈的尿骚味，仿佛身边有人尿了床。

早春与深秋是流感肆虐的主要时节。由于我们居住的地方远离诊所和医院，我们的父母和长辈便依赖各种草茎和叶片来制备草药，以治疗我们遭遇的各种疾病，如百日咳、胃痛、发热、头痛、呕吐，还有猪虱和溃疡疮等。他们精通草药的配伍之道，以此来让我们活命。这些宝贵的知识代代相传。在克维德拉纳，那些没有接受过现代医学培训的老母亲们，却担当起了护士的角色。

家长与老师携手合作，共同为我们的学校和日常生活营造了一个愉快的环境。这种生活，是我所知晓的唯一生活方式，也被我视为最理想的生活模式。然而，当学校和家庭生活面临挑战与困境时，我也能深切地感受到其中的艰辛和不易。

第 2 章　早期政治

　　1954 年，我上标准二年级。不止一次，当警车出现时，我们的校长恩琼圭先生就让我和我哥哥斯卡恩杜罗离开学校藏起来。我们从来不问该藏去哪里，他只要说警察来了，就已经足够。我们跑去附近一个叫唐萨梅洛（Dontsamehlo，意思是"引人注目"）的小森林，那里距离学校大约 3 千米远。在灌木丛和树林的掩护下，我们会一直藏匿，直到警车离去才返回学校。因为还不懂教育的真正意义，所以对于能暂时逃离学校、摆脱老师的约束，我们会感到无比欢喜。在那时的我看来，许多未受过教育的长辈也过得挺不错。

　　警车的到访总是激起学生们的好奇心和警觉，这成为我们课间休息和放学回家路上的热议话题。由于我和哥哥总是躲藏，我们只能远观那些面包车，无法看清警察的具体行动。其他同学告诉我，警察总是 3 人一组——1 名黑人和 2 名白人。有两次，他们是骑着马来的。恩琼圭先生与他们交涉后，他们就会离开。我无从知晓他们的对话内容。有一天，我和哥哥询问校长为何警察对我们如此关注，恩琼圭先生只是嘱咐我们要听从他的安排。后来，我无意中听到长辈们谈论着为追求更好的生活、土地、和平与公正的社会而奋斗的往事，还偶然听到查巴拉拉女士对我母亲说，警察其实是在寻找我的父亲，而非我和哥哥。然而，这对我而言并无多大意义，因为父母从未对我们吐露过他们的个人活动。

　　我深信，我们的老师并非政治家，而是致力于为我们提供教育机会的教育家。他们把我们的社区与世界其他地方相连，也把我们的社区介绍给其他社区。老师们总是对社区的动态保持高度警觉。正是在克维德拉纳小学，我第一次接触到了政治。

　　我父亲最终还是被抓了，与此同时，警察也突然中止了对我们学校的巡查。关于父亲的具体被捕地点和过程，我们一无所知，仅知道他是因为被指控殴打警察而被捕。弗雷尔山的治安法院后来允许他和其他 4 名涉案男子保释，等待在科克斯塔德（Kokstad）的巡回法院接受审判。然而，他们的案子最终被撤销，使他们能够恢复自由，继续他们的正常生活。至于他们被捕的真正原因，我始终无从得知。

家里一度有 4 个女孩——塔恩达尼、诺姆乌约（Nomvuyo）、诺曼迪亚（Nomaindiya）和杜杜（Dudu），还有包括斯卡恩杜罗、西塞洛（Sicelo）、西洪戈（Sikhungo）、辛菲维·杰克（Simphiwe Jack）、姆杜马兹韦（Mdumazwe）、沃利（Wally）、我、恩古塞（Nguse）和恩晓塔在内的 10 个男孩。我们每个男孩都会每两周轮流缺课一天，专门去照顾家里的牛群。当轮到我们去附近的邦巴内河打水时，我们总会带着两个 44 加仑的大桶，用来清洗自己和厨具。周末时，我们还会骑着牛进入森林，去砍些柴火回来。而女孩们则承担起从公共河流打水，为全家提供饮用水的任务。这样的生活充满了挑战和冒险，但当我被父母送去其他家庭暂住，或是在假期与他们分离时，我总会无比怀念这样的日子。我是家中唯一一个有寄养经历的孩子，因此我常常羡慕那些始终留在父母身边的兄弟姐妹和表亲们。他们与父母的关系似乎更加亲近，相互之间也更加了解和理解。虽然我对父母充满了敬爱和尊重，但我们的关系却并不如我与兄弟姐妹们那般亲密，相互之间的理解也不够深入。随着时间的推移，我渐渐将学校视为社区的核心。在这里，长辈们投资于每一个孩子的成长和发展。当孩子们学会读写后，他们便成为社区的宝贵资产。而那些不识字的父母，则会请求孩子们帮助他们读写来自矿山、农场或城镇的丈夫和亲戚的来信，或是代为写信。所有的长辈都会参加校际音乐会，在那里，参赛的合唱团会演唱包含社会问题信息的歌曲。

我们在学校时，会唱一些与我们的社区息息相关的歌曲，还有一些反映国内外不同地区时事的歌曲。

大部分的新消息都是靠回国的矿工和参加过第二次世界大战的老兵传递回来的。从矿井归来的矿工不仅带回了新的歌曲，还分享了他们的亲身经历以及与他们并肩工作的、来自南非各地和其他非洲国家的工人们的经历。

那些经历过第二次世界大战洗礼的老兵则宣称，政府背弃了战后让所有南非人享有平等权利的承诺。他们传唱回来的歌曲，向我们描述了黑人被排除在政府中心之外的景象。其中一首唱道：

> 在北非和欧洲，
> 人们因奋勇斗争而团结一心，
> 然而，在南非，
> 人与人却被隔离，无法形成一个完整的集体。
> 这里有一道道分界线，颜色就是它们标准，
> 但这道分界线必须被终结，必须被深埋于历史的尘埃之中。

社区中不同经历的成员们所传唱的歌曲和讲述的故事，为我们这些孩子勾勒出了一个国家正在发生事件的大致轮廓，让我们对国家有了初步的认识。

在那个时代，学校是由各个教会教派分别管理的。在我们地区，主要有卫理公会、英国圣公会和天主教会。我就读的克维德拉纳小学是由卫理公会经营的。每当开学的铃声响起，我们都会聚集在主楼前，由一位老师引领我们进行祈祷。每周，我们都会安排两次时间来共同研读《圣经》。

在课堂上，老师们总是强调诚实的重要性，他们告诉我们，因为上帝在时刻关注着我们的一举一动。这种想法让我深感恐惧，总是觉得有一个看不见的上帝在注视着我。

我们被教导说，十诫是塑造无罪生命的基石。然而，"圣经"课却引发了我和其他同学的许多疑问。我们了解到撒旦的影响力会导致人们犯罪，于是我们好奇撒旦是否拥有与上帝相当的力量。当我们的《圣经》老师解释说，只有上帝才是万物的创造者时，我们进一步追问为什么上帝不把撒旦从我们身边驱除，因为如果没有撒旦的干扰，我们就会全心全意地顺从上帝。老师回应道，一切都是出于神的智慧，我们绝对不能对此产生怀疑，因为撒旦可能会在我们心中播下怀疑的种子。从那时起，我变得格外专心听讲，生怕自己脑海中冒出的任何问题都是撒旦的诱惑。这也导致我们没有进一步探讨亚当在伊甸园中为何不说实话的问题。根据我们所读的《圣经》，亚当在偷吃苹果被发现后，并没有坦诚承认，也没有承担应有的责任，反而是将责任推给了夏娃。

姆贝贝一家

1958年夏天的一个早晨,我和父亲骑马离开克维德拉纳,前往弗雷尔山地区的马克斯海格维尼(Maxhegwini),此地在我家东北约22千米的地方,对面就是著名的山峰——姆彻乌拉。我们的马穿过一条长长的、蜿蜒的斜坡,向下通向基尼拉(Kinira)河,使我上下颠簸。我们右边经过的第一个家有一大片金合欢树,那里的木板上写着"姆佩托"(Mpheto)。我们踏上了一条碎石路,沿途前行至一条清澈的小溪。接着,我们又骑行了约800米,终于抵达了一个农庄。这个农庄的特征非常明显,由3座优雅的回廊和一座四角形状的房子构成。农庄的宅基地巧妙地建在悬崖之巅,显得气势磅礴。在房屋的后面,一条土路蜿蜒伸展。而在河流对岸的东侧,还分布着另外两处宅基地。我们下了马,父亲把马缰绳交给我握住。

一个男人迎了出来,热情地接待了我的父亲,他们两人像多年的老友一样交谈,完全忽略了我的存在。随后,父亲将我唤到身边,将我引荐给正与他热聊的姆贝贝(Mbebe)先生。姆贝贝先生非常友善地对我表示了欢迎。他告诉我,我将会在他执教的学校里就读,并与他和他的家人共同生活。

父亲从马鞍袋中取出两条毯子递给我,面带微笑地与我道别。他鼓励我,表示相信我会喜欢这个新环境。他总是对我满怀信心,认为我能够达成他对我的期望。在留下两匹马后,他便离去了。那一年,我在一所新学校,一个全新的家庭中,开始了标准六年级的学业。

我并不清楚我们家与姆贝贝一家有何渊源。姆贝贝一家由父母及两个女儿和一个儿子组成。姆贝贝夫人身高167厘米,是这个家庭的管理者。她肤色较浅,无须像某些人那样使用美白霜来提亮肤色,天然的美貌已经足够动人。姆贝贝先生中等身高,面部光洁,没有胡须,他拥有一副运动员般健硕的体格。农兹瓦卡齐(Nonzwakazi)是他们的大女儿,儿子曼库克拉(Mangqukela)和我同龄,邦吉威(Bongiwe)则是小女儿。农兹瓦卡齐和曼库克拉都与我一起在他们的父亲执教的学校开启了六年级的学习之旅。

学校坐落在距离姆贝贝先生家2.4千米的地方。我耗费了几个月的时间来适应新环境,想要融入天主教学校特有的文化氛围。在那段初始的适应期内,我无比怀念克维德拉纳的日子，想念那里的老师和同学们。姆贝贝先生不仅是我们的校长，还亲自教授我们英语、历史和算术。他手中常握一根短而经过鞣制的教鞭，以此鞭策我们努力学习、加强记忆。姆贝贝先生在家中是个慈爱的父亲，但在学校里，他则变身为严师。只要他认为有必要，那根教鞭就会落下来。回到家里，我们都忙于家务，从不谈及学校里的点点滴滴。我和曼库克拉负责将山羊和绵羊从草原上赶到牧场，而女孩子们则协助准备餐食。家中总是洋溢着温馨和爱意。姆贝贝先生教我如何用他的钢珠枪准确射击，虽然这只是件不起眼的武器。偶尔，在下午稍晚些时候，当鸟儿们纷纷归巢栖息，我们会去离他家 3.2 千米远的荆树丛捕鸟。没过多久，他便开始在多数下午和周末让我独自外出捕鸟，倘若打到了鸽子或更大些的鸟儿，我们这些孩子就能美餐一顿了。

到了这一年的尾声，虽然我尚未完全融入这个新环境，但我已经在学校里结识了不少朋友。老师们不断强调，他们学校的升学率历来都是百分之百。我们彼此扶持，团队协作，共享学习记忆。依靠我们集体的力量，我们所有人都在年底顺利通过了要求严苛的课程考试。那段时间，我忙得根本没有时间去考虑即将到来的假期。

我参加了很多活动，日程安排得满满当当，但还是察觉到社区中的不满情绪正在蔓延。长辈们将矛头指向了一系列对黑人社区具有侮辱性的法律，他们认为这是引发不满的根源。这些法律是 1951 年第 68 号《班图当局法》（*Bantu Authorities Act*）、1953 年的《班图教育法》（*Bantu Education Act*）和 1959 年第 46 号《班图自治法》（*Bantu Self-Government Act*）。在西开普省工作的长辈们开始担心自己会失业，因为政府已经宣布，国家将只保留白人和有色人种在该地区的岗位。长辈们公开探讨了教育、土地以及被称为"通行证"的身份簿等议题。这些法律为我们的社区提出了具体的问题，需要我们团结一致、共同应对。教师们和长辈们传递了来自特兰斯凯各个社区抵抗行动逐渐升级的消息。那时，我还只是个孩子，无法洞悉其中的纷繁复杂。然而，现在回想起来，可以清楚地看到，与教会学校所提供的知识相比，1953 年之后，政府所提供的教育资源确实相当有限。我的目标是一心向学、不断进步，但在社区讨论中，围绕着教育问题产生了许多争议，气氛日益紧张起来。

虽然人们都在私下议论着时局的艰难，但生活表面上却显得井然有序：我和其他孩子们按时上学、去教堂礼拜，长辈们在田间挥洒汗水、辛勤劳作。然而，随着我逐渐长大，我开始觉察到这种局势演变给长辈和整个社区带来了深重的忧虑。那些曾经为我们指路引航、传道授业的人——包括我们的长辈、教师和父母——在新的政府法律框架下，开始被归入不同的群体。

有传闻说政府已经得到了一些宗教领袖的支持，他们声称现行的政府制度是上帝赋予的神圣秩序。然而，其他长辈坚决反对这一观点，认为这只是一种狡辩，目的是要为殖民政府制度开脱。

我记得长辈们曾经说过，政府正在制定新的法律，这些法律将进一步剥夺我们的家庭对生命和土地所享有的有限权利。被称为原住民保留区的土地将面临重新规划的命运，土地面积将被迫缩减，同时每个家庭所能饲养的牲畜数量也将受到严格的限制。我当时还无法完全领会这背后的种种意味，但也能感知到这并非一项善政，因为长辈们已经展开积极行动，反对即将到来的"信托制度"。此外，长辈们还谈到了政府如何决意实施《班图当局法》，试图将我们的社区限制在所谓的班图保留地之内。

第 3 章 觉醒
——非洲人国民大会

我们的社区普遍认为,《班图当局法》和《班图教育法》是旨在将黑人社区与全国其他地方隔离开来的政策。长辈们深感忧虑,担心这些法律会剥夺他们在过去斗争中辛辛苦苦获得的权利。他们对巴林杰(Ballinger)先生赞誉有加,因为他一直是我们地区各社区在国会中的白人代表,然而,新的法律却为这种原本良好的关系和交往画上了句号。

社区的长辈们表示,政府正在攻击我们生活方式中的三大支柱:教育、牲畜和人居。为了让每个人都能理解这些法律的主要内容,教师和牧师们用科萨语进行解释和宣讲。因此,教师和其他专业人员已经成为社区中备受信赖的领袖,他们不仅向我们通报国内不同地区的最新动态,还对相关情况做出解释。

我们的长辈和老师对学校被接管这件事深恶痛绝,他们说在班图教育体系下,教育质量下降了。老师们说政府威胁驱逐任何反对班图教育的教师或行政人员,但我们的家长自发行动起来了。老师和长辈们谈到"乌孔国洛塞"(uKhongolose),也谈到伊丽莎白港和约翰内斯堡的那些乌孔国洛塞学校和国会学校——那里的孩子们被赶出了公立学校。即便我们这儿的孩子仍在公立学校接受教育,大家还是想知道乌孔国洛塞学校和国会学校都在教些什么。我们的父母陷入了两难的境地。他们坚信教育能够为我们带来更优质的生活,然而新法律所带来的沉重压迫却让他们开始怀疑,这种美好的愿望是否真的能够实现。

信托制度,作为《班图当局法》的一部分被引入,被我们的长辈理解为是对农村部落土地上的家庭进行强制迁移和重新安置。在此制度下,土地被划分为3类用途:重新安置、放牧和耕种。不幸的是,我家的土地被一分为二——一块大小如同足球场的荒地仍归我家所有，一块用于重新安置另一户从放牧地迁移过来的家庭。村里的长辈们表示，政府是在通过这种特殊的安置方式来操控社区的各项活动。

各家都把重新分配到的土地划分成四块。最大的地块被用来种植玉米、豆类、南瓜和果树，但我们的玉米产量还不到信托制度实施之前的三分之一。我们在第二块地上建了房子，第三块则被用作家族墓地。在第四块地上，我们为牲畜建造了畜栏。

被划定为放牧用途的土地被视作公共资源。政府已承诺会对所有指定的放牧区域进行围栏封育，其中甚至包含了一些先前用于耕种的土地。这样就导致部分家庭分得的耕地面积比信托制度实施前的有所缩减。

我们的长辈说，政府已逐渐取代了传统领袖的职能。社区普遍担忧政府的法律将逐渐削弱长老们的传统指导地位，而他们一直是社区传统、价值观和规范的坚定守护者，并肩负着调解纠纷和冲突的重任。他们不仅为寻求指导的社区居民提供宝贵的建议，还在涉及共有土地的问题上发挥着不可或缺的领导作用。在传统习俗中，酋长们会与长老们共同商讨各项重要的社区活动，包括男孩和女孩的成人启蒙仪式——乌尔瓦卢科（ulwaluko）和恩通贾纳（ntonjana），并为男孩们选择远离社区聚居地的特定场所，来进行这些仪式。我们希望传统领袖们能够勇敢地站出来，反对政府法律在其治下推行。

政府实施了强制性的牲畜宰杀政策，规定每个家庭仅能保留 6 头牲畜，超出部分必须全部屠宰或出售，且其中必须包含 1 头小牛。宰杀过程受到政府检查员的严格监督，同时，社区内的任何牲畜交易也必须得到他们的批准。每当家庭进行宰杀，他们需要将割下的脾脏和登记簿带到检查员处，由检查员记录剩余牲畜的数量。新生的小牛也需立即登记。定期检查员会核对各家庭的牲畜数量，以确保与登记簿上的记录相符。

长辈们指出，政府正在构建一个由地方法官、店主和传统商人组成的情报网络，这些人成为政府的"眼睛和耳朵"。这一举措对传统领导人与社区之间的关系构成了挑战，并导致许多社区对原有社会制度和传统领袖失去了信心。

虽然有人怀疑某些社区成员是政府情报网络的一部分，但这种怀疑很少能被证实。据长辈们讲，告密者会先向他们的头目报告，而头目又会将这些信息转告给店主，当时这些店主都是白人。店主们随后将这些信息传递给治安法官，由他们决定是否派警察去进一步调查，或者是处理嫌疑人。

我们的社区对这些政策表示了强烈反对。长辈们认为，那些支持这些政策的酋长只是为了个人能从政府领薪，而忽视了这些政策所带来的直接问题和长期后果。这些政策羞辱了我们的非洲社区，使家庭和个人孤立无援，无法单独或集体维持生计。我的父亲意识到，仅靠畜养牲畜，已无法确保子女接受良好教育了，便在1956年去了矿山工作。

长辈们对以新法律为基础的政策的有效性提出了质疑，并指出在马塔蒂埃莱、科克斯塔德、麦克莱尔、埃利奥特（Eliot）、乌姆塔塔（Umtata）和卡拉（Cala）地区——这里仅举几个特兰斯凯地区的例子，白人农民饲养了更多的牛。长辈们控诉，白人农民和店主以远低于市场价的价格，从非洲家庭中收购了超出限额的牛群。这种不公平的政策导致我们的财富大量流失。面对这些无形的统治力量，我们深感无力，并因此沮丧。这样的情绪已经渗透到了我们的家庭生活中。长辈们指出，政府是在逼迫我们的社区作出回应，他们认为这些法律侵犯了南非人的基本权利。

为了抗议这种宰杀行为，我们的社区精心起草了一份文件，详细阐述了家畜对非洲家庭的重要性。我们将这份文件呈递给了姆乔利酋长，恳请他转交给弗雷尔山的地方法官。在这份陈情书中，我们明确指出，家畜不仅为我们提供奶和肉等生活必需品，更是我们支付学费、为孩子购买衣物的重要经济支柱。此外，家畜还承担着耕地和为农作物提供肥料的重任。宰杀家畜将导致食物短缺，造成饥荒，我们的社区将无法再承担教育孩子和耕种土地的责任。长辈们郑重地提出告诫，此类行为将危及家庭和社区的稳定，严重损害人们的尊严和自豪感。

那些见多识广的社区成员回忆起了1857年的农卡乌塞（Nongqawuse）悲剧。农卡乌塞是一位被誉为先知的年轻女子，她声称自己收到了预言，指示她的人民摧毁所有牲畜，烧毁谷仓、田地、小屋以及一切他们所拥有的东西。之后，祖先们就会归来，将欧洲人扫入大海，而社区将会收到比以往任何时候都要多的牲畜和谷物财富。然而，当人们照做后，预言却并未实现，反而带来了饥荒和死亡。一些教师和受过教育的社区成员声称，这一事件实际上是英国政府为了瓦解科萨族的抵抗而煽动的殖民主义阴谋。我深感历史正在重演。

第 3 章 觉醒——非洲人国民大会

我们的文化和独立性被摧毁，在这一片废墟之中，我们的群体共享生活方式难以继续。长辈们说，新的法律正在摧毁我们的"乌班图"(Ubuntu) 精髓，即那种"你有即我有，你是即我是"的社会理念。他们担忧，我们的家庭将不再能够像过去那样彼此扶持、相互帮助。随着牛奶变得稀缺，田地无法继续耕种，许多孩子的教育也将受阻，难以超过六年级的水平。在这样的环境下，集体意识和相互支持的精神将逐渐削弱，长辈们对于我们将变成怎样的人感到迷茫，前方的路上见不到光。

随着抵制《班图当局法》的呼声日益高涨，克维德拉纳出现了两个对立的社区联盟：一方反对政府政策，自称为"阿美利卡派"(Americans)，另一方支持这些政策，叫"维沃尔德派"(Verwoerdians)，他们以单独发展政策的设计者亨德里克·维沃尔德（Hendrik Verwoerd）博士的名字命名。这两个群体之间的关系以低调的暴力为特征。我父亲支持"阿美利卡派"，当时他已经是后来被称为非国大的政治组织——"乌孔国洛塞"的成员。

社区的分裂给双方带来了忧虑，这种不和谐的气氛也让牧师们感到左右为难。西古布·梅尔瓦马库鲁（Sigubhu Mehlwamakhulu）牧师开始在讲故事时加入与这些困境有关的内容。他的两个儿子，比扎（Biza）和西扎（Siza），年龄都比我大些。他热情地邀请我和他的儿子们一起参加英语书籍阅读课程，初学者在这儿会被叫作"皇家读者"。西古布牧师坚信阅读是教育的基石，因此，每当我们中有人在阅读时分心，他总会以幽默诙谐的方式提醒我们集中注意力。

某天，他去了蒂纳河对岸的恩克萨沙（Ngxaxha），拜访他的朋友。不幸的是，他在那里遭遇了倾盆大雨。雨后当他打算返家时，惊讶地发现河水已经泛滥。他尝试游过蒂纳河，却再也没能抵达对岸。就在我正逐渐沉醉于他的课程和故事之际，我们的阅读课却因这一不幸而中断。在这个沉痛的时刻，我看到阿美利卡派和维沃尔德派暂时搁置了分歧，共同向梅尔瓦马库鲁家族致哀。这位经常戴着农夫帽、身材魁梧、嗓音低沉有力的父亲曾对我说，尽管很难，但他甚至为那些骂他的人祈祷。梅尔瓦马库鲁牧师一直对种种改变给我们造成的影响表示担忧，他还告诉我们这些孩子，对一些长辈的话不能全听全信。然而，巫术被认为是一种强大而可怕的力量，牧师也难免对此心存忌惮，他不敢把话说得太满，只能含糊其辞。他不仅传授知识，还无形中传达了一种新的恐惧感。这种恐惧感深深影响了我，它让我开始质疑自己的主要信仰来源——我的部族。

维沃尔德派坚信政府给出的措施总比没有措施要好，他们认为这些措施能确保教育成为社区的核心。同时，他们也相信通过宰杀牲畜可以维持畜牧业的有序发展，因为过度放牧正在严重破坏草原生态。在信托制度下，牧场由栅栏围护着，孩子们不再需要分心照看牛群，方便了他们去上学。他们认为，阿美利卡派既未理解时代的要求，在"阿班图"（Abantu）——南非黑人——迈出了前进的步伐，走上了决定自己命运的光明大道时，也没跟上大家的脚步。

长辈们表示，《班图当局法》的严酷之处在于，它甚至连那些支持政府政策的人也不放过。我们的长辈坚决表示，为了过上有尊严的生活，他们将以一切可能的方式来抵抗维沃尔德派和政府的压迫。我们作为土地的使用者，要求政府分配耕地是我们天赋的权利，而如今，这更像是一种为了生存而进行的抗争，我们绝不愿在自己的祖国沦为异乡人。同时，采矿和大规模农业等殖民产业似乎正在大量吸纳我们社区中那些身强力壮的男性，使他们沦为廉价的劳动力。那些从矿山和农场归来的人们，纷纷加入阿美利卡派或维沃尔德派，他们甚至还带上了在北部黄金城购买的廉价武器。

甚至在种族隔离制度实施之前，特兰斯凯的农民就已经开始了各种形式的抗争，以应对可能失去土地的风险。几个世纪以来，不同的部族和社区都团结起来，共同对抗他们的敌人——殖民政府。正是这种共同的斗争目标，让阿美利卡派意识到，只有联合各个社区的力量，才能成功地推翻种族隔离法。在特兰斯凯，一些社区对酋长和头人展开了政治攻击，指责他们是殖民政府的傀儡，心甘情愿地充当打手，执行那些令人深恶痛绝的政策和措施。

出于某种我并不清楚的原因，阿美利卡派将他们的名字改为"刚果派"（iKongo），但其立场和目标始终未变。恩琼圭先生说，刚果派这个名字源自第二次世界大战期间发在艾利夫（Ayliff）山的一场抵抗运动，但诺贝乌（Nombewu）先生认为，刚果派背后其实是外国政治组织，这是它们使的一个障眼法。

双方观点的激烈交锋让我们这些孩子对未知和看不见的东西感到恐惧，因为我们的父母在激化彼此之间的政治分歧。社区内部，甚至血亲之间都出现了分歧。显然，我家属于刚果派。维沃尔德派或刚果派的孩子并不分头行动：我们上同一所学校，上同一堂课，是同一个合唱团的成员，并为同一支运动队效力。我们的纷争源于我们无法理解介入我们关系中的社会进步，而在这种情况发生时，我们的老师会来控制局面，阻止我们之间因无知、错误而爆发的冲突。

有组织的牲畜盗窃团伙开始在我们所在的昆布部分地区活动，这使生活变得更加困难。他们来自各个社区。盗贼中的一些人持有手枪和步枪。根据他们攻击和活动的组织方式，我们社区的长辈们认为，是殖民政府特别部门在煽动、武装和指挥他们。这导致我们社区内部的分歧加剧，人们各自为政、各行其是，使南非人之间的分离和疏远成为我们这个时代最大的危险。

连续的牧群失窃事件在维沃尔德和阿美利卡两派中都激起了强烈的反响，然而，这一事件却出乎意料地促进了各派的团结，共同对抗盗贼。但有些时候，盗贼与某些领袖和头目勾结，导致无辜的民众受到报复性的攻击。他们的房屋被付之一炬，甚至有人惨遭烧死或杀害。面对这样的局势，一些酋长和领袖选择寻求政府的庇护。在这场愈演愈烈的危机中，我和其他男孩经常被派去传递信件和包裹，里面的内容我们却想象不出。

老师和值得尊敬的社区领袖给我们带来了发生在我们国家和国外的其他地区的斗争的消息。他们说，社区团结和共同的目标使位于开普省东部特兰斯瓦（Transvaal）省北部济勒斯特（Zeerust）、开普省东部庞多兰（Pondoland）的塞库库尼（Sekhukhune）和比扎纳（Bizana）的社区组织得更好、更有效。

1955年，教师们传来了关于肯尼亚人民斗争的消息，这场斗争由名为"茅茅"（MAU MAU）的政治组织领导。他们解释说，"茅茅"其实是"Mzungu arudi Uropa, mAfrika apate uhuru"的缩写，意思是"欧洲人，回欧洲去吧，非洲人会获得自由"。我们认为这一有力的声明同样传达了南非的思想现状。

维沃尔德派表示，他们的诉求与茅茅运动的类似，希望种族隔离政府能把这个国家的一部分土地归还给我们。我的理解是，维沃尔德派反对南非属于其所有公民，特别是那些殖民政府拒绝承认其公民身份的，也就是我们黑人的主张。维沃尔德派希望非洲人能拥有特兰斯凯，而阿美利卡派则希望南非属于全体人民。

与此同时，我们的老师通过学校组织的合唱向我们的社区传达斗争的消息，例如"我们无权决定该如何治理我们的国家，马兰[1]的种族隔离政策控制着它"。

---

[1] 指在南非推行种族隔离政策的达尼埃尔·弗朗索瓦·马兰（Daniel François Malan）统治集团。

这些更贴近现实的消息唤醒了社会意识，拉近了世界各地人民的反殖民活动的距离，也极大地鼓舞了我。令人振奋的是，甚至白人也鼓励我参与到南非的反殖民斗争中去。

那段时间，我们的社区通过克维德拉纳商店的店主与白人保持固定联系，他被我们的人称为"曼格维瓦纳"（Mangwevana），意思是灰色的人。这位店主是一位已婚并育有子女的中年男士，他的孩子们就读于国内其他地区的中小学。据长辈们透露，"曼格维瓦纳"之所以采取这样的行动，是企图成为本地区玉米及其他商品的独家贸易商。

他掌控着我们社区与政府之间的沟通渠道，不仅精通科萨语，每逢圣诞节还会给孩子们分发糖果和饼干，因此我对他有着不错的印象。然而，好感并未持续太久。当我的父亲和他的兄弟乔纳斯·姆拜杜购买了一辆卡车，用于运输袋装玉米，并将这些玉米袋存放在我家以便销售给社区居民时，曼格维瓦纳竟然将他们告上了法庭。他为了保护自己的生意，提出别家店铺必须距离他的商店至少16千米远，而我家的所谓"店铺"与他的店铺距离不到4千米。尽管乔纳斯家的位置更远，但那里交通不便，卡车无法抵达，且远离我们这个潜在的市场。最终，他们不得不放弃这项生意，卖掉了卡车。这次事件让我意识到，曼格维瓦纳对小孩和大人的态度完全不同。这让我感到困惑，不确定这是否也反映了我们国家许多白人家庭的行为方式。

对我所在地区的年轻人而言，反政府和亲政府团体的出现既激发了我们的热情，也带来了深深的困惑。生活究竟会将我和我的朋友们引领到何处，才能重新点燃我们那份为之不懈奋斗的同等热情？究竟何种经历，才能再次触动我年轻的心灵，带来同样的刺激与挑战？

第 4 章 圣约翰学院和非国大青年团

1959 年 1 月,我 14 岁,父母把我送到乌姆塔塔区的圣约翰男子学院,开始我的初中生涯,初中学制包括中一、中二和中三这 3 个年级。高中学制则包括中四和中五年级。我和诺玛宾扎(Nomabinza)姨妈一起住在恩坎贝德拉纳(Ncambedlana)的乡村,距离圣约翰学院约 6 千米。许多远道的学生都住在学院的寄宿校舍。学院不远处,乌姆塔塔河静静流淌,它自西向东最终汇入印度洋的怀抱。乌姆塔塔镇在南部,是特兰斯凯的主要行政中心。圣约翰学院与隔壁的圣比德学院(St. Bede's College)之间隔着一道栅栏,后者是英国圣公会的普世培训中心。位于这两座校园与河流之间的是一片广阔的农场,主要种植着玉米、南瓜、甜玉米和各种豆类作物。

学校设有两大类课程:包括拉丁语在内的学术课程和商业课程。我选择了后者,因为这在当时是新课程。在刚开始的 6 个月里,我参加了许多活动,例如体育、娱乐以及非国大青年团体的一般和定期政治讨论小组。我还认识了许多其他学生。当我们放寒假的时候,我去约翰内斯堡看望了我父亲的弟弟,我在那里遭遇了一场车祸。玻璃碎片刺进了我的左侧臀部上方,我接受了手术,以取出玻璃碎片并清理伤口。我在医院住了一个星期,出院后由我的马克克叔叔和他的妻子曼索陀(Manxotwe)婶婶照顾。

那时候,我内心充满忧虑,想到了很多不同的结果,其中最可怕的是会留下残疾。我担心我走路时身体会永远向左侧歪斜。当我独自一人,有时会发现泪水从脸颊上滚落下来。我还记得发生在我儿时的一位朋友乌伊思勒·迪安提(Vuyisile Dyantyi)身上的一场事故。当时,我们轮流沿着克维德拉纳河光滑、平坦的石头滑下去。就在我们最兴奋的时候,乌伊思勒绊倒了,撞到了一块低矮的锋利的石头上,膝盖骨受伤了。尽管他康复了,但他的膝盖仍然略微弯曲,导致他的一条腿比另一条腿短,并造成永久性跛行。

当我的婶婶和其他年长的妇女帮我清洁伤口,更换伤口上的敷料时,我的情绪会变得激动起来。她们除了关注我所经受的痛楚,还流露出深切的担忧,即便医生已经一再保证我并无大碍。我被困在床榻上时,听到外面朋友们嬉笑的声音,内心会涌上一股莫名的沮丧与哀伤。他们来看望我时,虽然说着安慰的话语,带着宽慰的微笑,我却能从他们脸上看到怜悯的样子,这份同情像针一样刺痛了我的心。叔叔的家在索韦托(Soweto)的梅多兰兹(Meadowlands),我在那里休养了足足4个月,才终于康复。

1960年,我回到圣约翰学院,以中一年级学生的身份继续学习,这次住在寄宿校舍里。校舍有两位寄宿管理员:姆帕尔瓦(Mphahlwa)先生和西格库(Sigcu)先生。

姆帕尔瓦先生有着重量级拳击手的身材,是初中部的寄宿老师。他负责从中一到中三的所有学生。在管教学生时,姆帕尔瓦先生喜欢说"nkebeza"这个词,意思是"大嘴巴",当发现学生在做作业或者本来应该保持安静的时候说话,他就会说"别再大嘴巴了",这为他赢得了"恩可本可贝"(Nkebenkebe)的绰号。他以既有原则又体贴的方式平等地、毫无偏袒地对待我们所有人。他也是一位热衷于网球并且非常优秀的网球运动员。姆帕尔瓦夫人是乌姆塔塔医院的一名护士。

西格库先生是中四和中五年级的寄宿老师,身材中等,大腹便便。他总是带着一根短棍,在被冒犯时,他就挥舞着它,说"我会用这根棍子打你"。我们给他起了个绰号,叫"棍儿"(Stok)。他开一辆沃克斯豪尔(Vauxhall)汽车,每当他驾车离去时,那辆车总是会发出回火的声音。

我们的院长是奎尔奇(Quelch)博士,他身形瘦弱,个子偏矮,低于平均水平。他身上总穿着英国圣公会的长袍,头上戴着与其身形不太相称的大头饰,使他看起来年纪很大,比其他员工要老上很多的样子。奎尔奇博士的职责包括主持早间祷告、周日礼拜,偶尔还会主持晚间礼拜。

学校校长是福尔摩斯(Holmes)先生,中年人,高个儿,身材匀称。他总是把胡子刮得干干净净,通常穿着西装。他在早晨的集会上向我们发表讲话时,总是将双手交叉背在身后,并时不时地抬起脚后跟,仅用脚掌保持身体平衡。这给我留下了深刻的印象，毫无疑问，从那时起，我就将这种姿势与聪明才智联系在了一起。

汤普森（Thompson）夫人，身姿高挑，是我们的英语老师。在众多故事中，她尤其钟爱阿瑟·柯南·道尔（Arthur Conan Doyle）的《巴斯克维尔的猎犬》（*The Hound of the Baskervilles*），并经常满怀激情地向全班学生朗读这本书。汤普森夫人认为，巴斯克维尔不仅代表了一个具体的地方，更可以看作是一个社群或国家的缩影；而猎犬则象征着那些试图对某个家庭、社群或国家施加影响的力量。在这部引人入胜的故事中，一个邪恶的角色企图利用猎犬的神秘力量来铲除巴斯克维尔家族的所有继承者，以便霸占他们的庄园。然而，这一阴谋最终被揭露并阻止。汤普森夫人通过这个故事向我们传达了一个重要的生活哲理：当面临挑战时，及时且适当的应对是至关重要的。

汤普森夫人向我们介绍了很多诗，我最喜欢的是《轻骑兵的冲锋》（*The Charge of the Light Brigade*）和《他落入盗贼之中》（*He Fell among Thieves*），这是因为它们与我们的生活方式有一定关联。

当她深入解读《轻骑兵的冲锋》时，仿佛化身成了策马扬鞭的英勇骑士，那股从字里行间流露出的激情，如同磁场般吸引着我，让我仿佛与那些冲锋陷阵、英勇无畏的士兵们并肩作战。在想象中，我与那些历经战火洗礼的幸存者们一同归来——我们遍体鳞伤，心灵深受创伤，精神也几近崩溃。然而，我坚信他们所付出的一切都是值得的，因为他们曾奋不顾身地试图夺回被敌军掠夺的武器，捍卫了荣耀与尊严。

在《他落入盗贼之中》这首诗中，汤普森夫人引领我们领略了南非更广阔的农村社群与乡镇风貌。我深以为然，因为该诗精准地描绘了在昆布与弗雷尔山区的复杂地形中，我们的社区如何受到偷牛贼的持续侵扰及其所带来的挑战。此诗不仅让我洞察到乡村中存在的不公，还揭露了政府对个体和小群体的残酷打压。这首诗的独特之处在于，诗中有悖常理地要求对手拿走他们大费周折抢来的财物并埋葬死者。

汤普森夫人富有同理心，充满活力，她通过生动的面部表情引导我们深入理解和感受她朗读的诗歌和书籍，让这些文学作品的主题变得引人入胜，令人沉醉。在聆听的过程中，我仿佛身临其境地体验了诗歌中的情感与场景。这使我深刻体会到，人类历史是由无数代价高昂的错误堆砌而成的。在反思中，我逐渐发现了社区中各派系间的相互联系、诗歌中叙述的历史事件和蕴含的深刻教训。我意识到，我们的先辈在做出重大抉择时曾经历过巨大的社会动荡，我看到了殖民时代的不公和压迫，更认识到了勇敢对于人类生存和发展的至关重要的意义。

我们的历史和地理老师是查尔斯·哈伍德·迪克森 (Charles Harwood Dixon) 牧师，中等身高，身材修长。迪克森牧师为高年级学生讲授科学课程，他总戴着一副标志性的厚重黑框眼镜。他以极大的耐心对待每一位学生，即使面对未完成作业的学生，也会以微笑相待。我特别欣赏他将欧洲的历史斗争与南非内陆的非洲移民经历相互联系的教学方式。在讲述历史时，迪克森牧师生动地再现了非洲社区内部，以及非洲人与阿非利卡人 (Afrikaner) [1]、英国人之间因土地问题而引发的冲突。在他的课上，我了解到，知己知彼，并巧妙运用战术，特别是发挥智慧的作用，才能百战不殆。他解释说，非洲的少数民族在内部纷争中正是采用了这样的策略。我还了解到，英国人曾经利用传教士来搜集关于黑人社区的文化、各自优势与劣势的信息，进而不断施加压力以谋求对这片土地的控制。他们利用这些信息在黑人社区之间制造分裂。当我们质疑圣约翰学院在推动政府政策方面的作用时，迪克森牧师澄清说，该学院与早期的传教士有着本质的不同，它的唯一宗旨就是教育学生，不涉及其他政治或社会目的。

在地理课上，迪克森牧师概述了南非的不同省份，开普省、自由州省、纳塔尔 (Natal) 省和德兰士瓦 (Transvaal) 省，以及它们各自的地理特征。各个省份都拥有其独特的气候条件，为不同的农业活动提供适宜的环境。我了解了每个季节应该种植何种作物，以及保护自然植被的至关重要性。精心规划是绝对有必要的，这样才能确保每个人都有食物吃。

玛雅 (Maya) 先生是一位中等身材的粗壮男人，打网球时他的身体姿态优雅，他教我们科萨语语法和文学。他最喜欢的一套书是《埃隆迪尼·洛特科拉》(*Elundini Lothukela*)。这本书着重描绘了非洲人的核心特质——不论他们的肤色如何，也不论各社区独特的生活方式。那些能够顽强生存并蓬勃发展的社区，必

---

[1] 阿非利卡人，指母语为南非荷兰语的人，他们通常是 17 世纪荷兰移民的后裔。

然是那些能够成功向年轻一代传递身份认同、文化传承和历史渊源的社区。对于经历过重大社会变迁的群体来说，他们的文化和历史并非静止不变，而是在不断地发展和演变。玛雅先生特别提到，《埃隆迪尼·洛特科拉》一书深刻展示了在面对生活中的各种挑战时，具有灵活应变能力的重要性。正如俗话说的那样，一个人在逆境中，须得像蒲苇一样，当洪水汹涌而至，它便顺应水势而弯曲，随波逐流；待洪水退去后，它便重新昂首挺立，恢复笔直之姿。

他最喜欢的一首诗是关于国王萨克里利/欣察（Sakrili/Hintsa）的，这位国王也被称为"赞佐洛"（Zanzolo）。这首诗号召科萨人奋起反抗，对英国侵略东开普省的行径予以回击。数百名战士响应号召，全副武装，渡过凯（Kei）河，准备好了，要在遥远的山丘和森林中战斗，该山丘和森林位于现今东开普省的爱丽丝（Alice）区，被称为《科瓦霍霍》(kwaHoho)。

哇！
当号角声响起，我们即刻启程，
集结于角声之下，齐心协力，
渡河之日，我们胜利抵达彼岸，
而赞佐洛离去时，却默然无声。

描述战斗的流程时，玛雅先生总是非常激动，用手指刺向空中，模拟肉搏战，他说：

就在霍霍，大树将倾，大树将倾。

金属撞击金属的声音，刺刀的声音
在霍霍的森林和山丘中，人们全身战栗。

在科萨人与英国人之间爆发的第6次战争中，众多英勇的战士投身于激烈的战斗，然而，他们中的许多人却永远无法再返回家园，与亲人重聚。玛雅先生深情地讲述道，不论是幸存下来的战士，还是那些为国捐躯的英烈，他们都以无比的勇气和决心捍卫了自己的信仰与家园。

当玛雅先生以哽咽的声音，叙述英国士兵如何冷酷地阻止科萨人安葬自己的同胞时，全班同学都被深深触动，悲伤的泪水在眼眶中打转。那些勇敢的战士，遗体就这样孤独地躺在冰冷的战场上，被遗弃在荒凉的旷野中。在这个沉重的时刻，我们与玛雅先生一同高呼：

> Sadla isilwangangubo sashiyela ixhwili kwelakwaHoho
> Ladla ixhwili lashiyela uhodoshe kwelakwaHoho
> Wadla uhodoshe washiyela iimpethu kwelakwaHoho.

这些句子描述了一幕令人感到不适的场景：秃鹰正在大快朵颐，它们享用完美食后，留下一些人类的遗骸供鬣狗继续食用；鬣狗饱餐一顿后留下的遗骸，又招来了大群绿蝇；最终，绿蝇离去后所留下的残渣，沦为了霍霍森林与山丘中蛆虫的食物。

当我们静默下来，陷入沉思，想着英国士兵对我们的战士所施加的非人待遇，心情变得沉重不堪。我们仿佛与那些在战场上英勇牺牲的烈士和历经毁灭性打击却幸存下来的人们融为一体，感受着他们的苦难与坚韧。玛雅老师的课是午休前的最后一节，但课程的余音让我们久久无法回神。要过上好一会儿，我们才能从那种沉重的情绪中慢慢抽离出来，重新开始交谈，并走出教室去享用午餐。

玛雅先生也是我们的橄榄球教练。他把我安排在边路位置，每当我接到球时，我的任务就是迅速冲刺，赶在对手之前到达得分线。我把橄榄球看作是一项需要智慧和速度的运动，因此，我必须深入了解我的队友，并准确预测他们何时会向我传球或踢球。在玛雅先生的悉心指导下，通过橄榄球训练，我在团队中迅速且精准地执行任务的技能得到了提升。

巴登霍斯特（Badenhorst）先生拥有重量级拳击手和橄榄球前锋的身材。他教我们商业研究和南非荷兰语，并且在盲打打字方面毫不妥协。当学生在打字时犯错，他会说"Kom Gomtor！"所以我们称他为戈姆托尔（Gomtor）。

在南非荷兰语课上，巴登霍斯特先生给我们讲了故事，我还清楚地记得三只山羊克莱因·博蒂·博克（Klein Boetie Bok）、博蒂·博克（Boetie Bok）和格鲁特·博蒂·博克（Groot Boetie Bok）的故事。有一天，三只山羊看到河对岸的草更绿了，开始过桥。克莱因·博蒂·博克率先过桥，但走到中间时，一个矮人跳了出来，挡住了山羊的去路，吓得克莱因·博蒂·博克往回跑。接下来，博蒂·博克开始过桥，但矮人再次跳起来挡住了去路。博蒂·博克也转身就跑。最后，格鲁特·博蒂·博克开始过桥。当小矮人跳起来时，格鲁特·博蒂·博克冲了上去，把小矮人从桥上撞了下来，三只山羊安全地过了桥，来到了更绿的牧场。巴登霍斯特先生强调，他想传达的核心信息是：只有全力以赴地拼搏，而非敷衍了事地尝试，才能凭借勇气和毅力真正走向成功。

　　巴登霍斯特先生在南非荷兰语的教学上展现了独特的创新精神。他知道这是班上许多数学生首次接触南非荷兰语，但在授课过程中，他对于阅读、写作和语法的教学仍恪守规范，绝不敷衍糊弄。同时，他巧妙地运用英语表述来凸显教学重点，确保课程内容深入学生之心。他最喜欢的一首诗是《捕蚊》（*Muskietejag*），他将其解释为两个不可调和的对手：蚊子和范德默韦（van der Merwe）先生之间的一场精彩对决。

捕蚊

AD·基特（A.D.Keet）

你这游荡者，少安毋躁，我必将寻觅到你，
直至你体内只剩最后一滴血，
此刻，你正紧贴我房间的墙壁。
你的嗡鸣声真是恼人至极，
你的叮咬、你的骚扰，
害我数小时无法入眠。
在我们离别之际，容我做个自我介绍，
在你逃离我掌心之前——
请记住，我叫范德默韦。
蚊子啊，别感到悲哀，

也别如此挑剔不已。
终有一日，你将会逝去，
因疟疾的摧残，
哼唱你终结的哀歌——
为你多留一分钟的怜悯。
即便你此刻依旧显得娇小可爱，
即便你声称自己无所畏惧，
你将再也见不到你的故土……
看它那满足的模样，噢，这可悲的生物！
它的后代们只能献上花圈，
现在这游荡者已近死亡……
抱歉！我说错了！它又卷土重来！
但我发誓，它终将灭亡——
请记住，我叫范德默韦。

　　夜色渐浓，蚊子在范德默韦先生的周围徘徊，伺机叮咬他。然而，它特有的嗡嗡声却暴露了自己。这只蚊子的侵扰和那恼人的嗡嗡声，让范德默韦先生整夜辗转反侧，无法入眠。偶尔，蚊子会暂时停留在范德默韦先生卧室的墙壁上，每当这时，那嗡嗡的响声就像是对范德默韦先生的挑衅。被激怒的范德默韦先生暗中积蓄力量，伺机给蚊子致命一击。他发誓，这只贪婪、具有传染性、又对他的鲜血虎视眈眈的小小流浪者，已经时日无多。对疟疾的恐惧进一步坚定了范德默韦先生消灭它的决心。他紧紧盯着蚊子，准备发动最后的攻击，但就在他出手的瞬间，蚊子却轻盈地飞走，嗡嗡的声调也随之一变，仿佛在向范德默韦先生示威。蚊子逃脱的瞬间，范德默韦先生所有让它流血和丧命的赌咒发誓都破灭了，但他仍然骄傲地捶打着自己的胸膛，大声呼喊："你终究难逃一死，记住永远不要招惹……范德默韦！"

　　通过巴登霍斯特先生的阐释，我深刻理解了这首诗所描绘的情境：在面对技艺高超的对手时，我们往往难以揣摩其行为模式。有时候，那些表面看似无害的弱小对手，反而可能会对我们构成更大的威胁。在现实生活中，判断一个对手是否具有致命性，并非取决于其体型或所持的武器，而是要看这场对峙最终所带来的后果。

最年轻的员工是吉布森·姆克瓦拉（Gibson Mqhwala）先生，人们叫他"吉布斯"（Gibs）。他又高又瘦，上门牙大而洁白，且排列紧密。他的头发始终保持着精致的梳理，从额头到后脑勺，都向左精心偏分。他不仅担任我们的数学教师，还是我们的体育和运动训练教练。姆克瓦拉先生一直致力于将复杂的数学简化并变得引人入胜，也教导我们如何运用不同的方式来呈现算式。例如，他会说"二乘以三意味着'三，乘二'"。他还把概念变得更简单，比如把"a+b"看作"苹果和扫帚"等。

高年级的学长们会协同姆克瓦拉先生，指导我们进行各类运动项目的训练。他的助教每天清晨就会唤醒我们，引领我们参与道路修建和体育锻炼，这一切对我来说都是全新的体验。我选择了加入440码跑的团队训练，那种轻松友好的跑步风格深深吸引了我。短跑对我的肌肉来说负担太重，而在超过400米的长跑项目中，跑者又似乎被观众所忽视。我很快接受了自己是团队中跑得较慢的一员。

在圣约翰学院，我有幸结识了来自特兰斯凯各地及南非其他省份的同学。我们互相分享彼此的故事，我有机会向他们介绍我的村庄，同时也聆听了他们的家乡故事。当时，整个特兰斯凯地区似乎正陷入动荡之中，部分原因是对《班图当局法》的抵制行动。我们的课堂学习内容似乎与我所在社区及周边社区发生的事件紧密相连。

我发现《巴斯克维尔的猎犬》《轻骑兵的冲锋》《埃隆迪尼·洛特科拉》和《科瓦霍霍》的背景故事，还有那场著名的战役，以及《三只山羊》和《捕蚊》共同传达了一个信息：成功的关键在于坚定的决心与协作精神。尽管这些故事展现了角色们的专业和热情，但同时也让我感到悲伤、愤怒、沮丧和无助。

自1959年第一季度起，我便热衷于参与圣约翰学院的各类校外活动。当时，我们学院的学生人数接近400人。某个午后，我在观看足球训练时，许多同学也陆续加入，其中不乏高年级的学长。虽然那场比赛并无太多看点，但大家仍聚在一起，畅谈各种话题。一位高年级学生，伦格菲·伦吉西（Lungephi Lengisi），邀请我和中一年级的同学姆比奇（Mbici）、加莱拉（Galela）和西约图拉（Siyothula）一起散步。由伦吉西领路，我们一行人向着乌姆塔塔河的方向前进。终于，我们在一片开阔的空地上停了下来，那里有几丛灌木生长。伦吉西迫不及待地坐在地上，好像在倾听什么声音，或者想要向我们展示什么。他满怀激情地表示，他要告诉我们下周末应该前往何处，去参加与一位举足轻重的人物的会面。

在说好的那个周末，我在指定的集合地点找到了十多名圣约翰学院的学生和一位年纪稍长的人。伦吉西称这名年长者为姆齐姆库鲁·马基瓦内（Mzimkhulu Makiwane）"布提"（bhuti），也就是姆齐姆库鲁·马基瓦内大哥。马基瓦内布提告诉我们，在南非的许多地方，学生们已经行动起来，组建了反对班图教育的青年组织。他呼吁我们加入圣约翰学院现有的青年队伍，并说他将在下次会议时，给我们带些阅读材料来，这将帮助我们理解为什么班图教育不应被接受。我对这些进一步的信息很感兴趣，心里充满好奇。

马基瓦内布提离开后，伦吉西向其他高年级学生介绍了我们的中一年级小组。这是我第一次以如此正式的方式被介绍给大家，与我之前见过的社区会议举办方式截然不同。一位高年级学生，格雷戈里·马戈纳（Gregory Magona）即刻提出，我们应当将所有问题都留待下周末的会议上讨论。虽然我对这种明确禁止进一步探讨的做法感到有些失望，但我依然对下次会议满怀期待。这样一想，我猜出这项禁令可能是为了维持住我们的兴趣，确保我们会踊跃参加下一次的集会。

我们中有很多人都参加了那次会议。这次，马基瓦内布提身边有两个看上去四十岁出头的男人。他介绍说，这两人是他的同事，其中一位是工会成员恩戈延（Ngotyane）布提，另一位是姆达（Mda）布提。他还明确表示，对于那些尚未准备好投身青年队伍的人，可以选择自行离开此次会议。我内心不禁疑惑，能够自由离场究竟意味着什么？尽管选择离开的人或许会被打上"叛徒"的标签，但这无疑为我提供了一个窥探自身自由意志的机会。最终，我们无一选择离去。马基瓦内布提对我们加入圣约翰学院青年队伍表示了热烈欢迎，并介绍了团队的核心成员——马戈纳担任主席，伦吉西则出任秘书。这一切发生在1959年的寒假，正值我计划前往约翰内斯堡之前。然而，一场突如其来的车祸打乱了我的计划，直到1960年1月，我才得以重返圣约翰学院。出乎我意料的是，在新年的首次会议上，我受到了格雷戈里·马戈纳主席的热情迎接，这让我找到了一种归属感，觉得自己与团队中的其他成员一样，都是不可或缺的一部分。我很快了解到，我们所参与的这些会议已经催生了一个名为非洲人国民大会青年团（ANCYL，简称"非国大青年团"）的组织。当我收到那张印有我的名字、专属编号以及醒目口号——"要权利不要强权，要自由不要奴役"的会员卡时，一种难以言表的荣耀感自我心中油然而生。其实，这些英文口号原本对我并没有产生太大的触动，直到马基瓦内布提用科萨语进行解释之后，我才真正感受到它们所蕴含的深刻力量。他向我们揭露了政府如何利用警察、军队等机构来推行班图教育，其真正目的是将我们变成"阿马霍博卡·瓦贝伦古"（amakhoboka wabelungu）——意为白人的奴隶。马基瓦内布提强调，我们的部分使命就是动员更多的学生，共同推动全民平等教育，以取代班图教育，从而实现黑人与白人在权利上的真正平等。为此，我们决定将今后的会面安排在学期中的周日下午，地点则定在我们与伦吉西初次碰面时的那片灌木丛。

到 1960 年 4 月初，我们圣约翰学院的非国大青年团的成员数已增加到了 200 人。通过马基瓦内布提、恩戈延布提和姆达布提的介绍，我们成为青年团的正式成员，这三位布提强调了透彻理解非国大和非国大青年团章程的重要性。这两份文件规定了成员个人的权利——无论其在组织中的地位如何。此外，章程还规定了非国大的框架和性质。我们还必须了解《自由宪章》、1959 年非国大会议的决议以及伙伴关系和联盟。

我注意到自己将其他年轻人分为两类：参加运动的人和不参加运动的人。这种区分也延伸到了我的村庄，那里的年轻人都是非国大青年团的一部分，就像那些自称为刚果派的长辈一样。我发现因为自身组织能力的欠缺，我们很难招募到那些中立的学生，让他们加入到非国大青年团。我更擅长参加有组织的集体活动，例如对所有想要强制推行班图教育的势力进行抗议等，在这种活动里，我觉得更自在。团队里的学生，有些比我年长，也有比我更年轻的，我觉得我正成长为一个会被更高年资的人委以重任的角色。车祸后的锻炼，使我的身体强壮起来，来自非国大等正规力量的政治思想又正在迅速推动着我的智力发展。作为非洲人国民大会更伟大运动的一部分，长辈们的抗议力度和白人学校工作人员心中隐藏的恐惧，这些都在驱动着我，有时甚至让我热血沸腾，喘不过气来。但一些长辈却劝阻我们，说白人太强大了，连一条鱼都可以放进罐头里，我们有什么能量去反抗他们呢！尽管如此，我始终反对所有黑人和部分白人遭受的不公平待遇，这一点在我身上始终如一。

马基瓦内布提、恩戈延布提和姆达布提说，《自由宪章》是新南非的基础，而新南非要由南非各领域的黑人和白人共同造就。因此，它也是非国大的盟友们——南非有色人种大会（SACPC）、南非印度人大会（SAIC）、南非民主党大会（COD）、共产党（CP）和南非工会大会（SACTU）——的纲领。我逐渐了解到，在争取平等权利的斗争中，非洲黑人与南非其他人群——有色人种、印度人和白人——需要勠力同心，一起努力。

马基瓦内布提、恩戈延布提和姆达布提为我们带来了1959年第47届非国大会议的决议副本。在众多的会议决议中，我深刻领会了其中的两项重要内容：一是反对班图当局及其信托制度，二是反对农村中酋长与政府间的勾结，这种勾结已给社区带来了深重的苦难。我们的三位领头人激励我们成立阅读小组，共同研读并探讨我们能够获得的任何相关资料。他们先后给我们带来了《莫斯科新闻》和《北京评论》。其中的内容让我们感到无比振奋，它们揭示了我们与世界上遥远地区的人们之间存在着紧密的联系，这些人同样怀抱着与我们相似的愿望和情感。当我们意识到自己是为了广大人民的共同利益而奋斗的宏大事业的一部分时，这种认知给了我们极大的鼓舞。

我们的领头人号召我们积极行动起来，动员学生加入反对班图教育的行列。我深知，我们的目标是向政府和圣约翰学院的管理层表达我们坚决反对班图教育的立场。为了应对那些使我们作为学生感到困扰的问题，我们共同商讨了一些可行的方案，并制定了旨在扰乱支持班图当局和信托制度的酋长会议的策略。推动班图政策的主要组织者是常驻乌姆塔塔的班图事务专员亚伯拉罕（Abrahams）先生，他与酋长的会面信息总是会在当地媒体和公共海报上提前公布。我曾参与过一次对这类会议的干扰行动，当车队将要驶上马德拉（Madeira）街大桥时，我向桥下乌姆塔塔河岸上的车辆投掷了石块。随后，我们迅速躲进河边的灌木丛中，并安全返回学院。我们都平安无事，且为我们的行动成功感到欢欣鼓舞。

1960年4月，马基瓦内布提告诉我们，非国大已被取缔。然后他讲了一些对我们来说全新的、我没有经历过的事情：我们将开展地下活动。我们间出现了片刻的沉默，大家试图消化这个信息。我困惑地环顾四周，试图想象一个人如何能够在地下工作并仍然活着！马基瓦内布提意识到我们中的一些人没有弄明白他究竟在说什么，他强调，我们的工作必须严格保密，仅限于少数可信赖的人知晓。

在圣约翰学院，我们积极争取学生的支持，以期望获得与白人学生相同的教学大纲，以及更优质的住宿和饮食条件。这一行动激发了其他犹豫不决的学生，使他们开始考虑加入我们的运动。我们的活动起初是秘密进行的，我们私下与学生沟通，向他们揭示学校教育并不会为我们的未来带来实质性的帮助。随着运动的不断发展，我们采取了更激进的行动，如焚烧图书馆和商业课程教室的部分区域，以此作为我们的公开宣言。

这次活动展现了我们的自豪和英勇精神，然而学校管理层却对此表示了极大的愤慨，并对我们的举动提出了严厉批评。在众多参与罢课的学生当中，包括我在内的 7 名核心成员被学校开除。我至今也不清楚学校是如何锁定我们身份的，但结局就是我被迫离开了圣约翰学院，无法在南非继续接受教育。

在圣约翰学院的那段时光，我逐渐学会了欣赏同学们的生活技能，也深刻体会到团队合作是实现成功的必由之路。就像科萨语中所说的"Iziqhamo zelima yimpumelelo"，"胜利是精诚合作之果"。

新起点

我有远大的抱负。早年我想努力工作，成为政府的一员。随着我的成长和受教育，我在成为一名教师还是一名律师之间左右踟蹰。当我被圣约翰学院开除后，我努力工作以实现这些愿望的梦想就破灭了，那感觉像是命运把我逼进了一个角落。

回到克维德拉纳的家是最好的结果，也是庆祝我的 15 岁生日、迎接我的 16 岁到来的戏剧性方式。我担心家人会不欢迎我。我的姐姐以创纪录的时间在弗雷尔山奥斯本中学完成了初中学业，拿到了学历证书。据我所知，我是家里第一个失败者。

我从乌姆塔塔火车站出发，搭乘经科克斯塔德前往德班（Durban）的政府铁路巴士，前往弗雷尔山。在那里，我及时赶上了前往克维德拉纳的公共汽车。那天下午，公共汽车很晚才出发，因为它必须等待一些在地方法院出庭的克维德拉纳人。车主兼司机托勒（Thole）老爹属于有色人种，他与我父亲交情深厚，也与我相识。那天我抵达公共汽车站时，并未见到他的身影，于是我迅速上车，选择了一个后排的座位坐下，希望能避开他可能投来的好奇目光和一连串的询问。

公共汽车缓缓启动，展开了一段大约56千米的旅程。途中，车子会多次停靠，以便乘客上下。这些停靠的时刻对我来说是一种慰藉，因为它们延迟了我面对父母、兄弟姐妹和邻居的那个时刻的到来。当公共汽车抵达终点站——克维德拉纳百货商店时，天色已近黄昏。托勒老爹迫不及待地冲进店内，与店主曼格维瓦纳攀谈，而我则拖着沉重的行李箱，悄悄地溜下公共汽车，沿着一条上坡路朝家的方向走去。

在回家的路上，我经过了几户人家，他们家中的狗吠声让我心烦意乱，无法进行连贯的思考。有时，我甚至想把行李砸向那些狂吠的狗。当我终于回到家时，母亲并未表现出惊讶，只是淡淡地告诉我父亲会在第二天来看我。我的兄弟姐妹们看起来局促不安，面带忧郁，显得矜持，这让我觉得自己并不那么受欢迎。直到上床睡觉的那一刻，我还在为第二天与父母的会面感到忧心忡忡。入睡之前，我想起了我母亲的父亲，他会说"如果你在睡梦中梦见你的母亲，你就知道你梦见了天堂"来道晚安。我希望能做一个梦，好来指导我，教我该如何处理正在我眼前展开的人生历程。

我起了个大早，来到牛栏门口。其中一头牛大声地哞叫，那感觉就像是它很同情我的处境。我哥哥齐博奈勒的声音把我从白日梦中拉了出来：父母希望我去他们的卧室。当我走进去时，父亲坐在床边的椅子上，母亲坐在他右边的床边。在我们的实践中，孩子们在进行正式或非正式谈话时不会直视长辈的眼睛。我们只是把目光投向他们，偶尔看看他们的脸。

在一段令人痛苦的漫长时间里，他们都在无视我，只与我的兄弟姐妹交谈，我感觉到他们正在承受的伤害。送我上学，是他们点亮的一盏灯，本来应该照亮家庭通往美好未来的道路，但那盏灯却成了水中的火柴，没有火花可以燃起。我的父亲一般说："生活就像攀登一座险峻的山峰"——需要深思熟虑的准备和坚强的意志才能到达目的地。而我母亲会继续填满"山"这个意象的拼图，她说："人们无法理解生命力量的动荡本质。与可见且固定的山峰不同，生命的进程是不可预测的。一个人需要用所有的感官来管理不稳定的事物。"

由于我不再有资格上学，父亲以一种令人惊讶的平常语气询问我的人生计划。我没有答案。意识到这一点后，妈妈说我必须开始考虑未来。以为她在谈论我个人的未来，我想到了我们社区中许多在农场和城镇商店工作的16岁男孩。

我父亲说我必须考虑一下如何看待未来，然后就打发我去和其他孩子一起。我觉得这两个人都在努力寻找最好的方式来履行作为父母的责任，并致力于让孩子成为国家未来的承载者。尽管如此，在我们的谈话结束时，我还是松了一口气。

在逐渐熟悉了周围的环境之后，我深刻地认识到，与我所处的世界中的其他人相比，我所面临的困境其实是微不足道的。真正沉重的压力，源自那些使我们社区产生分裂和对立的活动。被指控为盗窃者或通敌者的家庭遭到了纵火焚烧，男人们很少在自己的家中过夜，他们辗转于不同的地方，竭尽全力保护妇女和儿童免受政权支持者的伤害。我也被卷入了这场混乱之中，作为一名信使，我与一群年轻人共同反抗政府的《班图当局法》。我沉浸在这个新角色之中，它不仅使我恢复了自己在家庭和社区中的地位，更让我明白了个人的得失并不重要。尽管大批警察出动，试图平息这场混乱，使我们的社区恢复正常，但我们的长辈们却表示，他们更加担忧的是社区中愈发剧烈的动荡。显然，庞多兰境内，从比扎纳到圣约翰斯（St Johns）都处于水深火热之中了，那里的社区都在武装起来。

我从圣约翰学院回来几周后，我母亲的哥哥，贾马尼（Jamani）舅舅也骑着马来了。贾马尼舅舅曾多次为我购置校服，我对他满怀敬意，因为他是一个充满主动性和创造力的人。他总是热情地和我们这些孩子打招呼，并与我的父母进行深入的闭门交流。当他从房间里走出来时，他邀请我加入他们的讨论。我走进房间时，感到心情舒畅，对在舅舅的引导下开拓自己的未来之路满怀期待。一进入房间，我便在长凳上坐下，贾马尼舅舅给了我两个选择：约翰内斯堡或开普敦。在学校的假期里，我常常喜欢游览这两个城市，但现在的我已经不再是那个在校学生了。没有了学期和假期的限制，旅行的目的和时长都变得不确定，其结果也难以预料。

我心中洋溢着幸福与难以置信的感觉，激动得说不出话来。我最后一次去约翰内斯堡是在1959年，那时我去拜访了叔叔马克克，却不幸遭遇了车祸，因此耽误了6个月的学业。而我上一次去开普敦则是1958年的事情了。我几乎是不假思索地脱口而出："开普敦。"我们的对话就此告一段落，当我踏入这个对未来一无所知、无所期待的新世界时，我能感觉到周围的一切都在发生变化。

第 5 章 开普敦

我第一次访问开普敦是在 1953 年 6—7 月的假期，当时我 8 岁。来自克维德拉纳的玛恩切沙内（MaNgcetshane）婶娘，是我父亲的大哥，也就是我的西卢姆科大伯的妻子，她要去探望丈夫，并决定带我一起去。玛恩切沙内婶娘在开普敦待了一个星期，然后返回了克维德拉纳，但我和西卢姆科大伯一起留在开普敦。当时是冬天，虽然寒冷，但与克维德拉纳不同的是，开普敦的清晨没有霜冻。

多年以来，西卢姆科大伯都在鲍比·洛克（Bobby Locke）先生位于温伯格大道（Wynberg Main Road）的加油站里担任加油服务员。他早前住在作为沙丘定居点一部分的庞多基斯（Pondokies）静修区，后来搬到了兰加镇（Langa Township）的鲁布萨纳街（Rubusana Street）。西卢姆科大伯要去上班时，就把我留给静修区的马洛塔纳（Malothana）一家照管。马洛塔纳家来自当时开普省东部的凯斯卡马胡克（Keiskammahoek）。他们家有和我同龄，甚至比我年龄更大的孩子。还有几次，西卢姆科大伯把我交给我的舅爷姆奎勒·迪安提（Mkwele Dyantyi）照顾，他同样来自克维德拉纳，当时住在开普敦市中心哈灵顿（Harrington）街 23 号的公寓。

8 岁那年，我发现开普敦比我在特兰斯凯所知道的任何城镇都要大，一望无际。我还注意到农村和城市生活之间存在显著差异。在开普敦，一切东西——包括基本的主食，豆饭、玉米饭、鸡蛋和牛奶——都是在商店购买的。在克维德拉纳，我们自给自足，吃自己种的粮食，吃自己养的鸡下的蛋，喝自家奶牛产的奶。但我发现年轻人和老年人在日常活动和生活方式中所表现出的活力很有吸引力。

后来，我和西卢姆科大伯一道，对开普敦进行了更广泛的探索。他向我介绍了多种公共交通方式，主要是公共汽车和火车。开普敦市内公共交通的主要服务商是城市电车，它的办事处位于开普敦市。要前往阿斯隆（Athlone）、兰加及其他地区的城镇时，我们乘坐金箭（Golden Arrow）公共汽车，它的办事处位于阿斯隆的克里普方丹路（Klipfontein Road）。

在开普敦市内西卢姆科大伯带我去过的地方里，最令人难忘的当属奥兰治齐希（Oranjezicht）的白人区。位于辔头（Bridle）路13号的"恩塔贝尼"（Entabeni）——"山上"——是雷（Ray）和杰克·西蒙斯（Jack Simons）的家。在我首次造访西蒙斯家的那个周末，黑人长辈们与杰克、雷之间的亲密关系给我留下了深刻印象。那是我第一次走进一个白人的家，而且我们都是从前门进入的。在此之前，我所接触到的白人都要被尊称为"恩科西"（Nkosi）或"巴斯"（Baas），他们的儿子被称为"恩科萨那"（Nkosana），意思是"年轻的巴斯"。白人则称黑人为"男孩"（boy），不管他们实际年龄有多大。但所有来到这所房子的黑人，都直呼杰克·西蒙斯的名字，而不叫他"恩科西""巴斯"或"先生"（Sir）。杰克·西蒙斯和长辈们互相称呼"卡巴内"（Qabane）——最可靠的人生伙伴。在我心中，杰克和雷是尊重、灵感、爱与尊严的化身。每当访客们落座参与讨论，雷和杰克·西蒙斯的家便仿佛变身为一间充满智慧的教室或是庄严的小教堂。我们纷纷就座后，杰克便为我们斟上饮料，那一刻，我的世界观被彻底颠覆。我甚至怀疑自己是否置身于梦境或幻觉之中。

杰克热心地为我和西卢姆科大伯之间的辩论提供了协助。我们探讨的话题广泛而深刻，包括"我们生活的国家""我们南非的社会现状"，以及"我们赖以生存的世界"。这场讨论赋予了我洞察历史的深邃目光，让我更加深刻地理解了南非人民是如何一步步走到今天，如何为我们自己的国家感到自豪。我意识到，南非是这个广阔世界的一部分，而我们也被世界的其他部分紧紧环绕。西南非和南非的高层人士参加了这些讨论，他们包括图亚·德莱尼（Thua Deleni）老爹、托比亚斯·海涅科（Tobias Hainyeko）、安丁巴·托伊沃·亚·托伊沃（Andimba Toivo ya Toivo）、马克斯顿·穆通古鲁姆（Maxton Mutongolume）、查韦·盖卡（Tshawe Gaika）等。在这个屋子里，每个人都为那股积极向上的力量献上了自己的一份力，这股力量帮助我们认识到为了实现所有南非人的团结与共同利益，我们应该采取哪些行动。这个空间本身仿佛就带有一种神圣感，每次离开时，我深信我们每个人都得到了改变与疗愈。

在讨论中，雷和杰克所展现的活力、技巧与简练，仿佛让我触摸到了我们社会的脉搏与心跳。他们的言论不仅开阔了我的视野，也启发了我对南非多元文化的理解，让我看到了这些文化是如何相互激励、共同发展的。

选择前往开普敦，这个决定深受我当年拜访西蒙斯家经历的影响。那次拜访，让我获得了一种关于南非生活的非正式教育。我渴望西卢姆科大伯能继续引领我去拜访杰克和雷。我坚信，与西蒙斯一家的交流，这种非传统的教育方式，会为我带来更多的启示，为我指明未来可能的人生方向。

然而，尽管心怀这些想法，我却不得不离开我的家庭、克维德拉纳社区，以及我曾在其中扮演重要角色的那些具有分歧的活动。我感到自己似乎在关键时刻抛弃了这个社区，逃避了即将到来的政府镇压的危机。从比扎纳到卢西基西基（Lusikisiki），庞多兰各个地区的人民持续进行抵抗，而政府镇压的消息也迅速传开。尽管这次镇压已经造成了人员死亡，但我们的长辈们似乎并未被吓倒，他们依然坚守自认为是与生俱来的权利。

母亲与姐妹们亲手为我准备了面包、鸡肉和油脂蛋糕。在曼格维瓦纳商店外的公共汽车站，我与家人依依惜别，悲伤难以自抑，我们的泪水无法控制地流淌。那一刻，空气中弥漫着忧伤与爱意。幸运的是，公共汽车司机托勒老爹向我的家人承诺，在去弗雷尔山的路上会照顾我，这让我感到些许安慰。我怀揣着沉重的心情，离开了克维德拉纳，一路上都沉浸在自己的思绪和离别的忧伤中。

托勒老爹用那些鼓舞人心的故事来安慰我，这些故事讲述了人们如何从更糟糕的境遇中挣脱出来。他还给我买了一张去乌姆塔塔的公共汽车票，说这是他的一份充满爱的礼物。他匆匆离开，连一句正式的告别都没有，边走边擦着脸，身影显得有些憔悴。没过多久，我坐上了前往乌姆塔塔的公共汽车，坐在靠窗的位置，茫然地凝视着窗外一闪而过的景色，天空和陆地在我眼前交织成一片。突然，一位老太太轻轻拍了拍我的肩膀，提醒我我们已经到达了最后一站。我向她道谢后，便步行至乌姆塔塔火车站，在那里购买了一张前往开普敦的车票。

在南非黑人专用的三等车厢里，我心情沉重，时刻挂念着家人和社区的不确定局势。火车上人多嘈杂，有老有少，有些乘客很健谈，也乐于分享他们的食物。当火车在一些车站长时间停留时，他们邀请我一起下车购买糖果和冷饮。他们的友善与热情让我暂时忘却了烦恼。

西卢姆科大伯已经从兰加镇的静修区搬到了鲁布萨纳街。母亲把他的新地址缝在了我的夹克口袋里,以防他没能到开普敦火车站接我。当我安全抵达开普敦车站时,与同行的旅客们友好地道了别。

在接亲友的人群中,西卢姆科大伯身着蓝色工作服,格外显眼。当我们相互热情地打招呼时,我内心激动不已。他对我充满爱意和鼓励,说我长得越来越像我的父亲了。我心中自豪地想,他是我父亲的兄弟,我们长得像也是理所当然的。

到达兰加镇后,西卢姆科大伯将我介绍给住在哈莱姆街(Harlem Street)的玛恩德洛夫(maNdlovu)嬷嬷。她的儿子克利福德·恩戈内洛(Clifford Ngonelo)和我同龄,当月晚些时候,他把我介绍给了兰加镇非洲人国民大会支部的秘书塞西尔·雅科比(Cecil Yakobi)。我的非国大成员资格就从圣约翰学院转到了兰加镇,我成了兰加镇支部的一员。我还被介绍给了姆泰可泰可(Mteketeke)博士,他和一些政治上比较活跃的工人住在"安艾普格尼"(Emaplangeni)8号的板房里。克利福德和我大部分时间都在安艾普格尼,听年长者讲述过去和现在的事件以及非国大的历史。

通过参与这些讨论,与年轻同伴们交流,以及聆听西卢姆科大伯的教诲,我逐渐了解到了层出不穷的社会和政治问题,以及其他国家正在进行的解放斗争。当时南非社会动荡不安,政府不断根据国内和国际形势作出应对。在这样充满多重挑战的环境下,我深切感受到了社区的激动、恐惧、迷茫和忧虑,并与他们共同分担。我为古巴自由战士战胜了富尔亨西奥·巴蒂斯塔(Fulgencio Batista)政府的消息而雀跃,这激励我们相信,我们也即将从殖民政府手中获得自由。当我唱着"我们将以卡斯特罗的方式带领这个国家"时,我的精神和能量都很高。巴蒂斯塔政权被推翻后,菲德尔·卡斯特罗(Fidel Castro)成为新的政府领导人,我想象着数以百万计的南非黑人和白人在比勒陀利亚游行,以接管政府。

我还从1960年初英国首相哈罗德·麦克米伦(Harold Macmillan)对南非的访问和他那场名为《变革之风》(*The wind of change*)的演讲中得到了启发:

> 变革之风正在吹过这片大陆。无论我们喜欢与否,这种民族意识的增长是一个政治事实。我们都必须接受这一点,我们的国家政策也必须注意到这

一点……给予南非支持和鼓励是我们的热切愿望,但我希望你们不要介意我坦白地说,你们的政策有一些方面是不符合要求的。使我们不可能做到这一点,而不违背我们对自由人政治命运的深刻信念,我们正努力在我们自己的领土上实现这一信念。

我相信麦克米伦先生的这句话意味着英国将支持黑人领导的争取在南非实现自由的斗争。

兰加镇的长辈们与知识分子热情地宣称,英国已经转变了立场。哈罗德·麦克米伦先生的发言态度严肃,表明英国政府正准备赋予坦噶尼喀(Tanganyika)独立地位,授予尼日利亚自治权,并且已经让加纳实现了非殖民化,这无疑是一个明确的信号,展示了他们态度的转变以及对非洲独立的支持。这一切进一步坚定了我们的信念,那就是南非的自由已经指日可待。同时,众多非洲国家纷纷要求从英国、法国、比利时和葡萄牙等殖民国家的统治下独立,这一消息也使我备受鼓舞。我仿佛看到了一片被"变革之风"煽动起火焰的燃烧的大陆。

1960年,刚果脱离比利时独立后,帕特里斯·卢蒙巴(Patrice Lumumba)成为刚果第一任总理的消息传开,但我很难理解,仅仅在独立几个月后,1961年初,他就在利奥波德维尔(Leopoldville)被谋杀了。这个消息中最悲伤的部分是,据称他是被他的刚果政敌谋杀的。

1960年,南非国民党号召该国的白人公民投票,以支持南非成为一个共和国。为此,政府进行了一次全民公投,旨在决定是否与由英国主导的英联邦断绝关系。在南非,无论是黑人还是白人,大多数人都对公投成功后可能带来的更艰难时期感到担忧。

我与兰加镇的长辈和其他居民有着同样的担心。他们相信维沃尔德政府准备采取更严厉和更具镇压性的措施。公投宣言赋予政府实施1959年通过的三项法案的权力:

★《班图自治促进法》(*Promotion of Bantu Self-Government Act*)——奠定了将黑人(即"班图斯"[Bantus])划分为8个不同社区,并据此为他

们分配相应属地的法律基础。

★《班图投资公司法》（*Bantu Investment Corporation Act*）——鼓励白人拥有的私营企业将其投资从南非转移到政府划定的班图属地。

★《教育扩展法》（*Extension of Education Act*）——终止了黑人学生在被视为白人大学的学校接受教育的权利，并为不同人口群体分别设立了独立的高等教育机构。

长辈们向我阐述了这些法案所带来的深远影响，他们指出，每个人群都将被隔离在自己的区域，与其他人群相互隔绝。我不禁想象着政府将我们围捕，并强制转移到指定的班图属地，然后我们将被永远困在那里——我可能会在某个夜晚突然消失，无人问我的下落。这种想法严重削弱了我们对南非作为一个团结国家的信念。

在这一系列事件的发展过程中，西卢姆科大伯建议我购买一些药以防范人与人之间的各种恶意侵害。他带我去见他的老朋友查韦·盖卡老爹，此人是西蒙斯家的常客，在阿斯隆经营着一家草药店。盖卡老爹在调和药剂、燃起英佩福（impepho）——一种非洲香料植物——时说，在我离开开普敦的一年半时间里，我的年轻朋友们不仅人数有所增加，他们的活动也取得了显著的进展。他交给我一些药水，嘱咐我在睡前用它们进行熏蒸，并在次日清晨沐浴时再次使用。此外，他还给了我一种特殊的霜，让我涂抹在眉毛上，据说这样能让我的面容显得更加和善，增加人们对我的好感，同时还能让那些心存恶意的人无法察觉到我。就像西卢姆科大伯一样，在我们准备离开的时候，盖卡老爹嘱咐我那个周末必须参加他组织的青年聚会。西卢姆科大伯对盖卡老爹和我使了个眼色，微笑着点了点头，给人一种我们三人是同仁的印象。

盖卡老爹的神秘药水为我注入了无比的信心，我坚信在这神奇药水的保护下，我将变得坚不可摧，使那些对我心怀不轨或意图伤害我的人无法得手。当我离开盖卡老爹位于阿斯隆的草药店时，我感到自己浑身充满了勇气和活力，似乎有一股难以言喻的新生力量融入了我的生命。

在返回兰加的路上，我向西卢姆科大伯询问了关于青年聚会及其相关活动的情况。他兴致勃勃地向我解释，他猜测盖卡老爹可能是希望我加入一个体育俱乐部，这对于我们这个年纪的男孩子来说是很常见的活动。

我们边走边聊，西卢姆科大伯告诉我，当地的气氛比1958年末至1959年初的寒假期间还要紧张。那时候，社区的主要担忧是通行证法的不公和通行证制度的限制，这些法规和制度严格控制着人们的工作地点和居住地。他回忆起1960年3月21日，也就是沙佩维尔（Sharpeville）大屠杀的那一天，警察开枪后，兰加人民的态度变得更为坚定。他们甚至在警察局前焚烧通行证，以此抗议通行证法。大伯还向我讲述了庞多兰地区发生的类似事件，我看到了镇压行动如何给人们带来不安全感和无力感，并激发了大家对警察的愤怒。在那些事件中，警察残忍地杀害和伤害了许多无辜的居民。

当我们靠近阿斯隆发电站——这座位于国道东侧、将阿斯隆与兰加分隔开的建筑物时，西卢姆科大伯向我透露，警察的频繁突袭和对人们缺乏适当证件的指控，已经使小镇的生活变得愈发艰难。这些所需的证件包括通行证、工作证明和居住许可证。西卢姆科大伯继续说道，警方向那些没能及时逃脱的人索要"5条"（amarhwala amahlanu）作为贿赂。这个词的意思是"5个红赭色青年"。5兰特的钞票是红色的，就像年轻人从男孩变成男人后涂在身上的黏土的颜色一样。没有证件的长辈们身上总带着5兰特的钞票，好随时给警察行贿。警察拿到钱，就会放这些人一马。西卢姆科大伯对这一场景的沉重描述让我同样感到悲伤和委屈。我们抵达兰加镇后，在街上碰到家乡的长辈时，大伯与他们彼此致意，互道问候。回到他的住处后，我们准备了晚餐。然后我问起，泛非主义大会（PAC）和非洲人国民大会，也就是非国大之间有什么区别。

我们坐在一起吃饭时，大伯说，他参加了1960年3月21日前往开普敦的游行，他原本认为这是非国大组织的活动，因为他认识领导这次活动的非国大领导人。然而，一路上，他意识到人们使用的口号有所不同，人群高喊的不是非国大的"Mayibuye"，而是"Izwelethu"，他们高喊的是"MaAfrika"，而不是"maQabane"，并且没有竖起拇指。他们张开手掌行礼。当他们返回兰加后，他撇下其余的人，自行回家了。他告诉我，兰加的许多人最初并没有区分非国大和泛非主义大会，部分原因在于许多泛非主义大会的创始领导人是1959年时从非国大脱离出去的。我问起这些领导人为何会选择脱离非国大时，西卢姆科大伯进行了解释。他指出，这些领导人认为非国大的《自由宪章》背离了他们在1949

年制定的行动纲领，并受到了外部势力的影响，包括共产党、南非印度人国大党、有色人种大会以及民主党大会的成员。他们声称，在《自由宪章》中缺失了行动纲领所倡导的反抗、抵制和运动精神。泛非主义大会的创始人也不支持1957年的非国大修宪。最令大伯感到不安的是，泛非主义大会在成立初期，其部分成员曾试图强制兰加人加入。这一行为遭到了当地非国大成员的强烈抵制，进而引发了非国大与泛非主义大会之间的政治暴力冲突。为了平息这场纷争，非国大和政治行动委员会的地方领导人召开了紧急会议，呼吁双方停止身体暴力。尽管领导人的呼吁取得了一定成效，但政治暴力并未完全消除。直到1960年非国大和泛非主义大会被政府取缔，这些政治暴力事件才告一段落。此后，这两个组织转入地下，继续他们的斗争。

在盖卡老爹举行青年聚会的周末，我到了那里，认出了两个我以前见过的年轻人，阿尔弗雷德·威利（Alfred Willie）和塞西尔·雅科比。阿尔弗雷德是兰加和尼扬加（Nyanga）镇的非国大组织者之一，他的家人也是静修区定居点的居民。塞西尔担任非国大的兰加支部书记。盖卡老爹指示他们向我介绍当地的青年活动，这让我意识到体育是吸引年轻人积极参与政治的有效途径。我们的青年领袖是特丁顿·恩卡帕伊（Teddington Nqapayi），他始终恪守自我行为规范。橄榄球和足球是我们的主要体育活动，参加比赛时，我们必须准时到场并做好充分准备。通过这些活动，特丁顿帮助我们意识到了团队协作的重要性，也让我们感受到了如同家人般的亲密与团结。然而，我还有一些其他琐事需要处理，这有时会影响到我的加入。

虽然我们第一次参加活动时雷和杰克·西蒙斯给予了我们热情的欢迎，但当我重返此地时，却发现活动的参与者明显减少。在归家的途中，我向大伯提及了这一现象，并询问他为何一些老朋友没有再出现在活动中。他回答道："他们已经被政府驱逐到西南非洲了。"

杰克的工作主要集中在如何维持非国大的地下活动。他强调，保持人们对非国大的信任和信心至关重要，因为这是抵御政府日益严厉的镇压措施的关键武器。在访问西蒙斯家期间，我了解到非国大的国家领导层已经对该组织及其所有结构进行了重组。我对于非国大领导层如何成功转入地下活动感到既惊讶又好奇。

我了解到，全国执行委员会（NEC，简称"国执委"）进行的改组取消了志愿军，解散了青年团和妇联，并分别任命了五名成员担任青年和妇女顾问。国执委选出了七名成员来履行其所有职责，并取消了南非四个省份的省级行政人员。

新的结构使非国大发生了天翻地覆的变化。非洲人国民大会的领导人原本由各分支机构层层选拔而来，现在程序已被颠倒，从现有的非洲人国民大会领导层流向各分支机构。它的目的是提高效率并能够及时做出决策。国执委承担了以前由下级机构履行的职能，成为所有机构的认可机构。它利用新获得的权力临时任命了一个由七名成员组成的特设委员会，其任务是组建分支机构并提出一项使它们能够进行地下运作的计划。该特设委员会还负责构建南非农村地区的非国大结构。

从杰克讨论的话题中，我了解到国执委在每个地区任命了七名成员，他们组成地区执行委员会班子，负责协调各地区分支机构的政治工作。在每个分支机构，又由国执委指派的七名成员组成分支机构执行委员会。

非国大结构的变化

	被取缔之前的非国大结构	被取缔之后的非国大结构
1	分会选举产生了分会执行委员会	全国执行委员会任命了七名委员
2	指定地区的分会代表选举出地区执行委员会	七名被任命的国执委成员任命了一个由七名成员组成的全国特设委员会
3	指定地区的分会代表选举产生省执行委员会	国执委任命七名成员组成地区委员会
4	各省分会代表选举全国执行委员会	全国执行委员会取消了省级分会

显然，目前缺乏明确的指导方针或标准来为这七位国执委成员提供指引。盖卡老爹对于每 5 年召开一次非国大会议的可能性表示担忧，认为这种情况出现的概率很小。西卢姆科大伯则指出，4 个省份都取消了分支机构领导对其下属机构的直接责任。我们在西蒙斯家中的讨论揭示了一个现象，即被任命的分支机构领导人和地区领导人往往会对任命他们的人保持绝对的忠诚。我完全赞同采取精心策划的措施来保护我们所有人，无论是个人还是集体，免受政府的镇压。然而，我也明确指出，取消分支机构成员个人的直接选举权和他们对领导人的批评权，

将会削弱解放运动的力量。分支机构在民主、诚信、问责制和思想发展方面扮演着孵化器的角色。但遗憾的是，国家选举委员会将分支机构的核心职能划归到了自己的管辖范围内。这样的安排可能会让国家选举委员会的成员更容易颠覆或操纵新的组织结构，从而为自己谋取私利。

通过参与西蒙斯家的讨论，我获悉政府正在对政治活动家实施打压。已被确认身份的活动家遭到了软禁或被驱逐至远离其社区之地。同时，政府还对集会规模进行了限制。在1960年和1961年的兰加分会讨论中，我们频繁听闻南非各地农村地区爆发起义的消息。

鉴于政府的严厉镇压，我开始与那些认为非洲人国民大会的非暴力政策已不足以争取《自由宪章》所规定权利的支部成员产生共鸣。庞多兰、济勒斯特、塞库库尼及全国其他地区的农民抵抗运动表明，已有部分人放弃了非暴力策略。阿尔弗雷德·威利担忧，若始终将非暴力作为挑战政府的唯一手段，非洲人国民大会可能会失去民众的支持。对此，我深表赞同，并认为非洲人国民大会必须采取更为果断的行动。1960—1962年，南非政治动荡不安，对非洲人国民大会和泛非主义大会的取缔，无疑封锁了殖民政权反对者的合法表达渠道。此刻，似乎已无其他途径来直接表达我们参与南非治理的诉求。

第 6 章　民族之矛成立

当我们正致力于探讨如何最恰当地提升我们解放斗争的形象时，1961年12月16日的一则消息打乱了我们的节奏：非国大的军事分支——民族之矛（Umkhonto We Sizwe，MK）宣布成立。西卢姆科大伯说，这一消息是由罗利赫拉·纳尔逊·曼德拉（Rolihlahla Nelson Mandela）宣告的，一有机会，我就会怀着激动的心情复述那些词句：

> 在任何国家的生活中，总会有这样的时刻：只剩下两个选择——屈服或战斗。现在南非已经到了这个时候了。
> 我们不会屈服，我们别无选择，只能尽我们所能进行反击，以保卫我们的人民、我们的未来和我们的自由。

该公告的重要性对我来说是清晰而真实的，它的影响范围遍及全国，到处都有它的回响，与此同时，破坏行动不断升级。

这些破坏行为让我觉得非国大的民族之矛成员可能接受过军事训练。然而，当我询问参与者的身份时，大伯对我发出了警告。他告诫我，绝不能让好奇心超出我的职责范围。我明白他的意思，即我不应把我的怀疑分享给任何人，也不应干涉他人的行动。我察觉到形势日趋严峻，并对大伯的谨慎持赞同态度。

我相信，非暴力无法实现的事情，"民族之矛"将通过其活动来实现，这似乎已经震撼了整个国家。我听说通信处、电线塔和电话杆等政府设施遭到破坏。我推测一些长辈参与了开普敦及其周边地区的破坏活动。虽然我没有参与这些活动，但受到了很大的激励。

当我还在消化这些新的活动趋势时，大伯说盖卡老爹想见我。我对这个消息感到惊讶，但认为一定是有工作机会在等着我，所以第二天，我就去了盖卡老爹位于阿斯隆的住所。在简短的客套之后，他告诉我，非国大正在寻找愿意加入"民族之矛"的青年志愿者。他认为我会看重能作为一名"人民战士"为南非人民服务的机会，但他补充说，我必须对自己"人民战士"的身份严格保密，甚至不能告诉西卢姆科大伯。我表示同意，接着，他警告我说，非国大内部的信息仅在"有必要知道"的基础上传播，必须谨慎行事。在我们下次见面时，他告诉我他已经安排我去参加"夏校"的学习，到时候他会告诉我要去哪里。我听到这个消息，感到无比欣喜，并热切期待这一天的到来。我很愿意参与到"破坏行动"中去，成为团体中的一员。

第一次民族之矛的军事训练——马姆雷（MAMRE）

1961年圣诞节到1962年元旦之间的一天，一位来自尼扬加东部，名叫姆哈巴拉拉（Mrhabalala）的年轻同事来接我。姆哈巴拉拉开车送我和其他几个年轻人从阿斯隆向西北方向行驶，距离塔塔·盖卡的住处大约1个小时车程。该营区位于马姆雷一个名为路易斯克鲁夫（Louwskloof）的森林地区。在那片茂密的土地上有一条名为"穆伊玛克"（Mooi Maak）的小溪，它的意思是创造美丽。野石榴和野桃子在这里自然生长，还有其他一些野果，所以我们称这个地方为"昂也维尼"（Emyezweni），意思是丰饶之地，就仿佛伊甸园那样。从水流向大西洋的速度来看，穆伊玛克溪是常年不断流的。

营区大约有三十名精力充沛的年轻人，来自不同民族，黑人和白人。总负责人是卢克斯马特·恩古德尔（Looksmart Ngudle），两名白人同事负责协助他。他们中一位被称为卡姆瑞德·卡曼登特（Comrade Commandant），也就是"指挥官"，很久以后我才知道他的真名是丹尼斯·戈德堡（Denis Goldberg）。另一位年轻、魁梧，叫阿尔比·萨克斯（Albie Sachs）。在他们的指导下，我们在一片成长中的新树丛中清理出了一块区域，以使我们的教室可以免受炎炎烈日照射，凉爽的微风能吹拂过整个空间。我们是一群精力旺盛的年轻人，因此还辟出了一个足球场。

尽管我们第一天是从东南方向过来的，但还是沿着溪流的西岸搭建了营区。我们用一根长杆搭起独木桥，所有人都通过它走到了对岸之后，再将它拉到营区的这一侧。

在当时，我们这些住在乡镇和棚户区的人是接触不到什么重要知识的，只有特权阶层的子弟才能学习电力、电话、汽车机械等方面的知识，而营区为像我这样的年轻人提供了学习这些知识的条件。在这里，我们还学习了急救知识，了解了我们的身体以及生存所需的知识。丹尼斯强调，我们的战争不是一场轻松的冒险，而是一场为所有南非人赢得自由的生死斗争。我当时才17岁多一点，很兴奋能来到这里，这是我第一次与来自不同群体的战友们亲密互动。在营区里，我们学会了如何用复印机制作小册子，让我们的人民了解非洲人国民大会的政治纲领。阿尔比讲述了我们的斗争历史，并将其与非洲、亚洲和南美洲人民的斗争联系起来。卢克斯马特会拿着小棍子悄悄地走来走去，敲打打瞌睡的人，而阿尔比却会说："不，别敲他，讲得这么无聊，该被敲打的人是我！"阿尔比的这句话让我感到惊讶，因为我以前的所有老师都欢迎这种温和的"鼓励"。更重要的是，他，一个南非白人，说自己应该因为乏味的讲课方式而受指责，而不是我们这些战士因为不够专心听课而受责备。我感觉有些东西被颠倒了，甚至可能乾坤倒转了。它改变了我。

在营区，卢克斯马特发明了他自己的操场训练系统，使其既有趣又传统，并将我们团结在一起作为一个整体。他将非洲舞蹈转变为军事进行曲，最终以豹子爬行结束。我们会随着"自由尚未实现，战士仍需努力"的口号重复高抬腿，直到交替抬起的腿为我们的行军做好准备。虽然现在看来，当时的行进速度很慢，但那是我第一次体验行军，因此觉得那就是通向自由的终极之旅。我们还学会了如何在灌木丛中悄无声息地穿行，拖着一根茂密的树枝在身后，好抹去我们的脚印。同时，我们也必须掌握伪装艺术，与地形融为一体，在探究的目光下隐匿我们的存在。

丹尼斯为我们朗读了切·格瓦拉（Che Guevara）的《游击战》（*Guerrilla Warfare*），通过这本书，我深入了解了战争中的战略与战术。我认识到，游击战的成功不仅依赖于众人的支持，更需要严明的纪律和规范。这两者相辅相成，缺一不可。为了确保整个营地的正常运转，我们必须以特定的方式正确完成诸如为营地准备膳食或取水等重要任务。同时，个人和营地的清洁卫生对我们每个人的健康都至关重要。

丹尼斯还为我们朗读了萨特（Sartre）的作品《墙》（*The Wall*）。这部小说讲述了一名西班牙反法西斯战士被捕并遭受酷刑的故事。审讯者试图从他口中获知领导者的藏身之处，他最终将审讯者带到了一个墓地，并认为战友已经安全转移。然而，战友因病未能及时离开藏身地，因此被捕并被处决了。这个故事教会我们，在遭受酷刑时，我们必须灵活应对，使审讯者的努力化为泡影。

从丹尼斯和阿尔比身上，我看到了南非白人放弃物质、社会、心理和精神特权的坚定决心。他们不仅决心参与反对殖民主义和种族隔离的斗争，更愿意站在弱势群体的一边。他们的勇气使我深感敬佩，他们反抗一切形式压迫的行为使他们成为自1652年以来殖民制度的最大敌人。他们甚至教授我们战争艺术，以推翻南非的种族隔离政权。我渴望学习如何坚守他们所展现的价值观、原则和规范，努力跨越种族界限，拥抱全人类。他们坦言已看穿殖民和种族隔离制度的谎言，并坚决反对以肤色来衡量人类价值的观念。我对此深信不疑。

当我们开始学习如何使用与安全部队相同的战争武器时，我深感种族隔离政权的末日已近在咫尺。我们有一堂课专门讲解了自制爆炸装置及其相关的安全预防措施——例如，燃烧瓶这种简单易制的装置，在对抗轻型敌车和某些敌方设施时能够发挥巨大作用。军事训练与政治讨论并行不悖，这让我深刻理解到我们的斗争是为了自由的政治目标，而非个人权力的争夺。我很高兴团队中能不断有人提醒我们，我们的目标是反抗种族隔离和殖民统治的遗毒，而非针对整个南非白人群体。我对这场斗争的满腔热情压倒了对危险的恐惧，我坚信我们未来所有的军事和政治行动必将取得圆满成功。

3位教官使我认识到，我们的社会斗争远不止于物质利益的追求，它更是通过我们对南非及其人民的承诺和无私奉献来维系的。当警察突然袭击营地时，我们虽然惊慌失措，但这3位教官却以沉着冷静的态度化解了这场危机。当时，我和克里斯托弗·姆哈巴拉躲在溪对岸附近的灌木丛中。警察似乎对营区里我们的人数了如指掌。尽管他们心存疑虑，但丹尼斯和阿尔比的解释让他们相信没有必要过河，当警察带着他们一起离开时，他们的谈话声随之消失了。接着，我们听见远处有车辆驶走，一切归于寂静。我和克里斯托弗缓慢而小心地从我们的藏身之处站起来，往营区方向走去，但一路没有看到任何人。我们意识到，战友被警察带走了，所以我们决定赶紧清理营区，把铺盖和帐篷卷起来藏在灌木丛里。令我们感到宽慰的是，如果警察再次返回营区，他们将找不到任何足以逮捕我们的证据。在离开营区之后，为了安全起见，我们决定分头行动，各自前往不同的乡镇。我穿过茂密的灌木丛，踏上了连接马姆雷和开普敦的公路。由于担心被捕，我心急如焚地想要远离营区。踏上公路后，一位好心的卡车司机让我搭了便车。他把我送到了好望堡（the Castle of Good Hope）附近的街道上。

游击战教育的中断让我备感失落。那天下午，我往西卢姆科大伯的住处走时，心中已想好了一个借口，解释自己最近为什么不在。我会声称自己去参加了在乔治（George）举办的青年体育比赛。然而，我到了以后，发现大伯并不在家，不由暗自松了口气。我在门外等了一会儿，边等西卢姆科大伯回来，边思考自己未来的人生方向。不久，大伯回来了，他更关心的是我是否有东西吃，而不是我过去几周去了哪里。他一边煮着要配酸牛奶吃的麦片，一边告诉我，他收到了妻子马姆库鲁（Momkhulu）和我父亲的来信。他们身体康健，还捎来了对我的亲切问候。想着他们都能健康平安地返回家乡，我心中不禁涌起了浓浓的思乡之情和满满的幸福感。大伯还透露，警察已经逮捕了一些我们的同事，他们可能会被押送到马姆斯伯里（Malmesbury），之后或许会被暂时释放，但还需等待日后的法庭审判。我并无理由认为他知晓我也身涉其中！这不禁让我想起一个月前盖卡老爹的警告——人们或许建立了深厚的关系，但对彼此的经历却一无所知。此刻，我深刻领悟了地下工作的真谛，尽管我曾幻想在这隐秘的工作中仍能享有安全与庇护。

在此期间，我也觉得应该为自己着想，而不是只想着奋斗。我尚未有任何建树，生活完全依赖于父母和亲戚的接济。然而，在马姆雷营区的数周经历，让我领略了社会自由的工具与人民权利的实际操作。但自从回到兰加后，我选择大部分时间都宅在室内，因为我担心在与朋友的交往中，可能会无意中泄露在马姆雷所学到的知识。同时，我也牵挂着那些曾与我共度时光的马姆雷青年们。

我想回顾一下最近的经历，探寻生活为我铺设的道路。我突然想到，大伯有着丰富的经验和广泛的人脉，可以请他帮我找份工作，找到一份跟他一样甚至更好的工作。我鼓起勇气表达我的求职愿望时，他告诉我，他和同事们已经为我物色了几份工作，我只需耐心等待。他向我保证，一切很快就会安排妥当——尽管工作地点可能不在开普敦。他的鼎力支持和积极态度让我备受鼓舞，我已做好准备，随时奔赴任何一个充满机遇的地方。

前往约翰内斯堡

几天、几周、几个月过去了，西卢姆科大伯没有再就工作问题提供任何消息，我开始怀疑他们是否真的为我找到了工作。有一天，西卢姆科大伯告诉我，他安排我去约翰内斯堡看望他的弟弟，这并不是我所期望的工作机会。我很失望，因为我觉得西卢姆科大伯正在把责任推卸给他的弟弟，而我上一次拜访他弟弟，是在 1959 年了。尽管我的幻想破灭了，但我内心深处仍然信任大伯的决策，相信他是为了我更好的未来考虑。我决心弄清楚我父亲的弟弟对我的未来有什么打算，因为我想要独立，但又珍惜他的指导、支持和启发。

我觉得我 1962 年上半年过得毫无收获，可谓一事无成，但 1962 年下半年，西卢姆科大伯给了我一张从开普敦到约翰内斯堡的火车票。那是一个星期四的下午，他陪我走到了开普敦火车站。即将离开我熟悉的地方，踏上新的旅程，我心中充满了忐忑。大伯一路上都在安慰我，说在约翰内斯堡一切都会好起来的，我有足够的理由保持乐观。他满怀信心地表示，我会喜欢我即将从事的工作，但他并未透露具体的工作内容。

到了车站，他带我上了一个三等车厢，并为我选了一个干净整洁的隔间，那里的双层床铺紧贴墙壁，让乘客可以坐直。大伯递给我一个装满炸鱼薯条和美味蛋糕的大包裹，还有 5 兰特——相当于 5 英镑，足够我应付整个旅程的开销了。随着火车缓缓启动，他开始向我挥手道别，我也疯狂地挥手，他朝我的方向喊了些什么——我听不到。当火车驶出车站时，我注视着他的身影，他的双手一直在空中挥动。

火车预计在周末抵达约翰内斯堡，因此马克克叔叔很可能在家中。然而，当我坐在车厢里时，我意识到西卢姆科大伯并未提及马克克叔叔。他将我送到他弟弟那里，却未曾事先知会，这让我感到颇为奇怪。我猜想，或许他是担心我离开后他会感到孤单。

火车的通道在夜晚显得格外寒冷，但白天尚能忍受。我在温暖的车厢内度过夜晚，而在白天，我偶尔会与其他乘客一同在通道里欣赏窗外的风景。

周六清晨，当我们抵达约翰内斯堡的公园站时，马克克叔叔已在那里等候我。他身着正装，仿佛正准备去教堂做礼拜，但脸上却洋溢着灿烂的笑容。站在他身旁的，是道格拉斯·卢赫勒（Douglas Lukhele）老爹，他是马克克叔叔的一位律师朋友，我在之前的约翰内斯堡之行中曾与他相识。卢赫勒老爹的脸上同样挂着满满的笑容。

道格拉斯·卢赫勒老爹在与我打过招呼，并注意到我已成长为青年之后，告知我非国大兰加分部已委托他传达我即将担任的新工作内容。在确定我的具体工作安排之前，我需要继续留在梅多兰兹5区，由马克克叔叔照看。然后，他看着叔叔，而不是我，说我必须要有耐心，因为这些安排可能需要一个月或更长时间。这让我感到既惊讶又困惑，因为我离开开普敦时，本以为西卢姆科大伯已在约翰内斯堡为我安排好了合适的工作，而非参与非国大的分支机构。我也从未听闻非国大分支机构会提供工作机会。

叔叔与卢赫勒老爹道别后，领我登上了前往梅多兰兹的火车。途中，他不断询问自家兄弟和我的兄弟姐妹们的近况。此外，他还谈及了自己的工作，并表达了对被政府强制迁离的索菲亚镇（Sophiatown）的亲朋好友的深深思念。

我们并没有到终点站梅多兰兹，而是在中途的杜贝（Dube）站就下了车，因为叔叔要和一位住在杜贝旅馆的朋友会面。他们见面聊了几分钟，然后我们步行回到叔叔的家，在那里，我受到了曼索陀婶婶的热烈欢迎。我上次来到这里，还是3年前的1959年，但婶婶让我感到自己非常受欢迎。我一时忘记了找工作的事，因为她很高兴白天有人在身边陪伴她。

叔叔向我解释，由于我的工作性质，我需要留在镇上和我们的街区，因为我缺乏在约翰内斯堡合法居留的必要证件。一旦被捕，就可能会毁掉我从事那份被委以重任的特殊工作的机会。我曾询问为何非洲人国民大会在开普敦的分支机构会在约翰内斯堡开展工作，但叔叔坦承他对此并不了解。

我大部分时间都待在屋子里，觉得自己只是在这里短暂停留，因此并未有交朋友的打算。卢赫勒老爹每隔两周会来一次，主要是和马克克叔叔交谈。不过，他也告诉我，我们正在等待其他年轻人的加入，并在寻找可靠的司机和交通工具。他的话语让我备受鼓舞。此外，还有一位伟大的母亲和善于讲故事的人，那就是婶婶曼索陀，她一直陪伴着我。她的话语总能让我精神振奋，她告诉我每一个美好的机会都会在适当的时间和地点出现。在婶婶的鼓励下，我度过了1963年上半年的大部分时间。

尽管叔叔和婶婶的赞美与鼓励给了我力量，但我也开始反思，受人恩惠并受其摆布并非好事。我认为，如果自己接受了良好的教育，就应该能够独立找到工作。我渴望能够主宰自己的命运。

一天下午，道格拉斯·卢赫勒老爹来到我家，这感觉恍若隔世，他说想看看我的房间。我们走进我的房间，他关上门，说期待已久的一天已经到来。他告诫我，仅仅听他所讲的信息就好，我和婶婶不能再照面。道格拉斯·卢赫勒老爹说我必须起一个在民族之矛里使用的名字，而且绝对不能告诉任何人我的真实姓名或家庭详细信息。这样一来，不论哪个成员被捕，他们都无法提供关于我的任何信息。卢赫勒老爹从他的夹克里取出一个空的棕色纸袋，让我收拾3件衬衫和两条裤子，并等待他的信号："我很渴，想喝发酵的麦片粥。"听到这句话之后，我必须悄悄离开，注意不要让家人看到我。我必须出院子左转，走到街角，再左转等他。

他告诉我，当我们在拐角处见面时，我必须告诉他我在民族之矛的化名。然后，他离开了房间，喊婶婶一起查看远离大门的房子外墙上的一些裂缝。当他们到达房子的另一边时，他大声说："我很渴，想喝发酵的麦片粥。"我把衣服装进包里，头也不回地溜出院子，我害怕撞见婶婶，害怕要说再见。

街上的人渐渐增多，都是下班归家的人们，这让我感到有些不安，生怕引起他们的注意。于是，我调整了步伐，使自己看起来更像是一个下班后轻松回家的路人。在转过街角的时候，我刻意没有回头张望。然而，一股愤愤的情绪突然涌上了心头，我竟然听从了一个陌生人的盼咐，连一句道别都没有向曾经那么疼爱我、信任我的婶婶说。我冲动地想要折返，但回想起当初离开马姆雷时，为了执行重要的任务，我也不得不与西卢姆科大伯分别。我提醒自己，这次是非国大兰加分部希望我到约翰内斯堡去工作。我开始幻想在约翰内斯堡建立起一个像马姆雷一样安全的地方。我的身体因兴奋而绷紧，我捏紧了左腋下的纸袋，提醒自己需要低调行事。

当我放慢速度时，兴奋得头晕目眩，想着自己应该走多远。我沉浸在思绪中，完全没注意一辆蓝色道奇（Dodge）车何时从我身边驶过，停在了我前方5米处。道格拉斯·卢赫勒老爹从前排乘客位的车窗里探出头来，招呼我上车，我照做了。

道格拉斯·卢赫勒老爹向司机介绍我时，用上了他自己的名字，称我是"道格拉斯·内内"（Douglas Nene），并对我说司机名叫"布拉·乔"（Bra Joe）。我忘记了他要求我想一个民族之矛化名的指示，并为他自己给我定了道格拉斯这个名字而欣慰。我们开车穿过下午的车流，一路上多次转弯，最终驶入了一条繁华的街道。

第 7 章 国外军事训练

傍晚时分,我们在镇上停下来,卢赫勒老爹和我一起下车,布拉·乔留在车里,我们走进了一个院子。尽管我注意到前窗窗帘后面亮着灯,但一切似乎都很安静。卢赫勒老爹吹着熟悉的口哨,带着我绕房子转了一圈。我们没有敲门,而是从后门进入房子,再走进一个房间,发现里面坐着四个男人。

其中两个看上去四十多岁,一个三十多岁,第四个和我年纪相仿。卢赫勒老爹向这四人介绍了我,用的是我在民族之矛的名字。四人中年长的两位是大卫·马什戈(David Mashego)和爱德华·马比特勒(Edward Mabitle),三十多岁的男人是乔治·谢伊(George Shea),最小的是法兰亚纳(Phalanyana)。

卢赫勒老爹离开房间后不久,便带着一位穿着休闲服饰、手提黑色公文包的老人返回。这位老者没有任何开场白或客套话,直接要求我们闭上双眼进行祈祷,将我们的命运全然交托给天上的天使。然后,他把一些香草放在他从公文包里拿出的搪瓷碟子上,然后划一根火柴点燃它们。房间里没有火焰,而是充满了陌生的烟雾。烟雾熄灭后,男子用手帕将碟子和里面的东西包起来,放进公文包里,二话不说就离开了房间。

从低声的祈祷到传统的医疗实践,这种转变勾起了我对克维德拉纳牧师们的回忆。在那里,我们曾目睹了基督教仪式与传统祭祀的交融。我心中既充满焦虑又满怀期待,当我们的目光都聚焦在那个空荡荡的房间时,我不禁好奇我的同伴们内心在想些什么。就连卢赫勒老爹,此刻也只是安静地坐在木椅上。这种沉寂的氛围让我想起乔纳斯·姆拜杜伯伯,他总是喜欢在长时间的沉默之后深沉地说,祖先们已经来探望过我们了。

卢赫勒老爹沉默地坐了一会儿,接着清了清嗓子,开门见山:我们所在的分支机构要派我们去国外接受军事训练。期限最长是 6 个月,但我们也可能在 3 个月内回到南非。政府不会知道我们曾经离开过南非。他这番话引起了更久的沉默，我们都一动不动地坐着，呆若木鸡。卢赫勒老爹祝我们一切顺利，并期待着欢迎我们回来。他期待在"自由日"看到部署到南非其他地区的人员。最后这句话给了我信心：我们将在1964年初给南非带来自由。

卢赫勒老爹说，大卫·马什戈老爹将担任我们五人小组的领队，他掌握了有关我们旅程的所有必要详细信息。如果我们被警察盘问，就说我们是去贝专纳兰（Bechuanaland）的洛巴策（Lobatse），参加在贾瓦内恩（Jwaneng）村举办的戈尔瓦内（Gorwane）先生的葬礼，好洗脱我们的嫌疑。只有马什戈老爹可以与警方交谈；我们只需要保持安静，不表现出任何紧张的样子。在短暂的沉默之后，卢赫勒老爹没有提出任何问题或评论，他说我们该离开了。我们排成一列离开，小心翼翼地走着，以免引起邻居的注意。我是最后一个离开的，看起来我们到达时是什么顺序，离开时就还是这个顺序。

当我走出房门时，看到主持祈祷并焚烧草药的那个人现在穿着白色工作服，将一把短草扫帚浸入桶中，并向我洒了一些水，说"让光明占上风，驱散黑暗"。卢赫勒老爹站在门外的一辆白色康贝（Cambi）车旁边，像售票员一样招呼我上车。马什戈老爹坐在前排驾驶员旁边的座位上。马比特勒老爹邀请我坐在他旁边，我照做了。我把所有新同伴都当作陌生人，不想搭讪。我们不应该知道彼此的个人详细信息，所以不说话会使事情变得更简单些。

穿白色工作服的男人从院子里出来，让司机发动引擎，他绕着康贝车走来走去，把桶里的东西撒在车上，并用方言大声喊叫。当他绕到车头时，对着司机大喊，并用扫帚指向路面。司机一言不发，发动起车子，向前行驶，卢赫勒老爹和萨满的身影留在了黑漆漆的街道上。

司机转过迷宫般的街道，直到我们上了高速公路。在康贝车里没有什么话可说，外面的黑暗也没有什么可看的。我看到爱德华·马比特勒在打瞌睡，尽管我为可能被警察拦下的想法而烦扰，但也想睡觉。我断断续续地打着瞌睡，不知道时间已经过去了多久。没有人戴手表，我只知道现在是晚上。

跨越边境，进入贝专纳兰

我们在一个村庄停下来，马什戈老爹说，我们刚刚路过了济勒斯特。天空乌云密布，星辰隐匿无踪。司机提议我们留在车内等候，而他则陪同马什戈老爹去探访村内的一户人家。我猜想那个村庄应该离我们的目的地不远，他们俩此行或许也是为了探路。我们在车内保持静默，唯恐被路人发现。

不久，马什戈老爹和司机便与第三个人一同归来。在夜色中，这位新加入的同伴看起来比另外两人高出一截。高个子男人低声向我们打了招呼，就坐在了司机旁边，马什戈老爹坐在他身后。高个子回头看了一眼，介绍说自己是满普鲁（Mampuru），随即指示司机沿路前行。经过一段行驶后，车子转上了一条坑坑洼洼的土路，最后在荒郊野外停了下来。

满普鲁说我们已经靠近贝专纳兰边境了。我们要在边境的另一边遇见一位朋友，他会在剩下的旅程中照顾我们。满普鲁警告我们要保持警惕，一旦遇到南非警察就分散到贝专纳兰，因为这些警察不会越过边境。

满普鲁和司机握紧拳头，拇指向上竖起，表示"誓要赢回非洲"。我们回了礼，然后默默地转身排成一队，向边境走去。马什戈老爹打头阵，我跟在他后面，爱德华·马比特勒殿后。我们带着微薄的盘缠，步伐轻快，一往无前。我们就这样走着，直到打头的马什戈老爹停了下来，低声说我们已经到达边境了。我看到一道齐臀高的栅栏，横在我们面前。

清晨，我们看到有个人孤身向我们迎来。到了距离马什戈老爹大约十步远的地方，他说，"我们茨瓦纳（swana）的做法是给长辈让路"。马什戈老爹含糊其辞地回应了几句，那人爆发出雷鸣般的笑声，说："欢迎来到洛巴策。"这个自来熟的陌生人使我吃惊，他竟在凌晨时分把我们当作老朋友一样对待。

没有任何多余的交流，那人直接命令我们默不作声地随他前行。我对此感到困惑，因为我们整个旅途都保持着缄默，谨记着作为士兵接受过的训练——直到遇见他。他领着我们穿过蜿蜒的小巷，来到一所房子前，我们走了进去。他点亮了一盏防风灯并邀请我们坐下，接着介绍自己是菲什·纪特森（Fish Keitseng）。马什戈老爹插嘴说，菲什是1956年叛国罪审判中的被告之一。纪特森并没有回应他的说法，而是告诉我们，贝专纳兰警察并不知道我们在该国的存在。尽管如此，我们还是必须保持低调，直到到达弗朗西斯敦，在那里，我们将以难民身份进行登记，从而获得相关法律的保护。我很好奇，一个博茨瓦纳公民怎么会在南非被控叛国罪呢？从凯森和马什戈老爹的交谈中可以听出，他们早就是老熟人了。

纪特森提醒我们，洛巴策靠近南非边境，南非警察有可能从这里带走我们。经过漫长的旅程抵达贝专纳兰之后，我本以为我们已经成功摆脱了南非警察的追踪。

日出之前，隔壁房间的活动增多，所以我们停止了低声交谈。纪特森向我们保证，这只是他的家人在为新的一天做准备。不久之后，一位年长的妇人和一名年轻女子给我们送来了早餐——开胃菜是粥，主菜是黄油面包，还有咖啡、牛奶和糖。纪特森介绍说，这两位女性是他的妻子和女儿奎恩（Queen）。

早餐过后，纪特森为我们讲解了安全规范，他嘱咐我们要待在室内，并且只能低声交谈。他提供了垫子和毯子，并建议我们在经历了前一晚的长途跋涉后应该好好休息。在离开之前，他说，我们何时动身前往弗朗西斯敦，取决于从南非来的另一批人何时到达这里。我沉沉地睡去，直到午饭——粥、牛肉、肉汁和卷心菜——的香气飘入鼻端，才将我唤醒。那顿午餐的美味令人难以忘怀，如果不是初到此地尚有些腼腆，我肯定会毫不犹豫地再添上一碗。

纪特森的保证给了我安心，只要我们保持谨慎低调，就无须过多担忧。在此期间，我会不时回想起在家乡、开普敦和约翰内斯堡的种种经历，正是这些经历引领我踏上了前往洛巴策的旅程。

傍晚时分，我们听到屋外传来人声。我们立刻警觉地跳起来，做好了拒捕的准备。然而，跟在纪特森身后的，其实是一群新来的学员。他向我们介绍说，这些人是鲍勃·祖鲁（Bob Zulu）、德洛科洛（Dlokolo）、维克多·恩苏马洛（Victor Nxumalo）、大卫·西比亚（David Sibiya）、丹达拉（Dandala）、普雷斯顿（Preston）、萨姆·恩库纳（Sam Nkuna）和不列颠·曼巴内（British Mambane）。看到我们的学员队伍日益壮大，我感到很高兴，并热情地向他们打招呼。纪特森告诉我们，马什戈老爹、马比特勒和法兰亚纳将加入新的团体，除了我和乔治·谢伊之外，所有人都必须和他一起离开。看着那些在我之后抵达洛巴策的人却比我先离开，我内心感到深深的不安，但我也明白，此时要求解释并无多大意义。我能够预想到，如果我问出"为什么不是我走？"这样的问题，得到的回答可能会是"你为什么想知道这些？你打算怎么处理这些信息？"那天晚上，原本期待的晚餐变得索然无味，我也失去了食欲。

纪特森显然注意到了我情绪的低落。在其他人离开后，他特地向乔治和我解释说，来接我们的交通工具载客量有限，只能坐十一个人。用餐期间，他向我们讲述了他作为新的政党贝专纳兰人民党（BPP）的主要组织者之一，在贝专纳兰进行的活动。纪特森正在为前来洛巴策竞选的两位先生，副主席曼塔特（Mantate）和秘书长和姆福·莫查马伊（Mpho Motsamai）组织招待会——贝专纳兰人民党主席是莫采特·姆福（Motsete Mpho）先生。

我了解到，纪特森和姆福·莫查马伊都曾在约翰内斯堡工作，在被南非政府驱逐之前一直住在亚历山大镇。他们过去曾是约翰内斯堡非国大的中坚力量，并在回到贝专纳兰之后，决意创建贝专纳兰人民党，以此响应英国政府在该国实施的非殖民化进程。其主要政治对手则是由正在英国并准备回归贝专纳兰的塞雷茨·卡马（Seretse Khama）国王领导的贝专纳兰民主党。与纪特森的交流中，我得知贝专纳兰人民党的成员同时也隶属于非国大，构成了南非境外安全网络的一部分。这种紧密的工作关系令我对他们能够在贝专纳兰的下一届政府选举中胜出满怀期待。

纪特森提出，乔治和我应在贝专纳兰人民党竞选期间加入他们的团队，与他们共同行动。我们的任务是声援我们的邻居，他们还没有获得自由，且完全认同我们的解放斗争。除了观察竞选期间的拉票活动外，我们并无其他特定职责。然而，他们在南非解放斗争中付出的时间和努力，成了我决定在贝专纳兰为他们摇旗呐喊的驱动力。

在贝专纳兰人民党领导人即将抵达之际，纪特森要求我和谢伊为接下来的弗朗西斯敦之行做好准备。一想到能与之前在洛巴策的队友重逢，我便满心期待。我猜测我们的军事训练可能会在坦噶尼喀进行，因为所有高级别的同志们都提及了"我们在达累斯萨拉姆（Dar es Salaam）的办公室"，我希望我们的小队还未到那里。我迫不及待地想要迎接黎明的到来。

第二天早上，在纪特森的家中，一些贝专纳兰人民党的成员举行了一个小型的招待会。当天早上，伴随着欢呼声、贝专纳兰人民党的歌声以及汽车喇叭的喧器，领导人乘坐两辆各载四人的汽车隆重抵达。当他们走进纪特森的家时，包括谢伊和我在内的其他招待会成员都在院子里载歌载舞。当领导人从房子里走出时，我和谢伊便与纪特森以及一位名叫拉迪纳（Raditena）的新朋友同上了一辆路虎车。随后，我们三辆车一同出发——其中两辆是领导人们抵达时所乘的车辆，另一辆是我们的路虎。

我们沿途多次停留，深入村庄，逐门逐户地宣传贝专纳兰人民党及其领导层。我们在坎耶（Kanye）小镇附近停了下来，人民党领导人在那里受到了约一百名支持者的欢迎。我听到了他们用茨瓦纳语发表的部分讲话。从坎耶镇郊外出发，我们继续挨家挨户开展宣传活动。傍晚时分，我们到了莫莱波洛莱（Molepolole）镇，并决定在那里过夜。晚餐是玉米泥配肉，由于天气炎热，再加上一整天都在为竞选奔波，我疲惫不堪地早早睡去了。

第二天，我们驱车前往塞罗韦（Serowe）镇，人民党领导人将在那里会见尊贵的最高酋长拉塞博莱·卡马内（Rrasebolai Khamane）。这里是巴马恩格瓦托（BamaNgwato）部族的大本营，房屋群的占地面积很大。当我们走近接待处时，人民党领导人喊出了传统的敬语。酋长的一位顾问接待了我们，带领我们来到一座巨大的长方形建筑中的等候区。当最高酋长卡马内走来时，我们全体起立，长老们向他行礼。最高酋长邀请人民党领导人到旁边的房间议事，我们其他人则坐在外面一棵大树的树荫下，一边与主家玩着名为"姆拉巴拉巴"（mlabalaba）的小石子棋盘游戏，一边享用美味的发酵麦片粥。

贝专纳兰人民党的领导人结束与拉塞博莱酋长的会谈后，我们与主人诚挚地道别，继续我们的行程，在周边地区逐户地拜访。领导人们向民众宣布，他们已经获得了拉塞博莱酋长的祝福和支持。纪特森、谢伊和我与其他随行人员在帕拉佩（Palapye）镇道了别，我们选择在那里过夜。纪特森向我们解释说，贝专纳兰人民党的领导人拜访最高酋长，是寻求其批准，让巴马恩格瓦托部落的人加入人民党。向酋长表达敬意，对从他领导的社区里获得政治支持非常重要。这一点与南非不同，在南非，一些酋长与政府勾结。在我的家乡，最好不要过于信任酋长，除非你确信他是可靠的。

睡前，纪特森特意叮嘱我们，要确保在次日早上8点前准备好出发前往弗朗西斯敦。我早早地起了床，得以有充裕的时间回顾前一天的竞选走访经历。我现在深刻领悟到，党的各项活动都能通过一个核心主题得到最佳展现。贝专纳兰人民党的领导人不仅能熟练运用当地语言，还能巧妙地融入现代元素，为交流增添许多幽默色彩，令他们赢得了传统领导人的青睐。

在约定的时间之前，我就已经醒来并做好了出发的准备。享用完早餐后，我们正式启程前往弗朗西斯敦。从路虎车的车窗向外眺望，我观察到随着我们不断北行，周围的植被愈发郁郁葱葱。我们途经的几条河流都拥有沙质的河床，显然，只在雨季很短的时间里，才能在这些河床上看到流水。

我们的车一路开到了弗朗西斯敦西郊，在一扇门外停了下来。纪特森推开大门，一位女士满面笑容地迎了上来。纪特森介绍说，她是切佩（Tshepe）夫人。切佩夫人告诉我们，她的丈夫正在从弗朗西斯敦回来的路上。这位夫人二十有余，身材高挑，皮肤白皙，是一位典型的家庭主妇。在我们等待她丈夫归来的间隙，她热情地为我们沏了茶，并与我们探讨了贝专纳兰独立的愿景。不久，她的丈夫便带着各种杂货回到了家里。

他自我介绍为姆卡比勒·切佩（Mkabile Tshepe）。切佩肤色白皙，比普通人要高一些，三十多岁，体格壮硕，简直像个举重运动员一样。他的胡子刮得干干净净，浓密的头发修剪得也很整齐，说起话来声音沉着，很有分寸感。他在弗朗西斯敦一家律师事务所工作，同时负责管理贝专纳兰人民党办公室的各项活动。

纪特森收到非洲人国民大会驻达累斯萨拉姆办事处的消息，要求我们的小组必须等南非的非洲人国民大会高级成员到达后，才能动身前往坦噶尼喀。我们中有些人担心其中有诈，认为一些非国大成员可能要到1964年初才能离开南非，因此我们必须立即登记为难民。切佩说，乔治·谢伊和我应该去弗朗西斯敦的联合国难民事务高级专员办事处，也就是难民署（UNHCR），进行登记。一旦我们完成登记，就有资格获得联合国难民署提供的医疗和食品援助。由于难民中心已经挤满了从南非和西南非洲涌来的人们，切佩让我和谢伊就住在他家里。在简单地谈了谈我们的登记情况，以及贝专纳兰人民党的未来规划之后，纪特森便离开了。

切佩随后带我们参观了卧室。这个房间大约5米长、4米宽，角落里整齐地堆放着一叠毯子和几个剑麻垫。然而，事情的发展并未如我们所愿。一再的延误让我们感到失望。在接下来的几个月里，我们都要住在这间卧室里。

切佩带我们去了难民署办公室，在那里，斯廷坎普（Steenkamp）先生和克拉克（Clarke）先生用南非荷兰语对我们表示了欢迎，这着实出乎我的意料。斯廷坎普先生对切佩说"你今天只带了两个"，给人的印象是切佩是难民署办公室的常客。斯廷坎普先生说，作为登记的一部分，他们必须给我们拍照，以便记录受难民署保护的每一个人。切佩打消了我的顾虑，确认这些信息是提供给联合国难民署的，这样如果我失踪或被绑架，他们就可以通过照片找到我。我们俩都领到了能在英国乐施会（Oxfam）使用的配给卡，并交给乔治·谢伊保管。

在回切佩家的途中，他郑重地建议我们外出时必须结伴同行，避免单独行动且不要随意闲逛，以防被南非政府的特工察觉到。由于我在当地并无熟人要拜访，便欣然接受了这一自律性的建议。

在切佩的家中，我们负责维护部分区域的清洁卫生。每餐后，我们都会主动清洗餐具，还包揽了打扫庭院、洗涤和熨烫衣物的活儿。切佩夫人则负责做饭、打扫卧室和其他房间。每周二，我们都会前往乐施会领取一周的口粮，一般是鱼罐头、肉罐头、玉米粉、大米和豆类。弗朗西斯敦所有政治难民领到的都是这些东西。我不知道难民所里的人是如何仅靠这些口粮生活的，因为在切佩的家中，他们会购买各种杂货，包括水果和蔬菜，并慷慨地与谢伊和我分享。

一天下午，切佩下班回来，身边跟着一位男子，他介绍说，这是西南非洲人民组织的一位成员。我觉得他看起来很眼熟，却一时想不起来他是谁。当他不断提到开普敦时，我终于想起他是马克斯顿·约瑟夫·穆通古鲁姆（Maxton Joseph Mutongolume），他是我在雷·西蒙斯和杰克·西蒙斯家做客时遇到的西南非洲人之一。他的绰号是"鞋匠"，因为他认识的大多数人都这样称呼他。切佩介绍说，马克斯顿作为西南非洲人民组织的杰出代表，无私地为所有南非人提供帮助，不分他们是否属于非国大党、人民大会党，抑或是无党派人士。他在弗朗西斯敦享有崇高的声望，被视为西南非洲和南非自由战士的主要代表。马克斯顿亲自前来，向我们详细介绍了在弗朗西斯敦生活的注意事项，他特别叮嘱我们绝对不能接受陌生人的邀请，更不能接受他们给的糖果或香烟。他还提醒我们在街头行走时要格外小心，需要时刻提高警觉，并时常驻足片刻，观察是否有人尾随。

我们只在每周二那天才离开切佩的家，对此我感到很高兴，同时我也很感激马克斯顿偶尔的探望。他让我们了解非洲不同地区发生的事件，1963年末的一天晚上，晚饭后，他告诉切佩，他希望西南非洲人民组织主席萨姆·努乔马（Sam Nujoma）来访问弗朗西斯敦，并召集起在难民营里的所有西南非洲人民组织成员。

我担心我们会无限期地等待下去，希望非国大总部也能发出一些指示，让我也能去坦噶尼喀接受军事训练，实现我的抱负。此前说好的，我们接受军事训练的最长时限是两年，眼下已过去了将近一半，但等待行动开始的时间比实际行动的时间还要多。我想与切佩讨论这个问题，但乔治·谢伊表示这不合适，因为切佩只是传递消息的人，让我们留在弗朗西斯敦的指示是从达累斯萨拉姆的非国大总部发出的。

在圣诞节那天，切佩的家人举办了一场盛大的聚会。我们与他们的几位贝专纳兰人民党朋友和马克斯顿共同分享了这场欢乐的盛宴。我在这种特殊的日子里尽情放松，并回想起了在克维德拉纳过节时的愉快氛围。元旦的节日气氛虽然不像圣诞节的那么浓厚，但那天我们也接待了一些客人。漫长的等待令我满心焦灼，这些庆祝活动让我稍稍纾解了一些灰心沮丧的情绪，继续对达拉斯萨拉姆之旅翘首以盼。

最后，在1月的第二周，切佩告诉我们，我们盼望已久的时刻已经到来。那天早上，纪特森带着一群男人和一位年轻女士抵达，他们被介绍为阿尔弗雷德·恩佐（Alfred Nzo）、奥贝德·莫特沙比（Obed Motshabi）、约翰·莫特沙比（John Motshabi）和约翰·恩盖西（John Ngesi），年轻女士的名字是梅瑟（Meisie）。

切佩对恩佐和恩盖西的坚韧精神表示了高度赞赏。这两位同志在被警方拘留期间曾遭遇酷刑，但他们以惊人的毅力挺过了那段艰难时光。虽然我听说过政治活动人士被拘留的情况，但从未料到他们竟会遭受如此非人的酷刑。他们在未经审判的情况下被羁押了整整90天，直到最近才得以重获自由。在拘留期间，他们不仅被剥夺了自由，还经受了残酷的拷问和身体上的折磨。这种经历对他们的身心造成了深重的影响。阿尔弗雷德·恩佐的言语中透露出一种孩子般的无助，他会不时用手去抓取空中并不存在的东西，仿佛是在寻求一种心灵上的慰藉。而恩盖西则因受到残酷的殴打和折磨，行走都变得异常艰难。看到他们这样，我心中充满了愤怒，只希望能尽快与那些加害于他们的敌人彻底清算。

纪特森在欢迎仪式结束时宣布，我们将趁着西南非洲人民组织主席来为前往国外参加军事训练的该组织成员站台的机会，于当天下午离开。一辆用于运送非国大成员的卡车已经准备就绪，此时就停泊在当地最大的难民营里。

突然采取这一行动，是为了避免要将阿尔弗雷德·恩佐和他的团队登记为难民。他们违反了禁止令，因此必须远离南非边境。按照规定，除了前往指定的警察局报到，这些同志只能在各自住所的范围内活动，并且不能接受任何探视。南非政府发出了高级别的通缉令，政府会竭尽全力逮捕他们。因此，他们在贝专纳兰活动并不安全。突如其来的好消息让我兴奋不已，而我已经做好了奔赴前程的万全准备。谢伊和我收拾好了我们的小包裹，并向切佩夫人道别，她对我们非常慷慨，把我们当作她的家人一样对待。纪特森带来了两辆路虎车，他请其中一位司机祈祷，保佑我们一路平安。祈祷结束后，切佩再次提醒我们要低调行事，切勿引人注意。我们一行都坐进了这两辆路虎车里，纪特森上了其中一辆，切佩上了另一辆。

第二部分
磨砺民族之矛

孔瓦营区，坦桑尼亚
西南非洲人民组织、安哥拉人民解放运动、非洲人国民大会、莫桑比克解放阵线和津巴布韦非洲人民联盟提供捐助物资的大楼被保存了下来
（kongwaconnected.org/gallery）

第 8 章 通往坦噶尼喀之路

我们离开了切佩的家,驱车从弗朗西斯敦出发向西北方向前进。我心中充满了喜悦,因为终于踏上了通往坦噶尼喀的旅程。当我们的车辆行驶到距离弗朗西斯敦建成区仅几千米的地方时,路虎车驶离了主干道,停在了一条距弗朗西斯敦大约 1 千米远的碎石小路上。司机示意我和谢伊下车跟着他走。我们离开了路虎车,沿小路前进。我看到一辆卡车停在路边的灌木丛中。我们向那边走去,透过后车厢卷起的篷布,我看到车上的人是我们在弗朗西斯敦难民营的小组成员。带我们来到这里的司机让克戈斯·满普鲁(Kgosi Mampuru)、马什戈、德洛科洛和马比特勒坐到两辆路虎上去,而谢伊和我这样的年轻人就改坐卡车了。

卡车上还载着一些三足锅、水桶、玉米饭和山羊肉。卡车司机发给我们一顶卡其色的帽子,保护我们免受日晒雨淋和昆虫叮咬。他还警告我们不要将手臂或腿伸出卡车,因为路边有狮子。

我们组成了一个小型车队,一辆路虎在卡车前面,另一辆在后面。广袤的荒野很快就吞没了我们的身影。我们沿着一条蜿蜒曲折、灌木丛生的道路行进,因为路况复杂,车速时快时慢。这里有灌木丛,那里有灌木丛,到处都是灌木丛,没有什么可看的。中午我们停下来吃面包和冷饮,我看到奥贝德·莫特沙比趁机给自己注射了他所谓的胰岛素,因为他患有轻度糖尿病。

饭后,我们继续赶路,直至黄昏降临。突然,狮子的吼叫声响彻荒野,盖过了发动机的轰鸣声,仿佛它们就近在咫尺。我们心惊胆战地透过卷起的篷布向外张望,却见不到狮子的踪影。不久后,我们驶入一片空地,大家决定在此安营。我们生火做饭,用玉米粉和山羊肉烹制了一顿丰盛的晚餐,并用卡车上水桶里的水送食。晚餐过后,我们与另外二十人一同挤在卡车里,准备休息。然而,鬣狗被肉香吸引,围着我们的车辆不停地吠叫,声音嘈杂刺耳。在这样的环境中,我度过了一个惶恐惊惧的不眠之夜。我知道，自己绝不敢下车去回应大自然的召唤，以免要面对这荒野中的未知危险。

第二天一大早，我们就启程出发，在昏暗车灯的照耀下赶路。然而，就在黎明时分，我们的卡车不慎陷入了沙地里。无奈之下，我们只得下车合力推车。我等大多数人都下车以后，才小心翼翼地从卡车后厢爬下来。一下车，我就注意到我们的卡车原本是要绕开一棵倒在地上的大树。推车时，切佩也加入了我们，他推测说，这棵树很可能是被大象推倒的。卡车重新回到了平坦的道路上，我们的旅行得以继续。

几个小时后，我们再次停车，准备煮一顿迟来的早餐。我们点燃了篝火，烧开了水准备煮粥和沏茶。然而，突如其来的警报声让我们惊慌失措，水还未沸腾，我们便急忙冲回车上。从车上的安全位置，我们瞥见了5只大象和两只小象。它们悠闲地穿过灌木丛，过了一段时间才走到安全距离之外。我们犹豫不决，不知道该不该回去继续准备早餐。最终，我们决定匆忙吃完，同时保持高度警惕，以防它们折返。这是我们在贝专纳兰享用的最后一餐。

纪特森和切佩叮嘱我们，必须准时抵达河岸渡口。余下的旅程感觉颠簸不堪，我不清楚这是因为路况本就如此，还是司机为了赶时间而加速了，但这确实解释了为什么我们年轻的同志需要为年长体弱的同志在相对舒适的路虎车里腾出座位。

日落时分，我们赶到了赞比西（Zambezi）河卡宗古拉（Kazungula）的轮渡站。菲什·纪特森松了口气，告诉我们，我们将从这里渡过赞比西河，到达北罗得西亚（Northern Rhodesia），而他、切佩和卡车司机将返回弗朗西斯敦。我们匆匆道别，便去赶轮渡了。

在前往渡口的途中，有人向我们详细描述了穿越赞比西河的路线，我在心中默默复述，生怕遗忘。当我们汇入等待渡轮的人群时，我再次回顾了这条路线：从河对岸的渡口出发，沿着一条双车道的狭窄小路前行。大约走3千米后，会到达一个丁字路口。此时必须右转——若选择左转，那将通往安哥拉和西南非洲；而安哥拉当时仍处于葡萄牙的殖民统治之下，西南非洲则被南非所占领。因此，一旦选择错误，我们很可能就会被迫返回南非。安德森（Anderson），也就是姆卡比勒·切佩告诉我们，我们的联络人坦尼森·马基瓦内（Tennyson Makiwane）

将在丁字路口与我们会面。一些老同志提到他们与马基瓦内相识，这让我们倍感亲切，能遇到熟人真是令人欣喜。然而，卡车后座的颠簸仍然让我感到不适，那种震动、兴奋与潜在的危险让我感到一阵眩晕。每当我想到自己即将穿越国境去追寻梦想，同时还要肩负起保护自己和大家安全的重任，都忍不住战栗起来。有时，我甚至迷失了自己。

这一艘同时搭载车辆过河的渡轮，船体宽阔，我们走上露天甲板。那里总共有大约 20 名乘客，一些坐在船侧的长凳上，另一些则依靠着栏杆或扶着桅杆。当发动机空转时，一位渡轮运营商表示这是当天的最后一班渡轮。他还用英语告诉我们一些安全须知："河里有河马和鳄鱼，不要把身体的任何部分伸出轮渡外沿。没有救生衣，万一发生意外，大家就得互相帮扶着游到对岸。"在简短的说明之后，渡轮在赞比西河上缓慢而稳定地前进。我以前从未在水上平台上休息过，对岸似乎很远。我觉得最好留在渡轮中间，以免被鳄鱼或河马吞掉，其他人声称，赞比西河里盛产这些动物。当我们终于到达河对岸，也就是北罗得西亚时，我松了一口气。

当我们快速清点人数时，天已经黑了，能见度也变得很差。我们和南非之间的距离越来越远，我感觉到我们的心情都很愉快。但当我们开始走向丁字路口时，我想起纪特森关于安哥拉士兵的警告，又不由得担心起来。我希望很快就能见到我们的联络人。

我们在丁字路口停下来，然后右转，沿着碎石路向东北方向行进。没有见到联络人的踪迹，我们决定三三两两沿着路走。尽管非常担心我们的联络人不出现，但很高兴我们走的是正确的路线。

爱德华·马比特勒和我一起走在病人和步子迟缓的人的前面。他热情地谈论他在约翰内斯堡看过的电影，我们没有注意到已经把其他人远远抛在了后面。我们停止说话，倾听他们的声音或脚步声，但什么也没听到。喊叫或打电话都是不可能的，所以我们决定在路边等待。我们看到一辆汽车从我们刚才来的方向驶来。它开到我们身边停下，但引擎并不熄火，司机用英语向我们打招呼。马比特勒用英语回应，司机让我们搭他的便车。他的提议让我们陷入了一个尴尬的境地，因为我们不能透露自己正在等待团队其他成员这一信息。我转向马比特勒，用索托语说这个人可能是警察，马比特勒礼貌地拒绝了他的提议，说我们只是去隔壁的村庄。

令我们惊讶的是，司机说："你说话是南非口音。我肯定你说不出接下来的村庄的名字。先生们，我是哈利·恩昆布拉（Harry Nkumbula）先生领导下的赞比亚非国大的成员，我们已经帮助了许多流亡的南非人。"为了保护团队的安全，我们不情愿地接受了他的邀请，但不确定是否真的可以信任这个人。马比特勒用索托语对我说，让我坐在前排乘客的座位上，他会坐在后排，并做好准备，如果司机耍花招，就掐死他。

那人在车上向我们做了自我介绍，但他的名字让我对我们的处境感到不安。他边开车边告诉我们，他曾在福特哈尔（Fort Hare）与坦尼森·马基瓦内以及其他赞比亚人一起学习过。他说，赞比亚警察仍然受英国殖民政府控制，他们逮捕难民，他的组织还帮助一些南非难民逃脱了警察的追捕。他的组织一直在寻找受困的南非难民，并保护他们免遭警察追捕。马基瓦内显然已经提醒过他们，让他们留意我们这群人，但我认为这可能是一种想从我们这里打探出更多信息的花招。马比特勒再次用索托语对我说，这个人不会从我们这里得到任何信息。

很快，利文斯顿（Livingstone）小镇的灯光就映入了我们眼帘。车开进镇子聚居区一处私人住宅的院子里，那人关掉引擎，欢迎我们来到他家。我仍然不相信那个人，觉得他可能是在拖延时间，好通知警察来抓我们。马比特勒也有同样的担忧。我们穿过一个大院子，走进房子，令我们惊讶的是，他用洛兹（Lozi）语与一位年轻女子交谈。洛兹语是索托语的一种。那一刻我们才恍然大悟，原来他在车里完全听懂了我们的对话，这让我们感到更加不安和尴尬。随后，那个女人离开了房间，回来时手里端着一些稠粥和山羊肉，分给我们三人。

用餐过后，那个人将我们带到一间卧室，并叮嘱我们做好准备，第二天一早与其他人会合。躺在舒适的床上，我感到从弗朗西斯敦出发的漫长旅程所带来的疲惫。睡意袭来，所有的恐惧和疑虑都被抛到了九霄云外。第二天一大早，男主人叫醒了我们。我们匆忙吃了一顿有面包、茶和煮鸡蛋的早餐。接着，他开车将我们送到利文斯顿火车站附近的一所房子。令我们松了一口气的是，我们终于在那里与团队的其他成员会合了。看到我们平安无事，他们都感到非常欣慰。听起来，他们似乎比我们自己还要更加担心我们的安危。

在等待下一个指令时，我们分享了前一天晚上的经历。我解释说，出于不想暴露团队其他成员的考虑，我们才接受了那个人的搭车提议。团队的其他成员说，他们从丁字路口开始，已经多次休息，以照顾我们的病人同志。就在距离丁字路口不远的地方，联络人坦尼森·马基瓦内开来了一辆小卡车，载着他们到了这所房子。

马基瓦内给我们带来了早餐，有面包、茶和冷饮。吃饭时，他向我们讲述了他流亡生活的一些经历。然后他告诉我们，火车将在一小时内从利文斯顿开往卢萨卡（Lusaka），并警告我们："在到达卢萨卡火车站之前，切勿在任何车站下车。如果你落入警察手里，就很难把你再从监狱里弄出来了。"

马基瓦内陪我们上了火车，并给我们每人发了一张火车票和一些旅途用品。我们都上了同一辆车厢，这样就不会落单。马基瓦内又下了车，在站台上等待发车。他一直站在那里，直到火车离开利文斯顿，前往卢萨卡。

我不太记得那次旅程中的风景了。我坐在来自伊丽莎白港的约翰·恩盖西和来自约翰内斯堡的马比特勒之间，听他们谈论各自在南非的日常生活和各种各样的政治活动。在每个车站都有更多的人登上火车，当我们到达卢萨卡时，我们的车厢已经满员了。

当我们在卢萨卡火车站下车时，发现马基瓦内正在等我们。没有人质疑那天清晨与我们在利文斯顿告别的那个人为何又神奇地出现在了这里。我似乎是唯一对此感到惊讶的人——也许其他人也感到惊讶，但他们没有表现出来。于是我决定将此类事件视为正常现象，眼睛都不眨地就接受了。我们处于"地下"的世界里，因此没有任何事情会受到公开质疑。

马基瓦内把我们带到开往铜带（Copper Belt）的火车停靠的站台。他嘱咐道："你们务必在卡皮里姆波希（Kapiri Mposhi）站下车，布罗肯（Broken）山之后的那站就是。下车后走去卡皮里姆波希长途汽车站，搭乘前往屯杜马（Tunduma）的大巴，到一个叫纳孔德（Nakonde）的小村附近下车。之后，你们得徒步前往坦噶尼喀的边境。除了边防哨所，边境线上倒并不会有巡逻人员。请不要往屯杜马边境哨所的东南边走，那里是尼亚萨兰（Nyasaland）了。"他把买车票和食物的钱分发给每个人，又给了大卫·马什戈一些预备着应急的钱。

我们上了火车，从卢萨卡启程，向卡皮里姆波希驰去。整个旅程中，我们都高度警惕，因为深知只有到了坦噶尼喀才算真正安全。在火车里，我把注意力全放在了遵守安全注意事项上，根本无暇顾及窗外匆匆掠过的风景。直到那天下午，我们抵达卡皮里姆波希时，我一路上悬着心才终于放了下来。

公共汽车站距离火车站不远，我们在距离公共汽车泊车处几米远的售票窗口买到了票。这辆公共汽车看起来饱经风霜，上面的车厢由生锈的铁条组成。我和法兰亚纳先上车，坐在靠中间的座位上，其他人两三个为一组，坐在一起。没过多久，公共汽车就出发开往屯杜马了。我原以为这次旅行会沿着柏油路行进，但很快，我们就转上了一条尘土飞扬的土路。公共汽车发出尖叫声，我的骨头都感觉到了它那可怜的减震器已经失效。灰尘似乎从车子的底板、窗户和车顶渗了进来。和其他人一样，我用手帕捂住鼻子和嘴巴，尽量减少灰尘的可怕影响。公共汽车仿佛流淌的河水一般，在路上蜿蜒前行。

在沿途不同的车站，都有更多的乘客上车。令我惊讶的是，有些人还带着小猪、山羊或小鸡，把它们放在座位旁边的过道。时不时有动物发出像是生气或害怕一样的声音。深夜，公共汽车停下来，司机叫我们下车，在车外找个地方睡觉。在夜空微弱的光线下，我们看起来就像置身于一片满是高大树木的森林中。我们选了一棵大树下的地方，舒展身子躺下，用拳头当枕头，很快就睡着了。早上醒来时，我们看到周围有野生的鳄梨和芒果树，但没摘任何水果。回到车上时，同行的乘客向我们解释说，这些水果虽然属于这里的全体社区所有，但任何路过的行人都可以随意摘取。

我们继续旅程，车子在沿途每个公共汽车站都会停下来。最长的一次停留是在中午，在一个村庄停留了大约两个小时。我们决定三五个人结成一队，四处走走。当地人热情好客，但大多不会说英语。在当地翻译的帮助下，我们还是交流了一番，他们还为我们提供了各种饮料，包括茶和温热的"姆贡博蒂"（mqombothi），这是一种非洲的啤酒，又浓又苦，难以下咽。公共汽车鸣响了30分钟的汽笛，我们就漫步回去了。

在这些社区的经历唤回了我们的活力，我们抖擞精神，继续赶路，并于下午晚些时候到达了纳孔德。我们还在北罗得西亚的土地上，陆续下车后，大家在灌木丛中的一个僻静的地方集合。我们决定兵分两路，步行前往边境。我在马什戈领导的一队里，满普鲁领导了另一个小队。我们这队人先行出发，踏上了一条人迹罕至的小路。两个小队将在坦噶尼喀境内1.6千米处再次汇合。

第 8 章 通往坦噶尼喀之路

当我们到达坦噶尼喀的过境点时，天已经黑了。我们走了大约两个小时才到达边境，那里有一道维修不善的栅栏，栏杆都塌倒下来了。穿过马路后，我们沿着一条人行道来到主干道，这是从北罗得西亚到坦噶尼喀的道路的延续。我们在离大路不远的地方停下来等待满普鲁那队人马。我内心充满了喜悦，我们终于来到了一个自由的国家，在这里，我们不再会被遣送回南非。

我们沿着人行道一直走到了主干道，没过多久，大家就重聚了。一个标牌显示，沃瓦瓦（Vwawa）定居点和姆贝亚（Mbeya）镇在我们的左边，屯杜马在右边。我们向左转，分成两排，朝沃瓦瓦和姆贝亚方向走去，一路上脚步轻快，像出笼的鸟儿一样。傍晚时分，灯光纷纷亮起，和汽车发动机的轰鸣声交相辉映，表明我们很快就会到达建筑区或城镇。

走着走着，我们看见三辆车在前方调头，朝我们开了过来。车子停下后，从最后一辆车里下来了一位女士。她走近我们，说："欢迎大家，我们还担心你们迷路了。"没等我们说完"谢谢你"，她就已经拥抱了满普鲁和马什戈。二人介绍说，这位女士是通尼斯瓦（Tunyiswa），她是一名在姆贝亚医院工作的南非护士。通尼斯瓦告诉我们，1961年坦噶尼喀脱离英国独立后，曾向奥利弗·坦博寻求支援。非国大把医生和合格的护士派遣到全国各地的医院和医疗中心。满普鲁曾帮助其中一些医生和护士越过边境，从南非到达贝专纳兰。我认出另外两辆车的司机是我在弗朗西斯敦领取口粮时遇到过的西南非洲人民组织成员，他们是随西南非洲人民组织领导人努乔马主席一起离开的。

我惊讶地发现，通过非国大，南非人民为一个独立国家的生活质量和自由做出了贡献。我们在一个独立的坦噶尼喀寻找我们自己的自由，我了解到我们为自由做出了贡献，就好像我们自己已经自由了一样。一个不自由的民族如何能够解放另一个民族？这个谜团一直困扰着我。我们自己在独立的坦噶尼喀时，是否获得了自由，或者还没有？我确信我在南非时并不自由。那么流亡也是自由吗？

在路边小小的欢迎之后，通尼斯瓦告诉我们，我们将在西南非洲人民组织大楼里过夜。我们上了该组织的小卡车、路虎车和通尼斯瓦的车，驱车前往位于姆贝亚的西南非洲人民组织大楼，车程大约是两小时。在离开西南非洲人民组织大楼去医院值班之前，通尼斯瓦告诉我们，马基瓦内将于第二天加入我们的队伍。就在通尼斯瓦讲话时，我看到大约有15个人正走向载我们到那里的小卡车。他们没作任何告别，就上了卡车。接待我们的人并没有留意他们——毕竟，他们正在招待客人，介绍他们的设施。所以我以为这一行人是组织的成员。当我们的接待员，两位女士和一位男士，开始为我们介绍西南非洲人民组织大楼时，这些人就开车离开了。洛基·马马托尼亚纳（Rocky Mamatonyana）说，他认出他们是与努乔马主席一起离开弗朗西斯敦的那群人。

尽管遇到了一些小插曲，但接待员仍带我们参观了西南非洲人民组织大楼。这里最核心的区域被划分为用作卧室的大厅、公共浴室和餐厅。随后，他们热情地邀请我们在享用晚餐前稍作梳洗。两位女士领着梅瑟前往她的专用浴室，而我则与其他男士一同进入了我们的浴室。上一次能够好好洗个澡还是在利文斯顿，在赞比西河附近收留了马比特勒和我的好心人家里。我沉浸在温暖的水里，感受那份舒适与惬意，如果不是因为人多需要轮流使用，我恐怕会在水中多泡上一会儿。

洗浴过后，我们享用了由米饭和山羊肉组成的丰盛晚餐。随后，我们来到了大厅，发现那里已经为我们准备好了成捆的席子和毯子。我拿起自己的毯子，闻到了一股人体汗液的味道，显然这些毯子经常被组织成员在外出时使用。由此我推断，接待人员可能并没有充足的时间来保持这些床上用品的清洁。回想起在弗朗西斯敦时切佩住所里的情形，我开始思考，即使是在那里，毯子是否也可能未曾清洗过。我意识到，对于切佩夫人来说，除了日常的家务之外，还要负责清洗如此多的毯子无疑是一项沉重的负担。

当晚，我睡得很香，第二天一早，我们吃到了一顿包含黄油面包、鸡蛋和茶的早餐。餐后，马基瓦内来找我们，他看上去很是疲惫。他告诉我们，一辆卡车已准备好要带我们前往伊林加（Iringa），我们将在那里登上前往达累斯萨拉姆的火车。

马基瓦内消息灵通，他掌握了从赞比亚利文斯顿到坦噶尼喀达累斯萨拉姆的公共汽车和火车票价的详细信息。我问马什戈，马基瓦内是不是在非洲的什么地方长大的，他告诉我他是在南非长大的。当非国大要展开外联事务时，他被赋予了三项临时任务。第一项任务是管理位于达累斯萨拉姆的非国大总部。第二项任务是与北罗得西亚联合民族独立党（UNIP）、非国大以及坦噶尼喀非洲民族联盟（TANU）联络，并保持良好关系。第三项任务是与南非和贝专纳兰的同志保持联系，其中就包括菲什·纪特森和切佩。我意识到马基瓦内是一位非常重要的非国大成员，能够与这样一位激励人心的人物并肩，我深感骄傲。带着这个新的念头，我兴高采烈地向西南非洲人民组织大楼的人道别，他们为我们提供了在去往伊林加的路上吃的三明治。我们竖起大拇指，敬礼，"誓要赢回非洲！"我们与马基瓦内挥手告别后，便登上了那辆篷布卷起的卡车，踏上了前往伊林加的旅程。

清晨时分，我们就启程出发了。卡车在平坦与崎岖的道路上交替行驶，一直持续到了下午稍晚的时候。为了应对这漫长的旅途，我采取了3种不同的坐姿进行轮换。起初，我端端正正地坐着。当感到屁股已经酸痛难耐时，便将重心转移到左半边臀部，如此坐上一段时间，再把重心移到右边。最后，把重心调回中间，稳稳当当地坐好。午餐时分，我们在一片灌木丛中停下来，花了大约1小时来享用午餐。这段休息时间，不仅让我填饱了肚子，还把我酸痛的屁股暂时解放了出来。旅途中，我们还在几个加油站短暂停留过，但直到最终抵达伊林加火车站外时，我的身体才真正得到了彻底的放松。

我们走进车站，令我惊讶的是，站台上站着的是马基瓦内，他一只手插在口袋里，另一只手挠着头。他热情地欢迎我们，并给了我们车票和用于购买食物的现金，就像他在卢萨卡时所做的那样。接着，他又消失了。

太阳渐渐落下，我们在火车站等待着即将到来的列车。在远方，清晰可见的是一片翠绿的山丘，其中一些山坡上还矗立着醒目的岩石。没过多久，我们顺利地登上了火车，由此踏上了前往达累斯萨拉姆的漫长旅程。然而，旅途的疲惫很快便击败了我初始的热情，我在火车的摇晃与铁轨轮子单调的重复节奏中渐渐陷入了梦乡。

当第二天清晨到来，我们在基达图（Kitadu）站停留了很久。我很高兴能够跟其他乘客一起，在站台上悠闲地舒展身体，享受这难得的休憩时光。旅程重新开始后，尽管天气已经相当炎热，但我仍然感到精神焕发。然而，随着气温逐渐升高，空气变得更加潮湿，我感觉到自己的体力在一点点流失。火车的摇晃再次让我感到昏昏欲睡，此刻我只希望我们能够尽快到达目的地。

第二天下午晚些时候，我们到达了达累斯萨拉姆火车站，但湿热的天气并没有缓解。迎接我们的是阿尔弗雷德·恩佐、满普鲁和莫特沙比兄弟的两位同事。短暂拥抱后，他们自我介绍为尼姆罗德·西贾克（Nimrod Sijake）和恩加洛

(Ngalo)。有一瞬间，我想知道我在民族之矛的名字"内内"是否可能是西贾克的真名，他现在用我的真名作为他的名字。在地下文化中，血缘与团结之间的鸿沟对我来说越来越清晰。我没有多问，但他的体格和我父亲的弟弟很接近。恩加洛高大修长的身材让我想起了我们圣约翰学院的体育教练姆克瓦拉先生。两位同志让我们跟上他们，一起出了车站，我一边走，一边回过神来。

第 9 章　卢图里营区

西贾克和恩加洛带我们到了一个停车场，那里停放着一辆卡车和一辆轿车。我们从达累斯萨拉姆火车站出发，驱车前往郊区一处看起来像小农场的地方。在入口旁的院子里，站着两位身着便装的男士。我们下了车，尼姆罗德·西贾克说："欢迎来到卢图里营区。很高兴能在这里见到大家。"就在他说话时，成群结队的蚊子袭击了我们的脚踝和脑袋。

西贾克感谢恩加洛开车把我们从车站送到了到卢图里（LUTHULI）营区。他告诉我们，恩加洛与家人从南非抵达坦噶尼喀后，奥利弗·坦博要求恩加洛支持位于达累斯萨拉姆的非国大总部的日常运作。到目前为止，我还不知道非国大办事处在流亡中的作用。我以为每个离开南非的人都会在接受军事训练后，返回南非参加战斗。我上一次参加军事训练是在马姆雷，那里只有搭在灌木丛中的帐篷，根本没有什么办公室。

恩加洛离开后，西贾克招呼门口站着的一名男子，让他引领那些年长的同志前往另一座大楼。而我们则跟随西贾克来到了主楼，他嘱咐我们最好是在晚餐前洗漱一番。主楼内部宽敞，有 1 个大厅，两端各有 1 个淋浴间、3 个浴室、3 个房间和 1 个厨房。梅瑟住其中一个房间，我们其他人则住在大厅里。最后一个进入大厅的人必须迅速关上门、拉下蚊帐，以防止蚊子飞进来。房子里还有其他男人，但我们不清楚他们的身份，也没人做介绍。

洗漱完毕后，我们吃到了有玉米泥、肉和蔬菜的晚餐。西贾克建议我们晚上就待在室内，并准备好第二天早上 8 点吃早餐。大厅里有好几处都放上了点燃的蚊香，整个房间里烟雾缭绕。我的垫子上覆着一层薄薄的床单，我躺在上面，睡得很香，到了清晨，蚊子就消失了。

我们的早餐是玉米粥、面包、茶和每人一个煮鸡蛋。早餐后，西贾克要求我们立即在大厅集合。他告诉我们，阿尔弗雷德·恩佐、约翰·莫特沙比和奥贝德·莫特沙比将于当天早上启程离开。说着，那几位战友就离开了大厅，坐车走了。西贾克自我介绍说，他是卢图里营区的指挥官，整个营区的管理，以及居住者的日常安排，都由他全权负责。他介绍了自己的五位同事：理查德·特拉贝拉（Richard Tlabela）、姆尼亚马纳·赫拉亚（Mnyamana Hlaya）、诺曼·姆米沙内（Norman Mmitshane）、塞德里克·本古（Cedric Bengu）和唐纳德·马森格拉（Donald Mathengela）。西贾克说，这5人已经是接受过军事训练的民族之矛成员。尼姆罗德·西贾克讲话的最后一项内容，是安排我们的日常生活：

在晨钟敲响后起床；

整理床铺；

在院子里的指定区域集合；

五人一组轮流做饭；

参加早操（除非正在做饭或有医生的假条）；

打扫房间和院子；

按名册参加警卫工作；

上政治课；

参加信息交流会；

按名册协助非洲人国民大会总部的工作；

每天至少洗3次澡。

我想，这一天的工作似乎有点太多了。

星期六和星期天，我们集体去海滩游玩，然后集体返回营地。

我了解到，五名经过培训的民族之矛成员是在等待返回南非期间协助管理营区的。他们昂首阔步，像军人一样互相敬礼，时不时用他们说是中文的语言说话和唱歌。他们向我们夸耀中国教官提供的游击战训练的质量，并为他们的一些教官是与毛泽东主席共同创建红军的人而感到非常自豪。我很欣赏他们口中的中国文化：勤奋、遵守纪律、在尊重他人的同时也能维护自己的立场。这些给我留下了深刻的印象，我迫不及待地想成为一名训练有素的自由战士。

第 9 章　卢图里营区

西贾克强调，卢图里营区主要安置准备转去国外接受军事训练的民族之矛成员。他说非国大还有另一个营区，曼德拉营，里面住的是已经完成军事训练、准备返回南非的民族之矛成员。其他房舍则安置着选择继续深造的年轻人，他们被称为"非国大学生"。西贾克告诉我们，最好能结识一下这些学生，了解他们的情况，因为我们很可能在达累斯萨拉姆的非国大总部见到他们中的一些人。

西贾克的话让我了解了非国大达累斯萨拉姆办事处的重要性。他提醒我们，在我们的家乡南非，国大党运动（the Congress Movement）的领导者——非洲人国民大会（ANC）、南非印度人大会、有色人种大会（CPC）、南非民主党大会、南非工会大会和被取缔的南非共产党的领导人们已被起诉，可能会在利沃尼亚（Rivonia）审判中被判处死刑。西贾克表示，达累斯萨拉姆的非国大总部肩负着为利沃尼亚审判中的被告争取国家和国际支持的责任。他说，我们应该尽自己的一份力量，帮助非国大总部整理和汇编与利沃尼亚审判及南非整体形势有关的信息。

这些信息让我对参加军事训练的重要性和紧迫性有了更深刻的理解。我清楚地认识到，在南非尚未获得自由之前，我们这些自由战士都有可能面临相同的悲惨命运。一种难以名状的黑暗感觉渐渐笼罩了我，因为我深知，一旦回到家乡，我或许也会被捕。我决心努力工作，将南非那些处于危险中的人从绞刑架上解救出来。同时，我也必须确保自己在返回南非时能够躲过追捕。一种崭新的使命感在我心中油然而生。

直到 1964 年 6 月的第二个星期结束前，我一直参加每周两次前往非国大总部的小组活动。当时，总部的工作人员是坦尼森·马基瓦内、埃莉诺（Eleanor）、恩加洛、蒙帕蒂（Mompati）和詹姆斯·拉德巴（James Radeba）。在非国大总部，我发现他们的一项重要工作是制作名为《聚光灯》（*Spotlight*）的信息公报，这份公报每周都会被分发给全球各国的政府首脑、各类组织和具有影响力的个人。我们利用油印机来印制《聚光灯》，这总让我想起在马姆雷丛林营区中用过的那台机器，只是现在这台体积更大，效率可能更高。在印刷过程中，我们必须格外小心，确保油印机上的页面在组装时保持正确的顺序。我深感这项工作的重要性，因为它是我们向世界其他地方传播南非解放斗争这一崇高使命的关键环节。

某个午后，恩加洛让我陪他一起去人民集市，这个距离非国大总部约 300 米远的集市由穆萨·穆拉（Moosa Moolla）经营。当我得知穆拉竟然曾在利沃尼亚农场被捕，并与那些正在家乡接受审判的同志们一起被关进过监狱时，感到大为震撼。他告诉我，他非常幸运，遇到了一个饥肠辘辘的狱警，通过贿赂这名狱警，他得以成功越狱，逃了出来。在此之前，利沃尼亚审判仿佛一块大石头，一直压在我的心头，沉甸甸地令我喘不过气来，但现在，这件事仿佛掀开了石头的一角，我感到了一丝轻松，也看到了一抹亮彩。在我看来，穆拉无疑是一位活生生的英雄，他善用财富，超越了种族的复杂性，在流亡中过上了有目标、有意义的生活。

穆拉说，人民集市义卖会上所售的衣服、毯子等物品都是由不同机构和个人捐赠的。其中一些被出售，为非国大的各项行动筹集资金；另一些则被送给流亡中的南非难民的孩子。他解释道，这些捐助不仅仅是物质上的帮助，更象征着国际社会对正处于困境中的南非人民的深切同情与支持。来自不同国家的这些慷慨支援，给我留下了深刻的印象，激发了我加倍努力工作的决心。

在卢图里营区的前几个星期里，马基瓦内与小组成员进行了一对一的访谈，访谈当事人外的其他成员则去上政治讨论课。之所以进行访谈，是因为非国大总部的管理部门需要建立一个数据库，其中包含我们每个人的信息，家庭住址、近亲属、教育水平和政治背景等。了解家庭信息，是为了万一有成员不幸死亡，非国大能够迅速通知死者的父母或亲戚。我们的民族之矛化名也是数据库的一部分，并且其副本已提供给坦噶尼喀政府。非国大成员的人数也已被通报给了非洲统一组织，以便它能提供相应的物质支持。

抵达后的第二周，我接受了访谈。当我谈到圣约翰学院的姆齐姆库鲁·马基瓦内是我加入非国大的介绍人时，马基瓦内显露出浓厚的兴趣。我再次想知道这两位马基瓦内之间是否有亲戚关系。这是一个巧合，还是马基瓦内只是眼前这位同志流亡时所用的化名？在他的鼓励下，我详细描述了我们在圣约翰学院的一系列活动，包括对《班图当局法》提出抗议、组织学生为非国大提供支持等。然而，当我激动地分享在开普敦我与雷和杰克·西蒙斯相处的那段经历时，他突然停下笔，并合上了笔记本。他打断我说："一个年轻的非国大成员去拜访那些人，真是有意思。"他的语气似乎带着一丝不认同，让我感到困惑。但也许是我多虑了,因为在之后的相处中,他总是表现得非常积极,乐于为我们提供帮助。很久之后,他甚至向我证实,姆齐姆库鲁·马基瓦内其实是他的亲兄弟。由此可见,并非所有流亡者的真名都被埋藏在了地下。

就在同一周的一个晚上,我开始发烧、头晕、出汗,不住地呕吐。西贾克带我去了当地一家名为穆辛比利(Muhimbili)的公立医院的急诊科。当我们进入医院大楼时,我感觉好多了,不再出汗和呕吐。我并不感到疼痛,也不清楚自己出了什么问题,一想到自己可能会错过参加军事训练的机会,就感到恼火。所幸,一位女医生很快就出具了对我的诊疗意见,她告诉西贾克,我因蚊虫叮咬而患上了轻微的疟疾。她一边与西贾克交谈,一边手脚麻利地给我打了一针,并开出了一些药片,让我们去取药。她肯定地说,我的状况并无大碍。这一健康证明令我倍感欣慰,意味着我将能够如期参加军事训练

坦噶尼喀、桑给巴尔(Zanzibar)和奔巴(Phemba)于1964年初联合起来,成立了坦噶尼喀和桑给巴尔联合共和国,达累斯萨拉姆是新共和国的首都。这一联合加强了他们对南部非洲解放斗争的支持,也在不知不觉中加深了我们要与非洲大陆其他国家团结一致的愿望。

西贾克任命了一个由他直接领导的"新闻委员会",成员包括普雷斯顿、丹达拉、萨姆·恩库纳和我。约翰·恩盖西负责把我们召集起来。我们的职责是收听全球各地的广播,阅读非国大总部提供的报纸,搜集有关南非和利沃尼亚审判的最新报道。在特别新闻发布会上,我们的委员会会向其他同志概述我们所掌握的信息。为了让所有人都能参与进来,新闻委员会还提供索托语和恩古尼语的翻译服务。

我并无这样的工作经验,起初,我对在会上宣读委员会准备的新闻稿感到不自信,甚至会读错一些英文单词。然而,同志们反馈说,这些新闻发布会让他们了解了国内和世界其他地区的重要情况,他们积极温和的指导方式也让我深受鼓舞。我很快就获得了自信,并为自己能成为新闻委员会的一员而感到骄傲。在这个过程中,我不仅提升了自己的阅读能力,还学会了如何更好地倾听、解释和向更广大的听众传达信息。很快,我就开始期待每一次的新闻发布会,期待有机会向战友们传递最新的信息。

政治讨论

我们在卢图里营区进行的政治讨论主要围绕非洲人国民大会，其前身南非土著国民大会（SANNC）的宗旨、活动，及其在国大党运动中的作用展开。西贾克为讨论提供了便利，我们还不时聆听政治领导人们的演讲，其中包括 O.R. 坦博、杜马·诺克威（Duma Nokwe）、马卢姆·科塔内（Malume Kotane）、J.B. 马克斯（J.B. 大叔）和坦尼森·马基瓦内。显然，这些领导人并没有使用化名。

无论是从个人的角度，还是从集体的意见出发，我们的演讲者都着重强调非国大的使命在于为新南非奠定战略性的基石。他们深入阐述了南非人民所面临的一项艰巨挑战，即反抗一个以肤色为标准对公民进行等级划分和区别的政府。我珍视他们对非国大成立意义的阐释：它标志着南非人民跨越肤色鸿沟，开启了一个崭新的时代，其宗旨在于团结并引领所有南非人民共同追求国家的统一与全民的福祉。非国大的领导人们向我们阐明，关键的第一步是团结那些被现政府视为原住民的不同族群，他们共同的肤色使他们与白人群体区分开来。这些原住民的团结必须坚如磐石，惟其如此，我们才能将其他社区也纳入到这把保护伞下，大家风雨同舟。

我们的"讲师"追溯了南非社区两极分化的历史根源，详细阐述了17世纪扬·范·里贝克的到来是如何改变了土著社群与土地之间的关系。原本，桑人和科伊人寻求与沿海及内陆社群和平共处，并共享土地与资源。然而，演讲者们指出，这些难以调和的文化分歧逐渐演变成了冲突的核心。他们告知我们，南非白人很快就开始动用武力，排斥那些原本就生活在这片土地上的人们，并强行推行自己的文化霸权。这种态度和持续的不尊重让我感到震惊。

随着17世纪初突击队制度的建立，官方对武力的运用变得更为明显。突击队最初由自由的布尔人（burghers）组成，后来也吸纳了当地土著社群的成员。突击队的成立，背后有着政治、经济和安保等多重目的。政府为了维护自身利益，招募了大批突击队员，利用他们在自由城镇居民与土地被掠走的民众之间建立起了隔离带。在政治层面，突击队会袭击邻近的社群，抢夺他们的牲畜，俘虏儿童、妇女和青壮男子。在经济层面，突击队将这些俘虏卖给需要劳动力的农民和其他行业。突击队的头目们截留了一部分掠夺来的牲畜，把它们据为己有，而非上交给殖民管理者。因为从中谋取了利益，这些突击队员成为殖民制度的维护者。我深知此类掠夺行为会给后代带来怎样的恶果，它让我想起了童年时期在东开普省频发的盗牛事件，以及由此引发的贫困问题。

其后果是，尊重他人财产和福祉的文化被摧毁，而一种新的蔑视文化悄然兴起。在这种文化中，个人可以肆无忌惮地夺取不属于自己的财物。我们的讲师对此进行了深入解释，将这一切与我们国家和社区的耻辱根源紧密相连。我对于那些坚定追求和平共处的祖先们的坚韧精神深感共鸣。我发现，他们的洞察力源自深厚的智慧底蕴和精神状态，这远比《圣经》中"打你的右脸，连左脸也转过来由他打"的格言更为深刻和实用。

卢图里营区的政治讲师指出，尽管殖民机构采取了种种行动和严苛手段，但并未能阻止那些潜在的受压迫者们。他们依然坚持呼吁和平共处、平等获得土地和资源共享。即使在种族隔离法律变得更为严苛，以及1910年南非联邦成立之后，那些致力于为新南非奠定基础的人们也从未失去希望和勇气。

为了强化他们对团结的追求，以及对平等获取土地、资源和机会的决心，南非土著国民大会作为一个政治工具在1912年应运而生。随着国家的迅速工业化和城市生活方式的广泛影响，南非土著国民大会在南非各地采取的策略和方法都根据这些变化进行了相应调整，以实现其初始目标。因此，我认为南非土著国民大会在1925年更名为南非国民大会，并最终定名为非洲人国民大会，是顺应时势的合理之举。据我们的讲师介绍，南非土著国民大会坚守的信念是，在历经近300年的殖民定居后，每一位南非公民，无论肤色如何，都应被视作"非洲人"。非国大反对将南非人简单地归类为班图人、有色人种、印度人或白人，而是倡导美美与共的非种族主义的理念。第一次重要的非种族动员——针对1952年不公正法律的反抗运动——已进入了高潮阶段。

《自由宪章》

1955年，在约翰内斯堡郊外的克利普敦（Kliptown），非国大为团结南非人民并引领他们走向统一国家的不懈努力终于取得了显著成果。来自各行各业的南非民众汇聚一堂，共同为国家的未来擘画蓝图。在非国大的主导下，《自由宪章》

获得了一致通过，人们郑重宣告："南非是所有居住在这片土地上的人们的共同家园，不分肤色，无论黑白。"这一誓言标志着黑人与白人将共同奋斗，为一个包容、和谐的南非而努力。我深感欣慰，因为我们正迈入一个新的时代，继续推进那些数世纪前就已提出并在《自由宪章》中得以明确的原则。1956—1961年的叛国罪审判中，156名被告最终被判无罪，这无疑是对新南非未来充满希望的最好诠释。然而，叛国罪审判刚刚落幕，非国大便意识到有必要成立民族之矛组织，以应对接下来的挑战。

我们的讲师特别指出，民族之矛并非一个新兴的组织，而是作为非国大的军事分支存在，它是实现非国大初始目标和宗旨的一种重要方式和手段。民族之矛的行动是专门针对种族隔离制度的，而非针对白人本身，只是在种族隔离制度的支持者中，白人占了多数。重要的是，民族之矛并不是非国大的复仇手段，它建立的真正目的，在于确保能够和平过渡到《自由宪章》中所描绘的未来。非国大的成员们应当深刻认识到，他们不仅是领导者，更是促成团结的关键因素。

随着1963年10月利沃尼亚审判的开启，我们的政治课程被迫中断。我们将目光转向了南非的政治形势及政治犯的待遇问题上。政治讨论暂时搁置，我们开始关注如何为营救政治犯贡献自己的力量。我获悉，非洲人国民大会总部正投入大量资源，以营救那些在利沃尼亚受审的国大党运动领导人。

宣判日近在眼前了，国大党运动的诸位领导人，包括O.R.坦博、杜马·诺克威、马卢姆·科塔内、J.B.马克斯大叔、穆萨·穆拉以及坦尼森·马基瓦内等，以及来自曼德拉营区的一些成员，每日都会聚集在卢图里营区。他们来此向我们阐述非国大的努力方向，并探讨我们能提供哪些具体的帮助。已经受过培训的同志们和我所在小组的同志们一致认为，鉴于家乡当前的局势，我们非国大必须采取果断有力的措施以应对。

那些已经接受过军事训练的同志们对于接下来的行动持有两种不同观点。一部分人主张，由于非国大已经拥有各类武器，南非各地的成员应该保持低调，静待宣判之日的到来。届时，我们将如同民族之矛在1961年12月那样，突然且同时发起攻击。而另一部分人则认为，应组建一支特别行动队突袭比勒陀利亚，闯入法庭解救被告。这两个提议都很有吸引力，但我想知道，我们是否具备了在短时间内将所有人送回南非的军事和政治能力。

J.B. 马克斯大叔对这些观点表示了欢迎，但他也指出，非国大无法通过敌对国家来运输民族之矛的成员及其武器，否则将会引发不利的后果。非国大并没有适合这种高风险行动的飞机或武器，即便我们有这样的装备，也不能侵犯他国的主权，因为那样做可能会有引发战争的风险。我进一步了解到，如果我们能够做出某些具体的贡献，落在实处而不是仅是空谈，那殖民政权就会变成一只脆弱无力的纸老虎。

领导人的意见让我对这些论点有了新的认识。我们被要求仔细权衡任何军事行动可能带来的影响。领导人提出，受审者中有雷蒙德·姆拉巴（Raymond Mhlaba）和安德鲁·姆兰吉尼（Andrew Mlangeni）两位，他们在中国接受了军事训练，刚刚返回南非。非国大的所有行动都要经过仔细斟酌，以免让比勒陀利亚殖民政权抓住把柄，反而成为他们绞死受审者的理由。当领导人们感谢我们那些善意的想法，感谢大家进行了富有成果的讨论时，我觉得自己已经学会了如何尊重那些持不同意见的人。这些讨论得出的结论是，非国大必须大力呼吁国际支持，以营救在利沃尼亚被指控的人，使他们免遭死刑。

随着宣判之日的迫近，周围的气氛愈发紧张。1964年6月12日，南非的冬天，达累斯萨拉姆的天气却炎热而潮湿，我们近40人挤在卢图里营区的大厅中，全神贯注地聆听着收音机。当听到"所有人均被判无期徒刑"的判决时，虽然看起来有些奇怪，但所有人都如释重负，松了一口气，随即欢呼雀跃起来，高呼："同志们得救了！"我们由衷地感到欣慰，因为这意味着在未来的某一天，当我们重返家园时，他们依然活着。

第 10 章　通往埃及之路

随着利沃尼亚审判的落幕，我们的团队也经历了一些变动。在同月的某个日子里，我们接到了通知，要做好第二天启程的准备。由于我们并无多少财物需要收拾，这次准备更多的是心理上的调适——以应对即将到来的未知旅程。我们等待着。

第二天早上，两辆侧面和背面的篷布卷起的卡车抵达了位于达累斯萨拉姆郊区名为特梅克（Temeke）的卢图里营区，车上已经装满了沿途要用的东西。一辆卡车里装着一桶 44 加仑的水、一些木柴和锅具。另一辆卡车载着一袋玉米粉、半只山羊的肉、用粗麻布袋包裹的面包、勺子和几把切肉和面包用的刀，以及当作盘子用的锌箔。

我们在院子里分成两组集合，一组是那些在我们抵达之前就已经在此的人，梅瑟也在其中。另一组规模更大，包括我在内，都是即将去参加军事训练的人。让我惊讶的是，唐纳德·马森格拉也加入了我们这一组，尽管他已经在中国接受过训练。然而，很明显，他的身份和丰富经验并没有让他排斥与我们这些经验不足的成员一同接受培训。我内心充满了兴奋和期待，更重要的是，我看到周围的每个人都流露出同样的激动情绪。兴奋雀跃的气氛弥漫在整个卢图里营区的院子里，因为我们即将离开，踏上真正的军事训练之旅。

在清点完人数后，西贾克祝福了我们，并遵循非国大总部的建议，任命恩盖西和马什戈担任小组领导。他特别强调了领导人的职责，包括维护纪律、推动有序的政治讨论、与官员和其他组织成员保持沟通、组织娱乐活动，并就他们所面临的任何挑战与团队进行协商。

我们排成一列，与留守的战友们一一握手、紧紧拥抱，进行深情的告别。我被安排在了第二辆卡车上，与我们同行的还有恩盖西，他担任我们的领队。司机和副驾驶已经坐在了驾驶室内，准备就绪。车后只有我们和一堆补给品，仿佛与世界的其他部分都隔绝了。我们即将踏上未知的旅程。

当我们驾驶的两辆卡车缓缓驶出被围栏环绕的卢图里营区时，看到那些被我们留在身后的战友们脸上写满了沉重与不舍，我们心中涌起了一股悲伤。而西贾克站在营区的出口处，向我们下达了最后的指示：务必用篷布将每辆卡车都遮盖起来。

我不知道我们是向南还是向北行驶。我只知道我们要离开达累斯萨拉姆，但去哪里完全由司机决定。发动机的轰鸣声成了我唯一的指引和方向。由于没有长凳，我们只能不断地调整自己的姿势，以求更加舒适。在这漫长的旅程中，短暂的睡眠和白日梦交替出现，然而，车子频繁的起停和路上无尽的颠簸总是打断我们的休息。在封闭的卡车漆黑的车厢里，白天和黑夜缠在了一起，变得难解难分。

在漫长而单调的行驶之后，卡车终于停了下来。车厢后方的篷布被掀起，我们被告知可以下车稍作休息。我们纷纷跳下车，伸展着僵硬的肌肉，让血液循环重新恢复正常。环顾四周，除了灌木丛生的荒野，别无他物。大约休息了15分钟，我们便重新上路。行驶中，不断出现的上坡下坡、坑洼不平的路面，卡车的颠簸与突如其来的平稳，都已成为我们旅程中不可或缺的一部分，我坦然接受了这一切。随后，我们在一片荒凉之地再次停下。司机告诉我们，这里是蒙博（Mombo）区。在这里，我们享用了午餐，简单的果酱面包搭配清凉的饮料和水。过了一个半小时，我们再次出发，继续前行，就这样一路开进了暮色四合。到了晚餐时间，我们停车休整。司机告知我们，此处仍在坦噶尼喀与桑给巴尔联合共和国的边界之内，具体是在莫希（Moshi）的西北部，著名的乞力马扎罗山脚下。尽管夜色中无法看到那座巍峨的山峰，但我猜测我们一直在向北行进。我们打开卡车的前灯，照亮了一片空地，生起了篝火，然后开始烹煮山羊肉和玉米泥。吃完饭后，我们把自己安排在卡车周围和下面睡觉，用我们的小行李包裹当枕头。这一夜，温暖而宁静，我们有足够的空间来舒展身体。

第二天清晨，四位司机早早地唤醒了我们。我们迅速生火，熬煮了香浓的粥，烧开了水，冲泡了香醇的茶和咖啡，再配上柔软的面包和甜美的果酱，这顿饭真是香甜美味，我们吃得心满意足。

饭后，我们清洗了锅具，用沙土将火势彻底扑灭，然后便重新踏上了旅程。一路上，我们停靠了许多站点，其中停留时间最长的是肯尼亚边境的纳曼加（Namanga）哨所。之后，我们继续一路向北。在司机与移民官员交谈时，我们并未被要求下车，但我偶然间听到一名司机提及我们的目的地是内罗毕。随着第二天的旅程接近尾声，我们明显在向北方行进。当晚，我们在肯尼亚纳库鲁（Nakuru）的一个卡车车站过夜。享用完剩余的肉食后，司机又买来了香蕉、茶和咖啡，与我们的面包一同享用。夜幕降临，我们准备睡觉。天气很温暖，我感到很惬意。

第三天，司机们又早早地唤醒了我们，并告知我们即将享用一顿简朴的早餐。他们估计，距离我们的目的地大约还剩下半天的车程。我相信那里就是我们要接受军事训练的地方。我们表达了谢意，就仿佛已经抵达了目的地一般。我们内心澎湃，好像随时都要唱起自由的赞歌，然而，安全条例却限制了我们的这项自由。在离开纳库鲁之前，我们补充了水、山羊肉和面包。

我们在肯尼亚和乌干达之间的马拉巴（Malaba）河边的边境哨所停了下来。值得庆幸的是，边境两侧的移民官员没有检查卡车或索要我们的证件，因为我们都没有携带官方证件。每次过境时，我都希望之后的路面能更平坦一些，但到目前为止，这个愿望还没有达成。

我们驶入乌干达境内没多久，就在一个名为索罗蒂（Soroti）的乡村停下来，当我们从卡车后厢跳下来时，受到了两位热情好客的绅士的欢迎。其中一名男子身材魁梧，肤色深邃，有宛如一位重量级拳击手般的体魄，他浓密的头发在右侧分出一道清晰的分界。而另一位男士则胡须整洁，体态矫健如运动员，口中叼着烟斗。他们向我们透露，自己曾就读于福特哈尔大学，并与杜马·诺克威、坦尼森·马基瓦内等学生建立了深厚的友谊。要么是这两位乌干达先生没有自我介绍，要么是我在异国他乡因投身于解放斗争而倍感兴奋，以至于忘记了他们的名字。

十位女士在附近建筑的厨房里热火朝天地准备着午餐。在受到主人们的热情欢迎后，我们被邀请到一个舒适的地方享用午餐。年长的同志和司机及东道主在同一个房间里就座，女士们则陆续端上了一盘盘美味的肉、米饭、蔬菜和清凉的饮料。整个午餐期间，轻松愉快的气氛让我感到就像回到了家中一样。午餐结束后，两位先生带领我们前往一个类似于寄宿学校的地方，我们在那里洗了温水澡，随后被安排到 3 个宽敞的房间休息。

那日晚餐，我们吃到了山羊肉、木薯面包和蔬菜杂锦，这是自离开达累斯萨拉姆后，我们首次品尝到如此正式的餐食。夜色将至，主人为他所提供的简陋睡眠条件表示抱歉，说仅有垫子、几个枕头和毯子，或许不够舒适。但他们不知道，这些简单的垫子和毯子对我们来说有多么珍贵！另外两个房间容纳了 18 位同志和四名司机。而我们 12 人则共用第三个房间，将毯子卷起作为枕头，安然入睡。司机提醒我们，前方的路况不佳，因此他们计划在凌晨 3 点左右叫醒我们，继续前行。

我很清楚，我们整个团队的命运前途目前完全仰赖于这两位卡车司机。我们当中无人知晓身处何地，更不知目的地在何方。通过交谈，我还察觉到，我们中无人了解司机是否在自掏腰包为我们采购食物，以及给卡车加油。我们唯一确知的是，自己将投身于军事训练，因此在夜色尚浓的时刻，便匆匆离开了索罗蒂，没有与主人道别。

正如司机之前所警告的，道路崎岖难行，我们的卡车不得不时常减速。在停车吃早餐时，司机向我们解释说，我们必须在当天早上 8 点到 10 点之间抵达乌干达与苏丹的边境哨所。之后，我们将继续行驶大约 160 千米，前往朱巴（Juba）。到达朱巴后，我们的司机会返回达累斯萨拉姆，而我们则将由苏丹当局接手继续护送。这让我们猜测，我们的军事训练可能会在苏丹境内进行。

穿越非洲大陆

我们从非洲南端出发，历经陆地长途跋涉，跨越了无数的边界和河流，似乎正朝着非洲北部的某个地方前进。虽然司机对我们的目的地了如指掌，但我们这些乘客却对此一无所知。难道每个人都对这次行动的具体信息守口如瓶吗？这个想法确实令人感到不可思议，对于我们的背景而言，它甚至显得有些超脱现实。保密原则无疑是为了维护组织的安全与秩序，然而，在不知晓最终目的地的情况下穿越整个大陆，这确实需要极大的信心和勇气。好在我们一路上都受到了热情的接待，并被告知我们将被移交给苏丹方面的人员。在这一过程中，为确保一切能够顺利进行，信息的共享与协调显得尤为重要，所以我深信，在这场行动的背后，一定有人对整个计划了如指掌。而我，始终怀揣着成为一名自由战士的渴望。这份强烈的愿望消除了我内心的所有疑虑和恐惧。我对我们所经过的那些摆脱了殖民统治的国家深感着迷。对于一个像我这样习惯了南非那种排他性法律环境的人来说，眼前这种充满包容的状况简直让人难以置信。在南非的生活与这些自由国家的公民生活相比，有着天壤之别。而流亡中的营区生活也显得相当原始，完全无法与作为社会成员所能享有的种种待遇相比。与我在非洲独立国家的经历相比，无论那些体验是优越还是艰难，我在南非的生活经历都显得暗淡无光。然而，南非正等待着解放。当我离家越来越远，逐渐接近苏丹的时候，我深刻地意识到，自己正在不断地武装自己，努力成为那个美好未来的一部分。

享用完早餐后，我们重新踏上了旅程。接下来的目的地是位于乌干达与苏丹交界的尼穆勒（Nimule）边境哨所。令我们感到惊讶的是，移民局并未对卡车上的货物进行详细检查，而且处理我们过境手续时也很迅速。从哨所出发后，我们又历经了数小时的行程，最终抵达了苏丹南部的朱巴。

我们的卡车停在了一堵高高的长墙旁，我们纷纷下车。出乎意料的是，司机把我们引荐给了五位身着制服的人员。在我们检查是否有物品还落在卡车上的时候，小组内的一些成员猜测这些穿制服的人是士兵，而其他人则认为他们是警察。我也有些蒙了，因为他们身穿的制服与南非警察的制服颇为相似。值得注意的是，这五位人员的肤色都比较浅。

其中一名身着制服的男子自我介绍说，他是苏丹军队的一名少校。他与带我们来的四位司机简短商议后，领着我们来到了距离长墙大约180米远的两顶白色帐篷前。我们走进了其中一顶帐篷，发现帐篷里配备有桌子和木凳。而在另一顶更大的帐篷内，更多身着制服的人员围坐在一张桌子旁。少校向我们敬礼，并用马什戈说是阿拉伯语的语言讲话。马什戈曾是第二次世界大战期间围攻托布鲁克（Tobruk）的南非军队的一员，显然还记得当时掌握的一些阿拉伯语。

苏丹军人邀请我们坐在桌边。其中一人自我介绍说，他是军事基地的指挥官，基地就在长墙的另一侧，离我们的帐篷很远。他们向把我们安全送抵苏丹的四名司机表示感谢，并祝他们返程顺利。然后，指挥官代表苏丹政府欢迎我们，他说："苏丹正遭遇着来自南方的不怀好意的小股部队的袭击。在朱巴附近，听到枪声时，你们不必担心。局势已得到控制。"指挥官说，吃完饭后我们就要乘船离开，这段旅程为期两天，直达喀土穆（Khartoum）。

大约七名年轻人，身穿士兵制服，戴着头巾，为我们端上了一盘盘香气扑鼻的蛋肉炒饭。现场的氛围十分友好，大家用英语交流，言语中流露出亲切与幽默。用餐结束后，我们与四位司机依依惜别，看着他们走向卡车，心中满是不舍。指挥官给我们每人发了一些当地货币，好让我们在前往喀土穆的旅途中购买食物和饮料。随后，他和另外五名男子陪着我们来到白尼罗河的海湾，那里有一艘船正等着我们。他们告诉我们，苏丹军队的人已经在喀土穆等着迎接我们。苏丹军方对我们的特别关照让我非常感动。我们感谢他们的盛情款待，热情地与他们挥手作别。他们则以军礼作为回应，然后转身离开。

令我感到惊讶的是，船上竟然有男士身着长裙。我们选择了一处封闭的休息区安顿下来，老同志提醒我们要保持警觉，以防被尼罗河沿岸的商贩诱骗并拐卖。这番话让我对船上的其他乘客都保持了高度的警惕，因此，在前往喀土穆的整个旅途中，我都紧紧地跟在老同志身边，确保自己的安全。

当我们的船缓缓停靠在喀土穆渡轮码头时，我们满怀期待又有些焦虑地在一座小建筑外等候之前联系好的军事人员。在等待的过程中，我观察到朱巴和喀土穆两地居民在肤色上有着显著的差异：朱巴的居民肤色较深，而喀土穆的居民则肤色较浅。这种差异让我感觉这两个地区仿佛分属于不同的国家。

这时，两名身穿军装的男子从附近的大楼里走了出来。他们用英语对我们表示了欢迎，并示意我们跟随他们。在他们的带领下，我们来到了停车场，那里有一辆大巴车正在等候。他们告诉我们，已经为我们在喀土穆的一家酒店预订了房间，我们可以在那里过夜休息，第二天上午10点再出发。他们说话直接、简洁，这种开门见山、平铺直叙的交流方式给我留下了深刻的印象。

我们随同两位军人一起乘车前往喀土穆的酒店。他们为我们安排了晚餐和次日的早餐，我们被分到不同的楼层住宿——我和维克多·恩苏马洛、杰克逊·费福（Jackson Phefo）和萨姆森·莫迪萨内（Samson Modisane）在同一楼层，共用一个房间。住酒店，对我来说是前所未有的体验。周围的一切都让我感到新奇而着迷。虽然旅途劳顿，以致我没有记住酒店的名字，但我依然被酒店的奢华所吸引，尽情享受着这份难得的舒适。在我的床上方，悬挂着一顶蚊帐，上床睡觉仿佛是爬进一个网状的帐篷，这种感觉十分有趣。喀土穆的天气异常炎热，即便是在夜晚，气温也几乎与南非白天的温度相当，但我依然在这里度过了一个安稳的夜晚。第二天清晨醒来时，我感到神清气爽，仿佛整个人都焕然一新。

洗漱后，我和室友们一同前往位于酒店一楼的餐厅享用早餐，包含新鲜的面包、美味的肉类和营养丰富的牛奶。在餐厅里，我注意到大多数女性都身着黑色长裙，而男性则穿着白色长裙。我们吃完准备离开餐厅时，其他人才陆续来用餐，他们开玩笑说我们真是饥肠辘辘，一大早就急不可待地来享用美食。

没过多久，一位身着制服的主管急匆匆地走了进来，他急切地催促我们迅速收拾好个人物品，准备出发。显然，时间紧迫，我们立刻飞奔回自己的房间，迅速整理好行李，内心对接下来要在苏丹接受训练充满期待。我一直渴望能穿上他们的制服，融入这个集体。

主管带领我们来到停车场，那里整齐地停放着两辆军用卡车。他指挥走在前面的人上了一辆卡车，其余的人则上了另一辆。当所有人都上车后，车篷布被拉了下来，我们再次被笼罩在一片黑暗中。然而，此刻的我们并不在意这些，因为我们感觉自己就像真正的士兵一样，穿着制服，肩负着使命，准备踏上新的征程。

卡车在经过漫长的行驶后终于停了下来。我们下车后，映入眼帘的是一排排各式各样的飞机。没过多久，我们就被引领向其中一架。穿制服的主管从通往飞机的舷梯旁让开，示意我们上飞机。虽然舷梯看起来有些摇摇晃晃，但我在攀爬过程中全神贯注，小心翼翼地确保每一步都稳稳当当。一位穿着便装的男士引导我走向一个靠窗的座位，并帮我系紧了安全带。他郑重地告诉我，只有在到达目的地后才能解开安全带，但他并未明确透露我们的具体去向。这是我第一次坐飞机，对我来讲有着历史性的意义。我紧张地坐在座位上，生怕任何微小的移动都会破坏飞机的平衡。

我的座位恰好位于机翼上方，让我不禁遐想，当机翼像鸟儿的翅膀般挥动时，我会有什么样的反应，是否会惊慌失措。我的内心交织着恐惧与期待，坐在我旁边的马什戈脸上也带着一些紧张，但他依然保持着冷静。突然，飞机右侧传来一声震耳欲聋的轰鸣，吓了我一大跳，但马什戈立刻安抚我，说那是发动机正常启动的声音。紧接着，飞机左侧也传来同样惊天动地的轰鸣和爆破音，飞机开始剧烈颠簸，连我身下的座位都跟着颤抖。那一刻，我深刻体会到，面对死亡，人类是如此的无力。我紧闭双眼,头部紧紧靠在座位上,再然后,摇晃突然无缘无故地停止了,引擎的轰鸣声也变得平稳而低沉。我睁开眼,感觉到座位上传来了一股强大的推力。我望向窗外,看到机翼仍稳稳地固定在机身上,并没有像我想象中那样挥动,这才松了一口气。

窗外的风景美得令人窒息,我们穿越云层,仿佛能够触碰到天空的边际。放眼望去,只有地平线与天际交会处的一抹蓝。接着,飞机就像一颗被弹起的足球,又迅猛地向地面降落。我透过窗户,看到我们重新回到了大地的怀抱。飞机刚稳稳地停在地面上,我就迫不及待地解开安全带,紧随马什戈的脚步向出口走去。在停机坪上,两名穿着白色军装的男子将我们从人群中引导出来,他们仔细地清点了我们的人数,确保一个不少,随后带着我们进入了一个特别的大厅。在这里,我们受到了一位自称是姆兹万迪莱·皮利索(Mzwandile Piliso)的男士的欢迎。

皮利索身高只有 1.5 米多,穿着深色西装,举止完全是一副校长的派头。他用友好的声音告诉我们,他是非洲人国民大会驻埃及的代表。他向我们介绍了在此地的安排,说:"你们将在开罗大学度过一周的时间,接受阿拉伯语口语指导。那周之后,将前往开罗郊外接受军事训练。你们是阿卜杜勒·加梅尔·纳赛尔(Abdel Gamel Nasser)总统的特邀嘉宾,到了这个层面,就需要有高度的纪律性。军事训练完成后,我们将送你们返回达累斯萨拉姆。"

他向我们致以诚挚的祝福,希望我们在接下来的军事训练中一切顺利,同时表达了他对我们能够享受每一刻训练的信心。离开机场大厅后,两名军人驾驶大巴车将我们送往开罗大学。虽然大学里人来人往,热闹非凡,但我们住宿的地方却空无一人,显得格外宁静。我们被安排住进了三间宿舍,每间宿舍都住有十个人。随后,军方的导游带领我们参观了训练大厅,我们会在这里听课。

第二天,我们正式开始了课程。授课的老师是一位身材高大的中年男士,他热情地欢迎我们的到来,并介绍说,这次培训的主要内容是讲授军事装备的名称。只有掌握了这些基础知识,才有资格去上进阶课程。我明白,我们暂时待在大学里,是为了弥补军事知识和经验的不足。老师拿着一把手枪站在我们面前,开始讲解。他右手握着笔,在黑板上从左到右写下了"手枪"的英文名称。然后,在这个英文单词的下方,他又从右到左写下了对应的阿拉伯语名称。这一切对我来说都是那么新奇、有趣而又充满挑战，我感到既困惑又着迷。我感受到了大学里那种浓厚的学习氛围，认识到了它的重要性。

我了解到，在这里，人们对周五的看法与南非人对周日的看法是一样的，那是人们聚在一起祈祷的神圣日子。

萨卡学院

在一个周日的早晨，我们三十人离开了开罗大学，前往一个名为"萨卡"（SA'KA）的军事训练营。据我们的两位军人向导介绍，这个训练营距离开罗大约50千米。营区占地面积很大，就像一个小镇。我们一行人被分配到一个军营一楼的露天寝室，每人都有自己的床和储物柜。更令人兴奋的是，我们领到了没有军衔徽章的军装，这满足了我长久以来未说出口的心愿。

第二天清晨，我们按照军人的标准着装要求，穿上了军用内衣、背心、衬衫、裤子，裤子用一条结实的军用宽皮带扎好，再穿上袜子和靴子，整个人都显得英姿飒爽。军帽紧紧地扣在我的头上，面罩则遮住了我的脸庞。我把水瓶塞进腰带，紧紧地挂在身边。这一切都是沙棕色的。我们在营房一楼集合，这是我离开南非后第一次脱下便装。我自豪地环顾四周，看到大家都在称赞彼此的新面貌。这时，一名阿拉伯军官走到我们这支约三十人的队伍面前，严肃地命令我们站成三人一组的纵队，按照从高到矮的顺序排列。他大声地喊着口令："左；左；左；左右左"，然后是"前进！"我们按照口令，整齐地挥动手臂，步调一致地行进到一个巨大的阅兵场上。阅兵场上已经挤满了人，他们都已经排好了队形。我粗略地估计了一下，那里至少有五百名士兵。一些队列高举着标明他们原籍国的旗帜。看到这一幕，我忍不住猜想，这些人可能都是南非解放斗争的一部分。我感到快乐的积极能量在我的血液中涌动，精神也随之振奋起来。

军官叫我们立正，然后走向站在阅兵场中央台阶前的军官们。他敬了一个军礼："将军！队列已准备就绪，听候您的指挥！"

将军回以致意，然后，他迈步上了两级台阶，站到了更高的地方。他俯视我们所有人，用洪亮的声音自我介绍说，他是艾哈迈德·穆罕默德（Ahmed Mohamed）将军。将军站在阅兵场上，离我们一行人约20米远。在他的沙棕色短袖军装下,他的肱二头肌和胸肌随着他的每一个手势而移动。他身高超过1.5米,有柔道或摔跤高手的风范。虽然他的外表给我留下了深刻的印象,但我更期待见到他的长官们。马什戈和乔治·谢伊曾告诉过我,在军事编队中,最重要的军衔是下士和军士长。我向往的军衔就是下士和军士长。我觉得自己明白了,将军肯定比这两种人级别低。

然而,让我感到困惑的是,在穆罕默德将军简短几分钟的欢迎词中,并未提及下士或军士长。将军表示,他是负责我们在萨卡的整体训练的主要高级军官。借助英语翻译,他强调:"今年,加入到我们中来的国家比以往任何时候都多。我欢迎来自叙利亚、约旦、阿尔及利亚、黎巴嫩、埃及的军官,欢迎巴勒斯坦解放组织(PLO)的兄弟,并特别欢迎来自坦噶尼喀和桑给巴尔联合共和国的客人。希望每个参与者都具备课程所要求的韧性、耐力、远见和决心。在上一期培训班中,有三分之一的学员中途返回了各自的单位。这是一个为有志成为未来军事领导人的年轻军官设计的著名课程。只有最优秀的人才能成为公认的特种部队成员和领导人。我和我麾下的官兵将确保你们享受所提供的课程,同时也确保你们发挥出自己应有的水平。"

很显然,地下法则仍然存在。根据新的地下逻辑,我和非洲人国民大会的同志以及西南非洲人民组织的同志现在都是坦噶尼喀和桑给巴尔共和国的公民。尽管我们走遍了整个非洲,但谁也没有旅行证件。我们已经不是过去的我们了,我们的国家在将军的计划中也没有任何地位。我们被赋予了假身份和假原籍国,因为我们的行动是秘密、隐蔽和非法的。

回想我们的处境,我记得抵达达累斯萨拉姆时,它是坦噶尼喀共和国的首都;当我们离开时,那里成了坦噶尼喀、奔巴岛和桑给巴尔的联合体,正式名称为坦噶尼喀和桑给巴尔联合共和国。将军可能对这一政治信息和我们从达累斯萨拉姆出发的事实进行了解读,认为在军事交流的背景下,我们是东非转型的重要组成部分。站在阿拉伯联盟(阿拉伯语国家的联盟)所有国家的立场上,我得出的结论是,要在埃及接受培训,必须经由埃及政府和非国大之间的协议达成。每个队列都打出了自己国家的旗帜;巴解组织尚未解放他们的国家,没有旗帜。人人可见我们就在这里,但我们没有名字,也没有旗帜,只是表面上来自坦噶尼喀和桑给巴尔联合共和国。然而,从更深层次的意义上来说,我深知自己身为南非人的身份和责任。我来这里接受训练，不仅仅是为了提升军事技能，更是为了南非的解放事业而奋斗。我渴望成为最优秀的人之一，将军的欢迎词深深地鼓舞了我。

穆罕默德将军祝愿我们大家都能享用一顿丰盛的早餐，之后他将阅兵仪式的指挥权交给了他的下级军官。在离开阅兵场之前，我们的民族之矛小组被编入了一个更大的埃及部队中。我们迈着大步走向餐厅，只见一排排桌子上摆满了丰盛的食物，包括鸡蛋、蔬菜、面包、葡萄和各种软饮料。带领我们前往餐厅的军官声音洪亮地强调，我们必须严格服从将军的命令。

当我们站在那里等待的时候，我不由自主地咽下了口水。穆罕默德将军走进大厅，他站在其中一张桌子旁，用阿拉伯语向我们发表讲话。突然，他中断了自己的演讲，大声吼叫道："敌人进攻了！快躲避！"

在这突如其来的命令下，没有任何明确的指示，我们全都涌向餐厅的三扇大开的双门，争先恐后地冲了出去。我看到一些士兵在奔跑的过程中，匆忙地抓起鸡蛋、葡萄和面包片塞进自己的口袋。我的饥饿感也诱惑着我去效仿他们，但我最终还是选择和我的战友们一起，迅速从餐厅逃离，成为穿着沙色制服、难以辨认的匍匐前进的人群中的一员。我们沿着斜坡，一波接一波地向前爬行，像移动的沙丘一样。在爬行的过程中，我们不得不爬过坡底小溪的恶臭水流，然后艰难地爬上对面的斜坡，在松软、滑动的沙子上继续前行。我的口袋里装满了沙子，这时我想起了那些顺手拿食物的人——他们口袋里的面包、葡萄和鸡蛋现在一定已经变成了食物、沙子和脏水的混合物。我看到一些军官在爬行的人群边缘行走，脸上带着微笑，这时我才意识到，这并不是真正的敌人攻击，而是具有迷惑性的军事演练的开始。从那一刻起，我明白了如何才能成为最优秀的人：永远不要拿不属于你或没有给予你的东西。有些人没有遵守这个原则，他们从食堂拿走的葡萄、鸡蛋和面包在口袋里变得无法食用，这成为他们违反规则的教训。同时，我也清楚地记得，我们决心要用我们的政治胜利，让被曾被窃取的果实在殖民者及其合作者的口中变得苦涩难咽。这是我们为之奋斗的目标，也是我们坚持不懈的动力来源。

在士兵们失望的抱怨声中，我深刻地意识到，无论何时何地，严格遵守纪律标准都是至关重要的。军官们随后命令我们按照单位整队，并再次用阿拉伯语对我们进行训话。当我们终于接到命令返回餐厅时，已经是凌晨时分了。餐厅里的桌子已经重新布置好，看不出任何先前混乱的痕迹。当我们站在桌旁，聆听穆罕默德将军用阿拉伯语发表的演讲时，我感到疲惫不堪，饥饿难耐。最后，他指示我们享用这顿丰盛的晚餐，并要求我们在 20 分钟内回到我们新成立的小组中集合。

离开餐厅后，我们来到了演讲厅。穆罕默德将军在众多军官的陪同下发表了演讲，这些军官的级别从上校、中校到准尉不等。其中一些人还承担了英语翻译工作，不过据我观察，他们应该都是埃及国民。

演讲厅被设计得像一个电影院，座位排列成面向舞台的分层半圆形。穆罕默德将军在讲台上发表演讲，我意识到这改变了学员和军官之间的权力关系。学员们坐在高处，而穆罕默德将军和他的幕僚则坐在低处，在讲话时不得不抬头看着我们。

第一天主要介绍了整个训练的内容：军事科学、爆炸物的使用、轻武器的使用、如何指挥部队、野战演练、长途行军、生存技能、行军演练、特种部队作战和敌后工作方式。口译员的详细翻译使讲阿拉伯语和讲英语的听众都能清楚地掌握这些信息。

在这为期 4 个月的军事训练中，我发现这些讲座内容既引人入胜又令人沮丧。引人入胜的是它们的专业性和深度，沮丧的则是只有大约三分之一的讲座内容被翻译成英语，而我并不懂阿拉伯语。当讲师进行实际操作演示时，我们这些不懂阿拉伯语的人只能依靠猜测来理解。这导致我无法完全理解我所看到和接触到的各种爆炸物，也不清楚它们的实际用途和使用时的安全注意事项。尽管如此，射击教官对 .303 步枪（7.7 毫米口径步枪）及其特性的演示和详细解释，我却能够完全理解。我们在靶场实践中使用了这种步枪，在长途行军中也随身携带它们。

我意识到，列队训练在培养士兵之间的协作能力、维护纪律、保持整洁和形成共同节奏感方面起着至关重要的作用。可以说，这是我们所从事的所有活动的核心所在。每当集合号令响起，我们都会井然有序地前往食堂就餐、参加课程学习、前往靶场进行射击训练、参与阅兵仪式，以及在军营与训练场之间往返，甚至进行长途行军。

我们进行了大量的实地演习，其中一些演习真实地展现了军事行动可能会在如何恶劣的环境下进行。我清楚记得，有一次我们模拟攻击敌方目标，需要逆流涉过一条开放的污水渠。渠中漂浮着粪便、死去的猫狗、蛇类，以及无法辨认的腐烂物质和蠕虫，环境之恶劣令人难以忍受。在那条臭气熏天的污水渠中，我们艰难地前行，仿佛迷失方向的猪一般在黑暗中摸索，只有鼻子和嘴巴露出水面以维持呼吸。当我们终于挣脱那条污渠，挣扎着爬上覆盖着小段带刺铁丝网的岸边时，真正的考验才刚刚开始。就在我们努力穿越铁丝网时，机关枪在我们头顶上空射出了实弹。我们急忙匍匐前进，尽可能地贴近地面。在那一刻，我听到子弹紧贴着我的头盔呼啸而过，而我竟然毫发无损地爬到了铁丝网的另一端，这简直是个奇迹。然而，一名巴勒斯坦学员因为匍匐得过高，不幸臀部中弹。

水中训练同样要求严格，且充满了危险性。我们接受了如何在敌人意想不到的地方穿越水障碍的训练，例如穿越湍急的水流或从河岸的天然悬崖处通过。教官精心设置了一项训练，他们在河流一侧的悬崖上固定了一根长达 90 米的绳子，配备了滑轮，并将绳子的另一端绑在河对岸一人高的树干上。我背着军用背包，紧紧地握住了铁把手。教官突然释放了绳子，我如同闪电一般迅速滑向对岸的那棵大树。在滑行过程中，我惊恐地想象自己可能会与树干发生剧烈碰撞，但出乎意料的是，我安然无恙地落在了距离树干两米远的地面上。我抬起头来，看到一位阿拉伯教官正微笑着看着我，他用鼓励的语气说道："好样的，非洲！"我站起身来，加入了那些已经成功穿越的学员队伍。我惊愕地看着那棵树，发现树干上悬着一张保护网，这显然是为了防止我们与树干直接碰撞而设置的。我转头看向那根绳子，明白了为什么我会以如此快的速度滑行——原来这里是一个呈 45 度角的斜坡，重力使我们的滑行加速。教官随后指示我们站在树后，从那里我们只能看到河对岸我们出发的地方。

在军事训练的第 3 个月，我们面临了一项新的挑战——走绳索穿越尼罗河的一条支流。教官们在河岸两侧分别绑了两组杆子，每组包含两根相距 1 米的 14 米长杆子，还有另一组杆子位于距离河岸 23 米的水中。每根杆子的顶端都绑有一根可供抓握的绳子，而在两根杆子之间，悬挂着一根用于行走的绳子，距离水面 1.5 米。这两根绳子通过一个结实的网相连，形成一个可供我们行走的通道。在距离河水 18 米的地方，一副四横档的短绳梯悬挂在网子上，标示着绳索的终点。与之前的滑轮练习不同，这次我可以清楚地看到前面的人是如何一步步走过的。当我踏上绳索时，教官鼓励地说："好样的，非洲！"然后让我放手前行，直至绳索末端跳入水中。他递给我一件救生衣，并叮嘱我要始终抬头，以确保脚先入水。走绳索的过程比我想象的要艰难得多。我全神贯注于每一步的落脚点，生怕出现任何差错。当我沿着那 23 米的绳梯前行时，我不断提醒自己要保持正确的入水姿势。终于到达绳索末端，穆罕默德将军的声音通过扩音器传来："特种兵！你的名字是什么？家庭住址是什么？你准备好跳水了吗？！"在那一刻，我用英语和阿拉伯语混合回答："特种兵内内。是的，先生！"将军一声令下："Enzi maya！"我纵身跳入水中。我清楚地记得，在跳跃的那一刻，我始终注视着对岸的枣树，而没有低头看水。这一策略果然奏效，我的脚首先触水，一下子就扎了进去，没入河底。一瞬间的惊慌让我以为自己将永不见天日，但幸运的是，穿着军装、靴子和救生衣的我很快浮上了水面。这时，两名教官划着小木船迅速靠近，将我拉上船并递给我一支船桨。我们继续在河中寻找其他学员，直到船上坐满了八个人。河里布满了类似的小船，每艘船上都载着八名学员。这些船只按照规定的行和列排列整齐，逆着水流，努力地保持着队形。

尽管我们的船在水中摇摇晃晃，但船头站立的那位教官却稳如泰山，仿佛他脚踩的是坚实的陆地而非颠簸的小船。当我正纳闷他为何能如此镇定地保持平衡时，他果断地下达了继续划船的指令。与此同时，船尾坐着的另一位教官，手握一把大桨，熟练地操控着小船的行进方向，并确保了龙骨在水中的稳定。

我们八个人分成两组，各四人分别位于船的左右两侧，每人手持一支桨。我们根据站立在船头的教官发出的有节奏的口号声，统一动作划桨。每当教官喊出口号，我们便齐心协力将桨从水中抬起，身体前倾并下蹲，然后将桨平稳而轻柔地放回水中，身体再向后仰，以此推动船只前行。我们保持着这种优雅而有节奏的动作，仿佛是一列缓慢行驶的火车，车轮在铁轨上稳稳转动。在这过程中，我发现重复划桨的动作、伴随着的阿拉伯圣歌和我们稳定的进展，都是那么地令人愉悦。

突然，教官纵身跳入水中，迅速地将船底掀起，使我们瞬间陷入船下汹涌流淌的河水中。我试图游出船底，但每次尝试都会因为头部撞到船底而受阻，同时，救生衣的浮力也使我难以潜入水下。在一番挣扎之后，我终于被一只手从困境中拉了出来。一位教官立即下令，要求我们迅速将船翻正。经过长达20分钟的艰苦努力，我们终于成功地将船翻回，并继续划船前行，直至到达终点。穆罕默德将军已在那里等候多时。我们的表现既非出类拔萃，也非不尽如人意，而是处于那些仍在努力翻正船只的学员和那些已经完成任务的学员之间。尽管如此，将军还是对我们所有人的努力表示了赞赏和祝贺。最后，我们乘坐卡车返回营区。

在随后的几天和几周里，我经历了一系列扣人心弦的室内外军事训练活动。这些训练深刻地让我认识到军队在保卫国家及其公民方面所扮演的重要角色。特别是在埃及这样的国家，每位公民都享有平等的待遇，军队接受严格的训练，是为了对抗可能的外部侵略。通过这些经历，我更加深入地理解了训练、军队、武器以及南非、其公民和外部敌人之间错综复杂的关系。这使得我所从事的每一项任务，意义都更加清晰。在报告厅里，埃及教官援引苏伊士（Suez）运河战争的例子，强调了建设一支训练有素、装备精良的军队的重要性。

他们解释说，1956年埃及曾遭受以色列、法国和英国等多个国家的联合入侵。穆罕默德将军指出，这些入侵国家声称埃及击沉了一艘美国船只，然而事实上，那艘船是美国和以色列军方故意击沉的。这些国家真正的动机是为了扩张自己的领土，击沉船只事件只是他们为侵略埃及行为寻找的一个"正当理由"。我深感震惊，难以理解一个国家怎么会以击沉自己的船只、牺牲自己公民为手段，借机发动一场战争。

我坚决支持在特种部队的训练中加入生存技能的学习。这种训练不仅包括学习急救知识，还涵盖了如何处理各种类型的外部伤害，例如枪伤等。同时，如何灵活地利用和融入自然地形也引起了我浓厚的兴趣。在训练过程中，我们掌握了使用军用雨披收集露水解渴的技巧，学会了捕捉蛇和老鼠以补充食物的方法，还了解了哪些草药和野果是可以安全食用的。这些技能对我来说都非常有价值。此外，我们还进行了为期数日的长途行军，这给了我们接触新地方和城市的机会。其中，最让我兴奋的是向地中海的亚历山大里亚（Alexandria）和红海行军的经历。在亚历山大里亚，我们有幸参观了海军，并被邀请参观了一艘潜艇。刚开始进入潜艇顶部的小开口时，我感到非常害怕，但最终还是鼓起勇气，跟随其他学员进入了潜艇内部。潜艇的内部给我留下了深刻的印象。尽管空间狭小且拥挤，但潜艇的管状钢身内部却装备了各种先进的设备和仪器，能够观测到水面下和水面上的物体。走廊虽然狭窄，床铺也不宽敞，但那次的潜艇之旅却让我觉得非常刺激和难忘。通过这次经历，我更深入地理解了潜艇在战争中的重要作用，也愈加珍视和平的生活。

在访问亚历山大里亚后的几周，我们乘车出发，计划在3日内抵达红海。第一天深夜，我们下了卡车，每个人都配备了步枪、水瓶、有雨披的背包、军用饼干、用于生火的铁片、一盒火柴、一个烹饪用的小钢锅、勺子、鞋油和刷子。由于天气炎热，我喝了很多水。到了早晨，我的水瓶已然空空。沙子使得行进变得艰难，同时加剧了我的口渴。随着我们持续前进，白天的酷热逐渐显现其威力，一些学员因体力不支被同伴抬走，或被疏散到教官的车上。当我看到一辆路虎和两辆小卡车停靠在一片翠绿的小绿洲附近时，感到了一丝宽慰。穆罕默德将军赤裸上身，站在一辆卡车的车斗里，另一名军官正缓缓地将水罐中的水淋在他的头上。看到我心心念念的水被如此"浪费"，我忍不住向正在冲凉的将军走去。然而，当我接近时，两名警卫突然抓住我，将我拖向一辆路虎车。他们迅速用绳子将我的双手束缚，然后以比我跑步还快的速度驾车离去。路虎车拖着我前行，我向前扑倒，胸部重重地摔在地上，但我仍努力抬起头。粗粝的沙子从我脸上刮过，发出哗啦啦的声响。两名警卫驾车绕了半圈后，终于停了下来。

一位上校对我解释说，在我们的军事演习中，这些人被设定为敌方角色。当我走向他们时，他们迅速将我擒获，并试图从我身上搜集关于我所在军事单位的信息。被绑在路虎车后拖行的经历驱散了我的口渴，幸运的是，在这次模拟遭遇战中，我只受了轻微的擦伤。随后，我搭乘一辆路虎车急速赶去与我部队的其他成员会合。自我接近将军和他的军官们开始，其他成员已经前进了8千米。虽然我并不清楚这次演习的具体要求，但在整个行军过程中，我始终保持着高度的警惕，将任何非我方人员都视为潜在的敌人。

长途行军进行到了最后一段路程，下午，我们从运送我们的卡车上下来，然后步行了一整夜，中途定点休息。当黎明的曙光初现，我们远远地望见了红海。我们向埃及的海岸线进发时，太阳仿佛是从水中冉冉升起，金色的阳光洒在我们行进的队伍前方，形成了一道令人赞叹的红色光带。随着我们不断向东挺进，这片红色的光谱渐渐消散。终于，我们踏上了一片迷人的沙滩，沙质细腻柔软，在那里，我们被允许品尝海水。然而，我无法忍受那又苦又咸的海水，它让我的嘴巴十分难受。

在我们的训练过程中，有很多值得纪念的时刻。在模拟攻击敌方阵地时，我们需要在短短的 10 秒内快速跑过一段距离，并迅速找到掩护体——因为在这几秒钟内，敌方很难准确瞄准我们。为了激励我们发挥出更好的表现，体育教官会与我们并肩奔跑，并大声呼喊着："跑起来，伙伴们！这是平地！这些人一无是处！他们开枪了！"

和小组的其他成员一样，我很惊讶地发现自己每个月末会得到 20 埃及镑的津贴，这相当于 40 美元。我们已经有了免费的膳食、制服、交通和住宿。这笔津贴就用来买些额外的小东西，比如烟草和糖果。收到第一笔津贴后，我们召开了一次小组讨论会，探讨如何妥善使用这笔钱。经验丰富的老同志建议我们将钱存起来，等到从达累斯萨拉姆返回，途经开罗时，可以用这些钱购买一些衣物。

在埃及的萨卡军事基地，我学到了军事编队和军种的相关知识。我开始知道，埃及军队由三个主要军种构成：陆军、空军和海军。然而，对于这三个军种之间如何协同作战，我起初并不十分明了。陆军负责地面作战，空军掌控空中优势，而海军则守护水域安全。我想知道它们是如何相互衔接，共同筑成严密的军事安全网络的。

在埃及度过的 4 个月，我深入体验了一种全新的生活方式。这次经历让我更加珍视自我尊重与自豪感，同时也深刻理解到尊重公民社会和他人财产的重要性。

赫利奥波利斯酒店

1964 年 10 月 4 日，我们的训练课程结束了。在向受训者颁发结业证书的前一天，我们一行人提前离开了萨卡训练营。我为自己成为最优秀的自由战士之一而感到自豪，浑身充满动力，并准备好了要返回家乡。我们满怀信心，欢欣鼓舞，乘坐军用大巴车前往开罗的赫利奥波利斯（HELIOPOLIS）酒店，在那里，我们受到了时任非国大驻开罗代表姆兹万迪莱·皮利索的热情接待。他对我们全体学员顺利完成课程表示了由衷的赞赏，但同时也带来了一个令人沮丧的消息：

第10章 通往埃及之路

由于本月在埃及举行的不结盟运动国家峰会的安全问题，从开罗到达累斯萨拉姆的交通已经中断。这个消息让我倍感失望和沮丧，对于一个刚刚接受过严格训练的自由战士来说，还有什么比通过实际行动来检验自己的技能更令人期待的呢？临别之际，皮利索慷慨地给了我们每人20埃及镑，让我们去购买一些便装。我用这笔钱买了3条裤子、3件衬衫、1件夹克和1个小行李箱。

赫利奥波利斯酒店位于开罗的赫利奥波利斯郊区。从酒店楼上的房间可以看到一座带有巨大庭院的大型政府大楼，在不结盟运动峰会开始的那天早上，我注意到有警察守卫着这座大楼。我向酒店经理马哈茂德先生询问警察驻扎的情况，他说他们正在看守来自刚果的莫伊兹·冲伯（Moise Tshombe）先生，他被埃及总统下令逮捕，因为他涉嫌命令士兵于1961年在刚果杀死了帕特里斯·卢蒙巴。马哈茂德并未掌握冲伯先生在开罗被拘的全部细节，但他的说明已足以让我感到正义得到了伸张，非洲领导人不能再以杀害政治对手的手段上台。

在我和民族之矛的同事们看来，赫利奥波利斯酒店更像是一个短暂的落脚点，而非长期的驻扎地。在这里，并没有严苛的规章制度来约束我们的日常生活，宽松的门禁政策使得我们可以自由行动，无论是个人还是小组，都可以前往开罗及其周边地区进行探访。在这过程中，我发现了小组成员们在白天和夜晚各自偏爱的去处。

白天，在皮利索的带领下，我拜访了位于扎马雷克（Zamalek）郊区的非国大办公室。这个由接待室、等候室和咨询室组成的办公室，比达累斯萨拉姆的总部办公室要小得多。等候室的小桌子上几乎没有阿拉伯文和英文杂志可看，所幸宝琳·卢蒙巴（Pauline Lumumba）带来了轻松愉快的气氛，她是3年前被刺杀的帕特里斯·卢蒙巴的遗孀。作为办公室主任，她表现出色，并散发出一种父母般的威严。宝琳热心地建议我们去参观金字塔、开罗博物馆和神秘的狮身人面像，同时，她还满怀激情地鼓励我们，坚信南非的解放就等同于整个非洲的解放。然而，她并未对这句话进行深入的阐释，这让我在心中画下了一个大大的问号：一个国家的解放，究竟如何能够成为整个非洲大陆的解放呢？

在开罗，夜生活充满了活力与热情，融合了丰富的文化、动人的音乐、热闹的夜总会活动和隐秘的黑市交易。我曾有幸在开罗酒店欣赏了几场引人入胜的表演，民族之矛的同伴们纷纷赞誉这是非洲最顶尖、最气派的酒店。它巍峨耸立，无论是外观还是内饰都令人赞叹不已。大堂中,一群艺术家、独唱歌手和乐队齐聚一堂,他们手中的乐器与我所熟悉的吉他、长笛、萨克斯和鼓截然不同,为我带来全新的艺术享受。每位音乐家和表演者都身着五彩斑斓的演出服饰,熠熠生辉。起初,我难以理解舞蹈与音乐的协调之美,因为这些歌曲的节拍错综复杂。歌曲中蕴含着悲伤、欢乐,甚至是平凡生活的琐碎,但在经过几次观赏后,我逐渐理解了表演者的独特风格,并开始真正欣赏他们的表演。

夜总会隐藏在一座私密而封闭的建筑之中,入场标准极为严格。男士们必须打领带或领结方可入场,且严禁携带任何武器。我和我的同事们既无领带也无领结,但经过一番与场馆管理人员的巧妙交涉,我们还是入场了。娱乐活动自晚上21点开始,一直狂欢到凌晨时分。我深深地被肚皮舞者的音乐和表演所吸引,她们自然而流畅的舞姿带给我一种宁静与和谐的感受。每次度过一个愉快的夜晚后,我都会怀揣对下一次表演的期待,在赫利奥波利斯酒店安然入睡。

我听说过开罗的黑市,想看看它们有什么其他市场没有的东西。我想象它们要么卖黑色的商品,要么市场大楼的墙壁是黑色的。我向酒店经理马哈茂德先生询问去"黑市"的路线。他顽皮地笑了一声,然后解释说,在开罗大部分黑暗的小街道上都可以找到黑市,而且大多在日落后营业。我把这个信息转达给了恩苏马洛、费福和马比特勒,一天晚上,我们走在一条漆黑的小街上,遇到了出售各种黑市商品和兑换货币的人。费福买了一瓶"苏格兰干杜松子酒",一打开就散发出浓浓的尿味。当我告诉马哈茂德先生这件事时,他捂着肚子,仰天大笑起来。他告诫我们,最好远离黑市,因为正如我们也发现了的那样,一些经营者专门从事假货买卖。

采纳了宝琳·卢蒙巴的建议,我与马什戈、恩盖西、洛基以及鲍勃·祖鲁共同前往参观了金字塔和狮身人面像。马哈茂德先生非常周到地为我们预订了一辆出租车,让我们能从酒店直达金字塔。到达现场后,我们发现那里人头攒动,大家都在四处张望,争相拍照留念。当我亲眼看到金字塔时,对其所用的巨大岩石感到震惊,同时也不禁好奇这些巨石是如何被精准堆叠起来的。在狮身人面像前,我们请了一位导游为我们讲解。他向我们分享了一句埃及谚语:"人害怕上帝,上帝害怕狮身人面像,而狮身人面像害怕时间。"导游解释说,人类常视自己为上帝的造物,然而,当面对已有 6 000 年历史的狮身人面像时,我们会意识到，上帝也是在埃及——这个现代信仰体系的中心——诞生的。时间，这个无始无终的存在，让所有人都心生敬畏。这番话引发了我对自己南非祖先的信仰的好奇。我开始思考，几千年前，我的祖先们究竟信仰什么？我依稀记得长辈们提及，对以色列上帝的信仰在南非殖民体系中占据了重要地位。显然，关于这一话题，还有太多的谜团等待我们去解开。

1964年11月初，姆兹万迪莱·皮利索带着命令来到旅馆。他说我们应该留在原地，不要离开旅馆，因为从开罗至达累斯萨拉姆的交通工具已经安排妥当。尽管他并未透露具体的出发时间，但这无疑是个令人振奋的消息。一周之后，他再次现身，带来了一个喜讯：我们的航班将在次日起飞，预计的飞行时长为6个小时。他还特别提醒我们，此行的目的地将是全新的坦桑尼亚共和国，而非昔日的坦噶尼喀与桑给巴尔共和国。而这期间并未发生政变或政府更迭，白云苍狗，世界风云变幻之快令我惊愕不已。我对此既感到惶恐迷茫，又为这惶恐迷茫而心生惭愧。

第二天清晨，皮利索带着两辆军车到了我们的住处。我们依依不舍地向马哈茂德先生道别，在这1个月的时间里，他就像是我们家中的一员，给予了我们无微不至的关怀。当我们猜测自己即将返回达累斯萨拉姆的卢图里营区时，内心充满了期待与激动，仿佛空气中都弥漫着兴奋的因子。在机场与皮利索挥别后，接驳司机引领我们登上了一架等候在那里的飞机，这架飞机体形庞大，甚至超过了之前我们从喀土穆飞往开罗时所乘坐的飞机。一名机组人员将我引导至飞机左翼上方一个靠窗的座位，维克多·恩苏马洛和莫图皮（Mothupi）紧挨着我坐下。随着其他乘客陆续登机完毕，飞机开始缓缓升空。当飞机穿越云层时，我由于疲惫不堪，开始断断续续地打盹。恩苏马洛开起了玩笑，叫我小心，别让苍蝇飞进了嘴里。

第 11 章　孔瓦营区

当天下午，我们抵达了达累斯萨拉姆机场。我满怀期待地希望能再次与尼姆罗德·西贾克以及卢图里营区的工作人员相聚。当我们走下飞机时，我惊喜地发现马什戈和普雷斯顿已经在跑道上等候我们，而在他们旁边还站着一位身着便装的男士。我们刚走出飞机，他们便热情地招呼民族之矛的成员们聚集过去。当我们三十名成员全部到齐之后，那位便衣男士带我们来到了机场的一个特别房间。一进入房间，就看到了坦尼森·马基瓦内，他脸上洋溢着热情的笑容，兴奋地迎接我们的到来。看到他，我也同样感到激动万分。他曾经带领我们从北罗得西亚安全抵达坦桑尼亚，我深信，现在他将会带领我们踏上回家的路。

马基瓦内请那些需要看医生的人站到一旁，结果有五位同志站了出来。他让马什戈、恩盖西、德洛科洛和姆岑古（Mntshengu）也加入这五人的行列，他们照做了。马基瓦内带我们其他人走出了机场，来到停车场里一辆不起眼的卡车前。卡车旁边站着一个身材高挑、三十多岁的男子，头戴一顶短鸭舌帽。马基瓦内告知我们，这辆卡车将载我们去往下一个地点，以获取进一步指示。在卡车的后厢，已经准备好了各种食品包，包括面包、冷饮、鱼和薯条，作为我们的晚餐。马基瓦内向我们致以美好的祝愿后，便回去看望那九位需要看医生的同志。他这次的简洁说明与他之前为我们详细规划的从利文斯顿到达累斯萨拉姆的旅行计划大相径庭。我猜想，他可能是想给我们一个意外的惊喜，就像半年前我们从北罗得西亚转移到坦桑尼亚时，他给我们带来的那种惊喜一样。

在卡车旁边，那位高个子男人提醒我们，接下来的路程还很长，建议我们找个舒适的位置坐下。当我们好奇地询问最终的目的地时，他坦言自己只是跟随前方的领路车辆行驶，并不清楚具体的去向。他还善意地提醒我们拉下篷布，这样既能遮挡漫天飞扬的尘土，也能在一定程度上减少飞虫的叮咬。我们挤坐在卡车的后车厢，而爱德华·马比特勒则坐进了驾驶室，跟司机一起。卡车轰鸣着行驶了一整个下午，直至深夜仍未停歇。坐在车后的我们兴奋地猜测，我们可能正在前往南非的途中，而那领路的车辆里必定装载着我们的武器。在穿越无人区的过程中，卡车司机多次停车补充淡水，但仅在一个卡车港加了油。回想起从开罗到达累斯萨拉姆的漫长旅程，我在断断续续的瞌睡中，偶尔会想起之前那些颠簸不安的卡车旅行，与在赫利奥波利斯酒店那段舒适的时光相比，真是天壤之别。

午夜之后，卡车突然停了下来。我在黑暗中听到外面有声音，尽管鲍勃·祖鲁说这些声音是南非人发出的，但我们无法听清谈话内容。接着，卡车慢慢地向前开动，又停了下来。车厢三边的篷布都卷了起来，我看到卡车停在一栋大楼的入口处。我们被一群人围了起来，他们热情地打探，想知道我们中是否有人是他们在南非的老乡。当我们都从卡车上下来时，一个人自我介绍说他是姆乔乔（Mjojo），夜间执勤人员的指挥官，正是他卷起了我们的卡车篷布。我注意到，执勤人员配备了砍刀和棍棒，就像我们在卢图里营区时一样，我得出的结论是，他们还没有接受过军事训练。

"欢迎来到孔瓦营区，同志们！"姆乔乔自我介绍后说道。夜里的能见度很低，但我还是环顾了四周，注意到卡车停在一条修好的碎石路上。大楼附近有三座较小的建筑，对面有一些帐篷。应姆乔乔的要求，我们随他进入大楼，他在那里点亮了两盏防风灯，以便我们能够看清。这栋楼被设计为铁路管理局办公室，至今仍设有售票柜台。后来我才知道，孔瓦曾是该国的主要火车站之一，主要装卸来自多多马（Dodoma）和查姆维诺（Chamwino）地区的花生、向日葵、蔬菜和水果。工商业发展停滞后，许多人离开孔瓦，前往坦桑尼亚的其他地区，孔瓦成了明日黄花，不复往日辉煌。到1964年，这里只剩下一个小村庄，车站一带也已废弃。姆乔乔告诉我们，孔瓦营区指挥官指示我们住在大楼的大厅里。我们用那里的几块毯子和垫子来铺床，我很快就睡着了。第二天一早，我们在铁路大楼前与七十名成员会合。当一个身材魁梧的男人从附近的帐篷里走过来时，姆乔乔叫我们立正。他上前几步，行了军礼，说："营区指挥官，民族之矛战士们已准备就绪，听候您的命令！"我惊讶地发现，营区指挥官是安布罗斯·姆齐姆库鲁·马基瓦内,我上一次见到他是在 1960 年,在乌姆塔塔河沿岸灌木丛遮映下,那也是我第一次见到非国大的同志们。他看上去仍和我们第一次见面时差不多,只是略微高大魁梧了些。

姆齐姆库鲁热烈地欢迎我们的到来,并详细介绍了接下来的工作安排:"你们将会被分配到各个部门进行轮岗,包括负责伙食准备、澡堂搭建、增设帐篷、挖掘从附近山上的水库引水的水渠,以及执行警卫任务。"他进一步告知我们,民族之矛的所有成员都将在年底之前从不同的训练中心陆续返回孔瓦营区。随后,非国大将为送我们回家做好充分的准备工作。姆齐姆库鲁还分享了一些民族之矛的历史。他提到,在几年前,民族之矛的成员们也和我们一样,在埃塞俄比亚、摩洛哥、埃及和阿尔及利亚等地接受了基础训练,并在完成训练后返回坦桑尼亚。更优秀的一些成员甚至有机会被派往苏联和中国进行更高级的培训。从 1964 年 11 月起,更多的民族之矛成员陆续从苏联和中国返回。

我很高兴得到了明确的信息,我最晚会在 1965 年初返回南非。姆齐姆库鲁还补充道,我们将配发非洲统一组织的制服。随后,他把指挥权交还给了姆乔乔。很明显,非洲统一组织已经为各个解放组织提供了军装,供其在各自的营区使用。

姆乔乔通知我们,1 小时后将供应早餐,请大家做好准备。当其他队伍解散后,他特意要求我们小组的成员留下。他带领我们走到帐篷对面的一栋小楼,并为我们每人分发了两套棕色的军装、两双黑色靴子、1 顶军帽以及 1 顶便帽。姆乔乔嘱咐我们在集合吃早餐之前换上新发的制服,我们立即照办。这套制服给我一种熟悉的感觉,它与我们之前在埃及萨卡营区所穿的制服颇为相似。当我们整装待发,精神抖擞地集合起来,走向另一座小建筑里的厨房时,我们的士气无比高昂。在那里,我们享用了一顿丰盛的早餐,包括黄油面包、麦片粥,以及香浓的咖啡和茶。

早餐后,姆齐姆库鲁把我和克里斯·哈尼(Chris Hani)叫到他的帐篷。我看着克里斯·哈尼,记起我们在马姆雷第一次接受军事训练时,他的名字还是泰姆比西勒(Thembisile)。

姆齐姆库鲁直言不讳地对我们说:"你们俩都将在文化极为保守的南非社区进行政治和军事方面的工作。在那些地方,无论是女性还是男性,都很难接受一个未受割礼的男性的领导。每当你犯错时，当地人都会说，'对一个小男孩还能期望什么呢！'如果你没有接受割礼，就会被排斥在当地传统之外，甚至可能有人不择手段地破坏你的工作，虽然实际上，他们是为了保护自己的利益，比如维护自己的强权领导地位。等老会员训练归来后，我会为你们安排割礼。"离开他的帐篷后，我内心迫切地期待这一仪式的到来，我们都深感姆齐姆库鲁的建议十分中肯。那天早上，我加入了炊事班，帮忙清洗混有石子、谷壳和腐烂谷物的米，还削了土豆皮，为午餐和晚餐做好准备。

午饭后，我们一行人被分配去了A、B、C三个连。我被安排到了C连，由帕特里克·莫劳阿（Patrick Molaoa）任连长，埃里克·姆查利（Eric Mtshali）任政委。我们每个人都领到了3条毯子和1个充气床垫。对于住在帐篷里的同志们，特别提醒他们要仔细抖动靴子，以防里面有蛇藏匿——确实有过多次从靴子里抖出蛇来的情况，但幸运的是，我们的成员都未被咬伤。我住在分配给C连的一栋大楼里，并被任命为埃里克·姆查利手下的分排政委。

当我看到营区栅栏的另一边有一群穿着与我们相似制服的男人时，对周围的环境变得好奇起来。我以为他们是坦桑尼亚军队的成员，并向安布罗斯·马基瓦内和彼得·特拉迪（Peter Tladi）询问他们的相关信息。他们告诉我，栅栏那边的战士是来自安哥拉、纳米比亚和莫桑比克的自由战士。原来，在1963年，坦噶尼喀政府已将孔瓦的这一部分土地交给了西南非洲人民组织，用于安置这些自由战士。而到了1964年，西南非洲人民组织的领导层进一步邀请了安哥拉人民解放运动、莫桑比克解放阵线、南非的非国大以及南罗得西亚的津巴布韦非洲人民联盟共同使用这块土地。目前，津巴布韦非洲人民联盟的战士们正在前往孔瓦营区的路上，而在非国大、西南非洲人民组织、安哥拉人民解放运动和莫桑比克解放阵线的营区之间，已经为他们预留了一片空地。现在，西南非洲人民组织、安哥拉人民解放运动和莫桑比克解放阵线分别占据了营区的仓库和货棚部分，而非国大则驻扎在原先的售票处和员工宿舍，那座红砖建筑的售票处后来也被改造成了我们的诊所。他们还告诉我，我们每周都会从营区内西南非洲人民组织管理的公共物资储备处领取口粮。这些口粮和其他物资都由坦桑尼亚军方负责监管。得知这些信息后，我更加坚信南部非洲正全面迈向解放。

孔瓦地处一系列山脉脚下，东西延伸出5平方千米。它有一条泥土主路，还有许多较小的街道。主路上有许多小商店和几栋建筑物，外面有一大片空地，里面有一个足球场。商店的同一侧有一个警察局，然后道路向东转，经过一个市场。经过社区会堂后，道路转向东北，经过一些破旧的商贸大楼后又转向东。路沿着山脚，经过我们用作射击场的地方。城镇的最西边有孔瓦诊所、几个正常使用的网球场和一些老建筑。

孔瓦营区坐落在孔瓦镇以北 1.6 千米的地方，其西侧的小山顶上建有一个水库。往营区的北边再走 1.6 千米，有一个飞机跑道，而在更远的地方，还可以看到一些农民的畜栏。为了方便大家，我们在营区以北大约 300 米的地方设立了公共厕所。向东望去，是一片属于农民的畜栏和田地。在孔瓦镇与我们的营区之间，是农民们耕作的地方，种着玉米和其他农作物。而在我们营区以南约 400 米的位置，有一个足球场，各个解放组织成员都会在那里踢球。

我们营区的正门在西南面，左边有一个军械库，距离它不远的是一大片帐篷，里面住着民族之矛的大多数成员，那儿一进门就有一个公共水龙头。以前的售票处，现在的诊所，在右边，后面是总部的帐篷，然后是妇女宿舍，它靠近 3 间用来储存爆炸装置的砖房之一。再往后的建筑由济勒斯特的同志们使用，那是一座南非和博茨瓦纳边境附近的小镇。民族之矛中最年轻的一批同志，年龄在 15—20 岁。他们旁边就是本分排占用的一栋大楼，我们的厨房就在大楼后面 15 米处。一条从东到西的土路将帐篷和建筑物隔开。我们营区的东边全都没有围挡，邻近社区的农民往返孔瓦镇时都要经过这里，并使用公共水龙头。

在我们这部分的营区完工之前，克里斯·哈尼和我两人去了机场外的灌木丛中接受割礼。这事儿只有姆齐姆库鲁、恩卡佩菲（Ngcaphephe）、莫纳（Mona）和我们的医务官威尔逊·姆巴利（Wilson Mbali）知道。傍晚时分，我们来到了仪式地点——一片茂密的灌木丛中。当我们脱光衣服后，都得到了一条毯子。我们面向东蹲着，克里斯在我的右边。恩卡佩菲先给克里斯做了手术，接着给我做了手术。当我们的包皮被割开时，我俩都宣称"我是一个男人"。我没有感觉到疼痛，所以工具一定很锋利，而且操作者也很有经验。接下来的几天里，我不用担心洗澡的问题，因为姆巴利经常来协助我们。同志们确保我们遵守所有正确的程序和做法，例如一周不喝水。第一周我们主要关注自己的健康，并保持丛林中的隐蔽氛围，尽量做得像在家乡时那样。接下来的两周，三位同志给我们送来食物，并向我们介绍国内和世界其他地区的情况。如果没有他们的陪伴，我们会感到很孤独。三周的仪式教会了我对社会所有成员的责任，尊重父母、长辈、女性和男性、同侪和年轻人，并促进与邻居和南非社区成员间的良好关系。

3个星期后，我俩回归到民族之矛大家庭里，而此时，我们的队伍已经壮大到了近500人。我们不在的时候，新成立的医疗队里来了一些漂亮的女同志，她们都在莱斯利·桑德兹（Lesley Sondezi）的领导下服务，威尔逊·姆巴利担任副手。我只记得很少的细节，但这些女性包括诺拉（Norah）、布伦达·恩德洛夫（Brenda Ndlovu）、古斯塔·杜贝（Gusta Dube）、托齐（Thozy）、杰奎琳（Jaqueline）、梅瑟（Meisie）、格拉迪斯（Gladys）、艾迪·卢图里（Addie Luthuli）、瑞秋·恩苏佩森（Rachel Ntsupetseng）、达芙妮·兹瓦内（Daphne Zwane）和埃塞尔·姆希兹（Ethel Mkhize）。诺拉个子很高，大概30岁出头，喜欢讨论音乐。布伦达的脸上和腿上有一些像南非巴卡族和蓬多（Pondo）族人一样的小切口。她很会讲故事，并且乐于讨论不同的话题。我记得当我们在餐桌上剥土豆和分米饭时，她积极参与了民族之矛老兵们的讨论。布伦达解释说，性行为中的气味是男性散发出的，而并不来自女性的阴道。古斯塔有着浅棕色的皮肤，身材苗条，喜欢乡村音乐，也喜欢跳米里亚姆·马克巴（Miriam Makeba）那样的牛仔舞。身材矮胖的艾迪·卢图里与非国大主席阿尔伯特·卢图里并没有什么关系，虽然她经常引用阿尔伯特·卢图里的话来强调自己的政治主张。

除了负责我们的军事诊所之外，医疗部队还为孔瓦当地的平民诊所提供帮助。那些患有疟疾、眼部感染、蜱虫叮咬热和其他多发性疾病的患者，常常使得诊所的工作人员手忙脚乱。而我们的同志们则借此机会学习了他们在南非可能未曾接触过的各种热带病症的症状识别与治疗方法。这次实践经验不仅让他们学习了新知识，还锻炼了他们在未来家乡游击队中有效管理医疗部门的能力。随着时间的推移，我们的医疗团队由威尔逊·姆巴利接手领导，我们还给他起了一个昵称"刨根问底的瓦解者"。

A连、B连、C连和克里斯·哈尼所属的总部现已完全成立。姆齐姆库鲁·马基瓦内担任营区指挥官，杰克·加蒂贝（Jack Gathibe）担任第一副指挥，左拉·恩卡巴（Zola Nqaba）担任第二指挥。克里斯·哈尼同志被任命为营区政委，彼得·特拉迪是副政委。兰伯特·莫洛伊（Lambert Moloi）被任命为总部指挥官，他的副官是罗伯特·姆韦马（Robert Mwema）。道恩·杰克逊·姆巴利是我们媒体部门的负责人。我们跟着班达（Banda）复习了有关游击战的课程，我们用马拉维总统海斯廷斯·卡穆祖·班达（Hastings Kamuzu Banda）的名字给他起了个绰号"卡穆祖"。杰里乌斯·塞库莫拉（Jerius Sekhumola）担任我们枪械进修训练的教官，马桑多（Masondo）负责后勤补给，马布亚（Mabuya）担任他的副手。我们的体育、文化和娱乐委员会积极与其他解放运动的同仁，以及孔瓦地区的本土官员展开交流互动。

当地生活和进修训练

民族之矛成员和坦桑尼亚军官对我们展开了军事训练。在民族之矛内部，我们进行政治和游击战训练，后者则由班达领导。我们的游击战手册是根据《跳蚤战争》（The War of the Flea）这本书编写的，书里详细阐释了毛泽东主席的抗日游击战理念，讲解了一些战略问题。毛泽东的两种表述特别吸引我。一是"星星之火，可以燎原"，这对我来说意味着一场精心策划的游击行动可以迅速蔓延到全国各个角落。二是，"如鱼得水"，也就是说，游击行动必须发动起群众，游击队员在群众中，才能像鱼在水中一般自在。游击战课程让我意识到，与我们相比，那些曾在苏联和中国接受过专业训练的同志们，在游击战术方面拥有更深厚的知识储备。

杰里乌斯·塞库莫拉主持了我们关于枪械训练的讨论。我了解到武器射击的瞄准装置有两种——一种是U形，另一种是V形。要精准射击，就必须找到U或V底部的中心。我发现找到V的中心很容易，但找到U的中心则比较困难。

所有自由战士均由两名坦桑尼亚军官——奇孔贝莱（Chikombele）少校和马甘加（Maganga）中尉——统一指挥。奇孔贝莱少校的身高仅略高于1.5米，但他身上散发出一种典型的军人威严，胸膛高高挺起。我清楚地记得，奇孔贝莱少校的绿色军帽保持着它原有的形状，而没有通过帽顶的抽绳改变它的外观。相较之下，马甘加中尉显得年轻许多，他的身高与我大致相当，体态健硕。他将自己的绿色军帽进行了改造，使得帽子前后略微翘起。有民族之矛的战友提到，这种设计颇似第二次世界大战时期德国军官的帽款。这两位军官都坚持认为"非洲"应该写作"Afrika"，展现出他们对非洲身份和文化的强烈认同。他们既希望我们能够抵御英帝国语言的影响，与外面充斥着各种话语的世界进行不懈地抗争，同时也承认英语是他们难以避免要使用的语言——因为我们无法理解他们所使用的斯瓦希里语，这使得他们无法用自己的母语来指导我们。

奇孔贝莱少校和马甘加中尉是被坦桑尼亚政府调派到解放运动中的。自1963年5月25日成立起，非洲统一组织就肩负着消除非洲大陆一切形式的殖民主义和少数白人统治的崇高使命。为实现这一目标，非洲统一组织成立了解放委员会，负责援助独立运动，并为其提供基地、培训和武器。它还保护已经独立的非洲国家的利益。奇孔贝莱少校和马甘加中尉被派往西南非洲人民组织、安哥拉人民解放运动、莫桑比克解放阵线、非国大和津巴布韦非洲人民联盟，以履行非洲统一组织的承诺。且不管他们如何设计自己的军帽，这两位军官都慷慨地与我们分享了他们个人的军事经历。奇孔贝莱少校和马甘加中尉随后向我们介绍了民族之矛成员朱马（Jumaa）先生。作为孔瓦地区的体育和文化负责人，朱马先生对足球和社区项目充满热情。他们的介绍让我们更加深入地了解了这位负责人的背景和兴趣。值得一提的是，奇孔贝莱少校和马甘加中尉都曾在1958—1960年参与过由英国军队主导的马来西亚平叛行动。作为英国反叛乱部队的重要成员，他们在策划和执行针对马来西亚"自由战士"的军事行动中扮演了关键角色。这段经历也让他们深刻了解了"自由战士"如何进行游击战术。尽管我曾经将英国对"自由战士"的胜利视为对我们反殖民主义和帝国主义斗争中盟友的打击，但现在我却意外地发现，自己对这些曾经的对手产生了复杂的情感。不过，他们现在正在训练我们与英国殖民政权及其盟友作战，这才是最重要的。

奇孔贝莱少校和马甘加中尉制定了一个围绕三大核心行动展开的培训计划。各个解放运动组织被安排了特定的时间使用射击场、开展野外实战模拟和进行体能锻炼。此外，驻扎在孔瓦的五个解放组织的全体成员，都需共同参与坦桑尼亚国家独立日的庆典活动。在这一天，他们会从各自的营区整齐列队，前往孔瓦镇社区大厅听政治演讲，并与当地居民一起参观当地的文化展览，欣赏音乐和舞蹈表演。

1965年初，我参加了由马甘加中尉主导的搜索与野外实战模拟。当我们抵达孔瓦镇东部山脉森林边缘的出发点时，马甘加中尉详细地向我们讲解了此次演习的要点和目标。我们接受的训练旨在提升在复杂地形中行进时的警觉性。马甘加中尉分发给我们每个人五枚空弹，并告知我们的任务是搜寻并"消灭"藏匿在灌木丛中的五名模拟叛乱分子。演习过程中，我们各自为战。轮到我行动时，我小心翼翼地移动，密切注意着沿途的每一个细节。我深知，任何干树叶或树枝的断裂声都可能暴露我的位置。山路崎岖蜿蜒，行进速度自然快不起来。在射击场内，经过精心伪装的目标代表着叛乱分子。为了成功完成任务，我们必须在至少10米的距离外发现这些目标。整个训练过程逼真而紧张，要求我全神贯注。最终，我成功发现并击中了三个目标，但遗憾的是，另外两个目标却逃过了我的搜寻。尽管如此，我对自己的表现还是感到满意。马甘加中尉也给予了我肯定："干得好，丛林战争确实复杂。"他的这句话无疑是对我极大的鼓舞。

1965年初，在奇孔贝莱少校和马甘加中尉的带领下，我们民族之矛支队有幸在坦桑尼亚多多马地区的佐伊萨（Zoyisa）保护区进行了一次重要的野外实战模拟。除了女性成员、值班人员和病患之外，全体成员都积极参与了此次演习。我们乘坐四辆军用卡车和一辆路虎车前往佐伊萨。其中，第四辆卡车专门负责运输我们的食品补给，而路虎车则被改造成了一个移动的医疗中心。经过长达三个小时的车程，我们终于抵达了演习基地。当晚，三个排被分别部署在各自的防御阵地上过夜。我还记得，那天晚上是我第一次听到关于侦察、情报和反情报的讨论，但当时这些概念对我来说还很陌生，比较空洞。第二天一早，我们吃完早餐后便迅速整队出发，准备给模拟的敌人一个出其不意的打击。在出发前，我们每个人都领到了一个装有十发空弹的弹匣和一个装有五发实弹的弹匣，为了安全起见，我们将它们分开放置在背包中。在这次演习中，我携带的是一把俄罗斯卡宾（carbine）枪，而其他人则根据自己的喜好和战术需求选择了 AK-47 冲锋枪、波波沙（papasha）冲锋枪或轻机枪。我们每个人都全神贯注，随时准备应对可能出现的各种情况。

在行进的过程中，我们保持着战备队形，并进行了数次短暂的休息。午后不久，我们得到了一个小时的休息时间，其间以干粮充饥作为午餐。用餐结束后，奇孔贝莱少校和马甘加中尉向我们传达了新的任务指令。他们严肃地告诉我们："你们现在是一支庞大军事力量的一部分，你们的任务是在今天14点之前摧毁敌方的设施，然后必须迅速撤离回到大本营。"为了帮助我们更好地完成任务，他们为各排长发放了指南针和当地地图，并在地图上明确标注了目标设施的位置。虽然攻击行动是同步进行的，但每个连队（A、B和C连）都有各自独立的进攻路线。C连被部署在距离目标——一些古老的废弃建筑——仅200米的地方。我们进入待命状态，静待攻击指令。14点一到，三颗红色信号弹划破天际，这是我们进攻的信号。我们立刻起身，呐喊着向前冲锋，同时用武器发射空包弹。那一刻，我感受到了前所未有的真实感和激情。

袭击行动结束后，我们赶往地图上预先设定好的集合点。令我惊讶的是，我们的卡车和路虎车已经被重新停放在了一个新的位置。奇孔贝莱少校对我们的专业素养表示赞赏，随后他下令全体乘车返回大本营。在大本营，我们接到了整理武器的指令。突然，我听到大约10米外传来一声枪响，紧接着看到奇孔贝莱少校、马基瓦内和其他几名民族之矛的同志急忙跑向躺在地上的威灵顿（Wellington）。显然，他在俯身时不慎将波波沙冲锋枪的枪托撞到了地上，结果波波沙意外地对着他的胸腔开了一枪。姆巴利反应迅速，尽力为威灵顿止血。奇孔贝莱少校则紧急指示马甘加中尉驾驶路虎车将他送往多多马医院救治。第二天早上，当我们正准备返回孔瓦时，马甘加中尉带着威灵顿回来了，这让我们都松了一口气。虽然他的胸部缠着绷带，但看上去状态还不错。这次事件给我敲响了警钟，让我深刻认识到在使用空枪时，必须确保枪口朝下或朝上，以避免发生意外。

我们经常接触的第三位坦桑尼亚官员是朱马先生，他身材魁梧，虽不足1.8米高，却拥有运动员般的健硕体魄。当他得知我们当中有些人精通建筑技艺时，表现得极为欣喜，并恳请我们协助建造孔瓦社区会堂。恩卡佩菲是这个团队的负责人，阿尔弗雷德·姆法马内（Alfred Mfamane）担任他的副手。我加入了混凝土小组，并负责为建筑工人们递送砖块。我热衷于参与社区礼堂的建设工作，也享受与当地社区居民和其他解放运动组织的同仁们在一起的时光。通过与他们深入交流，了解他们在国家独立前后的斗争经历。我与当地工人的关系日渐融洽，因此获得了一个特别的绰号——"马卡里奥斯主教"（Bishop Makarios），这个名字灵感来源于塞浦路斯第一任总统。显然，他们认为我不仅在外表上，连言谈举止都与那位领导人有着相似之处。在我们投身该项目的第三周，朱马先生鼓励我们加班工作至深夜。他解释说，奇孔贝莱少校和他已经向"一位大酋长"保证，社区礼堂的建设已经准备就绪，即将举行揭幕仪式。就在建筑工人们忙于搭建屋顶之际，朱马先生向我们透露了一个重要消息：民族联盟（TANU）政府将于本周为礼堂揭幕。

我们都很激动，决心精进我们的队列训练，为礼堂的揭幕仪式做好准备。在揭幕前夕，奇孔贝莱少校下令所有民族之矛的成员集合，一起排练了一首当地的歌曲《哦，坦噶尼喀非洲民族联盟，去建设》（Ooho TANU wajenga ntshi），它的大意是"坦噶尼喀非洲民族联盟，你正在建设我们的国家"。当时的气氛使我感觉仿佛我们已经在南非获得了自由。第二天早上，我仔细地擦亮了军靴，期待着即将到来的重要时刻，即便接下来我可能要踏上孔瓦那条尘土飞扬的道路行军。马甘加中尉负责将所有解放运动组织的成员带到我们这边的营区，每个组织都由各自的营区指挥官带领。我们做好了充分的准备，热切地期待着当地政府代表们的到来。

闪着蓝灯的政府车队缓缓驶来，气势庄严。奇孔贝莱少校率先下车，他将以阅兵指挥的身份引领这场盛大的仪式。当一位尊贵的客人从车中走出时，少校示意我们全体注意。他迈步向前，恭敬地行礼并说道："尊敬的副总统，队伍已整装待发，静候您的检阅。"到访的贵宾正是副总统拉希德·卡瓦瓦（Rashid Kawawa）。他在检阅过程中向我们致以亲切的问候，并对我们的表现和专业精神表示高度赞赏。最后，他郑重承诺政府将全力支持我们的事业。随后，他与奇孔贝莱少校一同前往孔瓦镇。

我们浩浩荡荡地行进了2千米，终于抵达孔瓦社区礼堂。西南非洲人民组织走在最前面，莫桑比克解放阵线、非国大和安哥拉人民解放运动紧随其后，每个组织都由各自的指挥官率领。当我们接近礼堂时，看到卡瓦瓦副总统已经站在那里，准备接受我们的致敬。我们整齐地走过礼堂，然后掉头返回，站在礼堂前，共同见证副总统为揭幕仪式剪彩的重要时刻。在欢呼声、各团体的音乐和当地传统舞蹈的映衬下，揭幕仪式达到了高潮。这些演出和近距离见到副总统这件事，给我留下了深刻的印象。

孔瓦社区礼堂正式启用几周后，朱马先生向我们提出了一个新的请求——协助扩建孔瓦警察局的牢房。恩卡佩菲再次挑起大梁，担任了这次建设任务的团队领导。我离开孔瓦的时间是 1965 年 5 月，在那之前，我们已经顺利完成了另一间牢房的建设。此外，朱马先生还积极组织我们的足球队参加地区性的足球联赛。这场联赛汇聚了来自周边地区的众多球队，竞争激烈。值得骄傲的是，我们民族之矛的足球队在孔瓦、姆瓦普瓦（Mpwapwa）和多多马地区的球队中脱颖而出，成为最顶尖的几支球队之一。每当我们的队员在孔瓦足球场上驰骋时，我都会和当地的居民以及同志们一起观看比赛，为他们的每一次胜利尽情欢呼，共享那份胜利的喜悦。

挑战

孔瓦地区的气候条件十分恶劣，粮食供应也常常不足，这使得当地的生活条件变得更加艰苦。为了改善伙食状况，我们决定开辟一个菜园，并选择了营区南侧的一块闲置土地进行耕种。为了更好地利用水资源，我们特别设计了一种灌溉系统，在每行作物之间挖设沟渠，以确保作物能够得到充足的水分。博伊·奥托（Boy Otto）、恩格坎巴扎（Ngcambaza）和大卫·恩德瓦内（David Ndwane）自愿将大部分时间用于浇水和照料作物。我清晰地记得，夜班时，大卫·恩德瓦内独自为我们的菜园浇水，他的身影在夜色中显得有些孤单。我们在这片土地上辛勤耕耘，种植了各种蔬菜，极大地改善了生活条件。每当看到茁壮成长的胡萝卜、卷心菜等蔬菜，我就会回想起在克维德拉纳学校的日子，正是在那里，我学会了轮作。

非国大主席奥利弗·坦博和非国大财务总长马卢姆·科塔内来看望了我们，他们提议我们制定一套行为准则和民族之矛誓言，以此为我们的营区管理提供公正且明确的规则和条例。马卢姆·科塔内强调，身为政治志愿者，我们必须坚定不移地致力于为南非的解放事业奋斗终身，要团结一心，为全体南非人民提供可信赖的领导。我们全体成员都要响应这些指示，积极行动起来，并由营区指挥官姆齐姆库鲁·马基瓦内负责整体协调工作。

这次"看望"过后，姆齐姆库鲁·马基瓦内于孔瓦营区召集了所有民族之矛的成员，并亲自主持了会议，针对新提出的行为准则进行了深入讨论。我们制定这套准则的核心目的在于遏制不当行为，明确规定了诸如使用辱骂性语言、周末自孔瓦镇晚归、盗窃、袭击他人，以及酗酒等行为属于违纪。为了确保准则的执行，我们制定了一系列的纪律措施，包括连续一两个周末禁止外出、背负装有20千克石头的背包绕营区行进、进行俯卧撑和蛙跳练习等体能惩罚。经过投票，我们决定引入笞刑作为一种惩罚手段。在没有笞杖的情况下，可以使用被称为"乌卜卜"（umbobo）的软管作为替代。然而，当排长们开始执行这些规定时，却并未受到大家的欢迎。姆齐姆库鲁·马基瓦内作为会议的主持者和行为准则的推动者，甚至被戏称为"姆卜卜"（Mbobo）。但我认为，这样的外号让民族之矛中其他参与决策的成员逃避了作为共同制定者的责任。我是少数反对使用"乌卜卜"的民族之矛成员之一。我将这种做法与殖民时代的惩罚手段相联系，它旨在贬低被殖民者的地位，使得男孩和他们的父亲处于同一社会层级。然而，我的反对声音并未产生太大的影响。我们这些反对笞刑的人也未能提出更具创造性和人道主义的替代方案。

在大多数民族之矛成员完成了军事训练归来以后，领导层宣布是时候进行宣誓仪式了。于是，民族之矛选派了一些同志与非国大的领导人共同起草誓词。经过一周的努力，我们的起草小组完成了一份讨论文件，但其中包含了一些有争议的段落。

我们中有些人主张将文件的标题从"民族之矛誓词"更改为"非国大誓词"。他们认为，不仅仅是参与武装斗争的战士，就连文职人员也应当受到这份誓词的约束。我们的观点得到了以下这段文字的支持："无论身处国内还是国外，我都将竭尽全力捍卫和保护非国大，甚至不惜牺牲自己的生命。我深信，作为政治领袖，解放运动的每一位领导者都必须全身心地投入捍卫和保护非国大的事业中去，这种捍卫和保护既体现在思想上，也体现在军事上。"尽管我们据理力争，希望领导层能作出全体承诺，并将这一承诺在各个层面制度化，但遗憾的是，我们的观点并未能说服大多数人，因此文件的标题最终仍定为"民族之矛誓词"。

在我们中间，有些人对"以眼还眼"的报复性意识形态提出了质疑。这部分民族之矛的成员认为，我们的社会基础，根植于《自由宪章》，不应建立在陈旧的殖民观念之上。我们的政治斗争，是为所有南非人民争取自由，而不能沦为一种报复的手段。《自由宪章》为我们的解放运动和民族之矛赋予了独特的新身份，并塑造了我们对人类的全新态度。我们中的一些成员曾在中国接受培训，他们了解到，中国的战士会对战俘进行政治教育，通过这种方式，这些战俘经历了转变，最终也成为战士。然而，大多数的民族之矛成员持有不同的观点，他们认为我们必须给予敌人应有的反击。尽管其他同志的论点颇具说服力，影响了大多数人的决策，但我们提议将《民族之矛誓词》与《自由宪章》的理念相结合的尝试，最终并未成功。这些经历深刻地教会了我，成为一个独立思考者和行动者究竟意味着什么。在我们的组织中，我们尊重每个人所持有的不同观点。

我原本以为，只要对有争议的问题进行投票表决，孔瓦营区内部的纷争便可画上句号，我们也能够准备返回南非。然而，我当时对解放运动内部冲突的认识尚处于初级阶段，并未预见到我们将要面临新的内部挑战。事实上，这仅仅是我们应对内部分歧的开始。

权力斗争

1965 年的一个清晨，马达拉（Madala）吹响了号角。我们迅速赶到指定的集合地点等待进一步的指示。这时，我们的营区指挥官姆齐姆库鲁·马基瓦内从帐篷中走出，他首先向我们敬了一个礼，随后指示大约五百名民族之矛的成员席地而坐。这是一个明确的信号，表明我们面临着重大的问题。当所有人都就座后，一个中等身材的男子从附近的一栋建筑中走出，他身着便装，头戴一顶灰色帽子。在场的民族之矛成员们发出了兴奋的低语，我猜测其中一些同志可能认识他。姆齐姆库鲁·马基瓦内介绍说，这位是乔·莫迪塞。莫迪塞身材稍显圆润，脚上穿着一双看似价格不菲的鞋子，双眼锐利如虎。然而，在马基瓦内的介绍中，我并未感受到两位领导在普通成员面前应有的相逢时的热情。相反，从他的语气中我察觉到了一丝失望和厌恶。这种情绪让我感到困惑不安。

当马基瓦内请兰伯特·莫洛伊给我们讲话时，我感到很惊讶，因为之前总是由马基瓦内来介绍我们要讨论的主题。莫洛伊告诉支队，前几天他接到博西博（Bocibo）的消息，大楼里的一位同志要求召开紧急会议。进入大楼后，他见到了莫迪塞，莫迪塞问候了他，在一番寒暄之后，指示他组织起民族之矛的支持者们反对恩古尼人对民族之矛的统治。我来自恩古尼语民族，它由科萨族、祖鲁族、恩德贝勒（Ndebele）族和斯威士（Swazi）族组成。非恩古尼语民族有索托族、佩迪（Pedi）族、茨瓦纳族、文达（Venda）族、尚甘（Shangaan）族和其他一些较小的民族，大家都是民族之矛的成员。莫洛伊继续说，讲非恩古尼语的民族之矛成员应当反对讲恩古尼语成员的领导。

罗伯特·姆韦马、卡普纳尔（Kapnaar）和博伊斯（Boyce）也被分头叫来，为相关指控做证。令我感到震惊的是，一些非国大成员仍然透过种族眼镜来看待生命，尽管我们已经准备好要返回家园，准备好被部署去全国的任何一片土地——无论那里是何种族的定居点。接着，姆齐姆库鲁·马基瓦内向我们发表了一份声明，我认为他是深思熟虑过的，他指出，莫迪塞的举止应引起所有民族之矛成员的高度关注。马基瓦内透露，莫迪塞曾秘密潜入孔瓦营区，并在那里逗留了整整一周，而他作为营区指挥官却对此一无所知。令他感到困惑的是，值班的同志和带莫迪塞前来的司机都未曾向他报告此事。他眼泛泪光，告诉我们，莫迪塞在营区期间曾进行了一系列面对面的谈话，这些谈话严重违背了非国大的政策和章程。马基瓦内担忧地表示，莫迪塞背后捣鬼的作风可能对解放运动造成长远的负面影响，并可能在未来引发可怕的后果。他强调，我们必须将这种在非国大内部播撒分裂种子的行为扼杀在摇篮之中，以确保我们的斗争不会沦为一场阴谋诡计的闹剧。他的言论让我想起了一句歌词："被蒙在鼓里，令人痛苦忧伤。"当马基瓦内质问莫迪塞为何未通报其到来时，后者以显而易见的傲慢且愤怒的态度回应。马基瓦内解释说，他之所以将此事提交给支队讨论，是因为莫迪塞拒绝与他进行任何对话，这种行为显然是对所有民族之矛成员的不尊重。言毕，马基瓦内坐了下来。

我们的目光再次聚焦在乔·莫迪塞身上，他缓缓站起，开始发表讲话。他的措辞极为巧妙，显然意在智取马基瓦内。莫迪塞轻蔑地指出，马基瓦内的发言就像玉米汤里的火苗，空无一物。他宣称，自己曾被非国大全国执行委员会任命为民族之矛总司令，这一职位的权威性远超区区一个营区指挥官。他强调，任何人都不应误以为自己的军事训练和技能赋予了他独立思考、自由发言和随心所欲的权利。莫迪塞继续说道,他未曾料到,民族之矛的成员们竟会如此天真,以至于让武装斗争吞噬了他们中的一些人。他断言,民族之矛的成员,无论是为我们而战还是为敌人而战,其价值并不高于甚至可能低于那些留在家乡的南非人。随着时间的推移,英雄、懦夫和叛徒之间的界限将变得模糊不清,他们都将获得同等的荣誉和尊重。在这场冲突中,莫迪塞认为,只有那些没有参与针对他本人阴谋的人才能幸存下来。他指责莫洛伊、姆韦马、卡普纳尔和博西博缺乏向他直接表达观点的勇气,而只敢向他们的营区指挥官报告部分内容。然而,他相信非国大设在莫罗戈罗(Morogoro)的总部将会公正地处理此事,并为他主持公道。最后,莫迪塞指出,他的直接上级是 O.R. 坦博,因此,营区指挥官理应将他视为长官并向他致敬。然而,他认为马基瓦内在这方面严重失职。

我感到很困惑,无法理解正在展开的这场争端。我了解到,我们在孔瓦营区所担任的职务,其初衷是为了确保营区日常运作的顺畅。然而,这些职务并非永久性的安排。我曾满怀期待地认为我们已经为在南非建立一个无种族界限的社会做好了准备,但眼前部落主义、种族分歧与相互猜忌的抬头让我愤怒不已。我开始质疑,为何民族之矛——这个由南非各个族群和行业成员组成的组织——会被某一语言群体所主导。据我所知,解放运动的不同部门在招募民族之矛成员时,更看重的是个人的能力与专长,而非他们的语言能力。在我所了解的流亡领导层中,有 O.R. 坦博担任民族之矛的总指挥官,J.B. 马克斯大叔担任政委,马卢姆·科塔内负责纪律与安全,而杜马·诺克威则主管情报工作。这些领导人都来自南非的德兰士瓦省,由当地非国大分支机构推选并担任要职。我接受他们的领导,并视他们为南非及我们非国大在国家层面的重要领导人。事情无非就是这样。

争执后的第二天,我们醒来时,值班的同志告诉我们,莫迪塞已在夜间离开了孔瓦营区。然而,令人震惊的遭遇仍然困扰着我们,随后在所有民族之矛分排进行的政治讨论,都围绕着四位同志的报告、营区指挥官的声明和莫迪塞的叙述进行。我所在的分排有十个人,大家都感到我们被不公平地卷入了一场我们不理解、没有参与、也不想参与其中的冲突。问题是在流亡期间和返回南非时,该如何避免卷入将要到来的风暴。文森特·科扎(Vincent Khoza)、帕特里克·莫劳阿和米克扎（Mikza）等高级别的同志对马基瓦内和莫迪塞可能破坏我们共同返回南非的愿望表达了深切的担忧。他们担心，如果我们分裂成对立的民族之矛小组，领导层可能会以此为由推迟我们以自由战士身份回国的时间，而这个身份对我们每个人的生活都至关重要。

我所在分排的民族之矛资深人士，包括排政委埃里克·姆查利，都认为包括这两位在内的一些非国大领导人可能会阶段性地制造冲突，以确保他们中没有人会被派去领导返回南非的民族之矛团队。在我的分排里，民族之矛成员将马基瓦内和莫迪塞比作那些大搞朋党政治的领导人，一些成员还回顾了其他国家武装斗争中的背叛案例。我深刻地意识到自己对政治和军事阴谋仍然知之甚少。我从未怀疑过任何非国大成员的奉献精神和他们所作的承诺，也从未设想过我们的队伍中可能潜藏着敌方的细作。然而，这次冲突让我意识到，并非每个国民大会成员都像他们声称的那样忠诚。

尽管我们进行了这样的讨论，但仍有一部分人支持马基瓦内，另一部分人支持莫迪塞。支持马基瓦内的人认为，无论身份如何，所有访客和新来者都必须向营区指挥官报告。他们还认为，莫迪塞须是所有民族之矛成员的总司令，而不是某个特定族裔的总司令，因此他不适合担任如此重要的职务。支持莫迪塞的人则将问题上升，指出确如莫迪塞所言，大多数高级领导人，包括非国大主席阿尔伯特·卢图里和他的副手奥利弗·坦博、秘书长杜马·诺克威和民族之矛的创立者兼总司令纳尔逊·曼德拉等，都讲恩古尼语。而除了阿尔伯特·卢图里外，其他人又都是德兰士瓦省的居民，并由非国大在该省的分支机构提名。德兰士瓦省是南非人口最多元化的地方。我们的讨论应以达成解放运动的目标为要，任何成员可能担任的职位或政治职务如何，是无足轻重的。

当我们还在试图厘清这一令人困惑的情况时，波托（Poto）去世了。波托与我同龄，生前看上去很健康，他的去世震惊了我们孔瓦营区的所有人。

那周周四，J.B. 马克斯大叔、马卢姆·科塔内从大约 200 千米以外的莫罗戈罗，赶到了孔瓦营区。第二天，民族之矛的全体成员都聚集在营区指挥官的帐篷前，两位非国大领导人向我们介绍了解放运动中的一些活动情况。J.B. 马克斯大叔告诉我们，非洲人国民大会正在积极恢复与我们返回南非的不同路线的联系，而在此前没有联系的地方，正在搭建起新的联系。

马卢姆·科塔内表示，坦桑尼亚与邻国之间严格的边境管制使得建立联系变得困难，而且资金缺乏使得非国大很难在成员返回南非后维持他们的生活。J.B. 马克斯大叔谈到了马基瓦内和莫迪塞之间的问题，他告诉我们，非国大领导层已决定派马基瓦内带领团队寻找返回南非的安全路线。他的营区指挥官职位将由杰克·加蒂贝接任。收到这个消息后，大家非常兴奋。

周六，J.B. 马克斯大叔在波托的葬礼上发表了讲话。他把死亡比作一个无情的小偷，它在意想不到的时刻以意想不到的方式降临，即使是最复杂的锁或坚不可摧的金库也无法阻止它。我们把波托安葬在孔瓦公墓的一个无名冢里，我想到了他远在家乡的亲人，他们可能永远都无法得知他的下落了。战友的离世让我们沉浸在悲痛之中，这场悲剧给马基瓦内和莫迪塞之间的纷争增添了一层沉重的阴影。

当天下午，马卢姆·科塔内离开孔瓦营区之前告诉我们，非国大领导层希望发起一场"释放政治犯"运动。为了传达释放所有政治犯的呼吁，我们需要一张充满人性的面孔来代表我们的诉求。位于莫罗戈罗的非洲人国民大会总部征求了我们的意见和南非人民的意见，以确定被监禁的人中谁应该是那张面孔。J.B. 马克斯大叔说，他们预计我们的意见将在一周内到达非国大总部。

两位领导人离开后，我们就这个问题举行了会谈。姆齐姆库鲁·马基瓦内建议我们从戈万·姆贝基（Govan Mbeki）、沃尔特·西苏鲁（Walter Sisulu）、埃利亚斯·莫特索阿莱迪（Elias Motsoaledi）、雷蒙德·姆拉巴、纳尔逊·曼德拉和安德鲁·姆兰吉尼等人中进行选择，他们都被判处无期徒刑，并将在监狱里待到南非摆脱殖民主义为止。由于我从未有机会与这些非国大领导人进行互动，所以我成为这场辩论的旁观者，只是建议说，我们应该选择同志中年龄最大、任职时间最长的一位。从我们排的讨论中，我意识到即使是那些与这些领导人密切合作过的人，他们的体会也是多种多样的，意见也是纷繁芜杂的。讨论结束时，我们推荐的人选是非国大前秘书长沃尔特·西苏鲁或戈万·姆贝基。两人都是非洲人国民大会的长期成员，为争取南非自由而奋斗终生。

在向非国大总部发送我们的意见之前，我们接待了 O.R. 坦博、J.B. 马克斯大叔和杜马·诺克威的来访。我们在通常的集合地点聚集，去听他们的讲话，但他们却要求我们对谁应当成为"释放政治犯"运动的那张代表性面孔一事提出建议。马基瓦内把孔瓦营区建议的两个名字告诉了他们。领导们肯定了我们付出的努力，坦博表示，这对他们来说也是一项最艰巨的任务。

最后，他们同意将埃利亚斯·莫特索阿莱迪、雷蒙德·姆拉巴、沃尔特·西苏鲁和戈万·姆贝基排除在考虑范围之外，因为大家都知道，他们也是共产党的领导人，对他们的提名将直接证实种族隔离政府关于非国大是共产党的说法。结果，纳尔逊·曼德拉当选。坦博告诉我们，除了1961年12月16日宣布成立民族之矛外，曼德拉还在利沃尼亚审判中代表他的所有同案被告在被告席上宣读了一份声明。我相信他们的决定是公平且经过深思熟虑的。据我了解，"释放所有政治犯——释放纳尔逊·曼德拉"运动适用于所有政治犯，无论其政治派别如何。从那次孔瓦营区会议的情况来看，我觉得我们都对这个决定感到满意。

反共主义

坦博、诺克威和J.B.马克斯大叔到访的几天之后，一些同志指责非国大反对共产党及其党员，同时也有一些相反的说法，称共产党员想劫持非国大，把它当作共产党的佐卫。我觉得这些指控很奇怪，因为民族之矛成员来源复杂，很多人是非国大、共产党、南非有色人种大会、南非印度人大会、民主党大会和南非工会大会的正式成员。对我来说，这些政治动态是全新的，我还没有掌握参与这些辩论所需的背景信息。我不确定这些指控是否对释放政治犯的运动有影响，但我意识到，作为一名分排政委和小组中最年轻的成员，我必须尽快补足相关的知识。

我们分排的一些成员很了解非国大。比如帕特里克·莫劳阿，在1960年非国大被取缔前，曾任非国大青年团主席。一些成员曾在中国或苏联接受过一年多的培训，除了学习军事科学，还接触过社会学。一些成员是福特黑尔等大学的毕业生。而我是在埃及接受的训练，那里没有社会学研究。和这些人在一起，对我既是挑战，也是机遇，我学到了在面对不断发展的政治动态的同时，注意不要受人操纵。关于反共主义的讨论很有挑战性，因为他们会谈论其他国家的例子，其中涉及一些我从未听说过的名字。

在姆齐姆库鲁·马基瓦内的主持下，我们以我认为各方都能接受的方式结束了辩论。我们一致认为，反共情绪和非共情绪之间存在明显区别。在我们解放运动的背景下，反共分子是指宣扬反共思想、不与共产党有政治联系的人。主张资源、机会和技能共享的共产主义意识形态让这些人坐立难安。在非国大和整个解放运动中，各级成员——从分支机构到全国执行委员会——均由既是非国大成员，又是共产党员的男女们组成。

在解放运动的背景下，非共产主义者指的是那些虽然不认同共产主义的理想和哲学，但愿意与共产党保持政治合作的人士。这些人与共产主义者共享解放国家的宏伟目标，正如非洲人国民大会与共产党之间的关系一样。我们被明确告知，《自由宪章》不仅是南非民族解放的指导原则，也是南非共产党遵守的最低纲领。我们可以断言，在解放运动的队伍中，并不存在所谓的反共分子，只有非共产主义者。我对这一结论感到欣慰，因为它充分肯定了我们每个人的贡献，并且是建立在超越政治立场的基础上的。然而，孔瓦营区内依然弥漫着不可名状的政治紧张氛围。一些人将其归因于非洲主义倾向，认为共产党人将其意识形态和影响力潜移默化地引入了非国大，破坏了非洲民族主义的议程。

在孔瓦营区的民族之矛总部，我们召集了支队内所有负责政治教育的政委共计二十六人——其中九人来自分排，九人来自排，三人来自连，还有五人来自孔瓦的民族之矛总部——共同参加了一次重要会议。会议的核心议题是讨论仅属于非国大的成员与同时属于非国大及其联盟伙伴（如南非有色人种大会、南非印度人大会、南非共产党和南非工会大会）的成员之间逐渐加剧的紧张关系。作为民族之矛的一员，我们深知自己都是同一解放运动的重要组成部分，这个运动汇聚了所有志同道合的联盟伙伴。因此，我们肩负着通过公开、坦诚的讨论来化解分歧的重任。在三个连的讨论中，"包容各方的非洲民族主义在南非的崛起"成为大家共同关注的主题。会议强调，我们的所有讨论都必须严格遵循《自由宪章》的精神和原文表述。其序言中庄严宣告："南非属于所有生活在这片土地上的人们。"

为了展开讨论，我们分成了几个排。在我所在的排里，大家一致认为南非的所有公民都是非洲人，这以国际公认的、被称为南非共和国的国界来确定。

从这个前提出发，我们排列出了南非存在的四种民族主义及其主张：非洲民族主义、印度民族主义、阿非利卡民族主义和殖民民族主义。说英语的南非掌权者们宣扬殖民民族主义。所有学校、政府和国家通信中都使用英语，这是他们主导地位的体现。在争取自我实现和使用自己语言的自由的斗争中，阿非利卡民族主义努力团结所有南非白人。在保护其文化和政治的过程中，它还寻求为他们所认为的不同种社区群体建立单独的民族居住区。印度民族主义要求那些被归类为印度人的人必须有权在南非所有省份自由迁徙和贸易。非洲民族主义努力将所有南非人民团结为国家公民。国家政府强制实行的分裂，对那些推动南非全民一体、希望南非成为一个单一国家的团体、个人和组织形成了严峻的挑战。

我所在的排有五十多名成员，埃里克·姆查利是我们的带头人，我们认为，站在非洲民族主义的立场上去谈论南非是不正确的，因为那里不该有殖民民族主义、阿非利卡民族主义、印度民族主义或非洲民族主义。非洲民族主义的概念适用于整个非洲大陆，而不只适用于非洲的某个国家，更不只适用于同一国家中的不同群体。当各排被集合在一起，最终确认关于民族主义的问题时，我们仍在议论不休。

支队接受了我们排的观点，即在提到南非时谈论非洲民族主义是不正确的。为了深化这一声明，我们的支队提出，南非民族主义拥抱我们的文化、历史、生活方式、艺术产品、精神和遗产。在我们这个时代，南非民族主义提倡《自由宪章》中包含的价值观，该宪章是南非未来的纲领。我们提出的南非民族主义还阐明了我们反对殖民主义和种族隔离的立场，我们支持并声援所有反对殖民主义的国家。南非共产党全力以赴，参与到这场斗争中来，我们倾力支持南非民族主义和南非民族解放运动（非国大、南非印度人大会、有色人种大会、民主党大会和南非工会大会等）。这一声明得到了组织所有成员的认可，并传达了出去，这是《自由宪章》精神和文字的真实反映。

我为得出了这样的结论而感到高兴，因为它为我们的斗争注入了广泛而深刻的内涵，并与我的个性以及我对集体团结的渴望产生了强烈的共鸣。如今，我以一种全新的视角看待我的同志们；我们紧密地团结在一起，协同合作——无论我们设定何种目标，都有能力将其变为现实。

苏联和中国

1965年是"中苏冲突"最严重的一年,中国共产党和苏联共产党之间的矛盾影响到了两国政府间的关系。

中苏冲突使国际共产主义运动分裂为亲中和亲苏两大阵营,直接影响到反殖民解放运动和组织。冲突的中心似乎是发达国家和不发达国家(包括殖民地)对马克思主义哲学和反资本主义革命的解释。

孔瓦营区的亲华工人党成员声称,在许多殖民地国家,工人要么是少数,要么仍处于觉醒和组建工会的过程中。在大多数有着悠久反殖民主义历史的殖民地国家,农民和农村社区构成了最大的、明确的社会阶层。因此,反资本主义、反殖民斗争的领导权就应该落在农民和农民知识分子的肩上。

亲苏联的民族之矛成员将工人阶级与其他社会团体的联盟视为反资本主义和殖民主义斗争的领导者。他们认为,全球工业化正在吸引大多数人加入工人的行列。这些民族之矛的成员相信工人是反资本主义和殖民主义斗争的领导者。

随着辩论日趋激烈,我们孔瓦营区的政委克里斯·哈尼和彼得·特拉迪告诉支队所有成员,坦桑尼亚的解放运动领导层也就同一话题进行了激烈争锋。令我感到困惑的是,这样一个距离如此遥远的问题竟然能与我们在南非的斗争具有同等的重要性。我对民族之矛成员提出的关于支持中国或苏联政治和意识形态立场的激烈观点感到震惊。民族之矛的成员广泛引用了毛泽东、周恩来、刘少奇等中国理论家的著作,而其他人则热情地引用苏斯洛夫(Suslov)、斯大林、列宁等苏联理论家的著作。我意识到我是少数不理解为什么我们是对中苏冲突如此情绪化的人之一。大家彼此谩骂,斥责对方是"修正主义者""反革命分子",后来更是要动起手来。甚至在我所在的民族之矛分排里,意见之争也制造出了巨大的鸿沟,这真令我震惊万分。这些攻击有时就像机关枪扫射一样震耳欲聋,但我逐渐明白,我生来就注定要经历这些激进的思想分歧时刻,而当大家一起漫步营地,或友好地分担营地工作,或睡觉时,这些分歧又很容易就会被搁置一旁。

话虽如此,那些激烈的、令人肾上腺素飙升的辩论仍在我们的厨房、菜园、国际象棋赛台、厕所、诊所以及任何能凑齐三名或三名以上民族之矛成员的地方继续进行。而后,一天早上,姆通瓦(Mtungwa)和西德韦尔·马约纳(Sydwell

Mayona）告诉我，民族之矛图书馆丢失了一些书籍。我便去图书馆查看，发现原本放着中国共产党作家书籍的书架已经清空了，图书馆里曾经有过此类书籍的证据也一起消失得无影无踪。清理工作进行得很好，没有留下任何痕迹。当我茫然地站在那里时，几个人从图书馆进出，从他们的神态和眼神中，我看出了书籍失踪的真相。对我而言，所有的书籍，在帮助个人和集体成长，在帮助我更好地理解我们所生活的世界等方面，都一样重要。书籍的失踪使我深感忧虑。

离开图书馆后，我找到了我们排的政委姆查利。[1] 我激动地向他叙述了所发生的事情，我的无措肯定显露了我内心的情绪波动。然而，出乎我意料的是，他对我的报告显得漠不关心，并带着微笑建议我不要太过在意书籍的丢失。他似乎在自言自语："这些书只是加剧我们民族之矛内部矛盾的工具。"我听后惊愕不已，离开了他的帐篷，但下定决心要在我所在的民族之矛分排的政治讨论中提出书籍丢失的问题。

在那天晚上的会议上，我告诉大家我们排的政委告诉我不要理会书籍丢失的问题。令我惊讶的是，一些民族之矛高级成员，包括帕特里克、文森特、米克扎和姆科卡（Mkoka）说，莫罗戈罗总部已下令要将中国作者的书籍从我们的图书馆里清除。他们还告诉我们，非国大领导的解放运动将不再派民族之矛成员到中国接受军事训练，因为我们的解放运动在中苏冲突中站在了苏联一边。这让我感到很困惑，因为我将苏联和中国视为我们斗争中亲密且值得信赖的朋友。我们的领导人决定以牺牲中国的影响力为代价来突出苏联的地位，这让我感到很不舒服。当我还在思考民族之矛高级成员发出的这一讯息究竟意味着什么时，姆查利评论说，这意味着从那时起，非国大领导的解放运动将接受苏联阵营的哲学和革命理论。

在清除掉中国作者书籍后的几天里，我们重新将注意力集中在营区活动上，并再次把焦点放回到南非本身。值得一提的是，所有关于中苏冲突的争论都到此为止了。这样的转变使得我们保持了团结和相互尊重，然而，我不禁开始思考，为何我们在为自己的解放而奋斗的同时，却卷入了两个主要的共产主义超级大国之间的争斗。

---

[1] 具有讽刺意味的是，民族之矛同时采用了苏联和中国军队的分排、排、连和支队政委军衔。

整个事件让我想起了来自东开普省贝德福德（Bedford）的科萨族领袖恩奇卡（Ngqika），他被尊为阿玛拉哈贝（amaRharhabe）的高级酋长。19世纪初，他拒绝站在殖民者一边卷入战争。他说："我没坐在火边，不知道风往哪个方向吹。"他的意思是，最好坐在能看到所有参与者的位置，这样可以更好地把握全局。每个决定和行动都可能对未来造成深远的影响。然而，对我来讲，即便深入学习了中国的思想，也很难化解这场内部斗争。作为学生，经常要面对这种两难境地，我也只能接受。在南非的背景下，矿工们离开矿井后就是农民，这体现了工人与农民的深度融合。经过深入的私下讨论，我认识到这一过程具有一种净化作用，借助讨论中苏之间的冲突，我们通过辩论来考验彼此。这一经历重塑了我们对南非民族主义的承诺，让我们在情感上更加坚强，并坚守道德底线。我的目标非常明确——希望自家井然有序，没有纷扰。

我深感孔瓦阵营从中苏辩论中汲取了力量，这重新激发了我们的团队精神和对南非解放的共同承诺。这一点在我们民族之矛的公报《黎明》中得到了充分体现，大家为其撰写了高质量的文章。曾在苏联接受军事训练的人解释说，《黎明》这个名字源于反对俄国沙皇的政治斗争，当时孟什维克的一个政治组织创办了一份名为《我们的曙光》（*Nasha Zarya*）的刊物，其英文名即为《我们的黎明》（*Our Dawn*）。

在民族解放运动中，民族之矛引入了"黎明"的概念，象征着南非武装斗争新篇章的开始。《黎明》这份公报，不仅引导我们关注一系列丰富多彩的活动，如内部象棋比赛的激烈对决，红袜队与道奇队等俱乐部间的垒球比拼，还有足球赛事的热血激战。同时，它还设立了诗歌专栏，让我们品味文艺的韵味，并报道了非洲、亚洲和南美洲其他解放运动的最新动态。更有趣的是，公报中还有一个葡萄酒专栏，为我们增添了不少生活的乐趣。此外，《黎明》也真实记录了孔瓦当地社区与其他解放运动成员间的友情与纷争。值得一提的是，这份公报主要用英语进行报道。

《黎明》报道了一些展现友谊的活动，并对威尔逊·姆巴利所带领的民族之矛医疗队进行了专题报道，对他们的贡献表示了赞扬。然而，孔瓦社区的成员与民族之矛的成员之间因酗酒问题而产生了一些冲突。在某次冲突中，民族之矛的成员与当地人发生了争执，导致当地人向孔瓦警方提出了袭击指控。警方随后将此事报告给了奇孔贝莱少校和马甘加中尉。为了找出肇事者，我们组织了一次整队，大约有一千人参与，其中包括了许多混杂在民族之矛成员中的莫桑比克解放阵线成员。由于非洲统一组织提供的制服非常相似，这使得我们的身份变得难以区分。最终，当地人指认了更多的莫桑比克解放阵线成员，而不是民族之矛的成员。警察和两名军官最终说服了当地人，让他们相信自己认错了人。鉴于没有当地人在这次事件中受到严重伤害，我推测是奇孔贝莱少校和马甘加中尉策划了这次整队行动，以保护那些参与了这次小规模冲突的民族之矛成员。

第 12 章 苏 联

一天早上，我们三十个人突然被告知，要准备出发去接受进一步的军事训练，但并未说明我们的训练将在哪里进行。几天后，一辆从孔瓦出发的卡车把我们带到了达累斯萨拉姆，在那里，另外八名民族之矛成员加入了我们，其中包括赫克托·恩库拉（Hector Nkula）、约西亚·耶勒（Josiah Jele）、杰奎琳·莫莱夫（Jaqueline Molefe）、古梅德（Gumede）、萨姆·马塞莫拉（Sam Masemola）和博伊·奥托。我们没有问任何问题，但有人提到他们是最近才从南非抵达这里的。那天晚上，我们住在卢图里营区，除我们以外，这里似乎空无一人。

第二天一早，我们就驱车前往达累斯萨拉姆机场，在那里，四名身穿坦桑尼亚军队绿色制服的男子迎接了我们。这些官员把我们带到了机场的一个僻静位置，在那里，我们看到了一架侧面写着 CCCP（苏联）字样的飞机。

两名穿着普普通通的便服的男子迎接了我们，并引导我们入座。机组其他成员也都是穿着便服的男子，但他们几乎不会说英语。部分白人并不会说英语或南非荷兰语这件事，着实令我困惑。

我与鲍勃·祖鲁和哈廷·莱洛霍诺洛（Hatting Lehlohonolo）同排，我坐在靠过道的座位上。离开坦桑尼亚，给了我们一个谈话的机会，内容主要是关于中苏之争的。我发现我们都不赞成民族之矛与中国人断绝关系。我全神贯注于我们的谈话，以至于当我们在也门荷台达（Hodeida）机场降落时，我吃了一惊。达累斯萨拉姆和荷台达之间的航程似乎很短。我们乘车从机场出发，前往红海沿岸的荷台达酒店。风太大，又热又干，我们谁都不敢出去，我只能透过酒店的窗户，羡慕地看着那几个勇敢地在海滩上洗澡的人。我们吃了炒饭、牛排和蔬菜，大约 3 个小时后，我们被送回机场，旅程继续。

那天傍晚，我们再次降落在一个有雾的机场，能见度很差。飞机落地时，一名机组人员通过扬声器说:"欢迎来到敖德萨(Odessa)。"我以前从未听说过这个名字。一下飞机,我们就跟着两名机组人员来到了一个停车场,两辆大巴车等在那里。我们在迷蒙的黑暗中驶离机场,驶向远处昏暗的灯光。

从蜿蜒的路灯来看,我们已经来到了一座大城市,我们乘坐的大巴车很快就驶进了一个入口,入口处有身着棕色军装、头戴棕色军帽的士兵把守,帽子的中间是一颗红色的星星。大巴车停在一栋大楼前,我们被叫下车,跟随穿着制服的人进入大楼。在楼里,穿着便服和军装的男女给我们发了军装:两套靴子、袜子、裤子、夏季和冬季白领衬衫、帽子和称为"沙普卡"(shapka)的保暖军帽、腰带,以及外套。我们拥有了数量如此惊人的军装,还额外获得了便服,包括两套西装、两双鞋子、两件衬衫、一件外套和多顶帽子。令人感到更加意外的是,为我们提供服务的竟然是白人男女。他们展现出的整体态度和友善,让我深信他们是真心热爱自己的工作。在这里,我们的种族、文化和外貌都显得无关紧要;我们只是众多人类同胞中的一分子而已。

在接收完军用和民用服装后,我们被引领至不远处的一栋公寓楼,并被随机划分为4组。莱洛霍诺洛、乔丹·姆塔瓦拉(Jordan Mtawara)、加巴(Gaba)、约瑟夫·蒙瓦梅西(Joseph Monwametsi)、姆岑古、卡修斯·马克(Cassius Make)、迈克·泰姆博(Mike Thembo)、本·查巴(Ben Chaba)等人和我被带到二楼的宿舍,这是我们接下来6个月的住处。进屋之后,我惊讶地发现一群黑人已经在那里了,一些人坐在床边,另一些人则站着聊天。当我们进去时,他们都高喊"欢迎来到敖德萨,同志们!"欢迎我们的人包括摩西·马布海达(Moses Mabhida)、甘地·赫莱卡尼(Gandhi Hlekani)、马修·戈尼韦(Matthew Goniwe)、姆塞比西·科夸纳(Mcebisi Kokwana)、姆贝亚、拉什迪·姆劳利(Rashidi Mhlauli)、姆卡巴(Mkaba)、恩加洛和布鲁诺·萨利瓦(Bruno Saliwa)等。在异国他乡受到民族之矛成员的欢迎,真是给了我一个很大的惊喜。

第二天早上,洗漱完毕,我们骄傲地穿上了崭新的制服。我感受着这份焕然一新,仿佛已经踏入了一个全新的世界。我陷入了沉思,随后注意到我的小组成员们也流露出同样的表情。我们列队到餐厅吃早餐,餐品有粥、牛奶、鸡蛋、黑麦面包和鱼。我们在敖德萨军营的饮食每天都不同,但我最喜欢的是白菜汤、猪肉、鱼子、黑麦面包、各种蔬菜和苹果。

早餐后，我们走进教室，这是一个气氛温馨的多功能设施厅，在接下来的6个月里，成为我们的日常讲堂。里面配备了舒适的椅子、书桌、写字板、下拉屏，即使在寒冷的冬日，室温也很宜人。我们按照一个安排合理的课表上课，课程包括政治经济学、历史、哲学、战争艺术和科学、枪支和武器研究、无线电通信、作战军事事宜和军事工程。

周六和周日，我们可以在9点到16点之间离开军营。敖德萨看起来像是一个由公寓、楼房和其他建筑组成的大片的、绵延不断的城市，一座锚定在黑海沿岸并向内陆扩展的城市。街道、公共空间和室内的建筑和符号捕捉了从历史到现代的文化发展故事——从社会主义革命到第二次世界大战及战后。不过，我注意到最新的艺术品和当地人的生活之间存在些许不和谐。这些艺术品创造性地表现了人们庆祝胜利和成功，并开创了以工人为基础并由工人驱动的新社会文化的场景。但街上的一些人，仍表现出第二次世界大战带来的悲伤和失落，还有社会阶级差异导致社会主义和资本主义生活方式之间的差异有些令人困惑。然而，艺术和生活结合在一起，共同致力于建设一种新的人类幸福形式，其中包括支持像我们南非这样陷入殖民和镇压危机的世界人民，以实现我们的自由。

敖德萨花样繁多的社交活动令我着迷。这座城市常有外国船只和水手到访，既是本国民众不论男女老幼的疗养天堂，也是外国游客们的度假胜地。一些曾与非裔美国人打过交道的老水手，见到我们后会高喊"黑人！"，但大多数人似乎未曾接触过黑人群体。当我们走过时，他们会指着我们说"tshorni tshilavyek"，在当地语言中，这就是"黑人"的意思。他们与我们握手，之后，有些人甚至会端详自己的手掌，看看我们的黑肤色是不是染了上去。我对在敖德萨街道和黑海海滩上遇到的居民们的生活方式充满好奇。我在英国殖民统治下成长，对俄罗斯文化中的某些习俗感到颇为新奇。我第一次见到男人们在打招呼时会互相拥抱并亲吻。政治指导员解释说，这是俄罗斯人表达对自我、对人类以及对国家深刻敬爱和尊重的方式。渐渐地，我们也融入了这种文化氛围。在敖德萨的酒吧里，人们常常一边畅饮伏特加和生啤酒，一边抽着名为"帕皮罗斯基"（papirosky）的香烟，到处都是这样的景象，我们对此已经司空见惯。我还有幸与民族之矛的另外几位成员一同拜访了当地家庭，在那里，我们受到了热情款待，享用了丰盛的食物和饮品。

我们的讲师大多拥有上校军衔，他们用俄语授课。中尉们将讲座翻译成英语，但我们民族之矛小组中仍有大约一半的人听不懂。这部分人可以读写塞索托语或茨瓦纳语，因此，小组请我和博伊·奥托承担后续将英语翻译成茨瓦纳语和索托语的工作。由此，每场讲座都被翻译成了英语、茨瓦纳语和塞索托语。我们利用课余时间，与部分学员一起订正每堂课的内容，甚至在大多数学员都选择外出的周末，我们依然坚持进行这项工作。

政治经济

我们的讲师说，政治经济学是一门研究人类在获取生产生活资料时，无论是作为群体还是个体自然形成的社会关系的学科。人类社会通过四种不同的社会形态发展起来，这四种社会形态也可以用生产方式来区分：原始公社或原始共产主义社会形态、奴隶社会、封建社会，以及资本主义社会。他们的不同之处不在于生产什么，而在于生产如何进行以及社会如何组织生产。

根据我们讲师的说法，早期人类的进化过程深受其所在社区社会形态的影响。那时，社区成员们完全依赖于大自然的恩赐，而他们的艺术和文化初期形态也生动地反映了这种生存方式。有趣的是，我在克维德拉纳的经历似乎与这种原始社区生活有着异曲同工之妙。在克维德拉纳，由于殖民制度的影响，我们的社区被迫自我组织成一个高度同质化的供给团队，劳动分工相对固定。在公共资源方面，克维德拉纳的土地由政府分配，并按照传统法律进行使用和管理。与原始社区相似，我们也极大地依赖于自然环境：充沛的雨水带来丰收和快乐，而干旱则导致共同的忧虑和困苦。我们的讲师提到，原始社区为了应对自然灾害并试图理解自然的运作规律，发展出了一套信仰和崇拜体系。在克维德拉纳，这一点也体现得淋漓尽致，除了新引入的基督教价值观外，我们还保留着深厚的传统信仰。然而，讲师也指出，随着私有财产的出现，这种原本和谐的生活方式逐渐瓦解。

私有财产的兴起推动社会进入了一种新的形态——奴隶制，在这种制度下，一部分社会成员归另一部分社会成员所有。政治学讲师讲述道，从原始的公社社会过渡到奴隶制社会是一个充满暴力的过程，因为许多成员对这种转变持有抵触态度。随着人们被划分为奴隶或奴隶主,原本的共产主义社会结构开始瓦解。为了稳固这种新的权力关系,奴隶们被迫对他们的主人表示崇拜。在奴隶制社会中,"家庭"这一概念主要指的是奴隶主及其所有物,包括他们拥有的奴隶。这不禁让我思考起我家乡的社区结构。在那里,社区是由多个独立的家庭组成,每个家庭都拥有自己的土地。重要的是,在这些家庭中,没有一个家庭拥有其他人(作为奴隶),土地是作为共有财产由酋长来管理的。

在南非,荷兰东印度公司于1715年成立了突击队,成员既来自贡乃玛酋长治下的科伊桑人,也有他们自己人。他们捕获牲畜,掳掠人口,强迫这些人在今天开普敦周边由自由的布尔人拥有的土地上劳作。我理解了南非如何从原始社会形态逐步演变为奴隶制社会,但我也深知南非社会的复杂性,以及其独特的历史背景和特点。正是这些独特性,彰显了我们在现实生活中面临的挑战,以及在追求目标时遭遇的困难。

我们的讲师强调,在奴隶社会中,农业的发展扮演了至关重要的角色,因为它打破了人们之前对大自然恩赐的完全依赖。奴隶主们引入民兵来保护他们的财产,并强制奴隶进行辛勤的劳作。作物灌溉和生活用水供应等技术的进步,预示着技术和科学知识的不断积累与增长。然而,奴隶制最终成为社会进一步发展的绊脚石。科技的新发展需要更广阔的土地资源,同时也需要在土地所有者和他们所拥有的奴隶之间建立一种新型的关系。

我们的讲师告诉我们,奴隶主抵制这些向新生产力进行的过渡,这引发了奴隶以及其他渴望新生活方式的人们的激烈反抗。这场社会冲突最终促成了封建主义的诞生。为了维护自身权益,封建统治者们组建了自己的武装力量,并建立了法律体系,旨在保护他们的土地,并强制管辖他们统治下的人民。

在封建主与农奴之间形成的这种新型社会关系中,农奴虽然在地主的土地上劳作,但他们享有一定的迁徙自由、结社自由,并且能够获得相应的报酬。同时,宗教崇拜的形式也发生了变化,引入了一神信仰。部分地主将自己视为领地上的传统领袖,但他们的地位有别于国王。地主们为国王提供一定的服务,其中包括率领他们的士兵为国王出征。在小组讨论中,我们小组成员以白人农民与农场雇员之间的关系为例,深入探讨了南非封建主义的存在。我们的讲师似乎对我们的课程讨论颇为满意,但他也指出南非的生产组织方式与典型的封建社会形态还是有所区别的。

在封建制度下，随着科学、技术和设备的不断进步，商人阶层逐渐崛起。这些商人将原材料和产品运往地主或国王控制范围之外的地区进行交易。在某些情况下，这些贸易商甚至开始扬帆出海，销售货物并寻求新的产品和原材料。然而，前往外国土地的贸易航行需要得到国王或地主的特别授权，因为这类航行需要大批的武装人员和水手来保障安全。随着科学、技术和贸易需求的日益增长，新的技能、专业知识和生产方式应运而生。尽管封建领主们强烈抵制农奴和热衷于贸易的人们所推动的变革，但他们最终还是被一种全新的社会形态所取代，那就是资本主义。

资本主义社会关系的特点是工人和资本家（后者有时被称为资产阶级）的存在。讲座的这一部分直接讲述了南非城镇、农场和矿山的生活。讲师们指出，原始社会形态不存在群体分化，奴隶制有奴隶和主人，封建主义有农奴和地主，资本主义有工人和资本家。尽管这些社会阶层并存，但他们在如何进行生产方面存在着不可调和的分歧。因此，工人们当前的任务就是用无阶级社会（即共产主义）取代资本主义社会关系。我的民族之矛团队的所有成员都深刻理解了讲座的这一部分内容，我们可以借鉴国内工人罢工、全民罢工和抵制的经验。我们将这些活动视为工人们为消灭剥削、建立起更好的社会形态而斗争的一部分。

我们的讲师提到，苏联和其他社会主义国家已经迈上了建设社会主义的道路，这标志着无阶级共产主义社会的初步形成。在共产主义制度下，工作将是快乐的，因为每个人都将拥有多样化的能力，社会成员可以选择执行他们热爱的任务。这确实为工人们描绘了一个令人向往的生活方式。然而，对我而言，《自由宪章》仍然是为所有南非人创造更美好生活的最坚实基础。它不仅为土地资源、矿山、银行以及健康和教育等紧迫问题提供了解决方案，还提供了就业保障和住房保障。同时，它致力于纠正我们错综复杂的社会模式。政治经济学讲座为我提供了更多工具，以更深入地理解南非社会所面临的挑战。能够亲身参与到在本国建设包容性社区的历史性进程中来，我深感荣幸，并会为之付出不懈努力。

历史

我们的历史讲师，我们昵称他为"马德莱贝"（Madlebe），意思是"大耳朵"上校，重点关注苏维埃社会主义共和国联盟（苏联）、非洲、亚洲和南美洲的情况。我们的主要教科书是苏联共产党编撰的《苏联历史》。我们了解到，古代俄罗斯是君主制国家，但是 1917 年的十月革命催生了俄罗斯苏维埃联邦社会主义共和国，而当下，我们在报告厅里体验到的苏联，是 1922 年建立的。马德莱贝上校承认君主制在塑造俄罗斯方面的作用，特别指出沙皇伊凡三世（Ivan Ⅲ）、叶卡捷琳娜（Catherine）大帝、沙皇亚历山大二世（Alexander Ⅱ）和沙皇尼古拉二世（Nicholas Ⅱ）的贡献。伊凡三世 1462—1505 年在位，他奠定了国家的基础，成功地整合了地主阶级与军事力量，对国家内外的生产和人员流动实施了有效的管控。值得一提的是，他对莫斯科的克里姆林宫进行了扩建。我原本以为"克里姆林宫"这个名字指的是类似南非联合大厦那样的行政中心，但经过了解，"克里姆林"的含义实际上是城市或城镇内部的堡垒，因此，莫斯科的克里姆林宫实质上就是莫斯科的堡垒。

叶卡捷琳娜大帝在 1762—1796 年的执政风格独具特色，她既灵活运用外交手腕，又不乏强硬措施。在她的英明领导下，俄罗斯帝国日益强盛，并维持了长期的稳定。时至 19 世纪初，俄罗斯的疆域已经扩张至令人惊叹的范围，北抵北冰洋，南达黑海，西界波罗的海，而东方边界则一直延伸到太平洋，甚至触及了美国的阿拉斯加和北加州。据 1897 年的人口统计数据显示，当时俄罗斯的人口约为 1.26 亿，这个庞大的数字背后，是一个融合了多元文化、多种族、复杂经济和不同宗教信仰的社会。而俄罗斯的经济，主要以农业为主导。

沙皇亚历山大二世在位时间为 1855—1881 年。他最伟大的成就是 1861 年解放了农奴，当时俄罗斯的农奴人口超过 2 000 万。我意识到在 1834 年的南非，我们的殖民国家英国在给予奴隶自由方面比俄罗斯领先很多年。俄罗斯帝国是一个以正统观念和独裁原则为指导的绝对君主制国家，因此出现了许多持不同政见者，滋生了无数的叛乱和暗杀企图。持不同政见者受到秘密警察的密切监视，许多反对当时制度的人被流放到俄罗斯最不适宜居住的西伯利亚地区。

1894 年，沙皇尼古拉二世从其父亲亚历山大三世那里继承了皇位，成为俄罗斯的末代皇帝。在他执政的时期，政治反对派如俄罗斯社会民主工党（成立于1898年）以及社会革命党（存在于1900—1921年）等，开始展现出更为紧密的协作态势。

1903年，俄国社会民主工党分裂为孟什维克和布尔什维克。以朱利叶斯·马尔托夫（Julius Martov）为首的孟什维克赞成建立一个规模庞大但组织相对松散的民主党派，其成员可以在许多问题上达成一致。他们准备与俄罗斯的自由派合作，不赞成暴力。布尔什维克由列宁领导，这一派被视为强硬派革命者。布尔什维克想要一个组织严密、纪律严明的政党，使沙皇警察很难渗透其中。布尔什维克党成员应该按照党的指示去做，坚持党的路线方针。1912年，布尔什维克成立了苏联共产党（CPSU），该党于1917年夺取了俄罗斯政权，并于1918年处决了沙皇尼古拉二世及其家人。

孟什维克与布尔什维克之间的分裂争端，让我回想起1950年代末至1960年代初非国大内部的激烈讨论。那时，解放运动正面临政府日益加剧的残酷镇压。在非国大内部，一个派别坚决主张，无论政府如何残酷对待，我们都应坚守非暴力的抗争原则。而另一派别则提倡采用武装斗争来推动非国大的政治诉求。普遍的观点是，武装斗争应是自愿参与的，虽然由非国大领导，但应向所有南非人开放，而不仅仅是南非的黑人。与俄国社会民主工党的分裂不同，非国大对其成员的反对声音持开放态度。然而，1960年4月，非国大被政府取缔，这一事件直接催生了1961年12月16日"民族之矛"的成立，也将我和许多其他南非公民推到了历史的前台。这段历史与俄罗斯的历史相互呼应，更坚定了我作为一名自由战士和世界公民的身份。在这段历程中，我经历了许多重要的人生转变。

苏共设有三个核心机构，分别是党代表大会、中央委员会和政治局。其中，党代表大会作为最高权力机构，每五年召开一次。中央委员会则在党代表大会闭会期间承担最高职责，每年举办两次会议。而政治局则负责日常工作的执行。这三个机构的共同使命是带领苏联人民从社会主义迈向共产主义。

苏共倡导民主集中制的政治理念，倡导在党内公开、民主地对政治和政策问题进行探讨。当决策一旦形成，就必须保持高度团结，坚定维护已确定的原则和政策。我深刻认识到，社会主义与共产主义所需的民主形式应具有国际性，这与民族国家层面的民主有着本质的不同。原因在于，民族国家实际上是资产阶级资本主义生产方式的基石,这种生产方式往往导致帝国主义和殖民主义的产生。

我开始意识到非国大和苏共结构之间的相似之处。在非国大的体系中,大会被确立为最高权力机构,且每五年召开一次。当大会闭会期间,全国执委会则承担起最高机构的角色,而全国工作委员会负责日常事务的管理。然而,当非国大被政府取缔后,一个由七名成员构成的全国特设委员会应运而生,其职责是监督日常的地下工作。自那时起,非国大开始遵循地下解放运动所必需的原则。依照这些原则,信息的传播基于"需要知道"的原则,且不容置疑。

我逐渐了解到,苏联不是一整个国家,而是由 15 个共和国(亚美尼亚、阿塞拜疆、白俄罗斯、爱沙尼亚、格鲁吉亚、哈萨克斯坦、吉尔吉斯斯坦、拉脱维亚、立陶宛、摩尔多瓦、俄罗斯、塔吉克斯坦、土库曼尼亚、乌克兰和乌兹别克斯坦)组成的。这些社会主义共和国中的每一个都有权退出联盟,这被称为"分离权",也就是列宁提出的民族自决权。在思考这样一个联盟所能汇聚的力量时,我为当时南非的孤立状态感到沮丧——南非与其他国家结盟的机会几乎为零。随着我对国家机制认知的不断增长,我逐渐意识到,将南非从殖民统治中解救出来后,构建一个这样的国家联盟将对非洲大陆产生深远影响。然而,我也认识到,分离权可能会破坏构建一个持久且有凝聚力的非洲国家联盟的愿景。通过学习,我逐渐明白,苏联和其他社会主义国家的政府和民众是全世界反抗殖民主义和资本主义、支持工人抗争的坚定盟友。这些社会主义国家,尤其是苏联,为全球多地的解放运动和工会提供了实实在在的政治、精神和物质援助,这也是我们选择前往苏联接受军事训练的原因。我深感社会主义国家的人民是我们政治上的挚友,他们对我们的政治自由怀有真挚的关切。

哲学

我们的哲学学习以马克思、恩格斯和列宁的著作为基础。我们的讲师谢尔盖·伊万诺夫(Sergei Ivanov)上校是第二次世界大战中的幸存者。他又高又瘦,右腿有些跛。伊万诺夫上校赞扬了马克思之前的许多哲学家——柏拉图、亚里士多德、达尔文和黑格尔等。他说这些哲学家回答了人类的起源、目的和命运的问题。哲学家们在解答这些问题时有不同的理路,但他们的结论是一致的,他们都同意人类是上帝的造物。众多哲学家相信,他们的使命在于捍卫上帝的原则,并对他们所属民族国家的统治者保持敬意,这与我在南非接受教育时所学习的《圣经》教义不谋而合。在早期哲学家的理念中,统治者有责任构建一个道德高尚且能激发民众忠诚的社会体系,这样的体系才能万古长存。在马克思之前,学者们研究社会制度,目的常常是维护和捍卫它。

伊万诺夫上校说,马克思列宁主义阐述了每一种哲学都有阶级偏见——在马克思主义方法出现之前,哲学是片面的,并且将统治阶级的利益视为上帝赋予的。我记得在家里,任何与上帝有关的东西都会自然而然地受到尊重,不容置疑,但我觉得统治阶级作为一种社会特征将永世长存这一推断是不公允的。伊万诺夫上校表示,马克思列宁主义从英国博物学家、地质学家、生物学家达尔文关于人类进化的著作中得到了理论支持。

经过深入研究,达尔文得出结论:所有物种都源自共同的祖先,它们通过自然选择的机制逐渐进化。在这一过程中,生存竞争的作用与人工选择育种时的有意操控相似。此外,达尔文还清晰地指出,人类之所以会参与战争,其根本目的也是争夺赖以生存的资源。伊万诺夫上校表示,自然进化在遗传和生态系统层面维持了地球生物多样性的平衡。我之前接触过的哲学都说,一切都是由上帝创造的,因此,现在这种关于人类存在的说法使我感到困惑,但这种说法得到了灵长类动物进化为直立人类的图像的支持。

伊万诺夫上校向我们阐述了马克思主义和列宁主义的理念,即人类的最终目标是追寻幸福和实现个人成就。马克思着重指出,哲学家们和每一位社会成员都有责任去审视和研究现行的社会制度,并寻求对其进行变革,甚至在必要的时候,可以通过暴力手段来推翻不合理的制度。在阶级分化的社会环境下,这种社会的转变和改革往往会伴随着剧烈的冲突和阵痛,正如1917年俄国那场波澜壮阔的革命所展现的那样。在伊万诺夫上校的描述中,资本主义的崛起是一条浸透着鲜血与毁灭的道路,而这条道路之所以能够稳固,是因为它受到了精心组织和强大国家暴力的庇护。他说,马克思列宁主义提供了理解资本主义社会制度的方法,也为如何用共产主义取代资本主义社会制度提供了行动指南。

我将马克思主义视为非洲人国民大会的哲学,因为我们正在努力抗争,旨在彻底消除南非殖民主义的残留，并用《自由宪章》中提出的各项纲领来替代它。马克思主义不仅揭示了我们这一代人面临的问题，还为我们提供了解决这些问题的一般性方法。我特别赞同它对现代科学技术进步的重视。科技进步并不为工人阶级或资本家独享，而是造福于全人类。我们的讲师也强调，经由社会事业，科学工作也可以获得明确的思想指导和阶级属性。

伊万诺夫上校热情地告诉我们，苏联正处于社会主义建设的高级阶段——共产主义第一阶段，正在为实现共产主义一步步地奠定起坚实的基础。该国的不同部门开始承担国家职能。这些阶段累积的结果将是国家的消亡和建立一个没有常备军、警察、法院或私人财产的社会。

在我看来，马克思主义与列宁主义的哲学精髓，在于将人类从资本主义与殖民主义的桎梏中解救出来。这种哲学理念始终在揭示那些利用显性与隐性社会工程手段煽动人民相互对立的行径。如果我们竭尽全力捍卫资本主义和殖民主义制度，最终就会沦为非人道的牺牲品，为社会所唾弃。而马克思主义与列宁主义为我指明了方向，它们让我领悟到，人类的目标应是持续追寻更为人道的生产方式。

战争艺术与科学

在战争艺术和科学领域，我们有三位讲师：德米特里（Dmitry）、布考斯基（Bukowski）和尤里（Yuri）上校。德米特里上校给我们讲授军事理论和实践。他中等个头儿，头发已然斑白，低沉的嗓音带些幽默感，还有些指挥官的味道，除了去野战演习的时候，他都穿便装。给我们讲解枪械武器知识的布考斯基上校说话轻声细语，幽默风趣，他长着一副退役重量级拳击手的体格。我发现，要区分他平静与烦躁时的状态，确实不是件容易的事。尤里上校则负责教授我们工程和通信方面的知识。他高大的身材在三位上校中最为显眼。在长时间的休息间隙，他总会抱怨膝盖疼，这是第二次世界大战时期留下的旧伤。那时，他与另外四人一起在德国战线后方跳伞，支援该地区的游击队活动，他就是在这次行动中负伤的。

1941年，当德国军队向苏联发起攻击时，他们都还只是二十出头的年轻人。每当谈及在第二次世界大战中不幸牺牲的2 000万苏联公民，我们的教官总是情绪激动。在描述那场出乎意料的入侵和德军的凶猛攻势时，他们的声音都忍不住颤抖，流露出深深的忧惧。同时，他们对战争中双方的伤亡都表达了深切的哀悼。德米特里、布考斯基和尤里上校都平静地接受了过去发生的那些令人悲痛的暴行和事件，但他们坚定地认为，人类绝不应该再次经历他们所经历过的苦难。他们对祖国最终取得的胜利心怀感激，并感谢"胜利日"的设立，使他们曾经的付出得到了应有的认可。

在野外军事演习中，三位上校对我们进行了严格的监督与指导。我深刻体会到，尽管他们在课堂上所讲授的军事理论各有侧重，但在实际的军事行动中，这些理论是相互融合、趋同的。同时，我也意识到沟通在团队协作中的重要性。

德米特里上校在介绍他的课程主题时提醒大家，战争往往可以追溯到几个世纪前。在大多数情况下，战争是为了争夺和使用维持生命的资源而发生的，例如当社区争夺供水点和放牧牲畜的土地的机会和控制权时。德米特里上校说，世界上把战争分为世界大战、侵略战争、内战、军事政变和民族解放战争。

两次世界大战都发生在20世纪。我在历史课上回想起，南非曾站在英国一边，参加过第一次世界大战和第二次世界大战，因为南非是英联邦的成员，也是英国的一个特殊殖民地——自治领。

上校说，当一个国家（或多个国家）对另一个国家发起攻击时，就会引发侵略战争。这让我想起了我们埃及的教员曾讲述的苏伊士危机的案例。在那次危机中，以色列、法国和英国联手入侵了埃及，他们的目的是夺取苏伊士运河的控制权。

内战，指的是在同一国家内部，两个对立的团体之间进行斗争的情况。比如，1917年，随着沙皇尼古拉二世的退位，俄罗斯便迅速陷入了这样一场内战。当时，不同的政党都看到了夺取政权的机会，纷纷采取行动。一边是亚历山大·高尔察克（Aleksandra Kolchak）将军和彼得·尼古拉耶维奇·弗兰格尔（Pyotr Nikolayevich Wrangel）将军领导的白军，另一边是列宁领导的红军。1919年，俄罗斯内战以红军的胜利结束。我还记得，在我们马姆雷的民族之矛训练营中，丹尼斯·戈德堡曾为我们朗读过萨特所著的《墙》一书，书中生动地描绘了西班牙内战的情景。

德米特里上校向我们详细描述了埃及发生的军事政变。在那次政变中，总统阿卜杜勒·加梅尔·纳赛尔在军方的支持下，成功地从法鲁克国王手中夺取了政权。这个消息让我感到十分惊讶，因为在我们民族之矛的认知中，纳赛尔总统是通过游击战争才上台的。我曾深信埃及人民会支持我们的解放运动，因为我觉得他们也像我们一样，是通过自由战士的努力接管了自己的国家。我们一直将埃及视为一个进步的国家，并对纳赛尔的领导才能抱有极高的敬意。

当德米特里上校谈及解放战争的话题时，他的话语深深触动了我内心的愿望。德米特里上校解释道，当一个国家遭受外国殖民统治或军事占领时，该国的公民会组织起来，通过公民不服从和军事行动来驱逐占领军，寻求国家的解放。他进一步指出，这种情况在第二次世界大战期间就曾上演。当时，苏联和其他欧洲国家被德国占领，但他们并未屈服，而是动员起来奋力反击。这些被占领的国家通过战争来争取自身的解放，而1945年德国及其盟国的最终败退，则标志着欧洲大陆重获自由。在这一历史性的转折点上，一些欧洲国家还趁机改变了政府形式，选择拥抱社会主义。

德米特里上校在讲述过程中，提到了亚洲、南美洲和非洲的许多殖民地国家已经建立了民族解放政治组织和军队。他强调，在某些殖民地国家，人民能够通过和平手段获得解放，但在那些殖民政府使用暴力来镇压要求和平自由的国家中，政治组织往往会选择武装斗争作为主要的斗争方式。德米特里上校认为，通过军事手段进行政治斗争催生了所谓的"解放战争"的概念，这种战争可以在各种地形条件下发生，包括沙漠、森林和城市地区。他强调，决定性因素是忠诚的人们在战斗中充分利用地形条件。然而，他也警告说，游击战并不总是能够带来胜利，有时可能会导致解放军和殖民军陷入内战的局面。

德米特里上校警告我们，南非的战争将对所有公民，不分肤色，造成巨大的负担。在训练和战斗过程中，自由战士可能会遭受各种各样的伤害。因此，德米特里上校强调，游击队员必须掌握急救知识，以弥补传统药物的不足。他要求每个自由战士都应该具备双重角色，既是勇敢的战士，又是熟练的护士。这番话让我回想起了每年秋冬季节，我总是容易感染各种疾病和流感。我可以想象，即便是看一眼枪伤，也会让人感到恐惧、震惊甚至绝望。在马姆雷的时候，恩古德尔和丹尼斯·戈德堡也不断强调，掌握急救技能对每个人来说都是至关重要的。

在敖德萨，专业人员向我们演示了在护理伤员时需要进行的精细工作，并进行了示范和监督。他们详细地指导我们如何正确处理头部受伤和肩膀脱臼的情况，教授我们针对不同部位伤情的处理方法。同时，他们还教会我们如何使用夹板来止血或固定骨折部位，并介绍了治疗踝部和脚部骨折及伤害的技巧。虽然我担心在南非游击战的初期我们可能难以获取治疗重伤所需的药品和器具，但我的同志们给了我信心。他们向我保证，我们的护士、传统治疗师和长辈们都拥有丰富的经验，知道如何治疗不同类型的伤口和骨折。

德米特里上校强调了持续评估军事局势的重要性，包括通过每日更新敌我双方军事行动日程等方式来保持对战场动态的掌握。他指出，游击队必须审慎考虑如何采取有效措施来保护平民，并积极争取政治支持。这些议题深深吸引了我，因为它们揭示了一种全新的战争模式。此外，熟悉地形、掌握可能的进出和逃生路线也是至关重要的。为了确保有效沟通，德米特里上校建议我们建立"死信箱"（一种发件人和收件人在不见面的情况下秘密交换信息的地点）、武器储藏室和安全屋等设施。他着重强调，态势评估的基础在于全面了解己方和敌方的位置、活动、兵力、增援情况、训练制度、装备类型、通信方式，以及双方在白天和夜晚的作战能力等因素。同时，德米特里上校还提醒我们注意，社区在遭受敌人攻击、恐吓和镇压时可能表现出一定的脆弱性。结合我们在家乡的经历以及在孔瓦营区民族之矛组织内部的讨论，我发现这种方法既易于记忆又便于实际应用。

枪支和武器

我原以为枪支和武器没有区别，但布考斯基上校解释说，枪支是大口径装备，包括迫击炮、榴弹炮、火炮和火箭发射器，而手枪、左轮手枪、卡宾枪和轻重机枪则被称为武器。

在孔瓦营区的进修培训中，我从曾在中国和苏联受训的同志那里了解到了AK-47自动步枪。在这里，布考斯基上校则系统地向我们传授了关于多种武器的知识，详细阐述了它们的特性、弹道轨迹和子弹速度。此外，他还深入讲解了武器功能障碍（也称为干扰）的常见原因，并针对这些问题给出了相应的补救措施和维护建议。布考斯基上校同样详尽地介绍了各类枪支,其中我对迫击炮情有独钟,因为它具有极高的隐蔽性,使得敌人难以判断其发射源。

布考斯基上校还向我们介绍了主战坦克,这些坦克是通过操纵杆而非方向盘来驾驶的。他的助手们详尽地阐释了每种主战坦克的性能、功能、优势及其弱点。在训练过程中,我有幸得以亲自驾驶一辆主战坦克。令我惊喜的是,我能够熟练地操纵它,并成功穿越复杂地形上的障碍路线。虽然我在驾驶时感到安全,但一想到若被困其中可能面临的危险,仍不免有些害怕。紧接着,布考斯基上校花费了整整三天的时间,为我们深入解析了军用卡车的机械原理,并确保我们每个人都有机会亲自驾驶同一型号的军用卡车进行实践。

布考斯基上校着重强调了士兵和装备伪装的重要性,这涵盖了军用卡车、主战坦克、制服和武器等各个方面。他提到,在第二次世界大战期间,苏联军队就巧妙地结合了伪装和迷惑敌手策略,在库尔斯克(Kursk)成功击败了德军的主战坦克集群,这不仅重创了德军的士气,还导致其一步步溃败。伪装的技术让我们联想到了变色龙,这种生物能够与各种环境完美融合。在马姆雷训练时,我们甚至会拖着树枝行走,以掩盖我们在营地和取水点之间往返时留下的脚印。

通 讯

在马姆雷,我了解到通讯、出版和发行是任何政治和军事活动的命脉,我们掌握了使用油印机制作传单和小册子的技能。而在敖德萨,尤里上校进一步拓宽了我们的视野,他阐述了通讯的广泛范畴,包括各种信号传递、长短途无线电通信、印刷品传播和口头交流等。尤里上校特别强调了通讯的威力,并以第二次世界大战期间苏联游击队的例子来说明。他们通过有效的通讯方式,成功动员了被占领地区的社区。在尤里上校的指导下,我们还学习了莫尔斯电码。他告诉我们,这种电码曾是游击队与莫斯科领导层及其他游击队保持联系的重要手段。

令我吃惊的是,莫尔斯电码竟然是一种通用的国际语言,而且无线电探测器可以轻易地捕捉到它。敌人甚至有能力追踪到任何无线电传输的位置。对此,尤里上校解释说,在被占领的城市和乡村,他们的战友都接受了严格的安全措施培训。这些措施包括:每位无线电操作员在发射10分钟后必须移动位置;较长的信息会从多个安全地点进行分段传输。同时，每条信息前都会标明组织的身份，并且内容都会提前准备得简明扼要。

军事工程

在孔瓦营地，我们拥有一支由在苏联或中国受过专业军事训练的人组成的军事工程部队。他们为我们提供了一个关于炸药及其使用的速成进修课程。而在敖德萨，我有幸得到尤里上校和布考斯基上校的指导，学习了军事工程的基础知识。他们向我们解释了三硝基甲苯（TNT）是制造大多数炸药的主要原料，这些炸药可用于爆破作业、生产炮弹和穿甲弹药。此外，军事组织还常使用一种名为C4的可塑性炸药。在选择炸药量时，需根据目标的大小和类型进行调整，但关键是要始终瞄准目标的最脆弱点。两位上校严肃地警告我们，任何失误都可能导致生命危险。这让我想起了1961年12月民族之矛组织发生的一次爆炸事故，据报道，那次事故导致了莫莱夫的不幸牺牲。

我们学习了多种类型的雷管以及自制炸药的制作方法。自制炸药主要由木炭粉、甘油、糖粉和钾肥混合而成。从国内获取这些材料的便捷度来看，使用自制炸药似乎更为可行。然而，我们小组中的民族之矛资深成员表示，他们有能力获取采矿和道路建设所用的炸药棒。在实地操作中，尤里上校和布考斯基上校担任我们民族之矛小组的指导者。相比于单纯的理论学习，我更加偏爱这种实践作业。

此外，两位上校还向我们介绍了杀伤人员地雷和反坦克地雷，这些地雷可以通过压力或拉力触发。他们不仅向我们展示了探雷设备，还演示了如何安全地拆除地雷和其他爆炸装置。在实际操作过程中，我深刻体会到，拆除这些武器装置的过程，其实比埋设地雷更加危险。

塔什干

经过长达5个月的启发性军事训练，另一个民族之矛小组的成员踏上了返回坦桑尼亚的旅程。在他们离别的那个清晨，我们彼此道别，我心中充满了不舍。

第 12 章　苏　联

我渴望能够与他们同行，成为他们中的一员，共同为了我们的理想而奋斗。军营的官员向我们透露，敖德萨将被打造成非洲独立国家军事人员的训练中心，这将进一步提升我们的军事实力。同时，我们也接到了通知，我们一行人将于次日出发前往乌兹别克斯坦，继续接受更为深入的军事训练。

第二天，我们与一名上尉和一名身着便衣的中尉同行，从敖德萨飞往乌兹别克斯坦的塔什干。在飞机上，我与洛基·马马托尼亚纳和大卫·西比亚相邻而坐。当天下午稍晚些时候，我们抵达了塔什干机场，受到了两名穿便装男子的热情迎接。他们引领我们登上了两辆军用巴士，随后我们乘车离开了机场，前往塔什干市区。沿途，我们看到了大片被精心耕作的农田，上面长满了带有白色穗状花序的作物。其中一位接待人员告诉我们，那些都是棉花田。这片广袤的区域散布着若干建筑群，清真寺点缀其间。我们看到一些女性身着黑色的伊斯兰传统服饰，她们的面部被遮得严严实实。而男性们则戴着各式各样的"图贝特卡"（tubeteikas）帽，这些帽子上装饰着鱼形图案，或是点缀着黄色、蓝色、绿色和紫色的波点，显得格外醒目。

大巴车驶入了一个热闹非凡的大公园，里面人头攒动，男女老幼都有。当车子停在一座公寓楼前时，我们被告知已经抵达了最终的目的地。我们纷纷下车，其中一位之前在机场迎接我们的男士热情地对我们说："欢迎各位来到 V.I. 列宁军事学院。"在他们的引领下，我们进入了一栋两层高的建筑，并被分成了不同的小组。每个小组都安排了四个人共住一个房间。我很幸运地与鲍勃·祖鲁、博伊·奥托以及维克多·恩苏马洛成为室友。学院非常周到地为我们每个人都准备了一个衣柜，方便我们存放制服、便装、鞋子，以及日常用品，如刷子、两条浴巾、一块面巾、牙刷和牙膏等。在东道主的带领下，我们参观了学院的各个设施，包括教室、餐厅、室内体育场所、健身房、电影院、足球场和游泳池。这里热闹非凡，到处都是人，我从未见过这样的景象。我们的军事教官说，我们只需要在上课时穿制服，尽管去餐厅时我们也会穿着军装。

在我们安顿好之后，官员们提醒我们，他们已经得知我们小组的领导成员包括赫克托·恩库拉、约西亚·耶勒、约翰·恩盖西、大卫·马什戈和萨姆·马塞莫拉。在我们民族之矛小组内部，领导层任命我担任他们委员会的秘书。我的职责将是详细记录我们所有委员会的会议内容，以及与列宁军事学院指挥部交流的会议记录。

我们的民族之矛委员会经过商议，决定对所有违纪行为进行内部处理，同时，对于那些情节严重的案件，也会将其同步上报给列宁军事学院的指挥部。我猜测，这种做法可能是出于"家丑不可外扬"的考虑。然而，我们很快就发现，酗酒问题成为我们面临的主要挑战。有好几次，一些人饮酒过量，醉得不省人事，甚至找不到回学院的路。每当这种情况发生，塔什干的当地居民就会打电话给当局，或者将这些醉酒的人护送回学院。我们并不总能成功地将这些违纪行为限制在我们的队伍内部。

我们在塔什干训练期间只发生了一件需要当局介入的事。一个周末的晚上，晚饭后，埃伦兹（Erends）和马森格拉打起架来，埃伦兹刺中了马森格拉左胸腔下部。我们立即打电话给值班医生，医生说伤口不致命。马森格拉接受治疗后回到了我们的军营。在我们之间，打架、小规模的群架和暴力威胁等成为一种常态，我们甚至认为这些冲突能够在某种程度上缓解我们因思乡而产生的压力和沮丧情绪——尽管我们的东道主已经给予了我们非常热情的款待。

我们抵达列宁军事学院时，学院里有一群来自刚果金沙萨（Kinshasa）的自由战士，他们一行25人，再接受一个半月的训练就要返回非洲。他们告诉我们，他们是民族解放委员会的成员，该委员会是克里斯托夫·格本耶（Christophe Gbenye）先生领导的刚果民族运动（MNC）的一个革命机构。当时，在格本耶、苏米洛特（Soumialot）和穆勒勒（Mulele）的领导下，名为"辛巴斯"（Simbas，狮子们）的游击队成功解放了刚果东部的部分地区。他们设斯坦利维尔（Stanleyville）为刚果人民共和国的首都，由格本耶出任总统。这些来自刚果的自由战士们自发组织了一支拳击队，而我们民族之矛小组的乔丹·姆塔瓦拉、大卫·西比亚、萨姆·马塞莫拉以及哈廷·莱洛霍诺洛也积极参与其中。此外，拳击队还吸引了来自加纳、坦桑尼亚、阿拉伯联合共和国等国的学生加入。这些学生们住在塔什干，我们离开学院外出时，就能与他们会面。

那些前来迎接我们的工人和军官，大多数都是棕色皮肤，带有明显的亚洲特征。这座城市的基础设施与一些非洲国家比如坦桑尼亚还有苏丹喀土穆相似，还有一些使我想起埃及开罗地区的元素。这里的气温让我想起了南非的夏季。

军校给予了我们相当大的自由。课后，我们可以自由探索周边环境，只需在晚餐前返回即可。当没有培训任务时，我们还能够去当地的图书馆阅读。工作日的晚上，我和大卫·西比亚、博伊·奥托、约翰·恩盖西常常会去电影院，那里也是当地民众喜欢携家带口去的消闲场所。电影院播放的电影种类繁多，既有适合儿童的动画片，也有改编自文学作品的电影，如《静静的顿河》《战争与和平》，以及高尔基的《母亲》等。其中，根据陀思妥耶夫斯基的《白痴》改编的电影深深触动了我。它让我想起了我大伯西卢姆科的长子兰加拉赫（Langalakhe），他在年仅11岁时就因癫痫病离世。兰加拉赫是一个极其温柔、善解人意的孩子，他的孩童天真中透露出对生命的无限慷慨和同情。然而，他的癫痫症状最初表现为追逐周围看不见的幻象。他会在房子里笑着鼓掌，说着语无伦次的话。而这总是以他的癫痫发作告终，吓坏了我们这些孩子。

《白痴》这部作品的核心人物是尼古拉耶维奇·梅什金（Nikolayevich Myshkin）王子。他曾被送往瑞士接受治疗以控制癫痫症状，然而回到俄罗斯故乡后，他的病情并未得到显著的改善。梅什金王子非常享受与朋友们相处的时光，他们被他的个性以及对人类道德和精神的深刻理解所吸引。然而，每当癫痫发作时，他的行为却使得他那些原本敬仰他的朋友们开始称他为"白痴"。我无法理解，为何梅什金王子的朋友们会因为他无法自控的病情而对他有这样的称呼。

我原本以为列宁学院会迎来新的讲师，但令我惊讶的是，伊万诺夫、尤里和布考斯基上校依然在这里。他们再次担任了我们的主要军事讲师。他们的讲座主要聚焦于指挥正规军和游击队的艺术，为我们未来在解放斗争中发挥领导作用做好充分的准备。三位上校指导起军事活动来，就像是在指挥合唱团。起初，指挥的是一个小型合唱团，之后逐渐发展为指挥一支管弦乐队为一个大型合唱团伴奏。合唱团代表着游击队，而伴奏是各种武器、工程设备、通讯以及收集和处理信息的手段。

上校们为我们深入讲解了军事指挥官的职责，这些职责主要包括计划、控制、提供解决方案以及进行领导。指挥官不仅需要负责战略层面的规划，还要关心他所指挥的自由战士们的日常福祉。计划内容涵盖了一系列广泛的活动：在基地或休息地点，指挥官需要精心规划部队成员应占据的防御阵地，并制订射击计划，为每个成员分配特定的区域，以确保在遭受敌人攻击时能够进行有效的反击。此外，指挥官的计划还必须包括炮兵、后勤人员、医务人员和指挥部的具体定位与保护措施，同时确保通信的畅通，协调各方行动，以及明确攻击或撤退的指令。

在行军过程中，指挥官需制订详尽的计划，明确规定行军的顺序，同时明确侦察队、先头部队、主力部队和后方部队的具体位置，以及他们之间的通讯方式。我惊讶地发现，所有这些操作都是在最新地形图的辅助下精准进行的。我深刻意识到，每一个细节都至关重要。从那时起，我开始专注于学习如何阅读和使用地图。

三位上校向我们强调，为了制订针对敌方目标的攻击计划，指挥官必须亲临现场，实地考察预定的战场。但同时，他们也特别指出，指挥官应准备备选的作战方案，因为敌方军队在听到第一声枪响后的反应，往往会需要相应调整原计划。

通过伊万诺夫、尤里和布考斯基上校的讲解，我认识到，指挥官必须对麾下战士的生命安全、生活福祉负责，同时要能保障军纪。因此，指挥官在做出每一个决策时都必须深思熟虑，充分考虑其可能带来的各种后果。

反殖民和后殖民情景

伊万诺夫上校为我们详细讲解了非洲、南美洲和亚洲的解放战争。他谈到，20世纪60年代被誉为非洲的自由十年，并热情地询问我们对此有何看法。与我所在小组的所有成员一样，我也对自由十年的观点表示认同。我们的乐观态度源自这样一个事实：在撒哈拉沙漠以南的非洲地区，如赞比亚、马拉维、莱索托、斯威士兰和博茨瓦纳等国家，要么已经成功实现了独立，要么正处于即将独立的边缘。这些激动人心的进展给了我们巨大的勇气和决心。

伊万诺夫上校高度赞扬了非洲大陆人民所取得的杰出成就。他对非洲独立国家在1963年勇敢成立非洲统一组织的举措表示了深深的认同，并对1961年创立的不结盟运动（NAM）给予了高度评价。非洲统一组织在推动剩余殖民地走向独立的过程中扮演了举足轻重的角色。此外，他还对从越南到南美、从巴勒斯坦到南非的各地解放运动表达了由衷的赞赏。

接着，他深入剖析了所有独立非洲国家当前所面临的挑战，并提醒我们，几个世纪的殖民统治已经引发了深刻的意识形态冲突。这些冲突的核心在于自由人道主义与强制殖民人道主义之间的对立。长期的殖民控制将人道主义粉饰为资本主义的慈善面具，然而，这实际上已经严重扭曲并破坏了人道主义的基本价值观和原则。在殖民统治时期，最优质的价值观和实践往往被归功于法国或英国等殖民者，而非洲本土的人文主义却被边缘化，几无立足之地。与之相应的是，非洲及其人民在这种体系下只能被动地接受所谓的人道主义救济。

我的民族之矛小组成员们一致认为，殖民主义与新殖民主义已将我们的生活方式与殖民者紧密相连。这两种社会制度甚至让我们对殖民统治者可能留给我们的资源残渣心生感激。赫克托·恩库拉特别提到，在南非，《自由宪章》致力于通过共享财富和敞开学习之门的原则，重新引入并弘扬真正的人文主义。我坚信，当灾难降临时，我们有能力像英国或法国那样应对挑战——甚至可能表现得更为出色。我们深信，我们社区中的任何一部分都不会仅仅因为接受人道主义援助而沦为其他部分的怜悯对象。在听取了我们的发言后，伊万诺夫上校向我们表达了诚挚的感谢，并祝愿我们的斗争能取得最佳成果。

渗透和欺骗

伊万诺夫、尤里和布考斯基上校分享了他们在政治、军事安全及情报领域的经验。伊万诺夫上校特别指出，所有的解放斗争或反殖民主义斗争都不可避免地与各种交易和利益挂钩。殖民列强会巧取豪夺被殖民国家的资源，以此来对抗解放运动。同时，他们还会精心挑选并训练特定人员，渗透到反对的政治组织内部。这些人在外部势力的暗中支持下，逐渐晋升至高层领导职位，其真正目的是颠覆解放斗争。更为严重的是，一些政治领导人也可能被收买，成为殖民政权的傀儡。我清楚地记得，我们非国大的一位领导人在达累斯萨拉姆的一次政治演讲中提到，O.R. 坦博曾是1952年反抗运动之后调查敌手对非国大进行的可能渗透的团队的一员。他们发现，组织中确有一些成员是政治保安处特工或警方线人。

布考斯基上校说，当解放运动具备坚实且周全的安全保障措施时，就能有效降低敌人的渗透风险，而这需要定期更新成员的个人资料。然而，他也承认，即使在最为理想的情况下，这项工作也颇具挑战，对于普遍缺乏相关专业知识的解放运动来说更是如此。布考斯基上校提醒我们，在回到家乡之后，我们很难完全了解每个人加入斗争的真正动机。

我们意识到非种族南非将面临的实际挑战。军队是从我们的白人社区抽调出来的。警察不分种族，但指挥官都是南非白人。南非的法律严格限制了黑人与白人之间的接触，甚至在教堂礼拜中也禁止两个种族间的交流。这让我们深感忧虑，因为一旦回到国内，我们将难以评估所招募人员的可靠性。当我们准备在南非展开军事行动时，上校们提醒我们，这可能会引发一系列复杂的问题，就像是打开了潘多拉魔盒。

这三位上校传授给我们如何识别、准备和安排人员渗透进敌方系统的一般技能。尤里上校分享了他在1943年的亲身经历：当时他跳伞进入被德军占领的苏联地区，并受到了当地地下组织领导人的热烈欢迎。他是加入游击队的八名成员之一，而其中另外两名成员则成功渗透进德国军队。这两名成员中的一位甚至深入德国本土，并在那里成为派往美国执行任务的特别小组的一员。在民族之矛的活动中，我不记得我们曾面临过上校们所描述的那种严峻挑战，这让我意识到他们的经历揭示了我们尚未触及的黑暗领域。我曾以为我们是一个团结、可信赖且可靠的团队，大家因共同的目标而紧密团结在一起，但现在看来，我们仍有许多需要学习和思考的地方。

阴影或尾声

伊万诺夫、布考斯基和尤里上校指出，在安全和情报领域，反对派组织会针对涉嫌参与非法交易的个人进行信息收集。自由战士之所以能够存活下来，关键在于他们具备摆脱追踪者的能力。上校们还向我们传授了如何判断自己是否被跟踪的技巧。这是我以前从未想过的挑战。

尤里上校提到，他们的游击队员都接受过专门的训练，以观察城镇或城市中的每个人。游击队员会在行走时突然停下来，就像是要系鞋带一样自然，然后花些时间观察后面来的人的外貌和衣着。如果怀疑自己被跟踪，他们会采取一些策略来摆脱追踪，比如过马路、进入餐馆或商店，或者走上一条行人较少的街道。我们在塔什干的街道上进行了实践练习，每次练习结束后，上校都会就我们的表现提出反馈意见。记得第一次做这个练习时，我总是频繁地回头看身后，这明显地暴露了我的紧张和不安。上校们提醒我，要表现得自然一些，不要引起别人的注意。经过四次尝试后，我有了明显的进步。

我们还进行了口头信息收集的练习。举个例子，我曾与军事基地的一名厨师进行了一次日常对话，在谈话中，我巧妙地询问："您每天要给多少人做饭？"而不是直接问："您的基地到底有多少士兵？"上校们教导我们，在收集信息时要尽量避免使用那些明显暴露我们意图的问题。对我来说，这种训练比之前在马姆雷隐藏行迹的任务更具挑战性。

1966年5月，伊万诺夫、布考斯基和尤里上校通知我们，训练已经告一段落，学院正在筹备我们的毕业典礼。老同志们表示，表现最优异的学习者将会获得证书。然而，我从未参与过任何测试或考试，也并不清楚这一评选机制是如何运作的。

毕业典礼的那天，我们身着红军制服，心中满溢着对在苏联完成学业的自豪之情。我们走向报告厅，我原本以为只会见到我们的三位讲师，但现场还有许多列宁学院的其他教职员工。整个空间已被布置成餐厅的样式，每张桌子上都摆放着鲜花，这样的氛围仿佛是对我们未来在解放国家中所扮演角色的赞许与肯定。遵循一般的礼仪，我们小组的两位领导——赫克托·恩库拉和约西亚·耶勒，与我们的教官同坐一桌。而我们其余的人则与学院的工作人员混坐在一起，共同庆祝这一难忘的时刻。

伊万诺夫上校代表列宁军事学院发表了主题演讲，他对我们进行了深切的鼓励和赞扬，并对我们圆满完成课程表示了高度的满意。从他的话语中，我深刻感受到，我们显然是他们在整个训练过程中非常乐意合作的第一批自由战士。他着重指出，我的民族之矛小组的所有成员都已经成长为成熟的政治领导人和军事指挥官。他强调，我们所掌握的技能使我们成为南非人民和南非解放运动中不可或缺的宝贵资产。最后，他郑重承诺，苏联将继续为我们提供坚定的支持。

恩库拉担任我们的发言人，他请讲师们代为转达我们对苏联人民和政府的深切感谢。他强调，我们定会在斗争中取胜，但在那之后，南非人民仍需要苏联的支持和援助。

在演讲和晚宴上,大家争相发表热情洋溢的祝酒词,而我则对那晚享用的美味鱼子酱、鲜嫩猪肉和醇香的黑麦面包情有独钟。随着晚宴的欢乐氛围逐渐升温,我们高声唱起了激昂的俄罗斯军歌,嘹亮的歌声在夜空中回荡,直到深夜才渐渐停歇。那种仪式的力量似乎将我带回了遥远的南非,让我在脑海中描绘出一幅民族之矛战胜南非殖民军队、取得军事和政治双重伟大胜利的美好画面。毕业典礼持续到很晚才结束,我们与东道主们深情地拥抱、亲吻,依依惜别。

我满怀信心与热情,准备将新学到的政治和军事理论应用到实践中去。同时,我也怀揣着新的理想和领悟,急切地想要回到家乡,与亲人们分享这一切。

在塔什干的国营商店里,我精心选购了一套西装、三条裤子、五件衬衫、一件夹克和两双鞋子。穿上这些新衣服,我感到焕然一新,自信满满。我觉得自己已经做好了充分的准备,随时可以启程回到南非,投身于我们的解放事业。

第13章　返回孔瓦营区

美食、美酒、莱卡（Laika）香烟和过度兴奋，让我们在享受之后付出了疲惫的代价。当我们躺在床上时，已是疲惫不堪，同时也意识到，我们必须为第二天离开塔什干做好准备。

到了离别的那天早晨，只有少数人挣扎着起来去吃早餐。在餐桌上，我们不禁回忆起在敖德萨和塔什干停留期间所受到的热情款待。早餐过后不久，两辆军车便抵达了我们的住处，准备接我们去机场。每辆车上都坐着两名士兵，但令人遗憾的是，我们的教官并未出现。我怀着一份期待，希望他们能在塔什干机场等候我们，为我们送行。然而，在前往机场的路上，以及随后跟随士兵走向飞机的过程中，气氛始终显得有些沉闷。我心中的失望难以言表，因为我们的教官并未出现在机场。我原本希望得到他们最后的祝福和鼓励，确认他们会关注我们回家的旅程，并与我们一同庆祝未来的成功。在这段旅程中，我们的军事教官就像是我们在小学和中学时的老师一样，扮演了家长的角色，给予我们无私的关怀和指导。

大约三十名民族之矛的成员登上了飞机，与机上的十余名机组人员一同启程。在飞行过程中，我与鲍勃·祖鲁和德洛科洛并排而坐，我们深入探讨了回到南非后的行动计划。我坚信，当我们分享在苏联的这段经历时，那些留在南非的非国大成员将会受到极大的鼓舞——他们会变得更加勇敢，更加坚定地投身于反殖民主义的伟大事业。在军事战斗训练中，我深刻体会到了情报和反间谍工作的重要性。这些因素对于解放运动和民族之矛的生存与发展至关重要。情报的收集需要我们时刻关注反对派的动态，而反间谍工作则需要我们警惕自己社区和组织内部的反对派活动。当我正带着些许睡意与同志们讨论这些问题时，坐在窗边的德洛科洛突然兴奋地打断了我们。他指着窗外，热情地告诉我和鲍勃·祖鲁，我们正在飞越大陆。这个话题立刻激起了我们的兴趣，我们开始兴奋地谈论着即将到达的目的地，并一致认为，那些留在孔瓦营的战友们肯定也已经踏上了回家的路。

我们的讨论一直持续，直到飞机降落在达累斯萨拉姆机场。在那里，我们受到了坦尼森·马基瓦内的热情欢迎。他现在是非洲人国民大会在坦桑尼亚和赞比亚的代表。马基瓦内给我的印象是一位始终如一、忠诚可靠的东道主。如果我们的国家是自由的，他无疑会成为我们的大使。然而，由于我们仍处在解放运动中，他就是我们的代表。当我们跟随他走出机场大楼，前往停车场时，我不禁开始思考，作为非国大的领导人，他们在协助同志们回国方面可能取得了哪些进展。这时，我们的卡车司机莱福提（Lefty）已经在一辆民族之矛的卡车旁等候我们。在登车之前，坦尼森向我们致以美好的祝愿，祝我们在去往孔瓦营地的漫长旅途中一路平安。随后，他的身影便消失在了停放的车辆之中。恩库拉、德洛科洛和莱福提一起坐进了驾驶室，而我们其他人则挤在了后车厢。随着篷布的落下，卡车缓缓启动。当车速逐渐加快时，我找了个舒服的位置，安顿了下来。

卡车里的光线越来越暗，引擎的轰鸣声让交谈变得困难。我打起了瞌睡，但偶尔会因颠簸而惊醒。晚上，我们分别在恩杰伦盖雷（Ngerengere）、莫罗戈罗和贝雷加（Berega）短暂停留，稍作休息。每当我站起来伸展身体时，都能感受到肌肉的僵硬和疲惫。第二天清晨，我们的卡车终于抵达了孔瓦。

在我们离开的这一年时间里，孔瓦营区的布局经历了一些调整。如今，我们的营区与其他解放运动的营区之间，新增了许多帐篷，这些在我们当初离开时是不存在的。战友们向我们介绍，新增的这一片帐篷区域，现在是津巴布韦非洲人民联盟的驻扎地。而西南非洲人民组织、非国大、莫桑比克解放阵线以及安哥拉人民解放运动的自由战士们，他们的营区位置没有变化。

新任营区指挥官马布亚，绰号"银元"，于1964年在敖德萨完成军事训练。他五十多岁，身量不高，双腿略带罗圈，头发已是斑白。银元接替了杰克·加蒂贝的职务。与之前相比，现在的营区无论是人员还是帐篷数量，都比我们1965年参加军事训练时要少。鲍勃·祖鲁、萨姆森·莫迪萨内、斯拜·莫塞拉（Spy Motsela）、斯普纳（Spoona）、萨姆·恩库纳和我住在一个帐篷里，我们在那里找到了邓肯·科扎（Duncan Khoza）、西巴尼奥尼（Sibanyoni）、大卫·恩德瓦内和加巴。然而，我注意到，一些原本留在孔瓦营区的人，如克里斯·哈尼、彼得·特拉迪、杰克·加蒂贝和左拉·恩卡巴等，这时并不在营区。通过向一些人打听，我得知他们已被非国大领导层从孔瓦带走，很可能是为了执行渗透回南非的任务。这个消息让我心中燃起了希望，期待着我们所有人都能陆续返回祖国，继续我们的解放事业。

我期待同志们操练完毕回来后给我们以热烈欢迎，但这实际并未发生。我们发现，相比我们离开时，孔瓦营区民族之矛的同志们显得更为警觉了，甚至有些局促不安。我敏锐地察觉到，大家之间似乎弥漫着一种难以名状的情绪，既有烦躁不安，又带着愤怒和不满。在向姆索米（Msomi）、帕特里克、邓肯、莫洛伊、姆通瓦、潘加·曼（Phanga Man）和米克扎等人询问后，我才知道发生了些什么事。

杰克·加蒂贝在接替姆齐姆库鲁·马基瓦内的职位后，面临着同志们日益高涨的要求返回南非的呼声。然而，加蒂贝未能有效应对民族之矛成员向他施加的压力。为此，位于莫罗戈罗的非国大总部作出了决策，任命左拉·恩卡巴为加蒂贝的继任者。在恩卡巴的领导下，返回南非的要求变得更为迫切，甚至形成了两个压力集团。

莫洛伊、本·贝拉（Ben Bella）、米克扎和姆法马内等人频频向非国大领导层施压，强烈要求获准返回南非。他们与营区指挥官紧密合作，以期加快实现他们的诉求。在他们眼中，那些反对他们的人都心存不轨且行事鲁莽。而他们的反对者，其中包括姆通瓦、帕特里克、文森特、悉尼·恩卡拉（Sydney Nkala）和吉真加（Gizenga）等则认为，孔瓦营区急需一个更具活力的领导团队，一个能够坚定且毫不妥协地主张让受训的民族之矛成员返回家园的指挥机构。他们指责孔瓦营地指挥部与非国大总部串通一气，是阻碍战士们回家的绊脚石，必须被绕过或推翻。

据加巴说，帕特里克并不赞成推翻孔瓦营区指挥部的行动，并告诫他所在小组的成员们，务必谨慎行事，避免采取任何可能引发非洲人国民大会和非统组织指责他们为敌方特工的行动。这些信息带给我极大的震撼，难以置信，我们的处境竟然已经恶化到了如此极端的地步。

彼得·姆滕布（Peter Mthembu）和恩卡拉详细陈述了这些事，他们告诉我，日益紧张的气氛令营区指挥官感到震惊，他任命马林加（Malinga）和鲁本·恩特拉巴蒂（Reuben Ntlabathi）担任调解人，帮助解决矛盾。

西巴尼奥尼透露，紧张局势进一步升级，原因是恩特拉巴蒂和大约二十位民族之矛成员在乘坐卡车前往莫罗戈罗的非国大总部途中，被坦桑尼亚警方逮捕。阿瑟·恩卡伊（Arthur Nkayi）补充说，孔瓦营区指挥官已经向坦桑尼亚警方发出了警报，并已就此事件致电非国大总部和当地警方。

当事者之一的西弗·姆希兹（Sipho Mkhize）表示，坦桑尼亚警方已将他们护送至非国大总部，摩西·马布海达作为当时在场的唯一高级成员会见了他们。据西弗·姆希兹所述，马布海达对他们的行为表示愤怒，并要求坦桑尼亚警方将他们护送回孔瓦。然而，这一送返行动并未能有效缓解营区内的紧张局势。

邓肯·科扎、杰克斯·戈尼韦（Jakes Goniwe）和姆贝亚告诉我，在他们返回后的几个月里，营区内的冲突逐步升级，最终在一天清晨达到了顶点。当时，福梅斯·姆夸纳齐（Fumes Mkwanazi）、阿尔弗雷德·斯科特和迈克·姆贝亚（Mike Mbeya）手持刀具和棍棒，与时任代理营区指挥官的本·贝拉发生了激烈的对峙。本·贝拉选择逃开，而上述三位则紧追不舍。随后，一些人选择上前协助本·贝拉，另一些人则加入了围攻的行列。双方从营区一直打到了附近的灌木丛中。事件的结果是，多名同志被坦桑尼亚当局逮捕，而双方也都有成员被送医治疗。

尽管这些事件令我深感震惊，但我依然感激大家愿意与我分享这些信息。甘地·赫莱卡尼提到，正是在那场激烈的打斗之后，一些人被从孔瓦撤离。而肯尼思·姆扎蒂（Kenneth Mzathi）则认为，非国大已经做好了将民族之矛的成员向南转移的准备。

营区里的行为方式和规章制度也悄然发生了变化。大家常常早出晚归，有些人的饮酒量大得超乎想象。我则利用长时间离开营区的机会，定期前往市场。那里汇聚着老老少少，也是我们与年轻女性攀谈的场所之一。这些女性有的在市场工作，有的则是来闲逛的顾客。小贩们在市场上售卖着蔬菜、水果、草药、衣物，以及各种手工艺品。

当我在市场上闲逛时，总是看到同一群老年男女坐在一起，有一天，其中一位男士邀请我加入他们。另一个人给了我3根香蕉，我一边吃一边想知道他们想从我这里得到什么。一位老妇人问我是否与塞浦路斯的主教马卡里奥斯三世（Makarios Ⅲ）有什么关系，我澄清说自己是一名来自南非的自由战士。这个话题意外地引发了一场热烈的讨论。市场上的老人们难以理解，为何我会选择离开自己的祖国去追求自由。我还没来得及回应，他们便分享起自己在祖国为自由而战的经历。他们告诉我，他们国家的反殖民斗争可以追溯到1905年，它由金吉基蒂尔·恩格瓦勒（Kinjikitile Ngwale）先生领导，被称为马吉马吉（Maji Maji）起义。这是我第一次听到这些名字。金吉基蒂尔先生显然通过给每位战士提供"马吉"，或者说是"祖传"的水，来增强他们的勇气，以保护他们免受德国军队子弹的伤害。老人们说，金吉基蒂尔是第一个说服坦噶尼喀不同社区放下部落分歧、团结起来对抗德国殖民者的人物。

由马吉马吉的故事展开，我想起在民族之矛营区以东大约3千米处的一个地方，那里住着一位被称为"二乘二"的传统治疗师。他向一些民族之矛的成员出售特效药，声称这种药能将敌人的子弹化为水。尽管有些人认为这种说法缺乏科学依据，将其视为神话的一部分，但这并未阻止他们用苏联的衣服来换取这位"二乘二"的神奇药物。

金吉基蒂尔·恩格瓦勒先生为终止部落纷争、为每个公民树立"土地之子"的共同国家称号所付出的努力，其深远意义令我深受触动。我由衷地羡慕他们，因为在我们南非，部落和种族系属仍然是生活里的主流。在解放运动中，我们仍然唱着"索托人、科萨人、祖鲁人，兰加纳尼（hlanganani，团结起来）……"并根据每个南非人的殖民标签来称呼彼此：有色人、印度人、非洲人和白人。市场里老人们的聚会，让我想起了克维德拉纳长辈间的聚会，那里的一切都井然有序，谈话中充满了尊重、智慧与幽默，每个人都以彼此间的贡献为荣。

市场里的老人告诉我，第一次世界大战结束之后，英国人从德国人那里接管了这个国家。然而，殖民统治的残酷现实并未因此改变，坦桑尼亚人民不得不继续在本国境内开展反殖民斗争。1954年，在朱利叶斯·尼雷尔（Julius Nyerere）的领导下，坦噶尼喀非洲民族联盟（TANU）成立，尼雷尔利用现代交通工具，在全国各地为"乌胡鲁"（uhuru）也就是"自由"造势。尼雷尔在讲话中表示，教科书歪曲了他们的国家历史，这些教科书告诉学童们，坦噶尼喀的非洲人曾经实行奴隶制，而殖民统治废除了非洲的奴隶制，给坦噶尼喀人民带来了自由。正是通过这些宣传，许多公民意识到，乌胡鲁仍是他们必须为之奋斗的东西。市场里的老人们表示，他们珍惜来之不易的自由，乌胡鲁不是殖民政权带来的，也不是坦噶尼喀非洲民族联盟带来的，乌胡鲁是他们自己不断努力争取的结果。

我非常感谢老人们向我分享了他们的父母和祖父母为争取乌胡鲁所作出的独特贡献。这些故事与我在解放运动中的经历产生了深刻的共鸣。我们将自己的斗争视为对祖先们反抗武装侵略和未来殖民侵略的延续，是对侵略性和侮辱性行为的回应。市场中的老人们还告诉我，坦噶尼喀直到1961年才真正获得了独立。

这些讨论给我带来了启发和动力。长辈们脚踏实地，身体力行地向我这样的年轻人传授了改善生活所必需的价值观和行为规范。我非常感激他们引导我思考如何维系自己的根源和传承遗产。从他们的教诲中，我领悟到，我们身处此地，不仅是为了锤炼我们作为自由战士的意志，更是为了培养我们作为未来领导者的责任感。

大约在这个时期，我们与刚刚完成苏联军事训练归国的安哥拉人民解放运动成员之间的关系开始紧张。大约有两百名该组织的成员新加入了孔瓦营区，这无疑给营区的官方和非官方公共基础设施带来了很大负担。由于商店稀少，酒类生产能力有限，同时妇女人数较少，娱乐设施也相对匮乏，情况变得更加复杂。到了1966年，我们的营区已经容纳了来自安哥拉人民解放运动、民族之矛、莫桑比克解放阵线、西南非洲人民组织和津巴布韦非洲人民联盟的超过两千名的自由战士。

竞争主要是在安哥拉人民解放运动和民族之矛成员之间展开的，双方都在寻求控制地盘。这让我想起乡镇帮派争夺街道或社区控制权的情况。我将这种反社会活动视为反映主流殖民文化的亚文化。小股的民族之矛成员趁着夜深与安哥拉人民解放运动成员打斗，这些冲突大多发生在孔瓦镇和我们各自的营区之间。然而，我一直不清楚这些小型战斗的具体起因。

我们的营区指挥官马布亚与约西亚·耶勒一起召集民族之矛成员开会，呼吁我们的成员停止与安哥拉人民解放运动的成员互斗。他们指出，这些行为违背了我们自由斗争的规范和原则，但他们的呼吁却被参与争斗的人当成了耳旁风。

一个星期三的早上，帕夏（Pasha）来叫我去马布亚的帐篷。我以为是需要我在会议上做笔记。三名安哥拉人民解放运动的成员就站在马布亚的帐篷里，马布亚、耶勒、卡修斯·马克、史蒂夫·贝勒（Steve Bhele）、奥斯卡·马里（Oscar Mali）、潘加·曼和邓肯·科扎等民族之矛成员已经就座。其中一名安哥拉人民解放运动的成员是他们的指挥官，当我到达时，他要求所有民族之矛成员在即将到来的周六和周日不要去孔瓦镇。

马布亚和耶勒说这是不可能的。在怒气冲冲地离开帐篷前，安哥拉人民解放运动的指挥官说马布亚必须告诉他手下的人，双方已经签了战书，这意味着非国大营地指挥官和安哥拉人民解放运动指挥官已经互相宣战。他再次强调，民族之矛的人那个周末一定不能出现在孔瓦镇。

那天早上，马布亚致电我们的莫罗戈罗总部，向马乌德·曼尼奥尼（Maude Manyoni）详细说明了情况，并得到了她的承诺，会将此情况及时上报给非国大的领导层。紧接着的那个星期三下午，安哥拉人民解放运动的成员们聚集在足球场上进行列队训练，这样的训练一直持续到深夜。在随后的周四和周五，他们也重复了同样的训练。这种情况迫使我们不得不绕道营区的东部。到了周五，我们请求马布亚再次向总部报告当前的紧张局势，并敦促他们尽快采取措施进行干预。杜马·诺克威则透露，安哥拉人民解放运动的领导层正在前往孔瓦的途中，同时他呼吁其成员们保持冷静和克制。

周六清晨，安哥拉人民解放运动的成员们再次聚集在足球场上，开始了他们的训练。我看到一些民族之矛的成员从营区的东侧离开，空气中弥漫着一种紧张的氛围。我和约瑟夫·蒙瓦梅西、巴洛伊（Baloi）、大卫·恩德瓦内以及甘地·赫莱卡尼坐在厨房旁边，看着安哥拉人民解放运动的成员们在足球场上进行操练。我说，他们这样训练下去，到了傍晚应该就会感到疲惫不堪了。

中午时分，邓肯·科扎坚持要求我们到孔瓦镇东边的玛玛·皮利（Mama Pili）酒店与其他人会合。我们大约有十个人离开营区，去往镇上。六个人拿着棍棒或砍刀。我问阿瑟·恩卡伊为什么要带武器，他说是为了自卫。与此同时，安哥拉人民解放运动的成员们仍然在我们营区下方的足球场上进行操练。

玛玛·皮利酒店有两百多名民族之矛成员，大多手持铁条、砍刀、棍棒和小刀。当我们到达时，普劳卜勒姆·姆希兹（Problem Mkhize）说安哥拉人民解放运动的成员正在向城里进发。他们是从西北方向的主干道过来的，而我们避开了这条路。正当我评估局势时，马维拉·德拉米尼（Mavela Dlamini）和菲利克斯·恩察纳（Felix Ntsana）从足球场的方向跑来，气喘吁吁地告诉大家，安哥拉人民解放运动的人刺伤了马特西克（Matsike），并正在沿途袭击所有人。

耶勒让我和福梅斯·姆夸纳齐、欧内斯特·恩蒂拉什（Ernest Ntilashe）、本·巴洛伊、马绍尔·福斯特（Marshal Forster）和维沃尔德（Verwoerd）等人一起去寻找马特西克。当我们匆匆踏上土路时，突然遇到了四名坦桑尼亚警察。他们严厉地威胁我们，如果我们不立刻回头，就会对我们开枪。面对这样的威胁，福梅斯大喊："有种你就开枪！"说完，我们头也不回地继续前行。

德拉基亚（Dlakiya）、乔丹·姆塔瓦拉、加巴和迪亚基（Dyakie）等人已经和马特西克汇合，他们正在尝试用投掷石头的方式来阻碍安哥拉人民解放运动成员向前推进。安哥拉人民解放运动的成员排成两列纵队，每列纵队约有足球场一半宽。纵队在我们30米开外，几名紧追不舍的人距我们只有15米左右。我们撤退时，他们被石头拖住了。我们看到，马特西克的右眼和耳朵之间有一道刀伤。

当我们踏上孔瓦的主干道——一条土路时，越来越多的民族之矛成员从玛玛·皮利酒店的方向走来。我意识到，即将在主干道上爆发一场激烈的战斗。耶勒递给我一把砍刀，而莱米·斯巴里则给了我一根铁棒。手握这两样武器，我既能砍劈又能击打，这让我心中增添了几分踏实感。然而，危险来得太快，让人根本来不及进行思考。

我的左眼余光瞥到，一辆白色路虎突然从社区礼堂的方向疾驰而来，打破了原本紧张的对峙局面。安哥拉人民解放运动和民族之矛的自由战士们之间的距离在迅速缩短，而飞石则在空中四溅，加剧了场面的紧张气氛。就在双方距离仅剩10米之际，那辆路虎紧急刹车，停在了路中间。车内坐着四位安哥拉人民解放运动的领导人，显然他们试图通过某种方式介入这场冲突。右侧车门缓缓打开，似乎有人准备下车进行对话，以平息这场争斗。而就在这时，一名情绪激动的民族之矛成员大喊一声："杀了他们！"这一声呼喊犹如火上浇油，让原本紧张的局势一触即发。我走近那辆路虎，试图进行调解或者了解情况，就在我离车还有几步之遥时，约西亚·耶勒急切地对我大喊："快关门！"他的声音充满了紧张和焦急。我立刻反应过来，迅速上前飞起一脚，把车门踢上了，与此同时，那辆路虎也瞬间加速离去，甩下了他们自己的同志。整个过程中，双方都没有进一步的动作，仿佛都在等待着下一次冲突的到来。

随着双方队伍的逐渐接近，安哥拉人民解放运动的战士开始选择撤退，然而还是有六名战士躺在了路上，显然已经失去了战斗力。我急忙上前，制止了民族之矛的成员们对最近的两名安哥拉人民解放运动战士的攻击，避免了进一步的伤害。随后，我们全体撤至了玛玛·皮利酒店，以便让安哥拉人民解放运动的成员们能够及时照料伤员，减少不必要的损失。然而，我内心却感到十分沉重，深刻地意识到我们这样的内斗实际上是在帮助殖民列强，让他们坐收渔翁之利。每一个受伤、残疾或牺牲的自由战士，都是对手的一次重大胜利，这样的代价实在是太过惨重。在返回孔瓦营区的路上，这些思绪一直萦绕在我心头，让我无法释怀。最令我痛苦的是，作为亲密的政治盟友，两个阵营都辜负了四位从总部赶来阻止我们毫无意义的野蛮行径的安哥拉人民解放运动领导人。

在返回营区的路上，我们的心情异常沉重，仿佛被乌云笼罩。如果当时我们手中有武器，可能已经造成了不可挽回的后果。那一刻，我们中没有一个人有任何值得自豪的胜利或成就，只有无尽的沉重和悔恨。当我们得知三名安哥拉人民解放运动战士不幸身亡的消息时，整个队伍的气氛更是降到了冰点。

第 14 章 莫桑比克解放阵线行动区

1967 年初的一个周末，杜马·诺克威和坦尼森·马基瓦内从莫罗戈罗来到了孔瓦营区，当天晚些时候，马特拉佩尼亚（Matlapenya）说营区指挥官马布亚想在他的帐篷里见我。到那儿以后，我发现诺克威和马基瓦内已经就座。杜马·诺克威告诉我，要我在一个小时内做好准备，与他们一起离开。离开帐篷时，我感到全身发麻。我往自己的帐篷走去，一路上，注意力全被孔瓦美丽的风光吸引了去。群山自西北向东南蜿蜒，宛如一个优雅的半圆，将孔瓦镇紧紧环抱在中央。地面向着营区的方向微微隆起。我置身于一片约 300 米宽的开阔地带，这里点缀着灌木丛和带刺的荆棘树，为这片土地增添了几分野性的美。我深感庆幸，能有这样宝贵的时间与大自然如此亲近。

过些天，我将离开孔瓦营区，随同非国大领导人搭乘飞机返回南非。因此，在我穿越营区的时候，我察觉到在通往帐篷的路上，几个路过的人脸上流露出关切的神色。他们或许因为没有被召集而心生失落。当我意识到自己即将告别孔瓦，这个秘密让我有了一种重要而特殊的感觉。我努力克制着内心交织的幸福与悲伤——为能离开孔瓦而欣喜，又为无法与那些帮助我生存和成长的人分享我的经历、与他们共同庆祝而遗憾。

马布亚把我从帐篷里带到了等在孔瓦总部旁边的一辆路虎车上，打断了我的这些思绪。令我惊讶的是，斯拜·莫塞拉和邓肯·科扎已经在车上了，驾驶员是皮里（Piri）。杜马·诺克威很快就加入了我们，他命令皮里出发。

几个小时后，我们在莫罗戈罗郊外的一处非国大大楼停下来，马基瓦内、约西亚·耶勒、乔治·陶（George Tau）、琳达（Linda）和卡拉马斯（Kalamas）正在那里等着我们。他们招待我们吃了美味的鱼和薯条，还有清凉的饮料。用餐完毕后，我们继续赶路，并在第二天抵达了达累斯萨拉姆的一所房子。虽然我对这所房子的归属和居住者一无所知,但当我们踏入屋内时,却意外地受到了奥利弗·坦博、马卢姆·科塔内和乔·莫迪塞的热烈欢迎。我们十个人围坐在一张桌子旁,奥利弗·坦博在此宣布了一个重要消息——解放运动决定派遣我们去莫桑比克,探索是否可以通过莫桑比克解放阵线控制的解放区,抵达南非。坦博还表示,解放阵线的成员们将会陪同我们一起踏上这段旅程,共同前往莫桑比克。

对于这个突如其来的任务,我既感到意外又满怀期待。马卢姆·科塔内从桌边站起,走向房间的角落,我注意到那里放着一个帆布包。令我吃惊的是,帆布包里居然装满了军事装备。科塔内为我们每人发了一把AK-47步枪,还配备了弹药、迷彩服、绿色军帽、背包和水瓶。乔·莫迪塞则宣布,此次任务的指挥官将由约西亚·耶勒担任,乔治·陶将作为其副手,而邓肯·科扎将出任我们的通讯官。在简报结束后,我们仔细检查了手中的AK-47,并将其他物品整齐地放入背包中。

我们还没来得及交换意见,约阿希姆·希萨诺(Joachim Chissano)就到了。他是我于1964年底至1965年初在孔瓦认识的莫桑比克解放阵线领导人之一,那段时间也正是我前往苏联之前。他身材修长,中等个头,身着一件棕色的狩猎服,与我们其他穿着迷彩服的人形成了鲜明对比。在简单的寒暄过后,他半开玩笑地对坦博说:"谢谢你们的增援!"这句话似乎在暗示我们将会成为解放阵线的有力支援。听到这句话,大家都笑了起来。我不清楚这笑声对我的战友们来说意味着什么,但我之所以笑,是因为我知道自己要回家了。

希萨诺严肃地告诉我们,莫桑比克解放阵线解放了莫桑比克11个省中的两个北部省。他祝愿我们一切顺利,并表示我们将从其他解放阵线指挥官那里获得更多详细的通报。说完这些,他离开了房间,但很快便带着三名身穿制服的解放阵线战友返回。他介绍说,这三位战友将加入我们,成为我们军事部队的一部分。随后,这三位新加入的成员引领我们来到院子里的车辆旁。我们迅速整理好军用装备,并把卡车的篷布拉下。我们的指挥官耶勒和陶钻进了一辆路虎车,而我们另外五人,以及大约十名解放阵线的成员则登上了一辆卡车,准备出发。

莫桑比克解放阵线的成员们和我们之间存在着语言沟通的障碍——他们难以

用任何一种南非语言或英语清晰地表达自己的想法，而我们也同样无法理解任何一种莫桑比克语言或葡萄牙语。因此，我们民族之矛的成员们选择紧挨着坐在一起，共同回忆在孔瓦营区的日子，而莫桑比克解放阵线的成员们则聚在另一边交谈。我的内心充满了期待，但同时也感到遗憾，因为我们无法与莫桑比克解放阵线的兄弟们分享我们对于这次使命的见解和感受。虽然我们并未收到关于此次任务的详细指示，但即便是要接近莫桑比克与南非接壤的边境，似乎也意味着一次冒险。

在经历了一段感觉上无比漫长的车程之后，我们终于停了下来。随着篷布的卷起，我们跟随莫桑比克解放阵线的成员们依次从卡车上跳下，并迅速整队，排成军事队列。我环顾四周，发现了一些经过伪装的帐篷，还有配备武器的警卫人员在四周巡逻。在大约20米开外，我注意到耶勒和陶正带着另一些穿制服的人朝我们走来。当他们走近时，我认出其中一人是萨莫拉·马谢尔（Samora Machel），我最后一次见到他是在1964年12月下旬，也就是莫桑比克解放阵线在本国发动游击战两个月后。他身材高大，体型修长，笑起来时，两颗门牙间有条小小的缝隙。

我记得在孔瓦时，莫桑比克解放阵线的成员们曾向我提起过菲利佩·马盖（Filipe Magai），他曾是他们早期游击行动的总司令。然而，当我从苏联归来时，却得知他已被一名叫洛伦科·马托拉（Lorenco Matola）的成员暗杀，显然，这名成员是葡萄牙的间谍和特工。此后，萨莫拉·马谢尔接任了解放阵线的新任总司令。萨莫拉·马谢尔亲切地向我们打招呼，并引领我们来到一个帐篷前。帐篷内整齐地排列着一排睡袋。当我们全部就座后，马谢尔开始向我们介绍解放阵线的近期成就。他自豪地告诉我们，在1964年底至1967年初的这段时间里，解放阵线成功地解放了德尔加杜角（Cabo Delgado）省和尼亚萨（Nyasa）省。目前，他们正在楠普拉（Nampula）省、赞比西省和太特（Tete）省的东部边区积极开展活动。听到这些令人振奋的消息，我感到无比激动，并坚信当我们返回南非后，民族之矛也能够在我们的国家实现同样的伟大事业。

在简短的问候交流之后，二十名解放阵线的成员与我们登上了同一辆卡车，我们在日暮之际踏上了旅程。不久之后，我们停车与萨莫拉·马谢尔及其团队会合。他们告知我们，此刻我们正位于鲁伍马（Ruvuma）河的河岸之上，这条河流正是坦桑尼亚与莫桑比克的国界。当马谢尔在河岸旁与我们道别时，我的思绪已经飘向了几天后即将进入的南非国境。

我们再次登上卡车，作为由四辆车组成的车队的一部分，渡过鲁伍马河进入莫桑比克。感觉卡车并不像在河上漂流，但由于卡车的篷布卷了下来，我仍然不知道我们是从一个渡口、一座桥还是其他什么地方过的河。

经过数小时的夜间车程，我们终于抵达了莫桑比克解放阵线的基地。在这里，我们被编入一个十人组成的小队，由一位名叫阿德里诺·西托尔（Adelino Sithole）的人负责指挥。为了方便我们理解，他特意使用英语与我们进行交流。西托尔领我们到了一处帐篷区，并向我们保证这个基地比孔瓦营区更加安全。他解释说，这里已经一年多没有遭到葡萄牙军队的任何袭击。不过，他也提醒我们，如果敌人发起进攻，我们得跟随他前往指定的防御位置。听了他作出的安全保证，我悬着的心放了下来，很快就进入了沉沉的梦乡。

第二天早餐前，我们受到了莫桑比克解放阵线游击行动总指挥阿曼多·庞文内（Armando Pangwene）的欢迎。庞文内向我们介绍，我们现在所处的位置是尼亚萨省，这是解放区之一。他进一步解释说，他们在各个解放区内都建立了基本的社会基础设施，其中包括学校、诊所、行政部门和应急机构。在接下来的行程中，我们将会穿越一些解放区，最后他特别提醒我们，需要做好长途行军的准备，因为我们将会前往他们控制下的不同地区。

庞文内邀请我们到他的帐篷里吃早餐，早餐包括刚煮好的热粥和山羊肉。他与坐在两侧的约西亚·耶勒和乔治·陶进行了深入的交谈。而我则一边享受着美食，一边愉快地与西托尔闲聊。

早餐过后，庞文内指示我们加入一个由二十名解放阵线成员组成的小组。他告知我们，接下来应与他们共同前往主基地，以便在那里接收更进一步的指示。他还特别指派了西托尔和其他四名成员负责为我们准备前往主基地途中所需的口粮。西托尔及其同事非常周到地为我们每人准备了三罐玉米牛肉、两罐豆子、一包干黑麦面包、火药片和一盒火柴。想到一个月内就能抵达南非，我心中满是期待与兴奋。在出发前，庞文内告诉我们，此次行动的总指挥将是阿布达（Abuda），他是一位肤色较浅的领导。最后，庞文内祝愿我们此行一切顺利。

解放阵线的成员们被分为三个小组，每组包含十二个人，并且每个小组都装备了对讲机以便沟通。第一小组作为先头部队，向前方谨慎地探索前进。第二小组，由指挥官和我们七名民族之矛的成员组成，紧随第一小组之后，并作为整个队伍的核心部分。第三小组则负责在队伍的最后方，为整个队伍提供后方的保护。我们的旅程在谨慎的静默中开始，每个人都注意保持低调，避免发出任何不必要的噪声，因此也不太交谈。我们就这样一天天地默默前行，而我的思绪不禁飘向了那些留在孔瓦营区的战友们。我曾是那些呼吁领导层允许我们返回家园的声音之一，而现在，这个愿望的实现可能性就取决于我们能否成功找到一条穿越莫桑比克、安全抵达南非的路线。

起初，我们白天行军，夜间休息。然而，在行军的第四天，当我们穿越莫桑比克北部的灌木地带时，情况发生了变化。一架侦察机突然出现在高空，不断地盘旋着。阿布达立刻认出那是葡萄牙的侦察机，很可能是在搜寻解放阵线的游击队。他迅速下令让我们避开开阔地带，躲藏进茂密的灌木丛中。没过多久，另一架飞机的声音也传入了我们的耳朵。阿布达紧急命令我们采取防御姿势，并保持绝对的静默。我刚俯卧在地，两声震耳欲聋的巨响就盖过了飞机的轰鸣声，这声音在空中回荡了许久。又过了很长时间，鸟儿的声音终于打破了一片沉寂，阿布达随即命令我们回到各自的小组。确认我们全体安全、飞机也离开了之后，阿布达解释说，这两声巨响是葡萄牙飞机投下的炸弹造成的。我们决定休息一下，也就是自那以后，我们大部分时候都是在夜间行军，直到抵达解放阵线的主基地。

莫桑比克解放阵线的军事基地位于森林地区，这使得准确评估其规模变得相当困难。在阿德里诺·西托尔的带领下，我们参观了基地周边，他介绍说这个基地的面积大约相当于5个足球场那么大。基地内设施完备，其中包括了通讯壕沟，这些壕沟相互连接，最终通向总部的核心区域。此外，还设有一个医疗诊所，里面有数位身上缠着绷带的战斗人员，正在接受康复治疗。厨房部分被巧妙地挖入地下，并且覆盖了篷布，这样的设计既隐蔽又能让烹饪产生的烟雾在树林中自然消散，减少了被敌人发现的风险。我们在此停留期间，大部分时间都是在基地总部度过的，那里成为我们临时的生活与指挥中心。

我们积极地融入基地的日常活动。其中，我对维埃拉（Viera）指导大家回收废弹的过程特别感兴趣。他娴熟地展示了如何修复弹壳的火帽，然后仔细填充火药，并用钉子或金属丝作为弹丸。最后，维埃拉还仔细检查每一颗子弹，确保它们都如新制子弹一般完美闭合。这种创新水平给我留下了极为深刻的印象。

在主基地的日子里，我们过着安稳而有序的生活，对在这里学到的每一点知识和经验，我都倍感珍惜。这里的安全措施做得非常到位，无论是人员还是周边环境都进行了精心的伪装，确保了我们的安全。然而，我们此行的主要目的是前往南非，因此，邓肯·科扎和我找到了约西亚·耶勒，希望他能向莫桑比克解放阵线的成员们传达我们想要前往南非的意愿。在我们提出这个请求后不久，阿布达就通知我们做好前往前线的准备，那里正在开展一系列行动。我猜测前线大概就位于南非边境附近。我想象着我们的小组将在边境的南非一侧进行广泛的侦察活动，探索那里的形势和环境。完成侦察任务后，我打算留在解放阵线的前线基地，继续参与后续的行动，而约西亚·耶勒和其他两个人则将返回坦桑尼亚，向那里的政治领导层汇报我们的行动进展。

在阿布达的带领下，我们一行人斗志昂扬地离开了主基地。我们根据星星的方位在夜间行进，而白天则依靠太阳辨别方向，始终坚定地朝着西南方向前进。沿途，大多数石头和树木南侧生长的苔藓，也让我确信我们正在向南非进发。

第五天，我们遇到了六名在该地区开展政治和军事行动的莫桑比克解放阵线成员。这些成员用当地语言和葡萄牙语向阿布达介绍了进一步的情况。我们正处于太特省边区，针对葡萄牙人的游击行动已经拉开了序幕。

这六个人被派去通知我们小组，莫桑比克解放阵线士兵不能再护送我们了，因为整个太特省仍然在葡萄牙的控制之下。从太特出发，我们还要跨越两个省，才能到达南非的克鲁格（Kruger）国家公园，而我们与当地人语言不通——甚至莫桑比克解放阵线的一些成员也不懂赞比西河南部地区的语言，这是一个很大的劣势。阿布达说，解放阵线和非国大领导层已下令我们返回坦桑尼亚，他们将护送我们前往鲁伍马河基地。这对我们的团队来说是毁灭性的消息，我们向南非边境进军的希望破灭了。

我感到失望，因这失望而痛苦，但也明白解放阵线的成员已经尽了全力，做了一切他们所能做的事。在阿布达的指挥下，我们带着沉重的心情踏上了返回坦桑尼亚的旅程。每个人的脸上都写满了怀疑与失望，整个队伍的士气陷入了低谷。那天早上，在长时间的休息期间，我和邓肯·科扎请求耶勒帮忙安排一次会面，我们希望向莫桑比克解放阵线的成员们表达由衷的感谢。为了打破只感谢领导而将"其他"成员一笔带过的惯常做法，我们决定向每一位成员个人表示敬意，就像我们尊敬整个集体一样。耶勒与阿布达讨论了这个建议，阿布达同意了。

我们与莫桑比克解放阵线的同志们展开了深入的交流，其间自然而然地对他们表露出感激之情，双方都满怀激动，因为我们之间已经建立起了互尊、互敬、互爱的深情厚谊。团队中的每个人都表达了对对方的感激与钦佩，这让我心中涌起了无尽的感慨。解放阵线的成员们再次提醒我们，南非仍然十分遥远。为了抵达那里，我们必须穿越太特省、赞比西河省的部分地区，再走过整个马尼卡（Manica）省，最后进入加扎（Gaza）省。这些地方都是解放阵线尚未涉足的敌控区。我们并非功亏一篑，而是前路迢迢、危机四伏。意识到这一点之后，我们与南非边境之间那遥远的距离，反而使我释然了。在连绵不绝的拥抱与此起彼伏的感谢声中，我们与莫桑比克解放阵线的成员们道了别。当天下午，我们提前休息，为夜间出发做好准备。夜幕降临，我们踏上了继续前往鲁伍马河的征程。我们脚步轻盈，但心怀坚定，因为知道，无论何时何地，我们都有彼此的支持与陪伴。

第二天早上稍晚些时候，我们抵达了一片茂密的高草丛地，其间稀疏点缀着灌木。突然，前方大约200米处响起了枪声。我们迅速隐蔽并进行了还击，同时命令先遣队的成员撤离并与我们会合。从枪声中判断，敌人似乎在使用步枪而非自动武器。安全起见，我们撤退到了附近的灌木丛中，并试图联系第三分队的成员。当时，我们以为遭遇了敌方的炮火攻击，但直到今天，我仍无法确定向我们开枪的究竟是何方势力。我们曾考虑过对敌人发起攻击，但经过讨论后一致认为，按照敌人的节奏和条件去作战并不符合自由战士的原则。由于我们对敌人的具体位置、武器装备和兵力部署一无所知，最终放弃了这个想法。同时，我们开始商讨如何处理失踪战友的问题。耶勒是失踪的十二名成员之一。在遭遇伏击之前，第三分队与我们之间大约有200米的距离。我们的指挥官阿布达说，我们必须在敌方支援直升机和轰炸机到达之前继续前进，不然会腹背受敌，同时承受来自地面和天空的压力。为了规避这种风险，我们一致同意继续前进。然而在此期间，大家都被忐忑不安的焦灼氛围所笼罩。由于耶勒的暂时缺席，陶临危受命，接手了民族之矛大队的指挥重任。

第 14 章　莫桑比克解放阵线行动区

在遭遇伏击后的次日，我们在鲁伍马河畔的莫桑比克解放阵线营区暂时安顿下来。失踪的人依旧音信全无。又过了一天，阿德里诺·西托尔带领十五名莫桑比克解放阵线新兵到了这里，他们即将去往国外接受军事训练。在享用了一顿热腾腾的咸牛肉配黑麦面包的丰盛早餐后，西托尔被委任为民族之矛成员和莫桑比克解放阵线新兵的指挥官。经过三个小时的行军，西托尔宣布我们已经回到了当初进入莫桑比克时穿越鲁伍马河的那个渡河点。

莫桑比克解放阵线的成员们驾驶一辆卡车和一辆路虎，等待着我们，准备将我们载回坦桑尼亚。他们热情地迎接了我们，仿佛我们是凯旋的英雄。他们用自己的语言欢呼、跳舞、唱歌，以表达对我们的深深敬意。他们的热情与对我们团队团结精神的赞扬，让我心中涌起了暖流，士气也随之高涨。在解放阵线成员们的赞美声中，我们穿越了鲁伍马河，重新踏上了坦桑尼亚的土地。

在边境的坦桑尼亚一侧，我们受到了约阿希姆·希萨诺的热烈欢迎。他对我们与莫桑比克解放阵线的成员们建立的深厚友谊表示由衷的钦佩。希萨诺提到，我们展现出的坚定决心无疑激励了我们的莫桑比克同志，使他们更有信心向葡萄牙殖民势力施加更大的压力。更令人欣慰的是，他说耶勒和在那次伏击中失踪的其他人都安然无恙。悬在我们心上的这块大石头终于放了下来。

在受到希萨诺的欢迎之后，我们搭乘路虎前往达累斯萨拉姆。莫桑比克解放阵线的司机贴心地将我们送到了位于郊区的一所房子里。在那里，我们受到了马卢姆·科塔内、摩西·马布海达和乔·莫迪塞的热情迎接，他们对于我们能够安全归来感到由衷的高兴。他们满怀兴趣地聆听了我们的经历，并详细询问了关于经过莫桑比克前往南非的相关问题。我想起，我们并没有莫桑比克地图，也没有曾经穿越过的那些区域的地图，便向非国大的领导人们如实反映了这一情况。

当被问及进一步的看法时，我提醒大家，切·格瓦拉曾于 1964 年，在达累斯萨拉姆的一个营区，对一群安哥拉人民解放运动、莫桑比克解放阵线和非洲人国民大会的自由战士发表过讲话。当时他说，民族之矛的成员将从邻国的斗争中获得经验。我觉得我们的莫桑比克之行证实了他的这一说法。

汇报结束后，我们都用肥皂和毛巾洗了澡，然后享用了奢侈的炸鱼和薯条。我心满意足地上床睡觉，那种安全感比过去几天甚至几周都要强烈。然而，第二天早餐时，马卢姆·科塔内通知我们，饭后必须随他一同前往莫罗戈罗。乔·莫迪塞则要求我们整理和移交在莫桑比克使用过的所有军事装备。他的这一要求来得相当突然，让我猜测可能是有重要的访客即将到来，而此事不宜被我们知晓。

皮里和马布瓦费拉（Mabuwafela）的到来打破了我对马卢姆·科塔内指示的揣测。跟我们打过招呼后，他们告诉马卢姆·科塔内，一切都已准备就绪。马卢姆·科塔内通知说，15分钟后，我们就要乘坐皮里驾驶的车辆出发。从周围人的交谈中，我察觉到同事们都以为我们要返回孔瓦营区，而且他们和我一样，对此行程安排颇感不满。我们急忙将在莫桑比克使用过的军事装备塞进一个麻袋里，随后便上了皮里驾驶的路虎车。

第 15 章 赞比亚

马卢姆·科塔内从屋里出来，一言不发地坐上了马布瓦费拉驾驶的轿车。他们先开走了，皮里开着路虎跟在他们后面。这是一趟非常枯燥的旅程，因为我们无法在皮里在场的情况下谈论我们的经历。从达累斯萨拉姆到莫罗戈罗，我一路打瞌睡。

抵达莫罗戈罗的非国大大厦时，我惊讶地发现那里聚集了一大群民族之矛的成员。1967 年 3 月下旬，我们启程前往莫桑比克时，这些人留在了孔瓦营区。民族之矛小组的十五名成员包括斯坦利·佐茨（Stanley Tsotsi）、潘加·曼、巴洛伊、大卫·恩德瓦内、斯坦利·沃特森（Stanley Watson）、托尼·马鲁马（Tony Maluma）、姆扎蒂、马丁·斯科萨纳（Martin Skhosana）和雷吉·赫拉什瓦约（Reddy Hlatshwayo）等人。如今是 5 月，时间过去了一个多月。

我们像久别重逢的老友一样，热情地相互问候。在院子里，我看到博伊·奥托正在检查我们的一辆周恩来牌卡车。自 1966 年他离开孔瓦后，我们就再也没见过面，这次重逢让我们都感到非常高兴。我们开心地聊起了在苏联和孔瓦的经历，但我们都清楚，关于参与的军事行动必须保持沉默，这是不能透露的秘密。

我们在树下享用了一顿姗姗来迟的午餐，简单的米饭和肉却让我们感到满足。然而，当我们正在用餐时，乔·莫迪塞驾驶着他的白色轿车抵达了现场，原本轻松友好的气氛瞬间变得紧张起来。斯坦利·佐茨见状不满地大声质问："这位成员怎么能开着如此豪华的车来到前线呢？"听到这话，莫迪塞立刻对佐茨发起了火，两人随即动起手来。幸好帕特里克·莫劳阿、拜特曼·恩格瓦克塞拉（Batman Ngwaxela）和雅克·戈尼韦（Jacques Goniwe）及时介入，将他们分开。之后，莫迪塞便前往大楼内与马卢姆·科塔内会面。

下午稍晚些时候，马卢姆·科塔内和乔·莫迪塞从大楼里走了出来，加入我们的行列。莫迪塞示意我们在他们站立的地方附近集合，而马卢姆·科塔内则告知我们即将踏上前往赞比亚的旅程。他指示我们登上之前博伊·奥托检查过的那辆卡车。科塔内第一个爬上了卡车的后排——起初我还以为他在找东西，但出乎我意料的是，他坐在了侧座的右角位置。

然而，乔·莫迪塞却未加解释地直接下命令："抓住那个人。"我心生不安，眼睁睁地看着他们将潘加·曼抬进了卡车后座。强迫战友们去做他们不理解或是不愿意做的事情，这显然违背了志愿精神。更让我感到沮丧的是，莫迪塞不会带我们回南非，我们也无法强迫他这样做。

马卢姆·科塔内示意我坐在他身旁。我内心充满忐忑，因为我担心自己可能做了一些令他不满的事情。在非国大，当 O.R. 坦博、J.B. 马克斯大叔或马卢姆·科塔内等领导想要指出一个问题时，他们会让我坐下，然后以严厉而平静的语气表达他们的不满。但如果他们发现自己判断有误，也会迅速道歉。虽然当时我总是感到紧张不安，但事后却深感庆幸，因为有非国大的前辈们在关心和指导我。

当我们都已在卡车后排安稳坐好，博伊·奥托、皮里和莱福提便放下了侧边的篷布，随后我们踏上了旅程。为了让我放松心情，马卢姆·科塔内与我闲聊起来，询问我最近读的一本书是什么。我回答说是列宁的《怎么办？》（*What is to be Done?*），尽管我还未完全读完。我进一步阐述了我的理解，认为我们必须在南非本土传播解放的思想，才能真正激发我们的人民。为了实现这一目标，非国大的成员需要承担起教授政治、经济、文化和游击战知识的重任，将这些作为我们斗争的主要形式来推进。

马卢姆·科塔内对我回国的意愿表示了浓厚的兴趣，这让我感到有些意外，但也愿意与他深入探讨。他向我阐述了在警察严密监控的社区中开展政治活动的艰巨性。他进一步指出，为从国外回国的人员构建地下组织是一项极为复杂的任务。原因在于，国内的安全部队对大多数流亡在外的民族之矛成员了如指掌，并会定期对我们的家庭和社区进行巡查。他郑重地告诫我，回国后不应仓促着手建立政治军事联合体，而应首先花时间了解每位成员的情况，观察他们是否有所改变，这种改变是积极的还是消极的。科塔内还提醒我，南非的政治环境正在经历剧变，班图斯坦（Bantustan）的设立正在悄然改变包括南非非国大成员在内的民众的生活观念。他特别警告说，在与任何地下工作者接触之前，都必须保持高度警觉，并善于倾听。这番话似乎隐含着某种信息，仿佛在暗示我即将踏上归途。

我们的卡车在沿途的偏远地区稍作休息并补充了水，终于在第二天下午晚些时候抵达了目的地。当篷布被掀起时，我惊讶地发现我们身处一个被茂密树木和起伏山丘环绕的偏远地区。我从没有想过，竟会在这种地方看到熟悉的面孔、听到熟悉的声音，但我们的战友从树林和灌木丛里走了出来，对我们的到来表示热烈的欢迎。欢迎队伍包括本森·恩采勒（Benson Ntsele）、列侬·梅拉尼（Lenon Melane）、雅皮埃·布鲁克林（Jaapie Brooklyn）、恩加洛、卡尔·克莱因布伊（Karl Kleinbooi）、兰伯特·莫洛伊和恩塔拉（Ntala）。他们说："欢迎来到赞比亚的卡卢瓦（Kaluwa）农场！"当我们去莫桑比克时，一些人留在了孔瓦营区。这次意外的重逢让我感到欣慰，感觉我们离南非越来越近了。

车轨两侧都搭起了伪装得挺不错的帐篷。在我们最兴奋的时候，马卢姆·科塔内让我在卡车后面等他。几分钟后，他带着十五名民族之矛成员回来了，其中包括乔治·姆苏西（George Mthusi）、姆隆戈（Mhlongo）、雅皮埃·布鲁克林、迈克·普依（Mike Pooe）、西巴尼奥尼、埃德温（Edwin）和兰伯特。当我们都上车后，卡车发动了，篷布又盖了下来。车子开了大约一个小时，然后停在一个农场，那里有一些耕地、几群牛和一个停着一辆小拖拉机的棚子。我们受到大卫·马什戈、维克多·德拉米尼（Victor Dlamini）、乔尔·西贝科（Joel Sibeko）、班托姆（Bantom）和马绍尔·福斯特等人的热烈欢迎，他们欢迎我们来到夸姆扎拉（Kwamzala）农场。我有点困惑，因为这些人中有一些在我从苏联回来之前就离开了孔瓦营区。现在，也就是1967年6月初，他们不是应该早就返回南非了吗？他们为什么还在赞比亚？我希望，我们并不是要在赞比亚的不同地区建立起类似于孔瓦的卫星营区，因为那样的做法无疑会阻碍我们重返南非。

利文斯顿外的库斯农场

尽管我们的原则要求对加入我们队伍的成员的指示保持无条件的信任，但最近的一些事情却让我产生了疑虑。赞比亚各地的民族之矛成员可能会被部署到非国大未来的工作中去。然而，在从事地下工作的过程中，我逐渐意识到，认知匮乏固然不可取，信息的过剩也可能带来潜在的危险。马卢姆·科塔内的声音把我从沉思中拉了出来，我听到他说我应该和乔尔·西贝科（绰号"老师"）以及兰伯特·莫洛伊一起坐上一辆停在卡车旁边的路虎。这个指示让我回家的希望重燃，我兴奋地坐在了路虎车的后座上。待日落的余晖渐渐消失在地平线后，我们便出发了。

过了一会儿，路途中的颠簸把我从睡梦中唤醒。周围一片漆黑，唯有远方闪烁的微弱灯光逐渐勾勒出一座建筑物的轮廓。我们在那儿停下来，受到了斯莱·普莱恩（Sly Plane）和史蒂夫·贝勒（绰号"山羊"）的欢迎。西贝科和莫洛伊开车走了，把我留了下来，跟这两个人一起。他们把我带到他们睡觉的房间，给了我一个橡胶床垫，我给床垫充上气，躺在上面很快就睡着了。第二天一早，威利·威廉姆斯（Willy Williams）把我叫醒，他是这个民族之矛小组的另一名成员。

早餐有叫作"卡彭塔"（kapenta）的小鱼干、玉米粥和茶。餐后，史蒂夫、威廉姆斯和普莱恩向我介绍了他们的日常生活。我得知我们在赞比西河畔的库斯（KOOS）农场。我依稀记得库斯是一个常见的阿非利卡白人名字。库斯可以成为我们解放运动的一部分吗？我认为，我们目前身处这个农场的事实，意味着这个名字和叫这个名字的地方是安全的。

该小队对赞比西河两岸的罗得西亚和赞比亚进行了详尽的侦察，并在农场内巧妙经营着一家磨骨厂作为掩护。周围的农场主和社区居民都深信我们的成员是这家工厂的负责人。为了更好地融入当地环境，该工厂还雇用了四名本地工人，他们每周一至周五工作，每天工作八个小时。本地工人主要负责烧锅炉、煮骨头、清理锅炉和晾晒骨头。晒干后的骨头会被运送到磨坊进行研磨。经过精细的研磨，干骨头被磨成细粉，随后被仔细地包装进每袋容量为23千克的袋子里。这些骨粉随后会被销售给位于利文斯顿的一家知名制粉公司，该公司专注于生产塑料相关的产品和肥料。

我在此工作期间，乔尔·西贝科和四位员工乘坐一辆被称为"鬣狗"的英国奥斯汀（Austin）牌小卡车来到了农场。这个名字让我立刻联想到了鬣狗的形象，我确信这款车的外形一定与它相似。这款四轮驱动车非常适合在灌木丛和沙地中行驶，常被用来运输骨头、把骨粉载去市场，以及执行其他我所不了解的任务。在这里，每个白天都忙碌而充实，甚至有些晚上也是如此。

在库斯农场，我主要负责四项工作：为四名工人提供支持，确保锅炉干净整洁，随时可以用来煮新的骨头；每天帮忙做饭；晚上在赞比西河上铺设渔网；我还参与了沿附近河段寻找可能渡河点的侦察工作。

为了对赞比西河岸进行有效的侦察，我们装备了捷克斯洛伐克的 SHE 冲锋枪。我们从库斯农场出发，驾车前往河岸的各个地点。为了避免引起对岸敌人的警觉，我们会在离卡车停驶一段距离前下车，然后悄无声息地前进。武器随时都在我们手边。

我们反复测试，试图确定在不被罗得西亚一侧发现的情况下能够接近河流的最大距离。同时，我们在可以俯瞰赞比西河谷罗得西亚一侧的地点建立了观察哨。在这些观察点上，我们努力搜寻人类聚居区的迹象——比如有生火迹象的畜栏、安装了电灯的村舍、移动的车辆或携带了火把、防风灯的行人等。不过，在夜间准确估算远处灯光的距离，确实是一项极具挑战性的任务。

在返回农场之后，我们小心地将武器藏匿在骨头存储区旁边的一个特设围栏内。虽然我们一直从赞比亚一侧进行观察，但我深感我们有必要过河去，亲自探查罗得西亚一侧，以确定自由战士能够安全行动的区域。否则，我们的所有活动似乎都只是在做无用功，无法有效地指挥赞比西河以南的军事行动。在一次例行的通报会上，普莱恩表达了与我相同的想法。

寻得了一位观点一致的盟友，让我对新加入的这个地下组织好感倍增，我深感我们正在为南非的解放事业贡献自己的力量。我们驾车穿梭于这片区域，四处搜寻骸骨，甚至有时会从当地社区进行购买。我们的活动范围遍布利文斯顿周边以及西南部的大片土地。有一次，附近定居点的居民带我们找到了一具马尸，那浓重的气味令人难以忍受，我们不得不用手帕捂住口鼻以减轻那难闻的气味。尽管我极度厌恶骨头和腐肉残骸的味道，但我深知，我们所从事的地下工作远比我的个人好恶重要得多。

在库斯农场，我们只有一位访客，就是拉塔斯（Ratas），我上一次见到他还是在 1965 年初我去苏联之前，在孔瓦。拉塔斯与乔·莫迪塞身高相仿。他开一辆装有冰箱的货车，里面储存了要在博茨瓦纳出售的鱼。拉塔斯请乔尔·西贝科将四名赞比亚工人支开，以便他可以更详细地向我们展示他的货车。当只有我们几人在一起时，他打开了冰箱下面一个伪装的隔层，它有一副宽棺材那么大，里面衬着海绵材料。拉塔斯让我和斯莱·普莱恩钻进隔层。我很好奇，但也很担心，因为我以前从未见过这样的设计。

我们背靠着背，躺在这个狭小的空间里。拉塔斯用一块类似木板的物体将隔层封住，霎时间，四周陷入了一片漆黑。我被挤得几乎无法动弹，心中思量，若是携带比手枪更大的武器，恐怕是难以进入这里的。随后，拉塔斯发动了引擎，车辆缓缓开动。我心中涌起一股怒火，以为他竟打算让我们在这样毫无防备的状态下越过赞比西河。但几分钟后，车子停了下来，隔间再次被打开。我们依旧身处农场之内，回到了起点。然而，拉塔斯的这番举动还是令我不快，我并不喜欢他对我们耍的这套把戏。

更大的侦查小组

我在库斯农场过了两周，第三周的一个早上，乔尔·西贝科告诉我，利文斯顿正在通缉我，我必须立刻准备转移。这给我提了一个醒，地下工作者绝不能在同一地点停留太久。我一边期待着有好消息，一边匆忙整理了我那一点行李，然后与西贝科会合。

我们驾车穿过了利文斯顿市中心，驶向镇上的一所房子。当我看到兰伯特·莫洛伊亲自过来开门时，感到有些惊讶。我下了路虎车，与大家简短地寒暄后，西贝科便开车离开了。莫洛伊关上大门，领我进入屋内，在那里，恩塔拉和马丁·斯科萨纳欢迎了我。我最后一次见到他们大约是在一个月前，当时我们在前往利文斯顿的路上，途经了卡卢瓦农场。

这三个人表示非常高兴我能加入他们的侦察队，这是我接收到新任务的第一个信号。他们告诉我，他们正在与津巴布韦非洲人民联盟的成员紧密合作，而且我们会在当天稍晚些时候与其中的一些成员会面。虽然我内心充满了好奇，很想知道我们与津巴布韦非洲人民联盟成员之间的合作具体是什么性质，但我还是选择耐心等待进一步的信息。我记得 1960 年津巴布韦非洲人民联盟成立时，自由战士将罗得西亚更名为津巴布韦。

我到那里还不到一个小时，就有三个人开着一辆中国吉普车来了。他们看起来都是三十几岁，身材修长，身高接近 1.8 米。在屋里，他们自我介绍为马福萨（Maphosa）、姆拉拉（Mhlala）和拉波特（Rapport）。拉波特的胡须被修剪得整整齐齐，与他那长长的头发形成了鲜明的对比。他介绍自己是津巴布韦非洲人民联盟军队的后勤主管。姆拉拉身穿灰色狩猎服，头发稍稍偏向右侧。他介绍自己是侦察队的队长。马福萨下巴宽，胡须短，穿着西装外套和卡其色裤子。他介绍自己是津巴布韦非洲人民联盟领导层的一员，负责运营。三人看上去都很自信，充满活力。

他们的任务是构建并维护一个与津巴布韦非洲人民联盟成员之间的政治网络，同时还肩负着招募自由战士赴国外接受专业军事训练的职责。这些经过精良培训的津巴布韦非洲人民联盟游击队成员会被秘密送返祖国，以发起对伊安·史密斯（Ian Smith）殖民政权的军事行动。此外，他们还负责搜集国家安全部队的相关情报。这些目标给我留下了深刻的印象，并且更加确信自己会回到南非。

津巴布韦非洲人民联盟的三名成员透露，他们从 1966 年初便开始了对赞比西河两岸信息的全面收集工作。在国家的西北部，罗得西亚与赞比亚、纳米比亚和博茨瓦纳在卡宗古拉（Kazungula）地区交汇；而在东北部，它与赞比亚和莫桑比克在费拉（Feira）地区相邻。截至 1967 年中期，他们的侦察活动已主要集中在从卡宗古拉至卡里巴（Kariba）大坝以东的区域。同时，罗得西亚和南非的安全部队也已在赞比西河谷两岸部署了密集的线人网络。

这些线人都是从赞比西河谷沿岸的居民中精心挑选出来的，他们的报酬由罗得西亚和南非的安全部队来支付。当我了解到津巴布韦非洲人民联盟并没有足够的资金来支付这些线人的费用时，深感震惊。这让我开始认识到在追求政治自由与满足基本生活需求之间寻求平衡的艰巨性，即所谓的"面包和黄油"问题。在苏联的导师们曾经提醒过我们，金钱的力量有时会超越意识形态，而在这里，我真切地看到了解放斗争中的阴暗面。

津巴布韦非洲人民联盟的成员们还告诉我，他们从在赞比亚各个公共和私营部门工作的津巴布韦公民那里获取了一些有价值的信息。这些公民在访问他们在罗得西亚的家乡时，会提供关于当地政治、经济、社会和文化的最新动态。在会议上，我们达成一致，决定津巴布韦非洲人民联盟和民族之矛的联合小组将在第二天早上开始执行侦察任务。我对这个任务充满了期待，因为希望我们也能够收集到关于南非的重要信息。

怀揣着对第二天的美好憧憬，我在与恩塔拉共用的房间里安然入睡。清晨，我是第一个苏醒的，于是便先行洗漱，随后走进厨房，用电热水壶烧起了泡茶用的热水。水刚开始沸腾，莫洛伊、马丁和恩塔拉便陆续加入了我们。我负责泡茶，其他人则忙着切面包、涂抹果酱和黄油，制作三明治。早餐期间，我们谈论的主题主要围绕着对津巴布韦非洲人民联盟同志的期待展开，希望他们能够准时抵达，因为向南推进的时机已经成熟，真正的可能性已然展现在我们面前。

兰伯特·莫洛伊走进了与马丁共用的卧室，不久后他带着微笑走出来，手中拿着四把马卡洛夫（Makarov）手枪和相应的枪套，每支枪都配有一个八发的弹匣。我仔细检查这些手枪，心中暗自揣测莫洛伊是否还会为我们提供 AK-47 步枪，以备我们在穿越伊安·史密斯统治的罗得西亚时使用。然而，这个念头很快被打断，因为七个人驾驶着两辆路虎车抵达了我们的驻地。这七个人中，有六位是津巴布韦非洲人民联盟的成员，包括姆拉拉和马福萨同志。而第七位则是保罗·彼得森（Paul Petersen），他是一名民族之矛成员。我最后一次见到他和乔治·德赖弗（George Driver）是在 1964 年的达累斯萨拉姆的卢图里营区。他们两人都来自开普敦，并在 1961 年或 1962 年从我们在马姆雷为期三周的训练营中顺利毕业。就在我们热情地相聚、相谈甚欢之际，姆拉拉严肃地提醒我们，此次集结的目的是执行军事任务，而不是重聚。他的这番话让我们迅速回归到了即将执行的任务上来。

马福萨邀请莫洛伊、马丁、恩塔拉和我乘坐他驾驶的路虎汽车。后座上有四个背包，里面装满了水瓶、一罐烤豆和两片干黑麦面包——我们今天的午餐。我们一行人开着两辆路虎，从利文斯顿出发，向东南方向驶去。

在赞比西河谷的一条土路上，我们停下车来，走下路虎。我们排成一列，静静地前行，不时地用双筒望远镜仔细观察河的罗得西亚一侧。我们的目的是寻找一个合适的渡河入口。经过四个小时的仔细搜寻，我们回到路虎旁享用了午餐，随后决定返回利文斯顿。沿途，我们考察了赞比西河沿岸的几个峡谷，发现河道普遍都很宽阔。在河道变窄的地方，水流变得异常湍急。津巴布韦非洲人民联盟的成员还提醒我们，平静的水域里可能潜藏着鳄鱼和河马。与南非河流沿岸明显的渡河点不同，这里的渡河点并没有那么显而易见。我陷入了沉思，思考着如何能安全地渡过这条河，进入罗得西亚。我曾想过用木头和 170 升的桶来制作木筏，但怎样把这些材料藏在罗得西亚一侧是个难题。当我们驱车返回利文斯顿的途中，我依然在苦思冥想，试图找到一个完美的渡河方案。

那天晚上晚些时候，三名民族之矛成员在利文斯顿加入了我们。琳达·恩采勒（Linda Ntsele）身高 1.73 米，大卫·西比亚身高 1.67 米，波士顿（Boston）身高 1.63 米。西比亚和波士顿是民族之矛里最好的游泳运动员，他们的到来增强了我们穿越赞比西河返回南非的信心。在他们抵达后的一周时间里，我们共同沿着赞比西河的赞比亚一侧进行了三次侦察行动。随后，兰伯特·莫洛伊向我传达了消息，要求大卫·西比亚、波士顿、保罗·彼得森和我本人，按照卢萨卡总部的指令与他汇合。

遵照卢萨卡总部的指令，保罗·彼得森、大卫·西比亚、波士顿、兰伯特和我于周四一同乘坐路虎，从利文斯顿出发前往卢萨卡。兰伯特驱车五个多小时到达卢萨卡以西约 7 000 米处的马克尼（Makeni）。他把我和保罗·彼得森留在了兰德里（Randeree）博士的住所，我们此前从未见过兰德里博士。接着，兰伯特与波士顿、西比亚一起开车离开了。

在兰德里博士的住所，保罗·彼得森和我见到了姆乔乔、鲁本·恩特拉巴蒂、安德里斯·莫塞佩（Andries Motsepe）、克里斯·哈尼、杰克逊·姆伦泽（Jackson Mlenze）、迈克·普依和大卫·马什戈等人，我上一次见到他们中的大多数人，是在 1965 年初的孔瓦，我去苏联参加军事训练之前。他们的积极情绪让我感到有事情即将发生。

我们的团聚被坦博、科塔内和 J.B. 马克斯的到来打断了。他们没有像往常那样严肃，而是请我们坐在已经摆放好的长凳和椅子上。马克斯拿出了两幅南罗得西亚地图，从一角印制的日期来看，这两幅地图是 20 世纪 40 年代初绘制的。坦博说，领导层决定让我们经津巴布韦返回南非。这些地图是为了让我们熟悉通往南非边境的可能路线。J.B. 马克斯询问了我们的意见，并说穿过罗得西亚的路线是唯一一条我们可以全副武装走通的路线。向自由迈出了一大步，这让我激动不已。

我们仔细观察了地图，重点是该国的西部地区，其中包括万基（Wankie）煤矿区。保罗·彼得森首先发表意见。他指着地图说，穿越赞比西河后，五人左右的小团队可以前往其中一条铁路支线，搭乘火车前往罗得西亚的普拉姆特里（Plumtree）。说完，他又重复了一遍，语气里带着明显的自信。姆乔乔·姆克斯瓦库（Mjojo Mxwaku）表示，一支更大的队伍有可能穿过人烟稀少的罗得西亚乡村，到达南非德兰士瓦西北部。只要沿途有联络人，我们都赞同经罗得西亚返回南非的意见。马卢姆·科塔内结束了我们的会议，他说非国大领导人已经同意，津巴布韦非洲人民联盟的成员将与我们一路同行。从赞比亚通往南非的道路，在我眼前，似乎比以往任何时候都更加清晰。

下午，吃过米饭和鸡肉后，坦博说我应该和兰伯特·莫洛伊一起走，他在会后加入了我们。我们从兰德里博士的住处出发，向西南方向行驶了大约20千米，到达了一个农场，莫洛伊说它叫作杜贝的农场（Dube's Farm）。在这里，我与大卫·西比亚和波士顿·加加林重新会合。

从卢萨卡方向进入农场后，左边可以看到一个挺大的池塘。再走大约20米，有座房子，长6米、宽4米。再往前走，会看到两座顶着红屋顶的农舍，旁边是放拖拉机和农具的棚子，还有个牛栏和一个小花园，里面种着桃树和芒果树。

那天晚上躺在床上，我思索着在如此富有成效的会议之后，我们的下一步行动应该是什么。出乎我意料的是，次日早上，萨姆·马塞莫拉和莱福提带来了一艘木船，长约4米，宽1.5米，还配有4只桨。他们自豪地告诉我们，这艘船还有桨都是在卢萨卡的非国大工厂车间里制作的。我仔细看了看，这艘船工艺精湛，堪称杰作。第二天，我和莫洛伊花了大半天的时间，协助西比亚和波士顿试船。我们反复划船、翻船，确保它在翻倒时也能浮在水面。我深信，这艘船将成为我们横渡赞比西河的理想选择。傍晚时分，我们将船装载到莱福提和姆布蒂驾驶的卡车上，启程返回利文斯顿。我们在卢萨卡只停留了一天。

我们开车去往利文斯顿西边的一个非国大农场，要在那里稍作休整。我沉浸在想象中，憧憬着自己在津巴布韦非洲人民联盟地下组织的协助下，和民族之矛的战友们一同踏上返回南非的旅程。我心中满是期待，不知道是否有机会与过去的联络人，比如博茨瓦纳的菲什和切佩重聚。我终于可以返回我梦寐以求的南非了。

第二天，我和波士顿、西比亚、兰伯特一起，担负起了护送卡车前往赞比西河的任务。一路上我神清气爽，对前途满怀期待。我们找到了当地渔民常用的下水处，波士顿和西比亚将船推入水中，勇敢地划向湍急的水流。然而，仅仅前进了 15 米，船就意外地翻了。他们奋力游回岸边，而我们惊愕地看着船只渐渐消失在视野中。想到不会游泳的人可能面临的危险，我们都感到后怕，不免垂头丧气起来。我们驱车返回利文斯顿的 E 区（E-Section）镇我和兰伯特·莫洛伊的住处。船只失事让我们备受打击，但我依然坚信，我们可以尝试使用橡皮艇来穿越赞比西河。事实上，对征服非洲的河流而言，小艇或许比木船更具优势。

当天下午，姆拉拉、阿基姆·恩德洛夫（Akim Ndlovu）、马福萨等津巴布韦非洲人民联盟的成员来访，他们说，津巴布韦非洲人民联盟和非国大领导层需要联合侦察队紧急确认赞比西河上四个可靠的渡河点。我们在会议上商定，由琳达·恩采勒与兰伯特·莫洛伊作为民族之矛一方的代表，与政治领导人进行沟通。莫洛伊已向马丁·斯科萨纳、恩塔拉和我传达了指示，提醒我们要为下一次侦察做好充分准备。

数日后，我们从莫洛伊那里得知了一个震惊人心的消息：非国大主席阿尔伯特·卢图里不幸离世。显然，他在斯坦格（Stanger）自己家附近的铁路道口遭遇了一场谋杀。这一噩耗传来，我们倍感悲痛。津巴布韦非洲人民联盟与非国大领导层决定，让我们用一周的时间来缅怀这位伟大的领袖。这一不幸事件恰恰发生在我们即将展开军事行动的前夕，虽然令人震惊，但它却更加坚定了我们推进武装斗争的决心。哀悼期间，我们继续在赞比西河一带展开侦察行动。

第 16 章　南罗得西亚

一周后，即 1967 年 8 月初，我和斯拜·莫塞拉、卡拉马斯与莫约（Moyo）指挥下的 7 名非洲民族团结党成员会合。我们每人都配发了带折叠枪托和四个满弹匣的 AK-47 冲锋枪、干粮面包和腌牛肉、生火药片、水壶和迷彩服。我们的任务是在莫约确定的一处地点建起横跨赞比西河的桥头堡。

在夜幕的掩护下，我们成功地渡过了赞比西河。随后，我们一行人沿着河谷向前行进，终于抵达了一片繁茂的灌木丛。在这片丛林中，我们选择了一个有利的位置，面向陆地摆出了一个半圆形的防御阵地。为了确保安全，莫约特意在距离我们阵地大约 10 米的地方安排了两名观察员，他们负责监视周围环境，确保我们的阵地安全无虞。我们一直坚守在这些精心布置的阵地上，直到第二天的傍晚时分。在这段时间里，我们时刻保持警惕，随时准备应对任何突发情况。直到莫约下达了撤退的命令，我们才结束了这次长时间的防御任务。我认为，这次演习是为我们回家的那一天做好准备。返回利文斯顿后，我发现兰伯特·莫洛伊一副容光焕发的样子，津巴布韦非洲人民联盟的阿基姆和拉波特来我们位于 E 区的房子取制服时，也显得神采奕奕。

起初，我以为他们的喜悦是因为周末的到来，然而莫洛伊告知我，其他人已经在前一个星期三启程前往南非了。这时我才明白我们在莫约领导下展开的行动究竟有何意义——我们一直在为那些返回南非的同志们提供保护。然而，这个消息让我感觉自己仿佛被背叛了，我参与了所有的准备工作，最终却被留在了这里。

接下来的几天里，琳达·恩采勒表示，我们的侦察小组中，只有个别人会留在利文斯顿。兰伯特·莫洛伊、恩塔拉和我留在了 E 区，但想到我们的成员成功越境进入了罗得西亚，我的士气大涨。我和兰伯特·莫洛伊在利文斯顿拜访了维拉（Vera）和乔治·普南（George Poonan），他们总是提供美味的食物，并与我们进行富有启发性的讨论。他们以自己的方式体现了中苏冲突，维拉推崇托洛茨基（Trotskyite）主义，而她的丈夫乔治则推崇斯大林主义。

1967 年 8 月中旬，迈克·普依、诺曼·姆索米、博伊斯·博西博和乔尔·西贝科也来到了 E 区。莫洛伊表示，南非非洲团结党与非国大的领导层期望我们能够深入了解罗得西亚当前的状况。我们一致认为，与来自该地区的人们交流是获取信息的最有效方式。兰伯特告诉我，要以罗得西亚的医院工作人员为目标，通过他们来获取更多信息。值得一提的是，我们已经在利文斯顿医院建立了可靠的线人网络，其中包括莫德（Maude）——她是拉波特的妹妹、玛丽（Mary）和杰森（Jason）。

我们的成员进入罗得西亚大约一周后，广播报道了自由战士和罗得西亚安全部队在万基地区发生的战斗。津巴布韦非洲人民联盟和非国大将这些战斗称作"万基行动"（Wankie Operations）。那天晚上，我们四处打听正在罗得西亚的战友的联系方式，尽可能多地获取与军事行动有关的消息。

我们的线人说，罗得西亚非洲步枪队是对抗我们这些自由战士的主力部队，并且他们伤亡较大。罗得西亚非洲步枪队于 1940 年在英国控制下成立，虽然其军官都是罗得西亚白人，但从非洲黑人中招募队员。据我们的消息来源，随着行动的升级，更多的反游击战专家和来自南非的增援部队被派遣来对付自由战士。

罗得西亚军方发布了一份阵亡将士名单，但很难从我方得到伤亡人数，也很难从旨在打击我方自由战士士气的夸大之词中分辨出事实真相。根据我们的消息来源整理的信息，保罗·彼得森在普拉姆特里周边的战斗中不幸阵亡。除了他展现出的英勇斗志和顽强抵抗外，我们没有更多关于他牺牲的细节。这是一个令人痛心的消息。我清楚地记得，我们最后一次在兰德里博士的住处会面时，还一起讨论了回家的路线。彼时，他已经到达普拉姆特里了。1967 年 9 月下旬，我停止了直接的情报收集工作，并不再参与与万基行动相关的任何活动。由于该地区受到了敌方安全部队越来越多的关注，我们的活动范围不得不收缩。很显然，在未来的一段时间内，我们无法在此地继续行动。

一天早上，迈克·普依和绰号"邦古"（Bungo/Bungu）的雷吉·赫拉什瓦约突然造访了我们。普依告知我,只有半小时的准备时间,随后我将与他们一同驱车前往卢萨卡。离开那些曾与我并肩作战、亲如家人的战友们,我心中充满了不舍。然而,想到即将踏上前往卢萨卡的 480 千米旅程,我又感到兴奋和期待。途中,我们在蒙泽(Monze)停留了很长时间,普依为我们购买了炸鱼和薯条作午餐。在营地,我们的日常饮食多是搭配肉食的米饭或玉米泥,这份午餐无疑是种令人欣喜的调剂。饭后,我们继续前往杜贝农场。

万基行动

当我们的人与罗得西亚安全部队交锋的消息传开后,部分人的情绪被点燃,变得难以控制。卢萨卡周边的战友不止一次去当地的酒吧喝啤酒。一天晚上,有个人酒后失态,掏出手枪向天花板开枪,并高喊:"我们也在打仗!"此外,还发生了一件事,有民族之矛成员开着一辆卡车在卢萨卡和另一些赞比亚城镇招摇过市。他们扯下卡车后面的篷布,悬挂上了鞋底印有 8 字形花纹的军靴,也就是我们所说的 8 字靴。

我们在孔瓦营地长期驻扎的日子里,安哥拉人民解放运动、莫桑比克解放阵线和西南非洲人民组织的成员们相继离开,重返游击战场,继续与葡萄牙和南非的殖民统治进行斗争。每当我们从营地的邻居那里听闻他们在各自国家的英勇事迹时,内心总会涌现出一种英雄无用武之地的挫折感。而当民族之矛和津巴布韦非洲人民联盟与殖民政权的安全部队展开激战时,我们却感受到了前所未有的喜悦。这些战斗不仅为我们带来了希望、信心和自豪感,更让我们相信,我们的斗争提升了我们在国际舞台上的尊严和存在感。由于我亲身参与了其中一些行动的策划,朋友们看向我的目光中都多了一分敬佩与尊重。

第 17 章　西波利洛的津巴布韦非洲人民联盟 / 民族之矛游击根据地

在杜贝农场房屋的右侧，我察觉到池塘边新增了两个帐篷，这表明自大约一个月前我来过此地以后，又有十到二十人加入了我们。我们受到了民族之矛后勤主管马桑多以及雅皮埃·布鲁克林的热情迎接。当我沿着斜坡向池塘走去，看到许多人正从附近的聚居地回来。其中包括琳达·恩采勒、邓肯·科扎、杰克逊·费福、乔治·陶和威尔逊·姆巴利等。每当大家团聚一堂，总会演变成一场欢乐而热闹的聚会，这次也不例外。

当所有人都返回后，恩采勒在池塘边的空地上召集了一次会议。普侬、恩采勒和韩佩（Hempe）告诉我们，我们将于十月的第一个周末出发，去对赞比亚东部地区进行进一步侦察。我被安排在靠近池塘的平房里歇宿，阿尔伯特·莫纳（Albert Mona）、卡拉马斯·莫皮（Kalamas Moepi）、斯拜·莫塞拉和邦古等人成了我的室友。

第二天一早，我们匆匆吃了一顿早餐，然后每人都收到了乔治·陶送来的一支AK-47。我和另一些人上了一辆卡车，恩采勒、陶、拉尔夫（Ralpf）和西比亚同志上了一辆路虎。我们离开了杜贝农场，为了确保安全，我们放下了卡车后的篷布。这一路上，感觉我们先是行驶在一段平坦顺畅的路面上，接着到了崎岖不平的路段。

经过一个多小时的行车，我们停了下来。司机史蒂夫回头望了望卡车后厢，告诉我们，我们即将进入采采蝇（tsetse fly）出没的野生动物保护区，因此应该把卡车后面的篷布盖盖牢。卡车再次启动，不久后又一次停下。我们听到史蒂夫与一些陌生人进行了简短而含混的对话，最终他们用英语祝福他旅途平安。随后，我们的卡车轰鸣着重新上路，听声音像是正行驶在一条坑洼不平的土路上。最终抵达目的地时，我感觉自己仿佛已经变成了一堆骨头和血肉搅拌在一起的混合物。

我们把车停在一座被郁郁灌木环绕的小山脚下。我注意到根据太阳的位置，现在是下午。这座小山像平滑面孔上的一颗丘疹般矗立着，它背后是东南方向。东北方不远的地方是连绵的山脉。东边的地区看起来平坦，西边则起起伏伏。无须多言，我们各自拿起背包，排成一列，跟着史蒂夫，从停车的位置向东行进。我们从左向右，穿过一条清澈、诱人的水流。在我们右边，隔着一段距离，有一道800米长的绿色植物带，看起来像是沼泽。随着灌木丛和树木变得稀疏，我在树林中看到了一些建筑物。我放慢了速度，想知道为什么我们要全副武装地接近这样一处住所。

雷吉·赫拉什瓦约注意到我的紧张犹豫，他说这些建筑物无人居住，并若无其事地进一步补充说，这里曾是已解散的北罗得西亚、南罗得西亚和尼亚萨兰联邦士兵的军事基地。琼（June）指着东边说，连接罗得西亚、莫桑比克、赞比亚的费拉边防哨所就在15千米外。这给我们吃了颗定心丸，我们继续前进。

走了一个多小时，我们来到了一座东西绵延至少100米的土丘前，我看到土丘上有八个人。我认出了正在维修橡皮艇的陶、西比亚和恩采勒。当我们走近时，我认出了其余的人是津巴布韦非洲人民联盟的成员，我曾在利文斯顿与拉波特同志一道见过他们。我能听到沙丘南侧的水流声。恩采勒用充满信心和兴奋的声音指着我们前面的一座山脉说："那是罗得西亚。"他吹嘘说，就在两周前，他的队伍与津巴布韦非洲人民联盟和民族之矛总司令阿基姆·恩德洛夫以及乔·莫迪塞一起渡过了赞比西河。恩采勒提到我们总司令的名字，是为了鼓励我们并向我们保证该地区是安全的。恩采勒告诉我们，当有人迷路或掉队时，常用的信号是"嗯聒，嗯聒，嗯聒"（Nqo，nqo，nqo），就像啄木鸟叫一样。预期的回应也是"嗯聒，嗯聒，嗯聒"，连续三次。选择这一信号，是因为我们相信白人发不出"嗯聒"的音。恩采勒建议我们三人一组渡过赞比西河。他警告说，如果有河马接近橡皮艇，任何人都不应该惊慌，但如果它们靠得太近，就得用桨将它们推开。他没有提到鳄鱼。为了给自己信心，让自己相信渡河是安全的，我决意把鳄鱼抛在脑后。

第 17 章　西波利洛的津巴布韦非洲人民联盟/民族之矛游击根据地

恩采勒指示西比亚带领卡拉马斯、邦古和我先行渡河。想到我们要在军事基地门口渡河，我心里不免紧张，但努力装出一副若无其事的样子。当我们扛着橡皮艇转过土丘后，我意识到之前看到的那些建筑物实际上位于河的罗得西亚一侧。我们背着背包，手持 AK-47 步枪登上小艇，第二批渡河的人帮我们稳住船只。西比亚给我们每个人分发了一支船桨，我们划动船桨，驶入了湍急的河流。整个过程一切顺利，我们在前联邦基地以东大约 200 米的地方上了岸。我注意到有一条小路通向东南方向的斜坡，我猜想这可能是野生动物前来河边饮水的地方。

我们十个人安全渡河，把引航员西比亚和我们的卡车司机史蒂夫留在了赞比亚一侧。我们这十人排成一列，沿着通向山顶的小路爬上罗得西亚坡地。日落时分，我们已经走了大约 33 千米，到达了一座尖尖的小山脚下。一路上我看到了不同的野生动物——犀牛、雄鹿和大象——它们都显得很安宁。那天深夜，我们从那个小山丘又走了三个小时，才到达一片可以安全庇护我们的森林。我们一行人在那里过夜，轮流值守。

第二天，我们勘察了该地区，以确定它是否适合作为津巴布韦非洲人民联盟和非国大军事行动的总部。意想不到的是，这里没有常流河来提供水源，因为我们一路上只看到了些小池塘，这些池塘可能还有水患。我向津巴布韦非洲人民联盟的成员们询问了从这里到南非最近边境的距离。虽然我知道我们目前位于罗得西亚的东北部，远离东南部的哈拉雷（Harare），但我原本希望他们中至少有人对这个区域有所了解。然而，他们的回答让我感到沮丧，因为他们表示自己也从未涉足那里。这样的结果出乎我的预料。

当晚，我们一行人返回边境，并再次进入赞比亚。当我们走到之前留在那里的卡车和路虎车旁时，恩采勒告诉我们，从卢萨卡出发到野生动物保护区入口处的岔路，距离有 100 千米。而从那个岔路口到我们此刻所在的地方，还有大约 40 千米。我们决定搭起帐篷在车旁过夜。因为我们觉得赞比亚很安全，所以没有安排人值守，但我看到成对的光在我们的帐篷周围盘旋。我让睡在我旁边的邦古注意那一对对光。他不以为意地说，那些是鬣狗的眼睛。

我回想起克维德拉纳的长辈们曾讲述的故事，他们说鬣狗有能力让人入睡，进而将其拖走吞食。我曾想把这份担忧讲给同伴听，但又唯恐他们认为我软弱胆小。我着实有些怕那些鬣狗,甚至不敢外出如厕,每每熬到午夜才蒙眬睡去。第二天清晨醒来时,看到自己安然无恙,并没有缺胳膊少腿,我深感庆幸。

我们热了咸牛肉罐头,配着面包一起吃完后,步行离开了营地。拉波特和恩采勒分别领导两个小组,在河的两岸搜寻人类聚居区,并记录它们与潜在渡河点之间的距离。这一信息对于评估潜在渡河点的安全性至关重要。拉波特率领的小组由西比亚、雅弗(Japheth)、南森(Nanson)、肯尼思、约瑟夫和我组成,向东行进。另一小组则沿河向西行进。虽然每队的任务是行进大约 10 千米,但遍布的岩石和茂密的灌木丛令我们的行进速度大打折扣。我们不得不绕了许多弯路,最终只走完了约 6 千米的路程,就返回了营地,报告说一切顺利。

当天傍晚,我们回到了杜贝农场。我觉得我们在罗得西亚和赞比亚丛林中的这两天完成了一项重要任务。次日清晨,我们决定以三个棋盘为战场,举办一场国际象棋比赛。参赛者包括在敖德萨受过军事训练的战友和其他战友。国际象棋是一项需要沉着冷静、全神贯注的项目,因此,在三对棋手捉对厮杀时,我们静静地环立四周,默默观战。就在我们聚精会神地观看比赛时,莫洛伊开着一辆路虎来了。我们并未注意到他,直到他走到我旁边说:"道格拉斯(我在民族之矛中的化名),你不应该在这里。我来带你去属于你的地方。"我对他这番话感到讶异,周围人却打趣道:"我们已经告诉过他了,他在这儿只会打扰我们。"在我们民族之矛的文化中,可从来没有告别的繁文缛节。

莫洛伊载着我,我们驱车穿越卢萨卡,一路向东。途中,我们深入交流了关于万基行动和我们所执行的侦察任务的心得,然而,对于此行的目的地和出行原因,我们却都保持了沉默。经过一个小时的车程,路虎驶离了主干道,转入了一条农用道路。不久后,我们便路过了农场工人的住所,那是离大门不远的一处房子,门外聚集着一些劳作的工人和嬉戏的孩童。我们继续沿着农用道路前行,直到抵达一条蜿蜒流淌的小溪边。在小溪的左侧,一座小山静静矗立,山上的灌木丛中生长着高大的树木,郁郁葱葱。看着眼前熟悉的景致,我记起几个月前与马卢姆·科塔内一同前往利文斯顿的旅程,认出了这里正是卡卢瓦农场。我和莫洛伊受到了津巴布韦非洲人民联盟的莫法特·哈德贝(Moffatt Hadebe)、斯坦利·佐茨、博伊·韦斯特(Boy West)、斯坦利·沃特森、帕特里克·恩采勒等人的欢迎。能重新融入这个更大的团体,我感到很高兴,这个团体中还出现了许

第 17 章 西波利洛的津巴布韦非洲人民联盟/民族之矛游击根据地

多来自津巴布韦非洲人民联盟的新面孔。

在卡卢瓦农场,我们的营区位于山脚下一个树木葱茏的峡谷中。小溪两侧扎起了帐篷,为我们的团队提供了临时的居所。除了这些帐篷,大家还在小溪的东侧挖了三条壕沟,作为我们夜间休息的庇护所。向东望去,一个形似马鞍的山脊将一座小山与远方的山脉相连,而在更远处,有一个宽阔但稍显浑浊的水塘。农场的北面,屹立着植被茂密的山脉。我们开车进来时走过的土路一直向南延伸,而北面山脉的另一侧是个农场,它属于一个白人家庭,传闻这家人可能是罗得西亚政府的眼线。隔壁农场的役所紧挨着卡卢瓦农场的边缘,两边共用一扇通向主路的大门。大家都接到了严格的指示,要尽量避免引起白人邻居的注意。

在卡卢瓦农场,我发现营区生活与我以往住过的任何营区都不一样。大家被允许每周酿造"姆贡博蒂",供自己在周六和周日饮用。任何人都不得离开营区去寻找酒类。吸烟的人获得了一定数量的烟草,之前吸过大麻的人还得到了一些大麻。津巴布韦非洲人民联盟的姆德德尔瓦(Mdedelwa)和民族之矛的博伊·西托尔(Boy Sithole)在酿造姆贡博蒂方面表现出色。他们不仅具备从事这项工作所需的全部耐心,还熟练掌握了各项技能。而我,通过在灌木丛中捡拾粗大的原木来当柴火,也为我们的团队贡献了自己的一份力量。每到周末,大家围坐一圈,品酒抽烟,享受着难得的宁静时光,那种和谐安详的氛围真是令人陶醉。

我们的军事训练活动,涵盖了夜间和日间的行军演练和体育训练,始终需要充沛的精力。每周,乔·莫迪塞都会组织两次每次三小时的会议,其间我们还要在一座距离基地大约 2 千米的陡峭小山上往返行军。这些活动对精神和体力都是极大的挑战,马丁·斯科萨纳戏称这些会议"废话连篇"。尽管如此,我仍然满怀热情地参与其中,因为我深信这些训练都是在为我们穿越罗得西亚敌统区、踏上通往南非的艰难旅程做着扎实的准备。

当我到达位于农场的卡卢瓦营区时,非洲人国民大会的坦博和津巴布韦非洲人民联盟的奇克雷马(Chikerema)已经向大家发表正式讲话。在这些通报会上,两位领导人向大家宣布,民族之矛和津巴布韦非洲人民联盟的成员将携手动员社区,共同发动针对罗得西亚政权的游击战争。通报会还为我们提供了讨论进入罗得西亚后具体行动方案的空间。我们每周两次,深入探讨这一话题。

沿着峡谷和小溪,巨大的铁树(mopane)和其他树木遮天蔽日,非常适合我们坐在树荫下进行讨论。在这些全是英语的谈话中，津巴布韦非洲人民联盟里讲绍纳语的成员表示，他们地区的传统治疗师中有一类特殊的"马斯维奇罗"（maswikiro），也就是灵媒，他们是所有武装斗争行动的关键。津巴布韦非洲人民联盟的成员坚持认为，抵达马绍纳兰（Mashonaland）后，该组织的一名指挥官或几名领导人必须去拜访马斯维奇罗。我们的津巴布韦非洲人民联盟同事认为，马斯维奇罗永远不可能是敌方线人网的一部分，因为他们代表着祖先。他们解释说，马斯维奇罗专门接待像我们这样打算在当地进行军事活动的人。只有特殊的传统治疗师才有权力接待、祝福和保护自由战士。这些津巴布韦非洲人民联盟成员强调，如果没有马斯维奇罗的祝福，就不可能在马绍纳兰持续开展军事行动。他们还警告说，如果我们无视马斯维奇罗，祖先就不会站在我们这一边。我很清楚，拒绝他们的这些做法就意味着我们要分道扬镳。

坦博的造访结束了我们关于这个问题的辩论。他表示一旦进入马绍纳兰，我们就必须入乡随俗，尊重他人的信仰体系。坦博的发言让我明白，在返回南非之前，我们将参与把津巴布韦从罗得西亚政权手中解放出来的行动。我们接受了这一安排，没人进一步质疑。

1967 年 11 月，天气热了起来，我们正期待着雨的降临。这时，我们在卡卢瓦农场遇到了一些刚刚在古巴完成军事训练的津巴布韦非洲人民联盟成员。他们的到来使我们营区的自由战士人数增加到大约两百名。新人的到来总是让营区充满活力，他们带来了不同的故事和经历。

一天下午，卡卢瓦农场迎来了当年的第一场雨，那是一场持续了一个小时的倾盆大雨。雨停之后，大多数人翻过小山，去大池塘里游泳。我也加入了他们的行列，但当我从坡上下来时，决定不游泳了，因为池塘里的水呈现出了一种深棕色。我想起了克维德拉纳的西古布·梅尔瓦马库鲁老爹，一场大雨过后，他淹死在了蒂纳河中。一些人穿着短裤、光着脚从坡上下来，跳进水里。斯坦利·沃特森也兴高采烈地跳进池塘，但没有浮出水面。我们岸上的人急忙呼喊，让在水中的人去找他，随后其他人也纷纷跳入水中参与搜寻。而我，仿佛被定在原地，动弹不得，双眼紧紧盯着他跳水的位置。过了好久，他的尸体才被找到并被打捞上岸。据参与打捞的人说，他在潜水时不幸被高大的水草缠住，因此无法浮出水面。我们失去了一位敬业、忠诚的民族之矛成员和一位杰出的足球运动员。在我的解放斗争英雄名单上，有一长串的男女英雄，他是其中一位。

1967年12月初，詹姆斯·奇克雷马（James Chikerema）和奥利弗·坦博来到卡卢瓦，告诉我们要准备越境进入罗得西亚。随着那一天越来越近，卡卢瓦营区的战友准备了许多桶姆贡博蒂，订购了更多的香烟、大麻和火柴。在我们的准备工作如火如荼地进行时，恩德洛夫、乔·莫迪塞、拉波特、马桑多、法莱（Farai）等人拉来了两头牛、三只山羊，带来了整袋的玉米粉和玉米饭。第二天一早，我们就宰杀了牲畜。法莱监督了山羊肉的切割和烹饪过程，并坚持不加盐，因为这是仪式上要用的肉。博伊·西托尔和姆德德尔瓦将高粱粉揉成小团子，放在一个三足大锅里煮。我和其他人高声唱起自由之歌，营区内的气氛被彻底点燃，仿佛整个空间都在为我们的歌声而震动，灌木丛也随之摇摆。

津巴布韦非洲人民联盟的主席詹姆斯·奇克雷马和非国大主席奥利弗·坦博，与一位身着传统治疗师服饰的男子一起抵达了营区。我们迅速地整队，排成了五列纵队。传统治疗师指出了装着山羊肉和高粱的罐子应摆放的精确位置，并巧妙地将它们用绳子固定在两株距离地面0.5米、相距1.5米的树干上。接着，他在我们这一侧放置了一桶名为"因特莱齐"（intelezi，意为"魅力"）的液体。这是一种据说能在与敌交战时增强战士力量的神秘药水。桶里还放了一根绑着牛尾毛的棍子，旁边是一只盛满黑色粉末的碗。

在指示我们排成一列走近他后，这位传统治疗师站到了我们这边。奇克雷马主席、坦博主席和津巴布韦非洲人民联盟秘书长乔治·尼安多罗（George Nyandoro）站在传统治疗师右后方几步远的位置。这三位领导人身边还有阿基姆、莫迪塞、拉波特、马桑多和已经把姓改成了赞贝（Zembe）的左拉·恩卡巴，他们都是津巴布韦非洲人民联盟和非国大联合司令部的成员。

我们小组的成员随机排队，一个接一个地走近治疗师，走到离他只有一臂远的位置。轮到我的时候，我走到治疗师面前，停在那里。他身上散发出一种复杂的味道，混合着酒精、浓烈的烟斗烟草味和灌木草本的清香；头饰上插满了豪猪刺和不同鸟类的羽毛；腰腹很大，赤着脚站着。他把牛尾巴从桶里拿出来，用它蘸上些因特莱齐，然后洒在我身上，再把牛尾巴放回桶里。传统治疗师右手拿着刀片，在我的额头上切了一个口子，然后抓起一小撮黑色粉末敷在切口上。我没有感到任何疼痛，显然也没有流血。他摆了个手势，就像翻开一本书那样，让我继续往前走。

我跨出一步，越过了绳子，这时法莱迎了上来，他将一个煮熟的高粱团子递给我。他注视着我将团子放入口中慢慢咀嚼。待我全部咽下后，他满意地点了点头。站在他旁边的战友随即递给我一小块煮熟且未加盐的肥肉，我毫不犹豫地吞了下去。肥肉下肚，我立刻被递上了一杯姆贡博蒂。我闭上眼睛，两口就喝光了杯中的液体。随后，我感到一股不可思议的寒意环绕着我的脖颈，让我的身体不自主地颤抖。我打了个响亮的嗝，然后走向那棵巨大的铁树下我们预先安排好的位置，那是传说中祖先的栖息之地。当我靠近树林时，我察觉到了比已经安坐的人更多的存在，仿佛有无数的眼睛在注视着我。我坐了下来，仿佛是第一次参与这样的仪式。我的卡卢瓦营区的同伴们在我们面前摆放了姆贡博蒂、肉、玉米泥，还有大盘子装的火柴、烟草、强大的腊菊属植物姆佩芙（mpepho），以及鼻烟。在这个位于铁树下的神圣场所，我们与祖先们亲密地欢聚、庆祝。这个仪式为我们这些自由战士提供了一个宝贵的机会，让我们能够祈求祖先的祝福、指引和庇佑。

津巴布韦非洲人民联盟与非国大的领导人也来到树下与我们会合。传统治疗师深情地呼唤马绍纳兰的历代祖先，祈求他们成为我们自由之路的守护者。他以诗意的方言表达着虔诚的诉求，并把因特莱齐洒向四周。接着，奇克雷马对祖先们讲话，恳请他们让伊安·史密斯把政治权力交还到土地所有者手中。接着，他提醒在场的人，我们是武装斗争的排头兵，肩负着津巴布韦人民的未来。随后，传统治疗师递给奇克雷马一个装着姆贡博蒂的小碗，他虔诚地将酒洒在我们围坐的每棵铁树周围。此刻，我注意到每棵树旁都摆放着小碗和相关的仪式用具，这些都是我们不能触碰的神圣之物。

坦博点燃了一包姆佩芙，并向祖先们敬献了祭品。他说，我们应该通过动员来确认我们的地位，保护我们的组织和社区，并对敌人发动攻击。基于这三项基本任务，津巴布韦非洲人民联盟和非国大表示，我们小组的名称应该是"金字塔支队"。我们不约而同地大声喊道："津巴布韦非洲人民联盟万岁，万岁！""非国大万岁，万岁！向前进！去战斗！金字塔支队前进！"整个森林中都回荡着我们的呼喊声，随后是片刻的宁静，祖先的灵魂占据了我们的心灵。我们在意识中牢牢记住了金字塔的标志，它在物质和精神上都具有崇高的意义。我们承诺要在津

第 17 章　西波利洛的津巴布韦非洲人民联盟/民族之矛游击根据地

巴布韦的每一个村庄，在所有的高山和峡谷高高举起这面无形的旗帜。在万基附近渡过赞比西河的同志们结成的队伍，被称为"卢图里支队"，以纪念已故的阿尔伯特·卢图里；"金字塔支队"这个名字，则是对南部非洲所有人民的团结致以敬意。

我们以小组为单位开始庆祝活动，用手捧着公用的餐具，吃肉和玉米泥。不喜欢喝姆贡博蒂的人，就用稀粥把肉食送下喉咙。我们一边大快朵颐，一边唱着自由之歌，在演讲和自发的诗歌朗诵声中表演传统舞蹈。恍惚之中，我觉得自己到了一个未知的未来，正与想象中的人们一起迈向自由。这是与那些被迫投身武装斗争、却依然坚守和平理念的杰出人士一起度过的令人难以忘怀的一天。我们决心战胜殖民主义者，要比他们活得更长久，这使我能够想象当我们成功推翻索尔兹伯里（Salisbury）和比勒陀利亚的殖民政权后，欢庆的场面该有多么盛大。

随着黎明的到来，天空逐渐放亮。姆德德尔瓦告知我们，大约在上午 10 点，我们将再次聚集在那些铁树下，去完成那个重要的仪式。我们必须趁着这股精神依然新鲜，横渡赞比西河。然而，就在我们准备出发之际，史蒂夫同志驾驶的非国大的卡车轰鸣着，打断了我们的计划。他叫上了杰克逊·费福、博克维尔、卡尔·克莱因布伊等人，还叫上了我，要求我们随他立即前往卢萨卡。我深感，这个未完成的仪式让我与卡卢瓦营区的同志们之间产生了一种隔阂。我的内心经历了一种莫名的痛苦，仿佛某种联系被生生撕裂。

卡车后的篷布放了下来，车子轰鸣着开走了。大约一个半小时后，它停下来时，我意识到我们到了杜贝农场。在那里，我们受到了邓肯·科扎、邦古·赫拉什瓦约、斯拜·莫塞拉、卡拉马斯·莫皮、波士顿·加加林、大卫·西比亚、威尔逊·姆巴利等人的欢迎。我的思绪仍然在卡卢瓦营区的战友们身上，跟杜贝农场战友们的热情相比，我的态度显得有些冷漠。

乔·莫迪塞、恩德洛夫、拉波特、马桑多和艾巴希一到杜贝农场，我们就迅速聚到了一起，以便了解当前的最新动态。阿基姆向我们宣布，我们当日就要启程，为卡卢瓦营区的同志们顺利过境做好充分准备。莫迪塞进一步补充说，除了我们的成员，还有六十多个弹药箱、十袋步枪以及一整箱炸药需要被运送到罗得西亚河岸。我推测，津巴布韦非洲人民联盟一定是在罗得西亚动员了一大批人，才让我们携带了如此大量的弹药。

我们开始商讨如何从卡车停靠站高效地将物资运送到5千米外的赞比西河渡河点。我回想起在克维德拉纳的经历，那里地广人稀，当地居民常用驴子来驮运重物。来自济勒斯特的杰克逊·费福补充说，每头驴能轻松驮运六十千克以上的玉米。恩采勒提到，动物保护区边界附近的村庄里就有驴。经过讨论，我们小组决定从附近村庄购买差不多十头驴，以协助我们的运输工作。

津巴布韦非洲人民联盟的后勤补给负责人拉波特和非国大的后勤补给负责人马桑多，同意跟侦察小队一起去买驴。西比亚、博伊·韦斯特、费福、邓肯与我，连同恩采勒和陶，一同乘坐路虎前往——我们负责把驴从村里赶到装货地点。马桑多和拉波特告诉我们要去哪个村庄，给我们指了路。二人离开一小时后，我们的路虎车便按照他们给出的指示，抵达了动物保护区附近的一个村庄。我们向村里遇到的一位长者询问了如何前往附近头人的牧场。到达那里后，我们与拉波特和马桑多会合，他们告知我们，头人已派人去通知驴主们，让他们把自家的牲口带到酋长的畜栏，以便与潜在的买家见面。

不到两个小时，三个驴主就赶着二十多头驴过来了。我帮忙选了十头驴，从第一位驴主那里选了十头，从第二个人那里选了三头，又从第三个人那里选了两头。令人意想不到的是，驴主人要求我们再选两头，凑成十二头，我们很乐意地照办了。驴主帮我们挑选出了两头领头驴，并帮忙抓住了它们。我和杰克逊·费福负责带路，邓肯·科扎、博伊·韦斯特和西比亚则在努力劝说其余的驴跟上我们。

在我们离开村庄之前，驴子们表现得相当配合，然而，离开村庄没一会儿，领头的驴就突然停了下来，无论我们如何驱赶催促，都坚决不肯再往前迈一步。我急得满头大汗，和其他人一起大声呼喊，试图让它们继续前进。结果，原本预计三个小时的路程，足足耗费了我们五个多小时，才艰难地走到了通往动物保护区一个特殊入口的土路上。沿着那条路，我们惊喜地发现了恩采勒和陶已在路虎车中等着我们了。他们给我们指了一条通往河边基地的捷径，还告诉我们，狩猎管理员已经知道了我们赶着驴队的行动。于是，我们决定就地扎营休息，待第二天一早再继续上路。由于我们一行共有七人，因此大家轮流守夜。恩采勒和陶从入夜守到午夜二十四点，随后博伊·韦斯特和邓肯·科扎接替他们从零点守到凌晨两点。最后，由西比亚、费福和我从凌晨两点守到凌晨四点。凌晨 4 点一到，我们就得叫醒大家，再次启程。

驴子们整晚都表现得十分乖巧，好像在期待着次日的任务。西比亚提醒我，已经四点钟了，我便轻声唤醒了睡在路虎车里的四个人。在这灌木丛生的自然环境中，生活显得尤为纯粹与美好：只需喝过一杯清水，我们便能轻装上路，而无须为洗漱等琐事羁绊。我们牵着 12 头驴，从临时营地出发，大约在上午 10 点，赶到了距离赞比西河 5 千米的基地。此时，津巴布韦非洲人民联盟和非国大的成员正忙碌地准备着午餐——烹饪玉米泥和肉。他们还在搭建帐篷，以及捡柴。很快，香喷喷的玉米泥和肉就摆在了我们面前。吃饭时，我心里想着，晚些时候，津巴布韦非洲人民联盟和非国大联合司令部的大部分甚至全部领导都将来到这里。这令我感到自豪。

邓肯将我从沉思中唤醒，邀请我加入他的小组，一同分装即将由驴队运送的物资。我们做了个大致计算，基地和赞比西河之间的往返距离大约是 10 千米，往返一趟所需的时间大约是 3 个小时，若负载较重，耗时可能还会增加。假设每个人除了携带个人武器弹药外，还需分担 32 千克的物资，那我们预计需要牵着驴子往返 3 次才能完成运输任务。大卫·西比亚和波士顿·加加林此刻正在休息，他们肩负的主要任务是将所有必需品运送到罗得西亚方面。令我欣慰的是，照料驴队的工作已由津巴布韦非洲人民联盟和非国大的其他成员接手。这使得我能够按照自己的步伐节奏前进，而无须分心去照看牲口。对我而言，这可真是一大解脱。

那是难忘的一天，我们手提肩扛着各式装备与物资，忙碌地往返于基地与河岸之间，就像勤劳的蚂蚁一样。正是我们坚定的决心，让这次冒险变得刻骨铭心。当时，我并未察觉到津巴布韦非洲人民联盟和非国大的领导层，包括军事指挥官阿基姆·恩德洛夫、乔·莫迪塞及其同仁也来到了现场。他们目睹了我们正在制作木筏的场景，我们准备用这些木筏把弹药、枪支、爆炸物、人员和食品等运送过河。在苏联受训期间，我们已熟练掌握了木筏的制作技巧，因此，我们信心满满地用钢丝、绳索将木筏各部分紧紧绑定。即便河中心水流汹涌激荡，仍坚信我们的木筏能够顺利抵达对岸。

当我们对木筏进行最后一次检查时，波士顿和西比亚到了。跟在他们后边的是肯尼思·姆扎蒂、潘加·曼、雅皮埃·布鲁克林、斯坦利·佐茨、姆德德尔瓦、卢卡斯（Lucas）、雅克·戈尼韦、特斯温博（Tswimbo）、布莱基（Blackie）和托尼·马鲁马。这十个人分成几组，分别登上了两艘充气橡皮艇。他们肩负着在罗得西亚一侧的第一个高地上建起桥头堡的重任。侦察小组的两个小分队，携带着重机枪，被部署在了距离渡河点100米的位置，旨在为我们的桥头堡保驾护航，一旦金字塔支队成员必须撤退，他们也进行掩护。

在第一批十人渡过赞比西河、消失在罗得西亚的灌木丛中之后，由五十个人组成的支队主力到了那里。此时，波士顿已在罗得西亚一侧的一棵树上系好了一根长绳，以稳定木筏并将其拉过河面。绳子的另一端则由赞比亚一侧的同志牵在手中。

詹姆斯·奇克雷马发出信号，让载有弹药和几个人的木筏开始渡河。头开得非常顺利，木筏如预期般平稳地向河心驶去，但突然之间，它就开始散架。我看见一些木头和一个空油桶在河面上起伏荡漾，向东漂去。我猜想所有用于训练新兵的弹药和武器都沉入了河底。无疑，这给我们造成了巨大损失，使我们遭受重创。然而，在沮丧之余，我们也感到一丝安慰，因为木筏上的所有人都奇迹般地安全上岸了，西比亚和加加林救了大家。

木　筏

尽管发生了这场悲剧，金字塔支队其余的成员还是在莫法特·哈德贝的指挥下，重整旗鼓，投入了用小艇渡河的工作。穿越罗得西亚所需的所有物资都已通过卡车运到了登船点，因此不再需要毛驴。与毛驴一起工作的一些人是金字塔支队的成员，他们将毛驴交还给了我的侦察小组。南森、雅弗、约瑟夫、杰克逊、卡拉马斯、克莱因布伊、斯拜、邓肯、琳达、邦古和我，赶着驴子，找到了停放在赞比亚一侧最后一个军事基地的卡车。

在从渡河点到基地的途中，我们经过了一条被我们叫作"冰箱"的小溪——因为溪里的水总是冷的。在驴子饮水时，我提出了一个问题：既然它们已经完成了任务，我们该如何处置它们呢？邓肯明确指出，我们是自由战士，正满怀激情地准备进军罗得西亚和南非——我们的使命并不是务农，照顾驴子将会背离我们

第17章 西波利洛的津巴布韦非洲人民联盟/民族之矛游击根据地

斗争的初衷。卡拉马斯提了个建议，把这些驴子归还给它们的头人。我们达成了共识，决定在我们的领导人从渡河点归来时，向他们提出这一建议。

接下来我们分配了值守职责，以确保驴子和我们自己的安全。我们商定首先由恩采勒、南森、雅弗和我来承担守卫职责，接下来由杰克逊、邓肯、卡拉马斯和克莱因布伊承担，最后值班的是斯拜、邦古和约瑟夫。我们在帐篷前约10米处选了一块比较空旷的地方，把两只领头的驴拴在了树上。这周围绿意成荫，可供驴子夜间吃食。我们在这个地方划分了几个巡逻区域：恩采勒负责在帐篷后侧的东边区域巡逻，南森则在南边的河边进行巡逻，雅弗被安排在西边巡逻，而我则负责北边的山脚区域。我们每个人都配备了AK-47步枪和两个弹药匣，以应对可能发生的危险情况。

夜幕下降，星星在夜空中愈发闪亮，而周围的树木则渐渐融入黑暗，与此同时，驴子开始焦躁起来。在树荫的掩映下，我瞥见几对明亮的"星星"，高度大约在我们的膝盖到臀部之间，仿佛在向我靠近。我大声呼唤恩采勒，让他来看这些在夜色中移动的影子。恩采勒注意到驴群的不安，迅速召集所有人去安抚它们。原本应该在休息的七个人也加入了我们。突然，西边传来两声鬣狗的叫声，我们帐篷北边树下的"星星"也开始有所动静。我耳边响起了类似人类的笑声，紧接着，七八只鬣狗小跑着出现。它们逐渐加速，从我们身边跑过，距离我们仅有几米远。当我们看到它们像一股龙卷风般刮过营地，直冲向河边时，都惊愕不已。

事后我们才发现，有四头驴子已经不知所踪。南森回忆道，在听到西边鬣狗的叫声后，他看到有两头驴发了疯似的往河里冲。由于我们接到的命令是严禁开枪，他只好迅速闪避到一棵大树后面，那个角度让他无法看到更多的情况。

我们陷入了另一场意想不到的危机。在赞比西河，我们就损失了大批宝贵的战争物资，如今又失去了四头珍贵的驴子。这一系列打击让我们感到沮丧，但我们仍振作起来，给自己加油鼓劲。我们生了两堆火来驱赶鬣狗，并通宵达旦地守护剩下的牲口。

那天一早，第一批渡河的人回来了，其中包括坦博、奇克雷马、莫洛伊、左拉·赞贝、拉波特和马桑多。他们显然已经疲惫不堪，看上去就像是刚刚逃脱了敌人的追击。当我们把锅放在篝火上烧水泡茶时，左拉·赞贝带给我们一个好消息：过境行动一切顺利。听到这个消息，我们十一个人都感到非常高兴，因为得知六十个人已经安全抵达了罗得西亚一侧的河岸。我脑海中浮现出金字塔支队的成员们正在前往我们设定好的第一基地的场景，那里距离罗得西亚18千米。

我们抓住津巴布韦非洲人民联盟和非国大主席都在场的机会，提出了驴子的问题。坦博问我们有什么解决方案，恩采勒建议将剩下的八头驴带回给头人。拉波特和马桑多，以及五名津巴布韦非洲人民联盟成员接到了把驴子带回去的任务。其他人仔细地清理了我们留下的所有痕迹，随后前往杜贝农场。

在农场，我们开始为下一批津巴布韦非洲人民联盟和民族之矛的成员到来做准备，他们将于下周日加入罗得西亚金字塔支队。我们用5天时间准备了10箱弹药、3袋步枪、食品干粮和无线电接收器的电池，这些电池能确保支队随时可以掌握罗得西亚以及世界其他地区的最新动态。

准备好后，我们的团队于周六出发，在进入罗得西亚前的最后一个基地过夜，并一如既往地确保我们的帐篷无论从空中还是从地面上看都得到了很好的伪装。周日，其余的人如期到达，我们早已准备好了玉米泥和肉食。餐毕，我们给他们每人都发了一个背包、充气橡胶床垫、水瓶、AK-47和弹药。每个人都检查了自己的武器，确保其配件整洁、齐全，没有外部损坏，检查了弹匣架和弹匣的状况，以及安全销的功能是否正常。每个人都细致地检查了弹匣是否正确安装在武器的吊舱之中，他们将枪支上膛，并仔细聆听扣动扳机时发出的咔哒声，以此来判断其质量。在确保一切正常之后，大家开始拆卸并彻底清理自己的武器。在清理过程中，一名津巴布韦非洲人民联盟的成员不小心开枪射中自己的大腿，肌肉瞬时开了个大洞，露出了碎掉的骨头。我们全都惊愕不已，一时之间竟无法动弹。我们的医务官威尔逊·姆巴利迅速为他进行了缝合、包扎，并给予了止痛药，然而由于失血过多，那名男子最终还是离开了人世。悲伤再次降临到了赞比西河畔。那些当天渡河的成员们，带着沉痛的心情继续前往罗得西亚，而我们则在山边为我们的战友举行了葬礼。

截至1967年12月，金字塔支队的所有成员都已经越境进入罗得西亚。我仍然希望加入他们，因为我作为侦察员的角色已经不再有意义。在侦察时，我的角色走在最前面，但在协助了金字塔支队的所有成员之后，我现在觉得自己在返回南非的旅程中吊了车尾。

对于进入罗得西亚这件事，我的心情很复杂。一方面，尽管我们对损失感到悲痛，但金字塔支队成功进入罗得西亚似乎是一个奇迹。另一方面，令人失望的是津巴布韦非洲人民联盟或非洲人国民大会的军事领导人都没有主动提出要领导金字塔支队。在返回杜贝农场的路上，我向邓肯、斯拜和卡拉马斯表达了对军事领导人在武装斗争中所扮演角色的担忧。我提醒同事们，在卢图里支队里，有我们的民族之矛参谋长姆乔乔，还有克里斯·哈尼。两人因自愿领导卢图里支队而在博茨瓦纳被监禁。

斯拜补充说，在1951—1959年古巴的反殖民斗争中，领导人与他们所领导的人并肩前进。1953年，菲德尔·卡斯特罗率领的团体袭击古巴军营失败后逃往墨西哥。在墨西哥期间，他们重新集结并发起了"七二六运动"。到了返回古巴的时候，卡斯特罗带着"七二六运动"的全体成员回来了。卡拉马斯进一步支持了我的观点，他说，在纳米比亚，西南非洲人民组织总司令托比亚斯·海涅科与他的战友们共同进退。琼提醒我们，莫桑比克解放阵线的菲利佩·马盖曾领导其组织成员在莫桑比克发动游击战争。邓肯开玩笑说，一将功成万骨枯，有的人在政治斗争中获得地位和荣耀，有的人则被称为"其他人"而一笔带过。在我们都对这种情形嗤之以鼻时，斯拜郑重指出，在南非，我们是以《自由宪章》为行动指南的。这意味着，无论是非国大还是民族之矛的成员，都不享有特权，反而应始终冲在行动的最前线。因此，我们的军事总部和领导层理应驻扎在军事行动的发生地——罗得西亚境内。

后勤部队

在津巴布韦非洲人民联盟和民族之矛的选定成员跨境进入罗得西亚之后，我们的侦察小组依然驻扎在赞比亚，并更名为"后勤部队"。与此同时，原本由我们承担的侦察任务被移交给了在莫法特·哈德贝指挥下跨境进入罗得西亚的人员。我在我们解放运动中的侦察活动也宣布就此结束。

琳达·恩采勒作为我们民族之矛的指挥官，与政委韩佩共同领导我们。拉波特和马桑多依然肩负后勤供应之职。我们部队有二十余人，被分配到两个不同的地点。其中一队被安排在卢萨卡以西约33千米的恩科莫（Nkomo）营区居住，而我所在的小组则继续留守在杜贝农场，那里存放着我们的后勤物资。阿尔伯特·莫纳则主要担任仓库管理员的职务。

后勤部队的职责是确保金字塔支队每周所需的物资供应充足。我们在杜贝农场的仓库里打包麦粉、罐头食品、制服、干黑麦面包、烟草、卷烟纸、生火药片、火柴、弹药和各种武器，其中包括少量意大利伯莱塔（Beretta）4型双扳机步枪，同时还传递来自各自总部的消息。这款伯莱塔步枪设计独特，前扳机用于半自动射击，而后扳机则用于全自动射击，这种设计对我来说还是第一次见。我们打包武器并称重，确保每个包裹的重量不超过32千克，以便于携带。我惊奇地发现，5支半自动或自动步枪的总重量也就是在32千克左右，这恰好是除个人配备的武器外，按规定每个战友还需负担的标准重量。

后勤部队建立了一套例行做法，让我们每个周末都可以进入罗得西亚。一个小队会在每周三到周五或者当周周六对物资进行打包，这样，在周六晚间或者周日早上，我们就能把这些包裹运送给金字塔支队了。

我所在小队的成员是恩采勒、陶、麦基（MacKay）、南森、姆宗古（Mzungu）、约瑟夫、邓肯、斯拜、克莱因布伊、雅弗、邦古、韩佩和我。每个周末，我们都会驱车前往赞比亚境内的最后一个基地，并把物资从卡车上卸下来。然后我们煮玉米泥，拌入罐头豆子和肉，在开始渡河之前，先垫垫肚子。剩余的食物，就是我们一天或更长时间的干粮。我们会把它们从锅里倒出来，装进塑料袋里，再稳稳当当地放进我们随身携带的麻袋里。

大部分时候，我们会把大批物资直接运到金字塔支队总部，只需步行一天便可到达那里。但也有些时候，我们把物资送到罗得西亚一侧的第一个基地去。后勤部队还帮助肯尼思·姆扎蒂率领的分排在那里建起了一个军械库，位置就在基地的山坡上。从1967年12月最后一周到1968年3月18日，我们后勤部队曾16次前往罗得西亚东北部的西波利洛（Sipolilo）。

金字塔支队

1968年1月中旬，非国大和非洲人民联盟的成员开始将金字塔支队在罗得西亚的基地称为"我们的前线"。我们从卢萨卡到西波利洛的补给路线是一条自

第 17 章　西波利洛的津巴布韦非洲人民联盟/民族之矛游击根据地

由之路，一些高级别成员造访了金字塔支队。1968年1月第二周，联合军事指挥部的成员，乔·莫迪塞、阿基姆·恩德洛夫、达本瓦（Dabengwa）、加泰尼（Gateeni）、艾巴希（Embassy）、拉波特和马桑多等人去了支队那里。我们花了两天时间，才把他们护送回赞比亚。每当津巴布韦非洲人民联盟或非国大高级成员想要造访金字塔支队时，我们的后勤部队都会提供安保支持。

随后，在后勤部队往返于卢萨卡和罗得西亚之间的过程中，我们听到了莫法特、莫塞迪（Mosedi）、姆扎蒂、拉尔夫等人和金字塔支队其他成员传来的消息，其内容令人会心，消息称，语言不同或种族不同的支队成员之间的关系日益紧张。支队中少数讲绍纳语的成员显然不乐意在讲恩德贝勒语的指挥官手下服役。他们指出，1967年的卢图里支队就是由讲罗得西亚恩德贝勒语的津巴布韦非洲人民联盟成员领导的，这是因为他们越境进入了马塔贝莱兰（Matabeleland）。因此，现在的金字塔支队的指挥官也应该来自讲绍纳语的津巴布韦非洲人民联盟成员，因为支队目前在马绍纳兰。尽管他们肯定了民族之矛的重要性，甚至将其比作人类不可或缺的氧气，欢迎我们的普遍存在，但仍对民族之矛成员在支队中担任要职一事提出了质疑。

哈德贝说，津巴布韦非洲人民联盟一方的挑事者里有雅弗和埃斯罗姆·尼安多罗（Esrom Nyandoro），二人是津巴布韦非洲人民联盟总书记乔治·尼安多罗的近亲。他们要求我们把事态发展的严重性转达给卢萨卡的领导层。这个信息让我们感到惊讶，特别是当我想到我们对卡卢瓦营区资深成员的共同承诺时。这是在罗得西亚斗争进入民族解放阶段时发生的。在一个分裂的支队，建立起津巴布韦非洲人民联盟内部军事基地是很困难的。

目前金字塔支队已在距主基地不同距离的地方建立了三个卫星基地，但我们不知道弥漫在这些卫星基地里的种族恐惧症有多严重。我们定期就日益扩大的分歧，向卢萨卡领导层进行通报。

埃斯罗姆·尼安多罗是少数能流利掌握该地区绍纳语方言的队员之一，因此他被任命为支队侦察小组的组长。据称，尼安多罗不止一次未能返回基地，他的侦察小组成员也无法解释他缺席的原因。他们担心自己的安全，一直隐蔽到当天晚些时候，最终在没有埃斯罗姆的情况下返回基地。

与后勤部队中的许多人一样，我相信高级政治和军事领导人的访问会改善局势，并使金字塔支队的成员能够专注于招募及训练新成员和培养他们成为合格的游击战战士这一主要任务，不再被部落和种族纷争转移注意力。1968年2月下旬，非国大派迈克·博伊胡索·普依（Mike Boikhutso Pooe）、列侬·梅拉尼（Lenon Melani）和本森·恩采勒对事态进行干预。

我们后勤部队的成员认为，对于所有支队成员来说，形势正在变得更加危险，但我们对此无能为力，没有合适的解决方案。每次我们进入罗得西亚，都会向民族之矛的帕特里克·莫塞迪、马巴兰·莫莱夫（Mabalane Molefe）、戈登·班托姆（Gordon Bantom）、甘地·赫莱卡尼、本·恩加洛、西德韦尔·马约纳和杰里乌斯·塞库莫拉打听情况，他们成立了一个侦察小组，寻找从西波利洛地区到南非的路线。邓肯、雷吉和我鼓励大家勘察前往南非的路线。我们表示，一旦找到这样一条路，即便要瞒着领导人们，我们也愿意跟大家一起走这条路线，回到南非。

在非国大的恩采勒、梅拉尼和普依抵达西波利洛后的第二周，后勤部队向金字塔支队运送了食物和制服，而我们的大部分战友留在了河边的基地。我和邦古、恩采勒、斯拜、邓肯、陶、麦基将物资带到了金字塔支队的主基地。我们在夜幕降临时抵达，并在那里过夜。出于安全考虑，我们被要求不得随意走动。但我们与民族之矛—津巴布韦非洲人民联盟联合指挥部的梅拉尼、恩采勒和普依进行了一次专门会谈。我们被告知，必须将埃斯罗姆带回卢萨卡。埃斯罗姆只知道他要去收拾我们留在第一基地的物品。我们得制定一个计划来解除他的武装。为了尽量避免出现意外情况，我们与恩采勒、陶、科扎等同志达成共识，将确保在任何时候都盯紧他。

第二天早上我们准备出发时，莫法特让埃斯罗姆和我们一起去照管我们留在第一基地的货物。他说布莱基·莫莱夫（Blackie Molefe）、艾萨克·马菲托（Isaac Maphoto）、马克·巴塞特（Mark Basset）、巴斯韦尔·恩格瓦克塞拉（Barthwell Ngwaxela）、大卫·莫莱夫（David Molefe）和威廉·姆卡巴（William Mkhaba）等人随后会到。当我们离开主基地时，我祈祷我们与埃斯罗姆同行的这一路能够顺利。这对我来说是全新的经验；我从未经历过这样的情况：全副武装、准备在自己的地盘上与敌人对抗，结果却彼此间相互对峙起来。我回想起在孔瓦营区时，姆齐姆库鲁·马基瓦内和乔·莫迪塞间发生的龃龉，但那次事件中涉及的民

第17章 西波利洛的津巴布韦非洲人民联盟/民族之矛游击根据地

族之矛成员并未武装起来，而且事件发生在相对安全的地区。身在异国他乡，情况变得更加凶险。

我们共有八个人，跟埃斯罗姆一起走回第一基地。丛林茂密、地势险峻，我们不得不排成一两队走，战友们脸上的表情，喜怒抑或哀乐，我们都看不见。我走在后面，有些忐忑，希望走在赫拉什瓦约前面的埃斯罗姆能表现得规矩一些。一路上，大家尽力表现得开心愉快。

突然，我们听到灌木丛中传来像是人类咳嗽和打喷嚏的声音。我们立刻整齐划一地隐蔽起来。我们警觉地环顾四周，不断观察、发出信号，以确保附近没有敌人出没。就在这时，邦古·赫拉什瓦约伸手一指，我们顺着他手指的方向，看到20米外的茂密灌木中，一头雄鹿静静地站立。看到这一幕，我们紧绷的神经稍微放松了些，肾上腺素的激增让我们在那一刻几乎忘记了我们的主要任务——盯着埃斯罗姆。外部的敌人比内部的敌人威胁更大。我们小组小心翼翼地继续前行，终于在午后时段与第一基地的成员会合。我们观察了太阳的位置，发现现在前往河边还为时过早，便一致决定先休息一个小时，养精蓄锐。

当要前往返回赞比亚的渡河点时，我们都背着背包站了起来。埃斯罗姆的匕首挂在左腰后方的腰带上，一把马卡洛夫手枪插在腰带右侧的皮套里，他的AK-47用一条皮带挂在右肩，右手握住皮带与胸前的衬衫口袋齐平的位置。恩采勒向我们点点头，并命令埃斯罗姆把他的AK-47交到我手里。陶接过手枪和匕首，交给了邓肯。当陶确信我们已经解除了他的武装时，我再看埃斯罗姆，就是另一番光景了。我看到一个脆弱的、没有武装、无法反抗的战士。我从未目睹或参与过解除一名战士的武装这种事，更不用说对方还是一名自由战士。

我们一言不发，继续朝河边行进。埃斯罗姆走在最中间，我们其他人都高度警惕，尽量不被内部有敌人的想法分散注意力。我们奉命将埃斯罗姆移交给津巴布韦非洲人民联盟领导层，此后他的命运便不再与我们相干。埃斯罗姆保持着镇静，我们在赞比亚一侧的最后一个基地与他告别，南森领路，他乘坐津巴布韦非洲人民联盟的路虎车离开了那里。

在苏联军事训练期间，我们的军事教官告诉我们，他们如何在敌人的队伍中安插眼线，而敌人又是如何回敬的。我不相信这种事会发生在我们身上，但这就是我们的经历。我们上了卡车，开回杜贝农场。从那天起，每次我们的后勤部队离开罗得西亚返回赞比亚后，我都会祈祷金字塔支队的成员能够保持团结。我不想再次经历这样的事件。

尽管埃斯罗姆·尼安多罗的行为非同寻常，但我意识到我们必须坚持下去。我记得在马姆雷营区，卢克斯马特·恩古德尔带领我们高唱"这项艰巨的任务需要自由战士们共同努力"。后勤部队的同事们对我们的未来满怀期待，并做出更加坚定的承诺，这给予我极大的鼓舞。在我们辗转于赞比亚和罗得西亚之间时，我同样怀揣着任务必将成功的信念。时至1968年2月中旬，随着对食品和制服的需求持续增长，战友们告知我：他们已经开始打猎了。

有一次，后勤部队进入罗得西亚执行任务，民族之矛的行动负责人左拉·恩卡巴也一同前往。到达金字塔支队的主基地后，他谈到了在罗得西亚动物保护区狩猎的风险。本森·恩采勒、迈克·普侬、列侬·梅拉尼和左拉·恩卡巴警告大家，不要引起狩猎管理员的注意，这些管理员负责跟踪并检查保护区内动物的健康状况。见多识广的人指出，狩猎活动可能会对某些动物造成伤害，同时也有可能改变动物在其自然栖息地中的正常分布情况，这些变化很可能会引起狩猎管理员的警觉和关注。

主基地成员之间的关系看上去很正常，我看到他们相互间开着玩笑，似乎并未受到异族恐惧症的影响。我们有十五人离开主基地返回赞比亚。在我们渡河途中，左拉、邦古、斯拜和姆宗古打前哨，恩采勒、南松、姆巴利等人间隔着10米，跟在他们后面。卡拉马斯、邓肯和我则跟在主力队伍后面5米左右，负责打掩护。

我们听到主力部队前方约20米处传来一阵咔哒声，就好像人们把武器扔到了坚硬的地面上一样。透过灌木丛，我们看到前方的战友们没有隐蔽起来，而是向前冲去。我们本能地去追赶他们。到达一片空地时，我看到地上躺着两名同志，其中一名正由我们的医生姆巴利照顾。当他们进入空地时，一群蜜蜂袭击了他们。他们扔下了武器，因为他们需要用双手来抵御蜜蜂。左拉·恩卡巴被叮得最严重，姆巴利给他肿起来的身体注射了青霉素，还给了他一些药片。经过长达30分钟的紧张等待后，左拉终于恢复了行走能力，他脸上的肿胀也逐渐消退。这一幕让我深刻反思，一支游击队可能会因为多少种不同的事件而遭到削弱。当左拉状态恢复后，我们一行人前往河边，渡河到赞比亚一侧，随后登上等候在那里的卡车，踏上了返回杜贝农场的归途。

那时我内心已经接受了我们在后勤部队所做的工作，并为之感到喜悦。1968年2月下旬的一天，琳达·恩采勒邀请我和科扎一起去我们的储藏室听简报。我急匆匆地赶到那里，只见邓肯和莫纳正坐在门口附近轻松地开着玩笑。"你让我们等了一上午。"他们打趣道。我坐下来与他们谈笑，气氛十分愉快。接着，阿尔伯特·莫纳指向一个纸板箱说："这里面有台发电机，我们得把它送到金字塔支队去。"邓肯说，发电机的操作将由金字塔支队的指挥官来负责。阿尔伯特·莫纳补充道，杰奎琳和托伊·查巴拉拉（Toy Tshabalala）会负责将一台收音机运到罗得西亚，而我和邓肯则需要携带发电机，以确保收音机的电力供应。此外，我和邓肯还肩负着维持金字塔支队与分别位于赞比亚和坦桑尼亚的津巴布韦非洲人民联盟—非国大联合总部之间的无线电通信任务。在1968年3月，我与恩采勒、邓肯、博伊·韦斯特一同参观了罗得西亚的主基地。我们详细讨论了发电机和无线电设备的放置位置，以及该如何固定它们。安全起见，我们需要尽量减小发电机的声音，并对所有设备进行适当的伪装。我们还一直担心运行发电机所需的燃料问题。这种燃料必须由赞比亚提供。当我们带着关于无线电通信的宏伟计划回到杜贝农场时，仍然不清楚可以用什么东西作燃料，来给发电机提供动力。

敌人突袭

1968年3月17日星期日上午，我们的后勤部队成员，包括邦古、姆宗古、麦基、克莱因布伊、摩西、卡拉马斯、雅弗、斯拜、恩采勒、邓肯和我，带着发电机、三支AK-47，还有意大利制造的双扳机枪、几瓶哥顿金酒（Gordon's Dry Gin）、一些制服、玉米饭和其他食品补给离开了杜贝农场。我们的司机是姆布蒂。在赞比亚一侧的最后一个基地，我们与左拉·恩卡巴、达芙妮·兹瓦内和帕莎（Phasha）会师，他们说他们自3月15日以来一直在该地区。当我们进入罗得西亚时，该地区的一切都异常安静。我们在罗得西亚境内的第一个基地停留了一晚，并于第二天一早前往主基地。

周一日出时分，我们注意到有几架罗得西亚侦察机飞向我们前进的方向，很快，其他类型的军用飞机也加入其中。当我们看到罗得西亚军用飞机时，恩采勒谈到了这一不寻常的情况。当我们行进时,罗得西亚空军出动了直升机、侦察机和喷气式轰炸机,存在感大大地加强了。

我们继续前进,下定决心一定要把发电机安全地送到金字塔支队,但就在这时,我们看到一群穿着和我们一样制服的人与我们相向而来。我们埋伏在路旁,但当他们走近时,我们意识到他们是战友。我们走出来,向包括布莱基·莫莱夫、托尼·马洛玛(Tony Maloma)、耶利米(Jeremiah)、阿诺德(Arnold)和艾萨克·马菲托在内的八名津巴布韦非洲人民联盟和民族之矛成员致意。大多数人似乎都惊呆了——他们不认识我们,也无法回答邓肯提出的关于发生了什么事的问题。

最后,布莱基声音颤抖地向我们叙述,那天清晨,罗得西亚军队对主基地发动了袭击。金字塔支队的成员在发现罗得西亚步兵从西南方向逼近时,迅速采取了防御姿态,并布置了战斗阵形。当罗得西亚的地面部队进入射程后,大家果断开火,迫使敌人在随后的交战中撤退。然而,罗得西亚军队动用了哈利法克斯(Halifax)喷气式轰炸机,并得到直升机和新增步兵的支援,我们的主基地最终被摧毁。布莱基说,他们发现自己已孤立无援,主基地已经人去楼空,因此他们决定撤退至河边的渡河点。

这些信息和我们战友的遭遇足以让我们决定带着发电机返回。形势的急转直下令人难以置信,我们的命运在如此短的时间内就发生了翻天覆地的变化。令我感到沮丧的是,对西波利洛战役的激情在短短几个月内就开始消退了。当我们心情沉重地走向位于赞比西河罗得西亚一侧的第一个基地时,远远看到直升机飞到了我们的渡河点,又返航了。显然,罗得西亚军队正在赞比西河谷的广大区域内与我们的成员交战。在远处这些军事行动的掩映下,我们依然分担着负载发电机和食物的任务,但更关注该如何为那些在主基地袭击中幸免于难的战友带去心灵的慰藉与安抚。

在那天早晨的9—10点间,当我们向着赞比西河行进时,一阵异样的声响自左侧也就是西边传来。津巴布韦非洲人民联盟的麦基说,这声响听起来像是装甲运兵车发出的。倘若他的推测成立,我们就必须迅速转移到更加崎岖多石、林木茂密的地带,以避开这种车辆。然而,随着声音逼近,我们逐渐意识到这并非车辆发出的声响。这声响震耳欲聋,仿佛雷霆一般,让整个灌木丛及四周都仿佛要崩裂开来。我们选择了一块大约相当于两个足球场大小的开阔地停下，全神贯注地聆听，并注视着西边灌木丛的边缘。就在距离我们所在的位置 300 米左右的地方，小树和高大的灌木在剧烈晃动，仿佛有一股无形的力量正朝我们席卷而来。而在 200 米开外，一群愤怒的水牛突然从灌木丛中狂奔而出，向我们的方向冲来。

当整个世界都在战栗时，琳达·恩采勒用颤抖的声音敦促我们站在一起，准备开火。我们每个人都知道在那一瞬间该做什么，拿着 AK-47 站在那里，准备集中火力。我脚下的大地仿佛在坍塌，震耳欲聋的声音越来越大，一头巨大而可怕的公牛带领着牛群雷鸣般接近。它们的最左边距我们的左翼只有十米的了，托尼·马洛马（Tony Maloma）和我就站在那里。

不知什么原因，托尼稍稍向我们和水牛之间的空隙移动了一下。就在一刹那，我看到领头的公牛猛然低下头，用角将托尼挑起，随即将他甩进了灌木丛中。这一切发生得太迅速，令人猝不及防，简直无法用言语或行动来描述。水牛群的踩踏声轰鸣而过，迅速远去，而我们仍站在原地，惊愕得说不出话来，心中期盼着能看到托尼·马洛马重新站起来。这场突如其来的变故让我们震惊不已，心中既为失去同志而悲痛，又担忧可能有敌人潜伏在附近，威胁到我们的安全。在这样的心情中，我们不得不继续前行，默默地在心中消化着刚刚的惊心动魄。

肾上腺素充溢着我们全身，我们比预期时间更早到达了我们在罗得西亚一侧第一基地所在的小山脚下。根据我们的经验判断，现在前往赞比西河的渡河点还为时尚早，因此琳达·恩采勒提议我们就在此地稍作休整。按照惯例，部分成员选择在高地上休息，而我则与中间一组的人待在一起，邦古·赫拉什瓦约、姆宗古和艾萨克·马菲托等人在河床上休息。我们注意到，在西边一个看似安全的距离外，敌方的直升机在赞比西河两岸间往返飞行。

1968 年 3 月 18 日，罗得西亚的天气异常炎热。为了平复内心的哀伤，我们中的部分人选择静静地休息，而身处高地的人，包括法兰亚纳、乔治、邓肯、麦基、南森和摩西，则聚在一起交谈。在这片区域，茅草长得有 1.5 米多高，茂密且难以透视。周围高大的树木更是遮挡住了视线，使得远处的景象难以辨识。尽管如此，为了所有人的安全考虑，我们呼吁大家保持沉默，但他们对此置若罔闻。

我循声望去，只见一名年轻的白人中尉站在那里，左肩扛枪，枪带紧握在手中，身后还跟着四个人。他们恰好出现在我们离开主路前往休息地点所经过的小路上。我一下子惊呆了，仿佛被定住了一般，同时也对中尉在如此军事行动中的镇定表现感到惊讶。姆宗古反应迅速，首先从河岸开枪射击，这让我们有机会抓起武器，并迫使敌人寻找掩护。而与此同时，我们中的一些人却选择了逃离现场。发电机被孤零零地留在了一棵长满高草的树下。

在随后的枪响和混乱之中，我们选择往渡河点方向撤退。在撤退出大约500米，远离了我们与敌方士兵交火的位置后，我们停了下来，开始评估当下形势。清点人数后发现，我们小组中的一些成员已经失联，包括邦古·赫拉什瓦约、姆宗古、布莱基·莫莱夫、艾萨克·马菲托以及八名来自津巴布韦非洲人民联盟的成员。眼看着天色渐晚，我们决定继续前往渡河点。

我们规划好路线，小心翼翼地穿过茂密的灌木丛，朝着渡河点的方向前进。就在我们即将下坡到达河边时，突然听到东边传来"嗯耵，嗯耵，嗯耵"的声响。我们没有回应，只是本能地朝声音来源的方向探索前进，心中希望那是我们撤退时失散的战友。没走多远，灌木丛逐渐变得稀疏，我们发现一名罗得西亚士兵正在敲击两块石头，发出那"嗯耵"的声响。而在距离他大约50米的地方，两群人正在忙碌地搭建帐篷。就在恩采勒、邓肯和我观察、评估这一突发情况时，我们中的一人突然开始奔跑，这立刻引起了附近罗得西亚士兵的警觉。他迅速朝我们的方向开火，我们只得仓皇撤退去追赶其他队员。直到此刻，我们才恍然大悟，罗得西亚军队已经重新占领了联邦军废弃的基地，并在那里建立了新的观察哨所，用以加强防御和发出预警。

我们后勤部队决定从西面绕过敌军基地，然后找一条能通往赞比亚一侧的道路，去那里寻找西比亚和加加林。我们的目的地是赞比西河与其支流间的一座小而陡峭的山丘。然而，当我们意识到这条支流就在罗得西亚的军事基地附近，我们距敌方基地仅有500米之遥时，内心的不安愈发强烈。在支流附近，我们遇到了来自津巴布韦非洲人民联盟的摩西。他郑重地告诫我们，在渡河前，必须收集小石块并投掷出去，以驱赶潜伏在水面下的鳄鱼。正在他向我们详细解释这一关键的安全措施时，津巴布韦非洲人民联盟的麦基却已经下水了。我们急忙呼喊他返回，但悲剧已然发生，就在他刚踏入水中的那一刹那，一只鳄鱼猛然扑出，紧

第 17 章 西波利洛的津巴布韦非洲人民联盟/民族之矛游击根据地

紧咬住了他。紧接着，鳄鱼和麦基扭在一起，翻滚着，迅速消失在了水面之下。我们再也没有见到麦基的身影，那只鳄鱼也消失得无影无踪。

我们垂头丧气、心碎不已，但仍然按照摩西的建议，边抛掷小石头，边穿过了麦基牺牲的地方。河水的最深处也相对较高，我们能缓缓地涉水而过。经过一番努力，我们终于安全抵达了支流的另一侧，尽管全身都已湿透，但所幸未再发生其他意外。

夜幕已经降临，但夜色明朗，足够我们看清脚下的路。我们穿梭于灌木丛中，终于抵达了一处理想的安全地点，从那里可以居高临下地监视罗得西亚军事基地。为了确保安全，我们布置了警卫，随时准备应对可能的敌袭。罗得西亚士兵整夜都在发射照明弹，耀眼的光芒让夜晚亮如白昼。虽然第一个夜晚对我们来说极为艰难，但从敌人频繁的照明弹发射中，我们推测他们也同样处于高度紧张的状态。

我们谁也不知道西比亚和波士顿是否还在赞比亚河岸的最后一个基地。恩采勒委派克莱因布伊、摩西和邓肯前往赞比西河进行实地考察，以便对可能的渡河地点进行评估。两个多小时后，他们回来了，带回了河流已被洪水淹没的消息。东方的天空已经初露曙光，预示着新的一天即将到来。

罗得西亚基地很快就热闹起来，迅速恢复了活力。从我们的阵地望去，成群的士兵已经开始了新一天的晨练，他们中间有些人头上还缠着绷带。在这里，我们必须格外小心，为了避免引起敌方注意，连排尿时都不能站立，只能侧身解决。我们身处这片危险的飞地，已是无路可退。此刻，我们迫切希望洪水能尽快退去，或者赞比亚一侧的同志能在对岸巡逻，这样我们就有机会向他们发出求援信号。

这是我们经历过的最漫长的一天。其间，偶尔有直升机降落在基地，放下负伤的、头部缠着绷带的士兵。日落虽然带给我们一丝轻松与安全感，但我们深知不能在此久留。我们面临着两个选择：要么找到一条安全进入赞比亚的路线，要么就背水一战，袭击军事基地。我们只有大约十人，但如果能攻占基地，将为我们安全进入赞比亚铺平道路。我们踌躇不定，但就在那天晚上，赞比西河的水位下降到了卡尔·克莱因布伊可以游过去的程度。三小时后，他带着加加林和西比亚以及两艘橡皮艇返回。最终，我们所有人都安全地进入了赞比亚。

我们成功返回赞比亚一侧之后，卢萨卡派来的大约一百名民族之矛和津巴布韦非洲人民联盟的成员，以及包括阿基姆·恩德洛夫和乔·莫迪塞在内的我们联合军事指挥部的重要成员也来到了这里，他们的到来给我们带来了新的挑战和压力。负责通讯联络的恩采勒、陶和邓肯被召集去参加紧急会议，邓肯成员也叫上了我。会议的主要议题是如何有效地分散敌人给金字塔支队成员造成的压力。我们提出的策略是将罗得西亚的军队引至不同的区域，从而阻止他们在一个特定区域内集结力量。恩采勒和邓肯详细阐述了我们的计划，其中包括攻击罗得西亚军事基地的构想，而阿基姆·恩德洛夫则提出了一个开辟新战线的设想。莫约也给出了建议，他提议将我们的一百名成员分成多个小组，部署在整个作战区域。

阿基姆和马桑多指出，一旦出现遇袭迹象，军事基地就会向其空军发出警报，这时，如果大家都聚集在某一个地点，会更容易遭遇敌机攻击。拉波特补充说，靠两艘小橡皮艇，大约需要八个小时或更长时间，我们这一百多人才能渡过赞比西河。因此，袭击罗得西亚基地的想法被放弃了。

开辟新战线需要进行充分的准备和精确的侦察。同样地，如果我们计划派遣小组过河，就必须对小组的人员构成和规模进行细致周密的考虑。在听取了各位的意见后，我逐渐认识到，将这一百个人作为第二波力量派往罗得西亚，弊大于利。凌晨时分，经过深入讨论，联合军事指挥部最终决定放弃在罗得西亚部署这一百名自由战士的计划。经过深思熟虑，我们最终决定由后勤部队的成员来负责组建搜救队。

我受命领导由斯拜·莫塞拉、卡拉马斯·莫皮、卡尔·克莱因布伊、杰克逊·费福、摩西、雅弗、约翰内斯·法兰亚纳、约瑟夫和佐尼（Zoni）等成员组成的小队。我们的任务是在罗得西亚军事基地对面的赞比亚高地上设立一个观察哨。从那个位置，我们每隔两小时就派遣一个三人小组沿河巡逻，以搜寻可能的幸存者，并将他们安全带回观察哨。在行动的第一天，我们成功地找到了四名津巴布韦非洲人民联盟的成员。在把他们送回我们的基地之前，我们向他们打听了其他失联人员可能的位置。他们说，他们借助充气橡皮垫游过了河，但布莱基·莫莱夫在湍急的水流中失去了对垫子的控制。到了第二天，我们又成功地营救了一个人，他告诉我们，他的两名同伴被急流冲走了。在接下来的向东搜寻过程中，我们并未在河岸上发现更多的幸存者或遗体。

在白天,敌人会进行挑衅、发动攻击并实施恐吓。我们与敌方部队的距离不到 1 000 米,曾两次目睹两架南非"海盗"(Buccaneers)号喷气式飞机沿着赞比西河赞比亚一侧由东向西巡航。两架哈利法克斯轰炸机每天一次飞越罗得西亚军事基地,然后返回内地。有两次,正当我们的搜救队在观察哨执行任务时,罗得西亚的军用直升机飞越了赞比西河,来到赞比亚一侧,并向我们的哨所空投传单。面对这种情况,我们无法开火反击,因为我们担心此举可能激怒赞比亚政府,进而使其对津巴布韦非洲人民联盟和非国大采取敌对态度。

投放到我们观察哨的传单传递了两条信息。其中一份传单呼吁我们这些藏匿在赞比亚和罗得西亚丛林中的人投降,而另一份则列出了他们声称已经死亡或被俘的同志名单。在死者名单中,包括了帕特里克·莫劳阿、梅拉尼、本森·恩采勒、斯坦利·佐茨、西德韦尔·马约纳、本·恩加洛、甘地·赫莱卡尼和姆卡巴等多个人。目前,我们无法确定敌人是如何收集到这些名字的,推测可能是一名被俘的成员泄露了这些信息。在被俘名单上,仅列出了民族之矛的雅皮埃·布鲁克林和另外六名来自津巴布韦非洲人民联盟的成员。罗得西亚空军的频繁活动无疑是一个明确的信号,表明地面上的战斗还远远没有结束。在河的赞比亚一侧,我们深切地体会到了战友们每天所面临的来自敌人的压力,以及缺乏食物和弹药的困境。罗得西亚境内的军事活动复杂程度,似乎已经超出了我们在卢萨卡时的预想。

在罗得西亚军营东面的赞比西河对岸,敌人设置了两个机枪工事,枪口直指赞比亚一侧。某日下午,我们注意到一些罗得西亚士兵来到河边洗澡。为了确保我们的安全,当这些敌军士兵下水时,搜救队迅速采取了行动。两名队员前往河边打水,以作掩护,而其余的成员则用轻机枪紧紧瞄准这些士兵,随时准备应对可能出现的突发情况。

马桑多于 1968 年 3 月 26 日这一周抵达了前线,他要我做好准备,当天下午出发,与他一同前往卢萨卡。我怀着希望后面一切顺利的心情,将我的职责移交给了卡拉马斯。随后,我与马桑多一同离开了赞比亚丛林,前往位于马克尼的兰德里博士住所。这一刻,标志着我在西波利洛的冒险之旅画上了句号,而这段旅程也让我深刻领悟了生与死的很多种样子。

在马克尼,我遇见了一些民族之矛的成员,他们原本在联合军事指挥部派遣的一百人增援队伍里,但在指挥部决定不进入罗得西亚后,又返回了这里。他们包括马卡马(Makama)、福梅斯、兰尼、大卫·恩格文亚、迈克·姆贝亚、西尔瓦内(Silwane)、陶曼(Tallman)、索利·史密斯(Solly Smith)、索罗·恩塔巴(Zoro Ntaba)等。一种新的氛围在马克尼弥漫,所有人都沉浸在内心的悲痛、失落与深切的哀悼之中。

第 18 章 万基和西波利洛行动之后

在马克尼,我重归了日常的营地生活,主要任务是整理内务和准备餐食。大多数人在享用完早餐后便不见了踪影,直到晚餐时分或者更晚的深夜才重新露面。营地中的纪律并不严格,大家可以随心所欲地进出。某个午后,德罗姆(Drome)、兰尼、恩格文亚和姆贝亚邀请我参与他们的一项特别行动。当我好奇地询问任务内容时,姆贝亚仅透露这次行动是由民族之矛和津巴布韦非洲人民联盟的总司令领导的。我不愿过多打探金字塔支队行动的细节,便应承了下来。

1968 年 4 月第二周的一个傍晚,一辆覆盖着篷布的卡车缓缓驶入马克尼,这辆卡车属于津巴布韦非洲人民联盟,专为执行特殊任务而配备。当民族之矛的大卫·恩格文亚向我发出邀请时,我注意到卡车上已有五位津巴布韦非洲人民联盟的成员。加上我们民族之矛的五位成员,一共是十个人。我们驱车出发,留下一片静谧。大约十五分钟后,我们在一条热闹的街道上停下,周围看似都是下班回家的工人们。姆贝亚告诉我们,现在所在的位置是坎亚马(Kanyama)镇,距离马克尼约 4 千米。津巴布韦非洲人民联盟的一位成员提醒我们,任务是在四所指定的房子中寻找特定的人。为此,我们被分成两组,每组各负责搜索两所房子。大卫·恩格文亚和马卡马分别被任命为两组的组长,这两位都拥有健美运动员的魁梧体格。

我们的小组由马卡马、姆贝亚、我,以及津巴布韦非洲人民联盟的两名成员组成。当我们迅速进入第一所房子的院子时,我注意到我们的卡车慢慢靠了过来。我们突袭了房子,给了里面所有人一个措手不及。两名津巴布韦非洲人民联盟成员和马卡马一言不发地把一名青年从房子里拖出来,穿过院子,直拖到等候着的卡车上。我们这两个小组分别抓到了两个年轻人。我们用绳子把他们背靠背绑起来,交给两个津巴布韦非洲人民联盟成员看守。接着,我们转去了第二栋房子，在那里采取了同样的手段。我们总共抓到了四个说恩德贝勒语的人，我猜测他们极有可能是敌方的特工人员。之后，我们将他们运至卢萨卡西边的恩科莫营区，由一群津巴布韦非洲人民联盟的成员接手处理。

这次行动三天后，西班德（Sibande）、艾巴希和摩西等几位来自津巴布韦非洲人民联盟的成员回到了马克尼，与我们一起商讨接下来的行动计划。当我们走向那个既作为卧室又作为集会地点的车库时，我忍不住思考，卢萨卡为何会潜藏如此多的敌方特工。待大家都安顿好之后，我向小组主席德罗姆问起了我们抓捕的那些人的情况。津巴布韦非洲人民联盟的西班德解释说，我们参与的是"楚库瓦（Chukuwa）行动"，也就是拉壮丁行动。津巴布韦非洲人民联盟通过该行动补充了新兵，弥补在万基和西波利洛的部分人员损失。艾巴希补充说，这些新兵会先被送往恩科莫营区，参加津巴布韦非洲人民联盟的新兵训练项目，随后再被送往国外接受更为专业的军事训练。我忍不住问他们是如何处理新兵可能经历的震惊和恐惧的。对此，西班德回应道，这些人都受到号召，要为津巴布韦的解放做出贡献，他们的付出会给所有人带来福祉。艾巴希的结论是，现在是征兵的时候了。我认为，我们的行为会给他们的家人带来极大的痛苦和忧惧，这让我内心深感痛苦。因此，我决定不再参与楚库瓦行动。我向马克尼的战友们表明了我的立场，我坚信一个真正的自由战士必须对自己的身心做出承诺，只有这样，他们的每一次选择才能真正与他们的良知保持一致。

那次事件过去两周后，民族之矛的行动指挥左拉·恩卡巴派史蒂夫·贝勒、乔丹·姆塔瓦拉、比耶拉、杰克逊·费福、卡拉马斯和我，前往恩科莫营区，去收集一批武器。次日破晓，我们乘着史蒂夫驾驶的卡车启程，一小时后就抵达了恩科莫营区。我们从南面驶入营区，眼前的景象逐渐展开。左侧散落着几座建筑，其中包括一个巨大的礼堂，礼堂外侧有一条小溪，还有一片比足球场更宽阔的空地。转向右侧，建筑更为密集，军械库和几顶帐篷掩映其中。在某顶帐篷中，我们发现了一个特别的藏身之处——一个半米深的地坑，上面简单覆盖着木板，里面不仅藏着武器弹药，还是士兵们的休息之所。

这个营区给我的第一印象，更像是一座集中营。这里汇集了三十多名被强征入伍的士兵，他们被分成两个小组进行活动。其中一组大约由八人组成，另一组则在空地上挥汗如雨地进行体能训练。这些训练由在苏联、中国和古巴受过军事训练的津巴布韦非洲人民联盟和民族之矛的成员监督执行，他们对待这些新兵极为严苛。

我的目光被一小群人牵引过去，索罗·恩塔巴，显然已成为五名来自津巴布韦非洲人民联盟和民族之矛的教官团队的核心。他们手持大皮鞭和小棍子，对那些在训练中显出疲态的新兵施以体罚。这些新兵显然是因曾试图逃离恩科莫营区而受到了严厉的惩罚。看到他们受虐，我深感这种做法既是对受害者的羞辱，也反映出施暴者的不人道。那些曾以同志相称的负责人们，此刻的行为却如同野兽一般。我记得，在孔瓦营区的时候，索罗曾是我们一个文化小组的首席歌手，他为人谦逊且充满人情味，但在这里，他仿佛变成了另一个人。

练兵结束后，杜贝、索罗和西蒙满怀自豪地向我们介绍了他们的工作职责。西蒙详细阐述了营区管理团队的构成，包括教官、厨师、普通看守和安保队长等各个角色，并强调了他的团队在确保营区秩序方面的重要作用。杜贝进一步提到，仅有三名壮丁在逃跑后尚未被抓回，而有十五名新兵已被送往国外接受更为专业的军事训练。尽管他们以轻松幽默的方式分享了这些信息，但我却感到深深的不安。自由战士本应是自愿参与的，但眼前的情况却显示他们似乎是被迫接受训练的。这让我意识到，在解放运动的背后，还有许多深层次的问题需要我去探索和理解。

他们把我们奉命来领取的武器交给我们。在返回的路上，营区的那些画面在我脑海中挥之不去。当我们抵达马克尼后，立刻将武器转交给了左拉。

失踪的参谋长

当楚库瓦行动正如火如荼地展开时，我们的民族之矛参谋长加特耶尼（Gatyeni）上尉却突然人间蒸发。他失踪的消息最初是由兰伯特·莫洛伊和左拉·恩卡巴向远在马克尼的我们传达的。随着各种猜测的纷至沓来，我内心也不禁担忧他是否已被敌方特工秘密绑架。在我们商讨应对策略、思考如何采取最佳的安全措施时，大家的愤怒与沮丧情绪也在不断攀升。我相信，南非政府正不遗余力地想要将民族之矛的每一名成员捉拿归案，特别是在敌人在万基和西波利洛的行动中损失兵力之后，这种意愿只会更加强烈。

我们获悉，非国大和赞比亚警方已经认真展开搜查，一周后我们获悉民族之矛搜查队发现加特耶尼上尉还活着。据阿尔伯特·莫纳和莫洛伊说，他们在一棵大树下找到了加特耶尼。当被问及他在那里做什么时，加特耶尼指着一根细绳，声称自己准备上吊。

莫纳表示，他们已经通知了赞比亚警方，并已将加特耶尼带回卡卢瓦营地进行询问。莫洛伊补充说，加特耶尼看起来状态良好、精神饱满，这让人猜测在他被发现之前，可能曾在非洲南部的某个地方停留。最后，他们将他带到卡卢瓦，希望了解事件的来龙去脉。

然而，莫纳和莫洛伊都表示，他们未能从加特耶尼那里获得满意的解释。加特耶尼坚称，派遣部分民族之矛成员前往西波利洛是一项严重的违规行为。他还表示，在派遣行动前的某次会议上，他提出了自己的看法，莫迪塞却对他大加嘲笑。加特耶尼称，帕特里克·莫塞迪、斯坦利·佐茨、雅皮埃·布鲁克林和潘加·曼等人随后就被派去了西波利洛，是因为莫迪塞认为他们在挑战自己的权威。虽然报告没有进一步说明加特耶尼试图自杀的原因，但显然，非国大领导层已决定给予他自新的机会。

民族之矛机密文件

在加特耶尼上尉失踪的同时，米克扎和拉什迪在乔治镇（George Township）发现了一些惊人的情况。该镇靠近卢萨卡郊区利兰达（Lilanda），那里是非国大的主要驻地，一些非国大领导人也把自己的家安在那边。我们的民族之矛成员经常去乔治镇喝酒、找女朋友，并与南非和津巴布韦的朋友来往。

一天，米克扎和拉什迪在镇上时，拉什迪的女朋友带他们去了一处地方，见一位酒友。这位朋友是赞比亚公民，他给他们看了一份包含110名民族之矛成员本名和化名的文件，文件是他在街上捡到的。他认为文件上都是南非人的名字，便把这事告诉给了拉什迪的女友。这个消息在民族之矛内部引起了极大的震动，因为这样高度敏感的信息可能已经泄露到了比勒陀利亚。

米克扎提醒我们，1966年，诺克威在莫罗戈罗和卢萨卡之间旅行时，竟离奇地丢失了他的公文包。我们猜想，那份敏感的文件或许就是从那个公文包里泄露出来的。德洛科洛提出，这份文件可能是从卢萨卡解放中心的非国大办公室或莫罗戈罗流出的。我赞同这一观点，并认为任何有权限进入非国大办公室的成员都有可能接触并取走这份文件。当我们深入讨论这个问题时，古梅德提醒我们注意一个事实：诺克威的住所离非国大在利兰达的驻地非常近，这意味着任何经常到访的成员都有可能从他家接触到这份文件。我们进一步推测，与文件有关的人中可能有人与南非或其他情报机构有联系。然而，令人费解的是，为何文件的传递者或接收者会将它遗弃在乔治镇的街头。斯莱·普莱恩提议销毁这份文件。在马克尼的民族之矛小组全体成员一致同意。我们请西尔万·恩塔巴（Silwane Ntaba）点火，因为他当天负责做饭。米克扎郑重地将文件投入火中，看着它燃起绚烂的火焰。我们在纸灰上洒了水，把它们彻底混合，确保不留一丝痕迹。

这些令人费解的事件让我深思，究竟是何因素能促使一个人的忠诚发生转变。我注意到，我们团队中有一部分成员逐渐显露出一些意图削弱我们整体士气和斗志的迹象。我推测，这可能是因为我们缺乏对领导成员进行有效问责的制度，而这样的漏洞被某些人所利用。我们中的大多数人都是出国接受军事训练，然后要回国的。我相信，只有返回本土，我们才能更有效地纠正那些与解放运动原则背道而驰的行为。

在苏联接受社会学培训和军事训练时，教官曾郑重告诫我们，在政治运动中，不要轻易相信任何人。苏联人从不为在世之人竖立纪念碑，也不以人名来命名街道，因为他们深知人生的复杂多变。在英雄的光环背后，可能隐藏着背叛的阴影，这不禁让我们思考：英雄与叛徒之间，究竟有何界限？我感觉到，自开始筹备卢图里支队和金字塔支队以来，我们的经历分化了彼此，正把我们推向不同的两极。

第 19 章　坦桑尼亚

卢萨卡的民族之矛成员对加特耶尼的行为表达了不满，并开始反思事件的来龙去脉。1968 年 7 月，我们经历了一次令人失望的事件，而在此后不久，马卢姆·科塔内便邀请我和兰伯特·莫洛伊陪同他前往莫罗戈罗。他并未明确说明为何希望我们随他返回坦桑尼亚，而不是前往南非。地下工作的原则是要毫不质疑地服从命令，因此，我就和马卢姆·科塔内、乔尔、兰伯特等人一起坐上了非国大的路虎车，离开卢萨卡，前往莫罗戈罗。我们的司机是乔尔·克拉斯（Joel Klass），他平时主要担任 OR. 坦博的司机。

一路上，我们一直在讨论从罗得西亚的广播中听到的新闻，据说我们的人仍然在西波利洛坚持战斗。这让我们深感忧虑，因为我们获取关于西波利洛的信息主要依赖于敌方的新闻报道，这无疑增加了我们了解当地实际战况的难度。马卢姆·科塔内向我们倾诉了他对布拉姆·费舍尔（Bram Fischer）、迈克·丁加克（Michael Dingake）和约西亚·耶勒等被捕并与国内失去联系的失落和沮丧。这三个人在政治组织被取缔后，曾是地下组织的核心领导人。由于南非所有的政治领导人都已被警方记录在案，因此与国内高调的政治人物接触显然是不明智的。我意识到，我们与家乡的现实情况隔绝了。那么，对于那些在国外接受过训练的民族之矛成员来说，他们应该如何重新定位自己的角色呢？近日来，无论是莫罗戈罗当地还是国内的因素，都让返回南非的任务变得愈发艰难。这些纷乱的思绪让我感受到了前所未有的危机。

在行进了大约 1 800 千米之后，我们终于抵达了莫罗戈罗。我们在城市东郊的一所房子前停下车来，受到了约翰·杜贝（John Dube）的热情迎接——在民族之矛的圈子里，我们更习惯亲切地称他为 JD。上一次与他碰面，还是在万基行动前夕的卢萨卡。他似乎独身一人居住在这所房子里。随后，马卢姆·科塔内和乔尔驾车离去，房子里便只剩下莫洛伊、我，还有 JD。JD 先领着我们来到卧室，接着邀请我们和他一起准备晚餐。在做饭和吃饭的过程中，我们聊起了孔瓦、赞比亚、万基和西波利洛的近况。经历了从马克尼到莫罗戈罗的长途旅行后，当晚，我睡得很香。

第二天早上，我和莫洛伊打扫卫生，JD 则负责煮早餐。吃完饭不久，J.B. 马克斯大叔和马卢姆·科塔内乘坐吉米·塔贝特（Jimmy Thabethe）驾驶的路虎车抵达。吉米·塔贝特又常被大家叫作马布瓦费拉（Mabuwafela）。

J.B. 马克斯大叔和马卢姆·科塔内通知我们，兰伯特和我即将踏上返回南非的旅途。在运动内部，除了他们两位，以及 OR. 坦博和约翰·杜贝之外，我们将不会与其他人有任何接触。如有需要，吉米会担任我们的司机。听到这个消息，我内心自然是激动万分，但表面上仍维持着冷静克制的样子。J.B. 马克斯大叔表示，他们确信我们选择的路线是南非政府所不知晓的，然而，这条路线的安全性还取决于民族之矛成员能否严守秘密，在何种情况下都不暴露它。J.B. 马克斯大叔因此进一步要求我们想一些进入南非后可能会用到的说辞，例如可以声称自己是在身份不明的联络人的帮助下，经由博茨瓦纳进入南非的。J.B. 马克斯大叔强调，一份合理的说辞能够极大地降低我们遭受殖民警察和安全人员严刑拷打的风险。

J.B. 马克斯大叔和马卢姆·科塔内第二天回来向我和兰伯特介绍了解放运动的最新动态，并提醒我们，解放运动是一个非种族机构，它的工作目标是反对殖民制度及其安全机构。他们告诉我们要跨越殖民地的肤色界限，坚持和促进我们解放斗争的非种族理想。

马卢姆·科塔内告知我们，JD 将帮助我们准备前往南非的行程，J.B. 马克斯大叔说我们必须认真关注 JD 向我们介绍的流程。当天深夜，JD 说我们将在第二天一早继续接受培训。我非常激动，几乎不敢相信自己很快就要踏上返回南非的旅途了。

第二天早餐后，JD 简要介绍了我们回国所需的准备工作。其中一项关键任务是学习如何使用由化学品调制的隐形墨水在文字间隐秘书写信息。通过运用不同的化学制剂或其混合物，我们可以让这些隐藏的信息显现出来。我们热火朝天地就此练习了好几天。其间，我意识到了针对不同类型的纸张进行试验的价值。

只有白色纸张的克罗斯利（Croxley）拍纸簿对不同种类的隐形墨水没有反应。莫洛伊和我了解到，一些在常规环境中肉眼看不到的字迹，可以通过蒸汽或火焰使它们显现出来。我们还了解到，透明指甲油可以用来扭曲指纹，但必须在两小时内洗掉指甲油，以免对指纹造成永久性损害。这些知识对我们在南非出入境管理处申请身份证件非常重要。

在接下来的一周早些时候，莫洛伊和我收到了 OR. 坦博、J.B. 马克斯大叔和马卢姆·科塔内的一份常规简报，向我们概述了南非、其邻国以及世界其他地区的政治局势。J.B. 马克斯大叔在简报中提到，南非的非国大机构已形同虚设，几乎名存实亡，而那些试图推动解放运动的人士正受到严密监视。马卢姆·科塔内表示，班图斯坦的崛起，不仅吸引走了一批黑人社区里的才智之士，还误导了广大群众，令他们转而支持殖民政策和行为。由于国大党运动被取缔，留下了一个权力的空白地带，使得一些知识分子看到了殖民地所提供的自由假象，从而放弃了斗争。OR. 坦博建议，在紧急情况下，我们可以选择撤退到莱索托、博茨瓦纳或斯威士兰这些对非国大持友好态度的邻国，但他也提醒我们，有些人已经改变了立场，我们不能随意信任他人。目前，敌人在南非的各个社区都相当活跃，并已建立了一个告密网络。而在南非之外，政府试图赢得独立非洲国家的支持，但遭到非洲统一组织和联合国大多数国家的反对。得知世界其他地区正在逐渐切断与南非殖民政权的联系，这给了我信心。

在情况简报和培训圆满结束后，我有幸与 OR. 坦博、J.B. 马克斯大叔以及马卢姆·科塔内进行了深入的交流。他们再次强调，非国大所领导的国大党运动，不仅是为了黑人，更是为了所有南非人民的解放事业而奋斗。J.B. 马克斯大叔明确表示，我们的解放运动坚决反对殖民制度和那些用于维护可恶的殖民法律的国家暴力机器。他们深信，在任何情况下，我都会坚定不移地支持解放运动，绝不会背叛我们的人民。OR. 坦博提到，在南非，我们的任务仍然艰巨。他告知我，将会收到一笔资金，其中一部分应用于设立一个邮箱，以便于接收来自国外解放运动的信件。我的主要职责是重组非洲人国民大会的组织架构，并确保所有军事行动都在政治机构的监督下进行。他特别指出，武装斗争是实现我们解放目标的政治手段，而绝非单纯的暴力行为。马卢姆·科塔内则叮嘱我，会收到另一笔用于购置衣物的钱，这些衣物应能满足我一段时间的需求。他建议我购买时新旧服装搭配，既能节约开支，又能避免引起不必要的注意。这次深入的交流让我备受鼓舞，使我充满了信心和动力，准备迎接从1966年军事训练归来后就一直期盼的时刻——回到祖国，投身于解放事业的伟大斗争中。

三天后，也就是1968年9月24日，马卢姆·科塔内再次来到莫洛伊、JD和我共同居住的住所。他宣布，我们将在第二天离开莫罗戈罗，前往达累斯萨拉姆。一想到即将告别坦桑尼亚，踏上返回南非的旅程，我的脊椎都跟着战栗起来。回国的情况开始变得切近而真实。那个夜晚，我辗转反侧，躺在床上久久不能入眠，有一半的时间都保持着清醒。

次日，1968年9月25日清晨，马卢姆·科塔内和马布瓦费拉乘坐非国大的汽车抵达我们的住处。JD为我们送行，我们开车上了从莫罗戈罗到达累斯萨拉姆的高速公路。这是一个温暖的日子，天空晴朗，一切似乎都在支持我们的旅行。马卢姆·科塔内和莫洛伊坐在后座，马布瓦费拉开车，我就在前排乘客座位上打盹。在达累斯萨拉姆，我们在一栋僻静的房子里过夜，房子大门左侧不远处有一个小公寓。睡觉前，马卢姆·科塔内派马布瓦费拉去买鱼和薯条。吃完美味的晚餐后，我睡得很香。

次日早上，吃完茶和果酱面包后，马卢姆·科塔内让马布瓦费拉预热汽车发动机。当屋里只剩我们三个人时，马卢姆·科塔内给了我们每人一些钱去买衣服，但警告我们不要让马布瓦费拉看见我们买的东西。我有400先令（肯尼亚、乌干达、坦桑尼亚和索马里的货币单位），我认为这是一大笔钱。马卢姆·科塔内让马布瓦费拉开车送我们到达累斯萨拉姆郊区的一个跳蚤市场。到达后，也许是为了迷惑马布瓦费拉，他指着跳蚤市场的另一头对我们说："你们的目的地就是那栋房子。两个小时后我们会在这里碰面。"

他们一转过街角，我们就走进了跳蚤市场。我买了三双看起来不错的二手鞋、一件球衣、两件夹克、三条裤子、一个手提包和一顶帽子。我和莫洛伊互相帮忙挑选各自要买的东西，然后把它们装进塑料袋里。买完东西后，我们走到约定的会合地点，过了一小会儿，马卢姆·科塔内和马布瓦费拉也来了，我们一起开车回到住处。我们认为，两个人共用一个塑料袋能够迷惑马布瓦费拉，让他不至于对袋子里的东西起疑。

马布瓦费拉从车后备箱里拿出一小袋大米、罐装牛肉、两条面包、一瓶牛奶、果酱和两包炸鱼薯条，让我很是意外。马卢姆·科塔内告诉我们，这些是我们在房子里住宿期间的口粮。在离开我们之前，他提醒我们在任何情况下都不能离开住所。我们不能被看到，周围也没有任何需要我们看到的东西。这一刻，我们心潮澎湃，流亡的艰难岁月即将画上句号，新的生活篇章在南非等待着我们去书写。我们满怀期待。

莫洛伊和我在独处时重新整理了衣物。我希望这些衣服在家乡能穿几个月或几年。白天，周围人们的交谈声、打扫大楼和院子的声音不绝于耳。随着日子一天天变长，我们靠睡觉、锻炼、沐浴和用餐来消磨时光。1968年10月4日晚上，马卢姆·科塔内带来了一个口信，他要求我们收拾好行李，准备在第二天早上10点前往附近鱼市的东边。不同寻常的是，他打破了地下协议，解释说他会把我们介绍给那里的人，那人会带我们去更远的地方。

当晚我一夜没睡，翻来覆去直到天亮。1968年10月5日早上，也就是我23岁生日的那天，我准备不吃早餐就出发，但兰伯特·莫洛伊坚持要我们吃些东西，因为还不知道下顿饭要到什么时间才能吃上。简单吃过早餐后，我们拎着行李悠闲地走到会合地点，比约定的时间早到了一点。我们两人一路保持沉默，都没有说话，我猜想莫洛伊也和我一样，陷入了自己的思绪之中。

我们看见马卢姆·科塔内从对面走来。他看起来疲惫不堪，平日里的笑容也消失无踪。我猜他一定是受到了要送我们离开坦桑尼亚的事的影响。我的心跳加快了。

马卢姆·科塔内对我们说的第一句话是一个简短的指示，要求我们跟上他。我和莫洛伊默默地跟在后面，快步跟着他。转弯时，我看到停车场里有一辆非国大的汽车。马卢姆·科塔内打开一扇后门坐了进去。我坐在前排，手提包放在腿上，莫洛伊坐在后排。马卢姆·科塔内告诉马布瓦费拉该如何到达目的地，我们就开车离开了。当车停下来时，我意识到我们正处于达累斯萨拉姆相对安静的街道之一。这似乎是我们在被移交给神秘联络人之前接受最后指示的理想场所。

沉默了一会儿，马卢姆·科塔内请马布瓦费拉去给我们买点冷饮。待他离开后，马卢姆·科塔内就用紧张不安的声音告诉我们，领导层决定取消我们的南非之行。在随之而来的深深沉默中，我从座位上转过身去，希望看到他微笑一下，接着说一句"我在开玩笑"。但他没有。此时，他如释重负般地用正常的声音解释说，我们本将是走这条路线的第二批人，但该路线已经不再安全。凑巧的是，那天早上他们得知，走这条路线的第一批成员，恩科博（Ngcobo）、伦吉西和姆索米已经在南非被捕。在南非德班港停靠的一艘商船上，他们被偷渡到了安全的地方，并在南非活动了几个月。这给了解放运动领导层信心，让他们相信派其他自由战士走同样的路线是安全的，但现在，随着有人被捕，路线已经不复安全。

我们三人在车内手牵着手，泪水顺着我的脸颊滚落，两名战友在后座上哽咽抽泣。马卢姆·科塔内说，我们应该返回赞比亚，因为他对我们不再有任何安排。乌云笼罩着我们。马布瓦费拉带着炸鱼薯条和几瓶冷饮回来，暂时缓解了我们的痛苦和失望。马布瓦费拉开车送我们回莫罗戈罗时，我们就像空手而归的狩猎者一样低落，气氛一片死寂。吃完鱼和薯条，我开始昏昏欲睡。在之后漫长的车程中，马卢姆·科塔内告诉我们，卢图里支队的一些成员已从博茨瓦纳监狱获释。他开玩笑说，既然这些人回到了赞比亚，我们也许想和他们在一起。连马布瓦费拉都笑了，我们三人都说这是个好主意。

第 20 章　卢萨卡

幸运的是，我们回来后在莫罗戈罗找到了乔尔·西贝科。他从赞比亚来，按照领导的指示来到非国大总部，马卢姆·科塔内让他和我们两个一起回赞比亚的卢萨卡。我和莫洛伊在莫罗戈罗东郊的非国大驻地待了两天，然后乘坐乔尔·西贝科驾驶的路虎前往马克尼。当我们向南行驶时，绿色的植被和涨水的溪流提醒我们，现在是夏天的雨季。

由于莫洛伊和我都没有旅行证件，因此我们决定，由西贝科作为非国大的领导人，坐在车子的后座；莫洛伊担任司机，而我则扮演保镖的角色。在通杜马（Tunduma）的边境哨所，西贝科把我们留在车上，独自走进移民办公室。回来时，他说一切都搞定了，我们继续前行，没有遇到任何困难。我们的第一站是利兰达，非国大在卢萨卡的主要驻地所在。街道上已经挤满了上班的人们。西贝科把我和莫洛伊留在路虎车里，自己进去了。不久之后他又出来了，我们开车穿过卢萨卡的后街，然后向南转向马克尼。在那里，我们发现了很多民族之矛成员，他们欢迎我们，表现得好像对我们这一路的情形有所了解。马克尼的生活似乎与我去莫罗戈罗之前有所不同。大家表现得很是自我，在日常生活中彼此不相往来。在从博茨瓦纳释放的人中，只有杰克逊·姆伦泽留在了马克尼。他告诉我们，鲁本·恩特拉巴蒂在卢萨卡郊外的莫夫察尼亚纳（Mofotsanyana）农场，克里斯·哈尼则住在卢萨卡的利维·姆科齐（Levy Mqotsi）家里。虽然他们并未与其他民族之矛的成员在一处，但我们并无去拜访他们的交通工具。此外，吉米·莫佩迪（Jimmy Mopedi），曾是西波利洛金字塔支队的一员，如今也在马克尼。

吉米·莫佩迪解释说，在与罗得西亚军队的一次小冲突中，他的脚踝受了伤。当地农民把他藏了起来，并照顾他，直到他准备好继续上路，之后，他经由奇龙杜大桥重返卢萨卡。我记得那座大桥的两端总是有赞比亚和罗得西亚的移民官员严密把守。尽管如此，与卢萨卡的其他民族之矛成员一样，我对吉米深信不疑。的确，有些刚从战场归来的人，在叙述经历时会显得混乱而含糊。罗得西亚的军事行动不仅改变了我们，也重塑了我们与周围环境的关系，以及我们应对新旧社会政治挑战的方式。挑战之一是领导层与民族之矛普通成员之间缺乏联系和协商，这使我们感到领导层已经忘记了仍滞留国外的，或是在津巴布韦非洲人民联盟/非国大领导的万基和西波利洛行动之后流亡在外的民族之矛成员。

杰克·西蒙斯的家

在我们返回马克尼的几天后，左拉·恩卡巴乘坐着一辆奶油色的小轿车抵达了这里。他讲了卢萨卡周边的政治形势以及民族之矛当前所面临的挑战，并告诉我们一些我们已经知道了的事情：在万基和西波利洛之后，民族之矛元气大伤、士气低落，且缺乏明确的前进方向。恩卡巴提到，杰克·西蒙斯同志曾鼓励像他这样的成员与莫桑比克解放阵线的成员进行对话。恩卡巴从博茨瓦纳监狱返回后，跟克里斯·哈尼建立起了联系，并与萨莫拉·马谢尔、约阿希姆·希萨诺和马塞利诺·多斯桑托斯（Marcelino dos Santos）等解放阵线领导人保持密切沟通。莫桑比克解放阵线成员向民族之矛通报了他们在莫桑比克的斗争进展情况。民族之矛希望从解放阵线的成员那里得到一些莫桑比克和南非的地图，其中包括莫桑比克和南非接壤的区域。

我询问了更多关于雷·西蒙斯和杰克·西蒙斯的情况，因为这对夫妇是我相识已久的故人，也是解放运动的重要成员。恩卡巴告诉我们，他和西蒙斯一家一起住在罗马区的赞比西路250号。杰克和雷同志是在1967年底到达卢萨卡的，当时我加入了后勤部队。我和莫洛伊兴奋地催促恩卡巴同志带我们去他们的家。他告诉我们，杰克很忙，但已经开始每周两次在他的住所给民族之矛成员作政治讲座。恩卡巴主动提出，要载我们去西蒙斯家听讲座，下一场讲座就安排在下周一。同在马克尼的姆伦泽将为我们提供讲座的详细信息。要再次见到西蒙斯一家了，我感到很兴奋。

那个星期一早上，我早早起床，赶在其他人前面洗漱完毕。早餐后，姆伦泽带我们去了恩卡巴接他上车的老地方。没等多久,左拉·恩卡巴就到了。我们三人坐在后排,开车去接哈尼,他已经在姆科齐家门口等着我们了。我们都下了车,拥抱在一起,因为我们上次见面还是一年多以前。莫洛伊和我都没有谈起我们那次失败的回家之旅。从克里斯身上,完全看不出有万基战役和博茨瓦纳监狱的痕迹。恩卡巴驾驶着车辆,我们在车里兴奋地高声交谈,充满期待。显然,在杰克的家中,还有更多快乐的团聚时光在等待着我们。

当我们踏入西蒙斯家的客厅时,迎接我们的是一片欢声笑语的混乱场面。在经过一连串热情的拥抱和喜悦的表达之后,雷·西蒙斯带我们来到了厨房,让我们自己动手切面包和沏茶。我领悟到,这不仅仅是为了填饱我们的肚子,更是为了让我们感受到家一般的温馨。自那以后,每次在西蒙斯家听政治讲座前,我们都会自发地聚集在厨房里忙碌起来。我意识到,杰克之所以如此安排政治培训,是为了腾出一点时间,让自己也能够投身于其他团体的活动,因为他同时还肩负着协助一些赞比亚政府部长和官员履行职责的重任。我深切地感受到,杰克和雷的家已然成为各种政治活动的中心。

杰克深入探讨了国内外国大党运动的发展状况。在回顾南非民族解放运动的历程时,他指出,黑人群体受到了自由主义和人道主义政治理念的深刻影响。白人社区中的盟友大多是秉持自由主义理念的人士,他们倡导耐心、宽容,以及对法律和秩序的尊重。然而,在这种背景下,解放运动无法回避一个问题:它的领导人会被迫做出妥协,因为这些自由主义者更倾向于寻求改革,而不是彻底推翻殖民社会的旧有秩序。我清楚地记得,在 1952 年爆发反抗运动和采取武装斗争之前,解放运动采取的行动主要局限于向政府请愿和通过代表进行交涉。

杰克透露,南非国民党政府打算利用班图斯坦人构建属于他们自己的军队和警察力量,以此来加强南非的安全防护。他还指出,南非政府正在强化对解放运动的负面宣传,将自由战士描绘成企图剥夺南非白人权益的恐怖分子。政府已在各个社区构建了一个错综复杂的间谍系统。杰克提到,南非的民族解放斗争比其他国家更为错综复杂,其中一个原因是立法者主要来自白人社区,而捍卫立法和从中受益的群体则涵盖了各种肤色。这不禁让人回想起 1930 年 12 月 16 日在德班的一起事件。当时,约翰内斯·恩科西(Johannes Nkosi)领导的一些解放运动成员为了抗议政府的不平等政策,在卡特赖特(Cartwright)公寓焚烧了自己的通行证。然而，当他们在德班游行时，却遭到了以黑人为主的警察的暴力镇压，警察使用了棍棒和细柄标枪。约翰内斯·恩科西本人在冲突中被标枪刺中，成为此次事件中的死者之一。我意识到，在家乡，有时我们可能不得不面对武装警察或士兵，他们中既有白人，也有黑人。

在一次拜访西蒙斯夫妇时，我们见到他们的孩子玛丽、坦尼娅和约翰，这可真是出乎意料，但也给了我们一个与家乡的年轻人交流对话的好机会。我们对解放运动的状况非常担忧，不准备放弃返回南非的努力。我们很清楚，要实现这一目标，我们必须与领导层合作，而我们面临的挑战是要找到能够吸引领导层参与进来的方法和途径。这些讲座使我们对如何提高领导层对领导解放运动的认识有了更深入的了解。

杜马·诺克威

在未参加杰克·西蒙斯的政治讲座的空闲时段，我们组织了一场非正式的民族之矛会议。与会者主要来自卡布瓦塔（Kabwata）和马克尼两个地区。为了更有效地执行任务，我们已经按照不同职责组建了多个团队。莫洛伊携手米克扎、姆巴利、克里斯、卡斯特罗、韩佩等人，负责与分散在卢萨卡各地的其他相关人士及民族之矛的核心成员进行沟通联络。与此同时，姆伦泽、杰克（Jeqe）和皮特索（Pitso）要与诺克威会面。皮特索和姆伦泽还热情地邀请我加入他们的小组。皮特索分享了一段经历：在1968年9月，他曾与其他民族之矛的成员一起，向坦博提出要求，希望能获得一份关于南非境内外组织状况的综合报告。坦博则建议他们直接将问题提交给非国大的秘书长杜马·诺克威，因为秘书长负责管理非国大的所有记录、通信等行政事务。姆伦泽同志进一步透露，他们已经接触过坦博，表达了对非国大当前状况的不满。他还告诉我，他们已经与诺克威约好了时间，正在等待与他会面。

住在卡布瓦塔的人有奥托、昌平·杰克（Champion Jack）、斯卡卡纳（Skakana）、史蒂夫、博伊·韦斯特、莱福提和拉瓦扎（Ravaza）。我们都认为非国大是我们的集体财富，必须不惜一切代价加以保护。在万基和西波利洛的两次重大尝试之后，我们需要做些事来恢复非国大的活力。与其坐以待毙、舔舐伤口，不如通过更多的手段和方法将斗争向前推进。

我们的小组聚集在一起，商讨我们的会议模式，然而会议中夹杂着诸多议题，使得一些人试图通过这次会议来处理个人的政治纠葛。我们观察到，诺克威指派了他队伍中的某些成员来搜集关于我们的情报，却不去搜集敌人的信息。我们认为他没有尽到责任，以确保他的队伍能够掌握返乡途中可能遭遇的敌情。此外，包括杰克在内的一些人反映，诺克威派遣他们去执行位于赞比亚和坦桑尼亚之间的任务时，并未提供足够的资金来支持他们的生活所需。

我们自认为已经准备了充分的观点和提议，足以引起诺克威的关注和回应，然而，在会面第一天，他就出乎意料地提出，希望与我们每个人分别进行一对一的会谈。我们请他重新考虑此事，因为我们更关注集体面临的问题和挑战。当我们指出他未将姆伦泽列为万基行动的重要成员后，他终于同意了与我们整个团队一起讨论。讨论开始前，诺克威要求我们列出要讨论的关键点。而我们则向他提出了一系列要求，包括我们要全面了解非国大的现状及其组织结构，青年团和妇女联盟的最新进展，政治犯相关运动的状况，南非有色人种、印度人和白人在我们斗争中所扮演的角色，以及非国大与中国的关系等。

我们进行了有关四种青年类别的讨论：在南非工作的青年、民族之矛的青年、国内的学生和青年、国外的学生和青年。我们想知道非国大正在做些什么以利用这些青年资源，并让他们参与斗争。我们表示，我们的解放运动需要一定的手段和方法，应该让南非的年轻人参与进来，因为他们了解家乡正在发生的事情。我们还认为，南非国内外的青年应该参加南非和全球青年论坛的所有会面、研讨会和大会。

我们与诺克威的会面颇具挑战，对话从一开始就剑拔弩张。诺克威在会谈期间频繁地做笔记。在激烈的交锋中，姆伦泽和杰克质询了诺克威，询问其妻子为何在名为阿米兰·以色列（Amiran Israel）的公司工作，该进出口公司隶属于以色列情报机构。他们认为该机构是以色列国家安全局情报部门在包括刚果（布）和刚果（金）在内的非洲南部和中部的协调中心。它的目的之一就是要破坏我们的民族解放运动。话说到了这个地步，我们的磋商戛然而止。

诺克威合上笔记本，指示我们安排与执行委员会成员的会面。当我们与诺克威告别时，气氛很是紧张。

第 20 章　卢萨卡

我们颇费了一番工夫，才与全国执行委员会成员见上了面。执行委员会有六名成员，其中包括诺克威、戈孔（Kgokong）、马基瓦内和马特卢（Matlou）。米克扎代表我们，向他们宣读了我们准备好的手写声明。然而，诺克威打断了米克扎的朗读，并建议我们应将所有关心的议题整合成一份备忘录，递交给他们，以供非国大全国执行委员会的委员们共同研讨。那次会面结束后，我们各自回到了位于卢萨卡不同区域的住处。

在返回马克尼的路上，我问同事什么是备忘录，但他们也不知道。第二天，所有人齐聚马克尼，共同商讨针对执行委员会的下一步行动方案。在此过程中，米克扎、克里斯、亨普等人也获知了我对备忘录的疑问。我们对草案进行了改进，并在接下来的几天里编写了以下备忘录。位于解放中心的非国大办公室的工作人员打印并复印了以下文件：

> 流亡中的非洲人国民大会正深陷重重危机，已经显现出了腐败的征兆。从与民族之矛的革命成员们进行的非正式讨论中，我们可以感知到，他们对非洲人国民大会在国外的领导层已完全失去信心，不仅在言辞上公开表达，更在实际行动上有所体现。这一形势极为严峻，革命者们亟须坐下来，对这一普遍状况进行深入分析。
>
> 问题的严重性因领导层的不透明决策而进一步加剧——在多次重要会议上，领导人在未与会员协商或通知会员的情况下就做出了决议。这种情况已经发生了两三次。由此可以推断，我们已被视为非国大的边缘成员。然而，作为该组织革命核心的民族之矛成员，我们必须参与所有关乎南非革命斗争的决策。
>
> 我们提出以上观点，旨在扭转当前的不利趋势。作为坚定的革命者，我们对非洲人国民大会的腐败程度，及其可能引发的民族之矛的瓦解感到震惊。这种震惊体现在我们以下的行动和声明中——

脱离南非现实

> 流亡的非国大领导层建立了一个自成一体的机构。它完全脱离了南非的局势。它无法说明国内分支机构的运作情况。自从利沃尼亚逮捕事件发生以

来，就没有试图向国内派遣领导层。办公室的人员过于集中，形成了各自为政的局面，例如，青年部主任与国内后方的联系已完全中断。此外，像财政部等其他部门，它们的主要功能和目标都局限于服务外部活动，其内部职能鲜有人知，缺乏足够的透明度和影响力。同时，秘书长的部门也未能提供任何关于国内各地区政治活动的报告，这进一步加剧了领导层与国内实际情况的脱节。宣传部的工作也主要集中在对外宣传上，其信息的质量和革命性都显得不足，与国内现有的政治局势并不相符。宣传材料缺乏对国内普遍状况的深刻分析。我们深感，现在是时候让这个部门竭尽全力与国内的人民群众建立联系，确保革命宣传能够越来越多地使用人民的语言，真实反映人民的诉求和国内的实际情况。

我们对国外的非国大领导层的野心感到不安，他们从各个方面来说都是职业政治家，而不是职业革命家。我们被迫得出这样的结论：支付薪水给在办公室工作的人员，对那些领取报酬者的革命观念产生了极为不利的影响。这种报酬无疑会侵蚀各级成员的革命精神，导致他们出于金钱诱惑而执行任务或担任职位，而非出于对事业的忠诚和献身——他们实际上只是运动的受薪雇员。非国大所有成员，无论是否为民族之矛成员，都应受到平等对待。现在，我们应当仅以他们对我们所服务的事业的奉献精神和牺牲态度为评判的标准。选拔干部的原则应该是任人唯贤，且这种选拔工作绝不应该委任给个人——以防人们仅效忠于任命他们的人，而不效忠于革命。

神秘的商企

非国大在国外的领导层必须致力于制定决议和计划，以回国领导国内的斗争，并确保这些决议和计划得到有效执行。目前，国内领导层存在明显的空缺，因为领导人大多要么身陷沃斯特（Vorster）监狱，要么流亡国外。在这个革命的关键时期，南非人民正失去至关重要的领导力量。由于这种领导真空，我们的民众面临着被各种机会主义者欺骗的严重风险。因此，我们强烈建议，参加国际会议和其他全球性活动的领导人应缩减至合理数量，而将更多的人力投入到国内战线，夜以继日地开展工作。

对于真正的革命者而言，某些弊病确实令人深感忧虑和失望。具体来说，就是神秘商企的涌现，而这些企业在组织内部从未经过公开讨论。例如，在卢萨卡，家具业务竟由非洲人国民大会掌控。在利文斯顿，一家原本为博茨瓦纳地下工作提供掩护的骨头加工厂，现已转变为纯粹的商业营利机构。这些企业的崛起导致越来越多的民族之矛成员被调派至其中。更令人不安的是，这些企业中有些负责人的政治背景相当可疑。由此，我们不得不怀疑他们的革命热忱和回国继续斗争的决心。尤其令人担忧的是，本应专注于规划、指导和引领南非斗争的塔博·莫尔（Thabo More），深度参与了这些商业活动。如今，他全身心投入这些企业的运营，这让我们不得不质疑，他在如此分心的情况下，是否还能公正地对待南非的武装斗争——这本应是他最关心并全力以赴的事业。这一局面的出现，非国大的领导层难辞其咎。

同样令人深感不安的是民族之矛与政治组织的脱节现象。国外的政治领导层对民族之矛的活动和计划一无所知，这导致了我们做出如下推断：民族之矛与非国大之间存在着明显的隔阂；两者之间的矛盾显而易见；非国大已然失去了对民族之矛的掌控能力；两者之间缺乏应有的协调与一致。这一系列的状况导致了民族之矛总司令权力过大、一手遮天，干部的任免几乎全凭其一人之言而定。因此，总部的成员更倾向于对掌握他们任免大权的人表示忠诚，而敢于向这种权力质疑的，只有那些最坚定的革命者。我们不得不将这一反常现象归咎于全国执行委员会的失职。

安全部门由内部领导管理，然而，它在对抗敌人方面却显得无能为力，没有取得任何具有军事价值的成果。安全部门的失败尤为明显地体现在它无法向组织提供我们在津巴布韦最忠诚的成员的下落和命运。更令人难以置信的是，怎么会有如此多的成员能够成功逃脱呢？在处理内部事务时，安全部门已经声名狼藉。那些在其中任职之人的中心任务是镇压和迫害真正献身的民族之矛成员，而这些成员参加斗争，除打碎枷锁之外，一无所求！

在我们的组织中，安全性根本无从谈起。举例来说，姆索米和马修斯（Matthews）的被捕完全是意料之中的事，因为他们在南非的行踪和活动尽人皆知。同样地，其他计划回国的成员也面临着相同的危险。这种状况实际上等同于对同志们的背叛。

前两位同志负责处理重要信息，这些信息与中继组织材料的无线电传输服务紧密相关。而博伊·奥托则负责在赞比亚和坦桑尼亚之间运输民族之矛的人员和战争物资。令人深感不安的是，有人已向非国大秘书长兼安全局长杜马·诺克威反映了这一情况，并得到其确认，表示这种与和平队的私下交流确实存在，并建议以书面形式上报。然而，杜马·诺克威并未采取任何实际行动。这对于那些认真对待革命的人来说，无疑是一个令人不安和沮丧的消息。特别是当我们考虑到这三个人与非国大和民族之矛的领导层有着密切的联系时，情况就更为严重了。例如，约瑟夫·科顿是非国大财务总长兼南非共产党秘书长摩西·科塔内（Moses Kotane）的儿子；沙德拉克·特拉迪与民族之矛总司令、非国大在国外的执行委员会成员塔博·莫尔有亲戚关系。这一切使得我们和许多其他人不得不怀疑，非国大内部存在着严重的裙带关系问题。

另一个同样令人深感忧虑的事实是，非国大秘书长兼安全局长的妻子V.诺克威女士目前竟然为阿米兰·以色列工作。阿米兰·以色列是一个国际知名的以色列情报机构，它打着一家进出口公司的幌子进行秘密运作。该机构是以色列情报部门在非洲南部及中部地区包括刚果（布）和刚果（金）等地的协调中心。以色列是积极破坏民族解放事业的帝国主义势力巢穴，不仅已将部分阿拉伯领土殖民化，还与最反动、最法西斯的政府，如南非和鼓吹复仇的德意志联邦共和国，保持着密切联系。面对这一异常情况，我们强烈要求得到合理解释，并敦促V.诺克威女士立即断绝与这个反革命组织的联系。同时，我们呼吁非国大为了革命的大局，审查并切断与以色列的任何其他联系。

津巴布韦战役的悲剧之处在于，我们无法对自身的行动进行深入的分析，无法评估并从中吸取宝贵的教训，以至于我们无法制定出能够有效对抗敌人的战略和战术。

那些从前线归来的成员并未得到应有的同志式接待，他们的战斗经验也未得到重新评估，这引发了我们的深切关注。我们对那些最具奉献精神的人所遭受的漠视感到震惊，他们中有些人在战场上牺牲，有些人被判死刑，还有些人正在津巴布韦经受长期监禁的苦难。这些人都是英雄，他们以大无畏的精神完成了革命任务。我们怎能对这些勇敢的南非之子视而不见呢？这样的行为难道不是领导层冷漠无情、不负责任的体现吗？当我们提出会面请求时，非国大秘书长兼安全局长杜马·诺克威的举动，以及他对杰克逊·姆伦泽的漠然态度，令我们深感忧虑。他声称自己既不知道也不认识姆伦泽。这种冷漠与不近人情的表现实在令人难以接受，我们对此感到极度不安。要知道，姆伦泽不仅是一位来自前线的同志，还是一位部队指挥官，更是特兰斯凯这一关键地区的安全负责人，如此重要的人物竟受到如此冷落，着实不该。

我们对民族之矛中某些成员从外部机构接收资金的情况深感不安。具体来说，总司令和军士长实际上在领取额外津贴，而总司令还享有一辆专供其个人使用的豪华汽车，这与军事需求毫无关联。这种领取报酬的行为对其他革命者产生了极为负面的影响，严重打击了他们的士气。

此外，领导人个人拥有并驾驶汽车，同时还领取所谓的津贴，这些行为无形中使他们成为我们革命组织和民族之矛中的中产阶级。

一种奇怪而令人震惊的趋势正在发展，即秘密审判和秘密处决。我们并不反对处决和清算叛徒，但我们反对遮遮掩掩地处理，反对将事情蒙上一层神秘面纱。在这里，我们指的是对左拉·赞贝、惠灵顿·姆巴塔（Wellington Mbata）、帕兰亚内（Palanyane）和博费拉（Bophela）的审讯。令人遗憾的是，我们竟然目睹了民族之矛中出现的极其反动的惩罚方法。民族之矛的罪犯曾被扔在灌了几桶水的防空洞里，没有毯子或任何其他防护材料，长达22天。相关人员包括达芙妮·兹瓦内、陶曼·恩德洛夫（Tallman Ndlovu）、鲍勃·祖鲁、埃伦兹和约瑟夫·恩德洛夫（Joseph Ndlovu）。无论从哪个角度来看，这种惩罚都是一种罪行，极不人道。其目的显然是摧毁受害者的身心，更不用说其中还涉及的其他问题了。

非国大作为南非革命斗争的先锋队，其领导人却并不需要宣誓，这确实令人费解。我们强烈地认识到，非国大的领导人和民族之矛的成员之间没有本质区别，全体人员都有义务宣誓，因为这样的誓言不仅对J.拉德贝（J Radebe）的叛逃行为有约束，也必然会对其他任何企图破坏我们革命的右翼领导形成有效制约。

革命的发展要求革命领导者必须持续创新，打破陈规。我们必须对领导层的僵化现象保持警觉，因为这可能会成为我们革命向前发展的绊脚石。目前，存在一种趋势，即任命外部人员进入国家行政部门。我们想要了解这些任命背后所依据的标准是什么。我们应该在与非国大全体成员进行充分协商后，寻找领导层的更替方式。国内未能召开全员参与的会议，不应成为领导层拒绝人员更迭的理由。我们不能仅仅依赖十年前或更早之前在全国会议上所获得的授权。根据当前情况，我们不得不做出推断，组织的职位已被少数人垄断。这种情况导致了计划委员会成员与全国执行委员会成员高度重叠。

我们深感震惊的是，对于本组织成员的健康问题，竟然依然存在双重标准的现象。当领导层成员生病时，他们会迅速得到优质的医疗服务，然而对于参与运动的普罗大众，却鲜少给予同样的关怀。我们坚信，在革命的道路上，每一个成员都至关重要，因此，我们应当得到一视同仁的医疗待遇。

在我们看来，民族之矛的青年群体无疑最具革命精神。我们坚决主张，在制定与青年相关的政策或决策时，务必征求我们的意见和建议。举例而言，关于革命性的国际青年集会的信息，必须及时向我们通报，同时在选择代表参会时，应优先考虑我们。保加利亚非国大青年代表团的不当行为是个深刻的教训，我们绝不容许类似的闹剧再次发生，相关责任人员必须承认自身的错误并深刻反省。南非青年的根在本土，而不在伦敦或其他欧洲国家的首都。因此，我们对某些学生被草率地任命为非国大青年团的领导人表示强烈的不满。在此特别提出，塔博·姆贝基（Thabo Mbeki）是靠南非全国学生联合会（NUSAS）赞助的奖学金前往伦敦的，他是假冒的非国大青年组织领导人。

我们相信，非国大流亡领导层正在为学生提供更优越的待遇和更多的关注。然而，这种做法产生了灾难性的影响，使得许多潜在的革命者转向学术领域。我们认为，民族之矛的成员才是我们革命的真正核心，他们无私地为革命奉献了自己宝贵的生命。现在，是时候给予他们应有的最好待遇了。

另一个甚为忧虑的问题是领导层中普遍的裙带关系。他们公然利用职务便利，提拔亲友，并将这些亲友安排在远离危险、不会与敌人发生直接冲突的位置上。许多领导人的子女都被送往欧洲接受大学教育，这一现象表明，在民族之矛的战士们推翻法西斯统治后，这些人的子女反而成为未来领导岗位的候选人。我们毫不怀疑，这些人会在欧洲静待时机，等到国内环境变得安全和舒适后，再回国接任领导角色，成为像班达家族（Bandas）一样的特权阶层。与学生所受到的优待形成鲜明对比的是，领导层对于那些在南非和津巴布韦为革命捐躯的英雄和烈士们表现出了惊人的冷漠。我们怀念的是那些为反帝国主义事业英勇斗争并献出生命的英雄儿女。其中包括帕特里克·莫塞迪，他不仅是非国大青年团的前任主席，还曾勇敢地面对叛国罪的审判；还有不知疲倦的政委本森·恩采勒；以及我们国家的青年才俊——斯帕克斯·莫洛伊（Sparks Moloi）、克里斯·满普鲁（Chris Mampuru）、詹姆斯·马西米尼（James Masimini）和安德里斯·莫塞佩。这些烈士的付出应当得到领导层更多的尊重，他们的牺牲应该得到更为真挚的缅怀。我们没有忘记那些在罗得西亚被害的烈士，乌伊思勒·迷你（Vuyisile Mini）、齐纳基勒·姆卡巴（Zinakile Mkhaba）、迪利扎·卡伊戈（Diliza Khayingo）、W. 邦科（W Bongco）等人树立起了英勇榜样，还有那些前赴后继、意志坚定地拒绝被刽子手的绞索吓倒的人。他们是满腔热忱的阿尔弗雷德·姆宁齐（Alfred Mninzi），我们许多人都熟知他的另一个名字，詹姆斯·哈曼努斯（James Harmanus）。塔马内（Tamane），又名扎米（Zami），是伟大的革命家、妇女领袖朵拉·塔马内（Dora Tamane）之子；年轻的罗兹·姆苏图·恩加拉纳（Rhodes Msuth Ngamlana），我们称之为查尔斯·姆汉比（Charles Mhambi）；以及图拉·博费拉（Tula Bophela）。

我们呼吁对非国大与津巴布韦非洲人民联盟的联合进行全面的定义，明确其形式与内涵。

我们要求以认真、诚挚的态度，努力探寻并夯实我们回家的路径和方法。在这一过程中，应鼓励民族之矛中最敬业的成员积极参与，同时确保我们的行动建立在正确的策略基础之上。

总之，所有这些问题都应当通过非国大领导层与民族之矛成员之间的广泛会谈来寻求解决方案，而非仅仅依赖少数精心挑选的个体来做决策。

签署者：

1. 特姆比西尔·马丁·哈尼（Thembisile Martin Hani）
2. Z.R. 姆班杰瓦（Z.R.Mbanjwa）

3. 莱纳德·皮特索（Leonard Pitso）
4. 恩塔本科西·菲法扎（Ntabenkosi Fiphaza）
5. 威尔莫特·韩佩（Wilmot Hempe）
6. 托马纳·戈博齐（Tomana Gobozi）
7. 格莱斯顿·莫斯（Gladstone Mose）

在将备忘录内容抄写在笔记本上之后，我们决定将它送至位于卢萨卡的解放中心非国大办公室。为此，我们委派了米克扎、韩佩和克里斯三个人，去请求非国大办公室的同仁协助打印该文件。条件所限，这三个人还需请求非国大办公室对备忘录进行复印。在随后的会议上，艾萨克·拉尼（Isaac Rani）提议，为确保文件的真实性，每位参与者都应在文件副本上签名，以证明此备忘录为众人共同撰写。然而，赞贝持不同意见，他认为备忘录的签署者应控制在少数几个人，以避免民族之矛的成员被误解为叛变或叛乱。皮特索对此表示赞同，并补充说，这份备忘录应主要被看作是开普省民族之矛成员的集体智慧的结晶。他的这番话使我深刻领悟到了两点：第一，我们事先没有与卡布瓦塔的成员们进行充分的交流；第二，我们的行动应当致力于加强民族之矛与解放运动内部的团结与建设，而不是制造内部矛盾。在经过长时间且深入的讨论后，有七个人坚决要求在备忘录上留下自己的名字。我们全体成员达成了共识，并作出庄严的承诺，无论这份文件可能带来何种后果，我们都将勇敢地面对，并共同承担。

签署者简介

恩塔本科西·菲法扎 在民族之矛被称为威尔逊·姆巴利。他在乌姆塔塔附近的坎比村度过了童年。在完成了学业后，他选择前往自由州的韦尔科姆（Welkom）矿区工作，并在当地的一家矿业医院担任护士。同时，他依然保持着对非洲人国民大会政治活动的热情参与。之后，他选择出国接受专业的军事训练，归来后便前往位于坦桑尼亚孔瓦的非国大军事营地，并在那里担任了我们的首席医疗官。随后，当他被派遣到赞比亚时，他依旧坚守在医疗岗位上，负责照顾那些即将奔赴前线的民族之矛成员以及来自津巴布韦非洲人民联盟的成员。他曾多次随同我们的侦察队,以及之后的后勤部队,勇敢地穿越西波利洛地区。

威尔莫特·韩佩 是我1964年在孔瓦营地遇到的非国大高级成员之一。在离开南非到国外接受军事训练之前,他曾在乌滕哈格(Uitenhage)和伊丽莎白港一带担任政治组织者。1964年底,在苏联接受军事训练后,他前往孔瓦营地,成为我们的政治委员之一,他在赞比亚也担任过这一职务。韩佩曾多次随我们的后勤部队从卢萨卡前往西波利洛。他是激励我们的源泉,因为我们总是从老同志的经验中受益。

托马纳·戈博齐 在民族之矛内部,他被大家亲切地称为米克扎或阿尔弗雷德·孔比萨(Alfred Khombisa)。他来自东伦敦,与表兄弟西德韦尔·马约纳曾一同加入当地的非国大组织,并与邦科等多个人积极投身于该地区的政治活动。在分别赴中国和苏联接受军事训练之后,米克扎选择前往孔瓦军营继续他的革命事业。1967年,他追随大部队从坦桑尼亚转战至赞比亚。莫罗戈罗协商会议后,他加入非洲人国民大会政策委员会,该委员会负责制定有助于非洲人国民大会改善与所有国家关系的方针。

特姆比西尔·马丁·哈尼 民族之矛内部称他为克里斯·哈尼,在远赴国外接受军事训练之前,他在东开普省和西开普省以非国大成员的身份积极开展活动。在开普敦,他担任领导人的秘书,负责用英语记录并整理会议内容。后来,他成为孔瓦营区总部部队的重要成员。1966年底,民族之矛成员从孔瓦迁往卢萨卡时,在利兰达的一所房子里隐藏,在成员们准备返回南非期间,克里斯·哈尼被委以重任,成为他们与领导层之间的主要沟通桥梁。1967年,在卢萨卡的马克尼,克里斯·哈尼与安德里斯·莫塞佩、保罗·彼得森、吉真加和姆伦泽等人,在摩西·科塔内的主持下,参与了关于从罗得西亚到南非的行动路线的讨论。克里斯·哈尼被津巴布韦非洲人民联盟和非国大的联合领导层任命为自由战士联合支队——卢图里支队——的政委。该支队于1967年8月2日挺进罗得西亚。然而,在与罗得西亚军队交战之后,他与其他人被迫撤退到博茨瓦纳,却在那里被博茨瓦纳安全部队逮捕并判刑。幸运的是,在非国大和非统组织的呼吁下,博茨瓦纳政府决定分批释放这些人。最终,克里斯·哈尼在1968年下半年得以重返赞比亚。

Z.R. 姆班杰瓦 在民族之矛中被称为杰克,他活跃于伊丽莎白港及周边地区。他与戈万·姆贝基、杰克逊·姆巴利、雷蒙德·姆拉巴等人合作密切。他是民族之矛情报机构的成员，不时往返于赞比亚和坦桑尼亚之间。他向非国大情报主管杜马·诺克威汇报工作。

莱纳德·皮特索 在民族之矛中被称为巴尼·皮特索（Bani Pitso），他是西开普省西蒙镇的一位杰出活动家。在强制迁移期间，他家被迁去了古古勒图（Guguletu）。1960年代初在苏联接受训练后，他前往孔瓦营区，并于1967年移至赞比亚。他参加了赞比亚和罗得西亚之间的侦察活动，与非国大领导层合作密切。

格莱斯顿·莫斯 我第一次见到他是在1959年，他后来在民族之矛的名字是杰克逊·姆伦泽，当时他在乌姆塔塔的圣约翰学院读中四（毕业年级）。他是非国大学生委员会成员之一。莫斯与我们圣约翰学院支部书记伦吉西合作密切。毕业后，莫斯到自由州的韦尔科姆工作，之后离开那里，前往苏联接受军事训练。1964年，他来到孔瓦营地，1967年，他与民族之矛和津巴布韦非洲人民联盟的武装成员一起，离开赞比亚，在南非扎根，然后开始游击战争。1967年8月，他们在万基地区被罗得西亚军队阻截，并撤退到博茨瓦纳，他在那里被捕入狱。莫斯在1968年获得自由并回到了赞比亚。之后，他成为参加1972年阿文图拉（Aventura）之旅的18名非国大成员之一，这是一次本计划在庞多兰沿岸登陆的行动。最终，在1972年6月26日，他与鲁本·恩特拉巴蒂以及彼得·姆滕布再度踏上了南非的土地。

第 21 章　备忘录

非国大全国执行委员会和选定的民族之矛成员同意将该备忘录视为高度机密。我的理解是，在任何情况下，他们都不会在赞比亚非国大之外分享这份备忘录。但备忘录一经印出，就传给了非国大以外的个人甚至机构，其中包括一些驻卢萨卡的外国大使馆。

备忘录副本的传播失控，在民族之矛和非国大内部激起了不小的紧张氛围。虽然我们无法量化各方关系紧张的程度，但其影响范围显然超出了备忘录中明确提及的个人。更为严重的是，这些备忘录有可能落入全球各国政府的手中。我深感忧虑，因为那些在卢萨卡的全国执行委员会和民族之矛成员范围之外散布备忘录的人，正在肆无忌惮地泄露我们的内部机密。我怀疑，某些人可能出于觊觎领导权的目的而泄露备忘录。所幸的是，尽管这一事件在非国大内部造成了紧张，但并没有演变为相互指责或采取报复行动。然而，被备忘录点名的人却深感愤怒、失望与沮丧。我深刻地认识到，在我们的政治舞台上，每一个举动都可能被不同利益集团所利用，而且，这里不存在所谓的"无辜者"。

西蒙斯家

就在大家倍感压力的时候，我被叫去了西蒙斯家里，那是一个我们平常举办讲座的日子之外的下午。我心中忧虑，担忧这户人家或许即将离开卢萨卡。左拉·恩卡巴驾车载着我们一行五人驶向赞比西路 250 号。一路上，我们的讨论一直围绕着备忘录事件的进展展开。那个下午，杰克并未将我们带往主楼，而是领着我们进入了副楼。他看上去很放松，精神也很昂扬。当我们走近大楼时，我看到皮特索和杰克正站在门外。

一进门，我惊讶地发现雷·亚历山大和奥利弗·坦博同坐在一张桌子旁。据我们了解，坦博目前应在国外，不知他是何时返回卢萨卡的。他突然回到赞比亚，而我们在这样一个意想不到的地方见到他，两件事都让我吃惊。

我们刚打完招呼，克里斯·哈尼等六个人就到了。杰克·西蒙斯开门见山地对坦博说，解放运动陷入了灾难性的政治危机。杰克转向我们其他人说，这场运动需要严格的损害控制。这关系到解放运动能否继续保持目标一致和团结一心。

坦博对我们轻率地从某些非国大领导人那里获取信息，并直接将其作为我们自己的立场和观点，表示了强烈的失望。他认为，这些领导人所提供的信息，实际上是他们自己在非国大全国执行委员会会议上未能成功推动的议题和主张。坦博认为我们没有其他途径来知晓这些信息，并对我们为何会如此轻易地被人利用感到难以理解。对我们将马卢姆·科塔内的名字写入了备忘录这一举动，他表示鄙夷，认为这是懦夫之举，考虑到马卢姆·科塔内目前堪忧的健康状况，这一举动更是雪上加霜。坦博说，南非派马卢姆·科塔内来，是要他清理解放运动的财务问题的。他到达时，坦尼森·马基瓦内和维拉·皮莱（Vella Pillay）无法对运动中的所有资金支持做出说明，当时，解放运动主要是由南非共产党指导的。作为南非共产党在国外的高级成员，马基瓦内和皮莱收到了这笔资金。坦博表示，自马卢姆·科塔内到来以来，收到的资金有明确的责任归属。到了晚上，会谈结束时，他要求个人和集体保证我们完全致力于非国大及其原则。在我们做出了承诺后，杰克·西蒙斯感谢坦博促成了这次会谈。当我们回到马克尼时，我意识到坦博和杰克是不拘一格的干部，但我不明白坦博为何会单独来跟我们会面，而不是与卢萨卡的其他非国大领导人一起。

几天后，所有参与签署备忘录的人员在马克尼会面，消化会谈内容。我们最关心的是坦博的推断，即备忘录的部分内容来自非国大领导人。阿尔弗雷德·孔比萨、威尔逊·姆巴利和克里斯·哈尼承认，他们收到了全国执行委员会成员姆科塔（Mqota）、塔米（Thami）和马基瓦内的意见，并与卢萨卡周围的许多非国大领导人和成员进行了讨论。他们就是这样了解到非国大领导层中发生的一些不正当行为的。虽然我们对他们在编写备忘录期间保密消息来源的做法表示担忧，但同意保持我们的势头，以更好地重组非洲人国民大会。

第 21 章 备忘录

卢萨卡与利文斯顿之间

一天早上,兰伯特·莫洛伊要我陪他去利文斯顿。出发那天,我们从利兰达收集了四袋玉米饭和其他杂货,然后开着路虎车前往目的地。一半的杂货是为住在利文斯顿郊外的非国大农场的同志准备的,另一半是为被称为 E 区的利文斯顿镇的同志准备的,我们抵达利文斯顿时,就住在那里。

非国大的农场位于该镇西部的农村地区,由丁戈(Dingo)和恩格坎巴扎等人管理。我们受到丁戈的欢迎,他是解放运动中的资深成员之一,在家乡德兰士瓦时,就与兰伯特相识。我第一次见到他,是在 1964 年的孔瓦营区。我们到了之后,他向我们询问了卢萨卡的情况,我和兰伯特向他详细介绍了我们在那里的经历。在听完我们的叙述后,他对罗得西亚战役后前进道路的不明朗表示担忧,然后又问了我们与坦博会面的情况。我们哑口无言,不知道说些什么好,但他解释说,他和坦博经常联系。他补充说,我们在西蒙斯家会面后,坦博已经离开卢萨卡,去往国外。在那种尴尬的情况下,我们不确定他已经知道了多少事,我们总结了与坦博会面的内容。在讨论其他问题时,我了解到他们分享了很多信息,我相信丁戈如此开诚布公,是他信任我们的一种表现。

在随后的几天里,莫洛伊和赞贝通过电话保持密切联系,这让我得以了解卢萨卡的最新动态。通过定期与驻卢萨卡的赞贝以及在利文斯顿郊外农场居住的丁戈进行电话沟通,我和莫洛伊获悉,备忘录的签署者正受到部分非国大全国执行委员会成员及军事指挥成员的滋扰和威胁。某个下午,接到丁戈的电话后,莫洛伊有些急切地要我陪他一同前往农场。我们默默地开车来到农场,看见丁戈正在打理菜地。他责备我们说,自从上次带了杂货来后,我们就再没来过农场,并说我们错过了从卢萨卡过来的同志的到访,他们在农场待了一个星期。丁戈没有告诉我们这些同志的名字,只说他们肩负着特殊使命。接着,他带我们走到农场的另一端,告诉我们,他要带我们去看看新住处。我对这个说法感到困惑,因为似乎它暗示着我们将长居赞比亚。就在我琢磨这个问题的时候,我听到丁戈说:"就是这个了。"我们低头看着新翻起的泥土,那里有 11 个新挖出的长方形地洞,每个洞深约 1.8 米。

丁戈说,卢萨卡的同志告诉他,他们来是奉命为 11 个人挖掘开放式地牢。

JD 同志要他提醒我和莫洛伊，我们很可能是 11 人中的一员。

当天晚上，我们离开农场，驱车前往利文斯顿邮局，莫洛伊在那里用公用电话向克里斯等人发出了警报。自那日起，我们将维护非国大的完整性与保护我们和其他同志的生命安全视为首要任务。为此，我们在利文斯顿和卢萨卡分别与丁戈和泽姆贝持续沟通。坦博曾在西蒙斯家单独与我们碰面，我坚信他与这场阴谋无关。丁戈后来也明确告知我们，所有阴谋行动均是在坦博不知情的情况下进行的。莫洛伊与我一同积极应对，阻挠那几名全国选举委员会成员的计划。我们担心他们会绑架我们的同志，并把他们转移到农场，因此，我们预先策划了沿途拦截车辆的位置。那一周，充满了紧张和疲惫，当丁戈传来消息说，坦博已经中止了该计划时，我们才感到如释重负。在这之后，我们终于能与利文斯顿周边的朋友们重新联系了。

普南家的讨论

我们又开始拜访利文斯顿的普南一家了，这减轻了我感受到的压力。在南非，乔治和维拉曾是纳塔尔省德班的自由战士。他们有 3 个孩子——两个女儿和一个儿子。他们都是南非共产党的成员，但维拉自称是托洛茨基分子，乔治则是斯大林主义者。在讨论国际政治形势时，维拉提出了最具挑战性的问题。

维拉的问题之一是"乔治，你如何看待俄罗斯共产党？"乔治会问："他们现在又做了什么啦？维拉。"维拉会问："乔治，你如何看待他们的霸权主义企图？他们难道还想控制全球共产主义运动的思想方向吗？"而乔治则会回应："我们何不先为我们的客人泡杯茶，让他们先坐下来呢？"

我不记得他们是否曾经达成过明确的共识，但在我们探讨共产主义运动以及非洲、亚洲和南美洲的解放斗争时，他们的观点从未发生过冲突。他们指出，中苏之间的争端在解放运动中播下了分裂的种子，每个殖民地国家里都有亲中和亲苏的组织。维拉说，这些分歧为殖民国家赞助的组织创造了空间。乔治提醒我们，在南部非洲，非国大、安哥拉人民解放运动、西南非洲人民组织、莫桑比克解放阵线和津巴布韦非洲人民联盟被认为是亲苏联的，而泛非主义大会、西南非洲民族组织（SWANU）和津巴布韦非洲民族联盟（ZANU）则被认为是亲中国的。和其他非国大成员一样，我相信霍尔顿·罗伯托（Holden Roberto）先生领导的安哥拉民族解放阵线是由西方势力赞助的。维拉和乔治说，国际共产主义运动的未来并不确定。试想一下，若没有社会主义国家，世界会变成什么样子？这让我感到非常害怕。我相信资本主义制度行将就木，但又从普南那里了解到，世界正迈向一个既不是资本主义也不是社会主义的新制度。

在讨论解放运动时，我们关注的重点在于，目前迫切需要召集一次特别会议，以全面审视非国大的整体状况。维拉和乔治强调，只有通过大会，我们才能对过去的失败与成功进行深入剖析。然而，我对南非有色人种大会、南非印度人大会以及南非民主党大会在解放斗争中所处的位置问题仍感困惑。非国大领导人告诉我们，这些组织及其成员正在帮助我们争取自由，而我对此却有所顾虑。我意识到，非国大在这方面的立场实际上违背了《自由宪章》的原则，该宪章明确宣告南非是所有公民的共同家园，不分肤色。我坚信，无论是黑人还是白人，我们都同样深受殖民社会制度的影响。维拉和乔治提供了一个空间，让我可以自由地探索自己对生命过程的理解。我们共同的目标是通过反抗殖民主义和种族隔离，赢得同等的自由。

第 22 章　莫罗戈罗协商大会

1969 年 1 月初，我们被召集到卢萨卡。我和兰伯特、马丁、恩格坎巴扎、恩塔拉等人一起从利文斯顿到马克尼，在那里我们见到了四十多名同志。我们受到莫纳的欢迎，他告诉我们，民族之矛所有成员将于第二天一早在恩科莫营区会面。我不确定所有民族之矛成员参加的例会和大会之间有什么区别，但我以为这就是我们一直要求召开的大会。那天晚上，躺在床上，我想到这是自己第一次参加大会，感到一阵兴奋。

恩科莫营区

会议当天，我们都起得很早，挤进盥洗间洗漱，还吃了有玉米粥、面包和茶的早餐。莫纳和福梅斯加入了我的利文斯顿小组，我们驱车前往恩科莫营区。当我们停好路虎并与其他人会合时，天气很热，但该地区上空笼罩着几朵云。一些人还是穿上了大衣。

在足球场入口附近，大约聚集了两百人。场地上已经整齐地摆放着一排排的椅子和板凳。不到半小时，坦博和我们解放运动的其他领导人也陆续到场。马达拉带领我们高唱《天佑非洲》（*Nkosisikelel' iAfrika*），最后以"阿曼德拉！恩加维图！"（Amandla! Ngawethu!）的致礼结束。接着，我们都坐下来；没座位的人就在附近找块石头或木桩坐下。

坦博站起来向我们讲话，做出他标志性的戴上又摘下眼镜的动作时，云彩向西飘移去了。坦博请所有参加过万基和西波利洛军事行动的人坐在前排。他轻轻地前后摇晃着，似乎是想在自己所站的位置上找到平衡。

坦博发表讲话，赞扬前排同志的英雄事迹，称正是他们使南非人民和世界人民认识到了非国大的重要性。他对某些人利用斗争英雄来达到不可告人的目的表示厌恶，并强调他无意抹黑那些为南非的解放作出了杰出贡献的人。然后他感谢居住在卡布瓦塔的同志们的请愿。我被这句话惊呆了，因为这是我第一次听说这样的请愿书。坦博说，虽然其中提出的一些观点并不成立，但他们提出要求的方式给领导层留下了深刻印象。我对他没有详细阐述请愿书的内容感到失望。

接着，他打开笔记本，阅读备忘录的摘录部分："流亡中的非洲人国民大会正深陷重重危机，已经显现出了腐败的征兆。"他停顿了一下，说道："说非国大已经腐败，就意味着我，奥利弗·坦博，已经腐败了。我对这一指控表示强烈抗议。说非洲人国民大会认可的成员不能再提供意见或参与决策，这是一个公然的谎言。备忘录中的大部分信息只有非国大领导层知道，所以我相信非国大领导层中的某些人一定将这些信息泄露给了备忘录的作者。"

> 我认为非常严重的一个情况是，该文件已经被大面积地传播开来。持有该文件的人可能会利用它来诋毁非国大的声誉，甚至可能把它提交给比勒陀利亚政权。我对这份备忘录被散播的意图表示怀疑，这种行为在我看来是极为轻率的。令我深感失望的是，那些训练有素的成员竟然轻易地全盘接受了他们收到的信息，只看表面，而没有进行适当的核实就轻率地使用这些信息。

这份陈词，暴露出我是多么的天真，显示出我对人际关系的纷繁芜杂一无所知。当我被现实与虚构交织的迷雾所蒙蔽时，深感愤慨与沮丧。我逐渐领悟到，我们无意中成了那些在非国大领导层中发泄不满、争权夺利者所利用的工具。

坦博在会议结束时表示，非国大领导层已决定召开协商大会，大会日期将适时公布。他呼吁我们共同探讨如何进一步推进我们的斗争事业。他还特别提到，由于无法让所有人都出席大会，我们需要慎重考虑，选派合适的代表出席。坦尼森·马基瓦内将负责卢萨卡地区所有的会议的召集和主持工作。虽然我对这次只是一次会议而不是大会感到些许失望，但我也明白这实际上是在为即将到来的大会做充分的准备工作。坦博在处理紧张氛围时所展现的技巧，让我深感佩服。他的言辞让我倍感振奋，仿佛有一股积极向上的力量在我体内激荡，让我更加热情地欢迎周围的同志们，我们共同战斗、共同进步。最后，全场爆发出热烈的掌声和"非国大万岁！"的欢呼声。会议在我们再次齐唱《天佑非洲》的歌声中结束。

备忘录前后的事件重述

恩科莫营区会议三天后，左拉·恩卡巴来到马克尼。他看上去很激动，但没作过多解释，就催促我和莫洛伊陪他一起出发。我们驱车前往杰克·西蒙斯的家，在那里见到了备忘录的七位签署者。他们说，在恩科莫营区举行的会议过后，非国大领导层传唤了他们，并威胁要严惩他们。听他们讲完与非国大一些领导人会面的经过后，杰克·西蒙斯要求七人将备忘录撰写前后的事件原原本本地记录下来。他还郑重承诺，等坦博从国外归来，他会立刻将我们的意见转交给坦博。

1968年底，我们意识到运动中普遍存在着不满情绪，人们迫切希望对组织、政策和战略进行彻底变革。

我们决定提请领导层注意这些问题。在起草了一份讨论问题清单后，我们委派了三名成员与秘书长面谈，以便安排与全国选举委员会成员进行讨论。秘书长采取了敌对态度，坚持认为我们提出的问题微不足道，并提议单独约谈我们，而不是集体约谈。我们认为这一程序是非政治性的，因此拒绝服从。然后，他让我们的代表安排与全国选举委员会成员会面。

人民委员部（Commissariat）最终批准了我们与全国选举委员会的会面，全国选举委员会的六名成员出席了会面。我们宣读了一份事先准备好的声明，并被告知应将声明打印出来，分发给所有参加会议的全国选举委员会成员。

我们照此办理。在备忘录中，我们将引发我们不满的原因归咎于某些领导人制定的政策与个人行为失当，并将这些情况详细记录于备忘录中。在卢萨卡的非国大办事处，工作人员完成了备忘录的打印、排版及复制工作。随后，我们将备忘录的副本分发给了全国选举委员会的成员以及民族之矛的特定成员。我们严肃地告诫他们，此备忘录属于高度机密，在任何情况下，都不得向组织外的人透露这份备忘录的存在。

我们惊讶地发现，在我们与全国执行委员会的下一次会议上，军事总部和军区管理局的成员也列席其中。这显然与我们之前已将备忘录副本分发给民族之矛的个别成员有关。对此，我们表示了强烈的抗议，因为我们之前得到的承诺是只会与国家选举委员会进行交涉，并围绕备忘录的政治内容进行深入讨论。但出乎意料的是，民族之矛的代表却以我们违反安全和保密誓言为由，对我们进行了威胁。我们坚持认为，应先充分讨论并审视我们提出的政治观点，然后再去审查这些所谓的违规行为。然而，会议主席并未采纳我们的立场，反而单方面决定终止会议，且未给出具体的复会时间。

我们被指控涉嫌叛国，面临被逮捕的危险，在利文斯顿甚至已经挖好了地牢，准备将我们囚禁。幸运的是，一位领导及时出面干预，我们才幸免于被关进地牢的命运。代理主席下令关闭了地牢，并召集了一次会议，以解决这场风波。然而出乎意料的是，在还未按照我们的期望和要求深入讨论备忘录之前，他们就先行审了我们的案件。在会议上，代理主席明确表示，备忘录并非真正出自我们之手，而是有人将我们用作工具来完成的"作品"，而这些人的身份至今尚未揭晓。他请求与会者不要对我们抱有敌意，并呼吁大家在与全国执行委员会正式讨论之前，保持冷静和克制。

会后，代理主席设立了一个由五人组成的特别法庭，以调查备忘录的传播途径及方式。我们对此表示反对，认为法庭的设立会转移大家对我们所提问题的关注，而且领导层似乎更倾向于对我们进行惩罚，而非解决问题。我们期望的是深入的讨论和指导，而非简单的审判和惩处。但考虑解放运动的整体利益，我们最终选择接受出庭的要求。

当我们得知需要单独出庭作证时，表示了强烈的抗议。我们始终坚持，由于我们一直是共同行动，因此应该集体接受质询。我们曾要求将我们的抗议提交给全国执行委员会审议，但这些请求均遭到了拒绝。

更令人震惊的是，我们随后得知非国大领导层已召开会议，并决定暂时取消七位签署非国大备忘录的成员的资格。这意味着这些成员将无法再参与非国大的任何组织活动，并被排除在非国大大会的筹备工作之外。如此极端的措施，居然是在没有进一步与我们沟通的情况下作出的。

我们继续在杰克·西蒙斯和雷·西蒙斯的家中碰面并听讲座。在一次会谈中，克里斯告诉我们，一天晚上，一辆盖着篷布的非国大卡车开到了利维·姆科齐在卢萨卡的家，自从他从博茨瓦纳监狱获释以来，就一直住在那里。两名民族之矛成员从卡车上下来，打开小门，朝房子走近。当听到大门吱吱作响时，姆科齐警觉地通过一扇前窗向外张望，发现那两人正朝房子这边靠近。他们敲响了前门，姆科齐打开门，并未邀请他们入内，而是礼貌地询问他们是否需要某种帮助。其中一人回答道，他们奉非国大办公室之命，来接克里斯·哈尼前往解放中心参加一场紧急会议。姆科齐注意到，这两位同志的腰间别着手枪。他告诉民族之矛成员，克里斯从前一天起就没有回来。那两名民族之矛成员听完便转身回到了他们的卡车上，随后驾车离去。这一情况让我们感到震惊，很难想象一些领导人会在多大程度上抵制组织向更积极的方向转变。这给我造成了一种印象，即我们与这些领导人的反殖民主义动机并不一致。此次不请自来的访客所带来的威胁，不仅令寄宿家庭感到不安，同时也给他们所庇护的同志们带来了风险。鉴于此，我们请求赞贝和莫洛伊紧急联系皮特索的表亲西西·诺玛利佐（Sisi Nomalizo），希望她能为备忘录的七位签署者提供相对安全的住处。西西·诺玛利佐的伴侣是泛非主义大会的高级成员，这使她的介入不容易使人起疑。西西本人是一名来自南非的护士，受赞比亚卫生部雇佣，现居于利兰达。她慷慨地同意帮助我们，并安排我们的人与她在铜带的一些同事共同居住。

备忘录的签署者转入铜带地下，这着实令我松了口气。现在我们可以重新集中精力，寻找新的方法，将我们的武装斗争带回南非。

卢萨卡筹备会议

恩科莫营区会议召开后不久，签署备忘录的七名同志全部被开除出非国大。这意味着他们也不再是民族之矛的成员。在各方情况都还不确定的情况下，坦尼森·马基瓦内在马克尼的兰德里博士农场，召集驻扎在赞比亚的民族之矛成员，召开了一次会议。我们一致认为，在为坦博承诺的会议做准备时，我们的讨论应该以《自由宪章》为指导，将其作为非国大的主要政策文件。我们的议程包括：国内外形势，非国大在南非的机构状况，非国大与《自由宪章》的一致性，非国大与其他解放运动的关系，国内外解放斗争的战略和策略。为了方便那些必须从卢萨卡周边不同非国大驻地赶来的人，我们的会议被安排在每天10点到15点间进行讨论，为期10天。我意识到会议的筹备工作涉及许多不同的活动。

关于国内外的形势，我们从不同的会议发言者那里听到，非洲人国民大会在南非境内的地下机构已经不再运作。许多人被逮捕、流放或软禁在家中，导致我们的组织失去了领导者或与领导者的有效沟通手段。最后一个国内地下机构，此前一直由约西亚·耶勒、布拉姆·费舍尔和迈克·丁加克运作，但随着费舍尔和丁加克被捕，耶勒离境，该机构与流亡中的非国大之间的所有通讯都中断了。我们不再能获得来自南非内部的可靠信息。非国大鼓励南非以外的成员和支持者成立分支机构，并定期与非国大办公室联络。很明显，南非的非国大机构已经涣散，亟待复兴。瓦卡利萨（Vakalisa）告诉我们，只有寥寥数人还在南非四个省活动。

针对非国大与《自由宪章》的一致性问题，诺克斯·姆伦古（Knox Mlungu）表示，我们会议的一个重要指导原则应该是南非属于全体人民。满普鲁表示，非国大会议应重新审视将有色人种代表大会、南非印度人大会和民主党大会视为"姐妹组织"的明智性和关联性。乔丹·姆塔瓦拉补充说，会议应该权衡这些组织的成员"只是协助非国大为非洲同胞争取自由"这一立场是否正确。古梅德告诫我们，在我们向姐妹大会提出这些成员的资格问题之前，不要干涉它们的事务。

我们就这两个问题讨论了一个多星期，直到比利·博西亚罗（Billy Boshielo）说，会议应该承认民族之矛和解放运动中的每一个南非人都是自由战士。所有南非人都直接受到本国殖民制度的剥削，我们遭受的屈辱程度不同，并不意味着我们接受殖民主义。由此我意识到，屈辱感是资本主义制度和殖民主义中根深蒂固的一种心理状态，它既影响其预期的受害者，也影响其加害者，承认强制的种族主义做法在南非加快了满是屈辱的殖民进程。我们的会议强烈要求再次申明，必须彻底废除四种族分类制度，以确保南非全体人民的团结一致与平等权利。非国大的标志正是这种理念的象征：四个辐条紧密环绕在一个轮子内，牢牢地汇聚于中心，寓意着不可分割的团结。这一标志坚决反对将人民划分为非洲人、有色人种、印度人和白人等不同群体，而是主张将所有南非人民视为一个整体。在南非的领土上，我们都是南非人；在非洲大陆这一更广阔的背景下，我们都是非洲人。

1969 年 2 月，我们在马克尼举行了会议，旨在反对并警惕南非普遍存在的三种种族主义思想。这三种思想包括：历届殖民政府所宣扬的种族主义；社会某些阶层，包括部分教师所呼吁的反种族主义；当时政府的主要反对党所倡导的多元种族主义。会议明确指出，非国大应该声明：无论是种族主义、反种族主义，还是多元种族主义，它们都致力于某种形式的种族分裂，而国大党运动主张的是非种族主义。

会议讨论民族之矛成员可能被非国大以违反自身宪章的形式对待的问题。这种情况导致部分成员离开了民族之矛，而其他成员则因揭露组织内部的弊端而被停职或解雇。为此，会议敦促非国大积极寻求富有建设性的解决方案。

在马克尼召开的民族之矛成员会议上，我们着重强调，作为一个致力于解放的运动，我们必须坚定信念，与安哥拉、纳米比亚、津巴布韦、莫桑比克的解放运动以及非洲、亚洲、南美的其他解放组织保持紧密合作。

会议还一致认为，非国大应避免卷入其他政府和国家的争端。我们注意到，一些独立的非洲国家由于非统组织的决议而支持非国大，但要么关闭了非国大办事处，要么寻求与比勒陀利亚殖民政权建立更密切的关系。会议要求非国大继续争取非统组织所有成员国的支持，并致力于动员各国公民支持我们的解放运动，特别是要修复与中华人民共和国之间的关系。

马克尼会议上的民族之矛成员要求大会提出具体的战略和战术，以动员和联合国内外力量，共同支持解放事业。大会需要清晰表达解放运动对当前政府及其推行的班图斯坦政策的立场，并着手设立相关机构，以保障民族之矛成员能够安全返回南非。会议即将结束时，坦尼森·马基瓦内宣布，大会定于 1969 年 4 月 25 日在坦桑尼亚莫罗戈罗举行。我们民族之矛成员提名尼姆罗德·姆通瓦（Nimrod Mtungwa）、乔治·德赖弗、兰卡（Ranka）、约西亚·耶勒等人为我们的代表。

讲座结束

在等待大会及其决议期间,我们小组中,除了被开除出非国大的姆伦泽和克里斯·哈尼外,其他人继续去西蒙斯家做客。出乎我的意料,雷和杰克从未与我们讨论过被开除的同志的问题,而我们也没有谈起诺克威、马特卢、皮利索和莫迪塞等非国大领导人提出的一项指控,他们曾表示,这份备忘录是由西蒙斯夫妇撰写的,或是在西蒙斯夫妇的帮助下撰写的。我们并不认为西蒙斯夫妇与这起备忘录事件有关。

1969年3月初,我们的讲座集中在教育和培训方面。杰克说,成功和独立的国家是那些能够为所有公民提供普及教育和制定扫盲计划的国家。当时,古巴是解放所能取得的成就的光辉典范。我了解到,古巴在摆脱巴蒂斯塔政权的头两年就扫除了文盲。而这似乎是埃及、坦桑尼亚和赞比亚等非洲国家的短板所在,在这些国家,我看到只有少数人识字。我很欣赏赞比亚的人文主义哲学——将自由扩展到普通公民,我相信这里也包括普及教育和扫盲。我相信,南非将通过切实执行《自由宪章》来扫除文盲。

1969年4月,赞比亚将主办第五次东非和中非国家首脑会议,赞比亚政府认为,必须确保与会各国政府首脑的安全。大量训练有素的自由战士的存在,于必要的安全保障无益。结果是,我们的讲座在1969年3月的最后一周结束。当时,赞比亚政府命令在卢萨卡的非洲人国民大会和津巴布韦非洲人民联盟的所有军事成员离开该地区——只有政治代表和办公室工作人员可以留下。1969年4月1日,我所在的民族之矛成员小组共计25人离开马克尼,前往丛林营区。我们的卡车沿着我们在西波利洛时期走过的东方大道行驶。经过辛格拉(Shingela)后,向右转进入赞比西下游国家公园,卡车篷布放了下来,以遮蔽采采蝇和灰尘。过了一会儿,我们在灌木丛中停下来,没想到,比利·博西亚罗、恩塔特·满普鲁(Ntate Mampuru)、卡斯特罗·多洛(Castro Dolo)和兰伯特·莫洛伊等竟在那里迎接我们。我们的卡车停靠的地方紧邻一条常年流水潺潺的小溪,正对着东北方向蜿蜒的山脉。在我们的左侧搭着帐篷,这让我猜想,那些欢迎我们的同志应该已经在这片区域安营扎寨有些时候了。离卡车不远处,有一个天然池塘,若时间宽裕,那儿倒是个适合游泳的好地方。我与莫索皮(Mothopi)、恩苏马洛和祖鲁共用一个帐篷,他们告诉我,津巴布韦非洲人民联盟的营区就在我们营区西南方 8 000 米处。我很高兴我们离得这样近,一旦敌人来袭,可以互相支援。

这里溪水丰沛,柴火充足,周围温馨舒适的环境为我们提供了维持舒适生活的大部分必需品。在 1969 年 4 月的第一周结束之前,我们所有的战友都已抵达营区。我们大约有两百人,像是居住在一个小型复刻版的孔瓦营区中,这让我们有机会分享自离开孔瓦营区后各自的种种经历。我们沿用孔瓦的管理模式来管理营区生活,身为全国执行委员会成员的博西亚罗担任总政委。他每天组织一小时的政治讨论,我们则使用他带来的政治书籍作为日常指南。

安顿下来后,我们派去参加大会的代表团就出发了。我们不知道能抱有怎样的期待,只知道他们正踏入一个需要用言词交锋,并最终达成共识的战场。

大会报告

一个多星期后,我们的代表回到了丛林,令我们惊讶的是,与他们同行的还有我们的领导人,坦博、博西亚罗、马布海达、诺克威、马修斯和恩佐等。我们聚集在一起,听他们带回的消息。

弗拉格·博西亚罗(Flag Boshielo)和杜马·诺克威同志表示,解放运动功能已经失调,必须采取严格措施来恢复其性质和完整性。本次大会旨在协商,民族之矛的成员以及在国外的非国大代表们均声明,该政治组织亟须进行紧急整顿。在此之前,我只知道两种类型的大会——通常每五年举行一次的大会,以及根据非国大章程举行的特别大会。

博西亚罗和诺克威在报告中宣布了一些重要的具有里程碑意义的纲领,包括向所有南非人开放非国大会员资格,成立革命委员会,调整全国执行委员会,制定战略和战术文件,设立政策委员会,以及赦免所有离开非国大的人——包括那些开小差的人,只要他们重新提出申请。关于最后一点,诺克威表示,信息已发送给受影响的个人,他们的申请将受到优先关注。

这次汇报花了一整天的时间,相关的评论和问题将留待日后讨论,因为领导层希望优先处理其他一些重要问题。一些领导人当天晚些时候返回卢萨卡,但坦博、博西亚罗、汤姆·恩科比(Tom Nkobi)和马布海达在丛林营区与我们一起度过了三天。坦博、卡斯特罗和莫洛伊住进了我的帐篷,这意味着我们必须提高警惕,守卫坦博的安全,绝不能掉以轻心。

第二天早餐后,坦博向我们介绍了卢萨卡政府和国家领导人大会的情况,大会产生了一份名为《卢萨卡宣言》的文件。这份宣言反对白人对黑人和黑人对白人的双向种族歧视。《卢萨卡宣言》关切的主要问题是它希望与南非、罗得西亚、安哥拉和莫桑比克的当权者进行对话。与会者表示,他们愿意协商,不愿打仗;愿意对话,不愿杀戮。

非国大主要担心的是非洲的国家领导人们没有向其国家的解放运动者们征求意见。在民族之矛成立,以及1967年万基战役和1968年西波利洛战役之后,非国大反对与南非政府进行谈判。令我感到沮丧的是,在寻求对话的过程中,出现的都是独立的非洲国家,而那些殖民政权却迟迟不现身。我们中的大多数人,对于这些独立国家所表现出的大家长式的态度感到失望,同时,也对这些独立国家主动提出与南非殖民政府对话的举动感到不解。然而,坦博提醒我们,这些独立的非洲国家正承受着来自南非及西方政府的压力,因此并不支持我们的武装抗争。

第三天,坦博告诉我们,美国安全机构针对1967年和1968年非国大的军事行动制定了一份名为《39号备忘录》(*Memorandum 39*)的文件。在这份文件中,美国政府承诺全力支持南非殖民政权,并将其作为打击共产主义斗争的一部分——无论共产主义是在哪里抬头的。文件将非国大定性为恐怖组织,我对此倒并不觉得失望沮丧,因为我们都觉得这是帝国主义的惯用伎俩。这不会动摇我们解放祖国的决心。

之后,我们讨论了莫罗戈罗非国大协商大会及其报告,民族之矛的成员中产生了两种意见。我所在民族之矛小组中的大多数人都对报告提议的战略和战术表示欢迎,认为它们反映了南非的真实情况。与战略战术文件中的论点相比,这些成员对国内的情况提出了更有说服力、更详细的论点。他们一致认为,这份文件可被视为开展斗争的政策方针。

而少数人相信《自由宪章》必须成为所有政策的基础。它的精神和文字都渴望建立一个不以肤色或身体特征为基础的人类社会,因此战略战术文件不应将我们社会的成员标记为白人、有色人种、印度人或非洲人,然后声称自己是非种族的。我们认为,这是自称非种族主义的多元种族主义的传播。规定非洲人必须首先获得解放,并从最低人种到最高人种分批解放,这是违反《自由宪章》的。我们指出,如果我们按照殖民主义的种族分类来错开解放时间,殖民者就能维持自己的利益。我们说战略战术文件必须重写,因为它完全有悖于我们全体人民根据《自由宪章》的规定进行政治和经济解放的初衷。我感到失望的是,这些战略和战术未能将南非人民视为南非人,而是仍然戴着殖民眼镜,将南非人民视为白人、有色人种、印度人或非洲人。我和其他人一样认为,这一战略为许多独立的非洲国家正在发生的事情埋下了伏笔,在这些国家,殖民框架被完整地保留了下来,使得黑人特权统治者得以崛起。这与《自由宪章》中一切为了全体人民的要求背道而驰。

在结束这场激烈争论时,坦博表示,战略战术文件已获得协商大会通过,两种相互对立的意见应在下一次非国大大会上提出。坦博离开的那天下午,备忘录的七位签署者加入了我们的行列,他们已经恢复了职务。我们都很高兴再次与他们并肩在一起,因为我们相信他们为非洲人国民大会的复兴做出了贡献,而非国大蓄势待发,做好了指导解放运动的准备。

坦博离开后,弗拉格·博西亚罗自愿主持了政治讨论。我们十个人在一棵巨大的铁树下参加了讨论,讨论的第一个话题就是战略战术报告。然而,一开始,我们发现很难集中注意力,因为一群长着美丽斑点的野狗正在距离我们 15 米的地方来回转悠。它们走开之后,我们提出想了解大会文件的作者是如何提出如此令人不安的想法的。当博西亚罗暂时离开、去他的帐篷里取一些阅读材料时,我们四个人跑下山坡,跳进了河里的小池。在水中的感觉就像是被按摩一样,我意识到自己的肌肉已经僵硬了。维克多·德拉米尼训斥了我们,说我们缺乏纪律性,我们就气喘吁吁地跑上斜坡,又像淘气的小学生一样坐下来。

博西亚罗带回了一些手稿和两本书,其中包括爱德华·鲁克斯(Edward Roux)的《时间长于绳索》(*Time Longer than Rope*)和 SP. 邦廷(SP Bunting)在 1928 年写的关于黑色共和国的文章。邦廷认为,南非的解放涉及三大自由:正式独立于英帝国主义,将非洲人从白人统治下解放出来,以及各族工人和农民摆脱资产阶级统治的自由。这些自由将彻底摧毁白人的统治和剥削,并摧毁一个种族对另一个种族的统治。取而代之的是一个以原住民为主的工农政府,其基础是平等和原住民的国家主权优先权。

在1910年未能说服殖民者建立一个包容各方的社会秩序和文化之后，20世纪20年代，我们的领导人最关心的是寻求一种新的生活方式，但"黑人共和国"思想的再现损害了我们社会当前的要求。重温那个时代就会忽视《自由宪章》包罗万象的精神、反对殖民和种族隔离法的人们日益团结的精神和政治选择的自愿性质。博西亚罗提醒我们，《自由宪章》中的要求是针对所有南非人的，这打消了我们的担忧。非国大承诺在这些原则问题上绝不妥协，因为它们是我们未来民主社会的支柱。任何妥协都是对解放斗争基础的背叛。

几天后，坦博、斯洛沃（Slovo）、恩佐和马布海达拜访了我们。我们像鹰群一样聚集在山坡上，围成一个紧密的半圆。晨风穿过炎热的气息，带来阵阵清凉。坦博疲惫的姿势让我想起了我们圣约翰学院的一位老师，玛雅先生。坦博语气谨慎地告诉我们，要为进一步的军事训练做好准备。听到我们难以置信的呼声，他停了下来，然后告诉我们，赞比亚和坦桑尼亚政府已要求非国大在1970年初之前将除办公室人员和政治领导人之外的其余所有军事人员撤出他们的国家。因此，非国大必须寻找其他中转国。坦博随后宣布大会开始，以征求意见和情况说明。

民族之矛成员对这一信息表示欢迎，并支持派遣一些年轻成员去参加军事训练。我们建议此类训练应包括直升机、伞兵训练和海军专业知识培训。这样一来，当我们拥有自己的直升机和船只时，就可以轻松地将民族之矛成员运送到南非。

对于剩下的民族之矛成员，我们提出了三种选择。第一，与津巴布韦非洲人民联盟战斗人员共享营区；第二，与莫桑比克解放阵线对接，逐步找到从莫桑比克回家的路；第三，获得必要的武器，并找到通往南非的路。由于对今后的活动没有明确的计划，我们一致认为，我们离南非太近了，不能再向北撤退了。作为最后的选择，我们愿意加入安哥拉人民解放运动，尽管安哥拉与南非并不接壤。博西亚罗理解我们的意见，并争取到了卡斯特罗·多洛和维克多·恩达巴（Victor Ndaba）的支持，这两位元老级成员都于1967年进入罗得西亚，后来在战斗中撤退到博茨瓦纳，在那里被捕，并被遣返回赞比亚。

坦博提醒我们，南非非国大赋予他的任务，是在条件允许的情况下确保我们安全返回南非。民族之矛成员并未被派往万基作战，但同志们在返回南非的途中依然会被敌人拦截。除了执行为民族之矛成员寻找其他庇护所的协议外，局势超出了非国大的控制范围。坦博承认，自从民族之矛成员参与罗得西亚的军事战斗以来，南非政府和欧洲列强就向赞比亚提出了要求，要将非国大驱逐出他们的国家。他认为这只是暂时的挫折，尽管我相信形势可能比坦博所说的还要严峻。

不久前，奥斯卡·坎博纳（Oscar Kambona）先生曾与坦博和非洲南部解放运动的其他领导人接触过。这些领导人的姓名未被披露。坎博纳先生请求他们发动民族之矛和其他方面的军事人员，一起推翻坦桑尼亚总统朱利叶斯·尼雷尔的政府。坎博纳先生向领导人们许诺，将给这些军事人员提供最好的支持，但坦博未作回应就离开了现场。当尼雷尔总统要求会见坦博，并请他作指控奥斯卡·坎博纳先生的公诉方证人时，坦博拒绝了。鉴于泛非主义大会领导人PK.勒巴洛（PK Leballo）已同意担任证人，尼雷尔总统无法理解为什么坦博不这样做。坦博认为这一事件暂时扰乱了坦桑尼亚政府。

现在，他看起来比会议刚开始时更加放松。尽管我们强烈反对进行更多的国外培训，但坦博结束了会议，并很确定地说，非国大领导人会告诉我们哪些国家愿意接纳我们。那天晚上，他们很早就离开了营区，我们则在思考这些变化会带来怎样的影响。

坦博的坦诚并没有阻止我们想方设法避免参加进一步的军事训练。为此，一天早上早餐后，我和弗拉格·博西亚罗、克里斯·哈尼造访了近旁的津巴布韦非洲人民联盟营区。在那里，我们受到阿基姆·恩德洛夫和莫约的热情欢迎，他们把我们带到了一个中央帐篷。津巴布韦非洲人民联盟副主席詹姆斯·奇克雷马坐在那儿，他穿着一身新式迷彩服，与他高大修长的身材很是相称。他祝贺博西亚罗当选为莫罗戈罗非国大全国执行委员会成员，对克里斯在万基战役中做出的杰出贡献表示赞赏，并向我致意。在彼此寒暄完后，博西亚罗提醒奇克雷马，民族之矛成员已被要求离开赞比亚，因此非国大不得不请求津巴布韦非洲人民联盟将一些民族之矛成员安置在他们的赞比亚营区中。出席大会的津巴布韦非洲人民联盟领导人没有对此做出承诺，但奇克雷马承诺，他们的执行委员会将在下次大会上讨论这一请求。在返回营区的路上，博西亚罗评论说，对在他们的营区中容留民族之矛成员一事，奇克雷马的态度似乎有些冷淡。我还观察到，领导人之间似乎存在一种莫名的紧张关系，阿基姆和莫约几乎没有参与我们的对话，而是保持了距离，这是很不寻常的。我没有听到他们对我们的请求做出任何回应。

1969年11月的一个下午，我们的卡车驾驶员皮里带着一份名单从卢萨卡回来了，名单上列着将于次日与他共同前往非国大办事处的20名成员的名字。这使我们的营地立即陷入了一片混乱。

那天晚上，我们烧了一大锅开水，一边喝茶一边议事。会议的核心议题是我们作为一个集体该如何看待和回应非国大的呼吁。满普鲁、卡斯特罗、恩达巴、本·贝拉、马比特勒和莫纳等资深同志表示，非国大被两国政府突然提出的要求打了个措手不及。领导层让我们去参加更多军事训练只是表象，实际情况是，在制定下一步的计划期间，我们需要一个安全有利的驻扎环境。赞比亚和坦桑尼亚已无法为我们提供这样的庇护所，他们安全部队的骚扰也无益于我们的使命。我支持那些提议我们应该撤离赞比亚，转移到更靠近南非的地点的成员们的看法。

资深成员提醒说，孔瓦营区里还有大量民族之矛成员，倘若不征求他们的意见就直接采取行动是不公平的。然而，孔瓦营区和我们丛林营区之间没有任何通讯联系。这一刻，我们的火堆突然炸开，炽热的火炭四溅，我们都陷入了短暂的静默。我帮忙重新点起火堆，那一刻，我感到祖先就在我们中间。会议全程都很温和，充分考虑到了我们所有人的意见。

韩佩第一个发现了晨星。他指着那颗星星喊道："看！"晨星很亮，笼罩在柔软蓬松的云层中，渐渐升上地平线。博西亚罗、丁戈和卡斯特罗结束了讨论，他们说，在营区里的我们就是非洲人国民大会。办公室的同志们是在给我们寻找舒适、便利的环境，为我们提供支持，他们是联结我们与世界其他地方的纽带。诚然，作为信使，他们有时会带来令人不快的消息，但这些信息是明确的，因此无可置疑。我们都很清楚，争辩该何时结束。

这感觉像是以一种残酷的方式终结了我认为最重要的辩论。晨星似乎失去了光芒。我向西边瞥了一眼，目之所及，是赞比西河罗得西亚一侧的山脉轮廓。我猛然打了个哆嗦，因为那一瞬间，我想到，离开我在民族之矛的战友们，到山脉那边去，可能会更好。我扪心自问：你还记得曾在民族之矛立下的誓言，记得曾承诺在任何情况下，无论在国内还是国外，都要捍卫非洲人国民大会吗？

索利拉了拉我右臂的袖子，说是时候准备早餐了。作为炊事班的一员，我马上就加入那些在火上架锅煮粥炊茶的忙碌身影中去了。

　　早餐后，我们在卡车旁集合，向即将离开的成员挥手道别。出乎意料的是，博西亚罗下令我们所有人整队。他也是我们的总政委，我们不能怠慢他的命令。我站在前排，态度乐观，期待他告诉我们行程取消了。但在喊出"阿曼德拉"后，他祝愿被选为非国大代表的这些同志们一切顺利，并高兴地表示，他们要去苏联了，因为这是唯一愿意在短时间内接纳我们的国家。他还表示，当我们争取到自由的时候，要记住这些真正的朋友。简短的讲话结束后，大家登上了卡车。我们放下车篷布，愤怒地拉紧绳索。我们面对的现实正在发生迅速的变化，未来不可预测。有人开玩笑说，自己会不会是苏联的第一批黑人公民。我们的一位政治讲师在谈论苏联文化和文学时，给我们介绍过普希金。他说，普希金——一位在这个国家备受尊重的杰出艺术家，并非白人。

第 23 章　回到苏联

在博西亚罗的带领下，我们的民族之矛资深成员让大家在丛林营区的生活变得异常充实。每个早晨，我们都会研读政治文献。其中，私有化、国有化和社会主义等概念成为我们深入讨论的焦点。我所在的民族之矛小组成员一致认为：私有化是私有财产兴起的必然结果，在资本主义制度下变得更加完善。我们在国有化问题上意见不一——一些成员说国有化是向资本主义迈出的一步，但我同意政委的观点，即资产阶级国家在允许私有财产的同时，会将大片土地和其他资源作为公共财产。对社会主义的争议较少。我们将其理解为将财产、财富和所有其他资源移交给全体人民。

下午的时间，我们用来复习军事科学。恩达巴和卡斯特罗带领小组分享了他们在万基行动中的经验。从他们的叙述中，我了解到判断准确和纪律严明是他们成功的关键。

随后，莱福提从卢萨卡带来了一份名单，上面有三十多个民族之矛成员的名字。我说我最不想做的就是不返回南非。大多数人都笑了，尽管比耶拉说我流露出的沮丧情绪很危险。

我的名字出现在了那张名单上，这意味着我必须前往苏联。那天晚上的大部分时间，我都在努力接受这一新现实。1970 年 2 月的第二天一早，我准备离开我们的丛林营区。我知道，留在营区的所有人都会铭刻在我的记忆里，就像我也会留在他们的记忆中一样。我和那些与我共同踏上旅途的人之间的友谊，则将由时间来决定。当卡车引擎的轰鸣声响起，一切准备就绪时，我们多次拥抱，依依惜别，战友们祝愿我们一切顺利，并告诉我们他们期待着我们的成功。这些话成了压在我身上的重担。我坐在卡车上，背对着驾驶室，直到卡车停在了卢萨卡机场，才再次动弹。我想知道其他人对那些在他们之前离开的人、那些留在原地的人，以及那些仍然陪伴在身边的人，都作何感想。

我最后一个从卡车上下来，随即沐浴在了清爽的微风之中。附近有几名赞比亚警察、三名身着便装的白人男子和一架离我们大约30米远的飞机。飞机上绘有"Aeroflot"（俄罗斯国际航空公司）和"CCCP"的字样，我认出了印有锤子和镰刀的苏联红色旗帜。在赞比亚警察的监视下，三名便衣男子带我们上了飞机。飞机内有13名男子，全部穿着便服。我坐在斯普纳和费福之间的位置，起飞时，大家进行了轻松的交谈。身着便装的男子始终照料着我们，直到数小时之后我们着陆为止。其中一名机组人员说："欢迎来到辛菲罗波尔（Simferopol）。"我此前从未听说过这个地名。外面寒风刺骨，我们被匆匆送上三辆前来接我们的大巴车。傍晚时分，大巴车抵达一座建在马蹄形山坡上的大型军事基地。从其中人员身着的制服来看，该基地里似乎只有地面部队。除了我所在的民族之矛小队和苏联士兵之外，还有来自安哥拉、纳米比亚和莫桑比克的战友。

我们到达时恰逢某种流感病毒暴发。出现了症状的自由战士已被隔离在军医医院，但该基地没有足够的护工。于是，我和蒙瓦梅西、马特拉佩尼亚加入了医护人员的行列，每天在医院的工作时间是早上7—10点、下午15—17点。除了干一些杂务，我们还劝说自由战士们服药，指导他们如何服药，以及打扫医院走廊的卫生。这样持续了三个星期，然后才开始我们的正式训练。

我们的训练由两位英语流利的上校领导，大家都叫他们"萨沙"（Sasha）——我们分别称他们为"矮个儿萨沙"和"高个儿萨沙"。第二次世界大战期间，两人都曾在辛菲罗波尔地区指挥过从当地社区和红军中抽调的游击队，执行过打击德国占领军的行动。矮个儿萨沙教我们政治、经济和步兵作战，而右腿跛行的高个儿萨沙则教我们炮兵和通讯知识。他们总是在一起讲课，大部分课程都在附近的山区和山谷进行，他们曾在那里对德国军队发动过一些攻击。每天我们都会重温他们的战争经历，将他们对第二次世界大战的记忆和我们的训练融为一体。

我们会去他们伏击德军部队的山顶。在听取了战况简报后，我们占据了他们曾经的战争阵地。有时他们会争论，其中一个人说："万尼亚（Vanya）手持一挺波波沙冲锋枪，占据了这个阵地。"另一个人会说："不，那天马尔采夫（Maltsev）和他们的迫击炮手就在那里，他们用无后坐力炮打掩护。"当他们最终就事情的经过达成一致时，我们便占据了阵地，模仿实战情况，操作迫击炮和其他火炮。一旦远方出现移动的目标,我们就会利用各种武器开火射击。随着"嗬哟(Boyoo)"这一声令下,我们便挺起刺刀,跳出阵地,一边冲锋一边高呼"万岁!",同时继续射击。当我们气喘吁吁地抵达目标区域,眼见"德国飞机"即将飞临,我们迅速向反方向奔逃了近 1 000 米,找到一个隐蔽的藏身之处。在撤退的过程中,我们发现高个儿萨沙的膝盖"中弹",于是我们轮流背着他逃到藏身处。在藏身处,我们将高个儿萨沙放在一个临时搭建的台子上,由扮演医护人员波波夫(Popov)的矮个儿萨沙照顾。斯波克斯(Spokes)、迈克和奥斯卡把他按在平台上,波波夫给他上夹板、包扎伤口,而他疼得号啕起来。我们现在明白了高个儿萨沙是怎样瘸的。当我们开车返回基地时,我思考了这些培训方法对于不同学术和社会背景的人的有效性。如果我们的教师也能采用类似的实战教学方法,那我们回家后可能会学得更容易一些。我开始珍视这个想象中的第二次世界大战期间在两位萨沙领导下的游击队,在我心里,每一个队员都如同我自己的民族之矛小组成员一般重要。

在这些精彩的演习中,我们被分为三个小组,各自探访不同的地点。我所在的十人小组,在矮个儿萨沙的监护下,乘火车前往明斯克(Minsk)。途中,他时不时指出他们与德国军队作战的地方。车窗外的景色飞速掠过,我观察到萨沙脸上的表情变化,仿佛能够透过他的喜怒哀乐,窥见战场上的诡谲与波澜。

在明斯克火车站,迎接我们的是一位年长的女士和一位男士,两人都穿着便装。他们称自己是瓦伦蒂娜(Valentina)和西蒙诺夫(Simonov),萨沙插话说,他们是我们整个访问期间的东道主。两人哈哈大笑,瓦伦蒂娜说道:"萨沙,你变化不大!"在热情的欢迎之后,他们把我们带到了距离火车站大约 1 000 米的一家酒店。那天晚上,我们吃了我最喜欢的一餐——猪肉、米饭、蔬菜和黑麦面包。

在接下来的访问中,我们参观了第二次世界大战期间游击队基地的遗址。我们去的第一个地方是阿西波维奇(Asipovich),他们说那里是该地区的主要铁路枢纽。在这里,德国的军事战争物资被改道运往苏联的不同作战地区。

战争期间,瓦伦蒂娜曾任通讯队长,西蒙诺夫曾任支队政委。他们的支队由八百名男女组成,藏身于德国军队无法进入的沼泽和树林中。他们面临的主要挑战是获取足够的食物、衣物和弹药,而这些都是由邻近的游击队提供的。在白俄罗斯地区，五万多名游击队员在不同指挥官的指挥下相互支援。为了保证游击队的食物供应、通讯和交通，平民和共产党的活动小组作出了牺牲。1943年，他们的支队组织了对该地区的进攻，炸毁了铁路枢纽和邻近的三座桥梁。我们的东道主说，有几周的时间，德国的补给品和增援部队都无法抵达前线。

我们的东道主对为了容纳游客而拆除他们斗争历史中最重要的遗迹感到不满，尽管如此，他们还是带我们参观了一处地下基地的遗址，那里曾经是他们的指挥中心。那一周的一大亮点是拜访了叶莲娜·马扎尼克（Yelena Mazanik）。她看上去五十岁出头，中等身高，身姿婀娜、美丽动人。一条深棕色围巾披在她头上，在她的下巴下打了个结。第二次世界大战期间，叶莲娜曾在德国军官威廉·库贝（Wilhelm Kube）将军家当女佣。萨沙和我们的东道主一致认为，叶莲娜的美貌无疑是她赢得这份工作的一个重要优势。1943年9月，她成功地在将军的床底下安置了一枚定时炸弹，并找了个借口在当晚离开了家。苏联游击队和领导层弹冠相庆，因为炸弹如期爆炸，库贝将军当场身亡。第二次世界大战结束后，叶莲娜被授予苏联英雄勋章。这些第一手资料让我明白了自己选择成为一名自由战士的原因——就像叶莲娜一样，我的斗争是为了我的国家和人民，而不是为了个人利益。我意识到，正是通过这些不可估量的巨大牺牲，苏联才成为一个如此伟大的国家，它向所有追求人类解放、建设更美好世界和国家的人伸出双手。我珍视白俄罗斯和克里米亚游击队取得的令人惊叹的成就，他们代表着他们的战友、社会和子孙后代。

回到辛菲罗波尔之后，我的民族之矛小组劲头十足。接下来，两位萨沙引领我们深入了解了人性的另一面，我们分别扮演了敌方间谍、告密者、叛徒和士兵等角色。我们小组接到了命令，要在一个基地原址构筑防御阵地。在这次任务中，高个儿萨沙担任了指挥官的角色，而矮个儿萨沙则负责侦察工作。计划好当天的行动后，矮个儿萨沙离开，"去进行侦察工作"。我们在精心设置的观察哨里扮演游击队员。过了一会儿，哨兵报告说"敌人"正在逼近（以远程操控移动目标的形式）。假想的迫击炮弹和大炮弹从敌人的方向射来，紧接着，假想的敌军发起了冲锋。我们近距离集中开火，迫使敌人撤退。我们俘获的敌军士兵正是矮个儿萨沙。这给我们上了生动的一课，敌人会利用我们的社区成员渗透进游击队。

第 23 章 回到苏联

1970年4月的一天早上,当我的小组登上卡车去参加野战军事课程时,两个萨沙都说我的床铺得不好。我们回到了我与斯波克斯、蒙瓦梅西和马特拉佩尼亚等人共住的房间,我的床铺得像以往一样好。两位萨沙中的一位声音颤抖地说:"同志,我们很高兴能和你在一起,但现在你的组织需要你。请收拾好你的装备,然后在外面等一辆路虎车。"他们依照地下工作的惯例,告别之后便转身离开了。

只有我一个人被召回非洲,这使我感到困惑,但我还是换上便服,收拾好其他物品,到外面等候。很快,路边开来了一辆军用吉普车,一位便衣年轻人邀请我上车。他从车上下来,把我的包扔到后座上,然后我们就开车走了。在苏联,问候语后面通常会加上名字和原籍国。当年轻人问我时,我告诉他我是来自埃及的艾哈迈德(Ahmed)。我希望他不懂阿拉伯语。他自我介绍,说他是来自敖德萨的维克多(Victor),在陆军基地的运输部门工作。我看着眼前的风景,想知道那天战友们在山的哪一块训练。我已经开始怀念两位萨沙的温暖和幽默,以及他们如何让第二次世界大战中支队的已故成员融入我们的训练和生活中。当我的思绪飞速转动,试图找到解开困惑的钥匙时,不禁开始思考,是否应该继续1968年与莫洛伊未竟的南非之旅。那趟旅程并未如愿,但现在,我是否应该给它一个圆满的结局?

锡霍德尼亚营区

我回过神来的时候,维克多和我已经在辛菲罗波尔机场了。他抓起我的包,快速带我走进一栋大楼,找到一位年长的男子,男子接过我的包,让我跟着他走。他把我带到停机坪上的一架飞机前。登机后,我们沿着过道走到一位女服务员指的座位上,我只听到许多乘客在说俄语。除了坐在我前面的那位年长男子,周围全是陌生面孔,我对要独自一人面对这些友好的陌生人感到焦虑。坐在我旁边的男子看着我说:"莫斯科?"我回答"是",因为现在我知道飞机将飞往莫斯科。当我们向东北飞行时,窗外天气阴沉。

到达莫斯科机场后,那位老者抓起我的包,对我说:"快点儿!"我知道他的意思是我必须跟上他。在机场,他把我的包交给了一位中年男子,那人的胡子修剪得像列宁似的。男子欢迎我来到莫斯科，并告诉我说他叫索尔格（Sorge）。我点点头，但没有说什么关于我自己的事情。那两人交换了眼神，然后索尔格带我穿过一个小出口，来到外面停着的一辆车前。天气很冷，司机抽着烟，车窗是打开的，这可真是刺骨严寒又雪上加霜。当我们到达目的地时，我松了一口气，索尔格说那个地方叫锡霍德尼亚（Skhodnya），在莫斯科以西约40千米处。

下车后，第一个映入我眼帘的人是姆兹万迪莱·皮利索，我最后一次见到他还是在1964年的埃及，当时我们被非国大派去进行军事训练。兰卡、埃里克、吉真加、马达拉、雷吉和姆塔瓦拉也在那里，他们都比我提前三天到达锡霍德尼亚。三位女士负责我们教室所在的三层楼的管理工作。瓦莉娅（Valia）身材修长，黑发，头上总是戴着一条红白波点围巾；阿卢什卡（Alushka）身材更为高大，长着一头金发；卢达（Luda）年纪较大，个子娇小。她们负责大楼保洁工作，把它打扫得纤尘不染，还每天为我们提供美味的饭菜。

我们的教员是米哈伊洛维奇（Mikhailovich）和迪米特里（Dymitri）。米哈伊洛维奇五十多岁，身材高大，胡子刮得很干净，略有些秃顶。迪米特里年龄较大，头发花白，对非洲人有着浓厚的兴趣。有一天，他问我和兰卡、博伊·恩齐马（Boy Nzima）、古梅德、比格布瑞恩（Bigbrain）和埃德加·杜马（Edgar Duma）等人是不是布须曼人。这几位来自纳塔尔省，可能在家乡时就相互认识。当我们说他们不是时，他问那为什么他们午餐时间总是坐在树丛里。令我印象深刻的是，迪米特里知道有些住在灌木丛中的人被称为布须曼人。

我们的培训以循序渐进的方式展开。其中一个重点是如何撰写情报报告。我们在新闻媒体中摸查事件的模式和趋势，建立我们的信息库，然后制定出三组假设，目标是将它们缩小为一个可能性最高的结论。

那年夏初，西弗·马卡纳（Sipho Makana）、西扎克勒·西克萨什（Sizakele Sigxashe）、法内勒·姆巴利（Fanele Mbali）、塔博·姆贝基和麦克斯·西苏鲁（Max Sisulu）等人加入了我们的行列。这些人在20世纪60年代初都选择了到不同国家接受学术教育。他们似乎对自己的学位感到非常自豪，并且往往聚在一起，比如吃饭时坐在一处，说些引经据典的话。不过，我注意到他们之间的关系并不亲密。曾在英国留学的姆贝基与皮利索关系最好，其他人都毕业于苏联。我们为自己的战斗经历和1969年在莫罗戈罗挽救了非国大而感到自豪，这意味着这些同志也有了一个能欢迎他们回来的家。我们取得的成就是任何精致利己的学者都无法达成的。随着毕业生的到来，我们的培训节奏加快，内容也变得更加多样化。我们和毕业生之间缺乏共同的兴趣爱好，但能够互相包容。

正在进行的南越冲突是我们研究军事行动和游击战时借鉴的案例。我们借助地图和其他媒体收集数据，并利用这些信息预测自由战士何时会攻击美军。我们关注的重点是位于东海的汗江（Han River）口岘港（Danang），该地区最强大的美军空军基地就坐落于此。游击队每年都在季风开始时发起代号为"泰特攻势"（Tete Offensive）的行动。我们在锡霍德尼亚的民族之矛小组做出了预测，一周内，他们就会从山区发起袭击。我很高兴在以前的训练基础上增加了这一内容，并相信在南非开展游击战时可以用得上。

迪米特里向我们传授了安全和反情报知识。安全被理解为游击队为保护其人员和装备而采取的动态措施。反情报则是在我们自己的队伍内外嗅出敌方特工的手段。这两个系统对游击队的生存都至关重要。我们的民族之矛小组思考了班图斯坦作为独立国家的崛起及其安全部队的问题。在探讨持久抗战的策略时，我们积极寻求各种方法来争取敌对机构的军事人员。我们的培训对每个社区的脆弱性进行了单独和总体评估。我认为，除了其他语言外，非国大办事处还应该用南非荷兰语和英语进行广播，让所有南非人真正了解我们的敌人是谁，我们的解放目标是什么。

我们的通讯课程主要关注城市地区的地下工作，我们必须获取城市和城镇规划信息，以获取有关污水处理系统、水管和电缆等基础服务设施的详细信息。在勘察"死信箱"时，我们意识到垃圾箱、废弃建筑、公园和火车站都可以很好地隐藏信息。对我们早期培训的夯实与延伸，让我感到充满活力。

1970年10月末，坦博、马布海达和斯洛沃来看望我们的民族之矛小组，他们花了一个下午的时间，聆听我们对训练的感受。我们还夸耀说，每个周末我们都会去莫斯科大剧院，在那里观看精彩的文艺演出。他们此行似乎十分愉悦，并且不久后，米哈伊洛维奇和迪米特里就告诉我们，我们的训练已接近尾声。1970年11月底，他们组织了一场盛大的告别派对。派对上，丰盛的猪肉、伏特加和各式珍馐美味一应俱全，我们纵情欢庆，直至凌晨。

巴库海军训练

聚会两天后，迪米特里乘大巴车抵达，并让皮利索、古梅德、姆贝基、比格布瑞恩、马卡纳、西苏鲁和西克萨什等人收拾行李。当天，他们离开了锡霍德尼亚营区，学生里只剩下了法内勒·姆巴利。周末之前，迪米特里带着一辆大巴车回到了我的民族之矛小组。当我们驱车离开锡霍德尼亚时，天空飘起了小雪，但一想到要返回非洲，我们充满了无限的喜悦。

在机场，我们受到了两位三十多岁的年轻人的热烈欢迎。在与迪米特里深情拥抱并吻别后，两位年轻人引领我们来到了一架引擎轰鸣的飞机前。机上的四名机组人员身着便装，提醒我们要分散坐好以确保飞机的平衡。我选择了一个右侧机翼上方的座位，在温暖的机舱内，伴随着发动机持续而稳定的轰鸣声，困意向我袭来。直到被提供了一些食物和苹果汁，我才从瞌睡中醒来。我心中暗自期盼着我们能够降落在赞比亚，它比坦桑尼亚距离南非更近。然而，当广播里传来系好安全带的指示时，我意识到这段旅途有些太短了，不足以带我们到达非洲。飞机开始缓缓下降，飞行员的声音在机舱内响起："欢迎来到巴库（Baku）。"我记得巴库是阿塞拜疆的首都，斯大林在那里长大。我希望我们只是在继续赶路之前在此短暂停留。

当一名机组人员说我们已经到达目的地并且必须携带好所有物品时，我认为他一定是弄错了。他显然混淆了目的地和经停地。尽管如此，我还是跟随着战友们的脚步，走向前方的大楼。我们进入大楼后向右转，其间有几位机组人员和三名穿着便装的男子也加入了我们的行列。工作人员默默地引导我们与一个新的三人小组会合，这个新小组随后将我们带往停车场的一辆大巴车。在大巴车上，他们热情地欢迎我们来到巴库，并期望我们在这里的逗留能成为一次难忘的经历。他们介绍自己是戈罗杰茨基（Gorodetsky）、莫罗佐夫（Morozov）和萨沙——又一位萨沙。戈罗杰茨基是三人中最年长的一个，身材高大，有退役运动员般的身材。莫罗佐夫的脸刮得干干净净，中等身材，头发剪得很短。萨沙二十多岁，身高约1.8米，体格仿佛一名摔跤运动员。

我们开车进入巴库，途经一处地点时，车速被刻意放慢，东道主指出左边的一栋房子，那是斯大林的出生地。在离房子不远的地方，是斯大林早年就读过的学校。该地区的大多数建筑物看起来都是用土砖建造的。戈罗杰茨基说，我们的一些同胞正在等着我们，这让我想起了和皮利索一起离开锡霍德尼亚的那些同志。我们沿着斜坡驶下，驶向一群建筑和一大片水域，我认为那是一个大湖。我们的大巴车停在了一栋建筑物后面的停车场，大家纷纷拿上各自的行李下车。

走近其中一栋建筑的拐角时，我们听到有人在用索托语交谈。我们转过拐角，见到了一群战友，其中包括雷吉、邓肯、加特耶尼、姆伦泽、姆乔乔、马坦齐马（Matanzima）、姆塔瓦拉、古马（Guma）和姆菲克托（Mfeketho）——这些人是 1970 年初我再次前往苏联时，尚留在赞比亚丛林营区的战友。整个山谷都沸腾了。我们重逢了，彼此热烈地拥抱并互致问候。在这番热闹的寒暄之后，我们接到了新的指示：住进已有我们的同志入住的房间，这样一来，这些房间的总入住人数就达到了 34 人。我与邓肯、姆菲克托和姆塔瓦拉同住一个房间。我们吃了一顿美味的晚餐，有鱼、蔬菜和米饭，我得知室友是在前一天抵达巴库的。我上床睡觉，不知道第二天早上 8 点的早餐之后会发生些什么。我们整晚都在猜测苏联会不会把我们秘密偷渡到南非，若果真如此，在最近一次军事训练后把我们聚集在巴库的事就说得通了。

出于好奇，第二天我早早起床，洗了个澡，然后穿上最近在莫斯科购置的灰色西装，整个人焕然一新。我感觉很好，为新的一天做好了准备。到了 8 点 15 分，我们走出室外，聚在一起重温在赞比亚丛林营地的经历。其他身着便装的同志们也纷纷加入我们的谈话，我们又一起走到餐厅吃自助早餐。我吃了粥、鸡蛋、面包，喝了咖啡。戈罗杰茨基、莫罗佐夫、萨沙和瓦西里（Vasil）也与我们一起吃早餐，其间，萨沙说，让我们 9 点 30 分在军营外跟他们会合。早餐结束后，4 位同志如约而至，带我们去了一家军品商店。在那里，我们每个人都拿到了两套蓝色的海军制服。紧接着，我们接到通知，午餐过后将前往船舶停靠的码头。

在码头，瓦西里告诉我们一个令人沮丧的消息，我们的训练将持续 9—12 个月。我对必须在苏联待到第二个年头深感失望。当我们站在他所说的海军攻击艇旁边时，戈罗杰茨基欢迎我们加入里海海军舰队。他向我们介绍了对指挥官至关重要的海事惯例，指挥官要向船员发出明确的命令。船的右舷被称为"星舷"（starboard），因为领航员的舵桨——"星"（star）桨——总在船的右后方。它必须如此，因为大多数人都惯用右手。如此一来，船只只能靠左侧停靠，因此左舷叫作"泊"（port）舷。船头称为"首"或"艏"，船尾称为"艉"。船只航行时，必须用航行灯清楚地标明两舷：泊舷为红色，星舷为绿色。这些细节令我吃惊，我们的车辆和主战坦克教练从未告诉过我们方向盘或操纵杆定位的由来。

我意识到，我们正在学习在国际水域航行的新技能，这将把我们带回南非。我们不用侵犯任何国家的领土完整，就能够返航回到南非。对此，我万分感激，这次培训让我看到了通往自由隧道的第一道曙光，我希望这条隧道很快就能通往南非。

萨沙身兼体育教练之职，他接手了接下来几天的培训工作。我们做了专门的练习，让身体做好准备，迎接海上的挑战。在游泳池的浅水区，我们学习如何伸展开双臂，手掌向后划，好潜入水中。我学会了与水为友，而不是与之为敌。在泳池的深水区，我们练习头、臂先入水的跳水姿势和脚先入水的下水方法，并将它们结合起来。我意识到，在克维德拉纳，在赞比西河和尼罗河上时，我其实并不谙水性。而在巴库，萨沙教我们如何在池底停留一分钟以上，向我们展示该如何缓慢地呼气。

他又向我们展示了一艘划艇——这可是1964年那会儿在埃及令我狼狈不堪的对手。划着船便可以神不知鬼不觉地登陆，也可以从敌我交战中撤退，在己方船只严重受损时，船仍可以浮于水上。萨沙的大副监督着我们，利用五艘不同的船来使自己的转向技术臻于完美。想到船只可以载着我们在南非任何一处安全地点靠岸，我的劲头儿便与日俱增。

在训练的第三个月，划船升级成了攻击舰和支援船。我们民族之矛小组被分成了四个小队，分别被派往不同的船只。邓肯、雷吉、埃里克、马坦齐马、姆乔乔、马达拉和博伊等人与我分在了一起。我们花时间深入探讨了定向判断、安全防范、集合地点设定、弹药管理、灭火设备使用，以及导航技能的相关理论与实践。我发觉这艘船上的计算机导航系统操作起来颇具挑战性。我们必须学会如何维持船舶的航行方向、评估航行区域的交通状况、探测水深、区分水下动态与静态物体、测量物体间距和记录温度。我们深入了解了战斗中舰船的脆弱部位、作战能力和机动性。我们在轮机舱中花费了大量时间，以掌握关键部件的操作，并了解何时应当下令撤离。在紧急撤离的情况下，销毁特定设备至关重要。我们进行了莫尔斯电码的实践训练，学习如何发出国际通用的"SOS"求救信号。为了模拟紧急状况，船员们故意让水渗入船舱，而我们则必须迅速排水以防船只沉没，并用木塞封堵漏洞。这个过程相当惊心动魄，因为涌入的海水使我们在有限的空间内难以保持平衡。随着团队的不断进步，我们越来越擅长将水兵迅速分配到各个关键位置，为即将到来的战斗做好准备。

我们用装着约翰逊（Johnson）舷外发动机的橡皮艇进行登陆训练，为了应对发动机可能出现的故障，我们特地在船上藏了备用桨。我意识到我们使用的大部分设备都来自西方国家。苏联的同志们建议我们使用奥林巴斯或尼康相机，这些相机适用于从船上或陆地上捕捉海岸线上的影像。值得一提的是，这些相机在南非均可购得，毕竟我们最终的行动目标地就在那里。我们已习得在海上遇险搁浅时如何迅速定位最近的海岸——在白天，我们会选择潜水来观察海浪的动向，因为海浪通常会朝向最近的海岸线弯曲。为了在搁浅时节省体力，我们还学会了仰面平躺，像浮木一样漂浮在海面上。在每次登陆之前，我们都会派遣一些人先行探路，以确保主力部队的安全。一旦他们确认区域安全并发出解除警报的信号，我们就会集体冲向岸边。我深感这些训练课程具有极其重要的实践价值。

萨沙和瓦西里向我们介绍了海上作战的形式，重点是如何作为蛙人登陆，或被敌人拦截时该如何应对。这是我第一次听说蛙人，以及他们可能对基础设施和人员造成危险。除了蛙人的特制潜水服、脚蹼和氧气供应外，我们每人还携带了头灯、匕首、特制枪和手枪。这些武器在使用时不会发出太大噪声。在水下，匕首最为有用，它还能在水面上被抛出去很远。我们每天都进行抛掷的速度和准确性练习，即使面对拿着手枪的敌人，也能迅速且准确地做出反击。新型伪装也是确保任务成功的必要条件。教官们还强调了了解洋流的重要性。我们学习如何烹饪螃蟹、海龟和其他可食用的海洋生物，以便生存。我意识到，这些课程为我们打开了新天地，早在1965年，我们中的一些人就应该接受这些训练了。在我们开始实践之前，四位苏联同志给我们播放了一些他们自己的训练录像，以及美国海军陆战队的登陆训练视频。

1971年11月下旬，也就是我们到达一年后，戈罗杰茨基及其同仁向我们宣布课程圆满结束。那个星期五，主办方精心组织了一场告别聚会。尽管这类庆祝活动充满了集体人文主义的温馨，却总不免让我心生些许离别的哀伤。一些与我们一起训练的水兵和他们的家人都出席了派对,我们感谢他们所有人的宝贵支持。他们以自己的视角,分享了我们每个人如何融入这个大家庭的点点滴滴。派对上,丰盛的鱼子酱、鲜美的鱼肉以及琳琅满目的饮品和佳肴,彰显着主人的盛情。这是我在苏联度过的两年时光里参加的第二次场结业典礼。衷心希望,在可预见的未来,这将是我参加的最后一次结业典礼。

第 24 章　阿文图拉号

告别派对后的第二天，15 名同志离开了巴库。留下来的人有兰卡、姆乔乔、马什戈、吉真加、姆塔瓦拉、姆巴利、马达拉、恩塔拉、邓肯、姆菲克托、加特耶尼、姆滕布、马坦齐马、姆伦泽、古马、恩卡拉、普劳卜勒姆、雷吉和我。我们推测先行离开的人会比我们先到达南非。这是一个充满期待和兴奋的时刻，我们都确信，自己学到的新知识很快就会派上用场，而不至于"灵剑经年匣"，国仇未报壮士老。第二天早餐后，我们欣然接受了萨沙的邀请，乘坐他驾驶的车辆离开军营，前往巴库郊区探索名胜古迹。当天离别时，萨沙叮嘱我们做好准备，次日一早启程。

从黄昏到黎明，营房里都热闹非凡，因为我们抑制不住激动的心情。那天早上去吃早餐时，我们都已经收拾好了行李，登上大巴车时，唱起了"我们到达时万籁俱寂，只有冰霜在响彻高山和峡谷的枪炮声中哭泣"。到达机场后，我们心潮澎湃地登上了一架已等待多时的俄罗斯航空公司的飞机，马达拉坐在靠窗的座位上，彼得坐在中间，我坐在过道一侧。随着晨光愈来愈盛，机舱里逐渐暖和起来，疲惫感也随之向我袭来。

我是被飞机着陆时的颠簸惊醒的。飞机完全停稳后，一个声音宣布"欢迎来到开罗机场"。我的脑海中闪现出 1964 年训练时的情景——军官、士兵和工作人员，还有炒饭、肉和葡萄——真是一个充满独特挑战的时间和地点。机组人员一边分发食物，一边告诉我们，飞机只是停在这里加油，我松了口气。机组人员并没穿着军装，且表示不知道我们要去哪里。再次起飞时，我的情绪稳定了下来，根据窗外太阳的位置判断，我们正朝着正南方向飞行。飞机再次降落，公共广播中的声音说："欢迎来到摩加迪沙（Mogadishu）机场。下机时请不要遗落任何物品。"摩加迪沙是索马里的首都，这是我在军事训练中从未想到的地方。我们很快就被带到了一辆大巴车上，从机场出发，向南行驶。经过一个小时的车程，我们到达了马尔卡（Marka）郊区的一处大庄园。它有两座主楼，围墙很牢靠，院子里种着大树。萨曼塔尔（Samantar）少将代表赛义德·巴雷（Said Barre）总统对我们表示欢迎。他说我们在这两栋房子里应该有宾至如归的感觉，并祝愿我们在索马里过得愉快。我和姆塔瓦拉、姆伦泽、姆滕布、吉真加、姆菲克托、加特耶尼、姆乔乔住在挨着房子正门的一个房间里。五个穿着便服的男子每天为我们煮饭。我们的早餐是粥、骆驼奶和不同种类的面包，晚餐则有山羊肉或骆驼肉来配米饭。我们在庄园中休息、散步，分享彼此的故事，以此来消磨时光。

一周之后，萨曼塔尔少将在两名苏联海军军官的陪同下回来了，同时还带回了坦博、斯洛沃和克里斯。坦博传达了一个消息，我们将转移到一个新的营地中，听取详细的情况介绍。其他人离开时，克里斯留了下来。第九天，我们坐大巴离开马尔卡，仅用了6个多小时，就到了400千米以外的基斯马尤（Kismaayo）军营。

基斯马尤是一个小军营，驻扎下了一个索马里排。三名军官被指派为我们和军事基地之间的联络员。军营里长满了参天大树，树顶都是平的，就像是被植物学家修剪过一样。巨大的白鸟立在枝头咀嚼大块的动物骨头，我们此前不知道，也从未见过这种鸟。基地西北1 000米处有些村落。索马里的同志介绍说，我们处在赤道线上，阳光平均分布在南北之间。在这里，军人遵守伊斯兰教习俗，12点时会停下手头的工作，进行祈祷。我们分住在5个帐篷里，每个帐篷内有4张床，我们去旁边一栋楼里洗漱，那儿由索马里军方人员负责打扫。有时，天气炎热，我们掀开帐篷的门帘，狒狒会来骚扰我们。我与邓肯、姆乔乔和克里斯住在同一个帐篷里，这给了我们很多机会，充分反思自己在卢萨卡参与撰写备忘录的事情。我们达成了一致意见，认为最新的信息足以证明我们此前的一些主张是不正确的。

备忘录的不准确之处

在备忘录中，图拉·博费拉被错误地列为在1967年罗得西亚战役中牺牲的烈士之一。然而，到了1972年，非国大对那些在万基和西波利洛两场战役中浴血奋战的同志们的信息有了更清晰的了解。由此我们获悉，图拉在罗得西亚曾被抓捕，原本被判处死刑，但后来减至了无期徒刑。

博伊·奥托是民族之矛的一名重要成员，他受马卢姆·科塔内直接领导。他的职责是用非国大的卡车，把武器、汽油、柴油和制服等物资从坦桑尼亚运送到赞比亚。他在两国往返的途中结识了一位致力于赞比亚人道主义工作的加拿大女士。据我们所知，这位加拿大女士与美国中央情报局和和平队并无任何关联。克里斯透露，非国大后来将奥托派遣去了加拿大。然而，备忘录中却错误地称奥托正在与美国和平队的一名成员交往。对于这一点，我深感欣慰，因为我深知奥托是一位值得信赖的同志。尽管如此，备忘录中的其他部分还是准确地反映了当时解放运动的真实状况。我很高兴看到非国大以友好的态度处理了备忘录中的不实之处和事实问题。

南非军事简报

在基斯马尤军营，我们遵循着严格的日常作息。每天清晨，我们会先饮用半杯糖水，紧接着喝牛奶或水，这是为了预防在白天出现脱水的情况。完成这些后，我们会进行身体锻炼、洗漱，然后享用早餐。如果当天没有政治或军事简报会，我们就会前往距离基地3 000米的印度洋海域游泳，那里的海水清凉宜人。然而，在第二周，我们在游泳区域发现了一条死去的鲨鱼，这让我们意识到这片海域存在着鲨鱼。因此，我们放弃了游泳，大部分时间留在帐篷内，通过大量饮水来降低体温。

我们的军事简报会由坦博和斯洛沃主持，同时参与的还有我们在马尔卡初次遇见的两位海军军官（奇怪的是，我并未记下他们的名字）。他们带来了详尽的南非沿海地图，仅仅是查看这些地图，看到南非的地名，就让人感到心跳加速。从西海岸的亚历山德拉湾到萨尔达尼亚湾，南非政府依赖钻石开采公司来提供安全保障和预警系统。这是我首次意识到，采矿业也是政府安全保障的重要一环。

两位军官解释说，南非搭建了一套全面的综合安防体系，该体系集成了雷达网络、护卫舰、潜艇、飞机和巡逻队伍。

在南非各地，共部署了八套雷达系统，这些系统负责监测海上和空中的交通情况，并提供预警。然而，由于国家的地理特征，相邻的雷达系统并不能完全覆盖它们之间的所有区域。特别是在东海岸，存在一些雷达无法探测的盲点，比如东伦敦和德班之间的部分印度洋海岸线。

为了监视这些海上的盲区，南非政府依赖其潜艇力量。但在1972年，南非海军所服役的三艘法国制造的达芙妮级潜艇中，有一艘正在进行维修，另一艘则因在大西洋发生事故而被迫退役。因此，仅剩下的一艘潜艇并不能完全覆盖所有的海岸线。

为了弥补两艘潜艇缺失而留下的空白，政府动用了空军力量。沙克尔顿（Shackleton）军用飞机会在德班和其他港口之间进行定期的巡逻。同时，伊丽莎白号、海盗号和其他侦察机也会时不时地加入到海岸线巡逻的行列中，以提供必要的支援。

在德班港附近，繁忙的商船和渔船穿梭其中，而其中一部分船只实际上是情报部门人员以平民装扮进行活动的场所。当夜幕降临，该区域的船只数量大幅减少，只有零星几艘依旧在水面航行。这些宝贵的情报为我们的生存策略提供了重要线索，指明了在抵达预定的登陆区域后，何时是靠近海岸线的最佳时机。

我惊讶于他们对南非安全体系的深刻了解。整场简报会仿佛是一场实战训练，每一个细节都可能直接关系到我们的生死存亡。由于我们的解放运动缺乏自有船只，我们寄希望于苏联海军能帮助我们重返南非。俄罗斯的同志们提供了详尽的信息，这让我坚信他们是我们这次行动的一部分。

坦博在解释当地局势时提到，非国大已在南非国内建立了一个专门的网络，用于安全地接纳我们。我们的登陆计划被安排在谢普斯通（Shepstone）港和圣约翰斯（St Johns）港之间的海岸线进行。届时，将利用主舰上的五艘登陆艇来运送人员和武器。一旦登陆成功，我们将分成三个独立的小组行动。前两个小组会乘坐卡车前往德兰士瓦和纳塔尔地区，第三小组则将前往开普省的不同地点。我将是留在特兰斯凯地区的小组中的一员。这些简报信息显示，我们在索马里的停留时间将非常短暂，这个消息极大地提升了我们的士气。

我们被分成若干小组参加接下来的简报会。我所在的小组包括姆乔乔、姆伦泽、古马和加特耶尼。在特兰斯凯海岸登陆后，我们的首要任务是与克里斯的父亲取得联系，他住在莱索托，将协助我们为未来新兵的出国培训计划寻找可靠的人员和路线。我们计划通过莱索托、斯威士兰或博茨瓦纳送出全部待训新兵。此外，我们还需要为未来的物资运输和成员流动确定安全区域。这项任务全面覆盖了我们在民族之矛营地与雷和杰克共事期间探讨过的各个领域，想要胜任，还必须调动起我们在国外进修培训时所掌握的全部知识技能。

阿文图拉号简报

一天下午，我和克里斯、兰卡、吉真加、姆乔乔、姆巴利、姆伦泽、邓肯被车送去了基斯马尤港——此前，我甚至不知道该地区有港口。港口中停靠着两艘船只，一艘静静地停在距离平台大约 100 米的水域，而另一艘，名为阿文图拉号，则安稳地靠在码头边。我们下了军用卡车，由克里斯带领，朝着阿文图拉号走去。坦博、斯洛沃和一位苏联海军军官已经在船上等待我们。船上的人告知我们这艘船将服务于我们的解放运动。

他们带着我们来到了两个舱室，里面堆满了各式各样的苏制武器与弹药，包括 AK-47 步枪、轻重机枪、火箭发射器、手枪和手榴弹。坦博透露，未来还将有更多战争物资陆续到位，他严肃指出，在航行期间，任何人，即便是船员，也禁止进入这两个舱室。兰卡当即被任命为安全小组的组长，这一任命将一直持续到我们准备登陆的时刻。海军军官告诉我们，他们已经对登陆艇进行了全面检查，确认这些艇只均状态良好。此外，他们还巡查了公共空间、甲板、船尾区域和图书馆，图书馆中整齐地摆放了大量书籍和坐垫。厨房区域内配备了一个三眼灶，用于加热我们携带的口粮。阿文图拉号依靠两台柴油发动机驱动，它们分别安装在左舷和右舷，为航行提供动力。

吉真加任纳塔尔登陆小组指挥官，兰卡任德兰士瓦登陆小组指挥官，姆乔乔任开普登陆小组指挥官，姆巴利任他的副手。我的任务是带领由四名同志组成的第一小组打头阵，先行潜入敌占区。倘若一切顺利，我再返回游艇，协助后面的战友登陆，并协助将其余的战友和作战物资运送上岸。届时，岸上的接收方会发出半绿半黄的信号灯，表示一切正常。如果海岸不安全，他们则会亮起红灯。查看了地图之后，我们决定在卢西基西基（Lusikisiki）区的恩塔福福（Ntafufu）登陆。最后，我们得知阿文图拉号上有15名船员是希腊共产党党员。船员的选择给我留下了深刻的印象，因为在我们接受的训练里，将共产党人描绘成无所畏惧的社会中流砥柱。

出发当天，坦博和克里斯为我们送行。那是一个非常激动人心的时刻，因为我们意识到，自己将摆脱过去的学员身份，在非国大的领导层中发挥核心作用。起航前，兰卡和邓肯向其他同志和船员介绍了情况，告诉他们一旦发生意外，该在哪里集合，以及船上盥洗室、睡眠区各自所在的位置，还有哪些部分是禁区。当阿文图拉号从基斯马尤起航时，我情绪高昂。我们与殖民政权算账的时刻终于来临了。

起航后一切顺利，我便抽空参观了导航舱。船长解释说，我们的船本是一艘游艇，是为沿海航行而设计的。其雷达半径约为3 200米，净深为100米。这时，兰卡来提醒我，轮到我和邓肯一起值班两个小时了，之后，姆伦泽和吉真加同志会接替我们。值班期间，我在图书馆阅读最新一期《非洲共产党》（*African Communist*）时睡着了，当马达拉来叫醒我，让我迎接新的一天时，我多少有些吃惊。

在靠近肯尼亚蒙巴萨（Mombasa）附近的基利菲（Kilifi）和马林迪（Malindi）之间，希腊大副给负责通讯工作的我和邓肯打电话，让我们用无线电联系我们的领导人，告诉他们，我们的雷达已停止工作。我们将这一消息传达给了相关人员，随后坦博指示我们返回基斯马尤。在回来的路上，我们问大副和二副这是怎么一回事，他们都说如果船只未能得到妥善维护，此类情况就有可能发生。这听起来仅仅是个小小的技术故障，因此我们对阿文图拉号能被很快修好并重新起航满怀信心。

在基斯马尤港口，三名苏联海军专家对阿文图拉号进行了检查，他们断定雷达系统遭受了人为干扰，且损坏程度颇高无法修复，这显然是一种恶意的破坏行为。坦博已向索马里政府提出请求，希望能得到他们的协助以深入调查此事。与此同时，乔·斯洛沃携带了损坏的雷达设备离开，以便进行进一步的分析。在斯洛沃离开的这段时间里，我们持续关注南非广播电台对东非地区的播报。我们不止一次地听到新闻播报员提及，他们正在全力搜寻一艘载有十九人的失踪船只——这个数字恰恰与阿文图拉号上的人员数量相吻合。

第 24 章 阿文图拉号

斯洛沃离开了相当长的一段时间。回来时，他不仅带回了一台崭新的雷达，还带回了一群与众不同的年轻人。这些新面孔被介绍为英国共产党的青年成员。在长期的斗争实践中，我认识到，我所遇到的人的实际身份、政治信仰和他们的原籍国都不重要。关键在于，我们必须坚信，领导人带给我们的每一位同志都是值得信赖的。

苏联海军的技术专家对新雷达进行了测试，确认如果正确安装，该雷达能够稳定工作多年。有了这样的保证，我们信心倍增，带着新雷达和那群朝气蓬勃的年轻船员，再次踏上了旅程。然而，在航行至距离基斯马尤大约100千米处的巴朱尼（Bajuni）附近海域时，阿文图拉号的左舷发动机突然停止了运转，只剩下单发动机驱动，而此时我们仍离南非很远。我们立即将这一情况报告给了领导层，并决定再次返回基斯马尤，显然这次遇到的是与此前不同的挑战。当我们抵达基斯马尤港口时，一辆军用卡车已经在等候我们。大家心情沉重，失望地乘车返回了各自的帐篷。我曾相信我们已经做了充足的准备，拥有了一切可能需要的物资。对于自由战士来说，这些物资是他们在与敌人作战时梦寐以求的宝贵资源。

在解放运动中，仅有坦博、斯洛沃和马布海达三位知悉购买阿文图拉号的计划，然而，他们可能在无意中向与殖民地情报机构有关联的人员透露了相关信息。除此之外，苏联派遣的官员也介入了阿文图拉号的购买过程。同时，希腊共产党员船员可能与开普敦安全部门存在某种联系，这一潜在关系使得整个情况变得更为错综复杂。调查显示，发动机故障是由异物颗粒和铁屑导致的，这些东西显然是被人故意倒进发动机里的。

这艘游艇是从加拿大的一位私人所有者手中购买的，并从加拿大一路绕着开普敦航行到基斯马尤。据希腊船员反映，在前往索马里的途中，他们曾在开普敦停靠，当时的二副允许船员们下船去市区观光。然而，当部分船员先行返回船上时，惊讶地发现船上多了四名未曾见过的陌生人。坦博怀疑，正是这几个人在阿文图拉号上动了手脚——尽管南非安全部门知晓阿文图拉号与解放运动的关联一事仍令人感到难以置信。

1972年5月初，坦博表达了他对阿文图拉号上所发生的一系列事件的深切失望。他反复强调，南非安全部门竟然知晓阿文图拉号的存在，这确实令人难以理解。当前的形势错综复杂，如果我们轻率行事，很可能会破坏所有相关人员之间的信任和团结。

尽管我们对阿文图拉号之旅未能如愿深感失望，但仍能从中看到一些值得庆幸的方面。在基斯马尤逗留期间，我们民族之矛小组对整个航程进行了深入的反思和总结。姆乔乔提出，那些破坏阿文图拉号的南非人必定与部分船员有勾结。兰卡则认为，南非安全部门很可能已经与其希腊线人建立了秘密通讯渠道，以便随时掌握我们在印度洋的动态。然而，姆滕布指出，船员们原本有机会在黑夜的掩护下，停靠在南非海岸的任意地点，从而将我们引入陷阱。克里斯坚信，若阿文图拉号顺利出海却遭遇伏击，我们将毫无还手之力。我们都意识到南非军队一直在暗中伺机而动，即便我们并不清楚他们具体的作战策略。想到这些，我不由感到一阵后怕，作为第一批登陆人员的领航员，我差一点就带着战友们自投罗网。邓肯认为，敌人原本打算在海上对我们进行拦截。阿文图拉号计划的失败，使我们决定放弃这条路线，转而选择更有可能成功的陆路行进。我还意识到，南非殖民政府的触角伸得很远，一直伸到了我们最意想不到的地方。

第 25 章　回　家

1972 年 6 月的早些时候，我和鲁本·恩特拉巴蒂、杰克逊·姆伦泽、彼得·姆滕布、兰卡、古马、克里斯·哈尼离开基斯马尤，前往摩加迪沙。我们住在城郊的一处宽敞居所里。第二天，坦博来到我们这里，从他身上看不出一丝气馁的痕迹。他告诉我们，解放运动的领导层相信他们已经找到了一条替代路线。那天下午，三名可能是跟坦博一起来的民族之矛成员作为技术人员加入了进来。他们带来了精心伪造的南非身份证，以及由莱索托、斯威士兰和马拉维签发的各式护照。三位给我们拍了要用在身份证和护照上的照片。

克里斯不打算加入此次回国的团队，因此，坦博向我们其余六人解释说，斯威士兰、莱索托和马拉维的护照在南非和莫桑比克被视为有效证件。他还说，我们每个人都会收到一张南非身份证，上面会详细列出雇主的姓名、工作地点和签名。我们必须练习新的签名，因为在国内，我们将每个月都需要使用这个签名进行身份核实。我发现回家的路线和归途中的注意事项已经被规划得详尽而明确。随后的几天里，我们一直通过信件保持联系，这些信件都是用隐形墨水书写的。紧张的氛围一直萦绕着我们，但我们内心充满了对回到南非的渴望与期待，这份期待支撑我们度过了那些时光。

1972 年 6 月 11 日，姆滕布、恩特拉巴蒂和姆伦泽离开了我们在摩加迪沙的安全屋。由于是地下行动，我们没有询问大家的去向，但推测他们正在回家的路上。1972 年 6 月 18 日，当坦博告诉我们准备第二天出发时，天时地利似乎都站在我们这边。

那天晚上，我们在一个大房间里与坦博进行单独面谈，每人还拿到了一个手提箱和一个背包。我从架子上的衣服和鞋子里挑选了几样，装进了我的箱子，其中包括一件漂亮的长袖黑色针织衫，一件黄色的短夹克衫——伐木工人常穿的那种、长袜、鞋子和一把匕首。

坦博告诫我说，一定要把所有物品都收拾好，全部装进行李箱里，要遵守空中交通管制规定，因为现在是"恐怖分子"劫持和扣留飞机事件频发的时期，航空公司的管制非常严格。他说，姆潘扎（Mpanza）、姆伦泽和姆滕布在途中丢失了大部分财物，现在没有钱、没有衣服，也没有身份证件，被困在了斯威士兰。坦博说，我和兰卡有责任给这些同志送些钱去。

坦博递给我一张纸，上面写着一个住在英国苏塞克斯（Sussex）的人的地址，我得去联系这个人。我提出，除了经乡村商店转交外，我不会有其他邮政地址，而且如果我用当地一个家庭的名字来收发信件，他们会发现很难解释清楚他们与一个英国人的联系。坦博说给我的邮件将从南非境内寄出。我发出的邮件会寄往英国的地址，但无须去邮局投递。我应该使用城镇邮箱，这样可以最大程度地减少安全警察的怀疑。在我寄出的每封信的信封里，都要夹带一小截白色棉线，对方也会这样做。如果棉线不见了，我们就能知道，安全警察已经拆开过信件。我很好奇，坦博是怎么记住所有这些细枝末节的呢，但我并没有去问他。

他建议我把所有的文件、钱，还有一些衣服都装进我日常所背的包里。接着，他拿出了技术小组准备的几个信封，道了声歉，说自己应该先检查一下信封里的东西。一个信封里装着拍纸簿、钢笔和隐形墨水。另一个里面装着一些钱、我的护照和身份证件。他让我立即打开护照看看，因为第二天一早，我就要用到它。这本莱索托护照显示，我是在一个月前离开莱索托的，之后辗转多国，并于1972年6月14日抵达索马里。

在单独面谈之后，我们集体听取了简短的情况介绍。坦博和克里斯告诉我们，他们已经预付了我们从索马里到斯威士兰这一程的旅费。我们应该在指定时间之前到达每个中转站，以确保不会错过任何事。我们从索马里启程，计划在内罗毕国际酒店住宿一晚，同时已经预订了洛伦佐-马克斯（Lorenzo Marque）的宾馆，兰卡手中有该宾馆的具体地址。我们的最后一站是斯威士兰的曼齐尼（Manzini）酒店，我也已经记下其地址。值得一提的是，我们在曼齐尼的联络人脖子上也系着一条醒目的红巾。坦博建议我们在安全抵达斯威士兰后销毁护照，并试着取得新身份证明，因为摩加迪沙发给我们的只是临时身份证。

他们还说，我们在国外的领导人与南非相关机构之间建立起了有效的沟通渠

第 25 章 回　家

道，因此他们获取了早先离开摩加迪沙的三位同志的详尽且即时的信息。这使我深信，我们将为南非现行的、运作顺畅的非国大机制注入新的活力。

回到宿舍，我打开了装有我的南非身份证的信封。身份证做得很精致，盖有印章，还贴着我的照片，表明我受雇于伊丽莎白港东北部的斯瓦特科普斯（Swartkops）。证件上有一处空白，供雇主按月签名。我必须同时练习我作为雇主和雇员的新签名，以便我可以作为雇主签名，确认我作为雇员的身份。我核对了详细信息，确认就业记录是最新的，这令我很是满意。

在苏联的培训中，我们被告知金钱可以敲开武器无法打开的大门。有钱能使鬼推磨，包括穆萨·穆拉在内的一些领导人就是善用钱财，才逃过了利沃尼亚审判的。我不止一次地打开装钱的信封，把里面的 200 兰特钞票点了又点。我以为我的两个战友收到的金额是一样的。从我们必须执行的任务来看，这似乎是一个小数目。我们每个人都必须找到住处，建立起一个能正常运转的可靠机构，支付邮政服务、旅行和住宿费用，照顾通讯员和新兵，其中一些新兵必须出国受训，还要支付包括购买急救包在内的医疗费用。但我把忧虑暂时抛在一旁，专心致志地准备成功返回南非。

1972 年 6 月 20 日，负责与非国大联络的索马里军方官员将我和兰卡、古马带到摩加迪沙机场，我们登上了飞往内罗毕的航班。一切都很顺利，我们的护照上盖上了离境章。虽然这是早上的第一趟航班，但飞机上已经满员。我和同志们分开来坐，坐在我旁边的是一对来自乌干达的夫妇。

在内罗毕机场，我们的护照又经受了一次考验。我把护照交给了护照检查处的那位先生，他看了护照照片，看了我的脸，在我的护照上盖了章，然后把它还给了我。兰卡手里有些余钱来支付我们的费用，他还雇了一辆出租车送我们到内罗毕国际酒店门口。我很高兴一切都按计划进行。

当我们登记入住时，听到了一个兴奋激动的声音，来自埃利奥特·宗迪（Elliot Zondi）。埃利奥特·宗迪是民族之矛成员之一，1966 年在孔瓦营区当了逃兵。他告诉我们，他获得了联合国奖学金，目前正在肯尼亚学习。其他一些人则前往欧洲——主要是英国——求学。兰卡说他要去开罗的一所农学院接受畜牧业培训。当门房把我们领到二楼的房间时，我们松了口气。我们跟宗迪在前台接待处就分开了，并希望不要再见到他。在经历了阿文图拉号事件之后，我们永远不知道该对我们遇到的任何人信任到什么程度——尤其是一个忠诚度可疑、曾抛弃了解放运动的人。

我们在我的房间里开了一个简短的会议，指出肯尼亚境内可能有敌方特工，他们可以轻易地绑走我们中的任何人。我们决定所有人都不得单独外出或为陌生人开门，我们还商定了一起吃饭的固定时间。1972年6月22日上午，我们从酒店乘坐出租车返回机场，顺利登上了法国航空公司经马达加斯加塔那那利佛（Antananarivo）飞往莫桑比克的航班。我和两个马达加斯加男人坐在同一排，往座位那边走时，我和一些讲南非荷兰语的男人擦肩而过。

在塔那那利佛，机组人员宣布飞机将在五个小时后飞往洛伦佐-马克斯和约翰内斯堡。我们不能在机场停留那么久，周围还有些我们不知道他们效忠于谁的南非人，所以我们决定离开机场，去参观一下这座城市。我们拿到了出境许可证，兰卡与出租车司机商量了一番，好让我们能及时返回机场，赶上后续航班。我们在塔那那利佛拥挤的街道上漫步，进了商店也只看不买，因为我们没有可以花在这种个人事务上的钱。

司机及时把我们送回了机场，让我们赶上了飞往莫桑比克的航班。当飞机在洛伦佐-马克斯国际机场降落时，天已经黑了。下舷梯时，我看到下面的泛光灯下有一群士兵，我担心他们知道我们在飞机上。我没看到任何同事，便决定把注意力集中在距离我几步远的乘客上。

我怀着忐忑焦虑的心情，加入了等待领取行李的旅客行列。我突然意识到，自己竟然没记住洛伦佐-马克斯的旅馆地址，这可真是愚蠢。我收起行李箱，恋恋不舍地拖着脚步走着，感叹自己的旅程即将提前结束，又回不去南非了。尽管如此，我还是大胆地向移民局工作人员出示了我的护照。这位工作人员毫不犹豫地在上面盖了章，然后把它还给了我。当我走向出口时，连我的行李箱似乎都变轻了，但当熟悉的声音在耳边响起，一只手伸过来抓住了我的衬衫袖子时，我还是吓了一跳。兰卡和古马一直在等我。他们在飞机上的座位只是比我的座位更靠近出口而已，我之前的种种不安，不过是想象力过于旺盛，自己在吓唬自己。

我们排队等待出租车，将行李稳妥地放入后备箱后，兰卡将写有我们目的地的纸条递交给了司机。离开机场的那一刻，我长长地舒了口气。到了宾馆，迎接我们的是一位五十多岁、腆着大肚腩的男人，他优雅地转动身体，欢迎我们的到来。他看了我们的护照，点点头，给了我们三把钥匙，然后指了指通往一层的楼梯。我们提着行李箱，沿着逼仄的楼梯走上去，来到一条走廊，走廊的地板是锃亮的抛光水泥。我们的房间都在走廊的右侧，与迎宾处在同一边。

我们还没来得及安顿下来，就听到对面的一个房间里传来一阵嘈杂声，好像是建筑工人在装修。噪声持续不断，让人难以忍受，而且声音很大。我走到前台投诉，但讲葡萄牙语的主人似乎并不能完全理解。我模仿起那嘈杂的声音，他却一直说："看，看。"我把这个情况告诉给同事们，然后我们一起来到前台。主人指了指他的手表，大概是想说噪声将在一小时后停止。古马问晚上这个时间还有哪些名胜古迹可看。主人拿出一张城市地图，指出了几个地方，每次都问："出租车？"几分钟后，主人指着一个街区外的一个地方，告诉我们可以步行前往那里。他写下了"罪恶街"（Sin Street）这个名字，我认为这是一家餐馆或咖啡馆的名字。

我们按他指示的方向走，很快就发现自己来到了一条黑暗的街道，那里汇聚了形形色色的人群，宛如一个多元的小社会。落单的士兵、警察，身着西装的绅士、夜场女郎，还有忙碌的商人，在这片夜色中交织在一起。其间有人试图向我们推销毒品，但我们婉言谢绝了。与我们交谈的人中，大多数都能流利地使用数种语言。与此地相比，我1964年造访过的开罗黑市所提供的商品与服务，都显得不值一提。我们左侧矗立着一座宏伟的天主教堂，一条灯火通明的街道出口映入眼帘。我们沿着这条街道前行，最后回到了我们入住的那家安静的宾馆。宾馆的主人上了年纪，正在前台后面小憩。为了避免惹人耳目，在接下来的几天里，我们都深居简出。

1972年6月25日，早餐后，我们互相帮忙，整理了房间，确保没有留下任何东西。我们汲取了在斯威士兰同事们的教训，不希望耽误行程。在宾馆外，我们顺利拦下一辆出租车，直达机场，并快速办好了登机手续。飞往曼齐尼的航班准时起飞，但那架飞机出乎意料地小，仅能提供十个座位。当一位女性空乘人员引领我们登机时，我不禁有些怀疑：这架小飞机真的能搭载七名成年男性和一名机组人员顺利起飞吗？机上另有四名乘客，他们都穿着一身狩猎装，看起来像是南非公民，这也给我带来了一些紧张情绪。幸运的是，飞往曼齐尼的航程仅有一小时左右，我们出机场的流程也进行得相当顺畅。踏出机场大楼，一名男子主动上前询问是否需要出租车服务。兰卡告诉他，我们需要去曼齐尼镇，那人向停在不远处的一辆车招了招手。他和司机把我们的行李箱装上车，古马和我坐到后座上，兰卡坐在前排。司机似乎是与那名男子讨论了一下我们的行进路线。最终，出租车司机选择了自己喜欢的一条路。他将我们安全送抵旅馆，离开前，还热心地帮助我们搬运行李箱。

我们办理了入住手续，接着开了一个简短的会议。会上，大家互相叮嘱不要随意外出，以免与卢图里支队的两名成员碰面。据了解，这两名成员已从罗得西亚的万基辗转至斯威士兰，目前正落脚在曼齐尼的市郊。会议结束后，我们便各自回房休息。我刚要检查窗户是否紧闭时，听到了敲门声，于是为兰卡开了门。我们商定，遵循摩加迪沙的指令，于18点与联络人碰面。到了约定的时间，我和兰卡悄悄离开了旅馆，兰卡的脖子上还系着一条醒目的红巾作为标识。我们在外头碰到了一个中等身材的白人男子，他有着一头黑发，脖子上也系着红巾。当我们接近他时，兰卡低声嘀咕了几句，似乎是在对暗号。那名男子停下脚步，说了一些我听不明白的话语，随后自我介绍，说自己是沃特森（Watson）先生。他立刻带我们来到了一处看似隐秘的地点。令我意想不到的是，姆伦泽、姆滕布和恩特拉巴蒂这三位被困的成员居然也在这里。尽管我们知道他们在斯威士兰，但他们不应该知道我们也在此处。这违反了安全规定。

当沃特森带我们来到一个僻静的地点时，我意识到这是一个需要当机立断的时刻。兰卡二话不说，拿出装有要转交给三位同志的钱的信封，递给沃特森先生。我们解释说，我们并没有拿到他们的身份证件。

沃特森先生则向我们作了解释，他必须于次日离开斯威士兰。我们之中，任何留在斯威士兰的人都会被滞留在这里。沃特森先生告诉我们，他将带着恩特拉巴蒂、姆伦泽和姆滕布穿越斯威士兰／南非边境；而在第二天早上9点，他会在曼齐尼城外前往姆巴巴内（Mbabane）方向的搭车点与兰卡、古马及我会合。我们没有大张旗鼓地告别，但明确了下一步的行动。

当天晚上，兰卡在晚饭时向我和古马通报了情况，我们约定第二天早上8点退房。想到终于要回到南非了，我便无法入眠。我花了一些时间整理背包里要带的东西和行李箱里要放的东西。

第二天离开酒店时，我们每个人都带着自己的行李箱和背包。那一天是1972年6月26日，自1955年《自由宪章》通过以来，我们南非解放运动就把这一天定为"自由日"。虽然是冬季，但那天早晨却很温暖。当从曼齐尼到姆巴巴内的道路稍微向西北转弯时，我们在前方约200米处看到了两名带着行李的男子。我们约好跟沃特森先生碰面的这个地点，似乎是个很受背包客欢迎的主要徒步点，道路两旁都有车辆提供搭便车服务。

10点左右，一辆从曼齐尼方向开来的白色汽车停在了距我们10米远的地方。车上坐着沃特森先生和一位女士。我们赶紧把行李放进后备箱里，上了车，我坐在后排中间的位置。随着汽车的启动，我们相互道贺，共同庆祝这个具有历史意义的日子，因为我们即将重返南非。驶过姆巴巴内之后，汽车转向了一条向西延伸的土路。当车子最终停下时，沃特森先生请我们三个跟他一起下车。

我看到我们的车停在了一条步道旁边。沃特森打开了后备箱，示意我们取出背包，而将行李箱留在车内。他关好后备箱之后，指示我们应沿着这条步道前行。他告诉我们，大约行走8千米后，我们会抵达位于斯威士兰一侧的边界围栏。再往前走一段距离，到达一处高地，我们就会看到第二道围栏，围栏的那边便是南非。从高地俯瞰，田野被一条从北至南延伸的农场道路分割开。沃特森先生和那位女士则会开车穿过官方的边境哨所，在那条农场道路上与我们汇合。如果他们比我们先到，就会在那条路上缓慢地来回开着车，等待我们。沃特森先生向我们保证，农场的道路相当僻静，鲜有人至。但若有好事者询问我们要去哪里，我们应当回答说要回埃尔默洛（Ermelo）工作。他的说明简明扼要，让我们每个人都做到心中有数。

当我们互相拥抱，并保证我们会在南非那一侧见面时，车上坐着的女士也下来了，我第一次注意到她怀孕了。确认我们已做好徒步前行的所有准备之后，我领头爬上了斜坡。过了一会儿，我听到下方有车门关闭的声音，紧接着，汽车发动机的轰鸣声响起。

穿越南非边境

我们沿着蜿蜒小径，缓缓攀登一个斜坡。周围的环境宁静祥和，仿佛在欢迎我们踏上通往南非边境的征途。然而，我们在斜坡上走了很长一段距离后，兰卡提醒我放慢脚步，因为古马的身体出现了不适。面对这一突如其来的健康状况，我内心深感忧虑，多年来我一直担心的事情在这一刻成为现实。它就这样，在我们距离目的地仅剩几个小时路程的时候，猝不及防地降临了。尽管遇到了困难，我们仍下定决心，绝不能功亏一篑，必须走到南非边境一侧，并与沃特森先生汇合。我们是患难与共的同志，于是我接过古马的背包，兰卡则搀扶起他。我们互相鼓励，携手前行。当我们看到第一道边境围栏时，心中涌起了希望和力量。谨慎起见，我提出由我先去前面探查清楚情况。我们商定，如果我遇到敌人，会立即往回跑并大声示警，让他们有机会及时撤回斯威士兰。

我急切地想了解前方的地形，便沿着斜坡继续前行。越过第一道边界后，远方的山脉在我眼中缓缓拔起。越过第二道边界后，整片区域的风光就可一览无余了。我向西边眺望，发现在我的右侧大约 5 千米处，有一个繁忙的矿场或采石场，车辆在其中往返穿梭。在我的正前方，一条峡谷蜿蜒而下，直通一条小溪，岸边，就是沃特森先生曾提到的耕地，干枯的玉米秆在这些地里摇曳。越过小河，便是那条农田道路，它似乎与通往矿山或采石场的道路相连。农场工人的小屋星罗棋布地点缀在田野上方的山谷里。再朝南望去，农田道路的尽头，矗立着一组建筑群，看外观像是学校或诊所。而在我左侧的山坡上，远远地可以看到三栋长条形的房屋。其中一栋前面，有一面旗帜在微风中飘扬，但我看不清那是国旗还是某些非政府机构的旗帜。这些建筑的南面是一个足球场，大约有五个人正在场上踢球。看来，我们最佳的选择似乎是沿着灌木丛生的峡谷下行，这样既可以保持隐蔽，又能随时观察农场道路上的情况，那位女士和沃特森先生会在这条路上与我们会合。我回到兰卡和古马的身边，确信我们已经身处南非的一个和平地带。在向他们汇报情况时，我省略了关于那三座建筑和足球场上人们活动的细节，并说据我估算，从峡谷到农场公路的距离大约为 6 千米。随后，我再次接过古马的背包，领头走进了茂密的峡谷。峡谷里植被茂密、荆棘丛生，幸好我随身带着摩加迪沙丛林刀，用它劈开了一条通道。我们走了大约四个小时，才走完 2.5 千米的路程，这期间我们始终关注着农场道路，生怕错过了沃特森先生。

我们从峡谷里出来的时候，太阳已经落山了。我们越过小溪，穿过一片田地，来到一道齐臀高的围栏前，这道围栏隔开了农场道路与耕地。当我们穿过农

第 25 章 回　家

田并开始向南走时,天已经黑了。人声和狗吠声时而划破山谷里的宁静。兰卡建议我们找一个靠近农场道路的地方休息。我们相信沃特森先生和那位女士不会在此停留太久。我们踏上一条渐渐隐没在夜色中的小路,登上了一座小山,那里有一片被巨石遮蔽的区域,可以俯瞰到整条农场道路。我们收集了一些灌木,生起了篝火。我们认为莱索托护照不再有用,便把它们扔进火里,看着火焰将它们化为灰烬。古马说他感觉好多了,这让我们深受鼓舞。

古马提醒我们,有一辆汽车正沿着农场道路,从南面向我们驶来。我们立刻背起背包,跑向农场道路。古马冲在最前面,对那辆车使劲挥手,但那车却仿佛没看到他一般,疾驰而过。我们一致认为,不能再继续等沃特森先生和那位女士了,并且返回篝火那里也是不明智的,我们应该先离开这一带。我们顺着与农场道路并行的小溪前行,沿途用溪水解渴。经过我认为是学校的建筑区后,这条路拐向了右方,再沿路直行 300 米左右,农场道路与一条柏油马路交汇在了一起。我们在这里看到了一个指向右侧的路标,上面写着——"埃尔默洛"。我们确实是在南非了。头顶的天空明亮,飘着星星和几朵小云。

我们沿着陡峭的上坡路行走了约半小时,地势才逐渐平缓起来。从斯威士兰出发的漫长旅途已让我们疲惫不堪,于是我们在道路左边的灌木林中找到了一块休息的地方。我们捡拾了些柴火,点燃篝火取暖,并在疲惫中迅速陷入了梦乡,甚至没有安排人守夜。清晨,我们被早上出来寻食吃的鸡鸣声惊醒,发现自己离一个小农场的住宅竟只有 10 米之遥。我们对自己在安全方面的疏失感到惊愕,于是悄无声息地背上背包,踏上了通往埃尔默洛的柏油路。

步行约一小时后,我们看到路旁有一家商店,店门口站着大约五个人,正在享用面包与咖啡。我们走过去,买了四分之一块面包和茶,带着些许紧张加入了这些人里,唯恐店主会投来怀疑的目光。

早餐后,我们和店里的三个人一起往埃尔默洛走。行走约 800 米,我们看到左侧聚集了一群人,其中一人解释说,这里是前往埃尔默洛的搭车点。我们觉得这是个好主意,很快便与这群人一同搭上了一辆卡车。在前往埃尔默洛的途中,卡车会在不同的地方停下,搭上一些徒步旅行者。我认真地听着周围人的谈话。显然,警察没有到过埃尔默洛的火车站,那里应该是安全的。

到了埃尔默洛车站,我们三个人最后一次聚在一起,开了个简单的小会。我们达成共识，决定各自单独购票，并分开乘车以确保安全。我们避开了镇中心的繁华，因为担心会遇到警察盘查身份证件，并要求我们说明此行的目的。根据地下行为准则，我们谁都不知道其他人要去哪里。中午时分，我购买了一张前往皇后镇的车票，随后发现我的火车要等到 21 点才会发车，便坐到了一群携带大量行李和大包的老人旁边。我听到他们用塞索托语说他们要去自由州或莱索托。我看到兰卡和古马在另一个站台上并排坐着。我心中忐忑，不知道回到南非的第一天，都会发生些什么。

当火车到达时，我看到我们三个人都登上了开往杰米斯顿（Germiston）的火车。我和古马坐在同一个车厢，兰卡则坐在不同的车厢。在杰米斯顿火车站，我和古马换乘开往皇后镇的火车。这时，我就没再见到兰卡了。等我和古马在车厢里安顿下来，随着列车开动，我们开始探讨彼此的近期目的地。古马告诉我，他将在距离皇后镇大约 100 千米的莫尔泰诺（Molteno）站下车。火车行驶了整整 24 小时后，古马就下车了。天色已晚，但莫尔泰诺站的站台上却人头攒动。借着火车站昏黄的灯光，我看到古马站在一根柱子旁，似乎是在等待亲朋好友来接站。

第 26 章　特兰斯凯

火车慢慢驶离莫尔泰诺火车站。我意识到，是时候和我在国外的生活说再见了。我已做好准备，去迎接那些未来将会遇到的、未知身份的同志和朋友们，还有敌人，我会与他们建立起全新的联系。莫尔泰诺，是一个标志。从前种种，譬如昨日死；今后种种，譬如今日生。

除了清晨稀疏的车流，皇后镇显得空旷而寂静。在火车站外，我与另外三人结伴，准备搭便车前往埃利奥特。一辆面包车在路边停了下来，我和另外两人挤进了后排座位，另一名男子则与司机同坐在前排。我暗自庆幸，能在日出前离开皇后镇，因为此时已经有警察在街头巡逻了。上午 10 点左右，我们顺利抵达了埃利奥特。面包车后座的一位同伴热心地为我指路，带我去麦克莱尔的一个搭便车点，我希望能在那儿找到交通工具，带我去马塔蒂埃莱。

没过多久，一辆小卡车驶向弗莱彻山，停在了我们面前。我们同行的六个人立刻抓住机会上了车，这样就不用在麦克莱尔经历漫长的等待了。虽然坐在卡车后厢让人感觉有些颠簸不适，但想到能在白天完成旅程的大部分，我心里还是感到十分宽慰。当我们抵达弗莱彻山时，我惊喜地发现，一辆前往马塔蒂埃莱的公共汽车正准备出发，这真是太幸运了。我立刻向售票员支付了前往沿途的一个小站——西戈加（Sigoga）——的车票钱。

当我在西戈加下车时，夕阳已经渐渐落下，天空中的云彩正自西向东缓缓飘移。我选择了一条土路，朝着西北方向的翁格卢克斯内克（Ongeluksnek）进发。随着夜幕的降临，黑暗如巨兽般逐渐吞噬了整个山谷，只剩下点点火光和微弱的灯光在黑暗中闪烁，标示出不同房屋的所在。走了一会儿，我听到后面有脚步声快速靠近，我退到一旁，给一个牵着马的人让路。那人停了下来，介绍说自己叫尼亚蒂（Nyathi），这会儿正赶着去一处房子，从他指出的灯光来看，那里距此大约还有5千米远。这时，我意识到我没有自己的名字，只有一串化名；我也不属于任何特定的地方，而是属于整个国家。

我告诉尼亚蒂先生，我是来自哈丁（Harding）的班邦赛托（Bambumthetho），正要去古廷（Quthing）探望亲戚。他停下脚步，目光在我身上打量，仿佛我们曾有过一面之缘。接着，他吹了声口哨，轻轻摇头，严肃地指出晚上进入山区而不携带棍子和毯子是非常危险的。尼亚蒂先生向我讲述了当地偷牲畜贼的情况，他们有时会袭击该地区的牲畜站。他邀请我去他家过夜，我欣然接受了这份善意。我们一边交谈，一边走向他的家。在那里，我见到了他的妻子以及两个可爱的男孩，一个五岁，一个九岁。尼亚蒂先生把马鞍包里的杂货拿出来，交给他的妻子，我们吃了一顿由玉米饼和鸡肉组成的晚餐，然后他带我去了我的卧室。

次日清晨，我们又享用了粥和茶。我决定不进山了，而是转道去塞达维尔（Cedarville）探望诺玛韦西勒姨妈，她是我母亲的胞妹之一。尼亚蒂先生为我指路，建议我沿着一条小路向北行，一直走到小路与一条主干道交汇的丁字路口。届时，往右转可以到达马塔蒂埃莱，往左转则可以去往古廷。山谷里有些地方仍覆盖着一层薄霜，在谢过尼亚蒂先生及其家人的盛情款待后，我再次踏上了旅程。我心中喜悦，尼亚蒂先生指的路将把我带到马塔蒂埃莱，之后，我便能轻松抵达塞达维尔了。

大约一个小时后，我走到了那个丁字路口，并向右转。8点左右，我走到了一个公共汽车站，和几个人一起等待去马塔蒂埃莱的公共汽车。车子开来时，一些乘客表示看样子9点前我们就可能到达镇上。公共汽车的终点站是在一所法院外面，所以我决定在郊外就下车。之后，我沿着通往科克斯塔德公路最东边的一条小路步行，到达了一个通往塞达维尔的搭车点。不久，一辆老式面包车停在了我们面前，我和另一个人坐上了它的敞开式后座，车子一路都在吱嘎作响，我们就这样到了塞达维尔。从那里，我又搭上了一辆当地的小卡车，前往姆赫马内（Mkhemane），我母亲的妹妹就住在那里。

夜幕降临时，我来到了诺玛韦西勒姨妈的住处，四条狗冲着我狂吠了起来。两个小男孩高喊着它们的名字，试图安抚住这些狗，阻止它们继续对我狂叫。自我上次到这里来之后，这里新增了三间棚屋，一条人行小道和一条供牛橇用的土路通向那里。当我出现在诺玛韦西勒姨妈面前时，她的反应不仅是惊讶，更是震惊。她带我走进其中一间棚屋,随后,一个男孩为我们点亮了一盏防风灯,驱散了屋内的昏暗。我告诉她,我刚到达此地,而她是我此行探访的第一个亲人。

长时间的沉默之后,她告诉我,她的丈夫、我的母亲、我的父亲和其他许多家人都离开了我们,投奔祖先去了。她还说,警察来找我时,曾对我父母恶语相向,进行了带有侮辱和人身攻击的谩骂。在那之后,我们俩陷入了长久的沉默,直到她的孙子给我们送来晚饭。那晚,这些信息如同巨石一般压得我喘不过气。第二天一早,我们一同前往她丈夫的墓地,我在墓前致上了最深沉的敬意。姨妈劝慰我,要我节哀,她让我想起了民族之矛的那些前辈们。从最开始的训练营,到孔瓦营区,再到我们的军事行动期间,民族之矛的前辈们始终秉承那些牺牲了的战友们的遗志,矢志不忘我们的事业,这帮助我们重新发现了更深切、更普遍的人性。三天过去后,失去父母的沉重阴霾开始从我心头散去。在那段时间里,我依据解放斗争的要求审视了这个地区的情况。我注意到,只有妇女、女孩、老人和男孩还留在家里。年轻力壮的男子都去了矿山、城市、农场和其他工作场所。这里并不是建立政治和军事机构的理想场所,但从长远来看,我相信这里将成为自由战士在南非和莱索托之间流动的理想中转站。

到了第五天,我已经从悲伤中恢复过来,接着去探望我母亲在库坎卡的弟弟,法扎马舅舅。在我离开的那天,诺玛韦西勒姨妈和孩子们给我捎上了半只鸡和一些炊饼。他们陪着我,沿着我之前走过的小路走了大约3千米远,直到一所学校附近,然后才回家,而我沿着小路,走到了基尼拉河的下游。冬季,是这条河流的枯水期。过河后不远,我就来到了通往弗雷尔山的路。我的右边是曼迪莱尼(Mandileni)的百货商店,若再往前走8千米,就是马克斯海格维尼的学校了,和姆贝贝一家住在一起时,我就在那里读了六年级。我左边的路通向弗雷尔山,面前则是可以步行前往克维德拉纳的小径。

我穿过马路,向着姆彻乌拉山顶的方向行进。我注意到山脚下新增了不少房屋,而道路也变得比以前更加蜿蜒曲折。当我接近山顶时,地形变得平坦开阔,从那里我能够远眺昆布区的壮丽山峰。在视野中出现了克维德拉纳和库坎卡的一部分时,我找了个舒适的地方坐下来,打开了诺玛韦西勒姨妈为我准备的食物,开始享受一顿美餐。下面的山谷中零星点缀着许多小森林,从赫特赫特(Khethekhethe)到唐萨梅洛和库坎卡,延伸出13千米长的平坦土地。吃完饭后，我开始下山，往克维德拉纳河和坎塞莱（Cancele）河的源头去。当我走到了舅舅家时，马托古舅妈（malumekazi maTogu）和法扎马舅舅已经上床睡觉了，但有个小男孩迎了出来，他喝止了那条冲我吠叫不停的狗，并把我领到了卧室。

这次重聚令人激动却又不得不保持低调，因为我们不希望其他孩子察觉到我的归来。家中的长辈们告诫我，警察仍然会时不时地造访他们的住所，并警告他们，一旦发现我的行踪就必须立刻通知警方。马托古舅妈还告诉我，广播新闻里已经宣布，安全部队正在全力搜寻最近入境的恐怖分子。

第二天清晨，我早早地离开了他们的家，选择了一条山羊和牛常走的小路，以避开可能认出我的熟人。这条小径蜿蜒穿过蓬多米兹（Pondomise）山脊，一直延伸到了坎塞莱。在那里，我踏上了一条碎石路，从克维德拉纳到弗雷尔山的公共汽车常走这条路。没过多久，我听到坎塞莱河的方向传来了汽车引擎的轰鸣声。一辆红色面包车在前往弗雷尔山的途中停了下来，好心地将我载到了N2公路上。这条公路从开普敦一直延伸到德班，甚至更远。那时天色刚蒙蒙亮，我沿着公路走了一会儿，便到了恩塔班库鲁（Ntabankulu）的徒步点。

我此行的目的地是卢西基西基区，因为我想与住在那里的兄弟齐博奈勒共度一周。我们计划利用这段时间，沿着从姆坎巴蒂自然保护区到恩塔福福的海岸线进行探查，那里原本应是我们阿文图拉号小队的登陆点。当我与几位同伴一同前往罗德、恩塔班库鲁和艾利夫山的便车搭乘点时，我的思绪一直被那次冒险占据着。我们一起挤上了一辆愿意载我们一程的小卡车，它沿途不时停靠，接载或放下其他乘客。这辆小卡车似乎深受大家的喜爱，因为它总是以耐心和温柔对待每一位乘客。当我们离开N2公路后，车速逐渐加快，径直驶向了恩塔班库鲁。车子开到一个小市场附近时，我们和其他乘客一同下了车，继续前往卢西基西基。在公共汽车站，我们找到了前往卢西基西基的公共汽车，并开始往车上放行李。我坐在了靠后的座位上，旁边是一位慈祥的老太太。从恩塔班库鲁出发后不久，我听到其他乘客开始讨论特兰斯凯即将独立的话题。一些人热情洋溢地赞美凯撒·马坦齐马（Kaiser Matanzima）先生，称他将特兰斯凯的农场和其他财产都归还给了黑人。然而，另一些人则坚决反对将特兰斯凯从南非其他地区分离出来。显然，那些支持独立的人认为他们会获得自治权，但特兰斯凯独立后，种族隔离政府将扮演何种角色，这仍然是个未知数。这让我感到有些不安。在我们解放运动努力争取自由的同时，竟然还有一部分人民如此坚定地支持政府的政策。从恩塔班库鲁到卢西基西基的这段旅程，让我对特兰斯凯的政治局势有了更深入的了解。

公共汽车在傍晚时分抵达卢西基西基。我沿着通往圣约翰港的道路走了7千米，然后拐上了一条通往姆津武布（Mzimvubu）河西南方向的小径。夜幕已然落下，但明亮的月光在我的路途上投下了淡淡的光影。快到齐博奈勒家时，原本宁静的夜晚被狗吠和鹅叫声打破了。他简直不能相信站在他眼前的人就是我，毕竟，他从警察那里听说我已经死了很久了。我们紧紧地拥抱在一起，喜悦之情溢于言表。齐博奈勒已经成长为一个负责任的顾家男人，他继承了他母亲的住所。得知他母亲也已离世，我深感惋惜。他告诉我，他的第一对孩子是双胞胎，恰好在我到来前一个月降生。虽然家务琐事繁多，但他们幸运地得到了社区里妈妈们的关怀与帮助。为了不影响他们和孩子们的亲子时光，我决定与他们暂别。但若在当地没有大本营，我就无法顺利探查海岸线，这时我想起了住在乌姆塔塔郊区恩特莱基塞尼（Ntlekiseni）的亲戚玛格扎巴（maNgxaba）。为了解释我为何要突然离开，我告诉齐博奈勒一家，我必须在第二天下午前到利博德（Libode）去，好找到新工作。他们虽然有些不舍，但表示理解我的处境。

第二天清晨，我醒来时，看到齐博奈勒家的四间棚屋、畜栏和小花园沐浴在一片和谐宁静之中。邻居家的两位女士来帮忙生火准备早餐。洗漱过后，我们享用了粥、面包和茶。大约10点钟，我向这家人和他们的邻居道别，齐博奈勒陪我走到姆津武布河边，告诉我哪里过河安全，因为这里曾有人因尝试渡河而溺水或骨折。在前往渡口的路上，齐博奈勒提到村里的宁静生活，唯一让人担忧的是巫术，它让一些人的关系变得紧张。渡口距离利博德河一侧的一家小商店约400米远。

齐博奈勒率先过河。那天天朗气清，河水温暖，我们到了对岸，便脱下衣服在河里洗澡。我向齐博奈勒许诺，会在一个月内回来，然后看着他小心翼翼地渡回去，就像是在穿雷区一样。他安全抵达卢西基西基一侧后，我们隔岸挥手告别。我沿着一条熟悉的小径往利博德的山上走去，河水的清新让我感到分外轻松。

两个小时后，我到达了姆加格韦尼（Mgaqweni）村，并在那里坐上了一辆前往利博德的拖拉机。在利博德，我一口气吃掉了两份维特科克（vetkoek）——

一种南非传统的炸酥包,喝了一杯冰凉的奥罗斯(Oros)饮料。之后,我搭乘一辆小货车前往乌姆塔塔的恩甘杰利兹韦(Ngangelizwe)。在靠近恩甘杰利兹韦的地方,我下车走上了一条小路,这条路穿过乌姆塔塔机场和左侧的丘姆布(Tyumbu)商店,最终带我抵达了恩特莱基塞尼。

蒂莫西·姆布佐

玛格扎巴以一连串的问题对我表示了热烈的欢迎,并略带责备地问我为何自离开圣约翰学院后就再未去探望过她。我解释说,我的第一份工作是在一个养羊场里,那里的薪资水平不高,交通也极为不便,我甚至难以与外界保持联系。然而,她打量着我的衣着,认为我所在的农场待遇应该不差。我告诉她,这些衣物都是农场主卖给员工的二手货。虽然她对我的解释半信半疑,但仍然为我能够回来而感到由衷的高兴。

我决定往恩卡马奎(Ngqamakwe)、措莫(Tsomo)和科菲姆法巴(Cofimvaba)地区走一趟。我告诉玛格扎巴姨妈,我去拜访一些朋友时,会把背包交给她保管。我的目的是去拜访古贝武(Gubevu)大叔,我相信他是解放运动的坚定支持者。他住在尼德拉纳(Nyidlana)村,是姆科齐的岳父。1968年,克里斯·哈尼从博茨瓦纳监狱回来时,这个家庭就曾接待过他。我确信,他的建议将对我选定首个基地的位置大有裨益。我从乌姆塔塔乘公共汽车前往巴特沃斯(Butterworth),随后转乘面包车奔赴恩卡马奎。在恩卡马奎,我遇到的第一个人是我此前从未见过的姆尔胡贝(Mrhube)先生。他年过半百,中等身材,自称是恩卡马奎警察特别行动部门的负责人。在我们的简短交谈中,他坦言,他们正对近期潜入国内的恐怖分子保持高度警惕,尽管如此,他更倾向于调查普通罪犯。他向我保证,他对恐怖分子并不感兴趣,只希望他们远离城镇和交通要道,而那些地方才是安全部队关注的重点。姆尔胡贝先生显然觉察到我身上某些与众不同的地方,我察觉到自己并未如愿融入当地社群。这次和姆尔胡贝的相遇,着实有些不同寻常。

鉴于当前形势,我决定改变原计划,不再前往措莫,而是搭车前往科菲姆法巴,再徒步去山另一侧的村庄。在去尼德拉纳的古贝武大叔家的途中,我突然想

第 26 章 特兰斯凯

起当地有一条法规，主人必须带领访客去见酋长或首领，进行登记。为了避开这一程序，我决定去一位以恩古本科莫（Ngubenkomo）为名的传统治疗师处进行登记，因为传统治疗师无须向酋长或首领上报其访客的情况。完成登记后，我就去了古贝武大叔家中。在那里，他向我详细解释了特兰斯凯的内部形势，而我也回答了他关于国外解放运动的诸多问题。他建议我与蒂莫西·姆布佐（Timothy Mbuzo）联系，说他是我在特兰斯凯能找到的最理想的联络人。姆布佐住在希维利（Xhwili），靠近 N2 高速公路的比季（Bityi）岔路口。我与古贝武大叔彻夜长谈，直到周六凌晨才回到恩古本科莫先生的家中休息。

我迎来了接受传统占卜仪式的时刻。在一位女士的引领下，我踏入了一间特别的小屋，恩古本科莫端坐在屋里，他面前的英佩福草燃烧着，袅袅烟雾升腾而起。我在他对面落座，他随即开始吟唱祖先的颂歌。当他道出"赞成"时，我与那位女士拍手齐声回应"我们赞成"。这重复的咏叹是占卜过程的标志，传递着传统治疗师从祖先那里获得的关于我的信息。我心中满怀喜悦，付费之后，就踏上了前往恩特莱基塞尼的旅程。

到了在恩特莱基塞尼的玛格扎巴家后，我决定更换我的身份证明。于是，在 1972 年 7 月 24 日的那周，我前往乌姆塔塔的通行证办公室。到那里后，我发现自己前面大概排了五个人，等到我前面还剩两个人时，我偷偷地在手指上涂了指甲油，以改变我的指纹。一切顺利，我获得了临时身份证。那个周末，我乘公共汽车从乌姆塔塔前往希维利，并没有事先安排，便与姆布佐见了一面。

在希维利公共汽车站，我请一个小男孩带我去找姆布佐的家。他指向了离车站大约 50 米远的一户人家。我在姆布佐家的牛栏旁找到了他。他看起来像是有六十多岁，微微有些驼背，留着灰白的胡须，看起来就像个退休老教师一般。

寒暄过后，我告诉他，我见过了古贝武大叔，是大叔建议我来找他的。姆布佐对我的到来表示了热烈欢迎，并告诉我他们一直期盼着自由战士的加入。他还透露，在希维利已经有些人翘首以待，准备接受训练。我表达了希望每次仅与一个人会面的意愿，并强调，任何潜在的学员都不应知晓我与其他人的联系。我们约定好了周日晚上再次会面。

在我准备离开时，他坚持要我们礼节性地去拜访一下纳尔逊·曼德拉的妹妹，她家离姆布佐的住处只有大约 1 千米远。我虽然担心这会带来安全风险，但姆布佐坚称这是安全的，而且这位女士每年都会去罗本（Robben）岛看望她的兄弟。我们一起步行到了她家，这位被姆布佐称为马德洛莫（maDlomo）的女士热情地欢迎了我们。她是一位四十多岁的高个子女人，五官让我想起了鲍勃·祖鲁，他也是马迪巴[1]（Madiba）家族的一员。（鲍勃·祖鲁在 1970 年与博西亚罗、卡斯特罗和维克多在穿越赞比西河的卡宗古拉地区后，不幸在敌人的伏击中阵亡。）姆布佐告诉马德洛莫，我是一位新来的同志，来此地的目的是要加强非洲人国民大会在该地区的力量。她听到这个消息后非常高兴，并祝愿我们工作顺利。在拥抱告别后，我们离开了。

我搭了一辆蓝色面包车，沿着 N2 公路回到了恩特莱基塞尼，并再次受到玛格扎巴姨妈的欢迎，但她似乎对我的行动并不太感兴趣。第二天，我又仔细想了想与蒂莫西·姆布佐会面时的种种情形。正如古贝武大叔告诉我的那样，我相信他是真诚的，但我对他坚持要带我拜访纳尔逊·曼德拉的妹妹的行为感到有些不解。也许这是老同志表达激动的一种方式吧。然而，许多事情都需要考虑周全，因为我知道任何失误都可能带来严重的后果。

我计划在傍晚时抵达姆布佐的住所，因此在周日下午离开恩特莱基塞尼，前往希维利。到达后，我发现他穿着大衣，围着围巾，头戴毛线帽，在主屋外走来走去。他说我来晚了，并迅速带路前往 1 千米远的一处宅院。他打开其中一间小屋的门，立即为迟到道了歉。当他把门关上时，我惊讶地看到，房间里面不是只有一个人，而是有五个三十多岁的年轻人。姆布佐热情地向我介绍他们，称这是第一批准备接受培训的志愿者。我惊讶于他并未遵守我们之前的约定，但我选择了保持沉默，并未当场质问他。他开始向众人发表讲话，并宣布将由我来负责他们的培训工作。未等我开口回应，姆布佐便自顾自地决定，我们将连续三天会面，并补充说，他已为我安排了这几晚的住宿地点——在社区的不同家庭中轮流寄宿。

我顿感骑虎难下。此时，姆布佐是唯一一个知晓我们每个人身份的人。我们围坐在小屋里，我让每位年轻人自报家门，以便了解他们都来自哪个村庄。结果这五人均来自希维利，且彼此相熟；在这种情况下，为他们各自的身份保密已不

---

[1] 马迪巴是曼德拉的昵称。

再重要，重要的是现在我是这间屋子里唯一的陌生面孔。我担负着不让他们接触到任何有价值的军事信息的责任。在苏联接受的作战军事训练使我认识到，在对他们进行军事训练之前，我们必须充分了解每一个人的具体情况。因此，我不得不找些无关紧要的话题来与他们交流，摆出一副对待自己人一样的态度；然而我心里却十分清楚，自己可能正置身于一群"黑马"（dark horses）之中——这些人心怀鬼胎、另有所图。

第一次会议之后，姆布佐就再未参加我们的讨论。我以为这是因为他年事渐高，有意退出讨论。毕竟，看看古贝武大叔一家人是何等的忠诚啊，他们保护了远在赞比亚的克里斯·哈尼，捍卫了家族的正直声誉；众多年轻人与长者，都在南非解放斗争的最前线，并肩奋斗。

在第四次会议上，我的五位同事希望讨论土地问题。他们认为应该将土地归还给其合法的主人。我欢迎他们就这一问题发表意见，并回答说，我认为南非属于所有南非人，无论是黑人还是白人。我们的解放运动将确保所有南非人都有平等的机会获得土地。其中一位年轻人说，他们感兴趣的是农业用地，而不是一般的土地。我认为，《自由宪章》已经满足了所有对农业感兴趣的个人和团体的愿望——为国家粮食安全考虑，农业用地的监理人将是那些实际耕种土地的人。这些年轻人反驳说，土地原本是从非洲黑人手中夺走的。我认可他们的这一论点，并未提出异议，然而我也指出，当一个外来者选择在某个社区定居时，他们便自然而然地成为该社区的一部分——他们所带来的孩子、家庭及其他亲属，也随之融入了社区，成为社区的成员。这些年轻人对这个观点并不买账，他们主张只有南非黑人才是这片土地的真正合法主人。讨论进行到一半时，一辆汽车驶了过来，在靠近我们的会场时关掉了大灯。这让我感到很不安，我认为车上坐的可能是一些特工。

几天后，姆布佐告诉我，他已安排我与他的一位医生朋友见面。这位医生住在乌姆塔塔郊区的诺伍德（Norwood），经常往返于莱索托，我们可以通过他建立起一个联络网，以备不时之需。他给了我这位医生在诺伍德的住址，并约我在本周晚些时候的13点见面。

约见当天，即1972年8月20日星期一，我在恩特莱基塞尼搭上了一辆便车，前往位于乌姆塔塔公共汽车站旁边的禧堂（Jubilee Hall）。从那里出发，通过马德拉桥，轻松跨越乌姆塔塔河，抵达了诺伍德。它坐落在一块巨大而开阔的长方形土地上，很是显眼。然而，一进入该地区，我就看到一辆警车在对面缓缓巡逻。我认为在有警察的情况下去医生那里并不安全，于是放弃了会面。

我返回了乌姆塔塔公共汽车站，与车站里的其他人一起，坐在长椅上等待开往恩特莱基塞尼的公共汽车。突然，从约克（York）路的方向来了一队警察，他们牵着警犬，显然是在搜寻什么。旁边的人议论纷纷，说警察在找自由战士。为了避开警察的注意，我转向坐在我右边的女士，她带着一个蹒跚学步的孩子。我和孩子玩耍了起来，甚至把孩子抱起来，让他坐在我怀里，就好像这是我自己的孩子一样。当警察队伍经过时，我努力保持镇定，而孩子的母亲也没有多说什么。在场的人都把注意力集中在了警察身上，没人注意到我。没过多久，我搭上了前往维吉斯维尔（Viedgesville）的公共汽车，并像往常一样，在恩特莱基塞尼的分岔路口下了车。

8月21日，我再次搭便车前往姆布佐在希维利的家，因为他要送我去参加与五位年轻同事的另一次会议。他没有问我与医生会面的情况，但我告诉他，有一辆警车停在医生的住处外面。他听后只是轻描淡写地说，在乌姆塔塔地区，看到警察可不是什么新鲜事儿。

在出发去开会的路上，姆布佐告诉我，一位在姆坎杜利（Mqanduli）任教的老师主动联系了他，这位老师因政治原因被禁止继续教书。姆布佐表达了对老师的支持，并承诺会与我进一步商讨此事。由于这位老师住在姆坎杜利的乡村，他们安排了老师的表弟图斯瓦（Tuswa）先生带我去那里。图斯瓦先生在埃利奥特代尔（Elliotdale）的非洲就业局办公室工作，姆布佐向我保证，那里是矿工招聘中心，是一个安全的会面地点。我们商定，姆布佐将到非洲就业局办公室或图斯瓦先生家中与我们一起商讨今后的工作。

在那天的会议上，我与五位同事再次就土地问题进行了简短的交流。他们提到，非国大的一些领导曾声明，要将土地归还原主。我对此表示赞同，因为从《自由宪章》的角度来看，土地的真正监理人应该是那些在这片土地上辛勤劳作的人，不论他们的肤色如何。讨论告一段落后，我去了姆布佐的住所，随后他安排我到另一户人家过夜。半夜，我做了一个可怕的梦。梦中，一条黑色曼巴蛇猛然向我袭来，狠狠咬了我一口。当我惊恐地瘫倒在地时，已故的母亲突然出现在我面前，为我挡住了毒蛇。而我从睡梦中惊醒，心有余悸。

1972年8月22日清晨，我离开了希维利，决定步行15千米前往埃利奥特代尔，以便与图斯瓦先生在非洲就业局办公室碰面。当我行至N2高速公路通往埃利奥特代尔的路口时，一辆从乌姆塔塔驶来的白色汽车吸引了我的目光。这辆车缓缓减速，转入了通往埃利奥特代尔的道路。我观察到车内坐着三名白人和一名黑人，他们迅速驶过。这一幕在我心中激起了疑惑——在当时，黑人与白人并肩坐在车后座是相当罕见的景象。我在想，这是不是特兰斯凯独立的准备工作的一部分。

冬日的天气十分宜人，我沿着通往埃利奥特代尔的缓坡前行。当我登上坡顶时，右侧的一个小镇和前方斜坡下的埃利奥特代尔镇便尽收眼底。两个镇子之间隔着一条蜿蜒穿过峡谷的小河，而镇外的山坡上则覆盖着茂密的森林。我顺坡而下，不久便看见非洲就业局办公室坐落在我左侧30米开外。之前在N2公路上遇见的那辆白色汽车，此刻静静地停在对面一幢灰色建筑前，车内已是空无一人。我猜测，车上的乘客可能已进入了那栋灰色建筑内。

非洲就业局办公室安静得出奇，仿佛空无一人。我推开门，走了进去。我依稀还记得，那里右侧有一个接待台，左侧则有两条通道，我猜它们可能通往各个办公室。在接待区的中央，一名穿着灰色三件套西装、中等身材的黑人男子独自站在那里，他的腰间系着一条宽大的皮带。我误以为他就是姆布佐所提到的图斯瓦先生。但当我试图与他打招呼时，情况突变。一名持有手枪的白人突然从我左侧的通道中冲了出来，同时，另外两名白人也进入了我的视线。他们异口同声地命令道："举起手来！投降！"

我愣住了，站在原地一动也不能动。其中一名男子小心翼翼地接近我，给我戴上了手铐。他冷冷地说："你被捕了。"另一人则走出去，把我之前看到的那辆白色汽车开进了非洲就业局的院子里。他们把我从大楼里押解到车上，又给我戴上了脚镣，然后强迫我坐在后座上的两名警察之间。此刻我才恍然大悟，我已被出卖。姆布佐先生介绍的图斯瓦先生，竟然是一名黑人警察。

第三部分
写在墙上的字

第 27 章　逮捕和审判

押运警车将我从埃利奥特代尔送往乌姆塔塔。每一场政治斗争都有自己的加略人犹大（Judas Iscariots），我确信姆布佐与我被捕一事有所牵涉。因此，我打算在接受警方质询时，申明姆布佐先生是我在国内的主要联络人。警方必然会追问我是如何回国的，我就说自己是从卢萨卡出发前往莱索托，再从那里进入南非的。据我所知，在我们六人的小组里，只有我是从斯威士兰入境并遭到逮捕的。我必须谨慎行事，对战友负责。

日落之后，我们到达了乌姆塔塔，随后驱车前往沃尔克斯卡斯（Volkskas）大楼，那栋大楼的四楼设有多间房屋。我们进入了一间宽敞的房间，里面配备有一张实木大桌、数把椅子，而且窗户上挂着厚重的窗帘，窗户外是僻静的后街。房间内，三名白人警察和四名之前在埃利奥特代尔押送我的警察都身着便装。他们一拥而上，连珠炮似的向我抛出各种问题。我惊愕地站在原地，这时，一名审讯者突然从背后给了我一脚。在铁链的束缚下，我重重地跌倒在地。他们对我拳打脚踢，还命令我像豹子一样在地上爬行。随后，其中一人说了声："够了。"他走到我倒下的地方，扶起我，并把我带到桌旁，让我站在那里。他告诉我，他们仅仅想知道我入境南非的具体时间、地点、同行者，以及我在南非的联络人和与国外非国大组织的沟通方式。

我向他们交代，我是在七月的最后一周途经莱索托来到这里的，抵达后立即与我的联络人蒂莫西·姆布佐先生会面。然而，我的这番回答却激起了这群猛兽的新一轮攻击。其中一名警察猛力击打我，使我头晕目眩，跌倒在地。他们辱骂我，又狠狠踢了我一脚。接着，两名警察抓住我戴着手铐的手腕，将我拖到窗边。一人拉开窗帘，打开窗户，他们试图将我往外推，我的头在窗外，背抵着建筑外墙，整个身体悬空，只有膝盖以上还在屋内。我仰望昏暗的街道，地面看起来遥不可及。若他们松手，我恐怕会头先着地，而手铐和脚镣无疑会增加我坠地时的冲击力。还好他们最终把我拉了回来。其中一名警察问我是否知道一个叫奥斯胡克（Oshoek）的地方。我如实回答说我不知道。他们却认为我在愚弄他们。于是，他们蒙住我的眼睛，将我带入另一间屋子，命令我坐下并伸直双腿。有人用类似头巾的东西蒙住我的头，把重物压在我肩上。接着，他们给我的每根手指都绑上了弦一样的东西。他们再次逼问我是否知道奥斯胡克。每当我回答"不"时，双手就会突然感受到一阵难以忍受的剧痛。这样的折磨反复进行，直到我失去意识。

我恢复意识时，发现自己已坐在汽车后座上，车窗外的天色已晚。隐约间，我看到车外站着两名审讯者，其中一位是图斯瓦先生，还有一位是穿着制服的白人。那人戴的帽子让我误以为他是一名警察。穿制服的男人毫无顾忌地将我从车内拉出，似乎对我身上的血迹和尿臭味习以为常，他嘲讽道："欢迎来到惠灵顿（Wellington）！"自我在圣约翰学院求学时就知道，惠灵顿是乌姆塔塔的主要监狱。因此，那个穿制服的男人必定是监狱的狱警。两名审讯者告诉狱警，说我是个极其危险的罪犯，必须单独严加看管。狱警随即召唤来了两名同事，三人一同将我押送至一间牢房。我刚跟跟跄跄地进入牢房，另一名狱警便跟了进来，解开了我的手铐和脚镣。随后，他们领我到了一处洗浴设施，命令我脱衣洗澡。我用冷水洗干净身体后，又被带回了牢房。我把脏衣裤摊开在地板和门栏上，用监狱的毯子紧紧裹住了自己。

我回想起1960年代，阿尔弗雷德·恩佐和约翰·恩盖西加入我们博茨瓦纳小组时的情形。他们在经历了90天的单独拘禁后被释放，并立即逃离了南非。他们看起来仿佛刚从死神手中逃脱，步履蹒跚、眉头紧锁，却仍带着微笑，勇敢地抨击着那些无形的压迫。菲什·纪特森曾说，他们的这种状态，就是南非警方在拘留期间对他们施行了严酷刑罚的结果。尽管如此，他们依然坚定不移，全心投入到斗争中。我一整天都在想象自己遭受折磨后的模样。

在那个夜晚，狱警前来命令我穿好衣服，并重新为我戴上脚镣和手铐。随后，图斯瓦先生和他的两名同事来接我，我们一同乘车返回沃尔克斯卡斯大楼。新一轮的严刑逼供和野蛮拷打再次上演。一名警察打着了打火机，把它凑近我的下巴，幸而他的一个同事出面制止，他才熄灭那火焰。过了些时候，其中一位巴克（Barker）警督说我非常愚蠢。他们声称已知我是从斯威士兰的曼齐尼入境的，就在奥斯胡克这个地方。这让我深感困惑。当初我们与联络人沃特森先生及那位他带来的女士分别时，仅有兰卡和古马两个人与我在一起。我猜想，或许我们中的一名或多名同志已被捕，并在类似的严刑拷打下泄露了这些信息。安全警察继续对我进行更多的审问和电击。到了第三天，我的双手肿胀得如同小橄榄球一般，于是他们改为电击我的脚底，直到我失去意识。当我恢复知觉时，已经被送回了牢房。

到了第四天，他们蒙住我的眼睛，一名审讯者问我是与谁一同进入这个国家的，而另一名审讯者则用针尖般的工具刺穿我的脚指甲。那种剧痛简直是毁灭性的，实在令人难以忍受。我尖叫着告诉他们我是与克里斯·哈尼一同进入这个国家的，因为我知道他此刻仍在索马里。我希望这样的回答能让他们停止折磨，但他们接下来问的却是我与哈尼下次碰面的时间和地点。出于求生的本能，我谎称第二天会在措莫镇外的一座桥上与他碰面。

在第五天的清晨，三名审讯者从牢房中把我带走，开车载着我在乌姆塔塔穿街走巷，来到了一条幽深且少有人至的街道。一个穿着海军制服的白人从驾驶座车窗探出头，目光紧紧地盯着我。他自称是地方法官，貌似漫不经心地评论说："你看起来状态相当好，看来他们待你不薄。"从他们的交谈中，我得知按照拘留规定，被拘留者必须被带到治安法官面前。这让我深感困惑，一个本应维护法律公正的官员，竟然能在这样不寻常的情境下照旧履职。警察要求他在那天稍晚时提交一份关于我的报告。这个过程结束后，我又被警察带回了监狱。

当天晚些时候，他们再次带我回到了沃尔克斯卡斯大楼的四层。我坐在大桌旁的椅子上，面对着巴克警督和另一名警察。房间内还有其他警察分布在各处。门突然打开，两名黑人男子走进了审讯室，门在他们身后紧紧关闭。我立刻认出了这两个人——所罗门·博费拉（Solomon Bophela）和西萨·帕马（Sisa Phama）先生，他们是民族之矛前成员，大约在1966年7月从孔瓦营区开了小差。他们穿着整洁，漂亮的鞋子，西装笔挺，还打着领带。他们用科萨语向我炫耀他们的美好生活，并劝我如果向审讯者说出真相，我也能得到优厚的待遇。我觉得他们的说辞根本不值得回应。他们继续滔滔不绝，围着我急切地比画，劝说我最好向安全警察坦白一切。这让我想起我们在苏联听过的人类行为讲座，讲师曾提到一些讲德语的苏联公民渗透到了德国军队中，去搜集情报，甚至获得了晋升。南非的殖民政权也采取了类似的策略，在关键位置安插了间谍。这两个人只不过是敌方的特工而已，我甚至怀疑他们是否曾是真正的民族之矛成员。也许他们一直都是殖民地安全部队的成员。最终，他们离开了审讯室，审讯者则将我送回了惠灵顿监狱。

比勒陀利亚

1972年8月底的一个午后，三名狱警押着我，我戴着手铐和脚镣，被带到一辆停着的警车前。警车外站着两名曾经审讯过我的人。我被推进警车后厢并上了锁。夜幕降临，我们驶离乌姆塔塔，抵达一个被大量停放着的车辆环绕的巨大围场。审讯者打开警后车厢，命令我下车。三名狱警迎了上来，说："欢迎来到彼得马里茨堡（Pietermaritzburg）监狱！"狱警领我前往一个看起来像接待区的地方。值班的警察对我进行恐吓、骚扰，甚至叫嚣着要射杀不说真话的恐怖分子。随后，他们将我带到牢房中过夜。我猜想我的审判将在彼得马里茨堡高等法院进行，但我那会儿疲惫不堪，脑子已经转不动了。

第二天一早，我刚喝完粥和咖啡，两名狱警便进入牢房，给我戴上了手铐和脚镣。他们粗暴地将我拽进那辆之前把我从乌姆塔塔带来的囚车中，两名审讯者已经坐在车里，准备出发了。我被锁在面包车后厢，随后车辆疾速驶离，仿佛是在赶时间。我们离开了彼得马里茨堡，连续行驶了好几个小时。突然，车子拐进了一个隐蔽的停车场。我仍然戴着镣铐，被押送到一个地下室。在那里，押送者遇到了他们的同事阿洛（Arlow）。与他一起的还有民族之矛的三名前成员：露露·莫吉（Lulu Mogie）、耶稣（Jesus）和艾哈迈德（Ahmad），他们都是当初孔瓦营区的逃兵。此外，莫里斯·曼德拉（Morris Mandela），他在民族之矛的化名是查理·马卡亚（Charlie Makaya）也在场，他因参与津巴布韦非洲人民联盟/非国大的联合行动而在罗得西亚被捕。

阿洛指挥他们对我进行拷问。他们将我戴着手铐的手臂悬挂在天花板上，使我的双脚悬空，然后阿洛开始用木棍殴打我。莫里斯·曼德拉则戴着一副没有锁链的手铐，手铐的尖端从他的指关节间刺出，专门攻击我肾脏的位置。整个过程着实难熬，但他们并没有向我提出任何问题。

随后，一个身材高大的白人走进了地下室，他们称他为斯库恩（Schoon）少校。他大声喝止了莫里斯·曼德拉，警告说内出血可能会要了我的命。

于是，我被放了下来，解开了束缚，随后被带到另一间办公室。在那里，少校对我说道："欢迎来到孔波尔（Kompol）大楼。我们对所有明理的前民族之矛成员都非常友善！"他身高1.8米有余，四十多岁，身材瘦长，与他年龄相比显得颇为精干，头发已显斑白。我意识到我已经身处比勒陀利亚，孔波尔正是特别部门的总部所在地。斯库恩少校是房间内唯一坐着的人，他略微转过身，在桌上的一本书上做了些记录。然后，他抬起头，下令道："带他去见见其他人。"

离开孔波尔大楼后，我再次被塞进警车里。车子启动，不久便停在了一所监狱前。绑我来的那两个人告诉狱警，要把我当作危险的恐怖分子，安排到最高安全级别的监区。两名狱警冷冷地说道："欢迎来到比勒陀利亚中央监狱。"他们像对待被锁链拴住的野兽一样对待我，一个在前面引路，另一个则用警棍催促我，让我跟上领路的狱警。这是一段漫长的路程。终于，我们到达了牢房门口，一名狱警为我摘下了手铐和脚镣。当我走进牢房时，他们重重地关上了厚厚的木门，上了锁，然后离去。我就这样被置于最高安全级别的单独拘禁之中。

牢房的角落里摆着一个浴桶和一卷卫生纸。旁边还放着两张卷起的剑麻垫子和三张叠好的灰色监狱毯子。我站在那里，犹豫着是坐在毯子上，还是继续站着，或是来回走动。突然，远处传来了《红旗》（*The Red Flag*）的旋律，这首经典的国际工人运动赞歌使我胸怀激荡。我几乎想跟着唱，但紧接着我意识到，这可能是一个陷阱，旨在搜集我与南非共产党联系的确凿证据。晚上睡觉时，牢房里的灯光时明时暗，搅得我整夜难安。

第二天早上，牢门的钥匙声吵醒了我。狱警示意我叠好毯子，把浴桶放到门外。我顺从地照做，然后他砰地一声关上了门。不一会儿，门又开了，一个干净的桶、一盘玉米粥和一杯咖啡被送了进来。吃完早餐后，我开始打量四周的墙壁。墙上用铅笔和圆珠笔写满了各种字迹，记录着之前囚犯的留言。他们有的是政治犯，有的是普通罪犯。留言大多与政治行动委员会或非洲人国民大会的活动有关，也不乏抢劫、谋杀或盗窃的罪状。我好奇他们是如何将这些书写工具带入牢房的。阅读这些留言成了我新的日常，午饭前后，我还会在高墙围绕的小院里散步 10—15 分钟，享受那片刻的自由和头顶的蓝天。

然而，单独囚禁的生活让我的扁桃体严重发炎。每次狱警来巡房，我都会向他们反映这个情况。终于有一次，一个狱警告诉我，他们没有治疗的药物，无法为我提供帮助。一周后，我的左侧扁桃体开始出血，并连续几天流出黄色的脓液。在这样的时刻，我深刻地意识到，这个国家机器会利用一切手段来摧毁被它视为敌人的个体，甚至不惜忽视囚犯的基本健康权。在我被囚禁的日日夜夜里，那盏灯始终亮着。

同案被告

单独囚禁所带来的影响是毁灭性的。被禁锢在狭小的空间内，无人可以交流，时间仿佛停滞，日子变得模糊不清。我甚至无法感知新一天的开始。

某个清晨，我惊讶地发现两名身着便装的男子在狱警的陪同下出现在我面前。他们为我戴上手铐，引领我穿过主出口，来到一排汽车前。这些车辆发动机轰鸣，车顶的蓝光闪烁不停。两人将我带到最近的一辆警车旁，打开后门，我发现恩特拉巴蒂和姆滕布已经在里面。他们是之前在曼齐尼被困的三位中的两位，此刻身无分文，也没有身份证明。我们几乎没时间寒暄，兰卡也上了车。我们相对而坐，车厢两侧各坐一人，每个人脸上都流露出难以言表的哀伤。对于我们这些自由战士来说，这样的相聚场所令人失望至极，它反映出我们的解放运动遭遇了巨大挫折。

想当年，我们六人一同从斯威士兰进入南非，现在只有姆伦泽和古马不在场。我猜想他们可能还在国内，或者已经撤退到国外。这不禁让我想起了我们曾经的训练时光。当时，苏联的政治指导员向我们讲述了布尔什维克在追求自由过程中所遭遇的艰辛。许多布尔什维克的成员在从国外入境时被沙皇政权逮捕。而那些侥幸逃脱的人，则选择了地下工作或逃离国家。也许，我们的成员正在经历相似的历史。

当我们沉浸在静谧中时，车队缓缓驶出了比勒陀利亚中央监狱。不久之后，我们在比勒陀利亚最高法院的地下室停下。我们被命令下车，并被带进一间拘留室。几分钟后，两名白人走进了拘留室。我认出其中较矮且年长的一位是沃特森，在斯威士兰的曼齐尼，他曾是我们的主要联络人。他身旁的高个年轻人则是我未曾见过的。然而，我们还没来得及打招呼，就被带上楼梯，走进了法庭。

警察安排我们坐在一张长凳上，顺序是沃特森、兰卡、恩特拉巴蒂、姆滕布、我，然后是那位年轻人。当法官进入法庭时，我们全体起立，随后法庭程序正式启动。检察官里斯（Rees）先生高声宣读了我们的名字，并宣布根据1967年第83号法案我们被正式起诉。此时，我才得知了战友们的真实姓名。兰卡原名西奥菲勒斯·乔洛（Theophilus Cholo），鲁本·恩特拉巴蒂其实是马基纳·贾斯蒂斯·姆潘扎（Maqina Justice Mpanza），而沃特森则是亚历山大·蒙巴里斯（Alexandre Moumbaris）。民族之矛成员中，只有彼得·姆滕布没有使用化名。那位身材高大的年轻人，他的真名叫约翰·威廉·霍西（John William Hosey）。我们的首次出庭相当短暂，因为里斯先生请求延期审理我们的案子，以便留出时间，好让当局找到更充足的证人。博绍夫（Boshoff）法官便将案件从1972年11月延期至1973年1月审理。

庭审结束后，警察首先带走了沃特森和霍西这两名白人战友，我们其余的人则返回了拘留室等待，直到警车抵达，将我和姆滕布、乔洛、姆潘扎带回了比勒陀利亚中央监狱。令我惊喜的是，我们被安排进了一间更大的牢房，并且可以共处一室。我们依然身陷囹圄，但我希望这至少意味着我被单独囚禁的那段日子结束了。

新的牢房安排使我们有了更充分的时间，得以深入讨论自我们的小组从索马里出发到进入南非之后这段时间里，可能发生的种种情况。据姆潘扎和姆滕布讲述，我们原本都是沿着相同的路线前往马达加斯加。不过，他们是经塔那那利佛机场飞往约翰内斯堡，而没有像我们那样直飞莫桑比克的洛伦佐-马克斯机场。出于安全考虑，在抵达那个未曾预料过的目的地后，他们选择在机场附近的一家酒店度过了周六和周日。而后在周一清早，他们便离开了约翰内斯堡，继续前往莫桑比克。在同一天，他们又飞往了斯威士兰的曼齐尼，并在那里等待我们团队的到来。

当我们与他们取得联系后，他们决定在1972年6月26日凌晨从曼齐尼旅馆出发。一位女士和蒙巴里斯驾车送他们到接近斯威士兰和南非边境的地方。蒙巴里斯为他们描述了一些地标，并大致指明了前往边境南非一侧的方向，同时向他们保证那个区域在凌晨时分相对安全。

他们三人原本顺利进入了南非，但一过边境，姆伦泽却突然离开了他们，这让其他两人感到困惑不解。他们无法理解姆伦泽的态度，也无法解释他为何决定离开队伍。我也感到十分奇怪，即便是萍水相逢的人，在离别时也要遵循一定的礼节，但他竟然不管不顾，直接与大家分道扬镳了。

接下来，乔洛表示，我们小组的行动路线与他们的相似。我们也是从索马里飞往肯尼亚，途经马达加斯加，再飞往莫桑比克。随后的星期一，我们同样飞往了斯威士兰的曼齐尼。乔洛详尽地描述了我们在曼齐尼旅馆与他们分别那晚的经历。他叙述了古马生病的细节，以及我们如何帮他背着包进入南非的情境。在埃尔默洛火车站，出于安全考量，我们本应保持分散，但古马同志却坐在了乔洛旁边，这违反了我们的安全协议。火车抵达时，乔洛登上了一节将带他经过杰米斯顿的车厢，而我则与古马同行，最后在莫尔泰诺火车站分道扬镳。古马当时并未表现出任何可疑行为。我至今也不清楚我为何选择皇后镇作为我的目的地，但当时我一心只想着到达后的行动计划。当我们思考姆伦泽和古马与我们分手后可能去往何处时，大家都一样感到困惑。我们普遍认为他们应该是安全的，但同样难以确定的是蒙巴里斯被捕的地点和时间。我本以为他是在跟我们分别后被捕的，因为这能解释为何他未能如他当初在边境一侧所承诺的那样，在南非与我们会合。

在我们出庭几天后的一个日子，一名值班狱警通知我们有访客到来。我们跟随他前往，并互相询问战友们来访者可能是谁，他们希望与谁见面。乔洛和姆潘扎猜测是他们的家人读到了关于我们首次出庭的报道，但姆滕布却认为来访者更可能是安全警察。我倾向于认同姆滕布的看法，因为带我们前往访客室的狱警，在途中显得相当放松。

在访客室隔断玻璃的另一侧，站着两位男士，一老一少。乔洛认出了那位老者，称他为乔治·比索斯（George Bizos）。在简短的问候之后，比索斯表明他是代表蒙巴里斯和霍西同志来的，并向我们介绍了约翰·威廉·霍西的背景。非国大派遣霍西前往纳塔尔，为姆潘扎和姆滕布送去身份证件和资金。然而，霍西从爱尔兰抵达纳塔尔后，被一名伪装成姆潘扎的黑人警察逮捕。警察是利用所谓的身份标识前往约定的会面地点，诱使霍西落入陷阱的。在看到符合描述的身份的人后，霍西说出了暗号，这让警方确信他就是目标人物，并当场将其逮捕。比索斯还告知我们，蒙巴里斯是在博茨瓦纳边境被捕的。虽然他没有透露具体细节，但明确告知我们，参与了阿文图拉号之旅的民族之矛成员中，有三人已被列入了政府的公诉方证人名单。比索斯表示，为我们找律师相当困难，因为我们已经离开这个国家五年多了。在其律师事务所表示愿意代理我们的法律事务时，警方要求他们提交一份详细的名单，包括事务所代理的所有人员的姓名，以及这些人与事务所建立联系的具体过程。由于这些严苛的限制条件和要求，最终，该事务所不能为我们提供法律服务。在谈话的最后，比索斯向我们转达了解放运动以及领导人们对我们的支持。

我们精神焕发地回到了牢房，与在国内外继续战斗的同志们重新建立起了联系，这让我们感到重获新生。在牢房里，我们就比索斯刚刚带来的消息展开了讨论。他提到有三名可能的公诉方证人，都是前民族之矛成员。这让我们感到十分困惑，因为我们能想到的可能的公诉方证人，只有参与过阿文图拉号之旅的古马和姆伦泽。因此，我们认为所谓三名证人的说法可能只是安全警察的宣传手段而已。

坐在囚室里的剑麻垫和囚毯上，我们推测，在确认我们在这个国家的安全之前，解放运动的领导层不太可能再派遣更多的同志来此。1968年，摩西·科塔内和J.B.马克斯同志利用商船，通过德班港向南非渗透。他们先是派遣了莱纳斯·德拉米尼（Linus Dlamini），紧接着是伦格菲·伦吉西和马修斯·恩科博（Matthews Ngcobo）。他们耐心等待了一个多月，才考虑再次采用相同的潜入方式。非国大领导层的谨慎态度确实发挥了作用，因为就在兰伯特·莫洛伊和我原计划沿着同一条路线出发之际，领导层收到了那3名同志被捕的消息。因此，科塔内和马克斯紧急取消了我们的回国任务。基于这些考虑，我们认为非国大在派遣我们之后，不太可能立即再派遣其他同志进入这个国家。同时，我们对警方声称在参与阿文图拉号之旅的18人小组里，将有3名证人出庭一事表示怀疑。

与比索斯会面后的几天，我们再次被带去见法律顾问，这次面对的是一位身材高大、外表年轻的男子，他自称是伊斯梅尔·阿约布（Ishmael Ayob）先生。他表示自己的律师事务所与乔治·比索斯的律所有紧密的合作关系，并受非国大委托来代理我们的法律事务。这与比索斯之前所说相矛盾，他曾明确表示没有一家南非的律师事务所能代表我们出庭。不过，阿约布声称非国大的国外组织联系过他。在交谈过程中，他不停地用一个我看不到的硬物敲打木制台面，制造出噪声。他解释说，警方经常窃听他与客户的对话以获取信息，他这样敲敲打打是为了干扰警方的窃听设备。为了让他代表我们，阿约布先生坚持要求我们必须向他提供我们活动的详细背景信息，而且在法庭上，我们所有人都必须保持沉默，不能发表陈词。

这第一次会面结束后，我们四个人就从阿约布先生那里获得的信息进行了讨论。鉴于我们四人在警方的严密监控下度过了一段艰难而痛苦的时光，我们认为国外的非国大可能已经指示其在国内的联络人，给阿约布先生的律师事务所发出了信息。但是，他们应该和比索斯的律师事务所掌握着同样的信息，而在我们的思维框架中，一切对我们来说新鲜的事物都是可疑的。如果我们没有经历过那些共同的过往，我相信我们甚至会彼此怀疑对方是当局的一分子。经过商议，我们同意再次会见阿约布先生，但并未做出任何具体承诺。毕竟，能够出狱总是好的，值得谈谈。在那之后，阿约布先生又两次探访了比勒陀利亚中央监狱。

1973年1月上旬，我们接待了两位访客，他们自称是雷恩克（Renke）先生和丹豪瑟（Dannhauser）先生。他们告诉我们，阿约布先生已经退出此案，国家已指定他们两人担任我们的法律代表。我们回答说，我们宁可不要法律代表，但根据南非法律，任何在最高法院出庭的人都必须有一名法律代表，国家必须为那些付不起私人律师费的人提供代理律师。雷恩克先生说他将代表乔洛和姆潘扎，丹豪瑟先生将代表姆滕布和我。我们虽然视律师为不必要的负担，但还是接受了他们。在回牢房的路上，我们简短讨论了阿约布先生退出我们案子的事，并推测他的出现可能是为了从我们这里套取信息。我们对自己没有向他泄露任何我们知道的信息感到满意。同时，我们也决定对我们的两位新律师保持沉默，因为我们认为他们与国家机构有着千丝万缕的联系。在即将到来的审判中，我们已经下定决心，坚决否认所有有关恐怖主义的指控。

1973年1月，审判重启。我们六人面临19项违反1967年第83号《恐怖主义法》的指控。我们惊讶地发现，公诉团队的关键证人竟是库姆莱莱·门耶（Kumulele Menye）先生——他在民族之矛内部以"加特耶尼上尉"闻名。我和民族之矛的另一些同事们在阿文图拉号上并肩作战时，本以为把他留在了索马里的基斯马尤。1967年,在博茨瓦纳,姆乔乔在与罗得西亚军队数度交锋后不幸被捕,门耶先生随即被委任为民族之矛的参谋长。那时,非国大领导的解放运动正紧锣密鼓地筹备着西波利洛行动。尽管门耶在民族之矛中担任要职,使他成为敌人眼中的一条大鱼,我仍怀疑他是否真正掌握了非国大领导层针对万基和其他地区策划的行动细节。毕竟,那些计划由摩西·科塔内负责,由非国大领导层周密筹划,并且只披露给那些即将被派遣到南非的同志。

第二位公诉方证人是西卢米尼·格拉德斯通·莫斯(Silumeni Gladstone Mose)先生,民族之矛的成员们称他为杰克逊·姆伦泽。他是姆滕布和姆潘扎小组的第三位成员。他曾与克里斯·哈尼一起,在万基并肩作战,1968年末返回赞比亚后,他成为备忘录的七位签署者之一,该备忘录旨在应对解放运动声势日微的问题。如果阿文图拉号之旅取得成功,莫斯先生便会加入我在东开普省的团队,负责信息收集工作。国家显然注意到,莫斯先生参加过万基行动,是一位备受尊敬的民族之矛老兵,让他作证人,能打击我们在国外的民族之矛成员的士气。

第三位公诉方证人是我们从索马里返回南非的小组中的第三位成员,尼古拉斯·姆杜涅尔瓦·孔贝拉(Nicholas Mdunyelwa Kombela)先生,他在民族之矛中被称为提莫尔(Timer)或乔·古马(Joe Guma)。在我们告别蒙巴里斯,出发前往南非边境时,我和乔洛帮助孔贝拉先生越过了边境。1972年6月28日凌晨,我在莫尔泰诺火车站与他告别。我仍记得火车缓缓驶离车站时,站台上,昏黄的灯光下,他那孤独的身影。

公诉方还带来了两名证人,是我在希维利见过的五名待训学员中的两位。我原以为还能见到姆布佐先生和图斯瓦先生,但他们都没有现身。

门耶先生的证词表明,他是在博茨瓦纳/南非边境被捕的。在边防检查站,他协助确认了蒙巴里斯夫妇的身份。据门耶先生所述,他被捕一事发生在孔贝拉先生、乔洛和我于1972年6月26日进入南非的几天之后。我们以此得出结论,在斯威士兰与我们告别后,蒙巴里斯就急忙赶往博茨瓦纳,与门耶先生所在的小队会面了。

孔贝拉先生提供了一个听起来不可思议,但很有可能是真实情况的说法。他告诉法庭,抵达南非后,自己回到了位于东开普省麦克莱尔的家。多年漂泊、流离在外的他受到了家人们的热情欢迎。亲人们建议他去麦克莱尔警察局报到，因为警方曾保证，只要他主动投案，就能保障他的自由。在家人的陪同下，他前往了麦克莱尔警察局，并声称在那里受到了友好的接待。这显然是他能够免于被捕的原因。似乎就是在孔贝拉先生去往麦克莱尔的当天，我乘车前往马塔蒂埃莱时也经过了那里，幸运的是，我所乘的车子并未在那里停留。

西卢米尼·格拉德斯通·莫斯先生提供的证词可谓漏洞百出，是所有证据中最经不住推敲的。按他的说法，他是在两个不同的日子，分别在不同的地点被捕的。同时，三位前民族之矛成员，现在的公诉方证人，相互印证了他们与乔洛、姆潘扎、姆滕布和我相识的情形，并回顾了从1964年的孔瓦营地开始，直至阿文图拉号行动失败这整个历程中，我们相互往来的情况。莫斯和孔贝拉先生指出，他们曾在斯威士兰的曼齐尼与蒙巴里斯会面，而门耶先生则向法庭陈述，他的小队曾在博茨瓦纳与蒙巴里斯碰面。另外，有两个来自希维利的人作证称我教过他们如何制造燃烧弹。我猜测，他们要么是警察部队的成员，要么是收到了指示，要通过声称我为他们提供了军事训练来牵连我。

我很难理解我们曾经的战友现在变成了国家公诉方证人的动机。他们与我们同甘共苦了大约十年，但现在我不知道这段经历是否对他们有过任何触动。在那些年里，我们面对南非殖民制度的社会意识已经成熟。我以为，倘若他们是在严刑拷打和胁迫之下才答应成为公诉方证人的，他们理应在法庭上公开谴责这种屈打成招、令人被迫妥协的行为。然而，我的脑海中仍然萦绕着两种相互矛盾且令人不安的可能性：或许在离开南非之前，他们就是潜入非国大的警察特工；又或许是在遭受酷刑之后，他们失去了对解放事业的信仰。不论真相如何，这三人并非首批成为公诉方证人的人。自利沃尼亚事件起，已有一些前非国大成员在政治审判中充当公诉方证人，其中甚至包括我们领导层中的某些成员。

蒙巴里斯是第一个站在被告席上的人。他说，他支持非洲人国民大会反对种族隔离的斗争，因此参加了在英国的反种族隔离运动，并致力于将南非变革为一个民主的南非。因此，他在南非各城市放置了非洲人国民大会的传单炸弹，在德班的一座建筑物上展开了非洲人国民大会的旗帜，并以其他方式助力南非人民的解放斗争。蒙巴里斯说，他和他的妻子玛丽-何塞（Marie-Jose）被捕后，遭到了警察的严刑拷打。

第二个站上被告席的是乔洛。他在辩护中表示，他离开南非是为了推进南非工会大会的活动。在国外期间，他参加了有关工会主义的课程，并代表南非工会大会参加了各种国际和地区劳工会议和研讨会。首席检察官里斯先生根据证人的证词提出了一些探究性问题。乔洛否认与三名前民族之矛公诉方证人——孔贝拉、门耶和莫斯先生——有任何接触或关联。

姆潘扎在乔洛之后走上了被告席。他说，南非工会大会德班办事处派他出国，与国外其他工会建立联系。他否认参与过民族之矛的行动。

姆滕布陈词，提供了与姆潘扎类似的口供。他说，两人于同一天在纳塔尔的同一地点被捕。

接下来是我起立。我告诉法庭，我被圣约翰学院开除后，就离开了这个国家去深造。听闻特兰斯凯独立后，便一心归来，报效祖国。针对我曾经培训过特兰斯凯人的指控，我坦言曾与他们探讨过特兰斯凯未来可能的领导格局。

霍西是此次庭审的最后一个被告。他说，作为爱尔兰和国际进步青年运动的一员，他支持所有为正义而斗争的人。因此，当非国大联系到他，请求他为姆滕布和姆潘扎提供资金和文件等支援时，出于人道主义，他毫不犹豫地答应了。他坚信，为实现全民民主而向种族隔离政府施压，是其义不容辞的责任。

按照我的想法，最重要的事情是维护非国大的完整性和延续性，而不是发表漂亮的法庭声明。我坚信，我们的陈述中没有任何妥协退让，也绝未折损解放运动的威严。

庭审期间，我们斗志昂扬。我们由衷感激乔洛的妻子和其他支持者，在我们每次出庭时都陪伴在旁，给予我们坚定的支持。澳大利亚高级专员公署和法国大使馆也对拥有双重国籍的蒙巴里斯表示了支持。我们愈发相信自己会离开这些囚室，回归外面的世界。我们六人常在庭审间隙相聚，一起谋划该如何摆脱此牢狱之灾。为此，蒙巴里斯甚至搞到了一份比勒陀利亚地图，上面详细标注了一些地下通道。在拘留室中，我们围成一圈，掩护蒙巴里斯，他将地图交给彼得·姆滕布，以便我们可以回牢房后仔细研究。当我们离开拘留室，返回比勒陀利亚中央监狱时，我满怀憧憬地想象着我们可能采取的越狱行动，期待着能与外面的同志们会合，心中无比激动。

然而，当我们抵达监狱时，一名警察径直走向姆滕布，从他口袋中搜出了那张地图。奇怪的是，他们并未搜查乔洛、姆潘扎或我，唯独对姆滕布进行了搜查。回到牢房后，我们开始怀疑拘留室内是否藏有摄像头或暗哨。我们并未向蒙巴里斯询问地图的来源，但不得不放弃了越狱的念头。

在我们多次出庭后，博绍夫法官在1973年6月20日这一天做出了判决。乔洛、姆潘扎、姆滕布和我分别被判处15年有期徒刑，蒙巴里斯被判12年有期徒刑，霍西被判5年有期徒刑。我们现在是囚犯，不再是被拘留者了。按照政策规定，白人政治犯会被关押在比勒陀利亚中央监狱。因此，当我们离开最高法院时，我们清楚地知道，要再次见到我们的白人同志们，可能需要等待上漫长的15年——或者要等到民族自由的那一天。警察们满面笑容，彼此握手，庆祝他们的"胜利"，而我们6人则紧紧拥抱在一起，以手握拳，高高举起，向在现场围观的人们致意。我们深知，虽然此时身陷囹圄，但15年后，我们必将重返解放斗争的前线，继续发挥我们的作用。

一辆警车把我们从最高法院押送回比勒陀利亚中央监狱。抵达后，我们每人领到了一套卡其色衬衫和短裤。狱警警告说，如果亲属们不及时来领取，我们的便服就会被销毁。随后，我们被带回到那天早晨离开的牢房。囚犯与被拘留者的生活状态相差无几。我们四个已经被关在这间牢房里一个多月了，其间只在清理浴桶或分组在院子里放风时才能短暂外出。

我们深入讨论了孔贝拉、门耶和莫斯这三位前民族之矛成员、后公诉方证人的声明，并达成了共识：他们在离境前可能就一直在为殖民体系效力。此外，我们还就我们解放运动中某些领导人的可疑行径展开了讨论。一连几天，我们都在谈论许多在回国途中被捕的同志。我们怀疑，组织内的一些领导人可能已经向罗得西亚军队泄露了卢图里支队在国内的活动信息。每天，我们都会回忆起在国外不同国家，尤其是在苏联、赞比亚和坦桑尼亚的生活经历，这是我们四人共同拥有的宝贵回忆。而从孔瓦营区时期就与我们一路走来的、深受信任的民族之矛成员做出的背叛行为，仍令我们感到难以置信，以致思绪万千。我对埃及人民的热情好客和我们在那里接受军事训练期间所面临的挑战记忆犹新。

在监狱里，我们每天的早餐是稀粥和咖啡，午餐则是煮熟的玉米饭配上普扎曼德拉（puzamandla），这是一种专门提供给黑人囚犯的蛋白质补充剂。到了晚餐，还是喝稀粥，不过会加上一些菠菜。每周有三次，我们会在晚餐时得到一小份肉，作为加餐。这些食物虽然能维持生命，但营养价值不高，口感也实在令人难以恭维。回想起在孔瓦营区时我们可以亲手准备食物的日子，那真是一种慰藉。

1973年8月下旬，我们被从比勒陀利亚中央监狱转移到米德兰（Midrand）的勒乌科普（Leeuwkop）监狱。在那里，我被关进了一间单人牢房，牢房的墙壁由红色的面砖砌成。与在比勒陀利亚的牢房不同，这些砖墙上一片空白，没有任何文字。牢房的宽度仅有一米半，天气晴朗时，我会撑住两面墙爬上去，来到窗前，抓着窗栏，享受片刻的阳光。我甚至无聊到数了一遍又一遍构成这四堵墙的砖块数量。在勒乌科普监狱单独拘禁的两个月里，观察外界的异常动向成了我唯一的消遣。到了1973年11月下旬，我和其他三个人以及莫西布迪·曼格纳（Mosibudi Mangena）先生被转移到了一个更大的牢房。曼格纳先生自我介绍说，他是黑人大会（BPC）的主要成员之一。他向我们——乔洛、姆潘扎、姆滕布和我，详细介绍了南非的政治局势。他解释说，黑人大会是代表黑人的主要政治声音，公开向殖民政权发起挑战。从成立之初，黑人大会就一直在鼓励非国大和泛非主义大会进行联合，他们认为，已经到了所有反对种族隔离的力量团结起来的时候了。我深切地感觉到，南非的反殖民主义斗争正蓄势待发。这给我带来了希望，希望有更多的人加入到摆脱殖民主义的斗争中来。黑人大会在当地开展的工作，深深印刻在了我们四人心里。

1973年12月底，四名西南非洲人民组织成员的到来，使我们这些关押在勒乌科普监狱的政治犯人数达到了九人。西南非洲人民组织的成员们看着都是些二十出头的年轻人。其中包括雅各布·恩吉迪努阿（Jacob Nghidinua）、杰里·埃坎乔（Jerry Ekandjo）和马丁·卡佩瓦沙（Martin Kapewasha）。和我们一样，他们也是依据1967年第83号法案被定罪的。

我们的浴桶是由一名普通囚犯负责收集的，他还负责每天给我们送饭。我们整天待在牢房里，唯一的锻炼方式就是进行热烈的讨论。虽然没有非洲人国民大会、津巴布韦非洲人民联盟、莫桑比克解放阵线的最新消息，但西南非洲人民组织的成员们却带来了令人振奋的讯息：纳米比亚和安哥拉的武装斗争正如火如荼地展开,越来越多的青年离开纳米比亚,前往西南非洲人民组织的营地接受业务培训和军事训练。他们传达这些信息时的表情和活力感染了我,给了我很大的希望。虽然越来越多的自由战士被关押在监狱里让我感到担忧,但这恰恰也表明,有越来越多的年轻人开始支持解放运动。殖民政权正承受着日益增大的压力,越来越多的人开始要求我们的国家实现非殖民化。

第 28 章　罗本岛监狱

1974年初的一天，监狱的狱警和穿着便衣的南非警察毫无预兆地出现在了我们的牢房里。他们给我们九个人戴上了手铐和脚镣。随后，我们被带到了院子里，已经有一辆警车等候在那里，旁边还有两辆引擎空转的汽车和一辆摩托车。狱警告诉我们，这些车辆将组成车队，护送我们前往"新家"。

早上，我们离开了勒乌科普监狱，途中在奥兰治自由州的克鲁恩斯塔德（Kroonstad）监狱停下来吃了午餐。车队再次上路时，我们安静地坐在货车后厢，内心充满了对未知目的地的担忧。车队再次停下时，我们来到了另一座监狱前。警方告诉我们，这座监狱位于奥兰治自由州首府布隆方丹（Bloemfontein）的郊外。在那里，我们晚餐吃了稠粥、蔬菜和肉，这是黑人囚犯的常规餐食。我注意到，那里的狱卒一直紧盯着我们。我猜想，他们可能是第一次见到这么多被囚禁的自由战士。当晚，我们领到了垫子和毯子，在牢房里过夜。

第二天的早餐是稀粥和加了半勺糖来调味的咖啡。早餐过后，狱警打开牢房门，再次给我们戴上脚镣和手铐，然后将我们带回到囚车上。车队行驶了很长时间，终于再次停下。我们从货车后厢下来，一名狱警告诉我们，现在我们所在的地方是三姐妹村。我猜想这可能是一个野餐点。一位司机递给我们三明治和冷饮。我意识到，狱警和警察经常告诉我们现在走到了哪里，可能是因为他们想跟我们说说话，这种交流或许是人类社交需求的一部分。然而，短短三十分钟后，我们又重新上路。

终于，我们的车在一座红砖建筑前停了下来。狱卒告诉我们，这里是开普敦码头。我们被从货车后厢带出来，走了大约两米，然后被带进了那座大楼里的一间牢房。就在那一刻，我们突然明白，我们即将被押去的地方是罗本岛。当我知晓自己将与其他自由战士相聚时，内心深感宽慰。尽管我曾听闻，自1962年政治犯被押往罗本岛后，那里的生存环境每况愈下，但我不断提醒自己，这些未知的艰难险阻都是我与战友们共同面对的挑战。

大约一小时后，牢房的门被两名之前从勒乌科普押送我们来的狱警和其他几人打开。我们依然戴着镣铐，被带上了一艘船，他们把我们带到黑暗憋闷的下甲板。在闷热且黑暗的船舱中，腐鱼的恶臭让我感到阵阵恶心。那天下午晚些时候，船抵达罗本岛时，我才长出了一口气。

狱警命令我们从下层甲板走出去，走上罗本岛的码头。他们为我们打开了锁链，然后我们走了大约 500 米，来到一栋墙壁上有显眼黑色板岩石块的建筑前。进入这栋建筑后，我们见到了 6 名身穿监狱狱警制服的人员。其中一人自称是指挥官威利·威廉斯（Willie Willemse）上校。在欢迎我们来到罗本岛后，威廉斯上校便把我们交给了他的同事们。他们给我们每人发了两套囚服。其中一人给我们做了登记，并给我们每人定了一个监狱编号和等级。我是 M8 号，D 级囚犯。

主管狱警解释说，作为 D 级囚犯，我们每年最多只能收两封信，接受两次探视，每年寄信的限额也是两次。曼格纳先生被单独带走了，而我们剩下的八人则被带到了狱警所说的 A 区隔离牢房。我们都被关进通道西侧的单人牢房里，可以看到对面东侧上锁的空牢房。我的牢房配备有 3 块毯子、两张剑麻垫、一些卫生纸和一个浴桶。牢房的墙壁很厚，却湿津津的。窗户和铁门上的栅栏又粗又牢固。值班狱警指示我们把铺盖摆在牢房窗户的正下方。由于疲惫不堪，我开着灯就睡着了，直到次日醒来，那灯依然亮着。

我们的牢房门被依次打开，以便我们逐一出来清空和洗涮浴桶，并冲个凉。盥洗室里有两个水龙头，一个流出的是淡咸水，另一个流出的是海水。在我们到达的第一周里，只有海水水龙头可以正常使用，这导致肥皂变得硬邦邦的，完全无法起泡。我们匆忙洗漱完毕后，便在盥洗室门口的通道上排起队来。主管狱警命令我们每人拿一套杯盘，然后自行取用粥和咖啡。还有一位拿着糖罐的狱警，会给我们每人的咖啡杯里舀入半匙糖。我们就站在原地用餐，之后便被带回牢房。午餐通常是一点煮熟的玉米饭配上一种叫作普扎曼德拉的饮料。至于晚餐，则是稠粥搭配一些蔬菜和肉类。

有一天，狱警告诉我们，东侧的第一间牢房目前由迪米特里·塔芬达斯（Dimitri Tsafendas）先生使用。这位先生曾于 1966 年 9 月 6 日在议会中刺杀了维沃尔德总理。他也是罗本岛上唯一的白人囚犯。我们在 A 区期间，他的牢房和封闭走廊的大铁门始终都是紧锁着的。而在我们到达的第三天早餐过后，狱警带着我们来到了围墙与牢房之间的一条狭窄通道。这条约两米长的通道里有 8 个座位，每个座位前都堆放着一些石头，并配备了一把锤子和一副护目镜。狱警们，都是白人，指导我们将这些石头敲碎成小块。他们不时会向我们演示该如何握住锤子或石头，语义里充满了不敬。他们不允许我们在敲石头时相互交谈，从他们的敌意态度中，我猜测他们想评估我们对监狱控制制度的反应。尽管如此，他们还是给我们讲了周围的情况，告诉我们监狱的其他部分就在围墙之外。

有时，在我们敲打石头的过程中，会听到外墙的另一侧有人在叫我们，询问我们的姓名和政治立场。然而，由于我们并不清楚这些人的身份，便选择不予回应。这就是我们在罗本岛第一天的工作情况。

B 区访客

第二天，我们被安排去清扫 A 区的走廊。这项任务原本一个小时就能完成，但在狱警的严密监视下，我们却耗费了一整天的时间。只要清扫过的地方留下了一丝灰尘，狱警就会命令我们重扫一遍。我意识到，狱警们是在间接地敲打我们：服刑一事，不可仓促。监狱管理层严密掌控着我们的时间安排，不仅规定了我们该如何利用时间，还明确指定了在什么地方、在哪些时间段内可以进行何种活动。

在慢吞吞地清扫走廊的过程中，我们透过东侧牢房的窗户，可以窥见外面的景象。一个开放的长方形空间之外，矗立着另一座装有铁栅栏窗户的建筑物。尽管狱警不希望我们朝那个方向张望，但其中一名狱警却透露那是 B 区。当时，我们对 B 区与监狱其他部分的差别一无所知。

在接下来的几天，乃至几周里，我们轮流承担敲石头和清扫走廊的任务。每周五的下午是我们清洗囚服的时间。而到了周六和周日，我们会被单独拘禁在牢房里。第二周结束时，我们的四名纳米比亚被带离了 A 区，这里只剩下了乔洛、姆潘扎、姆滕布和我。

到了第三周，清扫走廊的那天，我们迎来了一位意想不到的访客。大约午餐时分，狱警打开了走廊尽头的大铁门。我们好奇地朝门的方向望去。狱警催促道："快点！"一个穿着囚服、中等身高的男子走进了走廊。他身形健硕，如同拳击手一般，走路时带着些约翰内斯堡乡镇特有的风格。当他走近时，我惊讶地发现，他竟是我在福特黑尔足球队时一起踢过比赛的队友。1960年，我们这支球队曾在乌姆塔塔停留一周，与泰姆布皇家队（Thembu Royals）、圣约翰学院足球队等当地球队进行过比赛。我清楚地记得，在比赛间隙，我们曾进行过深入的政治讨论。1968年在西波利洛与罗得西亚军队的战斗中英勇牺牲的本森·恩采勒，当时也曾与我们一起驰骋赛场。

这名男子介绍说，自己叫安德鲁·马桑多（Andrew Masondo），是被关押在B区的非国大成员。我们四个人也轮流进行了自我介绍。马桑多随后传达了来自罗本岛上所有同志和非国大领导层的问候。他分享了自己的经历，作为1963年首批被关押进罗本岛的非国大成员，他已在狱中度过了漫长的11年。正当我们听得入神时，狱警回来了，他命令马桑多离开A区走廊。马桑多承诺会争取更多的探访时间，好向我们详细介绍B区的情况。在离开时，他对狱警表示了感谢。他的到访和他所带来的口信让我异常激动。不过，我对于狱警会允许甚至是促成了这样的会面，感到十分不解。

三天后，当我们四人正在打扫卫生时，狱警再次打开了大铁门，并离开了走廊。马桑多果然来了，我们迅速围成一个半圆，聚精会神地听他讲话。他急切地告诫我们，要对接下来的谈话内容严格保密。马桑多讲话很有分寸，就像一位老师机智地吸引全班同学的注意力那样，他告诉我们，利沃尼亚审判后，被定罪的非国大高级领导人及他们的追随者都被关押在了B区。其他政治组织的领导人也被关押在那里。为了保护自己免受监狱系统摧残，这些领导人共同制定了一套行为准则。马桑多保证，在适当的时候，他会把这套准则的细节传达给我们。

他还告诉我们，非国大在罗本岛的领导层由沃尔特·西苏鲁、戈万·姆贝基、纳尔逊·曼德拉和雷蒙德·姆拉巴等人组成，他们在民族之矛成立初期就是最高指挥部成员。当我还在达累斯萨拉姆的卢图里营区关注对他们的审判时，就曾听说过这些人的事迹。现在，我更加专注地聆听马桑多的讲述。他透露说，非国大B区领导层内部出现了一些问题，包括凝聚力不足、沟通障碍和关系破裂等。领导层并不是个统一的整体，而是分成了两个不同的思想派别。

这两种政治立场往往导致国大党运动的成员分裂为两个群体：一部分支持曼德拉和西苏鲁，另一部分则支持姆贝基和姆拉巴。罗本岛上的非国大成员普遍认为，分歧主要源于意识形态上的差异。这两种思想派别经由内部渠道扩散，影响了岛上非国大领导的解放运动的其他成员。各个监区的年轻人们都被卷了进来，虽然不情愿、感觉不舒服，也不得不选边站队。

当我还在努力消化马桑多透露的信息时，他提到，B 区的有关成员已经安排与曼德拉、姆贝基、姆拉巴和西苏鲁会面，以使他们之间的关系正常化。他们寻求建立共识，并承认四人之间存在的紧张关系是不健康的。基于此，他们希望能够共同找到解决方案，以使罗本岛国大党运动成员之间的政治氛围回归正常。为此，B 区的同志们成立了一个斡旋委员会来打破僵局，并推选马桑多担任主席。该委员会在与四位领导会面后取得了重大突破。姆贝基、曼德拉、西苏鲁和姆拉巴共同承诺，不会向罗本岛其他地区的同志发送任何具有争议性的信息。同时，他们还同意建立一个包括莫特索阿莱迪、姆夸伊（Mkwayi）、姆兰吉尼和格卡比（Gqabi）等其他领导人在内的轮值领导层。然而，令人遗憾的是，这项协议只维持了短短一段时间，争议就再次升级了。

通报结束时，马桑多郑重地告诫我们，务必保持中立，不要加入 B 区的任何一个思想派别。他强调，我们的中立态度对于团结全体成员、共同支持国大党运动至关重要，我们应当关注的是运动本身，而非个人。他带着探询的目光注视着我们，而我们纷纷点头回应，以示理解和认同。就这样，我们达成了一项君子协定。马桑多离开时透露，B 区已为我们预备了欢迎仪式。

他离开后，狱警回到了走廊，我们表面上继续沉默地工作，内心却在消化着这些新的信息。我对马桑多提到的非国大高层中的意见之争感到好奇。我的资历尚浅、经历不足，我还记得在孔瓦营区时，非国大内部就曾有过一次意见之争，焦点是苏联文献和中国文献，但这并没有造成意识形态上的分歧。我们是一个寻求社会各界无条件支持的民族解放运动。我们的意识形态基于《自由宪章》，这是我们所有政策和行动的基石。它源自南非文化自身，即一种美美与共、有福同享的文化，仿如诸人围坐在一起，共享烤玉米饭的场景。同样，莫迪塞和马基瓦内之间的冲突并非思想间的角逐，而是非国大内部的权力斗争。这场冲突局限在莫迪塞和马基瓦内两人之间，且正值我们民族之矛的成员们担忧自身归家问题、无暇他顾之际。

罗本岛上的情况则比较特殊，我渴望一探这场冲突的根源和具体性质。要说起来，西苏鲁和曼德拉来自德兰士瓦，而姆拉巴和姆贝基来自开普省，但我并不相信地域差异是造成他们之间分歧的根源。令人担忧的是，罗本岛竟成了这种分歧的焦点所在，在这里，同志们团结一心、相互支持原本至关重要。在国外时，我们对所有身陷囹圄的同志一视同仁，平等地将他们视为斗争中的英雄。或许，那些所谓的思想派别纷争，不过是过往某些决策留下的余波。我清晰地记得，在1969年初的莫罗戈罗协商大会上，非国大作出了一个重要决定，向所有南非人敞开大门，开放其会员资格。这项具有历史意义的决议在我们队伍中引发了冲突。少数成员和领导人认为它削弱了非国大的核心基础，因此是"非非洲的"。

那晚，在牢房里，我反复思索马桑多带来的信息，期望实际的分歧并不像他描述的那么严重。对一名自由战士而言，罗本岛不仅提供了一个难得的反思与疗愈的机会，还让他们接触到各式各样的斗争方式。对于那些未被判处无期徒刑的战士来说，他们出入罗本岛的时间是明确的。一旦从此地获释，他们将重新融入广阔的社会，以更强的能力、更坚韧的姿态展开地下政治活动。借助政治领导人的名义来动员成员，无疑能提升我们的信誉，增强民众对我们的信任。但我忧虑的是，岛上出现的这种政治分歧可能会对即将刑满释放的同志们产生不利影响。离开罗本岛之后，他们或许会在不经意中，在各自社区内建立起相互竞争的非国大组织，每个人都深信自己的行为与非国大的政策和做法相契合。

怀着这些思虑，我对马桑多的通报表示欢迎，它像是一记警钟，提醒我们在这个新的政治领域中可能遇到的意外挑战。我意识到，我们每个人都是独一无二的个体，会根据自身的经历来应对周围环境。马桑多告诉我们，我们很快就会从A区转移到B区。

B区生活

我们被关押在A区的第五周周末，马桑多在两名狱警的陪同下忽然来访，他打趣说自己是来解救我们于与世隔绝的。我们心情激动地跟上他的脚步，而狱警则悠闲地跟在我们后面。穿过走廊尽头的大铁门，我们左转进入一条通向东面的走廊。马桑多领我们看了走廊尽头的四个空牢房。选定牢房后，我们回到 A 区取来自己的寝具和浴桶。此时，我们已经能听到左侧转角处传来的热闹声响。我与姆滕布、姆潘扎、乔洛相视而笑，心中满是对即将摆脱孤立处境的期待。

铺好床铺后，马桑多热情地邀请我们去见 B 区的成员们。当我们转入朝北的走廊时，一阵激动的喊声、欢呼声和鼓掌声迎面而来。对我们而言，这一时刻意味着我们已经战胜了此前的磋磨，我们的价值得到了认可，并获邀加入那些有过相似经历的人们的行列中去。这群人年龄各异、身形不同，共同点在于，他们都很快乐。囚犯们沿着走廊两侧站成了仪仗队。马桑多逐一为我们介绍每位成员及其所属的政治组织，特别介绍了各组织的领导人：尼亚蒂·波克拉（Nyati Pokela）先生是泛非主义大会的领袖；南部非洲人民民主联盟（APDUSA）由卡德尔·哈西姆（Kader Hassim）先生领导；西南非洲人民组织的领导人是安丁巴·托伊沃·亚·托伊沃；而埃迪·丹尼尔斯（Eddie Daniels）先生则是现场唯一的自由党党员。这些同志们都对我们能够融入他们的社区表示了热烈的欢迎。随着我们的加入，B 区的政治犯人数增加到了 37 人。

从第二天开始，我们就融入了 B 区的生活，我们去石灰石采石场工作、去海边收海带、清扫简易飞机跑道，并在周六参加一些娱乐活动。在随后的两天里，姆夸伊与格卡比在工作时给我们讲了讲监狱里的规章制度，传授了些与狱警相处的诀窍。我了解到，在维护关系方面，狱警的重要性甚至超过监狱指挥官和典狱长。因为我们每天 24 小时都与狱警接触。打点好与狱警之间的关系对我们有好处。同时，我也认识到，在对监狱的政策和做法质疑时，采取团结一致的行动比个人单打独斗效果要好。岛上所有的政治犯都同意在囚犯相关问题上合作，B 区还成立了几个"包罗万象委员会"（all-embracing committees）。其中，法律委员会由纳尔逊·曼德拉和卡德尔·哈西姆主持，纲领委员会由尼亚蒂·波克拉、乌萨尼和安德鲁·马桑多负责。每个政治组织也有自己的内部委员会。

姆滕布、姆潘扎、乔洛和我在 B 区度过了忙碌的第一周。每天，我们都会在工作的同时，讨论南非及其邻国解放运动的政治局势。在处理石灰石和采集海带的过程中，我们四天内陆续与泛非主义大会、南部非洲人民民主联盟、自由党和西南非洲人民组织的代表见了面。南部非洲人民民主联盟的一位同事说，苏联领导人只满足于在一国建立社会主义，这就背叛了国际工人革命。而我们强调，国大党运动尊重南非所有政治组织的政治立场，同时希望与各方建立起良好的工作关系。让我惊讶的是，在其他组织中，有许多政治家都有教师或者律师的职业背景，我意识到这对改善监狱条件起到很大的作用，也有助于我们这些受教育程度较低的人提高认识水平。

接下来，趁着在采石场工作的时候，非国大成员四人为一小组，听取了我们的简短汇报。这些小组对国大党运动做出的努力印象深刻。当我们讲述在苏联的经历时，有些人说我们不够公允，只表扬，不批评。我们指出，我们在苏联接受了军事科学和社会科学方面的全面指导，没有其他培训可以与之相提并论。

在B区的第三周，我们抓住机会，与曼德拉进行了单独交谈。这些交流都发生在忙碌的工作间隙，周五下午我们可以提前收工，回去洗衣服或锻炼身体，周六也同样如此。我与他初次碰面时，他十分关心特兰斯凯的整体形势。我坚信，凯撒·马坦齐马酋长在这一地区占据优势，因为他赢得了大多数酋长的支持，并且他的政党承诺要使人民获得土地与自由。反观其反对派，似乎既缺乏组织能力，也未能向人民提供任何实质性的东西。在我们会面的第三天，也是最后一天，曼德拉出人意料地对我说，民族之矛不如南非防卫军（SADF）。他认为，团结一致、训练有素、装备精良的对手，才会令防卫部队士气低迷，也只有这样的对手，才能把南非国民党引向谈判桌。他认为，当下的民族之矛尚不具备这些素质。尽管如此，他仍对我作出的关于武装斗争演变的一般规律的解释持开放态度，并表示赞赏。

曼德拉表示，他相信一般革命理论并不适用于南非。解放运动必须坚决、彻底地粉碎种族主义和部落主义的陈旧枷锁，这些桎梏一直牵制着我们的斗争，唯有如此，我们才能取得对所有人都具有真正意义的非种族主义成果。我同意这些观点，并分享了我在坦桑尼亚和苏联的经历。在坦桑尼亚，我目睹了一个不以民族或种族来定义其公民的社会。我曾提及，坦桑尼亚人民的社会架构与我们在《自由宪章》中所描述的愿景不谋而合。正如苏联人民都被称作苏联公民，而并不依据十五个加盟共和国来加以区分一般。我主张非洲人国民大会应避免重蹈赞比亚和肯尼亚等国的覆辙，这些国家的政治、经济和文化深受种族主义和部落主义的影响，从而阻碍了非殖民化的进程。曼德拉指出，在我们这一代人中，有些人错误地认为民族解放运动的目标与建立民族国家的目标之间存在差异。他强调，我们的解放斗争是在全球民族国家的大背景下展开的，他坚信南非斗争的终极目标是建立一个全面包容的民族民主国家。同时，民族之矛将继续向殖民政府施压，敦促其实现《自由宪章》中提出的崇高理想。然而，在讨论中我也感到困惑，我认为我们的斗争核心在于夺取政治权力，而不是仅仅在于迫使现政府进行改革。我希望我们只是在以不同的表述方式，阐释同样的理念。

在 B 区，非国大的成员们自发组成了五个政治活动小组，每个小组都包含五名左右成员。这样的组织形式非常便于我们进行政治讨论和信息分享，这些信息大多来自家属探视时捎的口信。我所在的小组由威尔顿·麦克瓦伊（Wilton Mkwayi）担任组长，除我之外，组员还包括埃利亚斯·马霍普·莫特索阿莱迪（Elias Mathope Motsoaledi）、莫布斯·格吉尔哈纳（Mobs Gqirhana）、乔·格卡比（Joe Gqabi）、杰克逊·福齐勒（Jackson Fuzile）。

埃利亚斯·莫特索阿莱迪曾在 B 区精心打造了一个小花园。我们齐心协力，帮他掘土、准备苗床，他在此种下了各式各样的花卉。与此同时，这个小花园就巧妙地成为我们隐藏重要文件的秘密场所。为防止文件落入狱警之手，我们把它们用塑料纸包裹好，小心翼翼地埋在盛开的花丛下面。

当时，政治讨论中的热点话题包括曼德拉、西苏鲁与姆贝基、姆拉巴之间的关系如何；《自由宪章》与资本主义、社会主义之间有何关联；非国大对班图斯坦等政府机构持何种态度；与政府进行谈判的策略和技巧；以及出狱成员在解放事业中扮演何种角色等。

在我的政治活动小组内，关于《自由宪章》与资本主义和社会主义的关系，存在两种主要看法。部分人坚信，我们的解放斗争将为构建社会主义社会奠定基石。另一些人则视我们的斗争为一种在资本主义框架下为人民创造更优质生活条件的努力。我们热情洋溢地提出各自的观点和动机，但因为讨论时间有限，所以达成共识非常重要，但并不紧迫。我们始终认同，《自由宪章》是我们的行动纲领。

归根结底，我的观点是，无论资本主义还是社会主义，我们都深受当前社会制度的束缚。《自由宪章》明确摒弃了所有形式的资本主义和私有财产，确立了人民在我们所有社会活动中的核心地位，这是我时常提醒大家的理念。

在非国大是否介入班图斯坦的问题上，我们虽然达成了战略上的基本共识，即不介入，但在具体的行动策略上产生了很大分歧。有些来自班图斯坦的同志，打算在离开罗本岛后返回家乡，继续那里的解放事业。他们主张在现有的政治体制内工作，可以选择加入执政党或反对党，旨在影响班图斯坦当局和当地民众，使其支持非洲人国民大会。这些人认为，班图斯坦领导层倾向于对他们中非国大成员们的活动睁一只眼闭一只眼。

然而，反对的声音认为，进入班图斯坦的机构工作可能会对干部不利，甚至有可能为殖民政府所利用。我持同样的观点，认为被释放的政治犯很难真正融入政府机构。因此，我们更应该隐秘而慎重地建立起地下组织。这需要被释放的成员保持更高的警觉性和灵活性，因为敌人和班图斯坦领导层已经对他们有了一定的了解。

我传达了罗伯特·瑞沙（Robert Resha）在雷·西蒙斯和杰克·西蒙斯家中授课时的口头汇报内容。当时，瑞沙同志就职于非洲人国民大会的全国执行委员会，并被派遣为非国大驻阿尔及利亚的代表。他于大约1968年抵达赞比亚卢萨卡。除我之外，博西亚罗、雷、杰克、赞贝和莫洛伊也听取了此次非正式汇报。瑞沙向我们透露，班图斯坦领导人在出国访问时，总会请求非国大驻各国的代表安排与奥利弗·坦博的会面。然而，非国大的代表们拒绝了这些请求，他们表示班图斯坦并非一个独立的国家，而是南非的一部分。瑞沙还提到，班图斯坦的领导人正在寻找各种方法和途径，以使其在南非和国外的机构合法化。同时，许多国家不断壮大的反种族隔离游说团体正在响应非国大的号召，抵制南非并结束与其的外交关系，这使得南非国民党政府很难为班图斯坦争取到国际社会的承认。

在这次通报会上，身为非国大领导人的博西亚罗坦言，在处理班图斯坦相关问题时，非国大在实施其政策的过程中并未恪守既定方针。他详细阐述了摩西·马布海达与加特沙·布特莱齐（Gatsha Buthelezi）先生在国外多次会谈的情形，并强调上述会谈均获得了非国大领导层的正式许可。杰克进一步说明，摩西与加特沙在最近的一次会谈中达成了重要共识——布特莱齐先生计划成立一个新的组织，该组织将以迪努祖鲁（Dinuzulu）国王麾下的最后一支军团为名。摩西·马布海达择定了这个名字，因为迪努祖鲁国王是最后一位被英国殖民政府俘虏并囚禁的传统领袖，他曾在1890—1897年被关押在圣赫勒拿（Saint Helena）岛上。非国大相信，迪努祖鲁国王的威名将能为我们的斗争赢得更广泛的政治支持，扩大斗争的影响力。不过，瑞沙也谨慎地指出，加特沙·布特莱齐先生能否忠诚地履行协议一事，还有待考量，但非国大在国外的领导层已然做出了这一有风险的决定。

我们的解放运动成员对特殊类型的殖民主义这一概念产生了浓厚的兴趣。在1969年莫罗戈罗非国大协商大会之后，一些理论家将这一理念引介到非洲人国民大会。曼德拉让乔洛、姆潘扎、姆滕布和我给B区的国大党运动成员讲一讲这一概念的政治内涵。

我们说，这一概念并非国大党运动政策文件的核心要件。它主要与共产党相关。在非国大，我们认为这一概念在我们的队伍中制造了混乱。它也歪曲了南非历史的真相。我们解释说，在我们国家的历史进程中，英国人曾战胜了黑人和阿非利卡人。英帝国主义在英布战争（Anglo-Boer War）[1]中取得了胜利，并由此掌控了这个国家。由于战败，数百名讲南非荷兰语的士兵被囚禁在圣赫勒拿岛，并在不人道的监禁条件下丧生。

南非联邦（the Union of South Africa）[2]成立时，英国人通过赋予阿非利卡社区的领导人管理权，贿赂了他们。在新的框架下，政治权力实际上由英国东印度公司的代表所掌控。结果，南非、加拿大、澳大利亚和新西兰成为英国的自治领。英国殖民主义建立了一种心理机制，通过这种机制，他们把阿非利卡社区树立成了南非黑人的主要敌人。他们还发展并宣传了被阿非利卡社区的领导人称之为"斯瓦特·吉瓦尔"（Swart Gevaar）的"黑色危险"理论——部分白人认为与他们生活在一起的黑人对他们的政治和人身安全构成了威胁。通过这种心理操控，英国殖民政权一方面让阿非利卡社区遗忘了他们的帝国主义历史背景和在与英国人的战斗中牺牲的祖先；另一方面，他们也在黑人和阿非利卡社区之间播下了种族仇恨的种子。在此背景下，非国大坚信，仅将阿非利卡人描绘成殖民者，而无视英帝国主义者所起的作用，就是对《自由宪章》所载理想的背叛。南非的

---

[1] 英布战争，又称南非战争或第二次布尔战争。这场战争于1899年10月—1902年5月在英国与荷兰移民后裔布尔人建立的德兰斯瓦尔共和国和奥兰治共和国之间进行。战争的主要目的是争夺南非的部分资源和领土权。

[2] 南非联邦是20世纪初由开普、纳塔尔、德兰士瓦和奥兰治合并而成的政治实体，后于1961年转变为南非共和国。

财富从未真正掌握在阿非利卡人的手中，南非人民若要享有《自由宪章》所规定的自由，就必须从英国人手中夺回对国家的政治掌控权。反过来，非国大必须利用这种政治权力来解决土地、地下和地上的财富分配，以及教育、健康和安全等问题——这里仅列举了《自由宪章》中的部分要求。遵循特殊类型殖民主义的概念，就意味着要继续维持殖民统治，因为所有生活在南非的人民都曾受到英国的殖民统治。除了团结一致，从英帝国主义手中夺回我们的国家外，我们别无选择。我们的说法得到了 B 区全体成员的认可。

谈　判

1978 年末的一个周末，有位访客来岛上探望曼德拉。大家对此早已司空见惯，便聚集在一起，等着听他分享访客带来的消息。但曼德拉在接待了来访者之后，显得有些迷茫，我希望这并不是因为他收到了什么负面信息。我们中的许多人蜂拥上去，围在曼德拉周围，心情复杂地期望他能说些什么。他透露说，这位不速之客自称是个日本商人。在交谈中，这名商人让曼德拉为与南非政府进行谈判做好准备。

我环顾四周，同伴们的脸上流露出喜悦、疑虑、困惑和惊讶交织的表情，我意识到这次探访将为岛上本已错综复杂的辩论增添新的议题。在随后的讨论中，我们一致表示，从原则上欢迎解放运动以及与南非国民党领导的殖民政府进行谈判。

我们 B 区的政治讨论如火如荼地进行着，大家在不同的思想方向上摇摆不定，正当此时，玛迪梅贾·福卡诺卡（Madimetja Phokanoka）——他在民族之矛的化名是彼得·特拉迪——加入到我们中来了。他曾是我们孔瓦营区的副政委，克里斯·哈尼则是我们的营区政委。1967 年 8 月 2 日，他成为津巴布韦非洲人民联盟和非国大联合部队的副政委，该部队开进了南罗得西亚。他在万基战役中被俘，之后被带回南非受审，并于 1969 年被送往罗本岛。在来到我们 B 区之前，他被安置在罗本岛的另一个监区里。

福卡诺卡是非国大里独树一帜的政治思想家，敢于直言，发表自己对解放运动的独到见解。他来到 B 区后，迅速成为我所信赖的伙伴，我们一起探讨该如何应对政治挑战，共同畅想非国大领导下南非的美好未来，并将这些愿景传递到罗本岛的其他角落。然而，我们的讨论在某些方面仍有局限性，受现行社会制度的束缚，这在一定程度上限制了我们的思维广度和辩论深度。在追求解放的道路上，我们往往通过资本主义或社会主义的视角来审视世界，但对我而言，这两种社会制度与《自由宪章》所倡导的那种自成一体的社会理念并不完全契合。

在罗本岛上，我们用"因钦迪"（Inqindi）来指称解放运动，它的意思是"拳头"，这个名字源自我们向人民的力量致敬，高呼"阿曼德拉！"时举起的拳头。我和福卡诺卡就解放运动中使用的一些概念进行了讨论，这些概念描述了南非的社会变革、斗争方法的变化、因钦迪和马克思主义等。以上所述，仅是我们深入讨论过的诸多问题中的几个例子。

在我们讨论的过程中，曼德拉写了一份题为《因钦迪和马克思主义》（*Inqindi and Marxism*）的文件，这里的因钦迪指代非国大。我们B区的惯例是把文件发送给其他区之前，先对其进行内部分发。我和福卡诺卡认为这份文件传达的观点与《自由宪章》的理念相悖，并对此表示不满。我们认为，《因钦迪和马克思主义》所表达的观点，实质上是在为南非解放后依然沿用殖民社会体系提供支撑，这与非洲人国民大宣扬在其执政后，"资本主义将得到空前发展"等理念如出一辙。这向我们表明，商界将对民选政治家和政党的政策指手画脚。我们对《因钦迪和马克思主义》的批判揭示了资本主义的本质和特征，这种制度以暴力和犯罪为推动力，以追求利润为首要目标，剥夺了人之为人的尊严。资本主义的操盘手会委派代理人来担任政治领导职位，由此，民族国家的民主实质上成为资产阶级统治者们的民主。在资本主义制度下，人们为个体工作，而个体决定着工作的报酬。社会劳动者的命运完全被资本家所掌控。

我们将马克思主义视为一种哲学，它赋予社会成员，特别是工人阶级，在反抗资产阶级的斗争中采取明智行动的能力。同时，马克思主义还为工人阶级提供了一套全面的行动指南，指导他们在夺取资产阶级权力的斗争中该如何行动。我们观察到，全球仅有少数社会主义国家正处于经济和文化社会化的初级阶段，致力于为本国公民谋福利。这些国家承诺为所有具备劳动能力的公民提供就业机会，并根据他们的工作表现给予相应的奖励。

福卡诺卡和我相信，《自由宪章》提倡从根本上摒弃殖民地的商业和政府结构及其做法。政治机构将代表全体人民来指导商业实体，以此实现"人民当家作主，地上与地下的财富属于全体人民"的精神。为此，我们自由斗争理念的核心在于，将南非公民置于一个独特的地位，使他们能够创造并掌控崭新的未来。《自由宪章》指导人们在充满活力的集体中，为自己工作。

福卡诺卡和我遭遇了非国大高层人士和领导人的冷眼，他们漠视了我们在解放思想上的基本观点。我相信，大家都肩负着维护解放运动团结的责任，但前提是要申明解放运动之义。尽管曼德拉表示《因钦迪和马克思主义》仅代表他的个人观点，但我们这些人的思想主张也应该得到捍卫和弘扬。福卡诺卡和我认为，将判断《因钦迪和马克思主义》能否准确诠释我们解放运动意义的权力交给更广泛的非国大成员，是不负责任的做法。我们强调，潜入非国大内部的别有用心者可能会污染我们的意识形态，这是非常危险的，为了引起重视，我们把《因钦迪和马克思主义》的内容比作《圣经》中的《启示录》。我们认为，《因钦迪和马克思主义》揭露了一些之前对我们隐瞒的信息，这些信息与我们在罗本岛的非国大领导人有关。因为这些言论，我们两人被贴上了"危险人物"的标签。

1980年，曼德拉去开普敦就医，在等待返回罗本岛的船只时，两名自称来自南非国民党政府的人士与他接触。他们问曼德拉，政府与非洲人国民大会之间有无谈判的可能，曼德拉回应说，他需要与罗本岛的同事们协商。我们对这一消息表示了欢迎，但它也在我们内部引发了不同的声音。部分人支持就此谈判，大多数人却认为，曼德拉应该要求出狱，与在国外的非国大领导人会合后再进行谈判，因为到了外面再谈，形势可能会更加有利。我们相信，身陷囹圄的谈判者，其视野和策略选择都会受到局限。

就在我们就谈判问题争论不休的时候，1981年，司法和狱政部部长科比·库切（Kobie Coetee）、警察部部长路易斯·勒·格兰奇（Louis le Grange）突然来访。那天，沃尔特·西苏鲁得了流感。按照监狱惯例，我们在各自牢房旁的通道上排起了队。两位部长走过B区时，在沃尔特·西苏鲁面前停了下来，库切说："沃尔特，你得了流感！指挥官必须给你拿柠檬和白兰地来，好让你康复。沃尔特，你知道吗，从1976年开始，每10个流亡去国外的非国大成员里，就有5个是我的人。优势在于，我的人受过更好的教育和训练。"他们继续往前走。这份莽撞说出的陈词，使我了解到曼德拉将要面对的是些什么样的人。前程如麻，我们需要更多的勇气与坦诚来面对。

那次访问结束后,我们的非国大政治小组讨论了科比·库切部长和路易斯·勒·格兰奇的言论。大多数人认为,这句话貌似调侃,却不无真实的成分,因为我们假设,在冲突中,每一方都会竭尽全力渗透到对方内部中去。非国大和群众民主运动也不例外,但我们的解放运动在情报和反情报领域还是个新手,仍有可能被受过专业训练的情报人员利用。

横生出的枝节并未打断我们对两种谈判方式的深入讨论。我们关切的重点是曼德拉,他似乎支持少数人的立场,即在狱中也能进行谈判。然而,B区的大多数人认为,旨在解决国家政治冲突的谈判不会是一对一的事情。双方都应拥有专业的谈判团队。基于这样的认识,我们认为曼德拉若能以自由之身加入到谈判团队中去是至关重要的。我们相信,他能够从在国外领导解放斗争的非国大领导层那里,获取更全面、更深入的政治、经济、文化和军事局势方面的意见。

随着时间的推移,监狱的某些规定逐渐放宽,我们也开始通过报纸了解世界新闻。1981年初,我们的注意力曾短暂地转移到被关押的爱尔兰共和军(IRA)成员的活动上,他们在鲍比·桑兹(Bobby Sands)的领导下,在北爱尔兰的美斯监狱(Maze Prison)发起了绝食抗议,要求被视为政治犯而非普通罪犯。不幸的是,鲍比·桑兹在绝食66天后离世。之后,我们花费了一周的时间,来讨论曼德拉提出的通过无限期绝食来争取我们无条件出狱的提议,但这并未得到B区大多数人的支持。我们担忧这样的行动会分散那些推动解放斗争的领导人的注意力和工作重点。

1981年下半年,关于曼德拉要以何种方式与南非国民党政府进行谈判的争议在我们之间愈演愈烈。B区的大多数成员依然坚持要求释放利沃尼亚审判的相关人员。我们认为,让这些人重获自由,让他们与坦博及那些在国外的同事们携手,共同领导非国大的谈判团队,才符合国家的利益,才能使其利益最大化。大家的出发点也许各不相同,但都指出,在谈判过程中,谈判人员有时需要就对方提出的观点进行深入讨论,并重新审视自己的任务。为了支持这一观点,我们以南越为例,强调狱外谈判的重要性。南越的同志们一直派他们的政治谈判小组与美国进行会谈,旨在结束南越自由战士与以美国为首的军事联盟之间的冲突。南越的同志们必须全面考虑其人民的利益、关切、恐惧和共同意志,以及他们的整体使命。他们深知以积极态度对待会谈的重要性，投入时间进行研究准备，并对双方可能做出的妥协及其后果进行评估。

我们的讨论旨在为未来的谈判提供一套全面的方法论，然而，在1982年初，曼德拉在B区向我们透露，在国外的非国大及其领导层已经面目全非。他怀疑殖民政权正在干涉非洲人国民大会，破坏大家独立参与谈判的努力，他不愿意做那些领导人的副手。

他向我们保证，如果要与殖民政权进行广泛互动，他将与在国外的非洲人国民大会领导人进行沟通，但这让我想知道，一个人能在多大程度上信任一位不受信任的领导人。他表情威严，仿佛掌握了我们B区大多数人都不了解的信息，我们并不清楚在谈判期间，他会对政府代表说些什么。

B区的大多数人都不支持曼德拉单枪匹马地去进行谈判，但在1982年3月，纳尔逊·曼德拉、沃尔特·西苏鲁、安德鲁·姆兰吉尼和雷蒙德·姆拉巴被转移出罗本岛。一份报纸声称，他们被转移的原因是岛上其他囚犯不希望他们与政府进行谈判。事实并非如此。我们确实支持非国大作为一个政党与代表殖民势力的南非国民党政府进行谈判，但我们更希望我们的谈判代表是自由的，而非身在高墙。无论如何，这一转移结束了罗本岛上围绕谈判问题展开的争论。

安丁巴·托伊沃·亚·托伊沃

我被转移到B区时，遇到了安丁巴·托伊沃·亚·托伊沃同志，他是西南非洲人民组织的领导人之一。我与他的初相识要追溯到20世纪50年代末，雷·西蒙斯和杰克·西蒙斯的家中了。在罗本岛重逢的第一天，我们便就之前探讨过的政治议题展开了深入的辩论。随着时间的推移，到了1978年，我们不再耗费大量时间在采石场里，而是经常留在B区，我和托伊沃便利用午餐的间隙，讨论纳米比亚的历史与政治经济状况。托伊沃还慷慨地与我分享了D区的纳米比亚同志们传递的一些书面资料。

在我们的深入交流中，托伊沃追溯了20世纪50年代末，西南非洲人民组织成立前的纳米比亚抗争史。他满怀敬意地谈到了纳米比亚北部的库塔克（Kutak）酋长、中部的马赫雷罗（Maherero）酋长和南部的亨德里克·威特布伊（Hendrick

Witbooi）酋长。这些杰出的领袖曾有力地组织了反抗殖民军队和政府官员的武装抗争。特别值得一提的是，亨德里克·威特布伊酋长勇敢地揭露了德国殖民者对赫雷罗（Herero）语民族进行的惨无人道的种族灭绝行径。那是一起骇人听闻的暴行，德国军队在教堂内对毫无防备的男女老少开枪扫射，无差别屠杀。马赫雷罗酋长惨遭失败，但1893年，威特布伊酋长成功联合了多个部落，共同向德军发起了有力的反击。

托伊沃指出，这些领导者们为反殖民主义做出的努力，为纳米比亚人民日后的反殖民抗争奠定了坚实基础。这也使得纳米比亚人民能够积极响应西南非洲人民组织发出的解放全国的号召。此外，托伊沃还对迈克·斯科特（Michael Scott）牧师表达了由衷的赞赏。后来，这位牧师协助将纳米比亚问题提交到了联合国，为结束南非在纳米比亚的统治寻求到国际方面的支持。

托伊沃认为，罗本岛上的纳米比亚同志们都是作为人质被非法拘禁在国外的。因此，他坚决拒绝与来访的南非官员会面，无论对方是法官还是反对党领袖。20 世纪70 年代末，托伊沃收到了一封来自姆布鲁姆巴·克里纳（Mburumba Kerina）先生的信，这位先生是南非政府在纳米比亚扶植的特恩哈尔民主联盟（DTA）的领导人。我与托伊沃就克里纳先生希望在罗本岛上与他会面的事宜进行了讨论。之后，托伊沃同志决定先就信件内容与D 区的纳米比亚同志们进行商讨。当局对此给予了批准。然而，在与D 区的同志们会面后，托伊沃最终回绝了克里纳先生的请求。因为他和其他纳米比亚同志们都认为，对方提起的这次会面实际上是特恩哈尔民主联盟为了提升自身声望而采取的一种策略。

在B 区，我有幸成为唯一一个由托伊沃亲自讲授纳米比亚人民抗争历史的人。由于南非人主要关注他们自身的政治事务，我们二人之间的交流不仅缓解了他作为B 区唯一的纳米比亚人的孤独感，还无意中引发了我要加入西南非洲人民组织的流言。我深知，我与非国大派系的疏离让我的非国大同志们感到困扰，但我始终坚守着对马桑多的承诺——绝不加入除非国大本身以外的任何思想派别。1984 年，托伊沃同志离开了罗本岛，这使我在政治上陷入了一种空白状态。他走后不久，我得知其余的纳米比亚同志们也被转移了，尽管他们的确切下落——是已被释放还是被关押在纳米比亚或南非的其他监狱中——仍是个谜。

在我心里，西南非洲人民组织是南非人民最宝贵的盟友之一。记得1964

年，非国大陷入困境，无法为民族之矛提供驻地时，是西南非洲人民组织伸出援手，没有一丝犹豫，在孔瓦营区为我们提供了一个安身之所。我们在坦桑尼亚政府分配给西南非洲人民组织的地块上，开辟了一个新的非国大营区。在异国他乡，非洲人国民大会与西南非洲人民组织、莫桑比克解放阵线以及安哥拉人民解放运动共享其有限的资源，包括有助于军事行动的军械和其他物资。我们是一个大家庭，一方的成功，即是整个解放运动集体的胜利。

黑人觉醒运动

在20世纪70年代末，一些黑人觉醒运动（BCM）的成员被收押进了罗本岛监狱，斯特里尼·穆德利（Strini Moodley）、奥布里·莫科阿普（Aubrey Mokoape）、萨斯·库珀（Saths Cooper）和齐图勒莱·辛迪（Zithulele Cindi）成了我们中的新成员。在讨论中，我得知他们认为《自由宪章》已经过时，将被历史淘汰。他们渴望在南非构建一个平等的社会，这是南非年轻一代所持的有趣观点。我发现他们所强调的心理解放对我们的解放运动具有极其重要的意义，在我看来，心理解放与政治解放、经济解放和文化解放同等重要，缺一不可。黑人觉醒运动的成员们深信，心理解放能疗愈历经数百年屈辱所造成的民族伤痕，并有助于构建一个团结、无种族界限的社会。

此外，黑人觉醒运动的同志们还巧妙地帮助我们化解了非国大内部的一场小风波。之前，曼德拉习惯留存一些用普扎曼德拉发酵的玉米，好加到第二天早餐的粥里，部分人却说他是在私酿水酒，非国大内部对此议论纷纷，随后发酵成了一个严重的问题。黑人觉醒运动的同志们出手相助，将发酵的普扎曼德拉保存在他们自己的囚室中，从而避免了一场可能的政治风波。

1977年，监狱管理方带了一群记者到罗本岛。当时，我们正在用铁锹清理监狱大门前的草坪，我察觉到有人在拍照。我身着囚衣，头戴帽子，手握铁锹，而记者旁边站着几位戴墨镜的男士，神秘得就像詹姆斯·邦德电影中的角色，也没人介绍一下他们的身份。我们猜测，这些安排可能是当局宣传策略的一部分，意在向外界展示我们得到了良好的待遇。那次探访结束后，我们向监狱当局及相关部门表达了我们对隐私被侵犯的不满，但遗憾的是，这些抗议并未得到任何回应。

国际红十字会

每年一次，红十字国际委员会（ICRC）成员会在尼古拉·德·鲁日蒙（Nicolas de Rougemont）先生的带领下前来探访，对在狱中的所有人来讲，这都是最为重要的时刻。每次探访期间，他们都会详尽地记录我们在狱中的情况，如狱方的待遇、医疗服务的状况、食物质量、床上用品供应，还有娱乐和学习设施等。探访结束后，他们会向我们提供一份详尽的报告，阐述政府对于我们所提问题的回应。从1974年我们抵达罗本岛到1976年，红十字国际委员会一直与我们保持着沟通，向我们通报他们在与南非政府协商改善政治犯生活条件时所面临的种种困难。政府最初坚决否认存在政治犯，坚称我们都是罪犯。面对这种情况，红十字国际委员会尽其所能，努力为改善南非国内所有监狱的条件做出贡献。为我们提供了详尽的反馈信息，随时向我们通报未决问题的谈判情况，并向我们提供为改善政治犯条件而奋斗的其他利益攸关方和机构的名单。因此，我们对他们的职责、权力范围以及所采用的谈判策略和手段有着清晰而全面的了解。在1976年，罗本岛狱方终于为我们提供了床位。红十字国际委员会的介入，使得我们不必总是通过绝食这种极端方式来迫使监狱当局做出改善。

戏　剧

1978年，不再去采石场工作后，我们有了更多的行动自由，更多地留在B区场地，并利用部分时间参加戏剧活动和体育活动。我们上演了塞缪尔·贝克特（Samuel Beckett）的《等待戈多》（*Waiting for Godot*）和索福克勒斯（Sophocles）的《安提戈涅》（*Antigone*），这两部剧由南部非洲人民民主联盟的弗兰克·安东尼（Frank Anthony）先生执导。《等待戈多》让我想起了我们在国外的民族之矛营区等待回家的那段日子，当时我们预计6个月内就能归乡。剧中弗拉基米尔（Vladimir）和爱斯特拉冈（Estragon）的等待，也触动了我对被英国军队俘虏并带到罗本岛的马坎达/恩克赛勒（Makhanda/Nxele）的科萨族故事的回忆。在他的故事中，社群的人们无休止地等待着他的归来。

在讲述底比斯内战故事的《安提戈涅》中，曼德拉扮演了克瑞翁（Creon）

国王，弗兰克·安东尼先生则扮演了安提戈涅。剧中，克瑞翁的两个儿子埃忒奥克勒斯（Eteocles）和波吕尼刻斯（Polynices）分属不同阵营，最终都战死沙场。克瑞翁禁止安葬被视为叛徒的波吕尼刻斯，但安提戈涅和她的姐妹伊斯墨涅（Ismene）却商量着该如何安葬她们的兄弟。虽然伊斯墨涅有同情心，但她并不想违反法律。安提戈涅则决定违抗克瑞翁国王的命令，遵循神法而非人法，去埋葬她的兄弟。她因此受到了惩罚，并结束了自己的生命。我从她身上看到了南非妇女在为国家解放而努力的过程中所展现出的勇气和力量的缩影。

家属探视

20世纪80年代，我迎来了自己的首批访客——我的妹妹霍勒卡和侄女农古克贝拉（Nonkqubela）。再见到这两位小时候的熟人，让我倍感激动。她们已经长大，能够进行成熟的交谈。虽然我们的交流只能通过玻璃窗和电话进行，但那次短暂的30分钟会面却意义非凡。也是在80年代，我每年都会收到莱科塔（Lekota）的嫂子琳迪韦·尚格（Lindiwe Shange）寄来的贺卡。在狱中，除了分享访客提供的信息和新闻外，我们还分享那些免于监狱审查的信件中的消息。对我们而言，与狱外人士的交流就是对未来的鼓励和希望。

1988年2月，罗本岛的指挥官巴登霍斯特（Badenhorst）少校召见了我，他告诉我，在我1988年6月20日刑满后，可能会被驱逐到博普塔茨瓦纳（Bophuthatswana）或特兰斯凯。我告诉少校，政府无权选择我应该待在哪里，并把这件事告诉给了B区的同事们。他们建议我联系开普敦的马利尼克斯律师事务所。我采纳了他们的建议，并委托该事务所反对政府的这一意图。事务所指派了迈克·埃文斯先生，一位高大、专业的年轻人做我的法律代表。在此后的几个月里，埃文斯先生会到罗本岛探望我，并与我进行了多次有益的商谈。此案最终被推迟到1988年底审理，但那时我已经出狱了。

出狱后，我面临的首要问题是住宿。然而，由于父母已经离世，我无法向他们寻求帮助。作为一名自由战士，我深知自己的选择、承诺和奉献并不意味着别人欠我什么。我对自己该如何安顿或在哪里安顿下来一无所知。幸运的是，埃文斯先生告诉我，伍德斯托克（Woodstock）的考利大厦（Cowley House）可以为我提供一周的住宿，并资助我购置一些衣物。同时，我记得还有三位同志在开普敦，帕特里克·马坦贾纳（Patrick Matanjana）——我在孔瓦营社区的旧相识，他在返回南非的途中被捕并被送往罗本岛，以及特雷弗·温策尔（Trevor Wentzel）和普罗·杰克（Pro Jack），我相信他们会给我一些该如何在开普敦生存的有用建议。对于埃文斯先生和我之间萌生的友谊，我也倍感珍惜。

第 29 章　从罗本岛获释

我们在 1973 年 6 月 20 日被判入狱，终于在 1988 年 6 月 19 日迎来了刑满释放的日子。然而，因为当天正好是周日，而周末并非官方的工作日，乔洛、姆潘扎和我便得以提前在 1988 年 6 月 17 日，即周五，获得了自由。值得一提的是，彼得·姆滕布在大约 6 个月前就已被释放，但并未给出明确的原因。

出狱时，我收到了一些基本的生活用品：一条毯子、两条内裤、两件衬衫、一条裤子、一条腰带、一件夹克、一双袜子和一双鞋。我换上了便装，将其余的物品都叠好卷在毯子里。我的全部行李就包括了这些叠好的衣物，以及一箱我在南非大学（UNISA）学习期间用过的数学和计算机科学书籍。摄影师拍下了我们大步流星穿过码头的照片，彼时我们对自己的前程一无所知。虽然不知道在考利大厦会遇到些什么，但我对回到大陆后的生存前景满怀自信。

乔洛在开普敦码头上岸时，第一眼就看到了他的妻子姆玛普蒂（MmaPhuti），他把这位女士指给我们看。马利尼克斯律师事务所的员工朱迪·穆恩（Judy Moon）女士和另一些同事在公司为我们举办了一场欢迎派对。安全警察成员也在场。简短但热情地问候过后，我们驱车穿过开普敦，来到伍德斯托克的考利大厦，在那里受到了欢迎，管理员记录了我的详细信息并告诉我用餐时间。我被带到一楼的一个房间。安顿下来后，穆恩女士告诉我，埃文斯先生会在第二天来看我。姆潘扎和乔洛与他们的妻子和亲人一道，启程前往各自的目的地。我则留在考利大厦，等待对驱逐令的上诉结果。

第二天晚上，埃文斯先生来到考利大厦。我以为我们会就我的上诉进行讨论，但他带我坐上了他的车。他边开车边解释说，结束征兵运动（ECC）组织了一次会面，以欢迎我重返公民社会。埃文斯先生说我会给大家讲几句话。我向他坦言，当面对众人演讲时我会有心理障碍。他鼓励我畅所欲言。他把车停下，领我走进了一个满是南非白人的大厅。更令我紧张的是，项目总监立刻就介绍了我，并邀请我发言。尽管心情紧张，我应该还是说出了一些有道理的话，因为我看到观众在鼓掌喝彩。埃文斯先生似乎对我的回答颇为满意，在我们驱车返回考利大厦的路上，他称赞我做得很好。然而，当我回到房间时，三名自称警察的男子找到我，他们威胁说，如果我再次参加结束征兵活动的集会，就逮捕我。我选择了无视他们的恐吓，他们悻悻离去。

参加结束征兵运动会面活动的人数很多，这让我意识到南非已无法维持在纳米比亚的军事行动。南非年轻白人的反抗情绪愈演愈烈，那些拒绝在战场上与兄弟姐妹自相残杀的人，实际上剥夺了政府最关键的资源。如果失去了人力资源，南非国民党殖民政府就无法维持这场战争，因此，他们必须尽早通过谈判解决问题。结束征兵运动的成员，是年轻的白人及其家人，他们类似于越南战争期间美国的那些反战示威者，这些示威者为迫使美国政府离开越南做出了贡献。我相信结束征兵运动在南非解放运动中发挥了关键作用，正是由于它的施压，政府才答应了解放运动提出的部分条件。

周一，考利大厦的一位工作人员领我到盐河（Salt River）的工厂店购置衣物。在他的推荐下，我购买了一套西装、两条长裤、两双鞋、三件T恤、一件衬衫和一条腰带，这让我在换洗衣物时有了更多的选择，我很开心。

特雷弗·温策尔与帕特里克·马坦贾纳，这两位前罗本岛囚犯造访了考利大厦，为我详细地介绍了当地的情况。再一次见面时，温策尔告诉我，他们已在埃尔西斯河（Elsies River）一带为我安排了一处妥当的住所。

我从考利大厦搬到了银河街8号，与温策尔的亲戚同住。这家的女主人是法蒂玛（Fatima），一位身材高挑、容貌秀丽的三十多岁的女性；男主人叫作杜米（Dummy），身高约1.5米，瘦削精干，将近四十岁。他们育有三个小孩，两子一女。这对夫妇热情好客、性格温和、为人善良，彼此之间相敬如宾。与他们共度的日子让我感受到了家的温暖，我也常常去拜访法蒂玛在埃尔西斯河的家人：帕普斯·丹尼尔斯（Paps Daniels）夫妇和他们的三个女儿、一个儿子。

通过与温策尔和马坦贾纳的交流，我确信自己很快就能拥有一个独立的住所。解放运动的资金显然是由某些律师事务所提供的，布拉尼·恩格库卡（Bulelani Ngcuka）便是负责管理这些资金的人之一。我曾与马坦贾纳一同造访过恩格库卡位于古古勒图的住所，那里紧邻西开普大学的学生公寓。除了一顿美味的烤肉与面包，我们并没从那次拜访中获得什么实质性的帮助。

还 乡

我渴望前往特兰斯凯探望我的亲人。埃文斯先生对我此行表示支持，并向我保证，不管遇到任何突发状况，他的律师事务所都会及时介入。朱迪·穆恩女士慷慨解囊，为我的旅程提供了资金支持，而特雷弗与他的妻子洛维（Lovie）也热心相助，亲自驾车送我前往。自1973年独立以来，我对特兰斯凯的变化一无所知，心中充满期待。

在旅途中，我们顺道去了一趟伊丽莎白港，探访两位已重获自由的利沃尼亚受审者——雷蒙德·姆拉巴与戈万·姆贝基。我原以为他们会住在各自的村镇，但他们竟住在一个郊区。更让我感到惊讶的是，温策尔很清楚他们的住址。我们与戈万的会面非常愉快，遗憾的是，姆拉巴没在家。

从伊丽莎白港出发，我们拜访了我的家人。在前往弗雷尔山的途中，我们在措洛的恩蒂班农场（Ntibane Farm）停下，拜访了我的妹妹霍勒卡，她曾到罗本岛探视过我。我们受到了她公婆的热情款待，两人甚至为我们宰了只羊。我花了两天时间，把罗本岛上的生活原原本本地讲给他们听。第三天，我们出发前往姆乌兹（Mvuzi）村看望我的弟弟姆普梅勒罗。这个村子距离弗雷尔山约8千米远，我已经27年没去过那里了。父母、哥哥和姐姐去世后，姆普梅勒罗成了我们一家的主心骨，把家人们团结在一起。

真是难以置信，我离家时尚在蹒跚学步的幼弟，现在已经长得比我还高了，还成了家。他的妻子诺夸卡（Nokwakha）来自德拉米尼（Dlamini）家族，容貌美丽、纤秾合度，笑起来时还会露出迷人的酒窝。第二天，弟弟和弟媳宰了一只绵羊和一只山羊，要为我们接风洗尘。他们在屋外搭了顶白色的大帐篷，远在30千米外的人们都赶来欢迎我。他们的爽朗、谦和与深情厚意，远远超出了我的预期，让我动容。这份浓厚的喜悦仿佛拥有疗愈的力量，重新点燃了我内心的希望之火，也坚定了我前行的决心。这里的人们仍然对非国大政府领导下的美好生活抱有希望，即便目前还看不到任何希望成真的迹象。他们对非国大一片赤忧，就像孩子般单纯地信任着它，而不掺杂任何政治考量——当你把孩子们抛向空中时，他们相信你会接住他们，而不去思考你的意图。根据安全警察提供的信息，许多在我离开前就认识我的社区成员都不敢相信我还活着。

几天后，我们离开弗雷尔山，前往纳塔尔的恩库图（Nqutu），拜访特雷尔·莱科塔（Terror Lekota）的嫂子琳迪韦·奥克塔维亚·尚格（Lindiwe Octavia Shange），我还在罗本岛监狱时，她偶尔会寄来圣诞和其他节日贺卡。跟社区成员在一起时，我一直能量满满，但到了这会儿，我已筋疲力尽，坐在车上断断续续地打起了瞌睡。我们在格劳特维尔（Groutville）停留了一小会儿，本想去见见我的同案被告贾斯蒂斯·姆潘扎，但他没在家。我们倒是在已故酋长阿尔伯特·卢图里府中停了一会儿。特雷弗·温策尔向代管人说明了我们的身份背景、政治观点，以及我们对卢图里酋长在政治上所起作用的深深敬意。离开格劳特维尔后，我们踏上了前往恩库图医院的旅途，一路风景如画。尚格女士那天在医院当值。在她休息的一个小时里，我向她表达了感谢，感谢在罗本岛时期，她给予我的坚定支持。

见过尚格女士之后，我在返回开普敦之前想做的一切都已圆满完成。我很高兴，旅程比我预想的更加成功，离开开普敦以来的经历成为我们沿着 N2 公路返回开普敦时谈论的主要话题之一。回到埃尔西斯河后，我感谢温策尔夫妇带我踏上这段旅程，感谢他们慷慨解囊，支付了几家酒店的住宿费、餐费和燃油费。

开普敦

同志们为探亲归来的我精心筹备了一场欢迎派对。这场活动由乔尼·伊塞尔（Jonny Issel）及其家人负责，帕特里克·马坦贾纳、特雷弗·温策尔一家、卡尔·克洛特以及统一民主阵线（UDF）的朋友们都热情地参与其中。我们举办了一场盛大的露天晚宴，美酒、政治歌曲与激昂的演讲交织在一起，营造出热烈的气氛。聚会一直持续到凌晨，我深深地感受到了这个地区政治活动的热情与力量。

通过烧烤旁的讨论，我了解到西开普省正处于政治和社会动荡之中，机遇与挑战并存，既令人振奋，又令人不安。令人振奋的是，许多人积极投身于有组织的政治活动，尤其是统一民主阵线的表现最为突出。社区成员们团结在三大活动周围：非国大的地下政治工作、学生运动以及公民及居民团体。在抗议游行和丧礼活动中，人们高举非国大和南非共产党的旗帜，以解放运动的"阿曼德拉"致礼手势为自己的标志。然而，我的亲身经历让我察觉到了其中一些异样，在周围一片欢庆的氛围中，这些异样很可能会被忽视掉。尽管表面看来，每个人都是志同道合的同志，诚实、值得信赖，但我听说有人是被迫参与到政治相关活动中来的，这令人不安。领导人们在一夜之间自我宣告身份，却对自己的背景保持神秘。运动的洪流席卷而来，泥沙俱下，可能会被机会主义者、敌方的卧底特工和犯罪分子所利用。许多人出于恐惧而非信念而行动。社区成员在决策过程中没有发言权，只是被告知某些不见真容的领导人已经决定了行动方针。

在开普敦及其周边地区，政府反对派联盟显得分裂且脆弱。人们参与了众多政治和非政治组织，其中一部分隶属于统一民主阵线。该地区的活动分子依赖如拉梅什·瓦森（Ramesh Vassen）、叶基索（Yekiso）、杜拉·奥马尔（Dullah Omar）和埃萨·穆萨（Essa Moosa）等律师的支持。设在阿斯隆（Athlone）的各办事处是提供法律咨询和服务的主要中心。

我开始在开普敦四处求职，想谋求一个管理岗位，我还积极向朱迪·穆恩女士和迈克·埃文斯先生反馈我的求职进展。他们认为私营单位的雇主可能不会考虑雇用我，因为安全部门的人已经警告过他们，说前政治犯都是些危险的恐怖分子，让他们不要雇用我们。大多数前政治犯只能在非政府组织、社区组织和工会里找到工作。几天后，穆恩女士告诉我，马利尼克斯律师事务所愿意给我提供一份临时律师助理的工作。马利尼克斯的办公室位于开普敦长街2号的二、四两层。律所成员包括梅丽莎·帕尔默（Melisa Palmer）女士、马利尼克斯、里奇曼（Richman）、阿兰·多德森（Allan Dodson）、贾斯汀·哈德卡斯尔（Justin Hardcastle）和亨克·史密斯（Henk Smith）先生。这是一家规模较大的律师事务所。作为律师助理，我的职责包括收集面临政府驱逐威胁的社区成员的访谈资料。在社区成员与本团队的讨论中，我担任科萨语—英语翻译。我们建议社区成员成立委员会，其领导者可以代表大家发声。我们的介入有助于将小的团体整合进大的社区。

在诺德霍克（Noordhoek）附近的灌木林区，有温妮·措措（Winnie Tsotso）和奥林匹亚（Olympia）女士分别领导的两个团体。在非政府组织和马利尼克斯律师事务所律师的帮助下,这里成为五区(Site Five)镇。同样,在诺洛斯(Nolloth)港一个名为帐篷城(Tentedorp)的定居点,其社区也成立了一个委员会,并推选桑奇斯(Sonqishe)先生为委员会主席。这些社区的共同点是,政府认为他们在灌木丛中搭建的棚屋和其他临时建筑是非法的。在每一个案子里,亨克·史密斯先生都会代表受影响的社区,把我们收集到的信息提交给法庭。在我们介入的所有社区案子中,马利尼克斯都采用了这一方法。倾听这些不同社区所面临的挑战和他们自身的特殊历史,我获得了勇气和共鸣。我们还与由乔赛特·科尔(Josette Cole)女士领导的"过剩人口项目"(SPP)组织密切合作。该组织中的大多数专职人员都是南非白人,他们致力于推翻种族隔离的殖民政策——这些政策将一些南非黑人排除在西开普省之外。

帕尔默女士为社区提供建议,并协助他们建立公民组织。在开普敦各地,公民组织包括由维尔科姆·真兹勒(Welcome Zenzile)先生领导的旅社居民协会(Hostel Dwellers'Association)、十人委员会(Committee of Ten),以及由威尔弗雷德·罗斯(Wilfred Rose)先生领导的另一个公民协会。他们是南非全国公民组织(SANCO)的前身。我们强调,公民组织在本质上是非政治性机构,因为他们代表着不同政治派别的居民的利益。这些社区干预事务让我有机会向社区介绍非国大和《自由宪章》。许多社区成员都知道我曾作为政治犯在罗本岛服刑过一段时间,因此我的发言总是颇具说服力。

1989年,马利尼克斯律师事务所决定尝试在温得和克(Windhoek)设立分所。亨克·史密斯先生在那里找到了一些办公场所,并带我从开普敦出发,与他同行。这使我与曾被关押在罗本岛的西南非洲人民组织成员本·乌伦加(Ben Ulenga)取得了联系。

风云变幻

马坦贾纳把我介绍给了开普敦的政治圈,其中包括诺玛蒂亚拉·汉瓦纳(Nomatyala Hangwana)、乔塞(Giose)、山·昆贝拉(Mountain Qumbela)、维尔科姆·真兹勒、威尔弗雷德·罗斯、克里斯特莫斯·廷托(Christmas Tinto)和托伊塞(Toise)等人。马坦贾纳拥有一辆棕色的福特汽车,白天我们驾驶它前往会议地点。频繁的活动夯实了我与开普敦周边社区间的关系。

在埃尔西斯河畔,我偶遇了老熟人乔塞。他提起往事,说我们的缘分始于1962年,那时他还与亨尼·费鲁斯(Hennie Ferrus)是亲密伙伴,亨尼也是民族之矛马姆雷训练营的一员,遗憾的是斯人已逝。乔塞目前居住在萨尔伯劳埃尔西斯河地区,离我住的地方大约2千米远。他是一名教师,肩负着教书育人的重任。在后续的深入交谈中,他向我透露,他正在该地区不遗余力地推广非种族主义的理念,致力于打破种族隔阂,实现人人平等。更值得一提的是,他与多位志同道合的校长携手合作,共同创建了一个协会,旨在增进不同社区之间的交流与团结,共同为构建一个和谐共融的社会贡献力量。乔塞对于解放事业的坚定执着和无私奉献精神,深深地打动了我,让我由衷地感到敬佩。

几次会面之后,他邀请我加入一个秘密活动小组,这个小组由三名成员组成,是非国大"乌拉行动"(Operation Vula)的一部分。我在组中的主要职责是培训大家使用武器和制定行动方案。乔塞透露,他们正在等一批运送中的武器,但我谨守地下工作的原则,并没有询问武器到达的具体时间。乌拉行动的核心目标是在我们的这些社区里建起军事基地。我问乔塞,统一民主阵线的领导层对我们武装抗争持何种态度,他表示他们支持非国大和民族之矛。他提到,统一民主阵线的一些领导人会定期探视狱中的曼德拉,他本人对此有些担忧,因为在探视期间,双方可能会谈到地下行动的情况,从而泄露一些信息。他把这些领导人描述成阴谋集团的一分子,他们从未向统一民主阵线的组织汇报过会谈的内容。这让我意识到,曼德拉可能会受这些集团的影响,从而在与非国大其他领导层成员隔绝的情况下继续进行谈判。令我吃惊的是,这些外人竟能如此轻易地接触到狱中的曼德拉。

当时,西开普大学成了学生抗议活动的热门聚集地。他们发起的"让西开普大学成为人民大学"运动与《自由宪章》的理念不谋而合,我因此深受吸引,参加了他们的大部分集会活动。这些活动汇聚了来自各个阶层、不同肤色的年轻人和长者,营造出一种活跃的政治氛围。艾伦·博萨克(Reverend Alan Boesak)牧师是这些活动中的常客,他定期发表演说,主题涵盖了"解放神学"(liberation theology)的多个方面。我特别喜欢他充满激情、活力四射的演讲方式。

到了1989年,为争夺社区控制权,人口稠密的棚户区里爆发了大大小小的斗争，催生出了"维特多克"（Witdoeke）这样的武装团体。这些团体中的成员，有的与解放运动或政府结盟，有的想独善其身，却受到胁迫，成为暗杀者。马坦贾纳的一位密友曾两次提醒我们，我的名字已经上了暗杀名单。

为了应对这一威胁，马坦贾纳安排了与乔塞的会面。乔塞证实，我确实在暗杀名单上，而制定这份名单的正是谋杀了普罗·杰克的那批人。普罗·杰克从罗本岛出狱后，成了统一民主阵线的一名活跃分子。乔塞还提醒马坦贾纳和我，一些受过军事训练的非国大成员已经开始组织自卫队，以应对敌人的袭击，保护自己的社区。可悲的是，"敌人"这个词有时也指那些除掉了其他同志，并把责任归咎于政府安全机构的人。

非国大中的这些新动向让我们感到不安，我也很难对自己上了暗杀名单一事置若罔闻。两位同志建议我返回境外的非国大驻地去，但我并不认为这是一个明智的选择。我告诉他们，西南非洲人民组织的副司令因与他们的首任总司令托比亚斯·海涅科在赞比西河遇刺一事有牵连而被其组织逮捕时，声称自己和一些非国大领导人在为南非殖民政权卖命。我还提到，在罗本岛进行政治讨论时，纳尔逊·曼德拉曾说过，最坏的情况已经发生，非国大已超出了它原本的框架，失去了底线原则。因此，我提议往北走，去与纳米比亚自由战士会合，我们的对手都是殖民政权，他们正与其进行政治和军事斗争。我联系了当时纳米比亚矿工工会（MUN）的领导人本·乌伦加，他同意接纳我。于是在1989年，我离开南非，前往温得和克。

第 30 章 纳米比亚

1989年初,我抵达温得和克,在那里见到了伊普姆布(Iipumbu),他是本·乌伦加在纳米比亚矿工工会的同事。伊普姆布,这个中等身材、留着拉斯塔法里(Rastafarian)风发型的年轻人,给我留下了深刻印象。在他的陪同下,我们驱车前往位于卡图图拉(Katutura)新区的乌伦加家中。乌伦加三十多岁,身材高挑,言谈间总是带着温和的微笑。见到对方时,我们彼此都很激动,他热情地迎接了我。

几天后,乌伦加把我引荐给了伯恩哈德·埃绍(Bernhard Essau)和安东·卢博夫斯基(Anton Lubowski)。埃绍是纳米比亚全国工人工会(NUNW)的秘书长,而卢博夫斯基则曾是工会的财务和行政秘书。他们对我表示了热烈的欢迎,并告诉我,我将成为工会媒体部门的新成员。真挚的同志情谊令我如沐春风,但刚开始,我并不清楚自己的工作内容具体是什么。

三天后,我开始在卡图图拉镇的纳马兰博(Namalambo)区纳米比亚全国工人工会媒体部门的工坊和办公室工作,该部门由理查德·帕克勒帕(Richard Pakleppa)领导。我和朱莉娅·潘德尼(Julia Pandeni)、西尔维斯特(Sylvester)、西玛(Sima)、布鲁斯·莱恩(Bruce Line)以及一对南非夫妇——安西娅·普雷托里斯(Anthea Pretorius)和莱昂·普雷托里斯(Leon Pretorius)成了同事。纳米比亚全国工人工会有一份自己的报纸——《纳米比亚工人》。媒体部门的工作内容是从工人、商店代表和社区成员那里收集信息、探访工作场所以及以工人和社区成员容易理解的风格和格式撰写新闻。我们还把一些关键新闻翻译为恩顿加语(Oshiwambo)、纳马-达马拉语(Nama-Damara)、南非荷兰语和英语。我们拍照、排版、把样本发送给印刷商、从出版商那里取回成品报纸,再分发到全国各地。我越来越欣赏帕克勒帕,他是个不折不扣的多面手,不仅擅长摄影、电影制作和计算机操作，还是一位勇于主动出击的优秀谈判者。媒体部门的同仁们也为纳米比亚全国工人工会下属机构提供谈判支持，这些谈判往往关乎纳米比亚在国际社会中的认可度。此外，我们也积极协助他们为工人争取更优越的薪资待遇和工作环境。

在接触报纸版式设计的过程中，我发现这是一项极富创造性的工作，它不仅要求我们具备远见卓识，还需要敏锐的预判和深刻的洞察力。我的同事们个个才思敏捷、技艺高超，他们总能打造出引人瞩目的封面，激发起读者的好奇心，吸引他们翻开报纸。我们还仔细思考，什么样的照片才能与文章内容相得益彰。每次看到最终成品，那些色彩斑斓、设计精巧的版面总是让我惊叹不已。

其政治内容呼吁纳米比亚的工人和社区支持西南非洲人民组织领导的解放斗争。我们在纳米比亚广袤的土地上散发这些刊物，从南部边境到北部的楚梅布（Tsumeb），相对而言，是较少警察和军队干涉的区域。然而，在前往东北部卡普里维地带（Caprivi Strip）的途中，我们先要经过奥塔维（Otavi），然后是南非防卫军的主要补给站和军事监狱所在地——格鲁方丹（Grootfontein）。一些工人声称，西南非洲人民组织和南非防卫军的在押军事犯曾两次在夜间被飞机抛入大西洋。他们并不清楚这些在押人员的身份，也不知道他们被指控犯有哪些罪行，但这已经让我们震惊地意识到，如果我们中的任何一个人被俘，可能会遭遇些什么。

楚梅布和安哥拉接壤的地域被划定为"红区"，是一个军事禁区。任何想穿过奥希韦洛（Oshivelo）门进入纳米比亚北部的人，都需要出示所谓的"科普卡特"（kopkaart），即一张护照尺寸的照片，这张照片需粘贴在个人所持的证件上。

过了格鲁方丹后，我们继续朝北走，在经过安哥拉边境附近的龙杜（Rundu）时，我们在一个空军与202营共用的防卫军军事基地外的检查站被军事人员截停了。他们仔细搜查了我们的车辆，但并未发现我们藏在汽车底板坐垫下的《纳米比亚工人》。我们因此得以顺利通行，未再遭遇其他阻碍。离开龙杜，我们驱车向东，前往巴加尼（Bagani）桥。这座桥在恶名昭著的101营的严密军事监控下，通行时间被严格限制在6点到17点之间。此外，欧米茄（Omega）军事基地是进入卡普里维（Caprivi）野生动物公园之前的最后一个防卫军据点，它位于卡蒂马穆利洛（Katima Mulilo）。我们抵达卡蒂马穆利洛时，受到了圣基齐托

（Saint Kizito）学院工人与学生们的热烈欢迎。从他们积极的政治活动、报告和讨论中，我强烈地感受到了他们对纳米比亚解放事业的一片赤忱。

在分发《纳米比亚工人》时，我们通常不会一路跑到卡蒂马穆利洛。相反，我们会选择先到龙杜，然后沿着边境向西，经过卡万戈（Kavango）地区的恩库伦库雷（Nkurenkure）。沿此路段，西南非洲本土部队（SWATF）、准军事组织"科沃特"（Koevoet）和防卫军驻守着许多军事哨所。他们的观察哨隐藏在河边茂密的植被中，从远处不容易被发现。

另一种选择是先去安哥拉边境的奥希坎戈（Oshikango），然后前往鲁阿卡纳（Ruacana），在那里我们可以见到更多工人。这条路线带我们经过位于翁丹瓜（Ondangwa）的南非空军基地，然后经过奥沙卡蒂（Oshakati），这是防卫军、特警部队和科沃特地面部队的军事中心所在地。虽然无论选择哪条路线，我们的旅途都存在风险，但我们对此欣然接受，因为这是我们为工人民族解放事业所作承诺的一部分。

在造访这些地区的过程中，我们密切监视殖民军队在纳米比亚和安哥拉之间活动的轨迹。我们倾听人们讲述农村社区成员遭受暴行的情形，掌握了人员伤亡情况等第一手资料。我们亲眼看到了被科沃特成员烧毁的那些家园，场景触目惊心。

1988年12月，南非、安哥拉与古巴共同签署了三方协议，一致同意终止外国军队在安哥拉的行动，并承认安哥拉的独立地位。此举使得纳米比亚独立的前景愈发光明。该三方协议为执行由联合国安理会15个成员国一致通过的第435号决议铺平了道路。该决议提议在纳米比亚实施停火，在联合国的监督下进行选举，并为此成立了联合国过渡援助小组（UNTAG）。1989年4月1日，即所谓的"愚人节"这天，联合国驻纳米比亚特别代表马蒂·阿赫蒂萨里（Martti Ahtisaari）先生抵达了纳米比亚，以推动事件进展。

我原以为阿赫蒂萨里先生抵达后，所有军事行动都会结束，但当我得知南非防卫军、特警部队和科沃特在协议签署后依旧我行我素，袭击了纳米比亚北部的人民组织游击队时，不由得深感震惊。残酷而激烈的战斗导致更多平民丧生。就是那时，埃斯特（Ester）、本·乌伦加和我与南非军方成员进行了一次近距离接触。1989年4月，我们三人开着一辆花旗高尔夫（Citi Golf），从奥沙卡蒂前往北部，那里是大部分战斗发生的地方。在回来的路上，我们驶上了奥卡豪 - 奥沙卡蒂（Okahao-Oshakati）公路。路过距离奥沙卡蒂约 30 千米的奥坦加（Otanga）村时，乌伦加请我们停下来，去拜访一下他的父母，他家在公路左侧约 5 千米处。乌伦加的母亲和一些村里的长辈见到我们非常高兴，我们的拜访一直持续到 18 点，直到宵禁开始。长辈们说，既然我和乌伦加从罗本岛幸存了下来，也定能顺利返回奥沙卡蒂。这话听起来有些奇怪，因为罗本岛是一个与这些军事行动区截然不同的"战场"，但他们的鼓励让我们更加坚定了继续斗争的决心。

与乌伦加的母亲和长辈们依依惜别后，我们继续开车上路。重新开上奥卡豪 - 奥沙卡蒂公路，行驶了 4 千米后，我们遇到了八名身穿防卫军军装的黑人，他们用手中的 R5 步枪对准了我们。其中一个人示意我们停下来，我们照做了。令我们意外的是，他们提出要搭我们的车去奥沙卡蒂。我们解释说车内空间有限，无法容纳所有人，但他们却坚信可以挤一挤。他们还带着警告意味地说，在距离奥沙卡蒂 20 千米的地方有一个更大的路障，如果我们没有通行口令，就无法通过。他们的领头人表示他们掌握着口令，只要他们随行，我们就可以顺利通行，既不会被搜查，也无须被扣留过夜。

我们让他们搭了车，11 个人带着他们的武器，一起挤进了这辆花旗高尔夫。行车途中，他们透露了要撤离该地区的计划，因为他们得知西南非洲人民组织游击队将于当晚展开袭击。我们到了下一个路障时，在一群黑人和白人防卫军军官的严密监视下，车上的一名士兵喊出了一个类似密码的口号，因此我们得以顺利通行。随后，我们驶向奥沙卡蒂军事基地，在门口，另一个士兵说出了口令，这使我们无须被搜查或出示任何身份证明，便进入了基地。我们车上的乘客指路，带我们到达他们的营房，他们在那儿下了车，让我们自己找路，离开这个庞大的基地。他们似乎完全未将我们视作潜在的敌人。长辈们关于我们将安全抵达奥沙卡蒂的预言就这样实现了——尽管过程有些紧张刺激。

当时国内和国际都在向有关方面施压，要求联合国特遣部队发挥作用，阿赫蒂萨里先生下令将防卫军、特警部队和科沃特准军事力量限制在其基地内。随着战斗的结束，政治活动得以正常开展。纳米比亚全国工人工会积极投身于西南非洲人民组织的竞选活动中，旨在赢得联合国监督下的选举。在此期间，卢博夫斯基不仅担任西南非洲人民组织的财务和行政副秘书，同时还继续在纳米比亚全国工人工会中担任职务。

在纳米比亚，通过与联合国过渡援助小组合作无间，纳米比亚全国工人工会为西南非洲人民组织摇旗呐喊，以确保其在即将到来的民主选举中能够脱颖而出。我有幸与纳米比亚食品同业工人工会（NAFAU）的领导人约翰·潘德尼（John Phandeni）并肩作战，与西南非洲人民组织财务委员会的同志们勠力同心。我们的主要职责是合理地将资金分配给纳米比亚各地区，并且严密追踪每一张发票与收据的流向。在这个过程中，我接触到了联合国过渡时期援助团的诸位成员，其中包括英国的克劳福德（Crawford）先生和墨菲（Murphy）上校。

在一次深入的探讨中，他们向我透露，西方民主国家正在酝酿推动南非独立的计划。尽管南非是目前非洲大陆上唯一一个还未实现民主的殖民地国家，但我个人认为，要实现南非的民主化和独立，这场斗争可能还需要持续数年。不过，他们并不认同我的观点，他们认为我对这片土地上政治形势的理解不够深入，同时他们坚信在不久的将来，南非将实现自由。

1989年9月12日晚，我去卢博夫斯基位于克莱因温得和克（Klein Windhoek）郊区桑德堡（Sanderburg）街7号的住所，取回我和帕克勒帕上次去时放在那里的纳米比亚全国工人工会的电脑光盘。但当我接近那所房子时，警察告知我，卢博夫斯基因枪伤不幸离世。这个突如其来的消息令我惊愕不已，我站在街对面无法动弹，直到警察询问我为何还逗留在此，毕竟我不是死者的家属。在和平政治进程中发生这样的暗杀事件，令我深感震惊。我迅速折回，并在最近的一部公用电话前停下，把这一噩耗通知给伯恩哈德·埃绍、帕克勒帕和乌伦加。

次日，我们获悉一位唐纳德·艾奇逊（Donald Acheson）先生因涉嫌谋杀被捕，据传他是隶属于南非防卫军的南非民事合作局（CCB）成员。我感到难以理解，在准备和平民主选举的关键时期，为何会发生这样的谋杀事件。纳米比亚全国工人工会坚信，暗杀者可能是担心卢博夫斯基在纳米比亚解放后会推动深远的改革。选举最终在1989年11月如期举行，并被普遍认为是自由且公正的。尽管我们原本期望获得更多的席位，但以57%的优势，西南非洲人民组织最终还是胜选了。选举结束后，制宪会议迅速成立。1990年2月上旬，会议成功起草并审定了宪法，同时确定3月21日为纳米比亚独立日。

纳尔逊·曼德拉获释

1990年2月11日,纳尔逊·曼德拉从维克多·韦尔斯特(Victor Verster)监狱获释的消息传遍了纳米比亚温得和克的每一条街道。为了纪念这一历史性的时刻,我融入了自发在住宅区和公共场所集结的欢庆人群中。马迪巴重获自由,终结了殖民政权给非洲国家带来的动荡与恐吓。我深信,那一天象征着非洲真正走向解放的新纪元。殖民主义的枷锁已被打破。我看到前方是一条康庄大道,在迷人的非洲大陆上,我们所有人都将迎来无限机遇。在南非,全世界将经历《自由宪章》的诞生。我们将迈向一个社会经济和文化全新发展的时代,这是人类历史上前所未有的壮丽篇章。

英 国

1990年4月,纳米比亚全国工人工会受英国纳米比亚支持委员会(Namibia Support Committee)之邀,参与旨在推动自由纳米比亚重建与发展的演说活动。工会派我和另一位来自鲸湾(Walvis Bay)的学生作为代表参加。在动身离开温得和克前,我们详细了解了从希思罗(Heathrow)机场前往特拉法加(Trafalgar)广场的交通信息。我们从纳米比亚出发,途经约翰内斯堡,最终抵达伦敦。当我们降落在希思罗机场后,便依照之前的指引,乘坐地铁前往特拉法加广场与接洽人会面。为了确认身份,我们还随身带了一份《纳米比亚工人》。在地铁上,我向邻座的乘客询问哪个出口离南非大厦最近。我们按照指示走到了特拉法加广场的出口,在那里,受到了玛姆斯(Mams)女士和约翰先生的热烈欢迎。

东道主告诉我们,纳尔逊·曼德拉就在附近,想见一见我们。距离1982年我们在罗本岛分别,已经过去8年了。他们引领我们进入南非大厦,随后我们被带到侧翼的一间办公室。曼德拉和其他几位同仁已经在那里就座。我们一进门,曼德拉就站起身来,我们在房间中央紧紧拥抱,难以掩饰重逢的喜悦。在短暂的交流中,曼德拉流露出对南非即将达成全面政治协议的坚定信心。那次历史性的会面结束后,我们乘坐出租车前往布里克斯顿(Brixton)的圣马修(St. Matthew)街3号,那是一座位于泰晤士河以南的维护良好的宏伟建筑,我们当晚就在那里留宿。

东道主为我们详细说明了本周的活动计划，包括参加地方会议和工会大会。首场会议在布里克斯顿的某个大厅内召开，由黑人民权积极分子担任主持，主要探讨了种族不平等现象，以及社会与教育机遇的问题。在那场会议上，由于与会者的口音问题，我并未能完全领会他们的讨论内容。发言者们对黑人日益被排斥在公共与私营部门要职之外的现象表达了深切的忧虑，这让我大感震惊。似乎英国的民主制度依旧存在着肤色歧视的问题。当晚，我带着对这些讨论的深深思考进入了梦乡。

第二天，我们驱车前往斯卡伯勒（Scarborough）参加一个工会大会。到达时，代表们和客人正在享受茶歇，这为我们提供了与其他客人交流的机会，结识了三位南非工会大会成员。在茶歇结束后，纳米比亚的客人率先在会议上发言。我们的学生赞扬了英国工人和人民对纳米比亚人民的支持之举。她指出，1990年3月21日的独立使纳米比亚工人有能力让国家摆脱一切形式的人类剥削。最后，她恳请各界人士在我们的工人勇敢探索新领域时能够继续提供支持。鲸湾港仍未并入纳米比亚，解放斗争尚未完成。

第二天一早，我们乘火车从伦敦出发，前往韦克菲尔德（Wakefield）和巴恩斯利（Barnsley）。我们原计划参加全国矿工工会（NUM）大会并与其主席阿瑟·斯卡吉尔（Arthur Scargill）见面。在韦克菲尔德，市长接待了我们。她表示，尽管韦克菲尔德是一个相对年轻的小镇，但它始终坚定支持纳米比亚和南非的解放斗争。市长邀请我们在她的办公室里共进午餐。我对她的头衔——市长阁下感到有些困惑，因为在我的认知里，"阁下"这个称呼通常用来指认男性，而非女性。午餐时，我问起为什么她被称为"市长阁下"而不是"市长女士"。有人解释说，"市长阁下"的头衔是授予任何担任该职务的人的，无论其性别如何。我依然觉得这令人困惑，因为一位女性君主是女王，而一位男性君主是国王；女性会被称为女服务员，而男性则被称为服务生；但无论性别如何，市长都是"市长阁下"。我看了看市长，她的打扮完全不像个男人。"阁下"这个词根本不适合她。然而，我愿意深入思考这个问题，如果我持续思考，无疑会逐渐有所领悟。

在与市长共进完午餐，并得到她的承诺，将继续支持一个民主的纳米比亚后，我们动身前往巴恩斯利，参加在那里举行的全国矿工工会大会。在大会上，我们有大约5分钟的时间代表纳米比亚全国工人工会发言，表达团结一致的意愿。发言结束后，我们又等待了一小会儿，接下来就是茶歇。在这期间，全国矿工工会主席阿瑟·斯卡吉尔（Arthur Scargill）送给我一本有他亲笔签名的《奋斗百年——1889—1989年英国矿工留影》（*A Century of Struggle, Britain's Miners in Pictures 1889–1989*）。

两天后，我们去了苏格兰的爱丁堡，在那里我们又花了两天时间访问工会办公室。我们听取了有关工会在后殖民时代转型过程中所面临挑战的介绍，了解到工会与政府之间的持续合作关系在很大程度上取决于执政党的特性和所代表的利益。之后，我们返回布里克斯顿，并在第二天乘飞机回到了纳米比亚。

温得和克

我们的返程非常顺利，从希思罗机场起飞，途经约翰内斯堡，最终平安抵达温得和克。在温得和克机场，我们受到了纳米比亚全国工人工会媒体部门的西尔维斯特的热情迎接。第二天，我们开始起草关于此次英国之行的详细报告，并在两天后将其提交给了纳米比亚全国工人工会的领导层。整个行程中我们受到的热烈欢迎让我深感此次旅行取得了圆满的成功。然而，我也注意到，许多纳米比亚全国工人工会下属的工会领导人已经开始改变职业路线，他们成了为西南非洲人民组织服务的全职政治代表，离开了劳工运动。我能理解他们的政治抱负。作为西南非洲人民组织的成员，现在正是他们采取积极行动，努力改善纳米比亚全体人民生活质量，并履行国家非殖民化承诺的关键时刻。

在新解放的非洲国家中享受行动自由，这确实令人振奋。我曾有幸在民族之矛营区感受过非洲独立的氛围，然而此刻在纳米比亚，我可以自由地与公民交流，这使我有机会直接体验非洲的独立。也许，我将亲眼见证一个与我以往经验大相径庭的自由非洲，在那些经验里，反殖民斗争目睹并接受了资本家持续政治统治下的自由。然而，现在我们对于经济的理解已经不再局限于简单的商品和服务交换，货币也不仅仅是生产过程中的一种奖励。我更希望纳米比亚人民能够从其他非洲解放运动中汲取经验，明确应该避免什么，又应该适应什么，以使他们的国家能够彻底实现非殖民化。

1990年的大选过后，纳米比亚全国工人工会得到了一些外国工会的短期支持。意大利劳工总联合会（CGIL）的代表是克里斯·吉尔摩（Chris Gilmore），他中等身材，穿着中长款的大衣，戴一顶棕色高帽。他在纳米比亚全国工人工会办公室待了一周，主要工作是培训行政人员。马尔科·维西库（Marko Vessikuu）先生，一位信息和技术专家，是从芬兰工会借调过来的。他身材高大，四十岁出头，总是穿着休闲装。他的工作重点是对媒体部门的成员进行培训，使大家可以自行操作我们的印刷机，从而降低印刷成本。

纳米比亚的工人们似乎丧失了一些政治热情。工会正在改变和调整工人与雇主的日常关系。整个国家对那些也已作出承诺，但尚未具体化的更优质的生活条件满怀期待。在纳米比亚全国工人工会，我们渴望以古巴的方式实现纳米比亚的非殖民化。古巴的自由战士们借助他们的政治胜利，成功主导了经济与文化活动，为广大人民提供了全方位的社会机遇。他们巧妙地运用自身的政治影响力，以民主的方式营造公平的竞争环境，促进了社会经济与文化的繁荣。我们怀揣着这份热情，也梦想着纳米比亚能够达成宏伟的目标，深信纳米比亚人民如今有机会按照他们共同的愿景，以任何他们期望的方式来实现国家的发展。

自由引发了工会领导层、办公室工作人员和会员的社会流动。帕克勒帕和比勒陀利亚夫妇离开了工会，就此结束了我们在温得和克西区的合租生活。我在奥林匹亚公园郊区的一所房子里租了一个房间，租期是三个月。

在纳米比亚执行联合国第435号决议之前，西南非洲人民组织主要以劳工运动的面貌存在。纳米比亚全国工人工会则汇聚了来自各行各业的行家里手和有识之士，大家为了共同的目标而奋斗。在参与西南非洲人民组织和纳米比亚全国工人工会各项活动的过程中，我有幸结识了丹尼·博塔（Danie Botha）。他不仅是西南非洲人民组织的核心成员，还是一位《圣经》研究讲师。他与工会有着紧密的合作关系。在某次会议上，他热情地为我提供了一个住处——他位于克莱因温得和克的家。这位同志身材中等，年约三十，他的头发总是梳向右侧，衣着始终整洁。值得一提的是，他坚定地拥护解放神学。

丹麦乐施会

我顺应时代的变化，利用社会流动和重新配置的机会换了工作。离开纳米比亚全国工人工会时，我并不清楚自己接下来要做什么，或者该去哪里寻找另一个机会。南非的政治暗杀活动仍在继续，我并不怎么想返回南非。到了寻找一些东西来帮助我应对日常生活挑战的时候了。

我只想谋求一个非政府机构的职位，并最终在一家名为乐施会（IBIS）的丹麦非政府机构里找到了工作，该机构的主要办公室设在温得和克西区。首席运营官莉丝贝斯·默勒（Lisbeth Moeller）女士四十多岁，中等身材，衣着总是十分得体。担任首席执行官的卡斯滕·诺加德（Carsten Norgaard）先生是一位身材高大的挪威人。宝拉·桥子（Paula Hashiko）是一位项目管理员，还有芭芭拉·特鲁默（Barbra Trumer），任执行办公室管理员的以斯帖·卡潘达（Esther Kaapanda）是一位年轻的纳米比亚女性，中等身材的托芙·迪克斯（Tove Dix），担任的是项目主任一职，此外还有朱迪斯·乌绍纳（Judith Uushona）和一位汉娜（Hanna）女士，她是职业记者，中等身材、金发碧眼，负责通讯与联络工作。

丹麦乐施会专注于纳米比亚农村地区学校的基础设施建设和提升。为了实现这一目标，他们购买了两辆卡车、若干面包车和若干小汽车。乐施会拥有多名来自丹麦的专家，统一由哈德维克（Hardvik）先生领导。这些建筑和施工领域的专家负责评估工作范围、制定计划，并对施工过程进行现场指导。

我参加了乐施会与政府教育部门之间的沟通会，确定了要在哪些地区建设新学校，在哪些地区对原有校舍进行扩建。

武装斗争期间，纳米比亚北部地区受到了严重冲击，政府将这里列为优先关注的区域。鉴于此，乐施会在北部重镇奥沙卡蒂设立了一个卫星办公室，我也在当地投入了大量时间。我们团队深入当地学校，与学校委员会成员展开深入的讨论，做出细致的规划。我们明确了各方的职责，并制定了详细的工作计划和进度表。执行项目过程中的种种经历让我看到，解放斗争扰乱了许多纳米比亚年轻人和老年人的学业和生活，我意识到年轻人不公平地陷入了灾难性的混乱。我们都渴望摆脱战争的阴影，但缺乏专业的支持和引导。自由就要来临的时候，人们才发现，我们中的大多数人，无论年纪几许，在实现非殖民化的关键要素方面普遍准备不足，能力也有所欠缺。然而，年轻人始终是国家实现非殖民化进程的中流砥柱。像丹麦乐施会这样的机构，通过关注年轻一代，为纳米比亚人民铺就了一条通往更美好未来的道路。

托茜·范·汤德

丹尼·博塔经常外出工作，且很少跟我谈起他的行程安排。1991 年 6 月的某天，丹尼又不在家，我正坐在电脑前忙碌。突然，厨房的门被敲响了。我站起身，打开门，眼前出现了一位身材高挑、面容美丽的年轻女子。我一时之间竟有些手足无措，甚至忘了跟她问好，反而直接问她是谁，有何贵干。她自我介绍说是托茜·范·汤德（Tossie van Tonder），并询问丹尼去了哪里。我猜想她可能是丹尼的亲友，便告诉她丹尼今天不在家。托茜听后似乎有些失望，或是有些迷惑。我总觉得此前曾与她有过一面之缘，但一时之间却想不起具体的细节。

为了让她多留一会儿，我询问了她的住址。她告诉我，她在戈巴比斯（Gobabis）路右手边登克（Denker）先生的庄园里租了一间小屋，就在通往阿维斯（Avis）大坝的第一个岔路口后面。出于某些动机，我又问了她的生日，她回答说是 6 月 13 日——就在几天之后。没过多久，她就离开了。丹尼回家后，我告诉了他托茜来访的事情，他注意到我对这个"某人"很是关切。他似乎很高兴我对他的访客感兴趣，并建议我去拜访她。

在她生日那天的清晨，我特地购买了一束鲜花，然后步行 1.5 千米，到了托茜租住的三居室小屋。令我担忧的是，她竟然得了流感。当她从床上坐起时，我送上鲜花，并祝她生日快乐。尽管身体不适，她还是挣扎着起来，为我们准备了一道美味的玉米粥，粥里还融入了香甜的枣子。闲谈的过程中，我们惊讶地发现，就在托茜造访丹尼家的前一天，我们竟然都在温得和克西区参加了在音乐家雷莎-路易斯·霍夫迈耶（Retha-Louise Hofmeyer）家中举办的同一场聚会。

我向她询问了她所从事的工作类型。托茜告诉我，她是一名自由职业者，专注于心理社会工作，旨在促进人类发展，加强身心、灵魂与精神的融合。她的工作不仅对个人、团体和各种机构有所帮助，还使那些在解放斗争中致力于推动变革、团结和与前敌人达成和平的人们获益。然而，我对这些感到困惑。我了解教师、律师和牧师等职业的具体职责，但托茜的工作方式对我来说却是个谜。她究竟是如何开展工作的呢？她工作的实际性质又是什么？此外，这也是我第一次接触到自由职业者这个概念。托茜还热情地邀请我参加她在温得和克举办的一个研讨会。

研讨会上来了二十多个人，大家谈到了倾听的技巧、自我表达和欣赏他人的不同观点等问题。我认识到，表达自己的感受并与他人分享对于改善沟通至关重要。托茜向我们展示了包括肢体语言和口头语言在内的多种表达方式。她的方法对我来说颇为新颖，但同时也很有趣。我很快了解到，她不仅是一位杰出的南非舞蹈家，还具备心理学方面的专业素养。这个职业组合令我更感困惑了。

我并不清楚该如何深化我们之间的关系，但我们的感情还是日益成熟起来。在结束军事训练后，我就到了罗本岛，其间几乎没有任何与异性接触的机会。如今，我渴望能与托茜共度更多时光，思前想后，我觉得邀请她来家中共进晚餐或许是个不错的选择，这样既能营造出一个温馨舒适的氛围，又能让我们有更多私密的相处时间。然而，我发现自己除了马克思主义、唯心主义、殖民主义和解放战争等政治经济话题之外，几乎没与她探讨过其他话题。我来自一个观念保守的农村家庭，对超出我父母所代表的传统家庭模式的观念，尚不能完全理解与接受。

托茜似乎一直非常重视沟通的需求，然而这让我感到困惑，因为我并不完全理解沟通在我们关系中扮演的角色。我不明白，人们为何要探讨说话的方式？一个人何时才算说得足够多？举例来说，我曾以为只要简单地告诉托茜，我和投资方一起开了施工会就足够了，但后来我发现，我还得分享我对所有相关过程的感受。揣摩该如何行事，这实在让人感到精疲力竭。当我意识到，对我来说工作或者去看项目更为轻松时，我开始明白，我们看待世界的方式截然不同，这种差异给我们的关系带来了额外的压力和紧张状态。

1992年，托茜鼓励我撰写一本关于我个人经历的书。她可能认为，通过写作，我可以疗愈过去的创伤，那些创伤阻碍我全身心地投入到我们的关系中。在她的劝导下，我开始回顾那些关于解放运动的记忆，这让我感到非常欣喜，因为那让我得以重温离开南非后的25年岁月。在撰写这本书的过程中，我进行了多种写作尝试，比如一本是《懦夫之矛终得锋利》（*Umkhonto Wegwala Upheleletyeni*），它的本义是一个懦夫不停打磨他的矛，只因为他总认为矛刃还不够锋利，不足以去战场上杀敌，但照这样磨下去，永远也不会有他认为矛刃已经足够锋利的那天。另一本是《马铃薯电台》（*Radio Potato*），其内容以对话和戏剧化的叙事来呈现，灵感源自民族之矛创建初期领导人们在各营区开展武装斗争的切身经历，它通过四重声音——分别来自卡茨佩（Katsepe）、恩塔祖鲁（Ntakezulu）、拉莱苏（Ralesu）和乔姆比迪亚西（Jombidyasi）——反映当时南非四个省份，开普省、纳塔尔省、奥兰治自由州和德兰士瓦省同志们的经历。《马铃薯电台》映射了我们在军营中对话的场景，通常都是在准备伙食时，大家边削马铃薯皮边聊天。1992年，我已经整理和记录下了与我在孔瓦营区共同生活过的500多名民族之矛成员和与我并肩作战过的其他人的回忆。

尽管我们的关系面临一些挑战，托茜仍邀请我去参加她举办的一些研讨会，向我介绍了生态农业的耕作原则、整体资源管理，以及农民和他们雇佣的工人之间的关系等，使我对实际耕作的需求、从业人员之间保持良好关系的重要性等有了更深入的认识。渐渐地，我和托茜与纳米比亚的一些农民及其家人建立起了牢固而持久的关系。

马达加斯加

在纳米比亚独立和南非政府废除政治禁令并释放包括曼德拉在内的政治犯之后，南非人民获得了进出马达加斯加等国家的自由。托茜一直对非洲东海岸的这座岛屿怀有浓厚兴趣，因此1992年底，我们决定从温得和克飞往约翰内斯堡，再转机至塔那那利佛。这次旅行充满了刺激与探险，我发现当地政府的一些做法颇有意思。特别引起我们注意的是三级价格体系，举例来说，公共交通费用对公民最低，对居民稍高，而对游客和外国人则最高。同样，塔那那利佛的一些商店也实行了类似的价格分级体系。

我们的下一个目的地是马达加斯加东海岸的图阿马西纳（Toamasina）。我们就住在海滨，每天沿着海滩悠闲地散步。一次偶然的机会，我们发现了一座大型的鱼类加工厂，它引来了一群群大小、种类各异的鲨鱼。每当海浪拍打在海岸上时，我们都能清晰地看到这些鲨鱼的身影。由于鲨鱼出没，我们只能在退潮后的水坑里打滚嬉戏，而无法尽情地享受海水浴。托茜为我们安排了从图阿马西纳出发的旅行，目标是探访位于主岛东北海岸附近的圣玛丽（Sainte Marie）岛。据其他游客向我们介绍，圣玛丽岛在过去的几个世纪里是法国海盗反奴隶贸易的重要据点。这些海盗会拦截运送奴隶的船只，把奴隶们转移到圣玛丽岛上，并释放那些原本要被出售为奴的人们。游客们还告诉我们，在岛上可以找到海盗首领的直系后代和一些海盗的遗物。听起来，圣玛丽岛真是个值得一游的好地方。

我们搭乘名为"的士布鲁斯"（Taxi Bruce）的长途出租车从图阿马西纳出发，前往马鲁安采特拉（Maroantsetra）镇。途中，我们换了交通工具，乘上了一艘由两名男子划行的独木舟，穿梭在风景如画的水道中。之后，我们选择继续步行前进。到了下午，我们遇见了一些当地人，并向他们询问该如何前往诺西-博拉哈（Nosy Boraha），也就是圣玛丽岛。他们建议我们沿着岔路向右行走大约8千米。尽管路途遥远，但我们并不想折返，于是决定继续走去下一个村落。托茜穿着一件用面粉袋改造的绿色连衣裙，非常适合我们的旅途，我俩都背着包。我意识到，我们两个在旅行这件事上无比契合。在旅途中，我们遇到的每一位村民都十分热情好客。

夜幕降临，一位年仅二十多岁的年轻教师邀请我们留宿在他的吊脚楼中。屋内陈设简朴，地板上仅铺着两张垫子。这位老师身材匀称，中等个头，身着一件白色长袖衬衫，搭配灰色长裤和一双黑色尖头皮鞋，显得整洁而精神。他和邻居们特意为我们烹制了一顿以米饭和鱼为主的晚餐。经过了一天约40千米的徒步旅程，这个宁静的夜晚让我们感到无比的舒适与放松，疲惫的身心得到了恢复。

第二天清晨，我们惊喜地发现有温水供我们洗漱，早餐则是香甜的面包和热腾腾的茶。准备离开时，托茜用她有限的法语询问房主我们应该支付多少住宿和餐饮费用。主人的回答却让我们感到既意外又感动。他们表示，能够接待我们这样的客人是他们的荣幸，坚决拒绝接受我们的任何现金报酬。他们以最真挚的热情为我们送行，那份深情厚谊仿佛我们已是相识多年的老友。

我们从那里沿着海岸线向北走去。在海浪拍打的岩石间，我们看到了一棵结满红色果实的树。我们不知道那是什么果实，但它看起来非常诱人。我们这一路行来，已经有很长时间没有看到人或村庄了，但就在这时，一个年轻人突然出现，向我们走来，他用法语向我们打招呼。我们也向他打招呼，并询问是否可以尝尝这种水果，他回答说这种水果有毒。事实上，在离我们一臂之遥的地方，挂着的显然是马钱子碱水果。我们意识到自己是多么幸运，一个人在世界上是多么脆弱，我们也意识到一个人是多么需要他人的知识。

侥幸躲过一劫后，我们决定离开主岛，前往第二大岛——诺西贝（Nosy Be）。我们在地狱城（Hell-Ville）郊区找到了一家提供早餐的旅店，店家是一对年轻的南非夫妇。然而，为了使我们的住宿合法化，我们必须返回地狱城中心的总督办公室，在我们的护照上盖章。总督办公室位于一座殖民时期的建筑内，这座建筑部分已被改建为行政大楼。走进空旷无人的办公室，风穿堂而过。托茜对这个神秘的空间充满好奇，开始探索各个房间。最终，她来到了一个房间，发现里面有一张床，上面躺着一个穿着靴子和制服，正在大声打鼾的男人。她敲了敲门，男人的鼾声戛然而止，他睁开眼睛，疑惑地看着她。托茜向他说明了来意，他示意托茜先离开这个房间，表示自己会去办公室处理。当总督终于出现时，他看起来虽然有些困倦，但态度非常随和。我们隔着一张巨大的办公桌，坐到了他对面。这张办公桌上堆满了官方文件、肖像和各种资料。在办理手续的过程中，托茜注意到了一个刻有南非荷兰语铭文的木制徽章，这是授予一名南非防卫军士兵的。总督解释说，这是一位南非朋友送给他的礼物。经过一番愉快的交流，我们与总督建立起了深厚的友谊。当我们离开时，已经感觉像是老朋友一般亲近了。

诺西贝岛独具魅力，拥有独特的珊瑚礁、博物馆和丰富的动植物生态。在我们飞回纳米比亚之前，我们最后参观的地方是诺西-孔巴（Nosy Komba）。在那里，我们看到了许多狐猴，它们活泼可爱，给我们留下了深刻的印象。在诺西-孔巴，我们住进了一对南非夫妇经营的旅店。他们热衷于为来自南非的游客提供温馨的住宿环境，在可预期的将来，会有更多南非游客来此度假。我们度过了轻松愉快的时光，悠闲地漫步在红树林和沿海的山丘之间，享受着大自然的恩赐。在棕榈树下，我们找到了片刻的宁静，躺在树荫下打盹，感受着海风的轻拂。那段时光宛如田园诗般美妙，让人流连忘返。

有一天，我们雇了一艘轻便的独木舟，随行的还有三名桨手，他们将带我们穿越一片海域，到达另一个叫作诺塞伊-贝（Nosey-Bay）的岛屿。行至中途，大陆离我们越来越远，我问划船的人都叫什么名字。他们的名字都是法文名，这让我很不安。我说，在南非，我们既有非洲语的名字，也有英文名。我对他们身为非洲人却只有法文名字表示惊讶。"非洲人的殖民化程度能有多高？"我感叹道。我质疑他们是否陷入了殖民主义的窠臼，托茜却用眼神向我示意，我是在冒犯这些要帮助我们渡海并返回大陆的人。独木舟上没有任何安全装备，于是我们很快就把话题转移到了物体和动物群落的通用名称上。

尽管诺西-孔巴岛上的居民是一边咯咯地笑着一边向我们介绍他们的许多迷信的，但我们还是觉得，如果在那里逗留的时间超过几个小时，自己也可能成为这些迷信的牺牲品。我们划船返航，在日落前回到了诺西贝，并再次感觉受到了幸运女神的眷顾。我们满载着美好而难忘的经历，结束了马达加斯加之旅。

1993年2月，托茜向我透露了最重要、最鼓舞人心的消息——我们将要为人父母了。为了铭记这一时刻，我们决定在1993年3月20日举办一场仪式。这一天，恰好是1961年沙佩维尔枪击事件纪念日的前一天，也是纳米比亚预计于1993年正式独立的前一天。我们邀请了来自纳米比亚和南非的朋友们共同见证这一时刻。尽管我们不希望这些重大的历史事件影响我们的庆祝氛围，但也不愿意更改仪式的日期。因此，在3月20日这一天，我们和朋友们共同决定暂停一切政治活动，全心投入这场纪念仪式之中。在众人的见证下，我们互换了戒指，并郑重承诺将忠诚地维护我们的关系，尽己所能，为孩子营造一个健康、安全的成长环境。

克里斯·哈尼遇刺

1993年4月10日，纳米比亚媒体披露了一则令人心碎的消息：克里斯·哈尼在他位于约翰内斯堡东部博克斯堡（Boksburg）黎明公园的家外遭到暗杀。孔瓦营区有十名同志，包括马布亚、范（Van）和皮里，都来自博克斯堡附近的布拉克潘镇，我茫然地想知道，谋杀发生时他们在哪儿。我察觉到，暗杀哈尼的手法与1989年他们在纳米比亚暗杀卢博夫斯基时的手法如出一辙。两位烈士都是在民族民主自由的曙光即将到来前，在自家门口惨遭枪杀的。

这个消息令我深感错愕，心情沉重。哈尼是在1964—1965年与我共同完成了成人仪式的那个人，是我在非国大和民族之矛的亲密伙伴。这是一条意义深远的纽带，把我们联结在一起，为实现对南非和我们全体人民的政治解放承诺而无私奉献、不畏牺牲、共同奋斗。在那段成长进步的岁月里，我们越来越了解对方，惺惺相惜。我清楚地记得，我和哈尼最后相处的那段时光是在索马里的基斯马尤，当时，我们在为自己即将展开的冒险之旅做准备。有一次，我向哈尼询问，为何左拉·恩卡巴要将他在民族之矛中的姓改为赞贝——在南非的科萨语中，恩卡巴意为"堡垒"，赞贝意为"斧头"。哈尼解释说，左拉曾担任我们位于坦桑尼亚姆贝亚的民族之矛营区的负责人，当时我们解放运动在附近的乌约勒地区建了一个中转站，用作军需仓库。乌约勒营地的战士们为自己立下了一套行为准则，其中有一句"斧头向违反营地规则的人身上砍去"。正是这句话，深深影响了左拉·恩卡巴，使他作出决定，将自己的名字从左拉·恩卡巴改为左拉·赞贝。我还记得我和哈尼都对这个说法感到困惑，百思不得其解。

就在我着手筹划要与托茜共同出席哈尼的葬礼时，突然接到了安丁巴·托伊沃·亚·托伊沃的电话。他让我们做好准备，要作为官方代表出席在约翰内斯堡为克里斯·哈尼举行的葬礼。尽管我对于"官方代表"这一概念并不十分明了，但能够以此身份前往，我深感荣幸。

1993年4月13日的那周，亚·托伊沃交给了我两张返程机票和一封盖有公章的信件。托茜和我便从温得和克飞往约翰内斯堡。在约翰内斯堡，一位非国大的代表开车将我们送至市中心的一家酒店。途中，司机告诉我们，非国大的成员与支持者们计划在第二天早晨举行一场游行。托茜建议我们早些出门，去旁观这场游行。第二天一早，我们走上约翰内斯堡的街道，对会发生些什么充满好奇，直到听到整齐划一的脚步声与连绵不断的呼喊声传来。不一会儿，游行队伍出现在我们视野中，人群朝我们涌来。我被游行者的激情与力量深深感染，不由自主地随着他们行进了一段路，随后我意识到托茜并未跟上来。我立刻回头找她。我意识到，对于她而言，眼前的场景并不常见，再加上她有孕在身，难免会感到惊慌。于是，我们走回了酒店。

克里斯·哈尼的追悼会当天，托茜和我与一众哀悼者搭乘一位女士驾驶的红色康比（kombi）牌小客车前往索韦托的FNB体育场。一路上人潮汹涌，人们或乘车或步行，都朝着体育场的方向行进，要向克里斯·哈尼致以最后的敬意。只

第 30 章 纳米比亚

有与政治领导人一起获得认可的吊唁者才被允许进入体育场。幸而，我们持有的带有官方印章的纳米比亚信件成了通行证，让我们得以穿过门口熙熙攘攘的致哀人群，顺利进入球场中央的主看台区域，那里搭起了一个大帐篷。我们沿着铺设了红毯的阶梯走上讲台，受到了非国大领导层的热烈迎接，其中包括奥利弗·坦博、纳尔逊·曼德拉和沃尔特·西苏鲁等人。自1972年的索马里摩加迪沙之后，我就再未见过坦博；而从1982年，西苏鲁被转移出罗本岛之后，我也再未见过他。我们简短地交流了几句，彼此安慰说要节哀顺变。曼德拉热情地拥抱了托茜，并称赞她有眼光，嫁给了一个好男人。在那次短暂的交流中，坦博和曼德拉都要求我回到南非，我答应了。

之后，我们被引至一个帐篷前，克里斯的遗体静卧在棺木中。我站在他的灵柩旁边，默默向他发誓，将秉承我们的誓言，捍卫非洲人国民大会，至死不渝。仪式的主持人，一位女士，要求在场的所有人暂停一下，共同为逝者祈祷。在这肃穆的时刻，我放下紧握的拳头，与托茜并肩站立，默默陪伴在哈尼的遗体旁。默哀结束后，我们离开了那个大帐篷，前往另一个帐篷，去向克里斯·哈尼的父母及家人致以深切的哀悼。

回到讲台上，我们听到曼德拉在呼吁大家保持冷静，并要求南非国民党政府立即公布全国大选的日期。曼德拉的大声疾呼，化解了高度紧张的政治气氛。

我们怀着复杂的心情离开约翰内斯堡，其中既有悲痛也有欣慰。我们深感荣幸的是，能够出席一位曾并肩战斗、共度艰险的同志的葬礼。在葬礼上，我们还有机会与一些非国大的高级领导人见面并交流，其中包括了奥利弗·坦博——我最后一次见到他是在1972年的索马里，纳尔逊·曼德拉——我最后一次与他碰面是在1990年的伦敦，以及在罗本岛结识的沃尔特·西苏鲁。我们也深感悲痛，因为政治暴力夺走了一位备受爱戴、坚守原则的领导人的生命。我还记得在那天的讲台上，除了西苏鲁、曼德拉和坦博等熟悉的面孔，我也看到了一些新面孔，他们似乎对斗争的艰辛缺乏深刻的理解，衣着、神态与这场斗争的紧张氛围格格不入：他们看起来更像是代表着某些伺机牟利的商业利益，而非我们为其抛头颅洒热血的革命政治运动。与此形成鲜明对比的是，体育场外成千上万的游行民众，高举非国大的旗帜，脸上写满了坚定与决心。他们没有被沿途部署的警察、军事人员和车辆吓倒，展现了继续为南非自由而斗争的决心、意志和承诺。

托茜和我都深深感受到了在哈尼葬礼上汇聚的那股力量，并对此进行了深入的讨论。这一经历不仅让托茜更加了解这场斗争对我生命的重要意义，还让她从中汲取了宝贵的经验和教训。

回到纳米比亚后，我重返工作岗位，乐施会的办公室里洋溢着饱满的工作热情。我深信，教育投资是实现国家非殖民化的重要一环，因此我满怀激情地投身于这项事业。我们的首席运营官莉丝贝斯·默勒女士告知我，以斯帖女士和卡斯滕先生已邀请乐施会办公室的全体成员参加他们在纳米比亚北部举办的婚礼。以斯帖女士的家人和朋友都居住在那里，而卡斯滕先生来自挪威，因此婚礼由以斯帖女士在奥万博兰（Ovamboland）的家人来操办，也是情理之中的事。托茜和我有幸受邀出席了这场盛大的婚礼，婚礼融合了宗教仪式和传统仪庆，大家为新人送上礼物和祝福，现场气氛热闹非凡。婚礼上欢快的歌声和舞蹈，令人难以忘怀，那份喜悦与欢乐萦绕在我们身边，久久不曾散去。

第31章 南 非

托茜和我对重返南非的前景满怀激动。她向家乡的朋友们说起这件事。她的一位老朋友玛丽亚·范·加斯（Maria van Gas）着手帮助我们实现回国计划，她理解我们希望孩子出生在南非的愿望，表达了她的支持，还协助我们找工作和寻找合适的住所。某天，我们在邮箱中发现了一封信，里面是一则招聘广告，开普敦的冲突解决中心正在招聘。我立刻申请了这份工作，并成功进入了候选名单，最终被录用。对即将在开普敦展开新生活的期待，推动我们完成了旅程的所有准备工作。需要注意的是，1990年以前，从南非前往纳米比亚无须经过边境检查，但随着纳米比亚独立，现在在两国之间旅行需要护照了。为此，我前往南非总行政长官的办公室，成功申请到了为期三个月的临时护照。这是我第一次以自己的名义使用南非的旅行证件。

带着美好的回忆与深切的爱意，我们在1993年8月底挥别纳米比亚，踏上了前往开普敦的旅程。彼时托茜已怀孕七个月，我们特意为此次行程做了几天的规划。我们的第一站是里霍博斯（Rehoboth）的一家水疗中心，那里气候宜人，温暖舒适。然而，我们到达后才发现，那里小屋的门既关不紧也无法落锁，唯一可用来保障隐私的物件，只有一副又长又厚的帘子。出于安全考虑，我们决定睡在门前的地板上，心想若有鬼祟者想要进屋，都必须从我们身上踏过。我挨着门睡，托茜紧贴着我，她左手还抓着帘子的一角，就这样，我们渐渐进入了梦乡。深夜，我突然被一阵轻微的拉帘声惊醒。我猛地拽开帘子，看到阳台上站着一个年轻小伙，他看到我后，立刻转身逃走。这时，邻居们也纷纷起身，去追赶另外两名年轻人，他们显然是企图趁访客熟睡时偷走他们的财物。一番骚动过后，四周又恢复了宁静，我们也得以安睡至天明。第二天清晨，我们迫不及待地去体验了让里霍博斯声名远扬的温泉。在过去的几个月里，托茜常来这里泡温泉，以缓解日益长大的胎儿给她背部造成的压力,她还坚持锻炼身体,为即将到来的分娩做好准备。

在纳米比亚的最后一晚,我们选择了格鲁瑙(Grunau)酒店作为落脚点。这栋孤独的 L 形建筑矗立在纳米比亚唯一的南北高速公路旁,四周是半沙漠的苍茫景象。酒店的床垫已经显得有些破旧,被众多销售代表和其他旅客压得凹陷下去,表面也有些磨损。酒店的老板是个有胆识的人物,他很久以前就来到这片沙漠寻找商机,最后留了下来,服务于后来的旅行者。

第二天早上,我们带着旅行证件继续上路,在边境哨所顺利地办理了出入境手续。移民官员毫不迟疑地在我们的证件上盖了章。1993 年 8 月 28 日,我们越过边境,回到了南非,还带回了一个未曾想过的惊喜:我们将在一群不久前还被视为敌人的人中,养育一个孩子。即将为人父母的那份心境,引领我们越过边境,来到了我们希望儿子出生和成长的国家。我们爱南非。

在前往开普敦的路途中,我一直操心着妻子和她腹中孩子的安全与幸福,所幸这趟旅途宁静而充满温情。途中遇到的人们,比如车库服务员,都对我们表示了友好。离开南非已五年之久,我们显然非常怀念这个地方。虽然我在信托银行有一个账户,但我不记得里面有多少钱了。

在开普敦,我们寄宿在托茜的朋友玛丽亚家,是她帮我联系到了冲突解决中心。玛丽亚中等身高,身材苗条,总是泰然自若、处变不惊。她住在格林庞特(Green Point)海景大道 117 号。我记起,其实就在我从罗本岛获释后不久,曾在利达(Lida)女士和亨克·史密斯先生(一位与我短暂相处过的人道主义律师)家中见过玛丽亚。她提醒我说,当时我穿着一件非洲长袍。她家中那温馨宁静的氛围,以及她给予我们的热情欢迎,使我内心深感宽慰,同时又满怀喜悦。

从她的家中可以眺望大海和远处的罗本岛。看到罗本岛,我既感到温暖——它标志着我为南非人民的幸福斗争所做出的贡献,又感到悲伤——它让我回想起了曾经的困苦岁月。而现在,我们的国家正处于繁荣的曙光之中,我深知自己的使命是与那些要将日月换新天的人们携手前进。玛丽亚的家对我们这些长期离国的人来说是个理想之所:这里有着典型的南非郊区景观,尽管隔着墙壁和栅栏,睦邻精神仍在,我依然能感受到那份温馨与和谐。

第 31 章 南 非

冲突解决中心

我们在格林庞特安顿下来后不久,开普敦大学冲突解决中心的乔治·斯特格曼(George Stegman)先生就联系了我。他约我们第二天在考利大厦外见面,在罗本岛释放了所有政治犯后,考利大厦成了一家创伤康复中心。我相信是时候迎接新的挑战了,但那天晚上仍辗转难眠。我深知面试时的第一印象对求职者来说至关重要,然而,由于我之前从未涉足过这类工作,对未来的工作内容也一无所知,所以,我感到有些局促不安:该如何给对方留下良好的第一印象呢?

那天,托茜、玛丽亚和我开着托茜的深棕色本田巴拉德(Honda Ballade)车前往考利大厦。不一会儿,斯特格曼先生乘坐一辆银灰色汽车抵达。他五十多岁,中等身材,穿着长袖条纹衬衫、灰色裤子,戴一顶短鸭舌帽。互相寒暄过后,我和斯特格曼先生驱车离开了。

在车上,他告诉我他是公谊会(Society of Friends)也就是贵格会运动(Quaker movement)成员。接着,斯特格曼先生给了我一些不明所以的建议,听得我一头雾水。他说我应该让内心的光芒闪耀,做我自己,而不要多虑。看起来,我们并不赶时间,因为我们在贵格会运动的办公室停了下来,他向我介绍了那里的两位女士,她们是他的同事。我们一边喝茶,一边听他们解释贵格会教徒反对暴力的信念和对人类福祉的追求。

我们从那里出发,开车去往冲突解决中心的办公室所在地。中心主任劳里·内森(Laurie Nathan)先生接待了我,他是一位身材高大、体格健硕的年轻人,穿着时髦的休闲装,说起话来慢条斯理的,脸上挂着和煦的微笑,十分平易近人。内森先生请斯特格曼先生为我引荐在中心工作的年轻团队。这个团队由许多充满活力的年轻人组成。我有幸与他们交流,了解到他们参与了从研究到培训和推广等一系列活动。我好奇地提出了一些问题,他们表现出极大的热情,纷纷为我解答。介绍结束后,斯特格曼先生和我一起回到了内森先生的办公室。我们围坐在办公桌旁,我全神贯注地听着斯特格曼先生的讲解。作为中心人力资源部门的一员,他的职责是确保中心能够招聘到能胜任工作的专业人才。

内森先生进一步解释说,冲突解决中心的工作主要集中在三个核心领域:研究、调解和培训。研究成果将应用于调解和培训实践中，同时，从调解和培训中获得的经验，反过来也会为研究提供有价值的信息。

我加入了调解与培训小组。冲突解决中心提供了两项培训计划，一项为期三天，另一项为期一天。其中，为期三天的计划旨在培养潜在的调解员，内容涵盖从建立调解程序到协助冲突各方达成并签署协议的全过程。

在冲突解决中心，我接触到的方法与我过去所学截然不同。在为南非国家和人民的解放而接受的训练中，我们学习的是如何与殖民政权抗争，争取解放。虽然我们对1956年苏联提出的和平共处政策有所了解，但被告知这并不适用于我们的解放运动。和平共处政策主要是为了在核战争威胁下处理社会主义国家与资本主义国家间的关系。尽管社会主义国家在公开场合支持解放运动，但为了不引发世界大战，它们无法为资本主义国家的反对者提供实质支持。当时，我们受到的训练主要集中在停火协议、战场伤员撤离和阵亡人员处理等方面，关于谈判方面的内容实属有限。我们从未设想过通过与殖民政权进行谈判来解决问题的可能性。

对我而言，进行如此彻底的思维转变是一项挑战。我认为这种培训更适合律师、心理学家、传统治疗师和神学家等专业人士。我原本以为冲突解决中心的培训是为了实现双赢，但我之前从未接受过以双赢为目标的训练——解放运动一直强调的是打败殖民势力。我们不曾接受过真正的谈判训练。

全世界似乎都在支持南非全国大选的进展。我们的政治领导人们正团结一致，为实现普选而努力。但我担心的是，我们对政治自由的渴望会遭到右翼势力的强烈反击，还有黑人之间持续不断的暴力冲突问题。冲突解决中心让我有机会将新的冲突解决技能应用于开普敦周围不同类型的冲突中去，其中包括出租车组织、十字路口社区和布朗农场（Brown's Farm）社区的冲突。

开普敦的主要出租车组织是开普敦民主出租车协会组织，但1993年，一群出租车车主决定脱离该组织，成立与之竞争的开普联合出租车协会。这在两个出租车协会附属机构之间掀起了血雨腥风，甚至连搭乘出租车和公共汽车上下班的普通通勤者也被波及。冲突解决中心和其他利益相关者介入，力求终止暴力行为。值得欣慰的是，冲突解决中心已被两个出租车协会接受为可信赖的调解方。调解会在盐河和贝尔维尔（Bellville）两地轮流举行。意识到卷入冲突的大多数人其实是出租车老板雇佣的司机时，我倍感失望。冲突的核心问题似乎集中在行车路线上，这主要由各协会，特别是位于各乡镇与开普敦之间的协会决定。

在我们的民主社会即将到来之际，仍有人无法领会共同努力与分享的精神，这确实令人痛心。那些血腥的争斗使我想起了我的故乡克维德拉纳，那里的邦巴内社区和辛克祖（Singqezu）社区都有各自的牧场用于放牧。曾有一天，一群来自辛克祖的男人把他们的牛赶到了邦巴内的放牧区。邦巴内的人们并不知道，辛克祖人武装了各式各样的标枪。母亲和孩子们隔着一段安全距离在外圈围观，邦巴内的人们聚集在一起，准备解决此事，但他们犯了错误，只带了棍棒——因为解决此类争端的传统手段就是使用棍棒。当他们举起棍棒时，辛克祖的人却抽出了标枪。我父亲的哥哥西卢姆科大伯右手抓起一把沙土，在一位迪菲尼先生试图刺伤他时，把沙土扬进了对方的眼睛里。邦巴内的人被迫撤退，事件还导致了两人丧生。这一幕给我幼小的心灵带来了毁灭性的打击。我看着来自辛克祖的闹事者冷血地屠杀了他们来自邦巴内的兄弟，接着竟兴高采烈地离开了。后来，我们团结一致反对殖民主义，结束了上述性质的冲突。个人的记忆和眼前的现实，交织在我的政治思想中，照进南非的未来。

在开普敦及其周边地区，人们与种族隔离政策、种族隔离法展开了激烈对抗。由此，在古古勒图镇附近的十字路口、KTC 和布朗农场一带爆发了冲突。这场冲突不仅涉及为自己争取居住权而搭起了各种临时建筑的人们、反复破坏与拆除这些建筑的政府，更催生出了两个对立的团体。一个团体被称为"维特多克"，其成员多与警察和政府部队有联系，而另一个名为"同志们"的团体，则与解放运动有关。寻求和平解决方案的重任主要落在了妇女的肩上，她们中有一位杰出的社区领袖——姆通加纳妈妈（mama Mtongana）。我们冲突解决中心始终主张，要在尊重各方信仰系统的基础上，和平地终止暴力。

随着1994年全国大选的日益临近，冲突解决中心委派我和其他同事到独立选举委员会（IEC）进行支援，负责培训主持选举的候选官员、观察员和政党代表们。培训内容广泛，不仅涉及各利益相关者的具体职责和责任，还包括如何应对冲突、寻求合作解决方案等实用技能。为了让培训更加生动实用，我们还为参与者设计了角色扮演环节。开普敦独立选举委员会中的一些人，包括我在内，又被分派到了夸祖鲁-纳塔尔省（KZN）和东开普省，协助当地展开培训工作。在选举开始前的一周，我们顺利完成了在上述区域的全部培训任务。

在冲突解决中心工作中的方方面面，都让我联想起自己受过的那些军事训练；在军事训练中，指挥官通过搜集敌方情报来预测其可能采取的行动；而在冲突解决中心，我们则需要运用创新的心理学技巧来妥善处理培训参与者在课程过程中产生的情绪和挫折感。军事训练强调一定要挫败对手，但在冲突解决中心，我们更注重营造一个有利于发挥个人潜能的环境。我感到，这种方式似乎更适合法律从业者、牧师和传统治疗师。尽管冲突解决中心的工作质量很高，要求也严格，薪资待遇令人满意，但我始终觉得它与直接的社区活动相距甚远。我爱当地的人们，因此并不太中意这份工作。参与各种会议和与学者们的交往，让我逐渐与社区的日常生活和独特氛围脱节。我于1994年底离开冲突解决中心，加入了办公室设在开普敦天文台的发展行动小组（DAG）。

初为人父

我还在冲突解决中心工作时，内森先生曾多次提议我们两家一起参加开普敦周边的文化活动。于是，在1993年9月下旬，我们两家聚在了一起。那会儿，还有不到一个月的时间，我们的孩子就要降生了。跟内森先生一起来的还有他的妻子——波·彼得森（Bo Petersen），一位出类拔萃、仁爱善良、细心周到且专业的女性。我了解到，她是一位备受赞誉的南非女演员。我发现，波和托茜从小就认识，两人在一个叫卡尔顿维尔（Carletonville）的采矿小镇见过彼此。她们都上过芭蕾舞课，尽管跟的老师不同。波曾在英语高中上学，而托茜则在南非荷兰语高中念书。这段长久的友谊让我感到温暖，只要有机会，我们两家就会聚在一起。

托茜和我并没有在玛丽亚家住太久。在孩子出生之前，我们的首要任务是找到一处新家。托茜在查普曼（Chapman）峰东南侧的诺特虎克（Noordhoek）地区找到了一座完美的小屋。栅栏上爬满了九重葛，还长着其他小树，托茜在此打造了一个小花园，种上了各种药草和蔬菜。马路对面是一个围场和诺特虎克公园，它沿着一条小溪，蜿蜒出约500米长。而小屋距离猴谷（Monkey Valley）的海滩也并不遥远。

1993年10月15日，我们迎来了长子天佑的诞生，这是我们莫大的幸运。他的到来彻底改变了我们的家庭生活，现在我们成为一个三口之家。托茜的好友波比·马希迪索（Poppie Matshidiso）从约翰内斯堡赶来，热心地帮助我们处理家务。波比女士拥有桑人血统，她身材苗条、中等身高，性格温和、举止文雅，讲起南非荷兰语、索托语、茨瓦纳语和英语来，都很流利。她成为我们的坚强后盾。现在，每当我工作时，都会有两个大人陪伴在天佑身边。每天清晨，我都会用布把天佑裹在胸前，带着他去海滩散步，或者沿着围场走得更远。为了让他不过于想念妈妈，我会用科萨语唱歌给他听，同时也希望这一个小时的散步时间，能让托茜得到一丝喘息。当太阳还未从康斯坦蒂亚堡（Constantiaberg）升起，只隐约在小屋后面露出些许曙色，把我们与城市隔绝开来时，天佑会用他那尚未长牙的小嘴，咿呀学语，发出科萨语单词中最美妙的吸气音。

西蒙斯一家

1993年底至1994年，政治和社会活动剧增。1994年初，我们儿子三个月大时，我们去了花园购物中心附近的弗里德霍克（Vredehoek），拜访西蒙斯夫妇。我告诉托茜，我已经二十多年没有与雷和杰克联系了。他们身上散发出的人性光辉、他们谦逊的态度和渊博的学识，一直是激励我的源泉。我不知道这次拜访中会发生些什么，但我们重聚的那份喜悦并不会因此而降低。

我们敲了门，来开门的是雷，我们受到了两位老同志的热烈欢迎。他们的客厅里堆放着许多报纸，我由此了解到他们正忙于研究和写作。我们寒暄了几句之后，杰克就迅速切入正题，问了我一个令人费解的问题："告诉我，你现在打算做什么？"他期待着我的答案，而我希望他能进一步解释他的问题，我们就这样相互期待着看向对方。也许是意识到了他的问题使我感到茫然无措，他详细解释道："我了解到你继承了祖辈和父辈的反殖民主义斗争精神，在这样的家庭熏陶下成长。我见证了你在国内外的发展历程，深知你的想法，也非常钦佩你的态度。然而，遗憾的是，我们的解放运动在意识形态、规范和价值观上已经发生了转变。正因如此，非国大的成员们不再与你志同道合。那么，面对这样的现状，你有何打算？接下来要做些什么？"

这个问题和声明来自一位最忠诚的南非自由战士。雷和杰克是政治活动家，他们一生都在教导和培训我们解放运动的战士。他们指导、教育和培训工会和政治组织的成员。我亲眼看到他们为了南非及其人民的非殖民化解放事业，不惜牺牲自己的生命。西蒙斯一家甚至在赞比亚等其他国家，也为非国大所领导的解放运动做出了贡献。我深信，这样的同志是我们解放斗争的价值观、文化和规范的捍卫者。他们总是以爱、尊重和谦逊对待每一个人。通过与我们大多数解放运动中的人的互动，他们开始了解我们真正的政治自我。

在罗本岛，曼德拉曾表示，非国大已经面目全非，他不准备屈从于任何人。西蒙斯提的问题和曼德拉发表的评论，共同点在于他们认为非国大的同志精神正在成为过去。同志情谊代表着我们对在南非实施《自由宪章》的个人和集体承诺，并迫使我们捍卫国家、人民和非国大的完整性。我意识到，现实政治环境复杂多变，我过去所固守的东西，那些羁绊，发生了又一次转变。

杰克的问题令我不安和困惑，因为我无法想象我们的解放运动所经历的变化的程度和性质。如果两位同志所指出的这些改变确实是为了我们国家和人民的福祉，那为何我还会感到如此忧虑呢？而假如情况真的恶化到最坏的地步，那又会是怎样的局面呢？记得在罗本岛上，司法与狱政部部长科比·库切和警察部部长路易斯·勒·格兰奇曾吹嘘种族隔离政府对非国大进行了渗透。这不禁让我担忧，解放运动中是否已有更多的人被他们影响，人数之多甚至超出了我们所知？若解放运动不复往日盛况，只余一道残影，坦博、马克斯和科塔内又能有什么样的建议呢？

我自己也被最信任的领导者背叛过，但我不相信个别人能代表整个运动或领导层。20世纪50年代末，我所在的兰加镇非国大支部书记塞西尔·雅科比先生在成为公诉方证人时，其警察身份就被曝光了。在流亡初期，我们在国外的团队无法正确核算所筹集的资金，但随着非国大财务总长马卢姆·科塔内的到来，这种情况发生了变化。1968年罗得西亚军事行动后，受我们的同志情谊和民族之矛誓言的约束，民族之矛成员要求召开大会，把解放运动拉回积极的轨道。20世纪70年代初，阿文图拉号事件使我们以"卡斯特罗方式"接管国家的决心化为泡影，随后蒂莫西·姆布佐先生对我的背叛，以及1980年代末出现的暗杀名单，这些都足以说明解放运动中混入了别有用心之人。

当我认识到政治领导的能力对解放斗争的结果起着决定性作用时，我不禁感到深深的忧虑。领导的素养和品德，直接关系到政治斗争的胜负。1991年，在被封禁多年后，非国大在德班重新召开了一次重要会议。在这次会议上，选举产生了新的领导层，成员来自非国大、统一民主阵线、南非共产党、南非工会大会和南非全国公民组织等多个组织机构。值得注意的是，大多数代表对非国大的了解仅停留在广播、书面材料和他人的转述上，而并非基于与非国大的直接交流经历。从非国大解禁到1991年这次会议召开，时间显得过于仓促，以至于我们未能根据非国大的传统框架和原则建立起健全的分支机构。

新领导层的使命是推动南非的非殖民化进程。我猜测，在会议上当选的众多领导中，有不少人曾接受过西蒙斯一家的培训。我很好奇，这些人在加入解放运动或接受西蒙斯夫妇训练之前，他们的身份是什么，又来自何方。我确信，在孔瓦营区以及万基和西波利洛的军事行动中，我曾与其中的一些人共同进行军事训练。面对一个变化如此迅速的组织，我想知道，我们现在还能在多大程度上认同彼此的价值观。

我沉浸在对杰克所提问题的思考中，而他给我们端来了茶和零食，雷正和天佑一起玩耍，就像他俩是老熟人一样。接着，雷说我应该加入他们的非国大支部，这个支部每周都会在莫布雷（Mowbray）的桑杜胡鲁（Thandokhulu）高中召开一次会议。她希望我能来与他们一起讨论问题。我很高兴能收到这份邀请，对此深感荣幸，便立刻答应了下来。在与他们一家告别时，我感到自己已经发生了一些转变，但我还不清楚自己是否能够全盘接受这些变化。

第一次参加莫布雷支部会议的晚上，我驾车前往西蒙斯家，随后我们一同前往会场。会议伊始，我惊讶地发现非国大桑杜胡鲁支部的成员其实大多是开普敦大学的学生。然而，会议中也不乏经验丰富的政治领导人，如雷·西蒙斯和杰克·西蒙斯、埃米·桑顿（Emmie Thornton）、布兰赫·拉·古马（Branch la Guma）、索尼亚（Sonia），以及布莱恩·邦廷（Brian Bunting）等。这些领导人以温和的语气提醒我们，我们始终是在为南非人民的解放事业而奋斗，非国大正是人民用以解放所有南非同胞的政治工具。我们深入探讨了该如何动员起当地社区，确保他们在南非的首次民主选举中投出支持非国大的一票。支部成员们还鼓励那些居住在其他省份的同志们，一起将这一信息广泛传播。会上，我们满怀激情地回顾了自1912年以来非国大的重要里程碑事件。该支部还重点强调了非国大的价值观与政策，其中包括《自由宪章》、战略规划、战术部署、全南非人民的团结和反种族主义等核心理念。

第32章　民主选举

1994年4月27日，选举日终于到来了。托茜和我去了距我们的小屋仅300米远的诺德霍克投票站。我用布把天佑裹在胸前。那天早上天气晴朗、风和日丽。排队等候的南非同胞们脸上都洋溢着对美好未来的憧憬和期待。现场氛围和谐宁静，空气中弥漫着团结与和平的气息，人们像老朋友一样交谈着。我走到队列前端，出示了身份证件，工作人员在我的一根手指上涂上墨水作为已投票的标记，并递给我两张选票：一张用于选举国家政治机构，另一张则用于选举省级机构。我满怀激动地走到指定的投票箱前，认真地在两份选票上做了选择，并将它们分别投入对应的票箱。那天的大部分时间里，我心中都充满了成就感。

在回家的路上，我们在一家咖啡店停了下来，犒劳一下自己。那天忙碌而充实，我听到人们议论纷纷，都称赞这次选举过程出奇地平和，没有发生任何暴力事件。选举前，非国大和因卡塔自由党（IFP）的支持者之间曾发生过暴力冲突，人们都担心右翼组织会破坏选举的顺利进行。然而，这一天却出奇地平静。

那天下午稍晚些时候，我带着天佑散步到了猴谷，一边欣赏周围的风景，一边回顾白天的经历。对于未来的政治形势，我既有期待也有忧虑。在辗转各个营区接受军事训练的那九年里，我曾目睹了非洲各国乃至更遥远地区的选举过程，我由衷地敬佩那些为独立而奋斗的公民们。在闲谈中，我们批评了经济自由与政治自由脱节的现象，因为单纯的投票自由并未足以帮助之前已经独立的非洲国家实现真正的非殖民化。我们深刻地意识到，南非的自由必然要给非洲的独立带来全新的视角。因为作为最后一个摆脱欧洲殖民统治的非洲国家，南非无疑成了世界瞩目的焦点。

在随后的几天里，我们对选举结果翘首以盼。当得知非国大以压倒性优势赢得选举时，我们感到由衷的喜悦和宽慰。然而，南非国民党获得了第二高的票数，这让我感到有些意外。我原本以为许多南非人会与南非国民党保持距离，但选民们用他们手中的选票发出了自己的声音。这次选举结果让我想起了1980年津巴布韦的民主选举。当时，我坚信最主要的竞争将在两个主要的解放运动——津巴布韦非洲民族联盟和津巴布韦非洲人民联盟之间展开。然而，选举结果揭晓时，我惊讶地发现伊安·史密斯先生竟然获得了比津巴布韦非洲人民联盟还要多的选票。这些民主选举的结果与我个人的期望截然相反，但它们确实反映了选民的真实意愿和现实情况。

为了庆祝纳尔逊·曼德拉于1994年5月10日正式就职，托茜、天佑和我回了一趟克维德拉纳，一家人一起去看看我长大的地方。我们开了两天车，途中在一个叫哈加哈加（Haga Haga）的海边村庄休息了一晚，然后继续前往弗雷尔山。国道上人群熙攘，各种路边交易热闹地进行着，我们的车速慢得像蜗牛一样。我的弟弟姆普梅勒罗、弟媳诺夸卡带着他们的四个孩子在姆乌兹村迎接我们。他们住在四角房，而我们住进了篷屋。乡村的气氛极富感染力，牛犊的叫声令人心旷神怡，村里到处都是喊叫声、拖拉机轰鸣声，人们欢聚一堂，吃喝玩乐，一切都在秋日温暖的阳光下进行着。

这里没有电力供应，但姆普梅勒罗早有准备。他在鸡圈里安装了一台燃油发电机，这台轰鸣的机器成为我们临时的电源。一根电线巧妙地通到四角房，为这一刻做好了准备。我们一家人挤在电视屏幕周围，心情激动地等待着观看纳尔逊·曼德拉成为南非第一位民主选举产生的总统的历史性时刻。电视屏幕随着噼啪作响的发电机同步闪烁，为这一时刻增添了些许怀旧而亲切的气氛。少小离家老大回，我再次回到家人身边，我们团聚在一起，共同庆祝一场胜利——每个人都以自己的方式为自由而战的胜利。

当天晚些时候，全家人聚集在待宰的绵羊和山羊周围，举行托茜和天佑加入姆乔利部族的欢迎仪式。按照传统，我们把羊肠绕在天佑的脖子和一只手腕上，它们要一直围在那里，直到自己掉下来。接着，家人们宣布，由于托茜是嫁给了长兄而成为部族成员的，她将被大家称为诺邦克（Nobonke），意思是"所有人的她"，这标志着我们终成眷属。诺邦克接受了她的新名字，成为这个部族的一员。无论大人还是小孩，都充分享受着这次团聚带来的充实感和归属感，在这样的氛围里，我们与大家依依惜别，驾车返回开普敦，以便我能够继续履行自己的职责。

议 员

参与了大选的政党有责任派出代表在地方政府中担任职务。我因此被非国大莫布雷支部选为了议员。这一全新的身份不仅体现了组织上对我个人的信任，更象征着大家对我能够正直诚信、高效服务于社区的期许。我对即将到来的与解放运动中的其他议员交流的机会满怀期待。我热切盼望西开普省的非国大领导层能组织我们聚在一起，为我们这些新晋议员讲解传统的南非国民党议会框架，带我们了解非国大设想的新框架。

我曾考虑向西蒙斯夫妇请教有关议员职责和工作内容的问题，但最终放弃了这个念头。尽管这样的指导可能对我个人有所帮助，但我意识到其他同事可能会选择不同的路径去了解这些情况。我原本希望我们每次会议的开始都能有一个明确的议程和相应的处理策略，然而这未能如愿。我曾期待解放运动的领导层能就关键流程进行统一的说明和指导，但遗憾的是，这也并未实现。如今，我已身为开普敦的议员，对于这一过程中的缺失和遗憾，我深感失望。

从第一次参加议会会议起，我就感到我们其他人似乎只是在那里旁观南非国民党议员的辩论。在那时，我们这些非国大领导的解放运动的代表从未组织过党团会议，来深入探讨会前收到的文件。我听见南非国民党同仁在讨论某些与招投标有关的工作，以及这些招标项目会授予哪里。而我只是坐在那里，好像一个沙袋，对一切一无所知，我完全不清楚有哪些企业会中标，这让我感到非常沮丧。唯一能让我感到些许安慰的，是每次会议期间提供的各式小食。除拥有打理议会的经验之外，南非国民党议员在每次会议前都会对议员们提出的问题组织起辩论，这也透露出他们的专业素养。相较之下，我们非国大成员在身体和心理上都存在距离，使我们难以在新的民主框架下提出有效的建议，来改变议会的行事方式，而我们本应作为一个整体来解决这个问题。

当我成为应急服务任务组的一员时，我深感欣慰，因为我有机会参与讨论关于消防员和消防设备的重要性，以及在乡镇社区周边建立消防站的必要性。此外，我也加入了关于救护车的使用、其可达性和应用场景的讨论。

然而，一个不利的情况是，我们未能在"民族团结政府"这一理念上达成共识，有人不赞同这个概念，不认同这一精神，并且缺乏将其付诸实践的决心。对我而言，这个理念意味着我们南非人能够坦诚交流，携手共进，为构建一个团结、充满活力的南非擘画未来。很遗憾，在这一点上，我们并非同志。

早在 1995 年，杰克·西蒙斯和纳尔逊·曼德拉对非国大新现实做出的评断，就开始不断在我脑海中浮现。杰克提到，这些人不再是同志了，曼德拉则曾说，非国大已经面目全非。在新政权的领导下，我们不再坦诚地探讨国家现状、人民需求和该如何满足人民的期许，而正是上述目标，曾将我们紧密团结在一起，催生出彼此的同志情谊。现在，情谊的纽带断了。

发展行动小组（DAG）

1995 年，托茜在科梅杰（Kommetjie）第三条街靠山上的位置购置了一座可爱的房子。房子坐落在斯朗科普（Slangkop）山的斜坡上，很多野生动物在那一带活动，狒狒便是其中的常客。据当地居民讲，这一区域还时常有眼镜蛇和鼹鼠蛇出没。我们的居所距离风景如画的科梅杰海滩仅约 300 米之遥。值得庆幸的是，在这片充满野性的土地上，除了野生动物偶尔带来些小惊喜外，我们并未听说发生过什么安全事件。

某日，刚刚学会走路的天佑突然不见了，家中各处都不见他的身影。托茜焦急万分，四下寻找却毫无结果，情急之下，她向科梅杰警察局、附近的修车厂和热心的邻居们求助，却依旧未能找到孩子。失望而归的托茜回到家中，突然听到山边灌木丛中传来响动。她忙跑过去一探究竟，惊喜地发现天佑正沉迷于在山坡上做自然实验，这让托茜悬着的心终于放了下来。

此时，我已开始在发展行动小组做现场工作。该小组成立于 1986 年，是由一群年轻有为的环境专家和发展实践者共同创立的。我们的任务是为那些面临强制搬迁的社区提供专业的技术建议与支持。为了实现这一目标，我们会派遣现场工作人员深入社区，与当地居民建立联系，并协助他们解决住房问题。在现场，我们的工作人员与小组内的规划师和设计师保持紧密合作，同时为社区成员提供必要的支持，协助他们与政府官员进行谈判，以确保他们能够获得适宜的居住地。

我们与众多非政府组织和律师事务所携手合作，这样的合作让我接触到一个名为"剩余人口计划"的非政府组织项目。当时，政府正在推广一个概念，即每个家庭拥有一间 3 米 ×5 米大小的住宅——差不多就是个瓦楞纸箱大小。考虑到社区中的居民具备各式各样的建筑技能，该非政府组织倡导大家就地取材，共建房屋，一起参与到该住房项目中来。此时，正值乔·斯洛沃担任住房部长期间，我衷心希望我们的提议能得到南非共产党领导层的认可和支持。我相信共产党人一定会把握住每一个机会，推动对社区成员的直接赋权。

在人居会议上，我们与政府及社区代表深入探讨，作为非政府组织，我们强调，在基础设施如水系统、污水系统、电力系统和道路建设完毕后，对重建和发展方案（RDP）住房所预留的土地应进行整合，具体建议为将每四块土地合并为一块更大的地块。合并后，社区应获准在每块整合后的土地上建造一栋四层楼房，从而确保每个家庭能拥有一个四居室住所。我们着重指出，在 3 米 ×5 米的狭小住房空间里，人们毫无隐私可言。相比之下，分隔成多个独立小房间的棚屋虽依然简陋，却能为每个家庭提供一定程度的私密空间，于居住者大为有利。祖父母、父母和孩子不得不共用一个小房间，这似乎是对人类尊严和我们社区基本道德底线的进一步践踏。我不明白，如果年轻人不可避免地近距离目睹长辈的床笫之事，他们还怎样去尊重自己长辈，这也是代际间道德沦丧的根源。

政府拒绝了我们的提案，而是选择了支持重建和发展方案的 3 米 ×5 米房屋设计，并交由商业部门负责建造。这一决定让我感到非常失望，因为贫困社区被边缘化，无法参与到自己的家园建设中来。他们被迫成为旁观者，而无法通过自己的劳动来满足自身愿望、实现自我价值。

在米尔纳顿（Milnerton）的马可尼 - 比姆（Marconi Beam），我曾作为现场工作人员与社区紧密合作，共同确保土地安全。在经历了漫长的谈判和数轮强制搬迁的威胁后，我们终于促使政府官员作出妥协：部分家庭得以留在马可尼 - 比姆周边，其余家庭则要迁往达农（Dunoon）地区。在讨论新镇的名称问题时，我向社区提议，以"乔·斯洛沃"来命名，这个提议得到了大家的认可。于是，在开普敦郊外，一个名为乔·斯洛沃的居民区应运而生。此外，我还与维利尔斯多普（Villiersdorp）的社区合作，分配用于居民区的土地。该社区本身组织有序，但在工作人员技能提升、土地分配审核和规划方面，发展行动小组还是助了一臂之力。

1995 年，我在发展行动小组任职期间，几位民族之矛的成员，阿尔弗雷德·姆达拉（Alfred Mdala）——民族之矛名为马武约·瓦纳（Mavuyo Wana），特丁顿·恩卡帕伊——民族之矛名为彼得·姆芬尼（Peter Mfene），和阿尔弗雷德·威利——民族之矛名为詹博·姆法马纳（Jambo Mfamana）联系到了我。他们告诉我说，政府已着手对之前的非法定部队与南非防卫军进行整合，以组建全新的国防力量。他们热切地希望身为前民族之矛成员的我能够加入其中。

第 33 章　南非国防军

几天后，我参观了阿尔弗雷德·姆达拉在好望堡的办公室，在那里，我找到了一些前民族之矛成员的名字。姆达拉查阅了他办公桌上的一大本《认证人员登记册》，这本登记册是一份前民族之矛成员的准确名单，由非国大编制，并由乔·莫迪塞签字确认。莫迪塞现在担任国防部部长和新整合的南非国防军（SANDF）负责人。姆达拉和我仔细查阅了这份名单，并看到我在斗争时所用的名字——道格拉斯·内内——赫然在列。

1995 年 2 月，姆达拉发给我一张从开普敦到比勒陀利亚的火车票。能够与孔瓦营区的许多战友见面，我感到很兴奋。在比勒陀利亚车站，两名身穿制服的年轻男子接到了我和另外五名来自不同省份的男子。我们从比勒陀利亚驱车向北，到达沃尔曼斯塔尔（Wallmansthal）军事基地，在那里，我们受到了基地负责人，一位军士长的欢迎。从帐篷和建筑物的分布来看，这是一个大型军事基地。主楼后面围着各种类型的军用和民用车辆以及土方和军用工程机械。接待人员拿着一张名单，逐一核对我们的姓名。令人惊讶的是，我的名字并不在那张名单上——在该部门支付了我来比勒陀利亚的费用之后！听到这个消息，我简直不敢相信自己的耳朵。

他们招待我吃了一顿午餐，然后开车送我返回比勒陀利亚，在那里，我买了一张回开普敦的车票。在火车上，我忍不住猜想，国防部也许有不止一份《认证人员登记册》，尽管这种可能性不大。

回到开普敦后，我去了姆达拉位于好望堡的办公室，讲述了我在沃尔曼斯塔尔的经历。他打了几个电话，信誓旦旦地对我说，我应该再去沃尔曼斯塔尔报到一次。我以为上一次出现的状况大概是两个办公室之间沟通不畅导致的。在又拿到了一张去比勒陀利亚的车票之后，心情愉快地踏上了旅程，期待此行能一扫之前的不快。那是一个阳光明媚的夏日，我顺利地回到了沃尔曼斯塔尔。这次，我们在核实人员姓名、进行整编之前先吃了午餐。我和一些民族之矛成员坐在一起，他们对在非国大总部贝壳大厦（Shell House）的经历表示不满，低声议论说一些人正在以1 000—3 000兰特的价格把民族之矛认证出售给普通公民。我以为这只是无稽之谈，并未把这些话放在心上。

午餐后，我们被叫到主楼旁边排队。一名士兵每次读五个人的名字，让他们进入大楼，念到最后，只有我一个人还留在外面。一名穿着上校制服的高个子军官从楼里走了出来，但他只看了我一眼，就继续朝停车场走去了。又过了很久，我实在等得有些不耐烦，便走进了那栋楼里，看到一个上士正坐在一张桌子后面，只剩一名男子还在他对面登记信息，其他人均已落座。我打断他们，询问我还要在外面等多久，上士说《认证人员登记册》上载明的人都已经到齐了。我继续追问，他重复说我的名字不在他们的名单上。这实在令我生气，更重要的是，当他靠近时，我闻到他的呼吸中有一股浓烈的酒味。

他让三名宪兵把我带去了一个集装箱，让我在那里过夜。我坐在床边，怒火中烧，但随后我让自己冷静下来，尝试从不同的角度审视自己的现状。我们的新军事体系是在防卫军的框架下运作的，而我显然仍是一个平民，因此我并不被当作军人对待。对于他们那一套行事方式，我感到陌生和不习惯，也许，我的行事方式也同样让他们感到不解。在冲突调解中心，我领悟到人们面对挑战时有着各式各样的应对策略——有人信奉硬碰硬，习惯用强硬手段一锤定音；而有人则会寻求更为迂回的方法，以柔克刚。我不禁思考，在新的军事编制下，我们究竟需要多长时间才能形成统一的行事风格和作战方法。

第二天早上被放出来时，我要求会见指挥官，却得知他通常要在上午10点才会抵达。用过早餐，有人通知我，若打算搭顺风车回比勒陀利亚，就必须即刻动身，因此，我来不及就此事正式投诉就匆匆离开了。

在从比勒陀利亚前往开普敦的火车上，我躺在三人车厢的第二个铺位，随着列车的轻轻摇晃陷入了沉思。我反复思索，我的名字明明列在开普敦的《认证人员登记册》上，为何在比勒陀利亚的册子上却难觅踪影。我感觉自己就像是一个被火车运来运去的包裹，从比勒陀利亚又被运回了开普敦的发件地。最终我得出结论，生活就像一场扑朔迷离的游戏，每个参与者对游戏的目标和规则都各有理解。想到在沃尔曼斯塔尔午餐时民族之矛老兵间的那些闲话，我不得不承认，那些同志们关于斗争中的名字被出售的说法或许并非空穴来风。金钱的腐蚀力量无处不在，它甚至能摧毁最亲密的人际关系，即使是血浓于水的亲情也难以抵挡。我曾目睹在一些非洲国家，腐败如同头上的秃斑般迅速蔓延，雇员们将这种不良习气带入了政府活动的每一个角落。我的思绪又飘回了殖民时代，那时兰加的政府官员如霍夫（Hof）、西达利（Sidali）、克莱因杰（Kleintjie）和卡斯特（Caster）等人，负责推行《通证法》。有好几次，当他们抓到没有许可证或通行证的人时，都要求对方交出"五条"——一张5兰特的纸币，以换取自由。如今回想起来，那些在沃尔曼斯塔尔的闲话并非无稽之谈，而是敲响了一记警钟。

  两年前，我在贝壳大厦也有过类似的经历。当时，我申请了西门子在约翰内斯堡发布的职位。他们特意把我从开普敦接到约翰内斯堡，这让我觉得自己很有机会得到这份工作。当我抵达西门子办公室时，受到了一个自称约翰的中年男士的热情接待。他好奇地询问我在纳米比亚的工作经历，我讲述了自己在纳米比亚全国工人工会任职的过往。约翰则跟我分享了他的军旅生涯故事，他曾在防卫军的装甲部队服役，并被派往纳米比亚执行任务。他坦言，防卫军在安哥拉的最后几场战斗中失利，主要是因为相较于古巴的主战坦克，他们的战车装甲外壳太薄了。更糟糕的是，由于安哥拉和古巴方面动用了喷气式战斗机和轰炸机，全面掌握了制空权，防卫军的阵地变得异常脆弱，不堪一击。

  午餐时分，约翰向我透露了西门子邀请我到他们办公室来的初衷。他问我和贝壳大厦的赫拉·舒巴内（Khehla Shubane）先生有什么渊源，我回答说我们可能是在罗本岛上并肩作战过的同志。他进一步告诉我，在做背景调查时，西门子曾联系过贝壳大厦，非国大方面通过赫拉·舒巴内先生传达了不建议雇用我的意见。这反而激起了西门子一方的好奇心，他们想一睹究竟，看看我这个被自己的政治组织如此负面评价的人究竟是怎样的。午餐过后，西门子的司机送我前往机场，搭乘返回开普敦的航班。我无法接受的是，民主政权竟然采用了殖民时期安全部队对付本国人民的手段。这让我意识到，贝壳大厦可能在军方整合过程中发挥了不小的影响力，也正因为如此，我的名字可能不会被列入《认证人员登记册》。

  回到开普敦后，我又去了姆达拉位于好望堡的办公室。他对我的第二次报到失败表示非常失望,但向我保证,沃尔曼斯塔尔已向他提供了报到人员的姓名。两个穿着便服、胡子刮得干干净净的男人的到来打断了我们的交流,两人之中年长的那位大约1.7米,年轻的大约1.8米高。年轻人介绍说,年长者是南非国防军的人事主管迪彭纳尔(Dippenaar)少将,他自己是博塔(Botha)上校。他们来好望堡是为了评估南非国防军的入伍情况。迪彭纳尔少将的办公室承担着管理南非国防军全体人员的重任,并且为各个办事处提供支持,以确保他们能够在整合工作的截止日期前顺利完成任务。

我向迪彭纳尔少将询问,在整合过程中究竟使用了多少本《认证人员登记册》,同时我也激动地讲了我在沃尔曼斯塔尔的经历。迪彭纳尔少将表示,他对新南非国防军整合八个军事编队这一举措持保留意见,作为整合过程的监督者,他责任重大。他解释说,特兰斯凯、博普塔茨瓦纳、文达(Venda)、西斯凯(Ciskei)防卫军、民族之矛、阿扎尼亚人民解放军(APLA)和因卡塔自由党(Inkatha Freedom Party)自卫队的指挥官们需负责通知各自的成员前往整合中心报到,这项工作并不在他的职责范围内。对于那些符合编入新国防军条件的人员来说,他们有两个选择:一是根据其之前在非法定组织中的服役年限选择相应的补偿机制并复员,对于65岁及以上的成员,复员是强制性的;二是年龄在50岁或以下的人员,可以选择成为永久在役。每个人都必须通过一项考试,考试成绩达到9分以上者才有资格成为军官,分数较低者将进入初级队伍,不及格者则将退伍。

因此,我能否入编取决于非国大办公室是否报送了我的名字,以及我在考试中的表现。我不确定考试会考察些什么,颇有些担忧。在孔瓦营区,民族之矛小组里有超过500名成员,他们中的大多数人曾离乡背井,前往国外接受军事训练,却几乎未接受过正规教育。更令人遗憾的是,就连我们组织中最杰出的领导者和指挥官也缺乏正规教育背景。我猜测,这种情况在1976年以后加入的新一批年轻民族之矛成员中也同样普遍。我不由地想,这次笔试是不是非国大领导层在巧妙地推卸对我们的责任。我深知,南非武装解放斗争的时代已经落幕,或许我们这些曾经的斗争者也不再像过去那样被社会所需要。如今,我们在南非国防军中的前途完全取决于个人了。虽然这个现实令人难以接受,但我不得不调整心态,去适应这种新的方式。在科萨语中有这样一句话:"Umntu udubula ngaye oku kompu wakugqiba umlahle kude","飞鸟尽，良弓藏；狡兔死，走狗烹"。

这段时间，开普敦周边的几位民族之矛创始成员离世了，我们希望能为他们举办一场庄严的葬礼，就只能自掏腰包。而如果是非国大其他部门成员的事，非国大不仅会提供资金支持，还会指派领导来亲自主持。这样的差异让我感受到不公。我心怀希望却又深感绝望，复杂的情绪将我来回拉扯，令我困惑不安。就在我要被这种精神创伤淹没之时，姆达拉告诉我，他的办公室再次接到指示，要我前往沃尔曼斯塔尔报到。他又给了我一张火车票，于是我第三次坐上了从开普敦开往比勒陀利亚的火车。这一连串的经历让我想起了那些年里，我们尝试返回南非时历经的种种波折。好在，我已经掌握了忍耐的艺术，能够平心静气地应对这一切。

一位始终彬彬有礼的士兵到比勒陀利亚火车站来接我。回到沃尔曼斯塔尔后，我受到了负责人普雷勒（Preller）上校的欢迎。他带我走进一个大厅，已有几位身着便装的男士静候在那里。上校给我们每个人都指定了座位，并说我们即将迎来一场考试。当我疑惑地询问，该如何在未学过相关课程的情况下应付考试时，他解释道，这是一套标准化试题，许多已经被编入这个集体的成员都能够轻松通过。我对此仍有顾虑，打算问得更清楚一点，普雷勒上校却截断了我的话头。他说这场考试是由一位杰出的女士设计的，她曾是民族之矛的心理学家，如今已编入南非国防军，并在医疗保健服务部门任职。上校最后郑重地告诉我，如果我选择不参加考试，那就应该考虑签字复员。

我参加了考试。试卷中有一个题型，要求考生辨认拼图的哪些部分与其他部分相匹配，还有一道判断题。自1961年以来，军事科学已经有了显著的进步，埃及人和苏联人已经不再将拼图视为培养自由战士的必备技能。我在一个没有玩具和拼图的环境中长大，所以对该如何拼起一幅图像，简直毫无头绪。一些考生不到30分钟便答完了题目，而我却在试题中苦苦挣扎，直到上校宣布"时间到"，并收走了试卷。考场外的阳光暖洋洋的，与我同场的考生们看起来心情很不错，他们聚在一起谈笑风生，显得信心满满。而我，却感到自己已经落伍，心情异常低落，没有一丝热情和激动可以与大家分享。

最终，我们逐一叫回，并拿到各自的成绩。我被告知在考试中表现优异，成绩突出，足以成为一名军官。尽管这听起来有些不可思议，但无疑是个好消息。

然而，普雷勒上校告诉我，我还得去"安置委员会"参加一次面试，以确定我的具体军衔。我有些困惑地表示，考试结果应该已经决定了我的军衔，就像在任何比赛中，特定的分数会对应特定的水平一样，考试成绩理应直接决定我的排名。但上校解释道，这个排名程序是在整合谈判期间就已经商定的。我并不完全理解这个解释，这导致我在沃尔曼斯塔尔的帐篷里度过了一个辗转反侧的夜晚。这条整合之路上似乎布满了许多难以捉摸、隐秘的障碍。我不禁开始好奇，在安置委员会的面试过后，我又将迎来怎样的命运。

第二天早上，我们一行五人从沃尔曼斯塔尔出发，前往比勒陀利亚。我被告知，应该在当天上午前往安置委员会。我们的车在南非国防军人事主管的办公区外停下。司机领我上了几层楼，到了博塔上校的办公室。他们用南非荷兰语简短交流了几句，司机便告辞了。博塔上校向我介绍了安置委员会的人员构成，简言之，这个委员会由英国军事顾问工作组（BMATT）、特兰斯凯、博普塔茨瓦纳、文达、西斯凯防卫军、民族之矛、阿扎尼亚人民解放军和因卡塔自由党自卫队的代表组成，迪彭纳尔少将任委员会主席。我对这个多元军事混合体充满了好奇。博塔上校微笑着解释，这样的设置是为了确保公平，不让任何人吃亏。随后，他带着我来到一个大厅，已有许多穿着军装的人聚集在那里。博塔上校带我走进大厅时，原本嘈杂的议论声渐渐安静下来。在众多面孔中，我认出了一位熟人，奇卡雷——他在民族之矛中被称为博罗科·莫托（Boroko Motho）。为了缓解初来乍到的尴尬，我主动与在场的人打招呼，并询问他们的名字。虽然大家都礼貌地回应了我，但我察觉到他们都略带了一些迟疑，仿佛我打破了这种场合下的某种既定社交规范。就在我们相互攀谈的过程中，博塔上校暂时离开了大厅，不久后，他与迪彭纳尔少将一起回来了。

在安置委员会那里，我只简短地露了一下面。迪彭纳尔少将通知说，我需要在南非海军上校和南非陆军准将军衔之间做出抉择。他建议我返回开普敦，认真考虑上述提议，并在两周内给出答复。他强调，准将的薪资高于上校，随后他又请博塔上校安排我参观海军设施，以便我更好地作出决定。

接下来，我参观了南非海军总部，受到了海军总长及其副手——海军中将罗伯特·克劳德·辛普森-安德森（Robert Claude Simpson-Anderson）和约翰·雷蒂夫（Johan Retief）——的热烈欢迎。他们亲自带我参观了各项设施，并告诉我说，海军是南非国防军中人员规模最小的一支。参观结束后，他们又对我详细说明了如果选择成为南非海军上校，我将会肩负哪些职责。

一名水手驾车将我送至比勒陀利亚，随后我再次登上了开往开普敦的列车。一回到家，我就迫不及待地与家人、雇主和姆达拉分享了这些消息。他们都认为我能入伍是件好事，前景乐观，但托茜却对此心存疑虑。她并不太支持我投身军队。身为阿非利卡人，她的许多熟人都有参战经历，那段历史和文化给他们的身心都造成了巨大伤害，留下了深刻的创伤烙印。而且，在她看来，军队并非一个适合抚养孩子的稳定环境。托茜认识的许多同龄男性都有着不堪回首的痛苦过往，他们抱怨一切都没有意义、怨天尤人、牢骚满腹，因为他们发现，尽管在战后重新融入社会并非完全无望，但也是困难重重。像我这样的人纷纷占据军队中的职位，也会间接导致他们失业。然而，在和平时期，新环境下的工作机会看起来还是光明的，她也因此开始调整自己的心态。而我则感到有些忐忑。我所接受的都是战斗训练，对于坐在办公桌前的工作，我毫无经验可言。

自由州指挥部

经过两周时间的考虑，我决定接受准将军衔。当迪彭纳尔少将询问我是否已作出决定时，我告诉他，我采纳了他关于获取高薪资的建议，他听到后高兴地大笑起来，随后要我前往比勒陀利亚的陆军总部报到，并承诺他的办公室会寄送火车票给我。这将是我第四次乘火车前往比勒陀利亚。火车到站时，博塔上校已在那里等候我了，我们便一同驱车前往人事总部。在一切安排妥当后，他拿出一些文件让我签署，并解释说，这样我就成了一名政府永久雇员，且拥有了一个南非军队的宝贵职位。午餐过后，我们与迪彭纳尔少将见面，他热情地站起来欢迎我们。他通知我，我将被任命为自由州的参谋长，并且在布隆方丹的坦佩（Tempe）军事基地领取我的军装。最后，他嘱咐我返回开普敦，为搬去自由州做好准备。

回到开普敦后，我与家人分享了这个消息。离开开普敦前往布隆方丹可不是一次简单的搬家，托茜为此做了全面周详的准备，包括为我们的儿子打理好了一切。那些日子，我们要收拾整理好所有的家居用品，压力很大——这可不像在民族之矛时代，我把东西一股脑塞进一只背包里就算完事。南非国防军支付了搬家费用，减轻了我们的经济压力，因此我们搬到自由州后不久，托茜就设法在布隆方丹米尔纳（Milner）街的贝斯沃特（Bayswater）买了一套房子。

格罗布勒（Grobler）少将是自由州司令部司令，斯瓦内普尔（Swanepoel）准将则是参谋长。高级参谋团队由上校们组成，他们担任特遣牧师以及人事、财务和后勤等关键部门的主管职务，且均为白人。我们的位次严格依照军衔级别及晋升日期排定。因此，尽管我与斯瓦内普尔准将都担任自由州司令部的参谋长，但由于晋升时间有先后的缘故，他的职级比我高。值得一提的是，作为全国较大的军事司令部之一，自由州司令部驻有装甲部队和伞兵部队，还设有"德布鲁格"（De Brug）等国内顶尖的军事训练设施。

在欢迎我加入时，格罗布勒少将表示，自由州司令部习惯使用他们唯一熟悉的语言——南非荷兰语——来召开会议。他希望我不会因此感到不快，同时他承诺会定期安排人员将会议内容翻译成英文，以确保我能够理解。在每周一早上的例会上，自由州司令部会讨论一系列重要议题，内容涵盖整合、训练、住宿条件、安全保障、预算编制、兵力部署和相关规定等方面。然而，随着时间推移，大家在交流时也会讲一些英语了。

在坦佩，我分到了一间宽敞的办公室，里面配置了一张宽大的办公桌，此外，还有一位三十多岁、会讲南非荷兰语的秘书。她性格开朗，告诉我如果想要订阅任何报纸，跟她说一声就行。于是，每天早上，我都能在办公桌上发现一些英文报纸。报纸旁边还摆上了一个大托盘，上面放着饼干、热水瓶、杯子，以及糖、茶、咖啡、牛奶和茶匙。

斯瓦内普尔准将偶尔会来到我的办公室，向我传达最新的情况。但更多的时候，他会告知我，若有工作需要我处理，他们会主动联系我。这让我在办公室里能够相对轻松地度过时光。在我刚到这里的头几个月里，大部分时间我都在翻阅报纸中度过。午餐时间一到，我便会驱车在军事基地周围转一圈，记录下那里正在进行的各种活动。在这期间，我遇到了一些上校和其他军衔的军官，他们都是最近从其他部队整编过来的。通过与前南非防卫军、特兰斯凯、博普塔茨瓦纳、文达和西斯凯防卫军的成员们交流，我深刻感受到我们各自不同的政治和军事文化背景、敏感度，以及信仰。文达防卫军和南非防卫军的成员们兴致勃勃地分享了他们如何在文达共和国与津巴布韦边境成功围剿并歼灭了民族之矛的小股武装力量。此外，还有人参与了1978年在安哥拉发生的针对西南非洲人民组织卡辛加（Cassinga）中转营地的袭击事件。这起发生在5月4日的惨剧导致了大约600名纳米比亚男女和儿童丧生。这些人居然自豪地为这次大屠杀举办周年庆，我这才震惊地发现，西斯凯防卫军的一些士兵也参与了那次袭击。这不禁让我对这些所谓的国家与南非之间联盟的本质产生了疑问。从它们所谓的主权的角度上讲，它们理应将南非防卫军排斥在外，不受其干预，但现实情况却并非如此。我猜测它们之间可能存在某种"共同对敌"的协议。我们的国家无疑正站在新旧时代与体制的交汇点上。

这里是个军事大熔炉，但我依然担心过去发生的那些事情会给我们曾经的自由战士造成某种影响。然而，我逐渐认识到，我的新同事们都是服从政治领导人指挥的战士，站在我个人经历的立场上去评价他们并不公平。我曾为政治自由而战，是环境和残酷的殖民统治迫使我拿起了武器。我肩负的使命是自愿为所有南非人，无论肤色，创造更为人道的生活条件。尽管这份承诺可能让我付出生命的代价，但我并不求任何回报。如今在坦佩，我必须抛开个人原来的政治身份，认识到自己现在是一名政府雇员了。

我内心一直与专制权威进行着激烈的抗争，此刻我却在思考，是否值得放弃独立思考，仅仅遵循他人的指令生活。我心中有所疑虑，1994年以后的新政权，是否能为南非国防军提供足够的空间，让他们在国家的转型过程中发挥创新性的作用？南非国防军在捍卫宪法和确保国家领土完整方面扮演着重要角色，这需要他们深刻理解和把握这些核心概念。如今，我已成为南非国防军管理团队的一员，我们的政府秉持着"民族团结政府"的理念。对我而言，一项重要的挑战就是如何更好地为南非国防军的领导层和成员服务。

坦佩的气氛相当紧张。我们民族之矛的大多数成员都期待非国大及高级别官员能提供更为出色的军事领导，然而出于种种原因，我们内心都累积了巨大的不满。在坦佩，整合过程中被吸纳进队伍的既有黑人官兵，也有白人官兵。我很高兴，军事领导层意识到了各组成部分之间达成共识的迫切性。然而，大多数高层管理人员都是南非白人，这令许多黑人官兵心存芥蒂。为了解决这一问题，我们推出了一套名为"心理干预计划"的方案，该计划着重于改变人们的思维模式和态度。"心理干预计划"确实在帮助我们以不同的视角看待自身处境和周围环境方面发挥了作用，但还不足以解决我们各自面临的所有问题，其中包括不同程度的心理挑战和其他创伤所带来的变化。

自由州与莱索托接壤。保卫边境是军方的职责所在，因此，我们偶尔会乘坐飞机或驾车沿着边境巡视，查看人员和运输工具的流动情况。在巡视途中，我们还探访了布尔人与英国人昔日交锋的战场遗迹。在这些探访中，我得知为了躲避英国士兵及其焦土政策，布尔妇女和儿童曾在克拉伦斯（Clarens）及其周边的山洞中避难。当地的农民为我们讲述了那段残酷的历史：大量房屋被焚、财产被夺、庄稼被毁，许多人因饥饿而丧生。值得注意的是，那是首次不分肤色将平民拘禁在集中营。农民们语气不安地提起，那些投降的布尔军官和士兵被囚禁在了圣赫勒拿岛。还有一些远离布隆方丹的军事活动，在结束任务、动身返程之前，我们会享受一段烧烤与饮料带来的惬意时光。在某次烧烤聚会中，几杯可乐下肚，我感到一阵莫名的眩晕，仿佛周围的世界都在旋转。格罗布勒少将体贴地安排了司机送我回家。第二天，托茜告诉我，我昨晚醉醺醺地回来。所幸除了说话方式变得滑稽古怪之外，并未有更多出格之举。

我们的一些年轻士兵参加了曼贡（Mangaung）技能培训中心的课程，曼贡是布隆方丹在塞索托语中的叫法，在这里，他们学习了汽车机械、管道铺设和砌砖等实用技能。我受命去激励这些年轻的士兵，在此过程中，我意外地遇到了马特拉佩尼亚。1967年初我离开孔瓦营地时，他还留在那里，而现在，他已经成为军队的一员，并获得了陆军上士军衔。在我们的鼓励下，这些年轻士兵们表现出色，以超过平均分70%的优异成绩顺利完成了课程。

国防情报

在布隆方丹工作了八个月后，我临时被调往比勒陀利亚的陆军总部。这次调动再次打乱了我们的家庭生活，幸运的是，托茜很快就在菲利克斯·迈伯格（Felix Myburg）先生的家族产业里找到了一套新的出租屋。这个庄园维护得很好，管理得井然有序，有几栋中等大小的房子。有许多家庭租住在其他独栋的房子里，因此有一些年幼的孩子可以和天佑一起玩耍。我发现这里的社区氛围非常热情友好，邻里之间习惯于互帮互助。他们的慷慨大度让我想起了我们在孔瓦营区的民族之矛大家庭。我们与邻居们相互尊重，相处融洽。

我抵达陆军总部的当天，就被告知必须参加下周的军事课程。于是，在1996年5月初，我前往陆军体育馆参加为期三周的高级军官入门课程。该课程由乔斯特（Jooste）上校负责，当他得知我曾在纳米比亚全国工人工会工作过几年后，表现出了惊讶之情。他告诉我，在20世纪80年代末，他曾作为防卫军202营的一员对抗西南非洲人民组织游击队。他说他们的营地驻扎在龙杜镇外，负责防守从巴加尼到恩库伦库雷的大片区域。他还清楚地记得，自己曾经没收过我们要送去派发的《纳米比亚工人》。

陆军体育馆中的大部分学员在编入南非国防军时都被授予了上校军衔。该课程向我们介绍了"军官和绅士"的概念，这对于军事领导力非常重要。课程讲师强调，作为一名军官，与同级别人员要平等相处。作为一名绅士，要懂礼、体贴、遵纪守法和善于沟通等。

在课程中，我对前防卫军成员的价值观有了一定了解。尽管他们隶属于不同的团，但会在课业之余聚集在一起，参加烤肉派对和其他社交活动，建立了牢固而持久的关系网，其中还包括他们的家人。相比之下，我们这些自由战士感觉好像失去了曾经拥有的纽带和凝聚力。在整合过程中，我们这些前民族之矛的成员显现出了自我中心的倾向，我们不愿意分享关于笔试内容的信息——每个人都希望成为唯一进入军事指挥高层的人。然而，这种做法阻碍了我们为整个军队的转型政策做出实质性的贡献。我的梦想是要在民主环境中，在我们的鼎力支持下，共同实现解放。如此夙愿未能实现，我当然深感失望。但我也清楚，这只不过是一种幻想，而且我有许多事例可以证明这一点。

接下来的长期课程，专为南非国防军的少校军衔人员设计，是一场晋升培训，地点选在了塔巴·茨瓦内（Thaba Tshwane）陆军学院，该学院紧邻第一军医院。对我们这些已经拥有更高级别军衔的群体来说，这门课程主要为了增进我们对初级军官所担职责的了解。本次课程由一名中校主持，它旨在帮助参与的初级军官提升自身能力，确保他们具备领导和管理一个营区所需的技能、实力和才智。此外，英国军事顾问工作组特设了一个办公室，用以监控整个培训流程。值得一提的是，在我们这个大型团队中，拥有最高军衔的军官均为前民族之矛成员。这次培训学术性很强，未能通过考核者将会被退回原单位。这令我想起

1964年我们在埃及接受训练时的情况，当时，与我们一同参加特种兵训练的阿拉伯联盟成员国的军人也面临着同样的"退回原单位"规定。不过，西南非洲人民组织、巴勒斯坦解放组织和民族之矛的成员并不受这一规定制约，因为我们并无其他单位，且大部分训练所用的语言都是阿拉伯语。

在南非国防军陆军学院，所有学员都必须参加测评或考试，然而相关资料却仅以南非荷兰语提供。我曾就此问题向资深同事及导师反映，尽管导师承诺会提供英语学习支持，但实际上并未兑现。身为前民族之矛成员，我们在南非国防军中担任高级军官，但彼此间的关系却异常疏远，就像一个人的嘴唇永远碰不到他的手肘。

我给带队讲师写了一封信，表达了我的疑虑，并指出这个过程与我过去接受班图语教育的经历没有什么不同，班图语教育设定了配额。一定数量的学生会在标准二年级、标准六年级和将取得初级中学学历时被淘汰。我把这封信抄送给了英国军事顾问工作组办公室。在那次沟通之后，我们就能定期收到英文课程材料了。

此时，我开始在毛梅拉·莫托（Maomela Motau）中将领导的国防情报部门任职。莫托中将是一位具有创新思维、中等身高、体态匀称的领导者，在南部非洲发展共同体（SADC）成员国和其他国家的情报与政治团体中声名显赫。在南非国防军中，国防情报局的外事司负责与全球各地的军事组织建立联系、维护关系并提供相应服务。我有幸被任命为外事司长。加入国防情报局时，我还遇到了两位在坦桑尼亚的孔瓦营区就熟识的同志：首席司长皮特索将军（两星将军）和另一位司长伦吉西将军（一星将军）。我们默契地遵循工作场合中的隐性规则，对于各自的活动始终保持缄默。而我们的职责之一，便是为部门内的每位员工建立信息档案，并将这些信息录入国防情报数据库。

出于工作原因，我发现两名外国学生在我们的课程中制造了麻烦。他们分别是一位来自肯尼亚的中校和一位来自马拉维的少校。在课程快要结束时，有九名左右参与课程的军官成绩被悬置。原因是他们的作业从头到尾都高度相似，被怀疑存在抄袭行为。相关部门计划对所有涉事人员实施纪律处分。然而，我们中的一些人对此提出了异议，因为那两位来自肯尼亚和马拉维的军官是交换生。国际学生通常不会挂科，因为他们不仅仅是学生，更代表着各自的国家，他们的到来带有外交意味。对他们提起作弊指控将会让南非政府，特别是南非国防军陷入尴尬境地。最终，这两名军官的名字从行为不端的名单中被移除。

我最后一次接受培训的机会是在国防参谋学院，这次学习经历让我印象深刻。在那里，我不仅深化了军事方面的知识，还广泛涉猎了适用于社会多个领域的内容。培训课程中，我们邀请了平民专家，还有激励人心的演讲者为我们授课。他们为我们详细讲解了环境分析、有效的财务管理等内容，还教我们该如何根据所搜集的信息来规划未来发展方案。此外，我们还学习了如何撰写白皮书、如何对政策进行深入的审查和适时的更新。本次课程的一个重要目标是教授我们如何在自由市场社会体系中，从国家战略的角度出发高效地展开工作。这种制度的根本目的似乎是维护自由市场参与者的利益，因为1994年后，政府仍在推行资本主义社会制度。在此过程中，我观察到一个现象：许多政治领导人在成功当选后，往往会选择离开他们的乡镇，迁居到以前白人聚居的郊区。这或许是因为住在那些郊区如今已经成为经济实力和社会地位的象征。

阴谋刺杀纳尔逊·曼德拉事件

加入南非国防军时，我相信无论各自之前的效忠对象是谁，我们都会相互支持、携手共进。我们都是同一国家的人民，肤色不应成为彼此间的隔阂，共同追求同一目标的信念才是我们团结起来的基石。在我看来，1994年标志着国家一体化进程的完成，然而这一进程曾历经曲折。在1910年，经历了开普敦、纳塔尔殖民地与奥兰治自由州、德兰士瓦之间多年的残酷战争后，国家一体化进程曾一度中断。尽管黑人和白人都被卷入了战争，但最终只有阿非利卡人和英国人被纳入了新的社会体系。黑人被排斥在外，不得不通过解放斗争来争取自身的融入。如今，我们迎来了一个一起认同、共同承诺和团结一致的新时代。我期待着在南非国防军中与来自不同前军事部队的同仁们共同学习、共同成长，收获多元化和丰富的经验。

然而实际上，我被编入南非国防军的经历充满了紧张的气氛、阴谋算计和作假捏造。在我入编后不久，军事情报局局长德克·维贝克（Dirk Verbeek）中将便通知我，一辆车正等着带我去比勒陀利亚参加一个会议，他嘱咐我穿便装前往。司机是个二十出头的年轻人，同样身着便装。我试图从他那里了解会议的相关情况，但他所知仅限于目的地。这种氛围令人想起了地下活动的岁月，信息越少似乎越安全。我们一路沉默地驱车前行。

抵达会场后，我被领入一个熙熙攘攘的大厅，里面聚集了众多人士，他们大多穿着便装或军装。我环顾四周，却发现无一熟识之面孔。我坐下后，依然对即将发生的事情一无所知。随后，纳尔逊·曼德拉的随行人员进入房间，我们全体起立，向总统致以短暂的敬意。一份名单被分发到我们手中——我们需要在上面找到自己的名字进行确认；若名字不在其上，则必须离开会场。我依旧对此次聚会的真正目的感到迷茫，于是匆匆浏览名单，终于在第四页的第134号后面找到了我的名字。

曼德拉沉稳地坐在桌旁，保持着惯有的冷静。此时，一名男子自称为曼德拉的法律顾问，他严肃地告知我们，他们获得了一些令人不安的情报，指出名单上的人员正在密谋一系列危险活动。情报显示，我们成立了一个名为"非洲人民解放军阵线"的组织，该组织的目标竟是暗杀曼德拉总统、杀害法官、控制议会和广播电台，意图制造社会动荡。在仔细审查了所收集的证据之后，他们决定绕开法庭程序，采取特殊措施应对。由于我们尚未受到正式的法律指控，因此也就无须辩护律师的介入。曼德拉的随行人员中，一位发言者着重强调，他们的所有决策都是基于手头的情报信息。这一系列突如其来的指控让我惊愕不已，心灵受到了严重冲击，精神陷入瘫痪状态。

紧接着，包括维尔贝克中将和南非国防军总司令格奥尔格·洛德维克·梅林（Georg Lodewyk Meirin）将军在内的高层人员召开了一系列紧急会议。这两位将军都是相关情报的直接接收者，并已向曼德拉总统汇报了情况。由于要确保消息来源不被泄露，因此，情报的真实性和准确性就要由两位将军来把握，他们对此负有不可推卸的责任。与曼德拉总统及其团队的会谈在1998年终于告一段落，我们被告知之前的情报并不可信。此后，梅林将军和维尔贝克中将相继从南非国防军的岗位上退休，尼安达（Nyanda）将军和莫托（Motau）中将接任了他们的职位。

然而，这些莫须有的指控对我个人造成了难以弥补的伤害，其所带来的精神压力几乎让我崩溃。我无法向任何人倾诉这些不实的指控，即便是与我最亲密的诺邦克也无法分享。回想起我们曾经的美好时光，以及她对民主、家庭和理想国家的深切期望，我实在无法向她透露这样的惊天阴谋，更无法告诉她我自己也被卷入其中。我深知，在我们全新的民主国家中，绝不能让这样的指控成为他人攻击非国大的武器。

我内心的紧张和焦虑无声地侵蚀着我们的夫妻关系，终于在一次军事行动中，我注意到了另一位女士。那是在我们的一个小分队活动期间。我们约定见面，从此开始了长达数月的秘密恋情。我在清晨拨出的电话里窃窃私语，诺邦克开始怀疑我对她隐瞒了什么，但她选择了沉默，没有直接质问我。那时的固定电话有保存最后一个拨出号码的功能，诺邦克决定利用这个功能来验证她的怀疑。她拨打了那个号码，结果证实了她的猜想。这个发现对她来说如同晴天霹雳，她对恋爱和政治理想的憧憬瞬间崩塌。我们的儿子还在我们一手帮忙建起的幼儿园中快乐成长，眼看着就要升入小学。诺邦克不得不面对这一突如其来的打击，同时还要处理许多其他方面的问题。我的背叛不仅摧毁了她对我的信任，更在艾滋病毒肆虐的时期，给我们的健康带来了严重威胁。当我凝视她的脸庞时，我看到了被背叛的痛苦与失望。我深感自己的行为给她带来了无法弥补的伤害，内心充满了无尽的悔恨和悲伤。

我们竭尽全力去控制事态，不希望一切就此失控。布拉·迈耶（Bulla Meyer），这位我们在纳米比亚时期就结识的密友，被我们委任为天佑的监护人，并充当了调解人的角色，因为我们深知他能够帮助我们维系彼此间的关系。某个周末的早晨，我驱车前往约翰内斯堡去拜访他。一路上，我焦虑不安，心乱如麻。在离他家还有几个街区的地方，我实在忍不住，停下车，打开车门，在人行道上呕吐起来。终于到达他家后，我们三人围坐在圆桌旁。我坦白了自己的婚外情，并郑重承诺会立刻结束这段不正当的关系。之后，我们没再多说什么，默默驱车返回了比勒陀利亚。

然而，诺邦克的精神受到重创，伤口并不能轻易愈合。她向我们儿子的导师和老师们寻求帮助和建议。他们认为诺邦克已经心力交瘁，急需学校和社区给予她更多的支持。两个月后，即1999年7月，诺邦克和天佑离开了比勒陀利亚，前往开普敦。他们的离去，让我们的家变得空荡荡，这种空虚感令人难以承受。面对这样的变故，我决定将全部精力投入到职业生涯的剩余时光中去。

那些诬陷我参与暗杀曼德拉的谎言，至今仍然像一块巨石压在我心头。正当我深陷这个问题无法自拔时，我接到了一个电话，对方自称是曼德拉的私人助理。我紧张地屏住呼吸，以为又要听到什么不利的消息，但出乎我意料的是，对方的声音听起来非常友善。她告诉我，曼德拉希望能在约翰内斯堡下霍顿（Lower Houghton）的家中与我面谈。这次会面距离那些莫须有的指控发生仅仅几周的时间。在调查即将结束之际，曼德拉曾对我坦言，他曾怀疑过我，但他也明白，一直以来，我都是一个直言不讳、光明磊落的人，绝不可能参与任何阴谋。然而，我心里清楚，事情的发展仍有可能出现意想不到的转变，可能向好，也可能变坏。

在约定的那天，我心神不宁地驱车前往下霍顿。大门口的保安示意我可以开车进去，随后一个穿着便装的年轻人引导我进入屋内与曼德拉会面。他看着我，打趣道我是否需要喝点什么，但我只要了杯水。

在那次会面以及随后的两次交流中，我们深入探讨了南非的国家大事和民生问题。我直言不讳地指出，他的领导方式似乎背离了我们斗争的初衷，而他为非洲人国民大会筹集的国际财政支持似乎只惠及了少数人。曼德拉则坦言，他毕生的心愿就是能够维系非洲人国民大会的团结，然而这却是一项艰巨的任务，因为他觉得自己的行动受到了非国大领导层的掣肘。他还好奇地问我，是否曾设想过在罗本岛上关押的政治犯中，或许有人其实是种族隔离警察的卧底。他担心长此以往，非国大的领导权可能会逐渐落入那些殖民政权的细作手中。

曼德拉提到，年轻的非国大领导人介入了在肯普顿（Kempton）公园与南非国民党政府的谈判，而他则更多地扮演着指导者的角色，类似于一个救火队员，随时准备应对各种紧急情况。有一次，这些年轻领导人甚至不让已故的奥利弗·坦博在肯普顿公园见证整个谈判过程，这成为他心中的一个痛点。他深知自己肩负着维护非国大正直特性和价值观的重任，这不仅是为了非国大本身，更是为了那些在我们的斗争中英勇牺牲的烈士们。我清楚地意识到，从民主南非大会（CODESA）协商到民族团结政府的成立，非洲人国民大会一直面临着解体的威胁。然而，曼德拉始终努力保持镇定，尽量展现出一切都在掌控之中的形象。当被问及我们是否就所讨论的问题进行过任何交流时，他透露，自沃尔特·西苏鲁逝世后，他所接触的人中，多数要么是来寻求帮助的，要么就是来传递关于各种问题的消息的。

在下霍顿的第三次,也是最后一次会面临近结束时,我感受到了曼德拉想要向我展示的:坚守并推进非国大的理想已经变得异常艰难。我对于如何助力非国大战员成为人民可以信赖的公仆感到迷茫——这曾是我们在罗本岛及其他斗争场所共同怀抱的理想。

武 官

我在任职于国防情报部门期间,所经历的工作往往与权力、地位和财富的残酷争夺交织在一起。这些争斗,与情报工作的某些方面有着惊人的相似性,都充满了阴谋算计。

不幸的是,这些争斗将我及其他人牵扯进了一场涉嫌暗杀曼德拉总统的阴谋之中。前民族之矛军官为了将皮特索、伦吉西和我等人排挤出军队,好为他们的首选候选人腾出位置,竟使出不光彩的手段,将我们与阴谋暗杀相联系。这场风波以多种方式持续发酵,他们要求我们离开军队,就此一事给莫托将军施加了巨大压力。值此困境,莫托将军始终给予我们应有的尊重、理解和支持。

1999年初,莫托将军任命我为坦桑尼亚的代理武官。然而,在我抵达坦桑尼亚后不久,便发生了一起令人痛心的政治事件。坦桑尼亚的开国总统朱利叶斯·尼雷尔离世,整个国家陷入了深深的哀痛之中,人们以各种方式表达对他的敬意和怀念。从他逝世的那天起,直到他入土为安,我在每个我遇到的公民的脸上和眼中,都看到了他的离世给这个国家带来的深远影响。

我也深感失落。尼雷尔总统是少数几位坚定不移地支持南部非洲解放运动的非洲独立国家领导人之一。正是在他的英明领导下,坦桑尼亚为我们的解放事业提供了宝贵的支持,其中包括对孔瓦营区和莫罗戈罗的索马夫科(Somafco)等地的援助。如今,我目睹了国葬的筹备与举行——这一庄严而宏大的仪式,让我深刻地体会到了身为一个非洲人的骄傲与责任。这一重大事件不仅让我更加珍视那些为自由而奋斗的岁月,也让我意识到了它们对我个人来说的意义与重要性。同时,它也预示着南非未来的发展方向。在那段充满挑战的时期,坦桑尼亚军方的姆比塔将军热情地接待了所有驻坦的武官。

几个月后，我返回南非，并很快被派往英国，担任南非国防军的常驻武官。同时，我还以非常驻身份代表南非国防军驻瑞典，执行武官职责。我的主要工作是为南非、英国和瑞典三国军队之间的关系服务，交流和分享我们各自国防军的特点和技术信息。

在英国，有许多非洲国家都设立了军事代表处，这为我们提供了一个平台，可以通过武官机构来讨论非洲的和平与发展问题。这包括与我们各自的政治代表团团长进行信息共享，以展现一个统一的非洲形象。我们每两周会轮流组织一次会议，探讨非洲代表应该采取哪些行动，以确保非洲在政治上占据优势地位，推动非殖民化进程。我们坚信，非洲能够在前殖民地和殖民者的非殖民化过程中发挥领导作用，而且非洲所面临的挑战并不会使其未来变得黯淡无光。

对于在英国和瑞典的武官来说，这是一个充满挑战的时期。南非刚刚与英国、瑞典和德国等欧洲国家达成了一系列武器采购协议。然而，有关这些交易的信息非常有限，而且难以整理出一条完整的交易脉络。所采购物品的保密性和参与交易者的身份，都让我想起了曾经的解放运动地下活动。众所周知，南非已经从德国采购了海军护卫舰、从英国采购了鹰式教练机，以及从瑞典采购了鹰狮战斗机。

作为驻英国的常驻武官，我应邀参加了许多军事活动，参观了军事设施并参加了陆军和海军的建国日。武官还收到一些军火制造商的邀请，参加旨在展示各种武器的防务博览会。

在与军火和制药行业的交往中，缺乏经验无疑是一大劣势。有些行业代表甚至宣称，某些参与军火交易谈判的南非政府官员收受了贿赂，导致政府以高价购买了质量低劣的产品。英国宇航公司（British Aerospace）也表示，通过招标方式，中标者将为南非政府提供国家发展计划的相关产品和服务。其中，部分军火商声称他们拥有支持其说法的文件。与此同时，一些制药行业的代表则希望与"南非救助黑人政策"的合作伙伴共同建立中心，以进行药品的包装和分销。然而，这些信息并不属于我的工作范畴。对于那些有意与南非开展业务合作或揭露我国政府腐败行为的人士，我建议他们与高级专员公署的南非贸易和工业部门联系，进行沟通。

2000 年，我迎来了一个难忘的时刻，那便是诺邦克和天佑来欧洲看我。我们一起游览了迪士尼乐园，还参观了一些我曾在故事里听闻或在电影中领略过的法国历史古迹。在英国的旅程中，我们还去了乐高乐园和其他热门的旅游景点。此行还有一个温馨的插曲，那就是我们与理查德·帕克勒帕及其伴侣比尔吉特（Birgit），还有他们的孩子凯罗斯（Kairos）、约尼（Yoni）建立了深厚的友谊。

第二年，八岁半的天佑独自从南非来看望我。我们从伦敦飞往哥本哈根，去丹麦的维拉富特（Villa-fut）拜访杰斯帕·斯特鲁德霍姆（Jesper Strudsholm）先生。杰斯帕先生是一位常驻南非的自由记者，在开普敦附近我们有幸相识。因为热爱徒步，我们经常带上家人相约去徒步旅行。那次，他在机场热情地迎接了我们，随后我们一同搭乘火车，再转公共汽车，终于抵达了徒步路线的终点。杰斯帕的家坐落在宁静的乡村之中，四周只有零星的几栋房屋相伴。那次旅行，有一个地方特别引人入胜，那便是位于斯卡恩（Skagen）的两大洋交汇点。

一周后，我和天佑结束了伦敦之行，启程返回哥本哈根。我们原本计划在当地酒店过夜，然而我的信用卡却出现了问题，无法使用。那晚，雨一直下个不停，我们无奈地穿梭于各家酒店之间，但每一次尝试都以我的信用卡被拒而告终。部分地区积水严重，水深甚至淹没了天佑的腰部，但他却以小小的身躯，展现出了不凡的勇气，不断地安慰我，给我力量。我们原本在火车站找到了临时的庇护所，但不幸的是，半夜时分我们被要求离开，因为站点已经关闭。无奈之下，我们和其他流浪者一同前往附近的避难所，一直逗留到天明。第二天，我们乘坐公共汽车前往机场，然后飞回伦敦。之后，天佑便启程回到了南非。这次经历，对我与孩子而言，都是刻骨铭心。面对旅途中的重重困难，天佑所表现出的坚韧和勇敢，让我深感骄傲。他的话语，如同定海神针一般，让我始终保持清醒的认知。

尽管南非在1994年就已经独立，但在英国的南非人社群中，仍然有人积极参与非国大的政治活动。我时常受邀参加伦敦市中心非国大分会的聚会。在某次聚会上，我邂逅了费思·姆普姆瓦纳（Faith Mpumlwana），一位三十多岁、已获得英国公民身份的南非女士。我们迅速被对方吸引，并展开了一段情缘。2001年，我们的儿子出生了，我们给他取名为隆吉萨。然而，第二年我便返回了南非，留下隆吉萨与他的母亲在伦敦生活。

尽管分离，我们仍然保持联系，我尽已所能地支持他们。

2002年，我返回比勒陀利亚，并在国防情报部门继续我的工作。在此期间，我受到莫托将军的赏识，他提议晋升我为少将。随后的一年，即2003年，皮特索将军退休后，我接替了他的职位，成为国防情报部门的一位总司长。

第 34 章 "卢图里支队"

2005 年 4 月 17 日，民族之矛的一些创始成员在约翰内斯堡郊外的杜恩奎尔（Doornkuil）农场举行了第一次会议。这些人包括担任主席的艾萨克·马科波（Isaac Makopo）；担任秘书的达尼埃尔·莫哈勒（Daniel Mokhahle），其民族之矛名为保罗·马乔（Paul Majoe）；以及托科·姆西芒（Thoko Msimang）上校、拉马诺（Ramano）中将、西迪贝（Sidibe）将军、奇卡雷（Tshikare）将军、察利（Tshali）将军、约瑟夫·科顿（Joseph Cotton）、莱纳斯·德拉米尼、萨姆、吉米、彼得·佩伊斯（Peter Peyise）、朱皮·莫科埃纳（Jupie Mokoena）、索利·西梅兰（Solly Simelane）、卡拉马斯·莫皮、莱斯利（Leslie）、彼得·马卡巴内（Peter Maqabane）、泽夫（Zeph）、阿尔弗雷德·莫戈勒刚（Alfred Mogolegang）、萨卡（Saka）、乔治·谢伊、斯莱·普莱恩·皮兰（Sly Plane Pilane）、詹姆斯·塔贝特（James Thabethe）和我。豪登省民族之矛退伍军人协会主席胡鲁·拉德贝（Khulu Radebe）和协会财务总长阿瑟（Arthur）作为嘉宾与会。

我告诉大家，1999 年我有幸拜访了纳尔逊·曼德拉在下霍顿的住所。在那次会面中，他向我介绍了民族之矛退伍军人信托基金。这个信托基金是由非国大设立的，旨在为在世的和已故的自由战士及其家属提供支持和服务，而不论其政治立场。信托基金的董事会成员包括了非国大秘书长卡莱马·莫特兰特（Kgalema Motlanthe）、非国大财务总长门迪·西芒（Mendi Simang）、坦迪·莫迪斯（Thandi Modise）、佐拉·斯克维亚（Zola Skhweyiya）、龙尼·卡斯里尔斯（Ronny Kasrils）、艾萨克·马科波、麦克斯·西苏鲁和鲍勃。当然，成员中还包括退伍军人协会的代表迪肯·马特（Deacon Mathe）和杜米萨尼·科扎（Dumisani Khoza），该组织是在民族之矛解散后的 1993 年成立的。

马科波、拉马诺将军、奇卡雷将军、彼得等多人共同总结道，在约翰内斯堡希尔布罗举行的一次关键会议上，确定了非洲人国民大会与民族之矛高层成员的地位。然而，该会议作出的一个重大决定是让所有资深但非公职的成员逐渐退居二线。这一决策标志着一个时代的结束，它违背并破坏了领导层的代际传承原则。正因如此，民族之矛的创始成员们无法直接询问非国大领导人关于曼德拉为民族之矛退伍军人信托基金所筹集的 2 000 万美元的具体去向。非国大秘书长办公室也对他们借退伍军人协会之名从南非电信、移动运营商蜂窝-C、姆韦拉潘德（Mvelaphande）和西门子所筹集到的 37% 股份保持缄默。这种缺乏透明度的非国大领导层令我们深感悲痛、愤怒与失望。

在当前的民主制度下，非国大竟然将其政治权力赋予了那些与解放斗争毫无关联的无名之辈。我们惊讶地发现，现任内阁部长和议会议员中的大多数人从未正式加入非国大。由于他们并不隶属于非国大的任何分支机构，因此无须对选民负责。他们与非国大的唯一纽带就是通过非国大总统的任命。然而，令人痛心的是，这些人中的大多数正在参与掠夺和破坏南非及其解放斗争的宝贵遗产。

2005 年 4 月 15 日这一周，莫哈勒、西梅兰和我在卢图里大厦会见了莫特兰特先生和前罗本岛政治犯斯坦利·恩科西（Stanley Nkosi）。莫哈勒已经向非国大秘书长传达了我们所关注的事项。

第35章 西开普省

岁月流淌,我迎来了人生的一个重要节点——年满六十岁,并从南非国防军光荣退休。此后,我离开了长期生活的豪登省,暂别了在杜恩奎尔工作的伙伴们,迁去了西开普省。诺邦克、天佑和我,在分别了六年之后,终于在凯尼尔沃思(Kenilworth)重聚。我现在居住的地方离天佑的学校只有几条街之遥。迈克-奥克·华德福(Michael Oak Waldorf)学校给我留下了深刻的印象,这里有一群兢兢业业、尽职尽责的教育工作者,他们为学生的成长倾注了无数心血。而家长们也积极参与到孩子们的教育中,成为学校生活中不可或缺的一部分。我有幸能够参与到学校的各项活动中,观看并聆听孩子们展示他们的学习成果和才艺表演。这些经历对我来说,不仅是一种放松,更是一种心灵的治愈。

在闲暇之余,我有了更多的时间去深入反思,并常常试图从我的人生经历中抽丝剥茧,整理出一个连贯的叙事。我回溯记忆,回想起那些年少离家的日子,那时我年纪尚轻,自此便再也没能见到父母。我经历了不同的军营、不同的国家,见证了同志们的勇气和坚韧,承受过牢狱之灾,战斗在纳米比亚,还曾加入南非国防军,之后更被牵扯进一场暗杀曼德拉的阴谋,并目睹了非洲人国民大会的严重分裂。诺邦克深知我生活的复杂与纷扰,她建议我敞开心扉,谈论我的经历。最初,我并不理解她的用意,但随后我逐渐意识到,解放斗争及其所带来的影响已深深渗透到我的生命中,以至于我几乎无法以一个旁观者的身份去审视自己的人生。

诺邦克和我一同咨询了专业的治疗师,帮助我接纳自己的过去和现在,而这一过程也揭示了一个新的事实:即便是专业人士和咨询师,也在努力适应政治变革给个人生活带来的影响。在与他们的交流中,我发现他们倾听和介入的方式似乎忽略了我人生中的一大部分——作为一名自由战士和政治犯的经历。诺邦克深陷其中。她所从事的职业及其受西方影响很深的介入手段，往往不考虑政治集体的现实意义。然而，对我而言，从个体的角度谈论自己是一项艰巨的任务，它需要我完整地展现自己作为一名自由战士的生涯。幸运的是，我们遇到了一些人，他们能够从我们两人的非凡经历中洞悉全局——尽管前路仍充满挑战。

我们与温迪（Wendy）和巴斯特·塞福尔（Buster Sefor）一同参加了名为"探索"的思想与行动学科培训课程，这对于我和诺邦克之间复杂交织的情感来说，无疑是一种难得的慰藉。巴斯特——一位剑道大师、温迪——一位对人类行为有着深刻见解的专家，他们以热烈的爱感染着我们，用全新的爱的观念来拨动我们的思维。在此之前，我们仅仅以传统的视角来审视我们的关系，然而他们的观念让我们重新审视自己。我们嘲笑自己过去的愚昧，嘲笑既往自我认知的局限。

他们理解我在我们的关系逐渐深化过程中所出现的担忧与冲突。他们常常用"战争"这个词来形容我们的关系发展。然而，这并未影响我们与他们之间深厚的友情，它绵延无尽。每当我对诺邦克的行为感到困惑时，会向巴斯特寻求建议，他总是提醒我，我正在与一个独一无二的女性交往，她有着不同于男性的思维方式和行为模式。同样地，诺邦克也会与温迪长时间交谈，以便更好地理解我们之间这段与众不同的关系。将处理人际关系比作武士面对挑战时追求无上荣光，这种想法深深吸引了我，也激发出了诺邦克的一种新态度。她似乎已经将沉默与观察内化于心，专注于关怀我们，并展现出一种令人感动的慷慨。我们在生活的各个方面——无论是亲密关系、家庭生活还是政治生活——都得到了慷慨的帮助。对此，我们深感幸运与感激。

种种创伤不仅深刻烙印在我的思想和身体上，还在我们的国家中掀起了持续而强烈的波澜。我个人的经历与国家的经历紧密相连，难以分割。民主制度的到来，虽然带来了希望，但也在我眼前演变出了新的暴政形式。尽管种族主义在法律上已被废除，但种族定性却在实际操作中愈演愈烈。巴托-贝利（Batho Pele）原则是政府的一项承诺，其核心理念是"以人为本"，然而这一原则却成为当权者加剧对国家及其人民剥削和掠夺的借口。班图教育被空洞的学习形式占据，失去了教育原有的意义。不平等的现象以我们在斗争期间未曾预料过的方式深深扎根，即使是在一个由绝大多数南非黑人主导的政府下，这种现象依然存在。更为严重的是，犯罪行为已经渗透到了主流政府文化中，并被相应的亚文化所模仿，这对整个社会的稳定和道德底线构成了严重威胁。

整个国家所遭受的屈辱达到了前所未有的残酷程度。无论是年轻人还是老年人，他们的机遇都被无情剥夺，数百万南非人因社会补助的不可靠而陷入无助的境地。骇人听闻的强奸妇女和儿童事件被掩盖在空洞的性别暴力说辞之下，而妇女联盟却显得软弱无力，这一切都令人痛心。这些侵犯人权的行为，竟然发生在南非人民理应得到解放的背景下。这个国家仿佛成了一个被不明势力操控的实验场，政治领导人只不过是这些势力高薪雇佣来为其保驾护航的保镖。

我曾对非国大政府寄予厚望，期待在它的领导下，殖民时代的遗留问题能成为历史，南非人民能真正成为这片土地上和土地下的财富的主人。然而，事实却是我们已经迷失在解放的道路上，悲伤、痛苦和屈辱反而成为南非解放斗争的结果。我珍视印度、中国、古巴和其他一些非洲国家解放运动的胜利，但同时也铭记着马来西亚的解放斗争是如何被英国领导的外国军队所击败的。我们面临的阻碍并非来自外部，而是1994年后的领导层对非国大领导的解放运动的渗透与破坏。

我的家人继续与华德福社区互动，这在哲学上得到了人智学运动的支持。2006年，我经人介绍认识了拉尔夫·谢泼德（Ralph Shepherd）教授，他是开普敦非政府组织诺瓦利斯·乌班图研究所（Novalis Ubuntu Institute）的负责人，该研究所是一家人智学机构。谢泼德教授六十多岁了，身材高大，头发花白，对社区、技能和赋权教育工作者和学习者充满热情。诺瓦利斯与俄罗斯联邦共和国的教育工作者关系密切，并与俄罗斯同行和瑞典合作伙伴共同开发了一个名为"美丽学校"的项目。诺瓦利斯不仅鼓励建立学校花园，而且还积极推动其实现。

我们见过几次面后，谢泼德教授邀请我担任诺瓦利斯董事会的非执行主席，我接受了这一委任。通过参与会议和项目策划，重新融入各个社区的活动之中。在这里，氛围友好、环境开放，每个人都以诚相待，大家都能专注地倾听彼此。谢泼德的妻子安妮-莉兹·布尔（Anne-Lize Bure）就是这种真诚态度的典范。在这样的环境中，我感到可以畅所欲言，感受周围的一切，聆听他人的声音，而无须有任何防备。这种安全感让我重新燃起了对人际交往的热情。

2006年圣诞节期间,我和天佑前往曼彻斯特探望隆吉萨,他的母亲和胞妹内丽莎(Nelisa)也住在那里。与隆吉萨的重逢让人备感喜悦。这次相聚,让我们三人深刻铭记并珍视彼此间的血缘亲情。

第 36 章　非国大退伍军人联盟

2005 年从南非国防军退休后，我加入了兰加镇第 51 选区的非国大支部。2007 年，非洲人国民大会在林波波（Limpopo）省的波罗克瓦尼（Polokwane）举行了第 52 届选举大会。该大会产生了一项决议，要建立非国大退伍军人联盟："非国大退伍军人联盟向所有六十岁及以上、为非国大及其运动服务四十年及以上的非国大成员开放。"依据该决议，卢图里大厦的非国大领导人委派菲基莱·姆巴卢拉（Fikile Mbalula）协助组建非国大退伍军人联盟。

我驱车遍访各个乡镇和郊区，看望同志们，并促请他们加入非国大退伍军人联盟。反响令人鼓舞。坦尼娅·巴本，退伍军人雷·西蒙斯和杰克·西蒙斯的女儿，以及西开普非国大省级办事处的一些工作人员帮助我编制了联系人员名单。我还得到了一份各选区办公室工作人员的联系电话目录，这有助于我联系郊区和乡镇的同志们。我们成立了一个由克里斯托弗·姆克拉巴拉拉（Christopher Mkrabalala）、阿尔弗雷德·威利和姆加努（Mganu）夫人等人组成的委员会。我们定期在山·昆贝拉位于古古勒图附近的坦博定居点的家中聚会。

在马姆雷的戴夫·皮克（Dave Pick）的帮助下，我们与西海岸的一些同志取得了联系，他们推举斯沃茨（Swarts）夫人为他们的主席。西开普省非国大退伍军人联盟会议在尼扬加镇左拉尼（Zolani）中心正式召开，与会者人数众多，不分肤色，共同见证这一历史时刻。我被选为十五名省执行委员会成员之一。克里斯托弗·姆克拉巴拉拉当选联盟的省书记，他也是该省民族之矛的创始人之一。

2009 年 12 月初，西开普省执行委员会成员自开普敦启程，前往豪登省参加全国大会。我们住在埃塞伦（Esselen）公园，会见了除普马兰加（Mpumalanga）省以外所有省份的代表。

在随后的总主席职位选举中，我和兰伯特·莫洛伊被列为候选人。

在最终的选举中，我赢得了比莫洛伊更多的选票，从而被任命为非国大退伍军人联盟的创始主席。由此，我也自然而然地成为非国大全国执行委员会的一员。

在非国大退伍军人联盟的首届会议上，我们成立了多个专门委员会，分别负责探讨非国大退伍军人联盟所面临的政治、社会和经济挑战，制定非国大退伍军人联盟的章程，以及推动非国大退伍军人联盟的社会转型等重要议题。我本人在负责应对非国大政治、社会和经济挑战的委员会中度过了大部分时间，并对包括兰伯特·莫洛伊在内的同志们的积极贡献深感赞叹。该委员会深入剖析了非国大1997年和2002年会议的声明，以追溯并明确非国大的核心价值。恩加洛和基基内（Kikine）提出，当前的解放运动已被老练的犯罪分子所渗透。这些犯罪分子深入研究并完善了非国大原有的语言、行为、文化和口号，以此来伪装自己，并以非国大人士的形象出现。他们利用了非国大在1960年被禁后无法在国内活动的弱点。解放运动解禁以后，这些犯罪分子进行了精心的策划，从各个分支机构到国家领导层都被他们盯上，他们试图通过策反相关人员和安插自己的人手，来夺取权力，并操控非国大的所有活动。

现在是非国大退伍军人联盟执行其会议决议的时候了，为此非国大财务总长应该制定出一份预算。非国大退伍军人联盟在约翰内斯堡卢图里大厦附近的第一国民银行分行开设了一个银行账户，签字人是非国大退伍军人联盟财务总长法内尔·姆巴利（Fanele Mbali）先生、秘书长库马洛（Khumalo）女士和她的副手。

库马洛女士还雇用了三名年轻人。非国大退伍军人联盟全国执行委员会的戴夫·皮克和姆克拉巴拉询问了雇用这三人的程序和流程。他们强调，非国大退伍军人联盟内部已经拥有足够丰富的经验和能力，可以独立且高效地运作我们的组织。库马洛女士回应说，这几人是曼塔什（Mantashe）先生推荐来的。

在未征求我们意见的情况下，这些人员就加入了我们的组织。我们认为，非国大领导层如此行事，是要将既成事实摆在我们面前，迫使我们接受。自非国大退伍军人联盟成立以来，这种未经充分协商便召开全国执委会的做法就一直存在，有时甚至只有提前很短时间的开会通知。参会者则必须从各省飞往豪登省，住进约翰内斯堡市中心的酒店。这种缺乏透明度、缺少问责和协商制度的做法令我们中的一些人感到不快。我们要求非国大退伍军人联盟的秘书长和财务长详细说明会议经费的来源、具体金额、相关记录和经费余额的使用情况。但我们的财务和秘书部门并未作出明确回应，这不得不使人担忧：我们是否正被某些不明身份者利用，以实现他们自己的不可告人之目标，而非真正服务于非国大的退伍军人。

在林波波省非国大办公室的支持下，我们成功造访了一些省份。然而我们所到之处，秘书们总会告诉我，卢图里大厦警告过他们，说我们的访问是非法的，理应不予接待。

中国共产党的嘉宾

2010年，应中国共产党的邀请，非国大领导层组织了一次党际访问。我作为非国大代表团的一员，首次踏上了中国这片土地。我们从约翰内斯堡出发，抵达北京后，受到了中国共产党代表的热烈欢迎。在此次访问中，我们主要的活动是了解中国共产党的辉煌历史并参观了一些重要的历史古迹。我们惊讶地了解到，彼时，中国共产党拥有超过8 000万名党员，这个数字甚至超过了南非的总人口数。在中国，公民必须主动提出申请，才能加入中国共产党：预备党员需要经过当地共产党员的严格审查，并在正式被吸纳入党前接受长达三年的预备期考察。每位中国共产党党员，无论是总书记还是普通党员，都必须至少每五年参加一次党的进修课程。这样的制度让他们能紧跟全球最新的经济、政治和文化趋势，理解其影响，并制定相应的策略。在每个城镇和乡村，中国共产党党员都由相应的党支部负责管理。党员的晋升资格和机会完全取决于他们的工作水平。中国立志成为世界上最优秀的国家之一，为了实现这一雄心壮志，中国的领导人必须不断提升他们的技能和能力。

中国共产党党校的讲师们对不同课题进行深入且持续的研究，并经常受邀到西方世界担任客座教授，传播中国的知识和经验。中国共产党致力于维护社会成员在服务和商品生产及再生产过程中良好的互动环境。他们所践行的民主是构建在人与人的社会关系之上的，在这样的关系中，国家和土地的概念是密不可分的。这是因为国家和土地都体现了政府代表全体公民管理和拥有的中国领土。在这片辽阔的国土上，所有活动都必须符合国家政治民主的理念，并得到其认可与规范。东道主向我们描绘了他们六千多年社会发展的历程，在恶劣的条件下，他们中也会有许多人牺牲。他们展现出的政治解放成果让我深感震撼——在一个金钱仍是主要驱动力的世界里，他们的民族独立实践显得尤为出色，这是非洲任何国家都难以企及的。这次中国之行不仅引发了我对非国大的深刻反思，也进一步坚定了我毕生追求全民自由的信念。我看到了一个不同的、更为高效和有序的社会发展模式，这对我而言是一次宝贵的学习和启示。

所有的中国政治领导人都是中国共产党党员，这一共同点为他们在处理国内和国际挑战时提供了一个统一的政治框架和出发点。与此相反，非国大全国执行委员会的成员则有着不同的背景，包括南非共产党、南非工会大会和南非全国公民组织的最高领导层，他们代表着各种意识形态和利益群体。这引发了我对非国大领导层的特征和本质的深入思考。我领悟到，联盟是在反抗殖民主义的解放斗争中重新凝聚的，这是因为所有人都面临着一个共同的敌人——殖民主义。而大家各自的政治抱负，只有在南非真正获得解放后，才有可能实现。从这个意义上讲，非国大更像是一个为实现共同目标而暂时形成的联盟。

在古巴，人民解放的力量是通过"七·二六运动"和人民社会党来体现的。在获得独立后，他们合并成立了古巴社会主义革命联合党，这个党最终在1965年10月3日演变为了古巴共产党。这样的合并使得不同的意见和观点能够融入共同利益的追求和实现中。回顾我们在中国的经历，我意识到在南非，非国大已经演变成了一个品牌，而围绕这个品牌，人们唯一的共同利益似乎就是通过就业和不受限制地掠夺纳税人上交的公共财产来轻松积累财富。在这种对财富的激烈竞争中，道德和荣誉被抛诸脑后，主流意识形态变成了强者，即那些武装最精良、组织最严密的掠夺者，才能够生存。这种环境导致犯罪成为南非文化的主流，这在我们治理国家的方式和非国大内部针对政治职位而进行的谋杀案中表现得尤为明显。

2010年非国大全国总理事会

2010年6月，非国大全国执行委员会公布决定，计划于当年11月召开非国大全国总理事会会议。为大会准备的文件将汇编各方意见，联盟和个人向秘书长曼塔什先生办公室提交书面意见的截止日期也已确定。我通过传真向所有非国大退伍军人联盟省份发出请求，希望他们能提供书面意见，以便整理成一份完整的文件提交给会方。然而，仅有西开普省非国大退伍军人联盟的林波波和姆克拉巴拉拉愿意提供书面材料。

马鲁勒和我决定代表非国大退伍军人协会向全国总理事会提交一份书面材料，但我不想把这样一份文件提交给秘书长办公室，因为那里会对文件进行编辑，从而模糊掉其中的重点。我们必须想办法在大会上直接宣读这份文件，或者在向代表们宣读之前，先让参加全国总理事会的非国大退伍军人知晓这份文件的内容。

在报告中，我们提醒非国大成员和领导人们，许多南非人为了国家摆脱殖民统治做出了巨大牺牲，并呼吁大家停止参与掠夺和腐败行为。我们强调，那些反抗殖民主义的前辈们是冒着生命危险在战斗，他们从未考虑个人利益。同时，我们也提醒非国大领导层和成员，非国大退伍军人联盟可以按照《自由宪章》的精神为非国大的非殖民化举措提供支持和指导。

全国总理事会在德班开幕的第一天，我们发现会场外搭建了一个帐篷，里面配备了桌椅、沙发和小吃，供退伍军人休息。然而，这种安排给我一种感觉，似乎非国大领导层认为我们这些退伍军人是不受欢迎且无价值的老朽，无法理解当今政治生活的复杂性。我觉得这种待遇是高高在上，带有伤害性、侮辱性和不体贴的。在我们的解放运动中，有许多七十多岁的老同志，他们曾在罗得西亚与殖民军队作战，他们的存在对我们来说是一种极大的鼓舞。然而，在全国总理事会上，我们遇到了一些对长辈满怀敌意的年轻非国大成员。这种情况让我感到，这场解放运动似乎正在失去其支柱，没有历史，也可能没有未来。

在第一天下午，大会中间休息时，我和马鲁勒把来参会的退伍军人全部召集到会议厅，并把我们事先准备好的文件分发给了他们。随后，我找到祖马(Zuma)总统，邀请他到大厅与退伍军人见面。我交给他一份我们的文件副本，并表示我们希望在第二天的大会上宣读这份文件。祖马总统答应了我们的请求。于是，在第二天的大会上，非国大退伍军人联盟的文件被当众宣读，并赢得了代表们的热烈掌声。

在全国总理事会召开期间，非国大青年团代表力推激进的经济转型政策，并主张将矿山收归国有。经过激烈的争论和漫长的讨论，非国大领导层最终表示将对采矿业进行深入调查。

随着全国总理事会会议的闭幕日益临近，我们非国大退伍军人联盟对非国大领导层的行为及总理事会的运作方式产生了深深的忧虑。因此，我恳请秘书长促成一次与非国大六位核心领导人的会谈。我们在大厅找到一个僻静的角落，围坐一桌，展开了深入的交流。参与讨论的老兵包括曾任孔瓦营区C连政委的埃里克·姆查利，还有我在苏联受训时的同室战友雅各布·马鲁勒和沃尔特·姆西芒。

我们关注的焦点在于，非国大的决策似乎太过迎合工业界的利益。非国大领导层的行事风格越来越像企业高管，将普通成员视为可任意驱使的廉价劳动力，这让我们深感痛心。我们对非国大领导层缺乏决断力、未能有效处理那些因腐败而玷污非国大声誉的领导人的行为表示强烈不满。更令人难以接受的是，他们将那些并不属于非国大任何分支机构的所谓"领导人"直接安插去政府要职，并委以非国大高层领导的重任。我们对这种提拔不具资质的领导者的行为深恶痛绝，认为应该对他们进行降职或解雇。我们直言不讳地指出，正是领导层的这种态度和不作为，严重损害了非洲人国民大会的形象和特质。我们的讨论坦诚而直接，我注意到"前六人"显然不太适应这种直白的交流方式。在会谈结束时，我们明确告诉他们，我们无所畏惧，哪怕他们完全有能力因为我们试图使他们的行为与解放运动的价值观保持一致，而对我们进行无情打压。

马迪巴周年纪念日

在诸多活动中，我收到了一个特别的邀请，即参加2010年4月11日纪念纳尔逊·曼德拉从维克多·韦尔斯特监狱获释20周年的庆典。此次活动将在开普敦的图因胡斯（Tuynhuys）举行。我收到的邀请信息中只注明了活动地点、到达时间和着装规范。司机在出发前30分钟提醒了我，这让我得以充分地选择适合的着装。鉴于曼德拉的声望，我预计这将是一场盛大的聚会。

然而，出乎我意料的是，到场的仅有八人，其中还包括曼德拉自己。其他嘉宾还有赞比亚的开国总统肯尼思·卡翁达（Kenneth Kaunda）阁下，纳米比亚的安丁巴·托伊沃·亚·托伊沃，以及来自博茨瓦纳的迈克·丁加克。托伊沃和丁加克曾与曼德拉同志在罗本岛的 B 区共同度过艰难岁月。丁加克在 1966 年被捕并判处 15 年监禁，此前他与布拉姆·费舍尔和约西亚·耶勒共同担任国家高层领导。我于 1974 年在罗本岛与他相识，但在他 1981 年刑满被驱逐至博茨瓦纳后便失去了联系。这次重逢让我们都分外激动。当我向曼德拉祝贺他获得自由 20 周年时，他幽默地回应，希望我也能如九十二岁的年轻人那般享受生活。

庆典上，曼德拉被其家族尊为"达利邦加"（Dalibhunga），意为"参加党团会议的人"。这一称号在座的各位都能深刻体会其含义，尤其是在这样一次充满智慧与知识的聚会中，它更显得意义非凡。欢乐的交谈让曼德拉仿佛忘记了身体的束缚，在我们共同纪念他的自由之时，他的精神仿佛得到了升华。

净化仪式

林波波省的非国大青年团成员们一直在热议非国大逐渐恶化的性质。经过深入讨论，我们达成共识，认为非国大及整个解放运动都亟须一场净化仪式。这样的仪式应该是全国性的、自发参与的，旨在唤起我们先祖们的智慧与精神，为我们的国家指明转型之路，引领我们迈向一个更加理想的未来。

我曾向非国大秘书长曼塔什先生发送了一份传真，提议在 2011 年 6 月 16 日或 12 月 16 日举办一场全国性的净化活动。我曾期望这个议题能被纳入国家执行委员会某次会议的议程中，但遗憾的是这并未实现。到了 2011 年 8 月，在林波波省非国大退伍军人联盟的会议上，大家商定由我撰写一封信函，正式邀请非国大全国执行委员会参加于 2011 年 12 月 16 日在波罗克瓦尼塞谢戈（Seshego）地区举行的净化仪式。然而，非国大全国执行委员会并未对我们的邀请作出回应，反而宣布祖马总统将于 12 月 16 日在奥兰多体育场举行庆祝民族之矛成立 50 周年的活动。

尽管如此，我们并未气馁，继续推进净化仪式的筹备工作。12 月 16 日当天，传统治疗师和其他有经验的从业者共同主持了这场仪式，参与人数之多超出了我们的预期。与此同时，祖马先生在电视上对着略显冷清的奥兰多体育场发表了演讲。我们深知林波波省已成为唯一一个拥有正常运作的非国大青年团的省份，因此我们立志要动员全体南非人民共同努力，将非国大从那些劫持者手中夺回，使其重新成为推动社会转型的可信赖力量。

莫桑比克解放阵线退伍军人大会

2012年3月，我收到了一封信，来自莫桑比克解放阵线退伍军人（包括战斗人员和非战斗人员）及其后裔办公室的外交事务协调员马托斯（Matos）。信中，我受邀于2012年4月12—15日参加在马普托（Maputo）举办的民族解放斗争战斗人员协会（ACLLN）的第四次会议。由于非国大退伍军人联盟并未提供此项预算，我决定自费参加，并邀请马鲁勒同行，他也自掏腰包。

我们前往了位于马托拉（Matola）省的莫桑比克解放阵线场地，部分原因是为了重聚前孔瓦营区的成员，包括1964年时年仅16岁的塞尔吉奥·马托斯（Sergio Matos）、前总统奇卡诺（Chicano）和太特省的前指挥官。同时，还有来自安哥拉和纳米比亚的代表出席。我们的到来让东道主感到意外，因为他们从卢图里大厦得知，卢图里支队的所有成员都已离世。

2012年4月13日，会议在总统阿曼多·格布扎（Armando Guebuza）的主持下开幕。座位的安排令我感到惊讶：靠近讲台的前几排都留给了莫桑比克解放阵线的老兵和他们邀请的嘉宾，而老兵的后方则是会议的观察员，再后面是已故和健在退伍军人的后代，其中包括莫桑比克解放阵线所有主席的子孙。已故总统蒙德拉内（Mondlane）的女儿和格布扎（Guebuza）的两个孩子也与其他退伍军人的孩子们坐在一起。与常常需要离席去咨询亲戚、商业伙伴或承包商的南非总统不同，格布扎在会议期间始终在场，没有离开。莫桑比克解放阵线的退伍军人被寄希望在莫桑比克及其人民的经济、政治和文化发展中扮演核心角色，成为社区的积极分子，并通过政策和原则赋予他们消除贫困的能力，而不仅仅是减少贫困。

莫桑比克解放阵线同志们的政治分析深度让我印象深刻。他们预见到东西方集团将大规模进入非洲，双方都会采取更果断的行动来取得难以想象的成果，而这将使非洲社区永久陷入贫困。莫桑比克解放阵线的退伍军人表示，非洲社区要从社会边缘中摆脱出来并不容易，莫桑比克需要专门的政治领导，通过实际行动而不是口头承诺来消除贫困。解放阵线的老兵们呼吁格布扎和他的同事们坚决抵制来自东西方的金钱诱惑——这对非洲国家来说是一个严峻的挑战。

会议结束后,我向莫桑比克解放阵线的同志们询问,他们是否与津巴布韦非洲人民联盟保持密切关系。约阿希姆·希萨诺等人告诉我们,在1975年莫桑比克获得独立后,由伊安·史密斯领导的罗得西亚政府利用其军事部门塞卢斯侦察队(Selous Scouts)支持新成立的莫桑比克民族抵抗运动("抵运"),以对抗莫桑比克解放阵线。希萨诺还告诉我们,莫桑比克政府最初曾邀请津巴布韦非洲人民联盟开展一些针对莫桑比克伊安·史密斯罗得西亚政权的游击行动。然而,当时津巴布韦非洲人民联盟仍在从副主席詹姆斯·奇克雷马先生脱离而造成的分裂中恢复,因此缺乏这种能力。注意到津巴布韦非洲人民联盟尚未准备好接受这一提议,莫桑比克解放阵线政府转而邀请并支持津巴布韦非洲民族联盟从莫桑比克发起游击行动。希萨诺承认,在涉及罗得西亚军队的行动中,除了非洲民族联盟之外,解放阵线也损失了许多战士和领导人。

在上述会议召开期间,莫桑比克政府正在与津巴布韦政府商讨建立一条从莫桑比克通往津巴布韦东部的自由路线,以纪念在斗争中牺牲的自由战士。这有助于我理解莫桑比克解放阵线为何需要采取某些方法来减轻战争压力,特别是考虑到罗得西亚和南非对新独立的莫桑比克的干涉。当莫桑比克同时受到罗得西亚和南非的攻击时,是非洲民族联盟,而不是非洲人民联盟,准备在罗得西亚东部加强游击活动。总的来说,我认为莫桑比克解放阵线退伍军人会议取得了圆满成功,它为退伍军人创造了一个宝贵的学习机会,让他们能够了解该如何在这个社会中保持主动、活得体面。

为托伊沃祝寿

2014年,亚·托伊沃盛情邀请了我和我的家人,还有丹尼斯·戈德堡和坦尼娅·巴本,来到温得和克共同庆祝他的九十岁寿辰。戈德堡选择搭乘飞机出行,而塔尼娅、海因茨、诺邦克和我则决定自驾前往。我们从开普敦出发,在纳米比亚边境的诺德尔度过了一晚,于次日抵达了目的地。我们刚到就受到了主人家的热烈欢迎。其他远道而来的南非客人中还包括了乔治·比索斯和他的孩子。值得一提的是，比索斯曾在法庭上为托伊沃、戈德堡和我的两名"同案犯"蒙巴里斯和霍西进行了有力的辩护。这次聚会为大家提供了一个绝好的机会，让我们能够分享自上次相聚之后各自的生活经历。戈德堡娓娓道来，讲述了他在比勒陀利亚中央监狱的日子，在那里，他不仅以一位资深同志的身份发挥着政治领导作用，同时还扮演着一个慈爱的父亲角色。他们曾请求转移到罗本岛，然而由于种族隔离政策的原因，这一请愿遭到了拒绝。他以幽默诙谐的方式讲述自己的过往，淡化了那些残酷和痛苦的回忆。亚·托伊沃则生动地描述了他从1968年抵达罗本岛到1984年离开纳米比亚期间的生活点滴。就在他述说时，我补充了些许我们曾在B区共同度过的难忘时光。而比索斯分享了他作为人权律师所面临的种种挑战，以及当被告面临死刑时他们内心的情感波动。这场生日聚会不仅是一次欢乐的庆祝，更是一次情感的碰撞与交融，它唤醒了我们对解放斗争中人员牺牲的深刻记忆，并重新激起了我们位卑未敢忘忧国的恳切之情。

第 37 章　违反章程的撤职

2009 年，非国大退伍军人联盟选举我为主席，我成了非国大国家执行委员会的成员。在与不同省份、不同社区的讨论中，非国大呼吁全面维护现有基础设施——医院、诊所、学校道路、安全和服务交付。

作为非国大退伍军人联盟的主席，我提出了社区成员的担忧——有人声称领导层没有为解决贫穷而奋斗，领导层的财产和家庭成为被讨论的焦点。那些在政府中任职的人，从总统到其他全国执行委员会成员，都忙于向他们私人联系的商业公司和包括家庭成员在内的个人招标。而征收的税款被视为他们的战利品，向公民提供服务的费用被侵吞了。当这些腐败活动被带到公众面前时，官员们选择了相互保护。

我很清楚，自己绝不会破坏那些我曾为之奋斗并因之遭受监禁的原则。我为自由而战，并绝不能再容忍这斗争遭受腐败的侵蚀与滥权的践踏。我预见到这场争取自由的特殊斗争将在另一个舞台上继续。责任感促使我站出来质疑周围人们的行为方式，持续地公开发声，媒体也对此进行了报道。

2015 年 9 月 21 日，一封由非国大秘书长撰写并签署的非国大全国执行委员会官方信函向我宣告："你的非洲人国民大会会员资格被终止。"

翌日，我便着手撰写起了本书。

后 记

解放的时代促使着我,满怀好奇与谦恭之心,记录下自由战士们的故事。我作为其中的一员,为国奉献,倍感荣幸。我珍视与同志们的对话,在这些经常进行的长时间的讨论中,我们探讨该如何理解这种充满热情与坦诚的生活。我们是如此的坚定与执着,爱着自由,爱着祖国。民族之矛的成员们为南非献出了他们所知道的、所拥有的一切,每个人都对未来的社区,对我们的国家满怀期待,也许有一天,他们的名字会被列入一部独一无二的编年史。

我将我们最富人性、最来之不易的经历想象成一个起跳板,由此可将社会从意图腐化人类、破坏环境的因素中解放出来,还天下以纯粹。每个人都有为美好而奋进的能力,可以凝神聚义,抵御那些在无形之中侵蚀诚信正直的诱惑。唯其如此,一个国家,乃至整个世界的理念方能演进。

在写作过程中,最令我动容的,便是在某个画面中清晰地看到了自己的时刻。我看到自己已然明白了某些事理,并知晓为此该如何行动。我回顾自己早年所践行的信念,并祈愿至今初心不变。我洞彻了自己的故事,这赋予了我一种特殊的自由,使我能够挣脱运动的束缚,坚守个人的生活哲学。这包括了我对南非的清醒认知,岁月峥嵘,我已尽已所能。

本书是一份宣言,旨在揭示我在解放思想和解放实践中可能抱有的天真幻想。

图书在版编目（CIP）数据

觉醒之路：和曼德拉一起战斗的日子 /（南非）桑迪·西贾克著；张文奕译. -- 北京：北京大学出版社，2025.7. -- ISBN 978-7-301-36364-5

Ⅰ. I478.55

中国国家版本馆 CIP 数据核字第 2025NA6500 号

书　　　名	觉醒之路：和曼德拉一起战斗的日子 JUEXING ZHI LU: HE MANDELA YIQI ZHANDOU DE RIZI
著作责任者	（南非）桑迪·西贾克（Sandi Sijake）著　张文奕　译
责任编辑	赵　聪
标准书号	ISBN 978-7-301-36364-5
出版发行	北京大学出版社
地　　　址	北京市海淀区成府路 205 号　100871
网　　　址	http://www.pup.cn　　新浪微博：@北京大学出版社
电子邮箱	zpup@pup.cn
电　　　话	邮购部 010-62752015　发行部 010-62750672 编辑部 010-62753154
印 刷 者	北京市科星印刷有限责任公司
经 销 者	新华书店 880 毫米×1230 毫米　16 开本　28.25 印张　488 千字 2025 年 7 月第 1 版　2025 年 7 月第 1 次印刷
定　　　价	108.00 元

未经许可，不得以任何方式复制或抄袭本书之部分或全部内容。
版权所有，侵权必究
举报电话：010-62752024　电子邮箱：fd@pup.cn
图书如有印装质量问题，请与出版部联系，电话：010-62756370